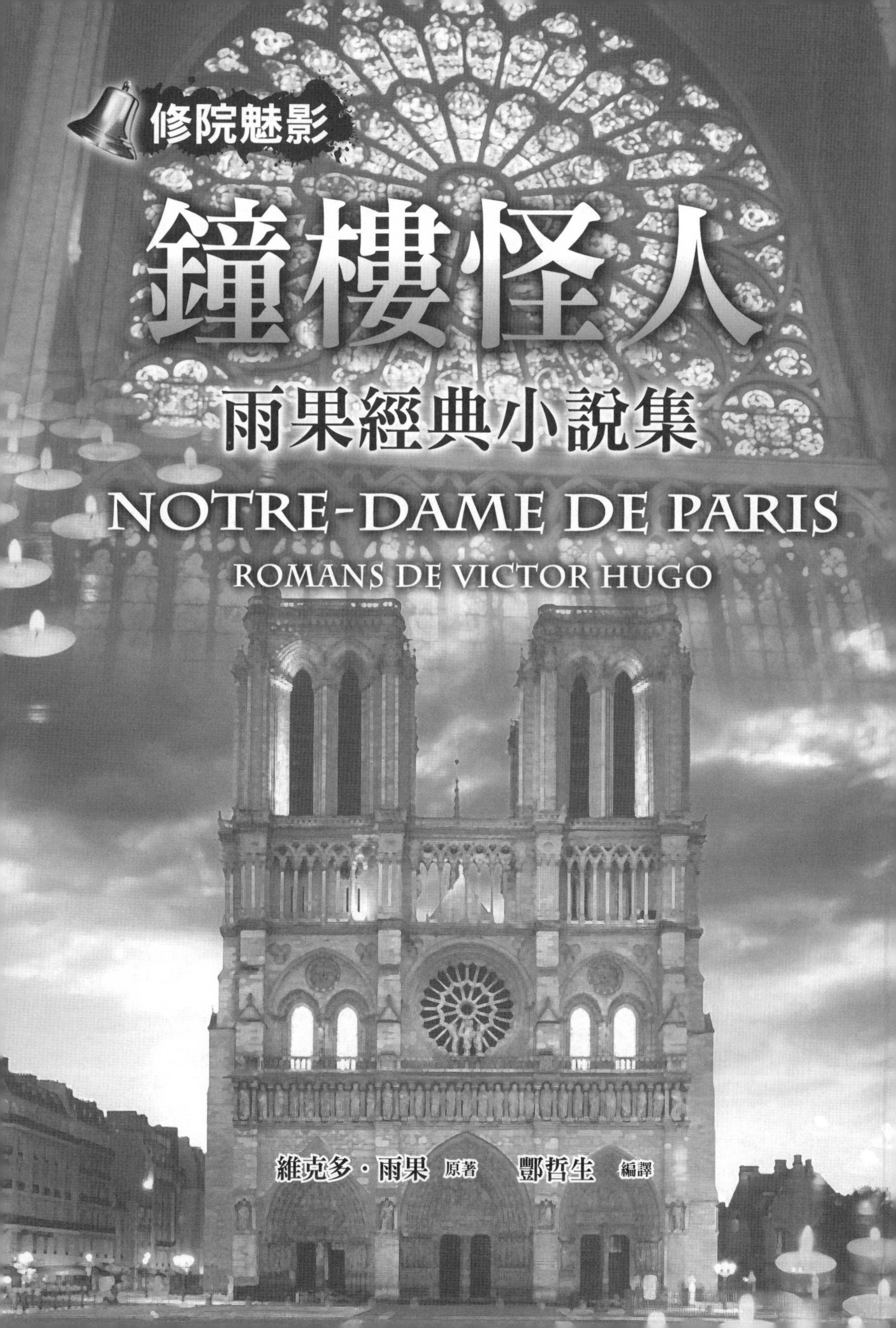

修院魅影

鐘樓怪人

雨果經典小說集

NOTRE-DAME DE PARIS

ROMANS DE VICTOR HUGO

維克多・雨果 原著　鄧哲生 編譯

自由年代的民主衛士，博愛國度的人道特使

二〇一二年，雨果的小說《悲慘世界》再度躍上大銀幕，並奪得當年度無數獎項，成為繼音樂劇、電視劇等改編作品後又一佳作，也顯示了這部經典歷久不衰的文學地位。在法國歷史上，雨果的作品象徵了浪漫主義對古典主義的勝利，也標誌了人類文明中的一個偉大時代。

維克多．雨果於一八〇二年誕生在法國東部的貝桑松，父親是拿破崙時期的將軍，幼年的雨果曾隨父親至西班牙駐軍，直到十歲時才回到巴黎就學，並在中學畢業後進入了法學院。雨果天資聰穎，九歲即開始寫詩，十五歲時在法蘭西學院的詩歌競賽會得獎，十七歲又在「百花詩賽」中得到第一名，並與兄長合辦了文學刊物《文學保守派》。二十歲，他開始發表作品，第一本詩集《頌詩集》因歌頌了波旁王朝的復辟，獲得國王路易十八賞賜。

由於家庭背景的影響，早年的雨果是一位忠實的保王派，政治立場與文藝觀點都較為保守，作品多以歌頌宗教與王權為主。隨著自由主義日漸高漲，以及對波旁王朝的失望，雨果的政治態度開始發生變化，傾向共和派。另一方面，他結識了同時期的繆塞、大仲馬等文人，崇拜早期的浪漫主義作家夏多布里昂，也使得創作風格逐漸轉變。一八二三年，他完成長篇小說《冰島的凶漢》，一八二六年又發表《布格－雅加爾》，兩部作品皆具有強烈的個人特色，宣示他已轉向了浪漫主義。

一八二七年，雨果發表了劇本《克倫威爾》，雖未能演出，卻對法國浪漫主義文學的發展起了極大的推動作用。到了一八三〇年，他的劇本《艾那尼》在法蘭西大劇院公演，掀起了軒然大波，擁護古典主義和浪漫主義的兩派觀眾甚至在劇院裡大打出手。這部劇本確立了浪漫主義在法國文壇的主導權，也將雨果推上了領袖的

地位。一八三一年，雨果又完成第一部長篇浪漫主義小說《鐘樓怪人》，這是他最重要的代表作之一。小說情節曲折離奇，富有戲劇性和傳奇色彩，表現了雨果對封建政府和教會的強烈質疑，也反映了他對下層人民的深切同情，一出版便造成全國轟動，使他享譽盛名。

一八三〇年，法國七月革命爆發，波旁王朝滅亡。新任國王路易．菲利普對雨果大加籠絡。一八四一年，雨果被選入法蘭西學士院，一八四五年又被封為貴族，還當上了上院議員；這使得他創作中的鬥爭熱情減弱了。一八四三年，他的劇本《衛戍官》在出演時遭遇了挫敗，他從此封筆了將近十年。

一八四八年，巴黎再次發生革命，成立了共和國。這時的雨果已對帝制徹底失望，成為堅定的共和主義者，因此當一八五二年路易．拿破崙稱帝時，雨果因大加反對而被迫流亡。流亡的十九年期間，他寫下了《小拿破崙》、《懲罰集》等諷刺拿破崙三世的政論作品，亦完成了長篇小說《悲慘世界》、《海上勞工》和《笑面人》，他的名聲遍及了歐洲各國。

一八七〇年，拿破崙三世垮台，雨果重返巴黎。晚年的他仍創作不懈，完成了長篇小說《九三年》、詩集《祖父樂》、《歷代傳說》等作品。一八八五年，雨果因肺炎病逝於巴黎，法國政府為他在凱旋門舉行了隆重的國葬，舉國哀悼，超過兩萬民眾參加了他的葬禮遊行。他被葬於專門安葬法國名人的先賢祠。

雨果一生著作等身，他的生涯橫跨了大半個十九世紀，歷經多次朝代更迭，他的政治觀點與寫作風格亦多次轉變。他的作品是研究法國近代史與文學發展的重要材料，其中包含了詩歌、小說、戲劇、文藝理論、政論及繪畫等，合計達七十九卷之多。作品中可見到對自由的嚮往、對民族與祖國的熱情崇拜、對暴政的揭露與反抗、對貧富不均的社會的關注、對重大歷史事件的嚴正態度、對人生、愛情、自然的讚嘆與歌頌。兩百年來，他的作品膾炙人口，著名的《鐘樓怪人》和《悲慘世界》屢次成為電影、舞台劇、音樂劇的題材，為世人眼中的不朽經典。此外，他開創了浪漫主義戲劇，與高乃依、拉辛、莫里哀並稱法國四大戲劇家。時至今日，一提到法國文學，人們必然會想到雨果的名字。

在雨果的作品中，《鐘樓怪人》可謂其生涯之顛峰。此書篇幅浩大，場景壯闊，角色鮮明，宛如一篇雄渾的史詩。雨果在這部小說中重現了十五世紀的巴黎，塑造了幾個代表性的人物：如敲鐘人加西莫多，他生來醜陋畸形，受社會孤立，只能隱居在聖母院；其實他本性善良。又如吉普賽少女愛斯梅拉達，她身處社會底層，備受鄙視、輕薄，常被人斥為女巫；其實她天真爛漫，仍保有赤子之心。與之相對的是教士孚羅洛，他自小獻身宗教，過著苦修與禁欲的生活，受人尊敬；最後卻逾越了道德底線，犯下可恥的罪行。或是軍官費比斯，他年輕、英俊、盔甲閃亮，受到婦女歡迎，實際上卻放蕩、虛偽、用情不專。藉由這些世俗觀點中的美醜對比，雨果對宗教與階級大加質疑，喚起讀者對人性與道德的反思。

雨果一生共著有九部中長篇小說，當中以《悲慘世界》、《鐘樓怪人》二作最為馳名，其餘作品在國內則鮮為人知，甚至未有中文譯本。作為一代文豪的傳世遺作，不免令人扼腕。故本社彙集了九部作品，分二冊出版，並以《悲慘世界》、《鐘樓怪人》二書名為題；同時，在不失原作精神的前提下，刪去了部分情節，便於讀者閱讀。下冊收錄了《鐘樓怪人》、《海上勞工》、《笑面人》、《九三年》四部作品。《海上勞工》的故事背景在根西島，藉著漁夫吉利亞特的捨身精神，讚美勞動、意志、忠誠等人性的光輝層面。《笑面人》創造出面惡心善的格溫普蘭，由他的悲慘身世帶出貴族世界的傲慢與冷漠，再次對美醜作出深刻的諷刺。在《九三年》中，郭文與西穆爾登是一對知己，他們忠於革命，卻各自信仰人道與法律，終造成相互毀滅的悲劇。五篇作品在體裁、主題、風格、精神上皆迥然不同，顯示出雨果的才氣與博學，是極佳的延伸閱讀，也是不容錯過的經典名著。

在此，我們誠摯的邀請各位讀者，與我們一同感受塞納河畔的震天鐘鳴，體驗維克多．雨果筆下的人道關懷，並收藏這套百年不朽的傳世經典。

目錄

CONTENTS

Notre-Dame de Paris

鐘樓怪人 1831

他是醜：駝背、獨眼、耳聾，面貌醜惡；
她是惡：卑微、可疑、被斥為女巫；
他是美：英俊、勇敢、年輕、盔甲閃亮。
他是善：克己、禁欲，德行受人景仰。
善，惡，美，醜，如同遮住真實的面具；
當愛情降臨，將面具一一剝下，我們終見到
醜昇華成美，美淪落為醜；
惡羽化成善，善墮落為惡。

Notre-Dame de Paris
~Romans de Victor Hugo

第一部

1

一四八二年一月六日，巴黎教堂一大早便大鐘齊鳴，響徹老城、大學城和新城，喚醒了三重城垣裡的所有市民。這一天適逢兩個隆重的節日——主顯節與愚人節。按照習慣，將在河灘放煙火，在布拉克小教堂種植五月樹，在司法宮演出神蹟劇。

從清晨開始，住家和店鋪就關上門；成群的市民，不分男女，從四面八方湧向指定的三個地點。有的去觀看煙火，有的去觀看種植五月樹，有的去觀看神蹟劇。不過，民眾已經得知，前天抵達巴黎的法蘭德斯使臣會來觀看神蹟劇的演出，以及在同一個大廳裡舉行的愚人教皇選拔，所以人群主要湧入通往司法宮的各條大街。

司法宮大廳在當時被譽為舉世無雙的大廳，這一天要擠進去卻不大容易。每一個擠在窗口看熱鬧的人往下一望，都能見到司法宮廣場擠滿了人，猶如洶湧的大海；通往廣場的五六條街道猶如河口，每分每秒都湧入一股股澎湃的人流。司法宮宏偉的哥德式正門前有一道高大的台階，兩股人流不停地進退、破碎、擴散，最後又注入廣場。叫聲、笑聲、無數人的跺腳聲，匯成巨大的聲響，隨著湧向大台階的人流折返、混亂或旋轉，更加地震耳欲聾。

在司法宮外，每一家的門口、窗戶、天窗、屋頂，密密麻麻地聚集著成千上萬張臉孔，和顏悅色，安詳樸實，凝望著宮殿以及嘈雜的人群。在司法宮內，頭頂上是尖形雙拱屋頂，木雕貼面，天藍色彩繪，裝飾著金色百合花圖案；腳下是黑白相間的大理石地面。大廳裡一共豎立七根大柱，支撐著雙拱屋頂落在橫向正中央的拱底石。前四根大柱的周圍有幾家店鋪，閃爍著玻璃片和金屬箔片的亮光；後三根大柱的周圍擺著幾條橡木凳。大廳四周，沿著高牆、門窗之間，擺著一長列法蘭西歷代君王的雕像。一扇扇尖形長窗，嵌滿光怪陸離的彩色玻璃；一個個寬大的大廳出口，都是精雕細刻的富麗門扉。而所有這一切，圓拱、大柱、垣壁、窗框、鑲板、門窗、雕像，從上到下，盡是金碧輝煌，光彩照人。

這座呈平行四邊形的寬闊大廳，一端擺著一張古老的大理石桌，那麼長、那麼寬、那麼厚，如此偌大的大理石，世所罕見。另一端是小教堂，擺著一座跪在聖母面前的雕像，以及查理曼和聖路易的雕像。大廳正中央，有一個鋪著金色錦緞的看台，面對大門，背靠牆壁，並在窗上開了一道特別的入口。這看台是特地為法蘭德斯使臣和其他大人物搭建的。

依照慣例，神蹟劇將會在那張大理石桌上表演。一大清早桌子便佈置妥當了，上面已搭起一個相當高的木架籠子，上方的平台是舞台，籠子四周圍著帷幕，裡面就作為演員的更衣室。外面擺著一道梯子，連接舞台和更衣室，演員上下場便經由這道梯子。

許多觀眾從一大早就在等著。有些人天剛亮就在司法宮大台階前等候，凍得直打哆嗦；甚至有人為了早一刻搶先進去，已在大門中間熬了一夜。人群每時每刻都在增加，好比超過水位的水流，開始沿著牆壁升高，漫上了柱頂、簷板、窗台，以及建築物一切凸出的部分。於是，群眾感到渾身不自在，急躁、煩悶、擁擠，加上因長久等待而疲乏不堪，現場開始傳出埋怨聲和咒罵聲。人們把法蘭德斯人、教區長、波旁紅衣主教、司法宮典吏、奧地利的瑪格麗特公主、執棒的官差、天氣、柱子、雕像、門窗……總之，把全部的東西都罵了一遍。

還有另一幫搗蛋的學生，先砸破一扇玻璃窗鑽進來，大膽地爬到柱子頂端，居高臨下，東張西望，一下子嘲笑大廳裡的群眾，一下子揶揄外面廣場上的人群。他們做出滑稽的動作，發出響亮的笑聲，又與同伴們在大廳兩頭相互呼喊取樂，藉此打發時間。

一分鐘、兩分鐘、三分鐘、五分鐘，十五分鐘過去了，還是沒有一點動靜。看台上依舊沒有一個人影，舞台上仍然鴉雀無聲。這時，人們的焦躁漸漸轉為憤怒，帶有挑釁意味的言語在人群中散播開來。

「神蹟劇！神蹟劇！」大家低沉地咆哮著。

「神蹟劇！法蘭德斯人見鬼去吧！」一個叫約翰的學生扯開嗓子大聲吼叫。

觀眾一齊鼓掌，也跟著吼叫：

「神蹟劇！法蘭德斯見鬼去！」

「立刻開演神蹟劇！否則，我主張把司法宮典吏吊死，作為喜劇和寓意劇！」約翰又叫道。

「說得好！」民眾吼叫起來，「那就先吊死他的幾個官吏！」

現場爆發一陣歡呼。四個站在看台周圍的官吏臉色慘白，面面相覷。人群向他們蜂擁而去，中間僅隔著一道不牢固的木欄杆，眼看這道圍欄在群眾擠壓下彎曲、變形，就要被突破了。情況十分危急。

「砸爛它！砸爛它！」四面八方齊喊著。

「肅靜！肅靜！」

就在這時候，更衣室的帷幔掀開了，有個人走了出來。大伙兒見了，突然停住，憤怒頓時變成了好奇。

這人提心吊膽、戰戰兢兢、畢恭畢敬地往前走，來到了大理石桌的邊緣。大廳逐漸平靜下來了，只聽見人群中發出一些輕微的嘈雜聲。

「先生女士們，」那個人說，「我們將不勝榮幸地在紅衣主教大人面前朗誦和呈獻一齣精彩的寓意劇，名為《聖母瑪麗亞的公正判決》。在下扮演朱比特。紅衣主教大人此刻正陪伴奧地利大公派來的使團，等他一駕臨，我們就開演。」

朱比特這一席話挽救了那四個倒楣蛋的性命。這名演員的服裝是那麼華麗，吸引了全場的注意。他身穿鎖子甲，外面罩了金色大鈕扣的黑絨外套，頭戴鍍金的尖頂頭盔；若非他臉上的胭脂和濃鬚各遮住了一半的臉，而且手執一個綴滿金屬飾片、佈滿金箔條的金色紙板圓筒，兩隻赤腳用彩帶裝飾著，那麼，他那身威武的裝束簡直像一名禁衛軍中的弓箭手。

2

不過，他那身裝束所激起的歡樂和讚嘆漸漸消退了。等到他說完那一席話，他的聲音便被雷鳴般的噓聲所淹沒。

「立刻開演神蹟劇！立刻開演！」

「打倒朱比特！打倒波旁紅衣主教！」

「馬上開演神蹟劇！」群眾連連喊著，「馬上！吊死演員！吊死紅衣主教！」

可憐的朱比特驚慌失措，魂不附體，塗滿脂粉的紅臉變得慘白。他丟下道具，拿下頭盔，頻頻鞠躬，口裡喃喃道：「紅衣主教大人……使臣們……法蘭德斯的瑪格麗特公主……」他語無倫次，甚至不知道自己在說什麼，只想著性命安危。

幸虧有個人來替他解圍，把責任攬了下來。

這個人一直站在欄杆裡面、大理石桌周圍的空地裡，誰都沒有看見他，因為他的身型又長又瘦，幾乎被圓柱擋住。這個人身形高䠷，消瘦乾癟，臉色蒼白，頭髮金黃，額頭和臉龐上都有了皺紋，卻還很年輕，目光炯炯，滿臉笑容，身上穿的黑絲絨衣服十分破舊。此刻，他走近大理石桌前，向那位可憐的演員招招手；那演員早已嚇傻了，於是他又向前邁了一步，叫道：「朱比特！親愛的朱比特！」朱比特一點也沒聽見。

最後，這個金髮高個子不耐煩了，湊近他的臉大喊一聲：

「米歇爾．吉博納！」

「誰在叫我？」朱比特驚醒過來，問道。

「是我！」黑衣人應道。

「噢！」朱比特叫了一聲。

「立刻開演吧。」那位陌生人說，「快滿足觀眾的要求。我去拜託典吏向紅衣主教大人說情。」

朱比特鬆了一口氣。群眾還在噓他，他使出渾身的力氣喊道：「市民先生們，我們馬上就要開演了！」

「歡呼！朱比特，鼓掌吧！公民們。」學生們喊道。

「好啊！好啊！」民眾喊道。

接著，掌聲震耳欲聾，朱比特早已退回帷幕後面，歡呼聲仍在大廳裡迴蕩。這時候，那位神通廣大的陌生人已退回柱子的陰影裡去，前排觀眾中有兩位女士發現了他，對他叫道：「先生！」並示意要他走過去。

陌生人走近欄杆，殷勤地問道：「小姐，妳們找我有何貴幹？」

「先生，」一位女士說，「您認識那位扮演朱比特的演員，是嗎？」

「米歇爾・吉博納嗎？」陌生人回答，「認識的，小姐。」

「瞧他那鬍鬚多神氣！」另一位女士說。

「他們要上演的劇目很精彩嗎？」第一位女士說。

「非常精彩，小姐。」陌生人毫不猶豫地答道。

「演的是什麼？」

「《聖母瑪麗亞的公正判決》，這是一齣寓意劇，小姐。」

「啊！跟之前的不一樣。」一位女士接著說。

短暫的沉默。陌生人先開口說：「這是一齣新編的寓意劇，還沒有上演過。」

「真的精彩嗎？您確定？」

「那當然，」他用誇張的口氣補充道，「小姐，本人就是劇作者。」

「真的？」兩位女士齊聲說道，驚訝不已。

「沒錯！」詩人洋洋得意地說，「我們有兩個人——約翰・瑪森，他負責鋸木板、搭舞台；而我，負責寫劇本。本人名叫比埃爾・葛林果。」

從戲台裡傳出樂器的演奏聲；帷幕升起，走出四個人來，穿著五顏六色的戲服，臉上塗脂抹粉，爬上戲台的梯子，一到了平台上，便在觀眾面前站成一排，向群眾深深鞠了一躬。於是，交響曲嘎然停止，神蹟劇開演了。

比埃爾・葛林果已離開了兩位女士，回到原來的地方，站在柱子後面靜靜聽著，緊緊望著，細細品味著。

序詩一開始，便博得了觀眾的親切掌聲，這掌聲在他的五臟六腑裡迴蕩。他心神蕩漾，沉浸在幻想之中，這是一位劇作者在廣大觀眾的靜穆中，看見自己的思想從演員嘴裡一一吐出時的那種陶醉心情。

然而，這種飄飄然的心情很快被擾亂了。有一個衣衫襤褸的乞丐，混在群眾當中，卻沒能撈到什麼好處，於是靈機一動，決定爬到某個明顯的位置，好吸引眾人的目光和施捨。因此，當開場序詩剛開始朗誦，他就利用看台的柱子爬到了一個連接欄杆和看台的簷板上，並坐了下來，故意露出他的破爛衣衫，以及一道蓋滿整隻右臂的醜惡傷疤，以乞求觀眾的注意和憐憫。

他一直沒有出聲。忽然，學生約翰從柱頂上發現了這個乞丐。這個搗蛋鬼一見到他，猛然一陣狂笑，全然不顧會打斷演出，以及擾亂全場的肅穆，開心地叫嚷起來：「瞧！那個討飯的病鬼！」

朗誦聲霍然停止，只見人群騷動，紛紛轉向那個乞丐；而這乞丐並不感到難堪，反而覺得這是個撈一把的好機會，便瞇起眼睛，裝出一副可憐兮兮的模樣，張口說道：

「行行好，請行行好吧！」

「見鬼！這不正是高洛賓．特魯伊弗嗎！」學生接著說。

「嘿！朋友！你的傷疤是裝在手臂上的。你的腿又怎麼了？」

看見乞丐伸著帶傷疤的手臂，手拿著油膩膩的氈帽等人佈施，約翰於是扔了一枚錢幣過去。乞丐沒有動彈一下，接住錢幣，忍住嘲諷，繼續悲哀地叫著：「行行好，請行行好吧！」

這段插曲使觀眾大為開心。在序詩朗誦中間，突如其來插上這個即興的二重唱：一邊是學生的尖叫聲，另一邊是乞丐不動聲色的呻吟。許多觀眾都報以歡暢的掌聲。

葛林果十分不高興。他先是愣住了，等他回過神過來，隨即扯著嗓門向台上的演員叫喊：「別停！見鬼，別停！」他甚至對那兩個搗亂的傢伙不屑一顧。

在他一聲令下，台上幾個演員不敢違抗，又開始唸詩了。觀眾的注意力也回到舞台；只是完整一齣戲硬生生被砍成兩段，現在重新接在一起，錯過了許多美妙的詩句。葛林果不禁感到心酸。幸好場面漸漸平靜了下來，學生們不再作聲了，乞丐也安靜數著氈帽裡的錢，演出終於佔了上風。

教區長已經下令，神蹟劇必須從正午演到下午四點。觀眾都耐心聽著。忽然間，那道專用看台的門一下子打開了，看門人響亮地宣佈：「波旁紅衣主教大人駕到！」

3

主教大人一進場，全場頓時混亂起來。人人把腦袋轉向看台，異口同聲一再喊道：「紅衣主教！紅衣主教！」別的再也聽不見了，序詩再次被迫中斷。

紅衣主教在看台的門檻上停了片刻，目光相當冷漠，慢慢環視著觀眾。全場的喧鬧聲更加猛烈了，個個爭先恐後，伸長了脖子，好把來者看個清楚。

接著，紅衣主教入場了，臉上露出大人物看待平民百姓的那種微笑，向觀眾表示致意，並若有所思地緩緩朝他的紅絲絨坐椅走去。他的隨從，包含主教和院長組成的幕僚，也一起湧入了看台，正廳的觀眾不由得更加好奇了。人人爭先恐後，指指點點，看能不能至少認出其中一個人來。

沒過多久，看門人洪亮的嗓門又通報奧地利大公的特使駕到，紅衣主教隨即轉身朝向那道門，擺出一副高高在上的姿態，要說有多優雅就有多優雅。理所當然，全場觀眾也都轉頭望去。

奧地利大公馬克西米連的四十八位使者蒞臨了。他們成雙成對地走進來，個個都是一副莊嚴的姿態，恰好與紅衣主教身邊那群教士隨從形成鮮明的對比。大廳裡頓時一片寂靜，但竊笑聲不時可聞。這些賓客依序向看門人自報姓名和頭銜，看門人再把他們的姓名和頭銜胡亂通報一氣，經過群眾七嘴八舌一傳開，完全牛頭不對馬嘴。人們一聽到這些離奇古怪的名字和頭銜，忍不住都悄悄笑了。

打從紅衣主教一入場，葛林果就一直坐立不安，千方百計想挽救他的演出。他先是吩咐停頓下來的演員繼續演下去，並且提高聲音，可是發現沒有一個人在聽，索性叫他們停演了。此時停演已有十五分鐘之久，他不斷地跺腳，來回奔走，不停地鼓動周圍的人要求序詩演下去。可是這一切努力全都白費了，沒有一個人把視線從紅衣主教、使節團和看台上移開。與其觀看打扮得怪里怪氣、穿著黃白相間的大衣、塗脂抹粉、不倫不類的演員，倒不如看一看打扮得雍容華貴的法蘭德斯使團和紅衣主教。

葛林果轉身對旁邊一個看起來很有耐心的大胖子說道：

「先生，要是從頭開始怎麼樣？」

「什麼？」那個胖子說。

「喔！神蹟劇呀。」葛林果回答。

「隨您高興。」胖子說。

聽到這種敷衍的回答，葛林果覺得足夠了，於是親自上陣，盡可能把自己與群眾融合在一起，高喊道：

「重新開演神蹟劇！從頭再演！」

「見鬼！」約翰說，「那邊的人到底在叫嚷什麼？同學們！你們說，神蹟劇不是演完了嗎？他們還要重新開演，這可不行！」

「不行！不行！」所有學生都嚷起來，「打倒神蹟劇！打倒神蹟劇！」

但葛林果使出渾身解數，喊得更響了：「從頭再演！從頭再演！」

這些叫嚷聲引起了紅衣主教的注意，便向幾步外的一名官吏說：

「親愛的先生，這些鬼傢伙究竟在叫嚷些什麼？」

官吏走到紅衣主教跟前，提心吊膽，結結巴巴地向他解釋民眾失禮的原委：大人尚未駕臨，正午已到了，演員迫不得已，只好不等尊駕蒞臨便開演了。

紅衣主教一聽，放聲大笑。

「老實說，即使是大學講師遇到這種情形，也會這樣做的。您覺得呢？紀堯姆．里姆閣下。」

「大人，」一名使節回答：「我們免受了半齣戲的罪，也該滿足了。謝天謝地！」

「可以讓這些鄉巴佬把戲演下去嗎？」官吏問道。

「演下去，演下去。」紅衣主教說道，「我無所謂。我可以利用這段時間唸唸日課經。」

官吏走到看台邊，揮了揮手叫大家安靜，高聲喊道：

「市民們，你們有人要求從頭再演，也有人要求不演；為了滿足兩邊的要求，主教大人命令從剛才停頓的地方繼續演下去。」

確實，只得遷就兩邊的人。可是作者和觀眾卻都對紅衣主教懷恨在心。

於是演員又開始誦讀詩句了。葛林果希望觀眾至少能好好聽一聽他接下來的劇作。然而這希望也很快破滅了。觀眾雖然勉強安靜下來，但看台上這時又突然來了一些隨從人員，因此在一句句對白中間，不時穿插著看門人的通報聲，嚴重影響了演出。真是一場災難！

「雅克．夏爾莫呂閣下，國王宗教法庭檢察官！」

「約翰．德．阿萊，王室馬廄總管，巴黎城夜巡騎士署侍衛！」

「加利奧．德．熱努阿克大人，騎士，普魯薩克領主，國王炮兵司令！」

「德霍－拉居埃老爺，國王的全國暨香帕尼省和布里省的森林水利調查官！」

「路易．德．格拉維爾大人，騎士，國王的輔臣和近侍，法國海軍元帥，樊尚林苑的禁衛！」

「德尼斯．勒．梅西埃閣下，巴黎盲人院總管！」

這種離奇古怪的伴奏，使得演出難以繼續下去了。尤其讓葛林果感到惱怒的是，隨著他的大作越來越精彩，越是無人願聽。紅衣主教一走進來，彷彿就有一根看不見的線，一下子把所有的目光從大理石桌拉向看台，從大廳南端轉移到西邊。任憑使出什麼招數，也無法讓觀眾擺脫這種魔法的控制。所有目光依然盯著那些新來的人，他們該死的名字、他們的長相、他們的服裝，不停地讓觀眾分心。多麼令人傷心呀！

看門人那粗暴的獨白終於停止了。賓客全到齊了，葛林果鬆了一口氣。演員們維妙維肖地演下去。萬萬沒想到，一名叫科珀諾爾的襪商忽然站起來，惡狠狠地發表了一番長篇大論：

「先生們，我不知道我們待在這裡做什麼。當然，我看見在那邊的角落裡、那張桌子上，有幾個人看起來像要打架。我不曉得這是否就是什麼『神蹟劇』，真是無趣極了！他們只會在台上嘮叨不休，就是不動手。我等他們打架已經等了十五分鐘，什麼也沒發生。都是些膽小鬼！他們至少也該跳一支什麼舞才對，這跟說好的不一樣！我是來慶祝愚人節的，是來選拔愚人教皇的。每個人輪流把腦袋從一個大洞鑽過去，朝其他人做鬼臉；哪一個鬼臉最醜，得到眾人的歡呼，他就當選為愚人教皇了。就是這樣，好玩得很！勝過聽這些令人反胃的傢伙喋喋不休。先生們，你們覺得怎樣？這裡什麼人都有，我們一定能選出一個最怪異的鬼臉出來。」

葛林果想回敬他幾句，卻因為驚愕、氣惱、憤怒，一時說不出話來。況且，在場的人全都樂不可支，對襪商的建議表示贊同，任何反對都是徒勞的。葛林果用雙手捂住臉孔，恨不得能有件斗篷把頭蒙起來。

4

轉眼間，一切準備妥當。大理石桌對面的小教堂被選為表演鬼臉的舞台。門楣上那扇漂亮的花瓣格子窗的一塊被砸碎，露出一個石框的圓洞，每個參賽者將會從這個洞伸出腦袋。人們不知從哪裡弄來了兩個大酒桶，馬馬虎虎地疊了起來，爬上桶子便能搆到那個圓洞。

為了保持神秘感，還規定每個參賽者必須先把頭蒙起來，並躲在小教堂裡面，一直等到正式露面為止。不一會兒，小教堂裡擠滿了參賽的人，門隨即關上了，科珀諾爾從座位上指揮一切、安排一切。

在喧鬧聲中，紅衣主教並不比葛林果好受，也狼狽不堪。他藉口有事要辦，便帶著他的全部人馬提前退場了。他駕到時，群眾們激動不已，如今他離去，誰也無動於衷。民眾的注意力早已轉移到大廳的另一端了。

鬼臉比賽開始了。第一張露出窗洞的臉孔，眼皮翻起，呈現血紅色，嘴巴張得大大的，額頭皺得像靴子一樣。人群中爆發出一陣難以抑制的狂笑。接著是第二個、第三個，隨後又是一個，接著又再一個。笑聲、快活的跺腳聲始終不絕於耳，而且一陣高過一陣。一連串鬼臉接二連三出現，形形色色，奇形怪狀，從三角形到梯形，從圓錐體到多面體，各種幾何圖形不一而足；鬼臉的表情從憤怒到放蕩，凡是人類的各種表情，應有盡有；鬼臉的年齡從皺巴巴的初生嬰兒直到皺紋滿面的老太婆，一應俱全。還有各種動物的側面形狀，從咧嘴到尖喙，從豬頭到馬面；總之，這是一個人間面相萬花筒！

在場一片烏煙瘴氣，放蕩不羈，整座大廳成了厚顏無恥、嬉戲胡鬧的一個大熔爐，一張張嘴巴狂呼亂叫，一雙雙眼睛電光閃閃，一個個臉孔醜態百出。一切都吵吵鬧鬧。翻滾沸騰的人群就如同鍋爐中的蒸汽，冒出一種嘈雜聲，刺耳、尖銳、淒厲，如同蚊蟲振翅那樣嗡嗡作響。

「哇！該死的！」

「瞧一瞧那張臉！」

「一文不值！下一個！」

「瞧瞧那顆公牛頭，只差兩個角啦！」

「又來一個！」

「混帳！這算哪門子的鬼臉？」

「嘿！真是多此一舉！他只要露出本來的面目就夠了！」

「這個死鬼！虧她做得出來！」

「太妙了！真妙！」

「笑死我了！」

「瞧這一個，耳朵都伸不出來了！」

葛林果一直在站在戲台旁，在最初一陣沮喪過去之後，又泰然自若了。他挺直腰板，不向命運低頭，第三次對那班演員說：「繼續演下去！」接著便在大理石桌前大步踱來踱去，反覆告訴自己：「等著瞧吧，看是誰會贏，是鬼臉呢，還是文學？」

唉！只剩下他獨自觀看自己的大作了！

甚至比剛才更糟，他現在看到的只是眾人的背部。只剩下剛才那個大胖子，依然面朝著戲台待在那裡。這唯一的觀眾如此忠心耿耿，葛林果打從心底深受感動，於是走近他面前，輕輕搖了搖他的手臂，並跟他說話，因為這位大好人靠在欄杆上有點睡著了。

「先生，謝謝您。」葛林果說道。

「什麼？」胖子打了一個哈欠，問道。

「我看得出，是什麼使您感到厭煩。」詩人接著說，「是那嘈雜的吵鬧聲使您無法專心地觀賞演出。先生，您真是詩神繆斯在這裡的唯一代表！」

「您太客氣了，先生。」胖子說道。

「只有您肯賞臉聆聽這齣戲，您覺得怎麼樣？」葛林果接著說。

「呵！呵！」胖子半睡半醒地應道。

這種回答，葛林果也只好滿足了，因為他們的談話突然被一陣雷鳴般的掌聲和地動山搖的歡呼聲打斷了。愚人教皇選出來了！

「妙極了！妙極了！」四面八方民眾一齊喊著。

果然，這時從花瓣格子窗的圓洞伸出來的那張鬼臉十分精彩、生動，令人拍案叫絕。狂歡激發了民眾的各種想像力，可是至今從窗洞鑽出來的那些五角形、六角形、不規則形狀的鬼臉，都不能滿足他們的要求。此時突然出現了一個奇妙無比的醜臉，把全場觀眾看得眼花繚亂。那個四面體的鼻子、馬蹄形的嘴巴，那被茅草般的棕色眉毛堵塞的細小左眼，那隻完全被一個大瘤遮蓋的右眼，那上下兩排殘缺不全、宛如城垛似的亂七八糟的牙齒，那沾滿漿糊、上面露出一顆象牙般大門牙的嘴唇，那如同開叉似的下巴；尤其是籠罩著這一切的那種表情——狡黠、驚愕、憂傷兼具……總之，這張臉讓所有參賽者都自嘆弗如。

全場一致歡呼。大家急忙向小教堂湧去，把這位中選的愚人教皇高舉著抬了出來。這時，大家仔細一看，更是驚訝得無以復加——原來這副鬼臉竟然是他的真面目！

更恰當地說，他整個人就是一副鬼臉——一個大腦袋，紅棕色頭髮豎起；兩個肩膀之間聳著一個偌大的駝背，與其相應的是胸腔凸起；大腿與小腿歪七扭八，不成人形，兩腿之間只有膝蓋勉強能併攏，從正面看去，活像兩把大鐮刀；寬大的腳板，巨大無比的手掌。同時，這樣一個畸形的身軀，卻有著一種難以描狀的可怕狀態：精力充沛，矯健敏捷，勇氣非凡。力與美往往來自和諧，但這卻是一個離奇的例外！這就是愚人們剛剛選中的教皇。

這個獨眼巨人出現在小教堂的門檻上，他一動也不動，身材結實，體寬與身高不相上下，穿著那件半紅半紫的大衣，綴滿銀色鐘形花紋，加上他那無與倫比的醜臉，使得民眾一眼便認出他來，異口同聲地叫道：

「是加西莫多！那個敲鐘人。是加西莫多！聖母院那個大名鼎鼎的駝子！獨眼人加西莫多！瘸子加西莫多！妙極了！妙極了！」

「哎喲！這隻醜八怪猩猩！」一個女人說。

「又醜又凶！」另一個女人道。

「真是一個魔鬼。」第三個補充一句。

「我真倒楣！住在聖母院旁邊，每一晚都聽到他在屋頂上走來走去的聲響。」

「還帶著成群的貓！」

「他總是在人家的屋頂上。」

「前天晚上，他到我家的天窗上向我做鬼臉，我以為是個男人，差點嚇死！」

「哎呀！駝子的醜臉！」

「卑鄙的靈魂！」

「呸！」

男人卻個個欣喜若狂，拚命鼓掌。成為眾人嬉鬧對象的加西莫多一直站在小教堂門檻上，神情陰沉而莊重，任憑人們品頭論足。

有個學生走到他面前，看著他的臉大笑。加西莫多一言不發，只是把他攔腰抱起，輕輕一拋，扔到旁邊去。

科珀諾爾驚嘆不已，也走上前去。

「見鬼！天父啊！你是我平生所見過最美的醜八怪。你不僅是在巴黎，就算在羅馬也夠資格當教皇！」說著，他笑呵呵把手伸過去放在他肩膀上，見到加西莫多動也不動，又接著說：「你是一個怪傢伙！我很感興趣，想跟你去大吃大喝一頓，哪怕要我破費也無所謂。你覺得怎麼樣？」

加西莫多沒有應聲。

「見鬼！難道你是聾子？」襪商說。

他確實是個聾子。

不過，他對襪商的親暱舉動不耐煩了，猛然一轉身，牙齒咬得咯咯作響，把這個男人嚇得連忙倒退。於是，科珀諾爾又敬又怕，圍著這個怪物繞了一圈。有個老太婆向他解釋說，加西莫多是個聾子。

「聾子！」襪商發出了粗獷的笑聲，說道：「見鬼！真是一個完美無缺的教皇。」

「嘿！我認識他。」那名叫約翰的學生喊叫起來，「他是我哥哥、副主教的敲鐘人。你好！加西莫多。」

「妖怪！」剛才被拋出去的那個人也說道，「他出現，是個駝子；他走路，是個瘸子；他看人，是個獨眼人；跟他講話，是個聾子。嘿！那他的舌頭呢？」

「他願意的時候還是說話的。」老太婆說道，「他是敲鐘震聾的。他不是啞巴。」

「他缺的就是這個！」

「而且，還多了一隻眼睛。」

「不對，獨眼比瞎子更不完美。缺了什麼，他自己心裡有數。」

這時，所有的乞丐、聽差、扒手，都跟學生們聚在一起，列隊前往法院書記室，翻箱倒櫃，弄來了愚人教皇的紙皇冠和滑稽可笑的教士袍。加西莫多任憑人們替他打扮，眼睛連眨都不眨一下，一副既順從又高傲的樣子。然後，大家讓他坐在一副五顏六色的擔架上，十二名「愚人幫會」的頭目隨即把他扛起來。獨眼巨人放眼望去，腳底下盡是人頭，個個眉清目秀、昂首挺拔、五官端正，他那憂鬱的臉上頓時浮現喜色，流露出一種苦楚而又輕蔑的喜悅。接著，這支衣衫襤褸、吼聲不絕的遊行隊伍開始行進；依照慣例，先在司法宮的長廊繞一圈，然後再到外面大街小巷去閒逛。

5

在上述的過程中，葛林果和他的劇本始終留在原地。演員們在他的督促下，滔滔不絕地朗誦，而他自己也津津有味地傾聽。那場喧擾既然無法阻止，只得忍受；但他決心堅持到底，毫不氣餒，期望群眾遲早會把注意力轉移回來。當他看到加西莫多、科珀諾爾和那支震耳欲聾的行列吵吵嚷嚷地走出大廳時，心中又燃起了希望。他想：「好了，搗亂的傢伙都走光了！」不幸的是，幾乎所有群眾都是搗亂的傢伙。一瞬間，大廳變得空空蕩蕩，只剩下一些老幼婦孺，以及幾個跨坐在窗台上、向廣場眺望的學生。

「也罷，」葛林果想道，「至少還有一些人能聽完我的神蹟劇，這就夠了。他們雖然人數不多，卻都是優秀的觀眾，富有文學修養。」

過了一會兒，演到聖母登場的橋段，本來應該演奏一曲交響樂，以營造出宏偉壯麗的氣氛，葛林果卻發現樂隊早已被愚人教皇的隊伍帶走了。他只好認命，說道：「作罷吧！」

這時候，窗邊的一個年輕人忽然嚷起來：

「同學們！是愛斯梅拉達！愛斯梅拉達在廣場上呀！」

這句話一出口，竟產生了魔術般的效果。大廳裡剩下的人全衝到窗戶邊，爬上牆頭去看，嘴裡一再嚷著：

「愛斯梅拉達！愛斯梅拉達！」

與此同時，外面傳來一陣鼓掌的轟鳴聲。

「愛斯梅拉達？什麼意思？」葛林果傷心地叫道，「啊！我的老天！難道現在輪到窗戶登場了嗎？」

他轉頭向大理石桌看去，發現演出中止了，朱比特站在舞台下面呆若木雞。

「米歇爾·吉博納！」詩人生氣地喊叫起來，「怎麼回事？快回到舞台上演出！」

「唉！梯子剛才被一個學生拿走了。」朱比特回答。

「那混小子！」葛林果說道，「他幹嘛拿走梯子？」

「去看愛斯梅拉達。」朱比特無奈地說，「他們說：『瞧！這裡剛好有一把梯子。』然後就搬走了。」

這真是雪上加霜！葛林果這下無計可施了。

「統統都見鬼去吧！」他對演員喊道。

於是，他低垂著腦袋，帶著他的演員撤退而去。他一邊走下司法宮彎彎曲曲的樓梯，一邊嘟噥：

「這幫巴黎佬都是些蠢豬，道道地地的烏合之眾！他們是來聽神蹟劇的，卻什麼也不聽！他們去注意什麼高洛賓·特魯伊弗、紅衣主教、科珀諾爾、加西莫多，卻偏不注意聖母瑪麗亞！身為詩人，竟然比不上一個江湖騙徒，簡直是奇恥大辱！話說回來，這幫巴黎佬口中的『愛斯梅拉達』究竟是什麼？真是個奇怪的詞，想必是古埃及咒語了。」

6

一月，夜幕很早就降臨了。葛林果從司法宮出來，街上已是一片昏暗。這降臨的夜幕使他感到高興，他巴不得立刻鑽進一條陰暗寂寥的小巷，好好地思考一番。初次上演就遭遇挫折，使他大失所望，他本指望教區長會給他一點賞錢，讓他能付清房租，這下一切都成了泡影。

他想起上禮拜曾在舊鞋鋪街發現一塊供人騎驢用的腳踏石，並曾暗自想過，這塊石頭在必要時可以拿來當枕頭。真是再妙不過了。感謝上天賜給他這麼一個好主意！他立刻動身，打算穿越司法宮廣場到老城去。

就在這時，他突然看見愚人教皇的遊行隊伍也從司法宮出來，大吼大叫，火光通明，他本來的樂隊奏著樂曲，浩浩蕩蕩地蜂擁而來，擋住了他的去路。這副場面讓他的自尊心又一次受到打擊，於是他拔腿躲開了。他打定主意，取道聖米歇爾橋，不料那裡有成群的孩子拿著炮竹到處奔跑。

「該死的炮竹！」葛林果說道，連忙折回，跑到兌換橋。橋頭的一些房屋懸掛著三面旗幟，分別畫著國王、王太子和法蘭德斯的瑪格麗特公主的肖像，還有六面小旌旗，分別畫著親王與主教等人。這一切被火把照得明亮，群眾讚賞不已。

葛林果轉過身去，不想看那些旗子。他的眼前有一條街道，黑漆漆的，正好是避開節日一切狂歡的好去處。他一頭鑽了進去。過了片刻，他的腳被什麼東西一絆，跌倒在地。原來是五月樹花束。司法宮的書記們為了慶祝這隆重的節日，一早便把它放在司法長官的家門口。葛林果爬起來，向塞納河邊走去。

他沿著御花園的大牆往前走，踩著那沒有鋪路石、盡是爛泥的河灘，來到老城的西端，眺望了河上的沙洲一會兒。忽然間，一旁傳來了巨大的炮竹聲，把他從詩情畫意的沉思中驚醒過來。原來是河上的船夫也想在這節日裡樂一樂，放了一個煙火。

這煙火把葛林果嚇得毛骨悚然。

「該死的節日！」他叫了起來，「幹嘛對我緊追不捨？啊！我的上帝！祢一直追我追到這裡！」

於是他橫下心來。既然無法擺脫愚人教皇、房屋上的旗幟、五月樹的花束、炮竹和煙火，那倒不如放開膽子投入節日的狂歡裡去──到格列夫廣場去！

「到格列夫廣場去，那裡至少有火堆的餘焰可以暖暖身子，還有向全部市民提供的冷餐。至少可以去撿一些麵包屑，當作晚餐。」

來到格列夫廣場，葛林果全身都凍僵了。為了避免遭遇兌換橋上嘈雜的人群，避免再看見房屋上的旌旗，他故意取道磨坊橋，卻為此被濺了一身水，連粗布襯衫都濕透了。他急忙朝著廣場中央燒得正旺的火堆走去。然而，火堆四周人山人海，圍得水泄不通。

「該死的巴黎佬！」他自言自語，「他們竟然把火擋住了！我迫切需要一個烤火的角落。我的鞋子進了水，又被磨坊澆了一身！瞧瞧這群遊手好閒的傢伙，他們還不快挪動一下位置！我倒想問問，他們在這裡做什麼！他們在烤火取暖，妙極了！在望著千百捆柴火熊熊燃燒，多麼壯觀呀！」

他走近仔細一看，才發現群眾圍成的圈子比取暖所需的範圍要大得多，而且觀眾並不只是受到千百捆柴火燃燒的美景吸引而來的。

原來，在人群與火堆之間一片寬闊空地上，有個少女在跳舞。

這位少女究竟是人、仙女，還是天使，葛林果一時也說不上來，因為那令人眼花繚亂的景象令他心醉神迷了。

她身材不高，但苗條的身段挺拔，顯得修長。她的皮膚是棕色的，但可以猜想到，白天裡看上去，大概像安達盧西亞和羅馬女孩那樣有著美麗的金色光澤。她那纖秀的小腳穿在優雅的鞋子裡，顯得貼合而又自如。她在一張隨便墊著的舊波斯地毯上翩翩起舞，不停旋轉著；每一旋轉，她那張容光煥發的臉蛋便閃過人前，那雙烏亮的大眼睛就向觀眾投去閃電般的目光。

她周圍的人個個目不轉睛，嘴巴張得大大的。她就這樣飛舞著，兩隻白淨的手臂高舉過頭上，把一只巴斯克手鼓敲得嗡嗡作響；只見她的脖子纖細、柔弱，轉動起來如同胡蜂般敏捷；她身著金色胸衣，平整無褶，裙袍色彩斑爛，蓬鬆鼓脹；雙肩裸露，裙子不時掀開，露出一對優美的細腿；秀髮烏黑，目光如炬。總之，這真是一個巧奪天工的尤物。

「是的，這是一個精靈，一個仙女，一個女神。」葛林果心裡想著。

就在這時，少女的一根髮辮散開了，插在髮辮上的一支黃銅簪子滾落地上。

「哎！不對！這是個吉普賽女郎。」葛林果脫口說道。

所有幻覺一瞬間消失了。

她重新跳起舞來，從地上拿起兩把劍，把劍端頂在額頭上，隨即把劍朝一個方向轉動，而她的身子則朝反方向轉動。

一點也沒錯，她的確是個吉普賽女郎。然而，儘管幻覺消失了，但這副景象依然不失魅力。火焰照耀著她，紅色的強烈光芒在圍觀群眾的臉上晃動，在吉普賽女郎褐色的腦袋上閃爍，並在廣場深處投射出搖曳不定的人影。

在千萬張被火光照得通紅的臉孔中間，有一張臉似乎比別人都更專注地凝視這位舞女。這是一張男子的面孔，嚴峻、冷靜、陰鬱。看不見這個男子穿的衣服，因為他被周圍的群眾擋住。他的年齡不超過三十五歲，但已經禿頭，只有兩鬢留有幾撮稀疏和灰白的頭髮；額頭寬闊而高聳，刻出一道道皺紋。然而，那雙深凹的眼睛裡卻迸發出青春的火花、熾熱的活力，以及深沉的情欲。他把這一切情感不斷傾注在吉普賽女郎身上；當他看到這個年方二八、青春洋溢的少女飛舞著，把眾人迷得神魂顛倒時，他那種想入非非的神情看起來顯得更加陰沉了。他的嘴唇不時掠過一絲微笑，同時發出一聲嘆息。

少女跳得氣喘吁吁，終於停了下來，民眾滿懷愛意，熱烈鼓掌。

「佳麗！」吉普賽女郎喊了一聲。

這時候，葛林果看見跑過來一隻漂亮的小山羊，雪白、敏捷、機靈、油光閃亮，角染成金色，腳也染成金色，脖子上還戴著一只金色的項圈。葛林果原先並未發現這隻小山羊，因為牠一直趴在地毯的一個角落裡，望著主人跳舞。

「佳麗，輪到你了。」跳舞的女郎說道。她坐了下來，風度翩翩，把手鼓伸到山羊面前，問道：「佳麗，現在是幾月？」

山羊抬起一隻前腳，在手鼓上敲了一下。果真是一月。

群眾報以掌聲。

「佳麗，今天是幾號？」少女把手鼓轉到另一面，又問道。

佳麗抬起金色的小腳，在手鼓上敲了六下。

「佳麗，」吉普賽女郎又把手鼓翻了一面再問道，「現在幾點鐘啦？」

佳麗敲了七下。就在這時候，廣場的時鐘正好敲了七點。

「這裡頭一定有巫術！」人群中有個陰沉的聲音說道，這是那個盯著吉普賽女郎的禿頭男子的聲音。

她一聽，不禁打了個寒顫，轉過頭去。可是掌聲再次響起，壓過了那人陰鬱的驚嘆聲。

於是她繼續向山羊發問：

「佳麗，聖燭節遊行時，火槍隊隊長吉夏爾．大勒米大人是什麼模樣？」

佳麗一聽，便站起後腿行走，一邊咩咩叫了起來。走路的姿勢既乖巧又一本正經，圍觀的群眾看見小山羊把火槍隊隊長那副傲慢的虔誠模樣模仿得維妙維肖，無不放聲哈哈大笑。

「佳麗，」少女看到表演越來越成功，更加放大膽子，「國王宗教法庭的檢察官雅克．夏爾莫呂大人是怎麼佈道的？」

小山羊立刻站起後腿，又咩咩叫了起來，一邊晃動著兩隻前腳，模樣極其古怪。除了不會模仿一口蹩腳的法語和拉丁語以外，牠的舉止、聲調、姿態，都模仿得淋漓盡致，簡直就是雅克．夏爾莫呂本人。

群眾一看，鼓掌得更起勁了。

「褻瀆神明！大逆不道！」那個禿頭男子又說道。

吉普賽女郎再次回過頭來。

「唔！又是這個壞傢伙！」她說完，輕輕撇了撇嘴，隨即轉過身去，托著手鼓開始向觀眾請賞。

白花花的銀幣如雨點般紛紛灑下。忽然，她走過葛林果面前。葛林果迷迷糊糊地把手伸進口袋裡，她連忙站住腳步。

「見鬼！」詩人一摸口袋，發現裡頭空空如也。可是俏麗的少女站在那裡不動，一雙大眼睛盯著他看，伸著手鼓等著。葛林果汗流如注。

他口袋裡假如有一座金山，他一定也會掏出來賞給她的。可是他連一個蘇也沒有。

幸好一件意外的事情解了他的圍。

「妳還不滾開？埃及蝗蟲。」從廣場最陰暗的角落裡傳來一個尖銳的聲音。少女一驚，連忙轉身。這次不是那個禿頭男子的聲音，而是一個女人的聲音，偽善而又凶狠。

「是羅蘭塔樓的隱修女。」一些孩子們亂哄哄地叫嚷起來。

「麻衣女大發雷霆了！難道她還沒有吃晚飯？我們拿點剩飯去給她吃吧。」

大家急忙一齊向塔樓擁去。

這時候，葛林果趁著吉普賽女郎心神不寧，躲開了。

他想起自己也還沒有吃飯，便向餐桌跑去。可是食物早已被一掃而空，甚至連五個蘇一斤的野菜也不剩。不吃飯就睡覺固然是件討厭的事，而沒飯吃又沒地方睡覺，那就更不愉快了。葛林果的處境正是如此，沒有吃的，也沒有住的。他越想越憂鬱，逐漸沉浸在這種怨天尤人的沉思之中。

這時，突然傳來一陣充滿柔情卻又古怪的歌聲，把他從沉思中驚醒過來。原來是那名少女在歌唱。她的歌喉，也像她的舞蹈、她的姿色一樣動人，難以用言語形容。這陣歌聲清澈、嘹亮、悠揚，旋律如鮮花不停開放，音調抑揚頓挫，節奏千變萬化；簡單明瞭的歌詞，夾雜著尖聲和噓聲的音符；音階急速跳躍，連夜鶯也要甘拜下風，卻始終保持著和諧；八度音唱得那麼纏綿蕩漾，如同她的胸脯上下起伏，忽高忽低。她那秀麗的臉孔隨著歌聲的變化，表情不時從狂亂的激情化為純真的矜持，變幻莫測。她忽而像個瘋女，忽而又像個女王。

葛林果聆聽著，心神蕩漾，忘卻了一切。好幾個鐘頭以來，這是他第一次忘記了痛苦。

然而，這種時刻卻太短暫了。剛才打斷吉普賽女郎跳舞的那個女人的聲音，又來打斷她的歌唱。

「地獄裡的蟋蟀，還不給我住嘴？」她依然從廣場的那個陰暗角落裡嚷道。

可憐的蟋蟀嘎然停止。葛林果連忙捂住耳朵。

「哦！該死的殘缺鋸子，竟來鋸斷豎琴！」他嚷叫起來。

不過，其他的觀眾也像他一樣嚷道：「麻衣女，見鬼去吧！」假如不是此刻愚人教皇的遊行隊伍走過來，分散了他們的注意力，那個老太婆或許就要吃苦頭了。

這支遊行隊伍走過了許多大街小巷，高舉著火把，吵吵鬧鬧，走進了格列夫廣場。這支遊行隊伍一路上不斷擴大，凡是巴黎街頭所有的乞丐、小偷、流浪漢，都紛紛加了進來，所以抵達格列夫時，聲勢浩大，蔚為奇觀。在隊伍的中央，愚人幫會的大臣們抬著一個擔架，上面點滿蠟燭。就在這頂轎子上，頂冠執仗，身披大袍，光輝燦爛，端坐著新當選的愚人教皇，聖母院的敲鐘人，駝子加西莫多！

從司法宮到格列夫廣場這一路上，加西莫多那張憂傷而醜惡的面孔，漸漸轉變為得意洋洋、目空一切的那種容光煥發的表情。這是他生平第一次嘗到自傲的樂趣。在這之前，他嘗過的只有侮辱和蔑視，這是由於他的外表；如今卻成了名副其實的教皇，慢慢品嘗著受群眾擁戴的滋味，即使他的臣民是一堆瘋子、小偷、乞丐，那又何妨！

值得一提的是，在這種令人哭笑不得的尊敬當中，也混雜著群眾對他真正的畏懼。那是因為這個駝子身強體壯、這個瘸子靈活敏捷，還因為這個聾子心腸歹毒。這三種特質把滑稽可笑的一面沖淡了。

正當加西莫多如痴似醉、得意洋洋經過廣場時，人群中猛然闖出一個人來，怒氣沖沖把他手中做為愚人教皇象徵的金色權仗一把奪了過去，大家一看，無不大吃一驚。

這個膽大妄為的傢伙，正是那個禿了頭、剛才混在觀中對吉普賽女郎出言恫嚇的傢伙。他穿著教士衣裳。葛林果起先並沒有留意他，此時看他從人群中衝出來，立刻認出了他，不由得驚叫道：「老天！這不是我的老師克洛德．孚羅洛副主教嗎！他要對這個醜八怪做什麼？這怪物會把他活活吞掉的！」

果然，響起一聲恐怖的叫喊聲。可怕的加西莫多匆匆忙忙跳下擔架，婦女們嚇得轉過頭去，不忍看見副主教被撕成碎片。

加西莫多一蹦，跳到教士跟前，瞄了他一眼，隨即雙膝跪倒。

教士一把扯去他頭上的皇冠，折斷他的權仗，撕碎他身上那綴滿金箔的袍子。

加西莫多依然跪著，低下頭合起雙掌。

接著，只見兩人用暗號和手勢進行奇特的交談，他們都沒有開口。教士不可一世地站著，氣急敗壞，張牙舞爪；加西莫多則低聲下氣地跪倒在地，苦苦哀求。

最後，副主教狠狠地搖晃著加西莫多強壯的肩膀，要他站起來，並跟著他走。

加西莫多站了起來。

這時，愚人幫會在最初一陣驚訝過去之後，決定挺身保護他們這位教皇。他們紛紛跑過來，圍著教士大喊大叫。加西莫多卻站在教士前面，兩隻有力的拳頭緊握，青筋暴露，像一隻被激怒的猛虎那樣磨著利牙，緊盯著包圍者。

教士恢復了那副陰沉而莊重的神態，向加西莫多比了個手勢，隨即悄悄地走了。

加西莫多在他前面開路，從人群中硬擠過去。

他們穿過了人群和廣場，一大群愛湊熱鬧的人仍舊緊跟不捨。加西莫多於是轉過身來，擋在副主教身後，惡狠狠地抱緊雙臂，露出野豬般的獠牙，發出猛獸般的咆哮。群眾嚇得東奔西跑，紛紛閃避。

人們眼睜睜看著他們鑽進一條漆黑的小巷，誰都不敢冒險再尾隨他們，加西莫多咬牙切齒的可怕形象，就足以堵住小巷的入口。

「真是妙極了，可是我該去什麼地方混口飯吃呢？」葛林果說道。

7

葛林果不顧一切地跟著吉普賽女郎。他看見她牽著山羊走上了剪刀街，也跟了上去。他心想，跟隨一個美麗的女子漫步走去，沒有什麼比這麼做更令人想入非非的了。

他默默地走在那個少女的後面。她看見市民們紛紛回家去，看見小酒店也紛紛打烊，便加快步伐，趕著小山羊奔跑起來。

「反正她總會有地方住吧？而吉普賽女人一向心腸好——誰知道呢？」葛林果盤算著。

在這種欲言又止的想法中，他的內心隱約藏著某種風流卻又難以啟齒的主意。

吉普賽女郎與佳麗一直在他前面走著。兩者都一樣清秀、優雅、楚楚動人，她們那嬌小的秀腳、標緻的身段、婀娜的體態，令葛林果讚賞不已，幾乎把她們看成一體了：就聰明和友善而言，他認為兩者都是妙齡少女；至於說到輕巧、敏捷、步履輕盈，又覺得兩者彷彿都是山羊。

街道越來越黑暗，越來越冷清了。宵禁的鐘聲早已敲過，偶爾能在街上遇見一個行人，在窗戶裡望見一線燈光。葛林果跟著吉普賽女郎，走進了錯綜複雜的迷宮，來到聖嬰墓四周數不清的小徑、岔路和死巷裡。

葛林果漸漸感到暈頭轉向，但是那個少女卻順著一條似乎很熟悉的路走下去，連想都沒想，而且腳步還越來越快。

有一回，他引起了吉普賽女郎的注意。她幾次不安地回頭望望他，甚至有一次索性站住，目不轉睛地把他從頭到腳打量了一番。之後，葛林果看見她又像剛才那樣撅了撅嘴，然後便不理睬他了。

她這一噘嘴，引起了葛林果的深思。毫無疑問，這嬌媚的姿態中含有輕蔑和揶揄的意味。想到這裡，他低下頭來，放慢腳步，離少女稍微遠一些。就在這時候，她轉過一個街角，剛消失在他的眼前，便發出了一聲尖叫。

他急忙趕上去。

那條街漆黑一團；但是，轉角的聖母像下有個鐵籠子，裡面燃著麻繩。葛林果借著光線，看見有兩個男人正抱住吉普賽女郎，竭力堵住她的嘴。她拚命掙扎著，可憐的小山羊嚇得魂不附體，昂起雙角，咩咩直叫。

「快救救我們！巡邏隊先生們！」葛林果大叫一聲，並勇敢地衝上前去。抱住少女的其中一男人剛好回頭，原來是加西莫多那張可怕的臉孔。

葛林果沒有逃跑，也沒有再向前走一步。

加西莫多向他衝過來，反掌一推，把他推出幾步以外，摔倒在地；接著，他轉身拔腿就跑，一隻手臂托著吉普賽女郎，一瞬間消失在黑暗之中。他的另一個同伴也跟著跑了。可憐的山羊在他們後面追著，悲傷地叫個不停。

「救命呀！救命呀！」吉普賽女郎不停叫喊著。

「站住，惡棍！放下那個女人！」突然爆雷般的一聲吼叫，一名騎士從鄰近的岔路上猛衝過來。

這是御前侍衛弓箭手隊長，戴盔披甲，手執一把巨劍。

加西莫多驚呆了，騎士從他懷裡把吉普賽女郎奪了過去，橫放在馬鞍上。等到這個駝子回過神來，撲過去要奪回他的獵物時，緊跟在衛隊長後面的十五六名弓手也出現了。這是一小隊御前侍衛，奉長官的命令前來檢查宵禁。加西莫多立刻遭到包圍，被捆綁起來。他像猛獸似地咆哮，口吐白沫，亂咬一通，他那張猙獰的臉因發怒變得更加醜惡不堪。

在搏鬥中，他的那個同伴早已逃之夭夭了。

吉普賽女郎嬌滴滴地在軍官的馬鞍上坐起身來，雙手往年輕軍官的雙肩上一搭，目不轉睛瞧了他一會兒，好像被他紅潤的氣色以及他剛才的搭救弄得心醉了。隨後，她先打破沉默，用甜蜜的聲音說道：

「軍官先生，請問尊姓大名？」

「費比斯·德·夏托佩爾隊長，願為您效勞！我的美人。」軍官挺直身子答道。

「多謝！」她說道。

話一說完，她趁著費比斯隊長捻他那小鬍子的時候，如箭一般跳下地面，迅速溜走了。

8

葛林果被摔得頭昏眼花，一直在街道轉角的聖母像前躺著，過了很久才清醒過來。他感到地面冷冰冰的，猛然坐起身來。

他開始回想剛才瞥見的暴力場面，吉普賽女郎在兩個男人之間掙扎，加西莫多有個同伙，葛林果腦中頓時浮現出副主教那張憂鬱和高傲的面孔。他想：「這件事大有文章！」又試著作出各種推測。忽然間，他渾身一顫，又回到現實中，喊道：「哎呀！冷死我了！」

原來，他被摔到了水溝裡，水溫異常冰冷，他感到身體的熱量一點一點地被溝水吸走，好不難受。

他站起身來，向前走去，卻又不知道該去哪裡。他跨過了許多水溝，穿過許多小巷、許多岔路，接著猛然停住了。他東瞧瞧，西望望，仰著頭，豎起耳朵，竭力想找出一條回到大街的路，可是沒有找到。他眼前是交錯的房屋，死巷、岔路盤根錯節，令他左右為難，遲疑不決。終於，他按捺不住，氣急敗壞地叫罵道：「該詛咒的岔道！這就是魔鬼的腳爪！」

這樣一喊叫，心裡稍微輕鬆一些。這時，正好瞥見一條狹長小巷的盡頭有一種淡紅色的光在閃爍，他的情緒頓時振作起來，連忙朝那裡走去。這條小巷是斜坡，路面沒有鋪石子，而且越走越泥濘、越傾斜；他剛走了幾步，便發現某種十分奇怪的現象。

這條小巷並非荒涼的。一路走去，到處都有一些模糊不清、奇形怪狀的東西在爬行，都朝著街尾那搖曳的亮光爬去。葛林果繼續往前走，很快就趕上了一個爬得最緩慢、落在最後面的爬蟲；他這才發現，那蠕動著的東西原來是一個沒有腿的人，雙手撐地，艱難地挪動著，活像一隻受傷的蜘蛛。

當他從這隻蜘蛛旁邊走過時，聽見一個悲哀的聲音向他說道：「行行好，大爺，行行好吧！」

葛林果沒有理會，急忙走掉了。接著，他又趕上了另一個這種蠕動的東西，仔細一瞧，原來是一個斷臂缺腿的殘廢人，僅靠拐杖和木腿支撐著身體。當他經過時，這個殘廢人向他舉帽致敬，那帽子原來是一個鐵碗，同時對著他大叫：「大爺，賞幾個錢買麵包吧！」

這兩人說的都是拉丁語，葛林果一點也聽不懂。

他忽然靈機一動，拍了拍腦門，說：「對了，他們早上一直喊著『愛斯梅拉達』，這到底是什麼意思？」

他又加快步伐，但是第三次被什麼東西擋住去路。這是個瞎子，個子矮小，一張猶太人的臉孔，長著大鬍子，手中的棍子向四周亂揮，由一隻大狗引路。他帶著匈牙利人的口音，用很重的鼻音說道：「行行好吧！」

「好呀！總算有一個人會說基督教的語言。」葛林果說道，「可惜，我上禮拜把最後一件襯衫也賣了，沒有什麼東西可以施捨。」

說完，他轉身繼續趕路。但是瞎子也同時開始邁起大步；那個瘸子，以及那個無腿人，也匆匆趕上來，拐杖和鐵碗在石路上敲得咚咚作響。他們緊跟在葛林果身後，朝他唱起歌來：

「行行好！」瞎子唱道。

「行行好！」無腿人唱道。

「買幾塊麵包吧！」瘸子唱道。

葛林果趕緊塞住耳朵，拔腿就跑。想不到那三人也跑了起來。

他越往街道深處裡鑽，無腿人、瞎子、瘸子也越來越多，成群地圍著他；還有許多斷臂的、獨眼的、滿身是瘡的麻瘋病人，有的從房子裡出來，有的從附近的巷子裡出來，有的從地窖裡鑽出來，發出像狼嗥、牛叫、獸啼的叫聲，個個一拐一拐，跌跌撞撞，向亮光擁去。

葛林果嚇得魂不附體，在這些人中間亂竄，繞過瘸子，跨過缺腿的，雙腳踩進這螞蟻窩般的畸形人堆裡。

忽然間，他靈機一動，心想不如往回跑。可是已經太遲了，一大群人堵住了他的退路，那三個乞丐纏著他不放。如此一來，他只得被人流推著繼續往前跑。

最後，他總算跑到了街道的盡頭。眼前是一片廣闊的空地，只見點點燈光在朦朧的夜霧中搖曳閃爍。葛林果頭也不回地衝進去，只希望能甩掉那三個緊追不捨的殘廢人。

「好傢伙，看你往哪裡跑！」那個瘸子吼叫一聲，扔下拐杖，邁開兩條大腿緊追了上來。無腿人也站了起來，把鐵碗蓋在葛林果的頭上，而瞎子瞪大雙眼，直盯著他。

「我在哪裡？」詩人嚇壞了，問道。

「在奇蹟宮殿。」不知道從哪裡來的第四個人回答道。

「我發誓，我確實看到了瞎子能看、瘸子能跑，可是救世主在哪裡呢？」葛林果說道。

他們一聽，陰森地大笑起來。

葛林果環視了周圍，明白這是個魔窟，是盜賊的淵藪，是巴黎醜惡的一個膿瘡，是一條流淌著罪惡、乞討、流浪的水溝；這是使人毛骨悚然的蜂窩，住著一切擾亂社會秩序的胡蜂；這是騙人的醫院，聚集著吉普賽人、破戒的教士、墮落的學生、各國的流氓與各種宗教的狂熱者。這裡的人白天乞討，夜裡則搖身成為強盜。總而言之，這是一間寬敞的化妝間，每天在巴黎街頭上演的偷竊、淫亂和凶殺劇目，所有角色都在這裡上妝、更衣。這的確是個可怕的奇蹟宮殿，連員警也不敢在這種時刻進來這裡的。

這片廣闊的空地形狀參差不齊，地上鋪的石子高低不平，到處火光閃耀，聚集著一群群奇怪的人。可以聽見一陣陣尖笑聲、孩子的啼哭聲、女人的說話聲。人群的手掌和腦袋襯托著亮光，黑漆漆的，顯出千百種奇特的剪影。地面上火光搖曳，掩映著許多模糊不清的巨大黑影；不時可以看見走過去一條像人的狗，或一個像狗的人。在這黑暗的巢穴裡，種族、物種的分界似乎都消失了。男人、女人、畜牲、年齡、性別、健康、疾病，一切在這裡都好像是一樣的，它們相互混合、摻雜、重疊，合而為一；每個人都具有整體的特性。

藉著微弱的火光，葛林果可以看出空地四周盡是破舊醜陋的房屋，那些蟲蛀的、皺折的、萎縮的、千瘡百孔的門窗，彷彿一個個老太婆的腦袋，排成一個圓圈，怪異而乖戾，眨著眼睛在注視這群妖怪。

這彷彿是一個新的世界，前所未聞，奇形怪狀，聚集著爬行動物，荒誕不經。

葛林果越來越驚慌，那三個乞丐像三把鉗子一樣把他牢牢抓住，周圍又有一群人叫囂不止，把他吵得耳都聾了。就在此時，從亂哄哄的人群中響起一聲清晰的叫喊：「帶他去見國王！帶他去見國王！」

「去見國王！去見國王！」所有的人異口同聲齊喊道。

大家都來拖他，爭先恐後看誰能抓住他。然而那三個乞丐不肯鬆手，硬是從其他人的手裡把他奪來，吼道：「他是我們的！」

這麼一爭奪，把他身上那件本來就破爛的上衣也扯得不成人形了。

他被帶進了一間小酒館，這裡就是「奇蹟宮殿」。那群衣衫襤褸押送他的人把他放了下來。

葛林果定了定神，開始打量眼前的景象：一塊寬闊的石板上，燃著一堆熊熊烈火，火焰燒紅了一個空的大鍋。火堆四周隨便地擺著幾張桌子，排成平行的兩排。桌上放著裝滿葡萄酒和麥酒的罐子，周圍湊著許多醉漢的臉孔，由於喝多了，每張臉孔都發紫。一個大肚子的男人，正摟著一個胖妓女親來親去。在對面，一個病人正用白屈菜汁和牛血擦洗他的腿。再過去兩張桌子，有一個喬裝的強盜，身上穿著朝聖者的服裝，吃力地唸著聖經。另一個角落，有個小乞丐正向一個老無賴請教裝病的方法。旁邊，四、五個女瘸子圍著一張桌子，在爭奪一個傍晚偷來的小孩。

到處傳來粗野的狂笑聲和淫蕩的歌聲。每人只顧自己，說長道短，又罵又笑，根本不理會旁人在做什麼。酒罐碰來碰去，接著又變成一陣爭吵，摔破的酒罐碎片把衣服劃得稀巴爛。

一隻大狗蹲坐著，正望著火堆。有幾個小孩也來湊熱鬧。一個四歲的小胖子坐在一張板凳上，一聲不響。還有一個孩子，裝模作樣地用手指把蠟燭流下來的蠟塗抹在桌上。一個小不點蹲在泥巴裡，整個身體幾乎都鑽進一口大鍋，用瓦片刮著鍋壁，發出刺耳的摩擦聲。

火堆旁放著一個大桶，桶上坐著一個乞丐。這就是坐在寶座上的乞丐王了。

押著葛林果的那三個人把他帶到酒桶前，狂歡縱飲的人群頓時啞然無聲，只有那個小孩仍在刮鍋壁。

葛林果既不敢喘氣，也不敢抬頭。

「混帳，快脫掉你的帽子！」一個揪住他的乞丐說道，葛林果還沒弄明白他的話，帽子就被一把摘下。

這時，國王高高在上地問道：「這壞蛋是誰？」

葛林果不禁打了一個寒顫。那聲音儘管帶著威脅的意味，卻使他想起一個人，那就是今天早上在演出過程中高喊「行行好吧」，破壞他的神蹟劇的那個聲音。他抬頭一看，果然是高洛賓．特魯伊弗。

此時的高洛賓佩戴著國王的標誌，身上仍穿著破爛衣服，手臂上的爛瘡卻消失不見了。他手執一根用白色的鞭子，頭上戴著一種三角形的帽子，像是王冠。

當葛林果認出奇蹟宮殿的國王原來就是上午出現在大廳裡的那個乞丐以後，心裡又恢復了一線希望。

「大人……閣下……陛下……」葛林果結結巴巴，聲調越來越高，「我該如何稱呼您呢？」

「閣下、陛下或是伙計，你愛怎麼稱呼都行。不過，得快點！你有什麼要為自己辯護的嗎？」

「為自己辯護？」葛林果心想著，「我不喜歡這個字眼。」

他結結巴巴地回答：「我就是今天早上那個……」

「魔鬼的爪牙！」高洛賓打斷他的話，「報上你的名字！壞蛋。少囉嗦！聽著！坐在你面前的是三個大人物：我，高洛賓．特魯伊弗，狄納之王，乞丐幫會的首領，黑話王國至高無上的君主！那邊那位頭上裹著破布的黃臉老頭，名叫馬西亞．恩加第．斯皮卡利，埃及和波希米亞公爵。還有那個胖子，他是紀堯姆．盧梭，加利利皇帝。我們三個人是你的審判官。你不是黑話國人，卻潛入黑話王國，侵犯了我們城邦的特權，應該受到懲罰。除非你是小偷、乞丐或流浪漢。你是嗎？快說出你的身分！」

「唉！」葛林果道。「我沒有這種榮幸。我是作家……」

「這就夠了！」高洛賓沒等他說完就插嘴道，「你要被吊死！正派的先生。這道理再簡單不過了。你們那裡是怎樣對待我們的，我們這裡就怎樣對待你們。你們用法律對付流浪漢，我們也用法律對付你們。要是這個法律太狠毒，那是你們咎由自取。來吧，好人，把你身上的破衣裳分給這幾位小姐吧。我要把你吊死，讓流浪漢們開開心；你再把身上的錢分給他們，讓他們去喝酒。要是你還有什麼遺言，那邊的石臼裡有個精緻的雕像，是我們從教堂偷來的；你有四分鐘的時間可以向你的上帝祈禱。」

這番話真叫人毛骨悚然。

「國王陛下，」葛林果冷靜地說道，「我的名字是比埃爾．葛林果，是一名詩人，今天早上在司法宮大廳上演的神蹟劇就是我寫的。」

「啊！是你呀！先生。」高洛賓說道，「我也在那裡，我可以用上帝的腦袋發誓！好吧，伙計，你是說，因為你上午把我們煩透了，所以我們應該饒過你一命？」

葛林果試著再做一次努力。他說道：「我不懂，詩人為什麼就不能算是流浪漢呢！你瞧，伊索就是一個；至於乞丐，荷馬就是一個；小偷，墨丘利（註：羅馬神祇）就是一個……」

高洛賓打斷他的話，說道：「別想唬弄我們！該死，就把你吊死吧！別再裝蒜了。」

「對不起，國王陛下，」葛林果著急地反駁道，「請您再等一下！聽我說……您總不會不聽我申辯就判我死刑吧……」

然而，他的聲音早已被周圍的喧囂聲淹沒了。那個小男孩也更加賣力地刮著大鍋。除此之外，一個老太婆剛在火堆裡放上一個盛滿油脂的煎鍋，被火一燒，劈啪作響。高洛賓轉頭與埃及公爵和加利利皇帝商量了一陣子，忽然厲聲喝道：「安靜！」然而，大鍋和煎鍋並不理會他，繼續它們的二重唱。他一下子跳下大桶，狠狠踢了大鍋一腳，只見大鍋連同小孩滾出十步以外；他又一腳把煎鍋踢翻，油全潑在火堆上。然後，他神情莊重地坐回寶座，全然不理會那孩子的哭聲和那老太婆的埋怨聲。

高洛賓打了個手勢，公爵、皇帝，還有那些窮凶極惡的無賴，全都走了過來，在他周圍排成半圓。這儼然是一場乞丐的圓桌會議，高洛賓．特魯伊弗坐在正中央酒桶上，彷彿元老院的議長、貴族院的君主、紅衣主教會議推選的教皇，高高在上，發號施令，神情無可言喻，既傲慢又暴躁、凶殘。

「給我聽好！」他一邊用長滿繭的手撫摸畸形的下巴，一邊對葛林果說道，「我想不出不把你吊死的理由。是的，看樣子你不喜歡這個判決，這很容易理解。你們這些市民總是不把絞刑當一回事。其實，我們並不恨你，有一個辦法可以救你。你願意成為我們當中的一員嗎？」

葛林果本來看見自己性命難保，已準備放棄努力，如今突然聽到這個建議，趕緊抓住不放，回答道：

「當然，願意之至！」

「你同意加入這個好漢幫？」高洛賓又問。

「是的，加入好漢幫。」葛林果回答。

「您承認自己是自由市民的一員？」狄納王再問道。

「自由市民的一員。」

「黑話王國的子民？」

「黑話王國的子民。」

「流浪漢？」

「流浪漢。」

「從頭到腳？」

「從頭到腳。」

「我必須告訴你，即使如此，你還是得被吊死。」國王接著又說。

「見鬼！」詩人叫道。

「而且，光是願意還不行，」高洛賓繼續說道，「要想被黑話幫接納，你必須證明自己有點出息才行，所以你得去扒假人的錢包。」

「您要我扒什麼都行。」葛林果說道。

高洛賓一揮手，幾個人便離開圓圈，不一會兒又回來了。他們扛來兩根木樁，在頂端架了一根橫樑，完成一個簡便的絞刑架。接著，他們搬來一個假人，把絞索往假人的脖子一套，吊起來。這假人是用稻草捆的，穿著紅衣裳，身上掛滿許多鈴鐺。當假人被吊起來的時候，這千百個鈴鐺嗡嗡地響了好一陣子。

這時候，高洛賓指著假人腳下的一張破凳子，對葛林果說：「站上去！」

葛林果往板凳上一站，腦袋和手臂搖搖晃晃，好不容易才站穩了。

「現在，把右腳勾住左腳，踮起左腳站直！」狄納王接著說。

「您這不是存心要我摔斷腿嗎？」葛林果叫道。

高洛賓搖了搖頭，說道：

「聽著，朋友，照我說的去做！現在，你可以搆到假人的口袋了；你伸出手去，設法從他的口袋裡扒出一個錢包。只要你能辦到這件事，而且不發出鈴響，那就能成為流浪漢。我們只要揍你八天就行了。」

「上帝！要是我不小心，把鈴鐺碰響了怎麼辦？」葛林果問道。

「那你就得被吊死。明白了嗎？」

「可是，陛下，我不懂。這麼做我又有什麼好處呢？一種情況是被吊死，另一種情況是挨揍……」

「還有成為流浪漢！」高洛賓接著說，「當流浪漢，難道這還不夠好嗎？我們揍你，那是為了你好，讓你經得起折磨。」

「真是感激不盡。」詩人回答。

「夠了，快點！」大王用腳跺著酒桶，發出大鼓般的聲響，「快點開始！我最後一次警告你：要是我聽見一聲鈴響，那就由你去代替假人。」

聽到高洛賓這些話，在場的人全都鼓掌喝彩，並且圍著絞刑架站成一圈，發出一種冷酷的笑聲。葛林果忽然感到害怕起來。他心想，只能存著一分僥倖，指望自己通過這種可怕的考驗了。

「哦！」他悄悄說道，「難道我的性命真的取決這一個個小鈴鐺嗎！」他合起雙掌，默默禱告：「啊！小鈴鐺呀，千萬別響！小鈴鐺呀，千萬別晃！小鈴鐺呀，千萬別抖！」

接著，他把心一橫，抬起右腳勾住左腳，踮起左腳，挺直身子，伸出一隻手臂。可是，正當他的手碰到假人時，他的身體重心不穩，在凳子上晃動了一下；他本能地想抓住假人，結果一下子失去了平衡，重重地跌在地上；同時，假人經不起他的手一推，先旋轉了一圈，隨後在兩根絞刑柱中間笨重地晃來晃去，身上的無數鈴鐺頓時可怕地響了起來，葛林果完全被嚇暈了。

「倒楣！」他喊道，趴在地上像死了似的。

流浪漢們發出魔鬼般的狂笑聲，高洛賓說道：「把這混蛋拉起來，吊上去！」

葛林果站了起來。大伙兒已經解下假人，好為他騰出位置。葛林果想大呼饒命，但這句話到嘴邊卻卡住了。他舉目環顧四周，一點希望也沒有：所有人都在大笑。

「現在，」高洛賓說，「安德里，我一拍手，你就把小凳子踢倒；弗朗索瓦，你抱著這壞蛋的腳往下拉；還有你，貝爾維尼，你就撲到他的肩膀上。你們三個人要同時行動，聽清楚了嗎？」

葛林果不由得一陣哆嗦。

「準備好了嗎？」高洛賓問三個伙計，他已經不慌不忙地張開雙手，準備擊掌。那三人正準備朝葛林果撲上去，這時高洛賓忽然停住了，彷彿突然想起什麼。

「等一等！我忘了……我們要吊死一個男人前，得先問一問有哪個姑娘要他，這是我們的慣例。伙計，這是你最後的機會了。你要不娶一個女乞丐，要不娶絞索！」

葛林果鬆了一口氣。這是半個鐘頭以來第二次死裡逃生了，因此他不敢過分放心。

「喂！」高洛賓重新登上他的寶座，喊道，「喂！女人們，姑娘們，妳們之中有誰要這個淫賊？科萊特！伊莉莎白！西蒙娜！瑪麗！唐娜！貝拉德！蜜雪兒！葛羅妲！馬杜琳！妳們都過來看！一個白白送上門的男人！誰要？」

葛林果一副失魂落魄的模樣，當然提不起她們的胃口。這些女乞丐對這門婚事都顯得無動於衷，只聽見她們回答道：「不要！不要！吊死他！讓我們大家樂一樂！」

不過，也有三個從人群中走過來嗅一嗅他。第一位是個方臉的胖女孩，她仔細察看了葛林果身上那件寒酸的上衣，做了一個鬼臉，嘀咕道：「破布條！」接著對葛林果說：「你的斗篷呢？」

「丟了。」葛林果回答。

「你的帽子呢？」

「被拿走了。」

「你的鞋子呢？」

「開口了。」

「你的錢包呢？」

「唉！」葛林果結結巴巴地說，「我身無分文。」

「那你就被吊死吧！活該。」女乞丐嘟噥道，掉頭走了。

第二個又老又黑，滿臉皺紋，醜惡不堪。她圍著葛林果轉來轉去，說道：「他太瘦了。」然後走開了。

第三個是位妖豔的少女。葛林果低聲向她哀求道：「救救我吧！」她以憐憫的神情看了他好一陣子，接著垂下眼睛，揉著裙子，猶豫不決。終於，她說道：「不，不！我男人會揍我的。」說完也回到人群中去了。

「伙計，算你倒楣！」高洛賓說道。

話一說完，他隨即在大桶上站起來，又喊了一次：「沒有人要嗎？」

他模仿著拍賣官的腔調，嬉皮笑臉地說道：「沒有人要嗎？一——二——三！」於是轉向絞刑架，點了點頭：「成交！」

三個行刑助手一齊接近葛林果。

就在這時候，黑話幫中響起了喊聲：「愛斯梅拉達！愛斯梅拉達！」

葛林果不由打了個寒顫，轉頭向傳來喧嘩聲的那裡望去，只見人群讓出一條道路，走出一位純潔如玉、光豔照人的美人兒。

這就是那位吉普賽女郎。

「愛斯梅拉達！」葛林果自言自語，驚呆了，激動不已，這個咒語般的名字猛地勾起了他這一天的種種回憶。

這個世間罕見的尤物，似乎連奇蹟宮殿都被其姿色和魅力迷住了。她一路走來，在場的男女都乖乖地排成兩列，每一張粗暴的面孔登時容光煥發。

她步履輕盈，走到葛林果跟前，後面跟著漂亮的山羊。

葛林果嚇得半死不活，她靜靜打量了他片刻。

「您要把這個人吊死嗎？」她嚴肅地問高洛賓。

「是的，小妞。」狄納王應道。「除非妳要他當妳丈夫。」

她撇起下唇，做了一個慣常的嬌態。

「我要了。」她說。

活結解開了，詩人從小凳上被抱了下來。他激動萬分，不得不坐了下來。

埃及公爵一言不發，拿來一個瓦罐。吉普賽女郎把瓦罐遞給葛林果，說道：「把它摔到地上！」

瓦罐摔成了四片。

「兄弟，」埃及公爵這才開口，一邊把雙手各按在兩人的額頭上。「兄弟，她是你的妻子。姑娘，他是妳的丈夫。婚期四年。好了！」

9

過了一會兒，葛林果便身處一間溫暖的尖拱圓頂的小房間裡，坐在一張桌子旁邊，房裡還有一張舒適的床，而且單獨跟一位俏麗的少女在一起。這種奇遇彷彿中了魔法一般，他幾乎要把自己看成是神話中的人物了。

那少女似乎對他不屑一顧，走來走去，有時絆到一張小矮凳，有時跟她的小山羊說說話，有時撇一撇嘴。最後，她走過來在桌旁坐下，葛林果總算可以自由自在地端詳她了。

他沉浸在遐想之中，目光模糊地注視著她，心想：「也就是說，她就是愛斯梅拉達了？一位下凡的仙女！一個街頭舞女！既高貴而又低微！上午打斷了我的神蹟劇的是她，今晚救了我一命的也是她！她是我的煞星，也是我的天使！尤其，她還是一個美麗的姑娘！而且一定愛我愛到發狂，才會那樣要了我。」想到這裡，他忽然站立起來，說道：「嘿！雖然還不清楚是怎麼一回事，反正我成了她的丈夫啦！」

他的腦子裡、目光中都閃現著這種念頭，走近少女的身旁，把她嚇得直後退，喝道：

「你想幹什麼？」

「這還用得著說嗎？可愛的愛斯梅拉達。」葛林果說道，語氣是那樣熱情，連他自己也不由得吃驚。

吉普賽女郎瞪著一對大眼睛。「我不明白你想說什麼。」

「什麼！」葛林果渾身發熱，「難道我不是屬於妳的嗎？溫柔的人兒。妳不也是屬於我的嗎？」

話已至此，他索性把她攔腰抱住。

吉普賽女郎的上衣就像魚皮一樣，一瞬間便從他手中滑脫了。她縱身一跳，躲到房間另一頭去，低下身子，隨即又挺起身來，手裡握著一把匕首。她既惱怒又高傲，嘴唇翹著，鼻孔鼓著，臉頰鼓得像紅蘋果似的，眼珠裡閃著電光。同時，那隻白山羊也跑過來站在她前面，抵著兩隻金色的尖角，擺出戰鬥的架勢。

葛林果愣住了，目光呆滯，一會兒看看山羊，一會兒瞧瞧少女。

「聖母啊！瞧瞧這兩個潑辣的婆娘！」他驚魂甫定，終於說道。

吉普賽女郎也打破了沉默。

「想不到你是如此放肆之徒！」

「對不起，小姐，」葛林果滿臉笑容地說道，「可是，既然如此，您為什麼要我當您的丈夫呢？」

「難道我應該看著你被吊死不成？」

「這麼說來，您嫁給我只是為了救我一命，沒有別的想法？」詩人本來滿懷愛意，這時有點大失所望了。

「你要我有什麼別的想法呢？」

葛林果嘆了口氣。

「愛斯梅拉達小姐，我們相互妥協吧！」詩人說道，「我向您發誓，不得到您的許可，絕不靠近您。還是快給我晚飯吃吧！」

葛林果並非好色之徒。在他看來，在一天的奇遇之後能好好飽餐一頓，又有個可愛的人兒作伴，便心滿意足了。

吉普賽女郎沒有回答。只見她滿臉輕蔑的神情，撅了撅小嘴，像小鳥般把頭一揚，縱聲大笑起來，隨即收起那把小巧玲瓏的匕首。

過了片刻，桌上擺著一塊黑麵包、一小片豬油、幾顆乾皺的蘋果、一罐草麥酒。葛林果狼吞虎嚥地吃起來，叉子和盤子碰得噹噹作響，彷彿他全部的愛意都已化為食欲了。

少女坐在他前面，默默看著他吃。她顯然另有所思，臉上不時露出笑容，溫柔的小手輕輕撫摸依偎在她膝蓋之間的那隻山羊。

「您不吃嗎？愛斯梅拉達小姐。」

她搖了搖頭，沉思的目光盯著小房間的圓頂。

「她在想什麼心事？」葛林果想道。他提高嗓門叫了一聲：「小姐！」

她好像沒有聽見。

他又大聲喊道：「愛斯梅拉達小姐！」

仍然沒有用，少女的心思在別處，葛林果的聲音不足以把她喚回來。幸好，就在這時，山羊輕輕扯了扯女主人的袖子。吉普賽女郎急忙問道：「怎麼了？佳麗。」

「牠餓了。」葛林果回答，心裡很高興能與她說上話。

愛斯梅拉達動手掰碎一塊麵包，佳麗在她的手掌心吃了起來。

葛林果不讓她有時間再想入非非，便壯著膽子向她提了一個問題：

「您真的不要我做您的丈夫嗎？」

少女瞪了他一眼，說道：「不要。」

「做您的情人呢？」葛林果接著問。

她撅了撅嘴，回答：「不要。」

頭。」

「做您的朋友呢？」

她再瞪了他一眼，想了想，答道：「也許吧。」

一聽到這個回答，葛林果膽子更壯了。

「您知道什麼是友情嗎？」他問道。

「知道。」吉普賽女郎回應，「友情就好比兩兄妹，兩人的靈魂相互接觸而不混合，又像一隻手的兩根指頭。」

「愛情呢？」葛林果又問。

「啊！愛情，」她說道，聲音顫抖，目光炯炯，「就是明明有兩個人卻又只有一個人。一個男人和一個女人融合為一個天使。那就是天堂！」

少女說這些話時的嫵媚豔麗，深深震撼著葛林果的心靈，他感到這如花的美貌與她言語中的韻味十分相配。兩片純潔的玫瑰色嘴唇半開，笑盈盈的；純真和爽朗的額頭，由於思慮而不時顯得有些朦朧；又長又黑的睫毛低垂，時時流露出一種不可言喻的光華，賦予她的容顏一種醉人的姿色。

「那必須是什麼樣的男人才能討您歡心呢？」他繼續追問。

「必須是真正的男子漢。」

「那我呢，我究竟怎麼樣？」

「我心目中的男子漢要頭戴鐵盔，手執利劍，靴子上裝有金馬刺。」

「照您這麼說，沒有馬騎就算不上男子漢了！」葛林果說道，「莫非您正愛著某個人？」

她沉思了一會，隨後表情奇特地說：「我很快就會知道了。」

「為什麼不能是今晚？」詩人又深情地問道，「為什麼不能是我呢？」

她目光嚴肅，瞥了他一眼。

「我只會愛一個能保護我的男子漢。」

葛林果頓時漲紅了臉，無話可說。顯然，少女是在暗示兩個小時前發生的事，在那危急關頭，他並沒有幫上她的忙。他拍拍額頭，說道：

「是啊！小姐，我差點忘了這件事。您到底是怎麼逃出加西莫多的魔掌的呢？」

吉普賽女郎一聽，不由打了個寒顫。

「噢！那可怕的駝子！」她邊說邊用手捂住臉，渾身發抖。

「確實可怕！」葛林果說，「不過您究竟是怎麼脫身的？」

愛斯梅拉達嫣然一笑，嘆了口氣，默不作聲。

「您知道他為什麼跟蹤您嗎？」葛林果又問。

「不知道。」少女回答，接著又說：「不過您也一樣。您為什麼跟蹤我？」

「老實說，我也不知道。」

一陣沉默。葛林果用餐刀劃著桌子，少女微笑著，彷彿在透過牆壁望著什麼。

「您這隻山羊挺漂亮的。」葛林果說道。

「這是我妹妹。」

「人們為什麼叫您愛斯梅拉達呢？」詩人問道。

「我一點也不知道。」

「愛斯梅拉達是什麼意思？」

「不知道。」她答道。

「是什麼語言？」

「或許是埃及語吧。」

「我早就猜到了。」葛林果說道，「您不是法國人？」

「我一無所知。」

「您有父母嗎？」

她聳了聳肩。

「您是幾歲來到法國的？」葛林果又問。

「很小的時候。」

「到巴黎呢？」

「去年的八月底。」

「你們稱為埃及公爵的那個人，他是你們幫會的首領吧？」

「是的。」

「是他為我們主持婚禮的。」詩人很難為情，刻意指出了這件事。

她又習慣地撇了撇嘴，說：「我連您的名字都還不知道呢！」

「我是比埃爾．葛林果。」

「我知道有個名字更美麗。」她說道。

「您真壞！」詩人接著說，「不過沒關係，我不會生您的氣。嗯，今後當您更瞭解我了，也許會愛上我的。還有，您這麼信任我，把您的身世說給我聽，我也得向您說一些我的事情。我叫比埃爾．葛林果，戈內斯公證所佃農的兒子。二十年前巴黎遭到圍攻時，我父親被勃艮第人吊死了，母親被庇卡底人殺死了。我六歲就成了孤兒，到處流浪。十六歲時，我決心找個工作，然而，各行各業我都試過了；先是當了兵，但我不勇敢；接著當過修士，卻又不夠虔誠；我喝酒的本領也不行。走投無路，只好去木工場當學徒，但又缺乏力量。我生性更適合當小學教師，當然，當時我還目不識丁。過了一陣子，我發現自己做什麼都不行，索性當個詩人，寫起韻文來了。儘管這一行跟流浪漢沒什麼兩樣，但總比偷東西好吧？有一天，我運氣不錯，遇到了聖母院德高望重的院長克洛德．孚羅洛大人。承蒙他的栽培，我成了一個真正的文人，通曉拉丁文、哲學、詩學、韻律學。今天在司法宮大廳演出的神蹟劇，便是我的作品。您瞧，我是個還不錯的結婚對象吧？我還會許多有趣的把戲，可以教給您的山羊，比如說模仿巴黎主教。再說，還有我的心智、我的學識、我的文才，一切全都任您差遣。小姐，我已作好準備，願與您一起生活。您若覺得好，就當夫妻；您若覺得做兄妹更合適，那就當兄妹。」

葛林果說到這裡停住了，想看看這番高談闊論對少女有什麼影響。只見她的眼睛盯著地上。

「費比斯，」她低聲說道，然後轉向詩人問道：「費比斯，這是什麼意思？」

葛林果不明白這個問題和他剛才說的話有什麼關連，但能炫耀一下自己的才學倒也不賴，於是他神氣地答道：「這是拉丁語的一個詞，意思是太陽。」

「太陽！」她緊接著說道。

「這是一個非常英俊的弓手、一個神的名字。」葛林果又補充了一句。

「神！」吉普賽女郎重複了一聲，語調帶有某種思念和熱情。

就在這時，她的一只手鐲掉了下來，葛林果連忙彎身去撿。等他直起身來，少女和山羊早已不見了。他聽見門閂的聲響，是那扇通往隔壁房間的小門從外面反鎖上了。

「她至少得留下一張床吧？」葛林果說道。他繞著房間轉了一圈，並沒有可供睡覺的傢俱，只有一個相當長的木箱。葛林果往上面一躺。

「算了！」他對自己說，「隨遇而安吧。多麼離奇的一個新婚之夜！」

10

在故事發生的十六年前，加西莫多禮拜日（復活節後第一個禮拜日）清晨，聖母院舉行過彌撒後，人們發現在教堂廣場左邊砌在地面石板上的木床裡，有人放了一個小嬰兒。按照當時習慣，凡是棄嬰都放在這張木床上，求人慈悲為懷，予以收養。誰肯收養，就可以把孩子抱走。木床前有個銅盆，那是讓人施捨用的。

一四六七年加西莫多日的早晨，這躺在木床上的小生命似乎激起了群眾極大的好奇心，木床周圍密密麻麻地擠滿一大群人，幾乎都是些老太婆。在前排，四個老修女低身俯視著木床。

「這是什麼東西？」艾格尼絲修女問道，一邊端詳著那個小東西。這孩子看見這麼多目光注視著他，嚇得哇哇大哭，在木床上拚命扭動著身子。

「這還得了，要是人們都像這樣生孩子的話！」雅娜修女說道。

「生孩子的事我可不懂，不過，光瞧瞧這個孩子，就是一種罪孽。」艾格尼絲又說道。

「這哪裡是一個孩子！艾格尼絲。」

「這是一隻不成人形的猴子。」戈榭爾修女說。

「這真是一個神蹟！」亨利葉特修女說。

「一個可怕的妖怪。」雅娜又說道。

「我想，」艾格尼絲說，「這是一頭畜牲、一頭野獸，是一個猶太人和一頭母豬生的雜種，應該扔進河裡淹死，要不就扔進火裡燒死！」

「但願沒有人認領他。」亨利葉特接著說道。

「啊！上帝呀，」艾格尼絲突然叫了起來，「沿著河邊往下走，緊挨著主教大人府邸的小巷盡頭，有一座育嬰院，說不定他們會哺育這個小妖怪的！換作是我，我寧可餵養吸血鬼呢！」

「親愛的艾格尼絲，瞧您多麼天真！」雅娜回答，「難道您還沒看出來，這個小怪物起碼四歲了，對女人的乳頭才不會像對烤肉叉那麼有胃口呢！」

確實，這個「小妖怪」不是初生的嬰兒。這是一小堆形狀分明的肉體，蠕動十分有力，裹在一個麻袋裡，腦袋伸在麻袋外面。這個腦袋怪里怪氣的，只見一頭濃密的棕髮、一隻眼睛、一張嘴巴、幾顆牙齒。嘴巴哇哇亂叫，牙齒看上去只想咬人。他在麻袋裡拚命掙扎，把周圍的觀眾看得目瞪口呆。

一名牽著小女孩的貴婦正好從這裡路過，她在木床前停了下來，把那個可憐的小東西端詳了好一會兒，她那可愛的孩子用手指比著掛在木床上的牌子，讀出上面的字：棄嬰。

「老實說，我還以為這裡只放著真正的孩子呢！」

貴婦人厭惡地扭過頭去，同時又在銅盆裡扔下一枚銀幣。

沒過多久，樞密官朗貝爾．米斯特里科爾也來到此地。他一隻手夾著一本彌撒書，一隻手挽著妻子。

「棄嬰！看來是被遺棄在冥河岸邊的！」他仔細察看了那東西後說道。

「他只有一隻眼睛看得見，另一隻眼睛上長著疣子。」他的妻子提醒說。

「那不是疣子，是一個卵，裡面藏著跟他一模一樣的另一個魔鬼。魔鬼裡面又有一個卵，卵裡又有一個魔鬼；以此類推，無窮無盡。」樞密官回答。

「您怎麼知道呢？」

「我一看就知道了。」

「樞密官大人，依您之見，這個棄嬰預兆著什麼？」戈榭爾修女問道。

「災難。」

「啊！我的上帝！」觀眾中有個老太婆說道，「由於這個孽種，去年瘟疫橫行；現在聽說英國人就要在哈福婁大舉登陸了！」

「我認為，」雅娜說道，「最好讓這個小孽種躺在柴堆上，而不是木板上。」

「在熊熊燃燒的柴堆上。」一個老太婆補充道。

「那樣做更穩妥些。」米斯特里科爾說道。

有個年輕神父站在一旁有好一陣子了，默默地聽著幾個修女的議論。這人面容嚴肅，額頭寬闊，目光深邃，不聲不響地撥開人群擠向前去，仔細瞧了瞧小怪物，伸出手去護住他。

「這孩子我收養了。」神父說。

他用法袍一裹，把孩子抱走了。觀眾茫然地望著他離去。不一會兒，只見他走進那道從教堂通往隱修院的紅門，隨即消失無蹤。

最初一陣驚愕過去之後，雅娜在亨利葉特的耳邊說：

「我早就說過，這個年輕的教士克洛德．孚羅洛先生是個巫師！」

11

克洛德．孚羅洛出身於一個中產家族。這個家族從派克萊兄弟處繼承了蒂爾夏普采邑，這座采邑共擁有二十一棟房屋。作為該采邑的擁有者，孚羅洛是巴黎及各城關裡有權享有年貢的一百四十一位領主之一。

他在兒時就由父母作主，決定獻身神職。家裡教育他用拉丁文閱讀，培養他低眉垂目、輕聲細語的習慣；之後，又把他送到大學城的托爾希學院去過著幽居的生活。他在那裡整天誦讀彌撒經和辭典，逐漸長大成人。

孚羅洛生性憂鬱、莊重，學習勤奮，天資聰穎。娛樂時從不大聲嚷叫，對於節慶與暴動也幾乎不湊熱鬧。他不苟言笑，難得揶揄別人。相反地，他卻非常勤快地出入約翰—德—博維街大大小小的學堂。瓦爾的聖彼得教堂的院長每次宣揚教規，他總是第一個到場，就待在講壇的對面，咬著鵝毛筆，跪在地上埋頭苦寫。每個禮拜一早晨，謝夫—聖德尼學堂一開門，米爾．德．伊斯利埃博士總是看見他最先跑來，上氣不接下氣。因此，當這個學生十六歲的時候，在神學方面竟可以媲美教堂神父，或是大學的博士。

神學一學完，他便緊接著鑽研起教諭，以強烈的求知欲，如飢似渴地把一部又一部教令吞進肚子裡，讀得滾瓜爛熟。消化完教諭之後，他一頭撲向醫學和自由藝術，鑽研了草藥學、膏藥學，一舉成了發燒和挫傷、骨折和膿腫的專家。在藝術方面，從學士、碩士直到博士學位所必讀的書籍，他都一一瀏覽了；還學習了拉丁語、希臘語、希伯來語。他在科學方面無所不讀，簡直到了狂熱的程度。到了十八歲，他的四大學科都通過考試了。在這個年輕人看來，人生的唯一目的就是求知。

就在這個時期，一四六六年的夏天異常酷熱，瘟疫肆虐，蒂爾夏普的疫情尤為慘重。孚羅洛驚恐萬分，連忙趕回家去。一進家門，得知父母在前一晚便去世了，尚在襁褓中的弟弟沒人照顧，躺在搖籃裡哇哇大哭。這是全家留給孚羅洛的唯一親人。他抱起弟弟，滿腹心事，離家走了。在此之前，他一心只知道求學，從此才開始真正的生活。

一夕之間成了一個孤兒、一個家長，讓孚羅洛猛然從神學院的種種冥想中清醒過來，回到了人世的現實中。於是，他滿懷憐憫之心，對小弟弟極盡疼愛。這時候，他才發現世上除了大學的思辯哲學之外，除了荷馬的詩之外，還存在別的東西。他明白人需要感情，人生若是沒有溫情，沒有愛心，那麼生活只是一個運轉的齒輪，乾澀枯燥、淒厲刺耳。然而，在他那個年紀，骨肉之親、手足之情，便是他全部需要的；有個弟弟讓他愛，便足以填補生活的空虛了。

於是，他傾盡全部的熱情去愛他的弟弟約翰。他對這個小傢伙關懷備至，傾心照顧，彷彿這小弟弟是個一碰就破的寶貝似的。對小傢伙來說，他不僅僅是大哥，而且也是母親。

孚羅洛把小約翰交給奶媽餵養。除了蒂爾夏普采邑之外，他還從父親那裡繼承了一個磨坊。這磨坊在一座小山丘上，靠近溫徹斯特城堡。磨坊主的妻子也養著一個漂亮的孩子，而且離大學城不遠。孚羅洛便親自把小約翰送去給她餵養。

從此以後，孚羅洛覺得自己負有使命，對生活極其嚴肅認真。

思念弟弟不僅成了他的娛樂，還成了他學習的目的。他決心把自己的一切都奉獻給他對上帝應負的某種使命，立志終身不娶，他的全部幸福便是弟弟的幸福。他比從前更加專心致志於他的教職了。由於他的才華與學識，以及身為巴黎主教的直屬附庸，他在教會中平步青雲。二十歲的時候，他得到教廷的特別恩准，成為神父，並作為巴黎聖母院最年輕的神父。

有了這層方便，他越來越沉溺在書本之中。這種孜孜不倦的求知欲望和嚴以律己的刻苦精神，使他很快博得了隱修院全體的敬重。他那博學多識的美名早已越過院牆，傳到民眾當中，只不過稍微走了樣——他得到了「巫師」的稱號。

每逢加西莫多日，他都去聖母院做彌撒。這一天，他按慣例做完彌撒，正要回去，聽到幾個老太婆圍著棄嬰床七嘴八舌，喋喋不休，不禁感到好奇，於是便向那個如此惹人憎恨、處境危急的小東西走了過去。

他見到這孩子那樣淒慘、畸形、無依無靠，不由得想起自己的弟弟，腦中頓時浮現出一種幻象：假如他死了，他親愛的小約翰也會遭受同樣的命運，悲慘地被拋在這棄嬰床上。想到這裡，惻隱之心油然而生，他便抱走了孩子。

他把孩子從麻布袋裡拉出來一看，確實奇醜無比。這可憐的東西左眼上長著一顆疣子，腦袋縮在肩胛裡，脊椎呈弓形，胸骨突起，雙腿彎曲，不過看起來相當健壯。孚羅洛看見這種醜惡的形體，更加感到憐憫。他暗自發誓，一定要把這個棄嬰撫養成人。

他為這個養子洗禮，取名加西莫多，或許是想紀念收養他的那個日子，或是是想用這個名字來表示這可憐的小傢伙長得何等不齊全。確實，加西莫多獨眼、駝背、彎腿，勉強算個差不多的人罷了。

（註：加西莫多在拉丁文中即「差不多」之意。）

12

到了一四八二年，加西莫多已長大成人了。由於養父孚羅洛的庇護，他當上聖母院的敲鐘人有好幾年了；而他的養父也靠著巴黎主教路易．德．博蒙大人的推薦，當上了若札的副主教。

隨著歲月推移，這個敲鐘人與這座教堂形成了密切的關係。身世不明，加之形體醜陋，這雙重的厄運註定他永遠與世隔絕，這不幸的可憐人從小便被囚禁在這教堂裡，倚靠教堂的收養和庇護，對院牆以外的世界一無所知。對他來說，聖母院就是他的家、他的祖國、他的宇宙。

漸漸地，他幾乎成了這座教堂的一部分。他對整棟建築物瞭若指掌，沒有一個幽深的角落他未進去過，沒有一個高處他未爬上去過；他能只靠雕刻物凹凸不平的表面，便攀上教堂正面好幾層樓高。人們常看見他像一隻爬行在牆面上的壁虎，在兩座鐘樓的表面上攀登。這兩座孿生的巨大建築物是那樣高聳、凶險，叫人望而生畏，但他爬上爬下，既不暈眩，也不畏懼，更不會由於驚慌而搖搖欲墜，彷彿兩座鐘樓在他的手下馴服了。

不僅他的軀體似乎已與教堂融為一體，他的靈魂也是如此。加西莫多天生獨眼、駝背、跛足。孚羅洛以極大的耐性，費了九牛二虎之力，好不容易才教會他說話。然而，厄運仍緊跟著這可憐的棄嬰。十四歲的時候，他的耳膜被鐘聲震破了，他耳聾了。造化為他向世界敞開的唯一門戶，從此永遠關閉了。

這個殘疾切斷了加西莫多靈魂裡唯一的一線歡樂和光明，他的靈魂頓時墜入深沉的黑夜。這不幸的年輕人滿腹憂傷，如同他畸形的軀體一樣，這種憂傷到了無以復加的地步，難以醫治了。同時，當他耳朵一聾，在某種程度上也就啞了。為了避免遭人取笑，他毅然下定決心，從此不再說話，只有在獨處時才偶爾打破沉默。他的舌頭漸漸麻木了、笨拙了，就像一道門的鉸鏈生鏽了一般。

另一方面，這種種不幸也使他變得凶狠。

他確實凶狠，因為他生情野蠻；而野蠻是因為他長得醜惡。他的力量非凡，也是他凶狠的一個原因。然而，凶狠也許不是他的天性。他自從出生以來，便到處受人嘲笑、侮辱、排斥。在他看來，人們的話，無一不是對他的譏笑或詛咒。當他長大後，又感到自己周圍只有仇恨而已，於是他也沾染上這種普遍的惡意。他撿起人家用來傷害他的武器，以牙還牙。

總而言之，他不常把臉轉向人群。他的教堂對他而言就足夠了，教堂裡只有大理石雕像，有國王，有聖徒，有主教，至少他們不會朝著他的臉大聲嘲笑，總是用安詳和藹的目光望著他。其他雖然還有妖魔鬼怪的雕像，但它們也不仇恨他。他太像它們了，它們是不會恨他的。因此，他時常向雕像們傾訴衷腸，他有時一連好幾個小時蹲在一尊雕像前，獨自與它說話。

再說，在他心目中，聖母院不僅是社會，而且是世界。有了那些繽紛的彩色玻璃窗，他無須再嚮往牆外的花草樹木了；有了教堂那兩座巨大的鐘樓，他無須再幻想遠處的山巒了；有了鐘樓下的巴黎城，他無須再追求其他海洋了。

在這座慈母般的教堂中，他最熱愛的要屬那兩座鐘樓。鐘樓喚醒他的靈魂，使他的靈魂收縮在洞穴中的翅膀展開飛翔；鐘樓也有時使他感到歡樂。他熱愛它們、撫摸它們、對它們說話、懂得它們的言語。從尖塔的排鐘，直到門廊的那口大鐘，他對它們都滿懷深情。後殿交會處的鐘塔，以及兩座主鐘樓，在他眼中彷彿三個大鳥籠，裡面各養著一隻由他照顧的鳥兒，只為他一個人歌唱。

他稱南鐘樓的那口大鐘叫「瑪麗」。一旁是她的妹妹「雅克莉娜」，這口鐘小一點，籠子也小一點，就擺在瑪麗的籠子旁邊。第二座鐘樓裡還有六口鐘。最後，交會處鐘塔另有六口更小的鐘和一口木鐘。也就是說，加西莫多在他的皇宮裡一共有十五口鐘，其中最得寵的是瑪麗。

鐘聲轟鳴的日子裡，加西莫多那興高采烈的樣子，真是難以想像。只要副主教一放他走，說聲「敲吧！」他便連忙爬上鐘樓的螺旋形梯子，氣喘吁吁地，一頭鑽進那間四面懸空的大鐘室，虔敬而又滿懷愛意地把大鐘端詳了一會兒，溫柔地對它說話，用手輕輕撫摸，彷彿它是一匹駿馬一般。撫摸完畢，他隨即敲起鐘樓第一層的幾口鐘。這幾口鐘都懸吊在纜繩上，絞盤軋軋作響，帶動了巨鐘緩慢晃動起來。加西莫多兩眼緊盯著大鐘，興奮不已。鐘舌一撞到青銅鐘壁，他站立的木樑也隨之微微震動。加西莫多一邊顫抖，一邊縱聲狂笑，喊道：「來呀！」於是，聲音低沉的巨鐘加速擺動，加西莫多的眼睛也越張越大，閃閃發光。最後，鐘聲轟鳴，整座鐘樓戰慄了，從地基的木樁直到屋頂的雕飾、樑柱、砌石，全都發出轟轟巨響。加西莫多熱血沸騰，跑來跑去，從頭到腳跟著鐘樓一起抖動。大鐘如同脫韁野馬，左右來回奔馳，發出暴風雨般的喘息聲，方圓十幾哩都聽得見。

加西莫多就站在鐘的下方，隨著大鐘的來回擺動，忽而蹲下，忽而站起，呼吸著那令人喪膽的大鐘氣息，不時望向他腳下兩百呎人潮聚集的廣場。他心花怒放，宛如鳥兒沐浴著陽光。忽然間，巨鐘的瘋狂感染了他，他猛然縱身一跳，撲到巨鐘上面，就這樣懸吊在深淵上空，緊緊抓住鐘耳，雙膝夾著鐘身，用腳後跟猛踢，讓巨鐘響得更起勁了。他狂呼怒吼，咬牙切齒，棕色頭髮倒豎，胸腔裡發出風箱般的響聲，眼睛噴著火焰，而巨鐘在他腳下氣喘吁吁，如馬嘶鳴。他們彷彿合為一體，成為半人半鐘的怪物，為這座古老的教堂帶來了難以形容的活力。

有時，人們驚恐萬分，隱約看見鐘樓的頂端有個奇形怪狀的侏儒在攀登，在蠕動，在爬行，從鐘樓外面墜下深淵，又從一個突角跳躍到另一個突角。有時，會在教堂某個陰暗角落裡遇見一個活生生的妖怪，神色陰沉地蹲在那裡。有時，又會看見鐘樓下有個偌大的腦袋和四隻不協調的手腳，吊在一根繩索的末端拚命搖晃。夜裡，在鐘樓頂上那排環繞著半圓形後殿的欄杆上面，經常可以看見一個醜惡的形體。於是，附近的女人都說，這座教堂顯得怪誕、神奇和可怕；到處都有張開的眼睛和嘴巴；那些伸著脖子、咧開大嘴、日夜守護在教堂周圍的石獸，彷彿發出了吼聲；若是聖誕夜，大鐘似乎在咆哮，召喚信徒們去參加午夜的彌撒；教堂陰森的正面上瀰漫著某種氣氛，好像要把人群生吞進去；那花瓣格子窗睜著眼睛，像在注視著人群。而所有這一切都來自加西莫多。

13

加西莫多對任何人都懷有惡意和仇恨，只有一個人例外，那就是孚羅洛。

理由很簡單。是孚羅洛抱走了他，收留了他，撫養了他。小時候，每當狗和孩子們追著他狂叫，他總是趕緊跑到孚羅洛的身後躲藏起來。孚羅洛教會他說話、識字、寫字，還讓他成為敲鐘人。

因此，加西莫多抱著無限的感激之情。儘管養父時常板著臉孔，陰雲密佈；儘管他總是言詞簡短、生硬、蠻橫，加西莫多的敬愛卻一刻也未曾停止。而從加西莫多的身上，副主教也找到了世上最聽話的奴隸，最溫順的僕人，最警覺的猛犬。當加西莫多聾了以後，他和孚羅洛之間建立了一種神秘的手語，只有他們能懂。於是，副主教成了唯一能與加西莫多溝通的人。在這世上，加西莫多只與兩樣東西有關連：聖母院和孚羅洛。

世上沒有什麼能比得上副主教對敲鐘人的支配力量，也沒有什麼能比得上敲鐘人對副主教的眷戀之情。只要孚羅洛一做手勢，只要一想到能討副主教的歡心，加西莫多便會立刻從鐘樓上跑下來。他具有這樣非凡的力量，卻又懵懵懂懂地甘心受某個人支配，這真是不可思議。無疑，這其中包含著兒子般的孝敬、奴僕般的順從，也包含著一個靈魂對另一個靈魂的折服。這一個可憐的、愚痴的、笨拙的軀體，面對著另一個高貴而思想深邃、有權有勢、才智過人的人物，始終低垂著腦袋，目光流露著乞憐。這種無以復加的感激之情簡直無可比擬，加西莫多對副主教的愛，即使是狗或馬對主人的忠心也望塵莫及。

副主教和敲鐘人在聖母院周圍的百姓中不受歡迎。每當孚羅洛和加西莫多一同外出，兩人一起穿過聖母院周圍房屋之間那些清涼、狹窄、陰暗的街道時，總是不免遭到惡言惡語、冷嘲熱諷。除非孚羅洛偶爾昂首挺胸地走著，臉上露出一副嚴峻、甚至威嚴的表情，那些嘲笑的人才望而生畏，不敢作聲。

有時，一個鬼頭鬼腦的孩子，為了尋開心，竟不惜冒著生命的危險，跑去用一根別針刺進加西莫多駝背的肉裡。有時是一個漂亮的姑娘，輕佻放蕩，故意走近去用身體擦著孚羅洛的黑袍，對著他哼出嘲諷的小曲。有時候，一群牙尖嘴利的老太婆，蹲在門廊的台階上，看到副主教和敲鐘人從那裡經過，便大聲鼓噪，說一些不倫不類的話表示歡迎：「嘿！來了兩個人，一個人的靈魂就像另一個的身體那樣古怪！」再不然，是一幫學生在玩跳房子遊戲，他們一起站起來，以傳統的方式向他們敬禮，用拉丁語叫道：「克洛德與瘸子好！」

不過，這種叫罵聲，教士和敲鐘人往往充耳不聞。加西莫多太聾，孚羅洛又專注於沉思默想，絲毫沒有聽見這些優美動聽的言語。

14

一四八二年，加西莫多大約二十歲，孚羅洛三十六歲上下。一個長大成人了，另一個卻顯得老了。

孚羅洛成了一個刻苦律己、老成持重、鬱鬱寡歡的教士，是世人靈魂的掌管者，是若札的副主教，巴黎主教倚重的助手，蒙列里和夏托福兩地的教區長，管理一百七十四位鄉村本堂神父。他是一個威嚴而陰鬱的人物。當他雙臂交叉，腦袋低俯在胸前，露出寬闊的腦門，威嚴顯赫，一副沉思的神情，從唱詩班旁邊走過時，那些身穿白長袍和禮服的唱詩童子、聖奧古斯丁教堂的僧侶、聖母院的教士們，個個都嚇得發抖。

不過，孚羅洛並沒有疏於求知，也沒有疏於對弟弟的教育。這是他人生的兩件大事。然而，隨著時間的流逝，這兩件甜蜜的事情也漸漸混雜了苦味。

約翰．孚羅洛受到寄養環境的影響，並沒有朝著哥哥原先為他安排的方向成長。孚羅洛希望他成為一個虔誠、溫順、博學、體面的學生，但約翰卻一味朝向怠惰、無知和放蕩發展。他是一個名符其實的搗蛋鬼，放蕩不羈，常令哥哥頭疼不已。有時，他為此聲色俱厲痛斥了約翰一番，約翰倒是勇敢地承受了。但是，一訓斥完，他仍然露出本性，並且心安理得，繼續幹那些荒誕不經的事。有時把某個新生教訓一頓，以示歡迎；有時把一群衝入小酒店的同學鼓動起來，喜氣洋洋地將酒店洗劫一空，連酒窖裡的酒桶也砸了。

由於這一切緣故，孚羅洛的仁愛之心大受打擊。他滿腹憂傷，心灰意冷，便更加狂熱地投入知識的懷抱。因此，他越來越博學，同時，作為教士也越來越苛刻，為人也越來越多愁善感了。

不過，他在人前卻變得更加道貌岸然，比以往任何時候都更加出眾了。出於身分的考慮，也由於性格的緣故，他一向遠離女人，如今似乎比以往都更加憎恨女色了。只要一聽見女人衣裙的窸窣聲，他便即刻拉下帽子遮住眼睛。在這一點上，他百般克制、約束自己；連博熱公主一四八一年底前來拜訪隱修院時，他也一本正經地反對她進入。

此外，人們注意到，近來他對埃及女人和吉普賽女人似乎更加憎惡了，甚至請求主教下諭，明文禁止吉普賽女人到教堂廣場來跳舞和敲手鼓；同時，還查閱宗教裁判所那些老舊的檔案，搜集有關男女巫師因與公山羊、母豬或母山羊勾結施巫術而被判處火刑的案例。

15

在愚人節的第二天早上，小堡的昂巴法庭的一個陰暗角落裡，在一道堅實的木柵欄和一堵牆壁中間，聚集了幾十個市民，個個興致勃勃，前來旁聽司法長官的副手、小堡法庭預審法官弗洛里昂．巴伯迪安對一樁案件的判決。

審判廳狹小、低矮、拱頂。大廳深處擺著一張百合花飾的桌子，一張雕花的橡木高靠背椅，那是司法長官的坐席，這時還空著。左側是一張給預審法官坐的凳子，下方坐著書記官。對面是旁聽的民眾。門前和桌前站著司法部門的員警，個個穿著綴有白十字的紫毛絨短衣。市民接待室的兩名員警身穿半紅半藍的萬聖節短衣，守在大廳深處一道緊閉的矮門前。厚牆上只有一扇尖拱小窗，從窗上射進來一線慘白的光線。

這位預審法官高坐在司法長官的公案上，兩側堆著兩疊文件，雙肘撐著頭，一隻腳踏在純棕色呢袍的下擺上，臉孔縮在白羊羔皮衣領裡，兩道眉毛被衣領一襯，顯得格外分明；臉色通紅，神態粗暴，眼睛不停地眨，一臉橫肉，威風凜凜，腮幫子直垂到下巴。他是個聾子，但這對一個法官來說只是小缺陷；畢竟法官只須裝做在聽的樣子就夠了。

約翰．孚羅洛也在聽眾席上。他一臉正經，嚴密注視著預審法官的一舉一動。人們能夠在巴黎各處遇見這個學生，除了在教授的講台前以外。

在大廳正中央，站著敲鐘人加西莫多。他被縛得緊緊的，圍在一隊員警中間。巡防騎士也親自出馬。這位騎士身披鎧甲，胸前繡有法蘭西紋章，後背繡有巴黎紋章。加西莫多臉色陰沉，默不作聲，安安靜靜，唯有那隻獨眼不時瞧一下捆在身上的繩子，目光陰鬱而憤怒。

他用同樣的目光環視了一下四周，但眼神是那樣黯淡無光、無精打采。女人們都對他指指點點，並且開懷大笑。

預審法官仔細翻閱著書記官遞給他的控告狀，又聚精會神地想了一會兒；接著，便把腦袋往後一仰，半閉起眼睛，裝出一副威嚴、公正的樣子，開始審訊了。

「姓名？」

加西莫多根本聽不見他在問什麼，照樣盯著法官沒有出聲。法官由於耳聾，同時不知道被告也耳聾，便以為他像平常的被告一樣已經回答了問題，隨即又刻板和笨拙地往下問：「很好，年齡？」

加西莫多依然沒有回答。法官以為這個問題已經得到了滿意的回答，便繼續問下去。

「你的身分？」

被告依然默不作聲。聽眾早已開始交頭接耳，面面相覷。

「很好。」泰然自若的預審法官以為被告已經答完了他的第三個問題，便接著說道：「你被人指控：第一，深夜擾亂治安；第二，欲侮辱一個女子，犯有姦淫；第三，圖謀不軌，違抗國王陛下的弓箭侍衛。上述各點，你必須一一作出說明！書記官，被告剛才的口供，你都記錄下來了嗎？」

這個莫名其妙的問題一提出來，從書記官到聽眾，無不哄堂大笑。這笑聲是那麼地強烈，連兩個聾子也察覺到了。加西莫多聳了聳駝背，輕蔑地轉過頭來。至於預審法官，他同樣感到驚訝；他以為是被告出言不遜，才引起聽眾大笑的，又看見他聳肩，更對此深信不疑，於是怒氣沖沖地斥責道：

「惡棍！你回答了什麼？憑你這一回答就該判絞刑！你知道你在對什麼人說話嗎？」

這種喝斥並未制止全場爆發的笑鬧聲，群眾反而笑得更起勁了。預審法官大為惱火，又用同樣的腔調繼續威脅道：

「也就是說，你，一個惡棍和盜賊，竟敢對本庭不敬，藐視預審法官，即巴黎的副司法長官——他負責追究各種罪行和不端行為，監督各行各業，取締壟斷，維護道路，禁止盜賣家禽和野禽，管理木柴的稱量，清除城裡的汙垢和病菌……總而言之，本人名叫弗洛里昂．巴伯迪安，司法長官大人的直屬助手，同時又是巡察專員、調查專員、監督專員、考察專員，在司法公署、裁判所、拘留所和初審法庭裡都擁有同等的權力。你聽到了沒有……」

聾子對聾子說話，簡直沒完沒了。若不是大廳深處那道矮門突然打開，司法長官羅貝爾．德．埃斯杜特維爾本人走了進來，真不知道弗洛里昂要說到什麼時候才會停止。

看見司法長官走進來，弗洛里昂連忙側過身去，說道：「大人，這名被告公然藐視法庭，請大人嚴懲不貸！」

話一說完，預審法官一屁股坐下，上氣不接下氣，擦了擦汗，汗珠從額頭上一滴滴地往下淌，把攤在他面前的文件都弄濕了。羅貝爾皺了一下眉頭，向加西莫多做了一個嚴厲的手勢，以示警告，那個聾子這才似乎明白了。司法長官聲色俱厲，向他問道：「你是幹了什麼勾當才在這裡的？狂徒！」

敲鐘人以為司法長官是在問他的姓名，便打破沉默，用嘶啞的嗓音回答：「加西莫多。」

這一回答又引起哄堂大笑，把羅貝爾氣得滿臉通紅，喊道：「你連我也敢嘲弄？惡棍！」

「聖母院的敲鐘人。」加西莫多再回答，以為該向法官說明他是什麼人。

「敲鐘人！」司法長官說道，「很好，敲鐘的！我要叫人把你拉去巴黎街頭示眾，用鞭子抽打，把你的脊椎骨當鐘敲！聽見了沒有？惡棍！」

「我的年齡？我想，我到今年聖馬丁節就滿二十歲了。」加西莫多說道。

這下子真是豈有此理，司法長官再也忍受不了。

「啊！壞蛋，你竟敢嘲弄本庭！員警，把這傢伙拉到格列夫廣場，綁在恥辱柱上狠狠地鞭打，在輪盤上旋轉一個鐘頭！我非好好跟他算帳不可！」

書記官立刻開始草擬判決公告，不一會功夫便完成了。司法長官在上面蓋了大印，隨即離開了法庭。一些觀眾暗暗發笑。加西莫多將一切看在眼裡，神情冷漠而又詫異。

正當弗洛里昂宣讀完判決書，準備簽字的時候，書記官突然對這個被判罪的可憐蟲動了惻隱之心，希望能替他減刑，便湊近預審法官的耳邊，指著加西莫多說道：「這是個聾子。」

他本來希望這種共同的殘疾會喚起弗洛里昂的同情心，對犯人開恩；然而，他的耳朵實在太不中用了，書記官對他說的話，他連一個字都沒有聽清楚。於是他故意裝出聽見的樣子，回答道：「啊！那就另當別論了。我原本還不知道此事呢！既然如此，那就增加示眾一個小時。」

他隨即在修改過的判決書上簽了字。

「活該！」一名聽眾說道，「這下可以好好教訓他，看他以後還敢不敢欺侮人！」

16

上午十點鐘，格列夫廣場盡是節日留下的垃圾、絲帶、破布、冠飾的羽毛、火炬的蠟滴，食物的殘渣。許多市民四處遊蕩，用腳踢著煙火的餘燼，站在廣場上心神蕩漾，回想昨日那些華麗的場面，意猶未盡。賣蘋果酒和草麥酒的商販，滾動著酒桶在人群中穿梭。一些有事在身的行人來往匆匆。商人站在店鋪門前交談，相互打招呼。大家七嘴八舌，談論節日啦、使臣啦、愚人教皇啦，個個爭先恐後，看誰能說得最詳細，笑得最開心。

就在這時候，恥辱柱的四邊來了四個騎馬的員警，一下子把分散在廣場上的大部分民眾吸引到他們周圍來了。這些人為了觀看這次小小的施刑，全都站在那裡一動也不動。

同時，有三個女人恰好沿著河岸，一起從小堡向格列夫廣場走來。一個女人牽著一個胖男孩，孩子手裡拿著餅。

「快點，馬伊埃特太太，」三人中最年輕也最胖的一個對帶小孩的女人說道，「我真怕我們慢了一步。剛才聽小堡的人說，馬上就要把他帶到恥辱柱去啦！」

「哎！真是的，烏達德．繆斯尼埃太太，妳在急什麼呢？」

另一個女人也說：「他會在恥辱柱待兩個小時呢！來得及的。親愛的馬伊埃特，妳見過刑台示眾嗎？」

「見過，在蘭斯。」帶小孩的女人答道。

「哈！得了，你們蘭斯的恥辱刑柱有什麼了不起？不過是一個醜籠子，只能懲罰一些鄉下人罷了。」

「不只是鄉下人！」馬伊埃特說道，「在蘭斯，我們見過許多罪大惡極的殺人犯，各種壞人都有！妳把我們看成什麼人啦？熱爾維絲。」

這名外地人為了家鄉恥辱柱的名聲，幾乎要生氣了，幸虧烏達德太太及時轉移了話題。

「你們快看！在那邊橋頭上擠著好多人！他們正在圍觀什麼。」

「真的呢！」熱爾維絲說道，「我聽見手鼓聲。我看，一定是愛斯梅拉達跟她的小山羊在耍把戲。快！馬伊埃特，走快點，拉著孩子快走。妳難得來巴黎一趟，昨天看過了法蘭德斯人，今天該瞧一瞧埃及女郎。」

「埃及女郎！」馬伊埃特一邊說，一邊猛然拉緊兒子的手臂，「上帝保佑！她說不定會拐走我的孩子。快來！厄斯塔什。」

話一說完，她便拔腿沿著河岸朝格列夫廣場跑去，直到遠遠離開那座橋。她的孩子被她拉得跌倒了，她這才停了下來，上氣不接下氣。烏達德和熱爾維絲追上前去。

「那埃及女郎會偷妳的孩子？妳真愛胡思亂想！」熱爾維絲說道。

馬伊埃特一聽，若有所思地搖了搖頭。

「話說回來，古杜爾修女對埃及女人也有同樣的看法。」烏達德提醒了一句。

「誰是古杜爾修女？」馬伊埃特問道。

「就是羅蘭塔樓的那個隱修女呀！」

「什麼！就是我們帶這個餅去給她的那個可憐女人嗎？」馬伊埃特又問道。

烏達德點了點頭。

「沒錯。妳等一下到了格列夫廣場，就可以從她小屋的窗口看到她。她對那些敲著手鼓、替人算命的埃及流浪人，看法跟妳一樣。不知道她為何這麼害怕吉普賽人和埃及人。還有妳，馬伊埃特，為什麼一聽到吉普賽人和埃及人，就這樣沒命地逃跑？」

「唉！」馬伊埃特雙手抱著兒子的腦袋說道，「我可不想遇到跟那個叫巴格特的女人一樣的遭遇。」

「啊！這其中一定有什麼故事，快告訴我們！我的好馬伊埃特。」熱爾維絲一邊說，一邊挽起她的手臂。

「我很樂意。」馬伊埃特說道，「我這就告訴妳們。這是發生在蘭斯的故事。在六一年，那裡有個名叫巴格特的美麗少女，就住在沿河的苦難街上。她的父親很早就去世了，她與母親相依為命。巴格特長得既活潑又俊俏，她有一口漂亮的牙齒，老是笑盈盈的，很討人喜歡。」

「她與母親靠著做針線活度日，一個禮拜掙不到六個但尼爾。就在六一年冬天，母女倆連根火柴棒也沒有，天氣又非常寒冷，把巴格特的臉凍得紅通通的。為了討生活，她不得不走上墮落之途。當時她才十四歲！她第一個勾搭上的是住在蘭斯九哩外的一名年輕子爵，接著是御前侍騎亨利·德·特里昂古；之後的對象就不那麼體面了，有擊劍侍衛希亞爾·德·博利翁、切肉侍僕格里·奧貝爾戎、王太子的理髮師馬塞·德·弗雷比、廚師泰弗南；甚至還有弦琴手紀堯姆·拉辛、管路燈的蒂埃里·德·梅爾……可憐的巴格特！她漸漸成了眾人的玩物。」

「到了六六年——也就是距今十六年前，巴格特生了一個小女孩。她高興極了，她早就期盼有個孩子。她的母親已經過世，她在這世上再也沒有什麼人可以愛，也沒有什麼人愛她了。自從她墮落以來，巴格特孑然一身，到處被人指指點點，被街上的人叫罵，被員警毆打，被那些一身破舊的小乞丐嘲弄。她已經快二十歲了，對於賣弄風情的女人來說已經不年輕了。她的生意越來越不好做。冬天又變得艱難了，爐子裡缺木柴，食品櫥裡也沒有麵包了。由於懶散，她什麼工作也做不了，處境每況愈下。」

「如今，她有了個孩子，可以撫慰她哀傷的心靈。她又是眼淚，又是愛撫，又是親吻，簡直像發瘋一般。她親自替孩子餵奶，把自己床上唯一的一條被子拿去做襁褓，而她卻不感到寒冷和飢餓了。她又恢復了美貌，又有人光顧她的生意了。她把靠這些下流勾當掙來的錢，全部拿去為女兒買衣服，卻沒想到為自己買一條新的被子。艾格尼絲——這就是那個小傢伙的名字。這孩子真是個天使！一雙眼睛比嘴巴還大，一頭捲髮既柔軟又烏黑，等到她十六歲時，一定是個神氣活現、膚色深褐的美人兒！她的母親一天比一天更加發瘋地寵愛她、撫摸她、親吻她，把她打扮得花枝招展。她老是把嘴唇貼在她的小腳上面，再也無法放開。一下子為她穿上小鞋，一下子又把它脫下，滿懷愛憐，說不盡的喜歡。」

「有一天，蘭斯來了一群流浪漢和乞丐。他們的樣子十分古怪，皮膚曬得發黑，頭髮捲曲，耳朵上掛著銀耳環，女人比男人還要醜，頭上什麼也不戴，身上抱著一個醜惡的小孩，肩上披著一塊粗布披巾，頭髮綁成馬尾狀。這是一群四處遊蕩的人，以算命為生。他們在布雷納城門外紮營，替人看手相，說得天花亂墜。出於好奇，許多人都跑去看熱鬧了。那些埃及女人為孩子們看手相，頭頭是道，講出各式各樣的奇蹟來，這些母親聽了，便感到沾沾自喜。可憐的巴格特，心頭癢癢的，也想知道她可愛的艾格尼絲有朝一日會不會飛黃騰達，成為某國的女王，便把女兒抱去見那些埃及人。」

「那些埃及女人一眼見到這個孩子，讚不絕口，用手輕輕摸她，用汙黑的嘴唇吻她，對她的小手驚嘆不已，把巴格特說得心花怒放！埃及女人還說小艾格尼絲註定大富大貴，成為一個絕代佳人，一個王后。巴格特抱著孩子回到苦難街的閣樓上，感到自豪無比。隔天早晨，她趁著孩子還沒睡醒，悄悄跑到隔壁找一個女鄰居，把艾格尼絲將來會成為大人物的事說給她聽。等她回到家，發現沒有聽到孩子的哭鬧聲，心想：『幸好，孩子還沒有醒呢！』忽然間，她發現房門大開，急忙跑到床邊。可憐的母親！她的孩子不見了，床上空蕩蕩的，只剩一隻漂亮的小鞋掉在那裡。她一下子衝出門外，用頭撞牆，呼天喚地地喊道：『我的孩子！誰看見我的孩子？誰抱走了我的孩子？』她跑遍全城，找遍大街小巷，到處亂竄，彷彿發瘋一般，神情恍惚，面容可怕，挨家挨戶地亂找一通。她喘著大氣，頭髮散亂，樣子極為嚇人，而且眼睛像冒著火，把眼淚都燒乾了。一有行人經過，她便攔住他嚷道：『我的女兒！我漂亮的小女兒！誰把她還給我，我情願做她的奴隸！』烏達德，這真叫人心碎！」

「當她不在家時，有個鄰居看見兩個埃及女人抱著一包東西偷偷上樓去，隨後重新把門關好，走下樓來，就匆匆溜走了。晚上，巴格特回到家裡，聽見房間裡好像有孩子的哭叫聲；這名母親頓時破涕為笑，像長了翅膀似地飛快奔上樓去，破門而入……烏達德，那可真是駭人聽聞！出現在她眼前的並不是她那嬌小可愛的艾格尼絲，而是一個醜陋無比的小妖怪！跛腳、獨眼、畸形，大叫大嚷地在地板上爬來爬去。她嚇得連忙捂住眼睛，說道：『啊！難道是巫婆把我的女兒變成這可怕的畜牲了？』人們趕緊把那個小怪物抱走，免得她發瘋。這肯定是某個埃及女人生下的孽種，看起來四歲左右，說起話來不像人話，只是一些聽不清的聲音。」

「巴格特呆坐在原地，既不開口，也不喘氣，大家以為她已經斷氣了。猛然間，她渾身直打哆嗦，瘋狂地吻了那隻小鞋一通，放聲大哭起來，彷彿心都碎了。最後，她站起身來，隨即在蘭斯城裡奔跑，一邊叫喊：『到埃及人營地去！到埃及人營地去！員警們，快去燒死那些巫婆！』然而，埃及人已經走了，天也黑了，追趕他們是不可能的。第二天，人們在離蘭斯六哩的灌木叢裡發現了篝火的殘跡、艾格尼絲的幾根衣帶、點點血斑和一點山羊糞。前一天正是禮拜六，他們確信埃及人曾在這裡舉行過巫魔會，並且把小女孩活活吃掉了。巴格特聽到這些可怕的話之後並沒有哭泣，只是動了動嘴唇，但什麼也沒說。隔天，她滿頭的黑髮一夜全白了。又過一天，她失蹤了。」

「這確實是一個駭人聽聞的故事。」烏達德說。

「難怪妳一聽到埃及人就嚇得要命。」熱爾維絲插嘴道。

馬伊埃特默默地走著，沉浸在遐想之中。

「巴格特的下落如何？沒人知道嗎？」熱爾維斯又問道。

馬伊埃特沒有回答，熱爾維絲搖著她的手臂，喊著她的名字，又問了一遍，她才彷彿從沉思中驚醒。

「巴格特的下落？」她停頓了一下，接著說道：「有人看見她黃昏時從弗萊尚博門出了蘭斯城，也有人說她在破曉時分從老巴澤門出了城。有個窮人在市場撿到了她的金十字架，那是她的第一個情郎送給她的禮物，她一向把它當成生命一樣珍惜。因此一看見這個金十字架，女人們都認為她尋短了。可是，旺特酒店的人又說，他們曾在通往巴黎的那條路上看見她。真是這樣的話，那她就是從維爾門出城的，離開了這個人世間。」

「什麼意思。」熱爾維絲說道。

「維爾，是一條河的名字呀！」馬伊埃特帶著憂傷的笑容回答道。

「可憐的巴格特！」烏達德說，不由得一陣顫抖，「投河死了！」

「那個小妖怪呢？」她突然問馬伊埃特道。

「哪個小妖怪？」馬伊埃特問道。

「就是巫婆丟在巴格特家裡的那個小妖怪呀！他們把他怎麼了？我巴不得他們也把他淹死才好呢！」

「不。」馬伊埃特答道。

「怎麼！那是燒死的？這樣也好，那可是一個魔鬼啊！」

「既沒有淹死，也沒有燒死。大主教很關心這個孩子，為他驅了邪，洗了禮，仔細地祛除了附在他身上的魔鬼，然後把他送到巴黎來，作為一個棄嬰，放在聖母院前的木床上讓人收養。」

「這些主教！」熱爾維絲嘀咕道，「他們滿肚子學問，做起事來卻莫名其妙！我倒想問問，烏達德，把魔鬼當成棄嬰，這算怎麼一回事！這個小怪物肯定是個魔鬼。馬伊埃特，這小怪物在巴黎又怎麼樣了？我相信，沒有一個好心腸的人會收留他的。」

「這我就不知道了。」蘭斯女人答道。

這三個女人就這樣嘮叨不休，不知不覺來到了格列夫廣場。恥辱柱周圍的人隨時都在增加。她們朝著河岸的羅蘭塔樓走去。

這棟半哥德半羅馬式的古老塔樓位在廣場西側，外牆有一個尖拱形的小窗洞，窗外用兩根鐵條交叉護住，窗口朝向廣場。這是一個小房間唯一的開口，空氣和陽光就從這裡進到屋內。這個房間沒有門，它是在塔樓底層的厚牆上開鑿成的。室內清幽、寂靜，與外頭擁擠、喧鬧的廣場形成對比。

在當時，這樣的房間並不稀奇。就在最熙來攘往的街道、最繁華喧鬧的市場，甚至就在路中央、馬蹄下、在車輪下，時常可以發現這樣一個地洞、一口井，或一間被堵死的小屋，裡面有個人日夜祈禱，自願在某種無止盡的悲嘆中、在某種莫大的懺悔中度過餘生。沒有人知道為什麼。在那個時代，人們對於這種現象不以為意，僅僅微不足道地表示一點憐憫罷了。他們不時送給屋內的苦修者一點食物，或是從窗洞看一眼他是否還活著。

「妳們可別同時往窗洞裡看，免得把她嚇壞了。麻衣女認得我，我先去見她。等妳們可以過來的時候，我再告訴妳們。」烏達德對兩名伙伴說道。

於是她獨自走到窗外。她的眼睛剛朝裡面一望，臉上立即露出一種悲天憫人的表情，原本既快活又開朗的面容頓時改變了。她的眼睛濕了，嘴巴抽搐著像快要哭出來。過了一會兒，她把一隻手指按在嘴唇上，示意馬伊埃特過去。

馬伊埃特心情激動，悄悄地踮起腳尖走了過去，就像走近一個垂死之人的床前那樣。

兩個女人站在裝有柵欄的窗前，一動也不動，大氣也不敢喘，朝洞內望去。眼前的景象實在悲慘。

那間密室又窄又淺，屋頂呈尖拱狀，就像一頂主教的大法冠。光禿禿的石板地上有個女人，與其說是坐著，不如說是蹲著。她的下巴靠在膝蓋上，兩臂交叉，緊緊合抱在胸前，就這樣蜷縮成一團。一件麻袋狀的褐色粗布長衫把她全身裹住，花白的長髮從正面披下來，遮住臉孔，順著雙腿一直拖到腳上。從她的長袍下，隱約露出一隻在冰冷地面上痙攣的赤腳。這緊裹在喪服下若隱若現的形體，叫人看了不寒而慄。

這個彷彿被牢牢砌在石板上的形體，看上去沒有動作，沒有思想，沒有呼吸。時值寒冬，穿著那件麻袋般的單薄布衫，赤著腳坐在花崗石地面，沒有火取暖，從窗洞吹進來的只有寒風，而沒有陽光。對於這一切，她似乎並不痛苦，甚至連感覺也沒有。她雙手合掌，兩眼發呆，看起來就像一具石像。

然而，她那發青的嘴唇不時微開，好呼吸空氣，又不時顫抖，像隨風飄蕩的樹葉，死氣沉沉。她那雙黯淡的眼睛露出一種難以形容的目光，深沉、陰鬱、冷靜，緊緊地盯著室內的一個角落。

熱爾維絲也走過來。三個女子都從窗洞向內張望。她們的頭把照進土牢裡的微弱光線擋住了。烏達德低聲說道：「別打擾她，她正在祈禱呢。」

這時候，馬伊埃特仔細察看那張消瘦、憔悴、披頭散髮的臉孔，心裡越來越惴惴不安，眼眶裡含著淚水，悄悄嘀咕了一句：「要是真的，那就太奇怪了！」

她把腦袋從窗洞的柵欄中伸進去，好不容易才看見那悲慘女人一直盯著的那個角落。她把頭從窗洞縮回來時，只見她淚流滿面。

「妳們叫這個女人什麼？」她問烏達德。

「古杜爾修女。」

「而我，就叫她巴格特。」馬伊埃特接著說。

於是，她伸出一根指頭按住嘴唇，向呆若木雞的烏達德示意，要她把頭也伸進窗洞裡看一看。烏達德仔細一看，只見在隱修女陰沉的目光緊盯著的角落裡，有一隻繡滿金銀箔片的粉紅色小鞋。

熱爾維絲也跟著去看，於是三個女子一起瞧著那悲慘的母親，情不自禁都哭了。

那位隱修女依然雙掌緊合，雙唇紋絲不動，雙眼呆滯。

三個女人沒說一句話，她們不敢作聲，甚至連竊竊私語也不敢。眼見這種極度的沉默、這種極度的痛苦、這種極度的失憶，她們彷彿覺得置身在聖壇前，肅然起敬，雙膝幾乎就要跪下。

最後，熱爾維絲終於向隱修女叫道：「修女！古杜爾修女！」

她這樣叫了三遍，聲音一遍比一遍高。隱修女一動不動，也不發一語。

烏達德也喊道：「修女！聖古杜爾修女！」

一樣的沉默。

「一個怪女人！」熱爾維絲說道。

「也許聾了。」烏達德嘆道。

「也許瞎了。」熱爾維絲補充一句。

「也許死了。」馬伊埃特接著說。

的確，靈魂即使還沒離開這麻木、沉睡的軀殼，也早已退到深處去了，外部器官的感知再也傳達不到了。

「那麼，只好把這塊餅放在窗口上了。」烏達德說，「不過，會被哪個小孩拿走的。要怎樣才能把她叫醒呢？」

這時候，那個胖男孩忽然爬上一塊界石，踮起腳尖，把紅潤的小臉貼到窗口上，喊道：

「媽媽，妳們在看什麼？我也來瞧一瞧！」

一聽見這清脆、純真、響亮的童聲，隱修女不由得顫抖了一下，猛然轉過頭來，並伸出兩隻消瘦的長手，把披在額頭上的頭髮掠開來，用驚訝、苦楚、絕望的目光緊盯著孩子。

「哦，我的上帝啊！」她突然叫了一聲，又把腦袋藏在兩膝中間，發出嘶啞淒厲的聲音，「至少別讓我看見別人的孩子！」

「您好，太太。」孩子神情嚴肅地說道。

這一震撼有如天崩地裂，讓隱修女完全清醒過來了。只見她從頭到腳，全身一陣哆嗦，牙齒直打冷顫，半抬起頭來，兩肘緊壓住雙腿，雙手緊握住兩腳，像要取暖似的，說道：「哎！好冷！」

「可憐的人，您要一點火嗎？」烏達德滿懷憐憫地問道。

她搖了搖頭，表示不要。

「那好吧，」烏達德又說，遞給她一個小瓶子，「這是一點肉桂酒，可以暖暖身子，喝吧！」

她又搖搖頭，回答道：「水。」

烏達德堅持道：「不，修女，一月的涼水喝不得。應該喝一點酒，再吃這塊我們特地為您做的玉米餅。」

她推開馬伊埃特遞給她的餅，說道：「要黑麵包。」

「來吧，這裡有件大衣，比您身上的要暖和。快披上吧！」熱爾維絲也脫下身上的羊毛披風。

她一樣不肯收下這件大衣，說：「一件粗布衣。」

「您需要一點火嗎？」烏達德又熱心地問道。

「火！」麻衣女說，腔調顯得很怪，「那個已經死去了十五年的可憐孩子，難道妳也能為她生火嗎？」

她手腳哆嗦，聲音發顫，眼睛閃亮，一下子跪在地上。忽然，她伸出慘白枯瘦的手，指著那個胖男孩，喊道：「快把這孩子帶走！埃及女人就要來了！」

她隨即一頭撲倒在地下，額頭撞在地面石板上。三個女人以為她死了，但過不了多久，她又動了起來。只見她爬到放小鞋的角落去，接著是接連不斷的親吻聲、嘆息聲，夾雜著撕心裂肺的哭叫聲，一下子又好像是用頭撞牆的悶聲。接著，傳來一個猛烈的撞聲，隨後便無聲無息。那三個女人都嚇暈了。

「說不定撞死了？」熱爾維絲說著，一邊把頭伸到窗洞裡去張望。「修女！古杜爾修女！」

「古杜爾修女！」烏達德也喊道。

「啊！我的天呀！她不動了！」熱爾維絲接著說，「她真的死了？古杜爾！古杜爾！」

馬伊埃特一直哽咽著，連話也說不出來，這時忽然振作起精神，俯身向著窗洞喊道：「巴格特！巴格特！」

這個名字就像一個鞭炮一樣，把隱修女嚇得魂不附體。她渾身戰慄，光著腳站起，一瞬間跳到窗口，兩眼直冒火，把女人和孩子嚇得連忙後退。她的臉孔緊貼著窗欄，發出可怕的笑聲，喊道：

「哈！哈！是那個埃及女人在叫我吧！」

就在這時候，她狂亂的目光被恥辱柱那邊的情景吸引住了。她憎惡地皺起眉頭，兩隻骷髏般的手臂伸到窗外，像垂死之人那樣喘著氣，聲音嘶啞地吼道：「又是妳！埃及女人，是妳在叫我吧？妳這偷小孩的賊婆娘！好呀！妳該死！該死！該死！該死！」

17

聚集在廣場上的人群越來越多，把四名員警團團圍住。員警必須不時用皮鞭猛抽和用馬匹阻擋，好把人群擠開。民眾閒得發慌，只好觀看恥辱柱消遣。

所謂的恥辱柱，其實是非常簡單的一種石碑，呈立方形，高約一丈，中間是空的。一道陡峭的石階直通頂端的平台，台上放著一個橡木板的轉盤。犯人跪著，雙臂反剪，被綁在轉盤上面。平台裡暗藏著一個絞盤，絞盤一轉動，推動輪軸，轉盤隨之轉動起來，犯人的面孔便不間斷地呈現在觀眾面前，廣場上任何一個角落都能看得見。

過了一會兒，犯人被綁在一輛大車上，終於來了。他立刻被拖上平台，從廣場四面八方都能看見他被繩子和皮帶牢牢綁在恥辱柱的轉盤上面，這時候，廣場上爆發了一陣震天的噓聲，混雜著狂笑聲和歡呼聲。大家一眼就認出來了，這個人就是加西莫多。

多麼不可思議！昨天同樣在這廣場上，在埃及公爵、狄納王和加利利皇帝的陪同下，萬眾一齊向他歡呼致敬，擁立他為愚人教皇，而今天竟成了恥辱柱上的囚犯！

國王陛下的號手要大家肅靜，並根據司法長官的裁決和命令，放開嗓子宣讀判決書。隨後，便率領手下一班穿著盔甲的人退到大車後面去了。

加西莫多毫無表情，連眉頭都沒有皺一下。任何反抗都是不可能的，捆綁毫不留情，皮帶和鐵鍊幾乎陷入肉裡去。他任憑別人拖呀、推呀、扛呀、抬呀，綁了又綁。他的表情除了流露出野人或白痴般的驚愕外，別的什麼也猜不出來。人們知道他是聾子，似乎還是瞎子。

他們把他按在輪盤上跪下，剝去他的上衣和襯衫，直到赤裸著上身；接著，又用皮帶和環扣重新把他五花大綁。只見加西莫多不時喘著粗氣，好比一頭被綁在屠夫大車上的小牛，腦袋低垂在車沿上搖來晃去。

「這個傻瓜！」約翰．孚羅洛對著別人說道，「他簡直像隻被關在盒子裡的金龜子，什麼也不明白！」

觀眾一看到加西莫多赤裸的駝背、雞胸、滿是老繭和毛髮的雙肩，不由得一陣狂笑。正當大家樂不可支的時候，平台上爬上了一個粗短的男人，往犯人旁邊一站。此人就是劊子手皮艾拉．托特呂。

他先把一只黑色沙漏放在恥辱柱的一個角落，開始計時，隨後脫去外衣。只見他右手抓著一根用白色皮帶絞成的皮鞭，油光閃亮，各處突起，末端有一些金屬爪。他用左手漫不經心地撩起右手袖子，一直撩到腋下。

這時，約翰．孚羅洛爬到朋友的肩膀上，把他長滿金色捲髮的腦袋伸出人群之上，高聲喊道：「先生女士們，快來看呀！這裡馬上就要無情地鞭打我哥哥若札副主教大人的敲鐘人加西莫多！一個藝術般的怪物！瞧他的脊背是圓蓋，雙腿是彎曲的柱子！」

話一說完，人群哈哈大笑，尤其是孩子們和姑娘們。

最後，劊子手一跺腳，圓輪立刻旋轉起來。加西莫多被綁得嚴嚴實實，搖晃了一下。畸形的臉孔頓時驚慌失色，周圍的觀眾笑得更厲害了。

旋轉的輪盤把加西莫多的駝背送到皮艾拉面前，皮艾拉立刻舉起右臂，細長的皮鞭猶如一條毒蛇，在空中發出刺耳的嘶嘶聲，凶狠地抽打在這可憐蟲的肩上。加西莫多如猛然驚醒，身子不由得顫動了一下，這才漸漸意識到發生了什麼事。他痛得直往繩索裡縮，由於吃驚和苦痛的緣故，臉上肌肉一陣抽搐，臉孔都變形了。可是他沒有呻吟一聲，只是把頭往後一仰，向左一轉，再向左一閃，搖來晃去，就像一頭公牛被牛虻叮到肋部，痛得搖頭擺尾。

緊接著是第二鞭、第三鞭，一鞭接一鞭，連續不斷。輪盤不停旋轉，皮鞭像雨點般不停落下，頓時鮮血四濺，在駝子黝黑的肩背上抽出一道道血絲，血滴飛濺到人群中間。

加西莫多又恢復了原先冷漠的神態。他不動聲色，暗地裡卻竭盡全力，試圖掙斷身上的鐐銬。只見他那隻獨眼發亮，肌肉緊繃，四肢蜷縮，皮帶和鐵鍊被拉得緊緊的。然而，掙扎是徒勞的，這些陳舊的鐐銬堅固得很，只不過軋軋響了一下而已。加西莫多精疲力竭，又一頭栽倒了，臉上的表情頓時由驚愕變成了苦楚和沮喪。他閉起了那隻獨眼，腦袋一下子低垂到胸前，像斷了氣似的，儘管身上血流不止，皮鞭在他背上抽個不停，他始終不為所動。

一名監督行刑的黑衣法警一直站在梯子旁邊。這時他伸出手上的烏木棒，指了指沙漏，劊子手這才住手，轉盤也才停住。加西莫多慢慢地再張開眼睛，鞭笞算是結束了。劊子手的兩個助手過來替犯人擦洗背上的血跡，為他塗上藥膏，並在他背上披了一塊布。

不過，事情還沒有了結，加西莫多還得在台上示眾一個小時。沙漏又被翻轉過來，被捆綁著的駝子仍留在刑台上，好將懲罰進行到最後。

加西莫多在這一帶到處招人怨恨。當人們最初看見他出現在恥辱柱上，便歡天喜地，一片歡騰；隨後看見他受到酷刑後慘不忍睹的情況，大家不僅不同情他，反而增添幾分樂趣，怨恨更加刻毒了。有人恨他狡詐，有人恨他醜惡；女人鬧得最凶，她們恨得咬牙切齒。

「呸！反基督的醜東西！」一個叫道。

「騎掃帚的魔鬼！」另一個喊著。

「多好看的鬼臉！」第三個說道，「要是昨天的話，憑這張鬼臉，就能當上愚人教皇啦！」

「好呀！」一個老太婆接著說，「他上恥辱柱了，什麼時候才能看到他上絞刑架呀？」

「該死的敲鐘人，什麼時候才會在地獄扛著你那口大鐘呢？」

「呸！聾子！獨眼！駝背！醜八怪！」

「這副醜樣可以把孕婦嚇得流產，任何為人墮胎的醫生都得甘拜下風！」

各式各樣的咒罵、噓聲、詛咒聲、笑聲，連成一片，如同傾盆大雨，現場石塊紛飛。加西莫多雖然耳聾，卻能將公眾流露在臉上的怒氣看得一清二楚。況且，還有砸過來的石頭，這比哄笑聲更容易感受到。

他再也忍耐不住了。他先是用威嚇的目光緩慢地環視人群，但是由於被綁得牢牢的，他的目光絲毫嚇不了人；於是他開始猛力掙扎、扭動，震得老舊的輪盤在木軸上軋軋直響。對此，嘲笑辱罵聲更加強烈了。

這時，有頭騾子馱著一個教士穿過人群走來了。加西莫多烏雲密佈的臉上頓時變得明朗，浮現出一種奇怪的微笑，充滿難以形容的溫柔、寬容和深情。隨著教士越走越近，這笑臉也更加清晰、分明、容光煥發了。這不幸的人彷彿在等待一位救星降臨，可是當騾子走近恥辱柱，騾上的人一看清犯人是誰時，立刻低下頭，用腳踢了騾腹，趕緊折回了，彷彿急於脫身似的。

這個教士就是克洛德．孚羅洛副主教。

加西莫多的臉上又籠罩陰雲，而且更加晦暗了。陰雲中雖然不時夾雜著笑容，但那是辛酸的微笑、洩氣的微笑、無限悲哀的微笑。

時間漸漸過去。他待在刑台上超過一個半小時了，心力交疲，備受凌辱，而且差點被人用石頭活活砸死。

忽然間，他懷著格外絕望的心情，不顧身上戴著鐐銬，再次拚命掙扎，連身下整座輪盤木架都被震得抖動起來。同時用嘶啞而凶狠、蓋過了眾人嘲罵聲的嗓門大吼道：「水！」

這聲悲慘的呼喊不僅沒有打動群眾的同情心，反而為四周的圍觀者增添了一個笑料。只見他臉漲得發紫，汗流如注，目光迷惘，嘴裡直冒白沫，舌頭伸在外面大半截。這副模樣顯得更加滑稽可笑、令人生厭。

又過了一會兒，加西莫多用絕望的目光環視了一下人群，並用更加令人心碎的聲音再喊道：「水！」

群眾又回以一陣哄笑。

「喝這個吧！」有人嚷道，並朝他的臉丟過去一塊在水溝裡浸過的抹布。

有個女人朝他的腦袋扔去一個石塊：「嘗嘗這個！看你還敢不敢深夜敲那喪鐘，把我們都吵醒！」

「喂，小子！」一個瘸子一邊嚎叫，一邊吃力地想用拐杖揍他，「看你還敢不敢從聖母院鐘樓向我們施展魔法！」

「用這個碗舀水喝吧！」一個男人把一只破瓦罐朝他的胸膛扔過去，「都是因為你從我妻子面前走過，害她生了一個兩顆腦袋的怪物！」

「還害我的貓生了一隻長了六隻腳的小貓！」一個老太婆撿來一塊瓦片向他砸去，尖聲叫道。

「水！」加西莫多上氣不接下氣，喊了第三遍。

就在這時，他看見人群中突然閃開一條路，走出一個打扮奇怪的少女，身邊帶著一隻金色犄角的小白山羊，手裡拿著一個巴斯克手鼓。

加西莫多那隻眼睛頓時亮了。這正是昨晚他千方百計想要擄走的那個吉普賽女郎。他模模糊糊地意識到，自己正是為了這樁襲擊事件才受罰的。因此他毫不懷疑，這個吉普賽姑娘也像其他人一樣，是來向他報仇的。

果然，只見她快步登上台階，一言不發，默默走近這個扭動著身子試圖躲避她的罪人，然後從腰帶上解下一個水壺，輕輕地把水壺送到他乾裂的嘴邊。

加西莫多那隻乾涸、焦灼的眼睛裡，滾動著一大滴淚珠，隨後沿著那張因失望而皺成一團的醜臉，緩慢地流下來。這也許是這不幸的人第一次掉眼淚吧！他感動到忘了喝水。吉普賽女郎不耐煩地噘起小嘴，臉帶笑容，把水壺緊靠在加西莫多張開的嘴上，他實在渴得口乾舌燥，一口接一口地喝著。

一喝完，加西莫多伸長汙黑的嘴唇，大概想吻一吻那隻援救他的玉手。但是，姑娘也許有所戒備，並回想起昨夜那件未遂的暴行，便嚇得連忙把手縮回去。

可憐的聾子盯著她看，目光充滿責備的神情和無可表達的悲傷。

這樣一個美人，嬌豔、純真、嫵媚，而又如此纖弱，竟這樣誠心誠意地跑來救助一個慘遭橫禍、奇醜無比、心腸歹毒的傢伙，這也許是世上感人肺腑的一幕了，尤其發生在恥辱柱上，更是無與倫比。

群眾們無不為之感動，一齊鼓掌並高呼：「妙極了！妙極了！」

恰好就在這個時候，隱修女從塔樓的窗洞望見站在恥辱柱台上的吉普賽女郎，隨即又刻毒地詛咒道：「妳該千刀萬剮！埃及婆娘，千刀萬剮！千刀萬剮！」

愛斯梅拉達臉色發白，踉踉蹌蹌地走下恥辱柱平台。隱修女的聲音仍然縈繞在她耳邊：「滾下去！滾下去！妳這埃及女賊，有一天妳也會在上面遭受同樣的下場！」

「麻衣女又在胡言亂語了。」民眾喃喃說道。

雖然美女總是令人生畏的，不過，誰也不願意去惹日夜祈禱的人。

釋放加西莫多的時刻到了。他被解了下來，人群也就此散去。

第二部

1

轉眼間，幾個禮拜過去了。

正是三月初，這一天風和日麗，巴黎傾城而出，廣場上和供人散步的地方，到處人山人海，像歡度節日那般熱鬧。

傍晚時分，太陽幾乎正照聖母院。在被夕陽染紅的巍峨大教堂的對面，在教堂廣場和前庭街的交角處，有一座哥德式風格的華麗宅邸。其門廊上端的石頭陽台上，幾名俏麗的千金小姐正在談笑風生。她們都是名門閨秀，這時聚集在貢德洛里埃寡婦家裡。這位寡婦的丈夫生前是禁軍的弓弩師，她與獨生女相依為命，住在聖母院廣場旁的住宅裡。

這些女人所在的陽台，背連一間富麗的房間，房內掛著法蘭德斯出產的淺黃布幔，天花板上的橫樑雕著稀奇古怪的形狀，彩繪描金，叫人看了賞心悅目。一個衣櫥閃耀著琺瑯的光澤，作工細緻；一組華麗的食櫥上擺著一個陶瓷的野豬頭。房間深處，一個高大壁爐從上到下飾滿紋章和徽記，旁邊有一張鋪著紅絲絨的安樂椅，貢德洛里埃夫人端坐在上，她大約五十五歲。在她身旁站著一位男士，神態自命不凡，雖然有點輕浮，仍不失為一位美少年。這位年輕騎士穿著御前侍衛弓手隊長的漂亮服裝。

小姐們全都坐著，一邊刺繡一張巨大的壁毯，一邊交談。她們像小姑娘見到有個年輕男子在場時那樣，竊竊私語，抿著嘴笑。這位男士對此似乎並不在意；他置身在這些美女當中，個個都爭相吸引他的注意，可是他卻彷彿專心用鹿皮手套擦著皮帶上的環扣。

貢德洛里埃夫人不時低聲和他說話，他盡可能回答得彬彬有禮，不過仍顯得笨拙和勉強。老夫人與這名衛隊長低聲說話，面帶笑容，心領神會地做些手勢，一面向女兒百合花．德．貢德洛里埃眨眨眼睛。看得出這對男女之間有著某種婚約；但從軍官尷尬和冷淡的神情來看，顯然這樁婚事沒有任何愛情可言。

「哎！侄兒呀，」老夫人拉了拉他的袖子，湊近他耳邊說道，「瞧！看她正在彎腰的模樣！」

「我正在看呢。」那位男士應道，隨即又默不作聲，一副心不在焉的樣子。

過了片刻，他又不得不俯下身來聽老夫人說：

「您見過像您未婚妻這樣討人喜歡、活潑可愛的女孩嗎？有誰比她肌膚更白嫩、頭髮更金黃呢？她那雙手，難道不是十全十美嗎？還有，她那脖子，難道不是儀態萬端，令人看得心醉神迷嗎？連我有時也十分嫉妒您呀！您這小子真有福氣！我的女兒百合花，難道不是美貌絕倫，叫人愛慕不已，使您意亂情迷嗎？」

「那當然了。」他這樣答道，心裡卻在想別的事。

「那您還不去跟她說說話！」貢德洛里埃夫人突然說道，並推了他的肩膀一下，「跟她說點什麼都好，您太怕羞了。」

儘管怕羞既不是這位衛隊長的美德，也不是他的缺點。不過他還是硬著頭皮照辦了。

「好表妹，」他走近百合花的身邊說道，「這幅帷幔上繡的是什麼？」

「好表哥，」百合花應道，聲調中帶著懊惱，「我已經告訴您三遍了。這是海神的宮殿。」

衛隊長那種冷淡而心不在焉的樣子，百合花顯然比她母親看得更清楚。他隨即又勉強地問道：

「這幅帷幔是為誰繡的呢？」

「為田園聖安東尼修道院繡的。」百合花答道，眼睛連抬都沒抬一下。

衛隊長伸手抓起掛毯的一角，再問：

「我的好表妹，這是什麼？就是這個鼓著臉，拚命吹著海螺的肥士兵。」

「那是小海神特里頓。」她答道。

百合花的回答總是隻字片語，腔調中有點賭氣的味道。年輕男士感到尷尬，卻又想不出更溫柔、更親密的言語，只好說：「這件手工真是優美呀！」

一聽到這句話，另一個皮膚白皙的金髮美人可倫坡．德．卡伊豐丹那小姐開口了；話是說給百合花聽的，心底裡卻希望英俊的衛隊長回答。只聽見她說：「親愛的貢德洛里埃，您見過羅舍—吉翁府邸的壁毯嗎？」

「是羅浮宮洗衣女花園所在的那座府邸嗎？」戴安娜．德．克里斯特伊小姐也笑嘻嘻地問道，她長著一口漂亮的牙齒，所以老是笑瞇瞇的。

「那裡還有巴黎古城牆的一座舊塔樓呢！」阿梅洛特．德．蒙米榭爾小姐插嘴道。這位漂亮少女有一頭捲曲的紅髮，時常莫名其妙地唉聲嘆氣，就像戴安娜喜歡笑一樣。

「親愛的可倫坡，」貢德洛里埃夫人插嘴道，「莫非您是指查理六世時期巴克維爾大人擁有的那座府邸？那裡的壁毯才美呢！」

「查理六世！查理六世！」年輕衛隊長捻著鬍子嘟噥道，「天啊！老太太對這些古董記得多清楚！」

貢德洛里埃夫人繼續往下說：「那些壁毯確實絢麗！那樣令人嘆為觀止的手工，堪稱絕無僅有！」

七歲的貝朗熱．香榭弗里埃小姐一直在陽台欄杆前望著廣場，此時突然嚷叫起來：「啊！快來看，百合花姐姐，那個漂亮的舞女在石板地面上敲著手鼓跳舞，一大堆市民圍在那裡看哩！」

果真傳來巴斯克手鼓響亮的聲音。

「是某個波希米亞的埃及女郎吧。」百合花邊說邊轉頭望向廣場。

「看！看！」那幾位活潑的同伴齊聲喊道，一起擁到陽台邊，百合花也慢吞吞地跟了過去。這名未婚夫感到鬆了一口氣，便一身清閒地回到房間裡。陪伴美麗的百合花，這在平常雖是一件美妙的差事，但年輕衛隊長卻漸漸厭煩了；隨著婚期日益接近，他也一天比一天更加冷淡。況且，他生性朝三暮四，情趣又有點庸俗不堪。他鍾愛酒家以及隨之而來的一切，像是下流話、放蕩的美女、輕而易舉的愛情。每當他來到百合花家裡，總是倍感難堪，一來是因為到處尋歡作樂，虛擲愛情，結果留給未婚妻的所剩無幾了；二來是因為置身在這麼多循規蹈矩的大家閨秀當中，他深怕自己無意間說出那些不三不四的粗話。要是如此，後果真是不堪設想！

於是，他默默地靠在雕花的壁爐框上，若有所思。這時，百合花小姐忽然回頭對他說話。

「表哥，您不是說過，兩個月前您巡邏時，從十幾個強盜手裡救出了一個吉普賽姑娘嗎？」

「我想是的，表妹。」衛隊長回答道。

「那好，」她接著說道，「在廣場上跳舞的說不定就是那個吉普賽姑娘。您過來看一下，看認不認得出他來，費比斯表哥。」

她親切地邀請他到她身邊去，還刻意叫他的名字，顯然有意言歸於好。費比斯·德·夏托佩爾緩步走近陽台，百合花含情脈脈地搭著他的手，說道：「喏，看那邊人圈裡正在跳舞的小姑娘，她就是您說的那個吉普賽姑娘嗎？」

費比斯望了望，答道：

「沒錯，我從那隻山羊就能認出是她。」

「哦！真是漂亮的小山羊！」阿梅洛特合起雙掌讚嘆道。

「牠的角是金的嗎？」貝朗熱問道。

老夫人從椅子上說道：「去年從吉巴爾城門來了一群吉普賽女人，會不會是她們之中的一個？」

「母親大人，那道城門如今叫地獄門了。」百合花柔聲細氣地說道。

貢德洛里埃小姐深知，當她母親提起這些古蹟，那個衛隊長會感到何等不悅。果然，他輕聲挖苦起來了：

「吉巴爾門！吉巴爾門！那可有得說了，可以追溯到查理六世啦！」

「姐姐，」貝朗熱突然朝聖母院鐘樓上望去，不由得驚叫：「那是誰？上面那個黑衣人。」

少女們個個抬起眼睛，果真在格列夫廣場北邊鐘樓頂端的欄杆後方，倚著一個男子。那是一個教士，他的衣裳和雙手托住的臉孔都可以看得一清二楚。同時，他又像一尊雕像，聞風不動，雙眼直直盯著廣場。

「那是若札的副主教大人。」百合花答道。

「您從這裡就一眼認出他來，您的眼睛真好！」卡伊豐丹那小姐說道。

「他盯著那個跳舞的小姑娘多麼入神呀！」克里斯特伊小姐接著說。

「那個埃及姑娘可得當心！」百合花說，「他不喜歡埃及人。」

「這人真是大煞風景！瞧她舞跳得多麼精彩，把人眼睛看得都花了。」阿梅洛特又說。

「費比斯表哥，」百合花突然說道，「既然您認識這個吉普賽小姑娘，那就打個手勢叫她上來吧！這會讓我們開心的。」

「說得也是！」小姐們全都拍手喊道。

「這未免太荒唐了！」費比斯答道，「她大概早已忘了我，而我連她的名字也不知道。不過，既然小姐們都願意，那我就試試看。」

於是，他把身子探出陽台欄杆，喊道：「小妞！」跳舞的姑娘轉過頭來，炯炯目光落在費比斯身上，一下子停了下來。

「小妞！」衛隊長又喊道，並用手指頭示意叫她過來。

那個少女再望了他一眼，臉上頓時浮起紅暈，彷彿雙頰著火似的。她把小鼓往腋下一夾，穿過目瞪口呆的觀眾，向費比斯所在的那棟房子走去，步履緩慢而搖曳，目光迷亂，就像經不住一條毒蛇的誘惑一樣。

過了片刻，帷幔門簾撩開了，吉普賽女郎出現在門外，臉色通紅，手足無措，氣喘吁吁，一雙大眼睛低垂，不敢再上前一步。

貝朗熱高興得拍起手來。

跳舞的姑娘依然站在門檻上不動。她的出現對這群小姐產生一種奇特的影響。一直以來，這些小姐都在設法取悅那名英俊的軍官，並在私底下展開了一場暗鬥。然而，她們的美貌個個不相上下，彼此勢均力敵，難分勝負。吉普賽女郎的出現忽然打破了這種均衡。她的豔麗世所罕見，她一出現在房門口，就彷彿散發出一種特有的光輝。在這間擁擠的房間裡，她比在廣場上更加風姿綽約，光彩照人，讓幾位小姐不由得眼花繚亂，感到自慚形穢。於是，戰線立刻改變，即使她們之間一句話也沒有說，彼此卻心照不宣；她們頓時聯合起來，共同對抗眼前的勁敵。

小姐們把吉普賽少女從頭到腳打量一番，隨後互相使了個眼色，彼此一下子便心領神會。這期間，吉普賽少女一直等待著人家發話，心情激動萬分，連抬一下頭都不敢。

衛隊長首先打破沉默，用他慣常的那種放肆的腔調說：「真是個美人！您說呢？表妹。」

這樣的評語更加深了小姐們油然而生的那種嫉妒心。

百合花裝模作樣，帶著輕蔑的口吻假惺惺地答道：「還不錯。」

其他幾個小姐在交頭接耳。

貢德洛里埃夫人為了自己的女兒，也同樣心懷嫉妒。她對跳舞姑娘說：「過來！孩子。」

吉普賽姑娘向貴夫人走來。

「孩子，」費比斯誇張地說，同時也朝她走過去幾步，「不知我是否有榮幸能被您認出——」

沒等他說完，她立刻滿懷無限的柔情蜜意，抬起眼睛對他微笑，說道：「啊！是的。」

「她記性可真好。」百合花說道。

「那天晚上，您一下子就跑走了。是我嚇到您了嗎？」費比斯接著說。

「噢！不。」吉普賽女郎答道。

她的聲調中暗藏著難以言表的某種情韻，百合花聽了深感不悅。

「我的美人兒，」衛隊長又說，「您走了，留給我一個凶神惡煞般的傢伙，獨眼、駝背——我相信他是副主教的敲鐘人。他膽大包天，竟敢對您動手動腳，真是豈有此理！您認為那個怪物想對您做什麼呢？」

「我不知道。」她答道。

「他竟敢如此膽大妄為！不過，他吃了苦頭啦！皮艾拉．托特呂是世上最粗暴無情的，哪個壞蛋一旦落在他手裡，非被揍得死去活來不可。如果您開心，我可以告訴您，那個敲鐘人的皮都被他巧妙地剝下來了。」

「可憐的人！」吉普賽女郎聽了這番話，又回想起恥辱柱的情景，不由得說道。

衛隊長縱聲哈哈大笑起來。「婦人之見！您這種憐憫，就像一根羽毛插在豬屁股上！我情願像教皇那樣挺著大肚子，假如……」他猛然住口，「對不起，女士們！我差點就要說蠢話了。」

「呸！先生。」卡伊豐丹那小姐說道。

「他是在用下流話跟那個下流女人交談呢！」百合花心中越來越惱怒，輕聲說了一句。衛隊長被吉普賽女郎迷住了，腳跟轉來轉去，露出一副粗俗而天真的模樣，一再重複說：「我發誓，她長得真美！」百合花把一切看在眼裡，心中惱怒不已。

「穿得不倫不類！」克里斯特伊小姐說，依然露出美麗的牙齒笑嘻嘻的。

這種看法給了小姐們一線靈感，她們立刻看清了吉普賽女郎的弱點。既然她的美貌無可挑剔，便挑剔她的服裝。

「說得一點也沒錯！小妞，」蒙米榭爾小姐說，「妳怎麼不披頭巾、不穿內衣，就這樣滿街亂跑呢？」

「裙子還短得嚇人。」卡伊豐丹那小姐插上一句。

「我親愛的，」百合花接著說，「您身上那鍍金的腰帶，讓員警看見了會把您抓起來的。」

「小妞，小妞，」克里斯特伊小姐皮笑肉不笑地說，「要是妳好好在手臂上套上袖子，就不會被太陽曬得那麼黑了。」

這些少女用各種惡毒和惱怒的語言，像一條條毒蛇圍著這個舞女纏來纏去，滑來滑去，既冷酷又文雅，把舞女那身綴滿金屬碎片的寒酸裝束惡意地盡情挑剔，毫不留情。她們又是譏笑，又是挖苦，又是侮辱，沒完沒了，把冷言冷語、傲慢的關懷、凶狠的目光，一股腦兒地向吉普賽姑娘傾瀉。

吉普賽女郎的眼睛和臉頰不時燃燒著憤怒的光芒，浮現出羞愧的紅暈；嘴唇顫動，似乎支支吾吾說著什麼輕蔑的話；噘著小嘴，鄙視地做出讀者熟悉的那種嬌態。不過，她始終沒有開口，一動也不動，目光無可奈何，憂傷而又溫柔，一直望著費比斯。這目光中包含著幸福和深情。

至於費比斯，他笑著，神態魯莽而又憐憫，站在吉普賽女郎一邊。

「隨她們說吧！小妞，」他說，「您這身打扮確實有點怪異，不過，像您這樣美麗的姑娘，有什麼好大驚小怪的呢？」

吉普賽女郎聽了，目光閃爍，充滿喜悅和自豪，緊盯著費比斯。這時的她真是妖豔絕倫。

老夫人一直坐在椅子上，見此情景，深感受到冒犯，卻又不明白是怎麼一回事。

「聖母啊！」她突然叫了起來，「什麼東西在扯我的腿？哎呀！可惡的畜牲！」

原來是山羊，牠正要朝女主人跑過去時，被那位貴夫人拖到腳上的一大堆蓬鬆的衣裙纏住了兩隻角。

大家的注意力一下子分散開了。吉普賽女郎一言不發，走過去把山羊解脫出來。

「哦！瞧這小山羊，腳蹄還是金的呢！」貝朗熱嚷著，高興得跳起來。

吉普賽女郎跪了下來，臉頰緊偎著山羊溫順的頭，彷彿在請求山羊原諒她剛才那樣把牠丟在一旁。

這時候，戴安娜在可倫坡的耳邊說：

「哎呀！老天！我怎麼沒有早點想到呢？這不就是那個帶著山羊的吉普賽姑娘嗎！人家說她是女巫，還說她的山羊會使各種魔法。」

「那太好了，」可倫坡說道，「那就叫山羊為我們變一個魔法吧，讓我們開心一回。」

戴安娜和可倫坡連忙對吉普賽女郎說：「小姑娘，叫妳的山羊變一個魔法吧！」

「我不知道妳們在說什麼。」跳舞的姑娘應道。

「一個奇蹟，一個戲法，總之，一個妖術吧。」

「不知道。」她又輕輕撫摸著漂亮的山羊，連連喊著：「佳麗！佳麗！」

這時候，百合花注意到山羊的脖子上掛著一個繡花小皮包，便問吉普賽女郎：「那是什麼？」

吉普賽女郎抬起一雙大眼睛望著她，鄭重其事地應道：「那是我的秘密。」

「我一定要知道妳葫蘆裡賣什麼藥。」百合花心想。

忽然，老夫人面帶慍色地站了起來。「喂！吉普賽姑娘，既然妳和妳的山羊連為我們跳個舞都不行，那妳們還在這裡幹嘛？」

吉普賽女郎沒有出聲，慢慢地朝門口走去。然而，越靠近門口，也越放慢腳步，似乎有個難以抗拒的磁石在吸引著她。突然間，她把帶著淚水的眼睛移向費比斯，隨即站住了。

「我的老天！」衛隊長喊道，「您不能就這樣走掉。快回來，隨便為我們跳支什麼舞。噢！對了，我的美人，您叫什麼名字？」

「愛斯梅拉達。」跳舞的姑娘應道，眼睛依然看著他。

聽到這古怪的名字，小姐們都笑起來了。

「真是的，一個小姐叫這樣一個可怕的名字！」戴安娜說。

「您知道，這是一個女巫啊。」阿梅洛特接著說。

「我親愛的，」貢德洛里埃夫人一本正經地說道，「這肯定不是妳父母為妳取的名字吧？」

正當她們說話的時候，貝朗熱趁人不注意，用一塊小杏仁餅逗引小山羊，把牠帶到角落去了。好奇的女孩把掛在小山羊脖子上的皮包解下，打開來，把裡面的東西全倒在地上。原來是一組字母，每個字母都單獨寫在一小片黃楊木上。小山羊立刻用蹄從中選出幾個字母，不假思索地推著，沒過多久便把這些字母排成了一個詞。貝朗熱讚嘆不已，一下子驚叫起來：

「百合花姐姐，快來！看看山羊剛才做了什麼！」

百合花跑過去一看，不由得一陣戰慄。地板上那些排列有序的字母組成了「費比斯」這個名字。

「這真的是山羊寫的？」百合花聲音大變，問道。

「是的，姐姐。」貝朗熱說。無庸置疑，這個小女孩還不會寫字。

「這就是所謂的秘密呀！」百合花心裡揣摩著。

所有的人聞聲都跑過來了，有母親，有幾位小姐，有吉普賽女郎，還有那位軍官。吉普賽女郎看見山羊剛才做的事，臉色紅一陣白一陣，像個罪犯般直打哆嗦，但衛隊長卻露出得意而又驚訝的笑容，緊緊地望著她。

「費比斯！」小姐們簡直驚呆了，喃喃說道，「這是隊長的名字呀！」

「您的記性可真好！」百合花向呆若木雞的吉普賽女郎說，隨即放聲哭了出來，用美麗的雙手捂住臉孔，痛苦地吶喊：「啊！這是一個女巫！」或許她想說的是：「這是一個情敵！」

話剛說完，她一下子暈倒了。

「我的女兒呀！我的女兒呀！」母親喊道，嚇得魂不附體。

「滾開，吉普賽女巫！」

愛斯梅拉達迅速把那些字母撿了起來，向佳麗作了個手勢，從一道門走了出去，其他人則把百合花從另一道門抬了出去。費比斯隊長獨自站在原地，不知該跟著誰走，猶豫了片刻，隨即跟著吉普賽女郎走了。

2

小姐們剛才看見的那個站在北邊鐘樓頂上，俯身向著廣場，聚精會神望著吉普賽女郎跳舞的教士，正是克洛德．孚羅洛副主教。

副主教在這座鐘樓上有一個小房間。每天的日落前一個小時，他總是登上鐘樓的樓梯，躲進這個房間，有時在這裡待一整夜。這一天，他來到房門前，正要把一把鑰匙插進鎖孔裡，耳邊忽然傳來一陣手鼓和響板的聲音。這聲音來自教堂前面的廣場。他連忙抽出鑰匙，轉身來到鐘樓頂上，神態陰鬱地沉思。他待在那裡，神色莊嚴，一動不動，全神貫注地凝視著，沉思著。整個巴黎就在他腳下，連同全城無數的尖頂、遠處連綿的山丘、從一座座橋下蜿蜒流過的塞納河、街上波濤洶湧般的民眾；然而，在這整座城市中，副主教只盯著地面的一點：聖母院前廣場；在這一整片人群中，只盯著一個身影：吉普賽女郎。

那是一種呆板的目光，卻又充滿著紛亂和騷動。他全身木然不動，只有不時莫名地顫抖一下，好像一棵樹迎風搖曳一般。撐在大理石欄杆上的雙肘，比大理石還更僵硬；直愣愣的笑容，讓整張臉都繃緊了。這副模樣，彷彿他全身都僵死了，唯有兩隻眼睛還活著。

吉普賽女郎翩翩起舞，手鼓在指梢上旋轉，一邊跳著普羅旺斯的薩拉邦德舞，一邊把手鼓拋向空中。矯捷、輕盈、歡快，並沒有感覺到那垂直投射到她頭上的那可怕目光的壓力。

一群眾聚集在她周圍。不時有個怪里怪氣、穿著紅黃兩色外衣的男子出來幫她的忙，然後又回到幾步外的一張椅子上坐下，抱住山羊的頭部放在他的膝上。這個男人看上去像是吉普賽女郎的伴侶。孚羅洛從高處向下望去，無法看清他的長相。他的臉色越來越陰沉了。忽然，他挺直身子，全身一陣哆嗦，嘟噥道：「這個男人是誰？她向來都是獨自一個人的！」

一說完，他便一頭鑽到螺旋形樓梯的拱頂下，衝下樓去。在經過鐘樓那道半掩的門前時，他突然發現一件事情，不由得一愣；只見加西莫多俯身在石板屋簷的一個缺口處，也正在朝廣場眺望。他看得那樣入神，連孚羅洛走過一旁都沒有察覺。那隻粗野的眼睛裡流露出一種奇異的表情，那是一種著了迷的溫柔目光。孚羅洛情不自禁地喃喃道：「怪了！難道他也在看那個埃及女郎嗎？」他繼續往下走，不一會兒，便從鐘樓底層的一道門走到了廣場。

「吉普賽姑娘怎麼啦？」他混在一群觀眾當中，問道。

「不知道。」旁邊的人回答，「她忽然不見了，大概是到對面那棟房子裡跳舞去了。是他們叫她去的。」

就在吉普賽女郎剛才跳舞的地方，副主教看到了那個穿著紅黃兩色上衣的男子。這個人正在繞著圈子耍把戲，掙幾個小錢；只見他把兩手放在屁股上，腦袋後仰，臉孔通紅，脖子伸長，牙間咬住一把椅子，椅上綁著向觀眾借來的一隻貓，貓嚇得喵喵直叫。

這個江湖藝人汗流如注，頂著椅子從副主教面前走過。副主教立刻喊道：「聖母啊！比埃爾．葛林果，您這是在做什麼？」

副主教聲色俱厲，把那個可憐蟲嚇了一大跳，一下子把椅子和貓都掉在觀眾的頭上，激起一陣叫罵聲。

孚羅洛示意要他跟著走，隨即轉身走進了教堂。兩人走了幾步，孚羅洛往一根柱子上一靠，目不轉睛地盯著葛林果。

「好啊！比埃爾，有許多事情您得解釋清楚。首先，快兩個月了，您連個影子也沒有，現在卻讓我在街頭找到您。瞧您這身裝束多麼漂亮！快說，這是怎麼一回事？」

「大人，」葛林果可憐兮兮地回答，「這身穿著確實怪里怪氣，簡直狼狽極了！我自己也覺得這樣做不好，但是您說我該怎麼辦？尊敬的大人，全怪我那件舊襯衫太不中用，破得再也無法穿了。寒風凜冽，我只好撿了這件上衣。這有什麼辦法呢？再說，談論哲學、寫寫詩歌，這種生活的確愜意，但我總得過活呀！於是我向一群乞丐——現在都成了我的好友——學了二十多種把戲，勉強能夠掙幾個麵包。我承認，這樣運用智慧是可悲的；但是，尊敬的大人，光有理想是不夠的，還得掙口飯吃才行。」

孚羅洛默默地聽著。猛然間，他那凹陷的眼睛露出機敏、銳利的目光，直射入葛林果的靈魂深處。

「很好，比埃爾，那您怎麼會和那個跳舞的埃及姑娘混在一起？」

「怎麼！」葛林果說，「她是我的妻子，我是她的丈夫。」

教士陰森的眼睛一下子像火焰在燃燒。

「你怎能幹出這種事來？可憐的人！」他怒氣沖沖地抓住葛林果的手臂，大喊道，「你竟然被上帝唾棄到這個地步，才會對這個姑娘動手動腳？」

「憑我進天堂的資格發誓，大人，」葛林果渾身直打哆嗦，「我發誓，我從來沒有碰過這個姑娘，如果這正是您所擔心的話。」

「那你說什麼丈夫妻子呢？」教士說。

葛林果連忙把奇蹟宮殿的奇遇啦、摔罐成親啦，三言兩語地說了出來。還說這門親事有名無實，每天晚上，吉普賽姑娘都像新婚之夜那樣避開他。最後他說：「真是有苦難言！我可真倒楣，取了個貞潔聖女。」

「此話怎說？」副主教問道，聽到這番敘述，怒氣漸漸消了。

「說來話長了，」詩人回答，「一個叫做埃及公爵的老強盜告訴我，我的妻子是一個撿來的孩子，她脖子上掛著一個護身符，據說這護身符能幫助她與父母重逢。但是如果她失去了貞操，護身符便會失去法力。因此她一直守身如玉。」

「那麼，」孚羅洛插嘴道，臉孔越來越開朗了，「比埃爾，您認為這個女人沒有接近過任何男人？」

「大人，她確實像個修女般守身如玉。而且她有三樣法寶防身：一是埃及公爵，把她當成女兒般保護；二是整個幫會，人們對她敬愛有加；三是一把小巧的匕首，她從不離身，有誰膽敢碰她一下，那匕首便會立刻拔出來。這真是一隻野蠻的黃蜂，可不是嗎！」

副主教並未罷休，接二連三再向葛林果盤問個沒完。

根據葛林果的看法，愛斯梅拉達是個溫柔而又迷人的少女；天真爛漫，熱情洋溢，對什麼都不懂，卻又對什麼都熱心；她特別喜歡跳舞，喜歡熱鬧。這種性情是她在過去的漂泊生活養成的。據說，她年幼時就跑遍西班牙和卡塔盧尼亞，一直到了西西里，甚至曾跟著成群結隊的吉普賽人到過阿卡伊境內的阿爾及爾王國，最後才從匈牙利來到了法國。她在各地學到了各種古怪的方言、歌曲和奇異的思想，說起話來怪腔怪調，就像她身上的服裝一半是巴黎式的、一半是非洲式的一樣。不過，她經常往來的那些民眾倒很喜歡她，喜歡她快快活活、活潑敏捷，以及她的歌舞。她認為全城只有兩個人恨她，一談起這兩人她就心驚膽戰。一個是羅蘭塔樓的麻衣女，這個醜惡的隱修女不知對吉普賽女人有什麼恩怨，每當她走過那窗洞口時，就破口咒罵。另一個人是位教士，他時常向她投射各種目光和話語，無不叫她心裡發麻。當副主教聽到最後這一點，不由得心慌意亂，但葛林果並未注意到。

每天早上，葛林果往往跟吉普賽姑娘一起，到街頭幫她把觀眾的賞錢收起來；每天晚上，又跟她一起回到他們的住處，任憑她把自己鎖在單獨的小房間裡，他也安然入睡。他認為，大致來說，這種生活挺溫馨的；再說，這個哲學家對於自己是否真的迷戀這位吉普賽女郎，倒也不大肯定。他愛那隻山羊，幾乎不亞於愛牠的主人。這隻山羊真是可愛，又溫順，又聰明，訓練有素。葛林果把那些把戲仔細說給副主教聽，副主教似乎聽得津津有味。他說，在許多情況下，愛斯梅拉達對於這種把戲具有罕見的天賦，只需兩個月，就能教會山羊用一些字母拼寫出「費比斯」這個詞來。

「費比斯？」教士說道，「為什麼是費比斯呢？」

「我也不清楚，」葛林果回答，「也許是她認為這個詞具有某種神秘法力吧。她獨自一人時，時常翻來覆去地低聲唸著這個詞。」

「您確定這只是個詞，而不是一個名字嗎？」孚羅洛用他那特有的敏銳目光盯著他，又問。

「我不知道，反正這與我無關。她要唸『費比斯』還是什麼都隨便她。」

副主教用手托著下巴，陷入了沉思。過了片刻，突然猛地轉過身來。

「你敢對我發誓，你真的沒有碰過她？」

「碰過她？我向您發誓，絕對沒有。」

「拿你母親的肚皮起誓，」副主教粗暴地說道，「發誓你的指尖從未碰過這個女人。」

「我甚至可以拿我父親的腦袋擔保！不過，我尊敬的大人，請允許我也提一個問題。」

「什麼問題？」

「這件事與您有什麼關係？」

副主教蒼白的臉孔頓時漲紅。他好一陣子沒出聲，隨後才面露窘態地說道：

「聽著，比埃爾．葛林果，我這都是為了您好。記住，只要您稍微接觸一下那個魔鬼姑娘，您就會變成撒旦的奴隸。您知道，肉體是會毀滅靈魂的。要是您親近那個女人，那您就大禍臨頭了！」

教士隨即揪住葛林果的肩膀，猛然一推，然後邁開步伐，一頭鑽進教堂最陰暗的門裡去了。

3

自從那天上午在恥辱柱受刑以後，聖母院的鄰里都認為加西莫多對敲鐘的熱情銳減了。在過去，悠揚動聽的早禱鐘和晚禱鐘、震天價響的彌撒鐘、抑揚頓挫的婚禮鐘和洗禮鐘，這一連串的鐘聲在空中飄蕩繚繞，彷彿是扣人心弦的各種聲音織成的一幅雲錦。整座古老的教堂震動不已，響聲迴蕩不絕，永遠沉浸在歡樂的鐘聲裡。如今，這樣的歡樂似乎消失了，大教堂顯得鬱鬱寡歡，啞然無聲了。只有節日和葬禮還可以聽到單調的鐘聲，空洞洞的，索然無味，彷彿只是為了虛應故事罷了。

不過，加西莫多一直在鐘樓裡。他究竟有什麼心事呢？莫非在恥辱柱上蒙受的恥辱與絕望的心情至今還難以忘懷？莫非這樣的刑罰使他悲痛欲絕，萬念俱灰，甚至對大鐘的熱情也泯滅了？要不然，是大鐘瑪麗遇到了情敵，聖母院敲鐘人的心中另有所歡，愛上了什麼更可愛的東西，而冷落了這口大鐘與它的十四位姐妹嗎？

一四八二年的聖母領報節到了，正好是三月二十五日，禮拜二。那一天，空氣是那樣清淨，那樣輕柔，加西莫多突然覺得對那些鐘又有幾分愛意了，於是爬上北邊的鐘樓。就在他到達塔頂的鐘室之後，不由得一陣心酸，搖了搖頭，端詳了那六口大鐘一會兒，彷彿與它們疏離了一般，感到不勝悲嘆。

然而，他把鉸鏈猛力一搖，讓這一群鐘在他手底下開始搖來晃去，宛如一隻隻鳥兒在枝頭上跳來跳去。加西莫多這時才又快活起來，忘卻了一切，心花怒放，容光煥發。

他走來走去，拍著手，從一根鐘索跑到另一根鐘索，高聲呼喊，比手劃腳，鼓動著那六位歌手，猶如在指揮樂隊裡的演奏家一般。

「響吧！」他說道，「響吧！加布里埃！把你全部的聲音傾注到廣場上去。今天可是節日呀！蒂博爾，別偷懶！你慢下來啦。快，加把勁！——紀堯姆！你最胖，帕斯基埃最小，可是帕斯基埃最洪亮。好！好極了！親愛的加布里埃，再大聲一些！——嘿！你們兩隻麻雀，在上面做什麼？我還沒看你們發出一點聲響呢！——快點，好好幹活吧！今天是聖母領報節，陽光真好，也該有好聽的鐘聲才行！」

他全神貫注，激勵著那幾個大鐘，這六個大鐘於是一個比一個起勁地跳躍著，搖擺著它們光亮的臀部，好像幾頭套在一起的騾子，不時在騾夫吆喝聲的驅策下喧鬧著狂奔。

鐘樓筆直的牆壁，在某個高度被一片片寬大的石板瓦遮掩著。忽然，加西莫多無意間從石板縫向下望去，看見一個打扮奇異的少女來到廣場上；她停了下來，把一條毯子鋪在地上，一隻小山羊隨即走過來站在毯子上，四周立刻聚集了一群觀眾。這麼一看，加西莫多頓時情緒大變，對音樂的滿腔熱情彷彿凍結了。他停下來，轉身背對那些鐘，在石板瓦遮簷後面蹲了下來，目不轉睛地凝望著那個跳舞的姑娘，目光迷惘、深情、溫柔，正是副主教曾目睹過的那種目光。同時，那幾口被遺忘的大鐘頃刻間全都啞然無聲。

4

碰巧就在這同一個月裡的一個風和日麗的早晨，或許是三月二十九日禮拜六，聖厄斯塔什紀念日，約翰・孚羅洛走出了聖母院大門。他剛從兄長那裡要了一些錢，正打算用來花天酒地，忽然聽見背後有個人扯著嗓門，連聲破口大罵：「上帝的血！上帝的肚皮！假正經的上帝！上帝的肉體！該死的教皇！長角和天殺的！」

「這一定是我的朋友費比斯隊長！」約翰叫了起來。

副主教這時也走出了聖母院，一聽到費比斯這個名字，不由得打了個寒顫，陡然停住。他轉過身去，看見他的弟弟站在貢德洛里埃宅邸門前，正與一個魁梧的軍官攀談。

那正是費比斯・德・夏托佩爾隊長，他站在未婚妻家的牆角，像個瘋子般在那裡大罵。

「是您呀！費比斯隊長，」約翰拉起他的手說道，「您罵得可真夠勁！」

「長角和天殺的！」衛隊長應了一聲。

「好了，可愛的隊長，誰惹您了，幹嘛這樣滔滔不絕呢？」

「對不起，伙計，」費比斯搖了搖他的手，「我實在忍不住呀！我剛從那群假正經的女人那裡出來，每次出來胸中總是悶得很，塞滿罵人的字眼，不吐不快；要不然，我會活活憋死的！」

「您想去喝兩杯嗎？」學生問道。

衛隊長聽到這句話，頓時平靜了下來。

「當然好，可是我沒有錢。」

「我有！」

「真的？拿出來瞧瞧！」

約翰得意洋洋地把錢袋掏出來，放在衛隊長的眼前。同一時刻，副主教也尾隨到他們身邊，在幾步遠處停了下來，仔細觀察著這兩人的一舉一動。

費比斯算了算錢，鄭重其事地對約翰說：

「老天！約翰，一共有二十三個巴黎索爾！您昨晚打劫了誰家啦？」

約翰把腦袋往後一昂，輕蔑地眯起眼睛說：「我有個當副主教的傻哥哥呀！」

「上帝的角！」費比斯叫了一聲，「那個神氣十足的傢伙！」

「喝酒去吧。」約翰說道。

「去夏娃蘋果酒店！那裡的酒好！」費比斯叫道。

兩個難兄難弟於是朝酒店的方向走去。副主教尾隨在後，神色陰沉而慌亂。自從他上次與葛林果談話以後，費比斯這個名字似乎就一直縈繞在他腦中。如今他又聽到了這魔術般的名字，於是毫不猶豫地悄悄地跟在這兩人身後，用心偷聽他們的談話，仔細觀察他們的一舉一動。

走到一條街的轉角處，他們聽到從附近的岔路口傳來一陣巴斯克手鼓的響聲。孚羅洛聽見軍官對學生說：

「該死的！快走！」

「為什麼？費比斯。」

「我怕被那個吉普賽姑娘看見。」

「哪個吉普賽姑娘？」

「就是牽一隻山羊的那個小妞。」

「愛斯梅拉達？」

「正是，約翰。我老是記不住她那個鬼名字。快走！要不然她會認出我來的，我不希望她在街上跟我搭訕。」

「您認識她？費比斯。」

聽到這裡，副主教看見費比斯莞爾地一笑，欠身貼近約翰的耳朵，輕聲說了幾句話。接著他哈哈大笑，得意洋洋，搖了搖腦袋。

「真的？」約翰說道。

「我拿靈魂發誓！」費比斯說。

「今天晚上？您有把握她會來嗎？」

「這還用說，難道您瘋了不成？約翰，這種事有什麼好懷疑的？」

「費比斯隊長，您真是豔福不淺！」

這些談話，副主教全聽在耳裡。他氣得咬牙切齒，渾身直打哆嗦，不得不停下來，像個醉漢一般靠著一塊界石，然後再趕緊追上那兩個人。

5

夜幕漸漸降臨了，街上一片昏暗。酒店燈火通明，透過玻璃窗，可以聽見酒杯聲、吃喝聲、咒罵聲、吵架聲；大廳裡熱氣騰騰，鋪面的窗戶上蒙著一層輕霧，可以看見廳裡上百張密密麻麻、模糊不清的面孔，不時發出一陣哄笑聲。那些有事在身的行人，從喧鬧的玻璃窗前走過去，連看都不看一眼。

然而，有個人卻泰然自若，在這聲音嘈雜的酒館門前踱來踱去，不停地向裡面張望，而且一步也不離開。他披著斗篷，一直遮到鼻子。這件斗篷是他剛從夏娃蘋果酒家附近的服裝店買來的，不知是為了抵禦三月夜晚的寒氣，還是為了掩飾身上的服裝。這個人不時停下來，站在模糊不清的玻璃窗前側耳傾聽，凝神注視，還輕輕跺腳。

酒店的門終於開了，他似乎正是在等這件事。從酒店走出來兩個酒徒，快活的臉孔紅得發紫。披斗篷的人連忙一閃，躲進對街的一個門廊裡，監視著這兩人的動靜。

「長角和天殺的！」一個酒徒說道，「快七點了，我約會的時間到了。」

「那就別管我！」這個酒徒的同伴說，舌頭有點不靈活，「您！我看見星星和火苗。您就像但馬丁城堡一樣，炸開了花啦！」

「約翰老兄，您喝醉了。」前一位說。

約翰踉踉蹌蹌回答道：「您高興怎麼說就怎麼說！費比斯，反正柏拉圖的側臉像隻獵犬，這是公認的。」

這正是軍官和學生這對難兄難弟。躲在暗處窺探他們的那個人似乎也認出來了，便慢慢地跟在他們後面。學生走起路來東扭西歪，軍官也搖搖晃晃；不過他的酒量大，頭腦一直很清醒。

「憑我祖母的疣子發誓，約翰，您這是在胡說八道！……對了，約翰，您真的一點錢也不剩了？」

「校董大人，沒錯，小屠宰場。」

「我的好約翰！您知道的，我跟那個小妞約好在聖米歇爾橋頭幽會，我要把她帶到橋頭那個法露黛爾老太婆家裡去，得付房錢哪！行行好，神父一整袋的錢，都被我們喝光了嗎？一點小錢也不剩了？」

「想到曾痛痛快快地花錢，度過了幾個小時的美好時光，那美妙的滋味，比得上一桌香噴噴的食物。」

「該死！別說廢話了。告訴我，約翰，您是不是還剩一點錢？快拿出來，我只要一個巴黎索爾，就可以消磨七個鐘頭啦！」

約翰仍然東倒西歪，瘋言瘋語的，甚至唱起了歌來。

「那好，你這大逆不道的東西，滾一邊去吧！」費比斯叫嚷起來，並用力把醉醺醺的學生一推，學生順勢一滑，撞在牆上，渾身軟綿綿地倒在石板大路上了。衛隊長把約翰的腦袋枕在一堆垃圾上面，約翰立刻打起鼾來。他餘怒未消，朝著睡死的學生說：「活該！但願魔鬼的大車經過時把你撿走！」一說完，逕自走了。

披斗篷的人一直跟著他，這時走過酣睡的學生面前，停了片刻，好像猶豫不決，心煩意亂；隨後一聲長嘆，也走開了，繼續跟蹤衛隊長去了。

費比斯隊長走到了拱門聖安德烈街時，發現有人在跟蹤他。偶然一回頭，看見有個影子在他後面沿牆爬行。他對此並不擔心，暗自心想：「管他的！反正我身上沒錢。」

到了奧頓學堂門前，他突然停住。他過去曾在這所學堂裡修業，如今仍保留昔日的搗蛋習慣，每次從門前經過時，總要把大門右邊紅衣主教的雕像侮辱一番。這一回，他又在雕像面前停住。街上此時空無一人。正當他準備動手時，忽然看見那個影子慢慢向他走過來，腳步極為緩慢。他可以看出這個人影披著斗篷，頭戴帽子，一接近他身旁，陡然停住了。

費比斯生性膽大，又有長劍在手，並沒有把一個盜賊放在眼裡，但他這時卻不由得背脊發涼。他想起當時的一則傳言，說有個野僧夜間在巴黎街頭四處遊蕩，鬧得滿城風雨。他頓時嚇得魂不附體，呆立了片刻。最後打破沉默，勉強地笑了起來。

「先生，您要是一個賊，那我得告訴您，這是白費力氣！我只是個窮人家子弟罷了。親愛的朋友，到旁邊打主意去吧！這間學校的小禮拜堂裡倒有一些做十字架的上等木料，全是鑲銀的。」

那個人影從斗篷裡伸出手來，像鷹爪一般重重抓住費比斯的手臂，同時開口說：

「費比斯．德．夏托佩爾隊長！」

「怎麼，見鬼！」費比斯說道，「您知道我的名字！」

「我不僅知道您的名字，還知道您今晚有個約會。」這個人陰森森地接著說。

「沒錯。」費比斯回答，目瞪口呆。

「七點鐘，在法露黛爾家裡。」

「一點也沒錯。」

「大逆不道的東西！」那鬼影嘀咕道，「跟一個女人幽會嗎？」

「我承認。」

「她叫什麼名字？」

「愛斯梅拉達。」費比斯輕鬆地答道，漸漸又恢復了那種滿不在乎的態度。

一聽到這個名字，那人影的爪子狠狠搖了一下費比斯的手臂。

「費比斯・德・夏托佩爾隊長，你說謊！」

費比斯赫然發怒，臉孔漲得通紅，猛然往後一躍，威風凜凜地按著劍把。斗篷人依然神色陰沉，巍然不動。

「基督和撒旦！」衛隊長叫道，「很少有人敢對我這樣大放厥詞！你敢再說一遍？」

「你說謊！」影子冷冷地說道。

衛隊長的牙齒咬得咯咯作響。什麼野僧啦、鬼魂啦、亂七八糟的迷信啦，頃刻間全拋到九霄雲外，他心裡只想著自己現在所受的侮辱。

「好啊！」他怒不可遏，一下子拔出劍來，含糊不清地說道：「來！就在這裡！立刻！呸！看劍！」

然而，對方卻沒有動彈，在對手的戰鬥架勢前只是說道：「隊長，明天、後天、一個月，或是十年之後，您隨時可以找我決鬥，我隨時奉陪。不過現在，別忘了您還有約會。」

「沒錯。」費比斯說。

他彷彿找到了一個台階下，又把劍再插入劍鞘。

「快去赴您的約會吧！」陌生人又說。

「先生，您這樣有禮貌，我十分感謝。的確，明天以後有的是時間，夠我們拚個你死我活。我現在還是先去赴約吧，時間訂在七點鐘，您是知道的。」說到這裡，他搔了搔耳朵，接著又說：「啊！該死！我倒忘了！我連一個蘇也沒有，付不了那破房錢，那個老太婆說什麼也不肯讓我賒帳！」

「拿去付房錢吧。」

費比斯感覺到陌生人冰涼的手在他手裡塞了一枚埃居，他忍不住收下這錢，並且握住那人的手。

「上帝啊！」他叫了起來，「您真是個好人！」

「但有個條件，」那個人說，「您得向我證明您的話是真的。您要把我藏在某個角落裡，讓我親眼看看那個女人，看她是否真的就是您所提到的那一位。」

「哼！我才不在乎呢，」費比斯回答，「那個房間隔壁有個狗窩，您可以躲在裡面看個夠。」

「那就走吧。」影子又說。

「請便！」衛隊長說道，「我不知道您是誰，不過，今晚我們就交個朋友吧，明天我再跟您把帳一起算清，包括錢和劍！」

他倆隨即快步向前走。不一會兒，他們便來到擠滿了房子的聖米歇爾橋上。

「我先帶您進去，然後再去找我的美人，我與她約好在小堡附近碰面。」費比斯說道。

那人沒有回答。費比斯在一家房子的矮門前停下，狠狠敲門。一線亮光隨即從門縫裡透了出來，只聽見一個牙齒漏風的聲音問道：「誰呀？」衛隊長答道：「上帝身體！上帝腦袋！上帝肚皮！」門立即開了，只見一個老太婆提著一盞油燈站在門口。費比斯亮出手中的那一枚埃居，說道：「要上好的房間。」

老太婆向兩位客人比了手勢，叫他們跟著她，便爬上了梯子。費比斯是這裡的常客，熟門熟路，便自行打開一扇門，裡面是一間陰暗的陋室。他對同伴說道：「親愛的，請進吧！」披斗篷的人二話不說就走進去。門一下子又關上了，他聽見費比斯從外面把門拴上，然後跟老太婆一起下樓去了。燈光也消失了。

6

克洛德・孚羅洛（讀者想必早已猜出，那野僧正是副主教）在那間陋室裡摸索了一陣子。這狗窩既無窗戶，也沒有透光的天窗，屋頂傾斜，人在裡面無法站直身子，他只好蹲在泥灰裡，腦袋不停發熱。

此時此刻，副主教的陰暗心靈裡在想些什麼呢？只有他自己和上帝知道。

他等了十五分鐘，彷彿老了一百歲。忽然，梯子的木板軋軋作響，有人上來了。孚羅洛把臉貼在門縫上，好看清楚隔壁房裡的動靜。老太婆先是從出現在梯門裡，手提著燈；接著是費比斯；隨後上來了第三個人，身影楚楚動人，長相標緻，正是愛斯梅拉達。克洛德一看見她從洞裡冒出來，彷彿看見一陣耀眼的光輝，情不自禁地渾身打顫，眼前一片雲霧，心劇烈地跳動，耳裡嗡嗡作響。他什麼也看不見、什麼也聽不見了。

等他回過神來，房間裡只剩下費比斯和愛斯梅拉達。兩個人坐在一口大木箱上，旁邊放著一盞燈。那名少女羞答答，氣喘吁吁。長長的睫毛低垂下來，遮蓋在緋紅的臉頰上。那名軍官神采飛揚。她不敢抬頭看他一眼，只是機械地以一種傻得可愛的動作，用手指在板凳上胡亂作畫。她的山羊蹲坐在她腳邊。衛隊長打扮得特別風流，衣領和袖口都綴著金銀穗束，這是當時流行的樣式。

孚羅洛的熱血在沸騰，太陽穴嗡嗡作響，聽不清他們在交談什麼。

「啊！」少女說道，眼睛依然沒有抬起，「別瞧不起我，費比斯大人。我認為這樣做很不妥當。」

「瞧不起您？漂亮的小姐，我可不敢！」軍官回答著，那表情既巴結又驕傲，「您為何這麼說呢？」

「因為我跟著您來了。」

「說到這一點，我的美人，我可無法苟同。瞧不起您是不妥的，但恨您倒是理所當然的。」

少女驚恐地瞥了他一眼：「恨我？我做錯了什麼？」

「因為您老是推三阻四，要我百般懇求您。」

「唉！」她說道，「那是因為我許的願。要是不遵守……我就再也找不到我父母……護身符就不靈啦！……不過，這有什麼了不起呢？我現在還要父母做什麼？」

她這樣說著，兩隻烏黑的大眼睛喜氣洋洋，含情脈脈，直直地盯著衛隊長。

「您在胡說些什麼！」費比斯叫了起來。

愛斯梅拉達沉默了片刻，然後流下一滴淚水，嘴裡發出一聲嘆息，說道：「啊！大人，我愛您。」

費比斯聽到這句話，頓時放大了膽子，心神蕩漾，嚷道：「您愛我！」並伸出手臂摟住吉普賽少女的腰。

這時候，教士用手指尖試了試藏在胸前的一把匕首。

「費比斯，」吉普賽女郎輕輕推開衛隊長的手，繼續說道，「您善良、慷慨、英俊。您救了我的命。很久以前我曾做過一個夢，夢見有個軍官來搭救我，他跟您一模一樣，也穿著一身漂亮的軍服，也長得相貌堂堂，也帶著一把劍。您叫費比斯，我喜歡這個名字，也喜歡您的劍。把您的劍抽出來讓我看看！」

「真孩子氣！」衛隊長說，笑眯眯地拔出劍來。吉普賽少女十分好奇地看看劍柄，看看劍身，又在劍上深情地一吻。「您是一位勇士的佩劍，我愛我的隊長。」

費比斯再次抓住機會，趁她低頭看劍的當下，在她秀麗的脖子上吻了一下，少女猛然抬起頭來，臉羞漲得像櫻桃一般透紅。教士在黑暗中牙齒咬得咯咯作響。

「費比斯，」吉普賽少女接著說，「聽我說。您走一走吧！讓我看一看您魁梧的身材，聽一聽您馬刺的響聲。您多麼英俊呀！」

衛隊長為了討她的歡心，隨即站起身來，躊躇滿志，笑容可掬。最後又走回來坐在她身邊，比原先更挨近她。

「聽著，我親愛的……」

吉普賽少女伸出小手，在費比斯的嘴巴上輕輕拍了幾下，那一副模樣真是又痴情、又文雅、又快樂，她一邊說道：「不，不，我不聽。您愛我嗎？我要您親口對我說，您是不是愛我？」

「這還用說嗎？我生命的天使！」費比斯半跪著叫道，「我的身體、我的血液、我的靈魂，一切都屬於妳，一切都為了妳。我愛妳，從來只愛妳一人。」

這些話，衛隊長早已在許多類似的場合說過無數次，此刻一口氣滔滔不絕吐了出來。一聽到這種情意纏綿的表白，吉普賽少女抬頭望著骯髒的天花板，眼光中充滿天使般的幸福神情，喃喃道：「啊！此時此刻，即使死也無憾！」

費比斯又偷吻了她一下，這讓躲在角落裡的副主教心如刀割。

「死！」衛隊長叫了出來，「您在說些什麼！美麗的天使，在如此甜蜜的時刻才剛開始就死去？該死，開什麼玩笑！聽我說，親愛的西米拉……對不起……愛斯梅拉達……不過，您的名字實在怪得出奇，我老是記不起來。」

「老天！」少女說道，「我原以為這個名字很奇特，所以很漂亮！既然您不喜歡，那我就換一個好了。」

「啊！這無關緊要，漂亮的小姑娘！這只是個名字，我應該習慣它才是。聽我說，親愛的西米拉，我愛您愛得入迷，我真心誠意地愛您，這真是天賜良緣。您愛我嗎？」

「啊！……」她回道。

「算了！不用再說了。我是多麼愛您！要是我不能讓您成為世上最幸福的人，那就讓海王用鋼叉把我刺死！我們會有一棟漂亮的小房子，我要叫我的弓箭隊在您的窗前列隊操演，還有長矛手、短槍手、長槍手……我要帶您去武器庫看看那些有趣的東西：八萬頂頭盔、三萬套白馬鞍、甲冑和鎖子甲、六十七面各式各樣的旗幟……還要再去王宮去看獅子，全是凶猛的野獸！女人們都喜歡看這些。」

少女早已沉浸在幸福的想像當中，隨著他說話的聲音想入非非，卻沒有聽他在說些什麼。

「哦！您會幸福的！」衛隊長繼續說道，同時悄悄解開少女的腰帶。

「您這是做什麼？」她立刻問道，這種舉動把她從幻想中一下子拉了回來。

「沒什麼，」費比斯回答，「我只是想說，等日後您跟我在一起時，應該把這身怪異的打扮全換掉。」

「那就等我跟你生活在一起的時候，我的費比斯！」少女滿懷深情地說道，接著又沉思不語。

見她柔情似水，衛隊長壯起膽子，一把摟住她的腰。她並沒有抗拒。接著又動手解開少女緊身上衣的衣帶，瑟瑟作響，隨後一用力，把她的胸衣扯掉。吉普賽女郎赤裸的雙肩頓時從輕紗衣裙中露出來。

少女任憑費比斯擺佈，似乎沒有察覺。膽大妄為的衛隊長眼裡閃爍著亮光。

突然間，她轉向費比斯，無限愛戀之情溢於言表，含情脈脈地說：

「費比斯，教我學你的宗教吧。」

「我的宗教?」衛隊長哈哈大笑,「長角和天殺的!您要學我的宗教做什麼?」

「為了我們結婚呀。」她答道。

「呸!結什麼婚?」衛隊長既驚訝又輕蔑地說道,一臉滿不在乎。

吉普賽女郎頃刻臉色煞白,滿臉愁容,腦袋低垂在胸前。

「我美麗的情人!」費比斯溫柔地說道,「那種事有什麼意思呢?結婚,有什麼大不了的!不上教堂叨叨絮絮唸一點經文,難道就不能傾心相愛嗎?」

費比斯一邊用最纏綿的聲音說著,一邊緊挨著吉普賽少女,兩隻大手又放回原來的位置,緊摟著少女的纖腰,眼睛越來越發亮。

這一切孚羅洛全看在眼裡。一直以來,這個教士都過著修道院嚴格的禁欲生活,這時親眼見到男女親熱的情景,不由得渾身顫抖,熱血沸騰。他的瞳孔閃閃發亮,帶著爭風吃醋的一股狠勁,目光直鑽到少女被解開的衣服底下,好像一頭猛虎正從籠子裡注視著豺狼吞食羚羊。

吉普賽少女臉色蒼白,猛然從軍官的懷抱中掙脫出去,看了一眼自己裸露的上身,羞得滿臉通紅,神色慌亂,一句話也說不出來,連忙伸出雙手抱在胸前。她靜靜地呆立著,雙眼低垂。

費比斯冷淡地說:「啊!小姐!我看得出來,您並不愛我!」

「不愛你?」這可憐的少女叫了起來,同時撲過去勾住衛隊長的脖子,要他坐在她身旁,「我不愛你?我的費比斯,你在胡說些什麼?你真壞!佔有我吧,把一切都拿去吧!隨你愛怎麼樣就怎麼樣吧!我是你的。護身符算什麼?我的父母又算得了什麼?既然我愛你,你就是我的父母!費比斯,我心愛的費比斯,我的靈魂、我的生命、我的肉體,我整個人都屬於你。唉,不結婚!不結婚就不結婚吧,既然你討厭的話。再說,我是什麼人?一個流落街頭的可憐女子,而你,是個貴族。我真是異想天開!一個街頭舞女怎麼能嫁給一個軍官!不,費比斯,我情願當你的情婦。只要能被你愛,我就是世上最快樂的女人。是的,費比斯,這一切全屬於你了,只要你愛我!我們這些吉普賽女人,唯一需要的只有空氣和愛情!」

她這樣說著，雙臂勾住軍官的脖子，用懇求的目光望著他，淚眼汪汪，卻露出美麗的笑容。費比斯如痴似醉，把他火熱的嘴唇緊貼在少女漂亮的肩膀上。少女仰著頭，眼神迷亂，望著天花板，全身戰慄不已。

忽然間，她看見費比斯頭頂上方出現另一個腦袋，臉孔灰白、鐵青，不斷抽搐，魔鬼般的目光閃爍不已。這張面孔旁邊有隻手，手握一把匕首。少女一下子嚇呆了，手腳冰涼，叫不出聲來。只見那把匕首往費比斯身上猛刺下去，再拔出來，鮮血四濺。「該死！」衛隊長叫了一聲，倒在地上。

吉普賽少女隨即昏死過去。在她閉上眼睛的一剎那，她感覺自己的嘴唇像被火灼了一下，那是比燒紅的烙鐵還更燙人的一個吻。

等她醒來，只見自己被巡邏的士兵團團圍住，人們正把倒臥血泊的衛隊長抬走。房間臨河的那扇窗戶敞開著，人們撿到一件斗篷，猜想這斗篷是軍官的。她聽到周圍的人在議論：「這個女巫殺了一位軍官！」

7

葛林果和整個奇蹟宮殿，人人提心吊膽，惶惶不可終日。整整一個月，誰也不知道愛斯梅拉達的下落，埃及公爵及幫會的人都憂心忡忡，葛林果尤其痛苦。某天晚上，吉普賽少女失蹤了，從此便杳無音訊。有人告訴葛林果說，那天晚上在聖米歇爾橋附近看見她跟一個軍官走了，但這名丈夫怎麼也不相信。

一天，他愁眉苦臉，路過圖爾內爾法庭，瞥見司法宮的一道大門前擁著一小群人。

「發生什麼事？」他看見從司法宮出來一個青年，向他問道。

「不清楚，先生，」那個青年回答，「據說有個女人謀殺了一個近衛兵。這件案子似乎牽涉到巫術，連主教和宗教審判官也參與了這樁審判。我哥哥是若札的副主教，他也在場。我想找他談點事，可是人太多，無法見到他。這真是氣死我了！我正急著要錢花呀。」

「唉，先生，」葛林果說道，「我倒是很樂意借錢給您，不過我的口袋全是破洞呢。」

他不敢告訴年輕人，說自己認識他那個當副主教的哥哥。自從那次在教堂的談話之後，他沒有再去見過副主教，一想到這種粗心大意，便感到有些羞愧。

學生逕自走了。葛林果跟著人群，沿著通往大廳的階梯拾級而上。他認為世上沒有比觀看審判更能解悶的事了。群眾擁擠著往前走去，悄然無聲。順著彎曲的長廊緩慢而無趣地走了好一陣子之後，葛林果總算來到大廳的一道矮門旁邊；從亂哄哄的人群頭頂上望過去，可以掃視整個大廳。

大廳寬闊而陰暗。白日將盡，尖拱形的長窗上只透進來一線蒼白的夕照，還沒有照到拱頂上就消失了。大廳各處，幾張桌子上已經擺著點燃的蠟燭，照出正埋首在文件堆中的書記官們的腦袋。大廳前半部都被群眾佔據了，左右兩側有些身穿袍子的男人坐在桌前；大廳深處坐著許多審判官，最後一排的人隱沒在黑暗中，臉孔陰森可怕。到處是長矛和戟，映著燭光，尖端像火花般閃爍。

「喂，先生，」葛林果向一旁的人問道，「所有這些人究竟在幹什麼？」

「審判哪！」

「審判誰？我並沒有看到被告呀。」

「是個女人，先生。您是看不到她的，她背對著我們，而且被群眾擋住了。喏！您看，那邊有些士兵，被告就在那裡。」

「這個女人是誰？您知道她的名字嗎？」葛林果問道。

「不，先生，我也是剛到。我猜這案子一定牽涉到巫術，連宗教審判官們都到場了。」

就在這時，周圍的人警告他們兩個安靜，人們正在聽一個重要證人的證詞。

只見大廳中央站著一個老太婆，臉孔被衣服完全遮住。她說道：「各位大人，確有其事。我是法露黛爾，住在聖米歇爾橋頭四十年了，一直安分守己。那天晚上，我正在紡線，有人來敲門。我打開門，走進來兩個人，一個黑衣人和一個英俊的軍官。黑衣人披著斗篷，只露出兩隻像炭火一般的眼睛。他們對我說：『要上好的房間！』各位大人，那是我樓上的一個房間，是我最乾淨的房間。他們給了我一個金埃居。我帶著他們上樓，一轉身，卻發現黑衣人不見了，差點沒嚇死！接著，那個軍官又跟我走下樓，出門去了。過了一會兒，他帶著一個漂亮女人回來，她牽著一隻山羊……我可不喜歡這種畜牲，挺邪門的。不過我什麼也沒有說，畢竟我收了人家的錢，可不是嗎？法官大人。」

「我帶著女人和衛隊長到樓上房間去，並讓他們單獨在一起，接著又下樓紡我的線了。突然間，我聽到樓上一聲慘叫，接著有什麼東西倒在地上，又聽到開窗戶的聲音。我立刻跑到窗戶旁，看見有團黑糊糊的東西掉進水裡去了。那是一個鬼魂，打扮成教士的模樣。它朝著老城那邊游去。我嚇得渾身發抖，於是跑去找巡邏隊了。我向他們說明了原委，並帶他們一起上樓去。我們看見房裡全是血，衛隊長直挺挺倒在地上，背上插著一把匕首，女人在一旁裝死，山羊嚇得要命。他們把軍官抬走了，可憐的年輕人！……還有，更慘的是，隔天我正想拿那枚金幣去買東西時，卻發現在原來放錢的地方只剩下一片枯樹葉！」

說到這裡，老太婆住口了，聽眾無不嘩然，四處響起一片嗡嗡的低語聲。葛林果旁邊的一個人說：「那個鬼魂，那個山羊，這一切還真有點巫術的味道！」另一個插嘴說：「還有那片枯樹葉！」還有一個說：「毫無疑問，一定是那個女巫跟野僧勾結起來，專門打劫軍官。」

這時候，一名法官站了起來，說道：「肅靜！我請各位大人注意一件事實：人們在被告身上找到了一把匕首。法露黛爾婦人，魔鬼把您的金幣變成的枯葉，您帶來了沒有？」

「帶來了，大人。就在這裡。」她答道。

一名法警把枯葉遞給了法官，法官陰險地點了點頭，再轉交給庭長，庭長再轉交給國王宗教法庭檢察官雅克．夏爾莫呂。就這樣，枯葉在大廳裡傳了一圈。夏爾莫呂說：「這是一片樺樹葉，施展妖術的證據。」

另一名審判官發言：「證人，您說有兩個男人同時走進您的家。穿黑衣的那個人，您先看見他消失了，後來穿著教士的衣服在塞納河裡游泳。另一個人是軍官。這兩人之中是哪一個給您金幣的？」

老太婆思考了一會，說道：「是軍官。」

審判官繼續說道：「請各位大人注意，被害的軍官在其筆錄中宣稱，當黑衣人上來與他搭話時，他腦中曾模模糊糊掠過一種想法，認為黑衣人很可能是野僧；還補充說，正是這鬼魂拚命攛他去跟被告幽會的；同時，他當時沒有錢，是鬼魂給了他那枚錢幣，該軍官用這枚錢幣付了法露黛爾的房錢。因此，這枚金幣是一枚冥錢。各位大人手邊都有相關文件，可以翻閱費比斯．德．夏托佩爾的證詞。」

一聽到這個名字，被告一下子站立起來。她的頭高出人群。葛林果嚇得魂不附體，一眼認出被告就是愛斯梅拉達。她臉色蒼白，頭髮此刻亂蓬蓬地披垂下來，嘴唇發青，雙眼深陷，極為嚇人。

「費比斯！」她茫然地喊道，「他在哪裡？哦！各位大人，求求你們，請告訴我他是不是還活著，然後再處死我吧！」

「住口！女人，這不關我們的事。」庭長喝道。

「啊！行行好吧，告訴我他是不是還活著？」她一邊說，一邊合起兩隻消瘦的手，順著她袍子垂落下來的鎖鍊發出輕微的響聲。

「那好吧！」一名法官冷淡地說，「他快死了……您滿意了吧？」

不幸的姑娘一聽，癱坐在被告席的小凳上，沒有吭聲，沒有流淚，臉色蒼白得像蠟像一般。

庭長俯身對法警說道：「帶第二名被告！」

眾人的眼睛都轉向一道小門。門打開了，只見從門裡走出一隻金角和金蹄的漂亮山羊。這隻山羊在門檻上停了一下，伸長著脖子東張西望。忽然間，牠瞥見了吉普賽女郎，便縱身一躍，越過桌子和書記官的頭頂，跳到她的膝蓋上，接著又姿態優雅地滾到女主人的腳上，希望她能撫摸牠一下。可是被告依然一動也不動，對山羊一眼也不看。

「嘿！這不正是那隻討厭的畜牲嗎！」法露黛爾老太婆說道。

國王宗教法庭檢察官宣佈：「附在這隻山羊上的魔鬼，曾在眾人面前施展妖術。我們這就開始審訊牠。」

葛林果不禁出了一身冷汗。夏爾莫呂從桌上拿起吉普賽女郎那只巴斯克手鼓，伸到山羊面前問道：

「現在幾點啦？」

山羊用聰慧的目光望了望他，抬起金色的腳，在手鼓上敲了七下。當時果真是七點鐘，群眾一陣駭然。

葛林果再也忍不住了，高聲喊道：

「牠是在害自己！你們很清楚，牠根本不知道自己在幹什麼！」

「肅靜！」法警厲聲喝道。

夏爾莫呂照樣擺弄著手鼓，引誘山羊再變了幾套把戲，像是日期、月份等等。這些戲法人們早已不只一次在街頭見過了，然而，在法庭的氣氛下，觀眾如今卻嚇得六神無主，確信山羊就是魔鬼。

更糟的是，國王檢察官又從山羊脖子上拿下一個皮包，把裡頭的字母全倒在地上，大家頓時看見山羊從那些零亂的字母中，用蹄子把字母排成「費比斯」。於是，巫術一事看來已無庸置疑。就這樣，在眾人眼中，昔日曾無數次以其飄逸的風姿，叫過往行人駐足的那個迷人舞女，頃刻間成了一個猙獰的女巫。

至於她，一副死氣沉沉的模樣，不論是佳麗精彩的表演，還是檢察官凶惡的恫嚇，或是聽眾低聲的咒罵，她什麼都看不見、聽不到了。

為了使她清醒過來，一個法警跑過去狠狠搖晃她，庭長也提高嗓門說道：

「女人！您原為波西米亞族人，慣施妖術。您與這隻被附身的山羊共謀，於三月二十九日夜間，利用巫術與詭計，謀害了侍衛弓箭隊隊長費比斯．德．夏托佩爾。您還敢抵賴嗎？」

「太可怕了！」少女用手捂住臉叫道：「我親愛的費比斯！啊！這真是地獄！」

「您還敢抵賴嗎？」庭長冷冰冰地問道。

「是的，我否認！」她的聲調很可怕。只見她猛然站立起來，眼裡閃閃發光。

「那您要如何解釋對您的這些指控呢？」庭長問道。

她聲音斷斷續續地回答：

「我已經說過了，我不知道！是一個教士，一個我不認識的教士，一個老是跟蹤我的可怕教士！」

「這就對了。是野僧。」法官接著又說。

「哦，各位大人！可憐可憐我吧！我只是一個可憐的女子……」

「埃及女子！」法官打斷她的話，說道。

雅克．夏爾莫呂老爺溫和地說：

「鑑於被告這種無意義的頑抗，我請求動刑審問。」

「准許。」庭長說道。

悲慘的少女渾身發抖。在法警們的喝令下，她站了起來，邁著堅定的步伐，由夏爾莫呂和宗教法庭的教士帶路，夾在兩排士兵中間，向一道側門走去。門猛地打開，接著又關上了。她的身影一消失，馬上傳來一陣悲傷的咩咩聲。那是小山羊在悲叫。

8

愛斯梅拉達一直由那些面目猙獰的法警押著，在一道道漆黑的長廊中爬上爬下，最後被推進了一間陰森的房間。這個房間呈圓形，佔據整座高大塔樓的底層，既沒有窗戶，也沒有別的洞口，只有一道厚實無比的鐵門。牆上有個壁爐，烈火熊熊，把墓穴照得明亮。借著爐裡射出來的火光，女囚看見房間的四周陳列著許多形狀可怕的器具。房間正中央擺著一張皮革墊子，上方垂著一根帶環扣的皮帶，皮帶吊在拱頂石上。火爐裡塞滿烙鉗、夾鉗、大犁鏵，全都燒得通紅，令人不寒而慄。

在那張皮床上，無精打采地坐著劊子手皮艾拉．托特呂。他的兩個助手正在一旁撥弄著炭火上的那些鐵器。

司法宮典吏的法警們排在一邊，宗教法庭的教士們在另一邊。一個書記官、一套書寫用具和一張桌子放在一個角落裡。

雅克．夏爾莫呂和顏悅色，滿臉笑容，走近少女身邊說：「親愛的孩子，您還矢口否認嗎？」

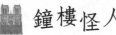

「是的。」她應道，聲音微弱得幾乎聽不見了。

「既然如此，」夏爾莫呂又說，「我們只得違背我們的意願，忍痛對您進行更嚴厲的審訊了……勞駕您坐到那張床上去。」

愛斯梅拉達依然站立不動。由於恐懼，她感到全身冰冷，變得六神無主，呆若木雞。夏爾莫呂又使了個眼神，兩名助手便一把抓住她，把她拖過去按在床上。當她的身體一碰到那皮床，她頓時感到全身的血液都倒流到心臟去了。她茫然地環視了一下房間，似乎看見所有奇形怪狀的刑具全動起來，從四面八方向她圍過來，爬到她身上又咬又掐，就像蝙蝠、蜈蚣和蜘蛛一樣。

「醫生在哪裡？」夏爾莫呂問道。

「在這裡。」一個穿黑袍的人答道，她原先並沒有看見這個人。

愛斯梅拉達一陣戰慄。

「小姐，」宗教法庭檢察官親切地說道，「我第三次問您，您仍然不招認那些指控您的事實嗎？」

這次，她只有搖搖頭的力氣，連聲音也沒有了。

「不招認？」夏爾莫呂說道，「那麼，我深感失望，但我必須履行我的職責。」

「檢察官先生，先從哪裡開始？」皮艾拉突然問道。

夏爾莫呂猶豫了一下。

「先用鐵鞋。」他終於說道。

劊子手和醫生立刻走到她身邊。與此同時，兩個助手便在那醜惡不堪的武器庫中翻來翻去。聽到那些可怕刑具相互撞擊的清脆響聲，不幸的少女渾身直打哆嗦。她喃喃自語，聲音低微得沒人聽見。

「啊，我的費比斯！」接著又像一塊大理石，毫無聲息，一動也不動了。

這時候，皮艾拉的兩個助手伸出長滿老繭的粗手，粗暴地一把剝去她的鞋襪，露出那迷人的小腳，這雙腳在巴黎街頭曾多少次使行人嘆為觀止！

「可惜！」劊子手打量著如此優雅、纖秀的腳，不由得嘟噥道。頓時，少女透過眼前迷惘的雲霧，看見鐵鞋逼近而來，接著，看見自己的腳被套在鐵板之間。這時候，恐懼反而給了她力量。

「快拿掉！」她狂叫著，並且披頭散髮直起身來，「饒命呀！」

話一說完，他向床外縱身一跳，想要撲倒在國王檢察官的腳下，可是她的腳被用橡木和馬蹄鐵做成的一塊沉重的鐵鞋夾住，一下子栽倒在地上。

夏爾莫呂一揮手，助手又把她按回皮床上，並把從拱頂上垂下來的皮條綁在她的細腰上。

「最後一次問您，對於您所控的犯罪行為，您承認嗎？」夏爾莫呂依然裝出那副和善的模樣。

「冤枉呀！」

「那麼，小姐，對於指控您的那些犯罪事實，您要如何解釋呢？」

「唉！大人！我不知道。」

「那您否認了？」

「一切！」

「用刑！」夏爾莫呂向皮艾拉說。

皮艾拉把起重杆的把手一扭動，鐵鞋立刻收緊了，不幸的少女慘叫一聲，這種叫聲是文字無法描述的。

「停！」夏爾莫呂吩咐皮艾拉，然後又問吉普賽少女道：「招供嗎？」

「全招了！」悲慘的少女叫道，「我招！我招！饒命呀！」

她面對刑訊，絲毫沒有抵抗能力。可憐的孩子！在此之前一向過得快快樂樂，舒舒服服，因此第一種苦刑就把她制服了。

「出於人道，我不得不對您說，」國王檢察官提醒道，「您一招認，就只有死路一條。」

「我寧可死！」她一說完便癱倒在皮床上，奄奄一息，任憑扣在她腰間的皮帶把她懸吊著。

「書記官！快記下來。」夏爾莫呂繼續說，「聽著，女人，您招認與魔鬼勾結，參加群魔會及施行巫術嗎？快回答！」

「是的。」她說道，聲音低得被喘氣聲蓋過了。

「您招認經常與那個化為山羊的魔鬼有來往嗎？」

「是。」

「最後，您招認曾勾結魔鬼和野僧的鬼魂，於三月二十九日夜裡，謀害了一位名叫費比斯·德·夏托佩爾的衛隊長嗎？」

聽到這名字，她抬起那雙無神的大眼望著法官，毫無抽搐，毫無顫抖，只是機械地答道：「是。」顯然，她心中的一切全垮了。

「記下，書記官。」夏爾莫呂吩咐道，然後又對劊子手說：

「把犯人放下，帶回去審問。」

女犯人被解下之後，宗教法庭檢察官仔細看了她那隻痛得還麻木的腳，說道：「還好，您喊得很及時。您也許還可以跳舞的！美人。」

9

她面無血色，一跛一跛地回到審判大廳，聽眾頓時發出一片歡樂的呢喃聲，他們早已等得不耐煩了。小山羊高興得咩咩直叫，想朝女主人奔去，卻被綁在凳子上掙脫不了。

夜幕完全降臨了。大廳裡的蠟燭並沒有增多，光線十分微弱，連四周的牆壁也看不清了。黑暗籠罩著一切，各種東西彷彿蒙上薄霧。人們可以看見在大廳的另一端，有一個模模糊糊的白點，襯托著陰暗的背景，顯得格外顯眼。那就是被告。她連拖帶爬回到位子上，夏爾莫呂也威風凜凜地回到座位，說道：「被告供認不諱。」

「女人，」庭長接著說，「您供認了施術、賣淫、謀殺費比斯．德．夏托佩爾等各種罪行嗎？」

只聽見她在陰暗中抽抽噎噎哭泣著，有氣無力地答道：「凡是你們希望的一切我全都招認。不過快把我處死吧！」

「國王宗教法庭檢察官先生，」庭長說道，「本庭準備好聽取您的公訴狀。」

夏爾莫呂老爺攤開一本冊子，以誇張的語調開始宣讀一篇拉丁文的演說詞。他滔滔不絕，說得有聲有色，額頭上冒出汗珠，眼珠也從眼眶裡凸了出來。這是一篇冗長的演講，不過結尾倒是令人叫絕：

「……因此，各位大人，巫術一事已獲證實，罪行也已昭彰，犯罪動機成立。現在我以巴黎聖母院的名義宣佈判決如下：一，繳付賠償費。二，在聖母院大教堂前當眾認罪。三，將該女巫及其山羊在格列夫廣場處以極刑！」

一唸完，他戴上帽子，重新坐下。

這時，從被告身邊站起一個穿黑袍的人。這是被告的辯護律師。

「庭長大人，」律師說道，「既然被告已供認了罪行，根據薩利克法典的一項條款：『如果一個女巫吃掉了一個男人，並且供認不諱，可處以八千但尼爾罰款，也就是兩百金蘇。』請法庭判處我的當事人這筆罰款。」

「該條款已廢除。」一名法官說道。

「抗議！」辯護律師反駁道。

「表決吧。」有位審判官說道，「罪行確鑿，時間也晚了。」

隨即當場表決，只見法官們在昏暗中一個接一個脫下帽子，表示附和。孤立無援的被告好像在望著他們，其實她目光慌亂，什麼也看不見了。

接著，書記官開始記錄，然後把一張羊皮紙交給了庭長。不幸的少女聽見一個令人不寒而慄的聲音說道：

「女人，您將在國王陛下指定的日子，中午時分，由一輛囚車押解到聖母院大門前，手執兩斤重的大蠟燭，在那裡當眾認罪，再從那裡押送到格列夫廣場，處以絞刑。您的這隻母山羊也一樣會被處死。同時，您必須交給宗教法庭三個金獅幣，作為您所犯的巫術、賣淫、謀殺等罪行的賠償。願上帝收留您的靈魂！」

「啊！真是一場夢！」她喃喃自語，隨即感到有幾隻大手把她拖著帶走了。

10

愛斯梅拉達被囚禁在圖爾內爾刑事法庭的地牢，頭頂上便是司法宮。她待在這個地洞裡，被黑暗吞沒了、埋葬了、禁錮了。黑夜般的寒冷，死亡般的冰冷，秀髮不再有微風吹拂，耳邊不再有人聲縈繞，眼裡不再有美麗光芒。她身子彎成兩截，拖著沉重的枷鎖，蜷縮在一小堆稻草上，身邊放著一個水罐和一塊麵包，地上是牢房滲出的水匯成的水泊。

她沒有動彈，幾乎沒有呼吸，甚至連痛苦也感覺不到了。費比斯、陽光、正午、野外、巴黎街道、博得一片喝彩聲的舞蹈、與軍官的纏綿細語，還有教士、隱修女、匕首、血泊、酷刑、絞架，所有這一切不停地在她腦海裡浮現，忽而像愉悅的金色幻影，忽而又像怪異的可怕惡夢。

自從被囚禁在這裡，她再也分不清白晝與黑夜，也分不清清醒和睡眠，分不清夢幻與現實。在她心裡，一切都是混雜的、支離破碎的、飄忽不定的。她再也無法感知，再也無法思考，只能想入非非。她就這樣渾身麻木、四肢冰冷、僵如化石，連牢門偶然的聲響也幾乎沒有注意到。這道門在她頭頂上方，獄卒每天都會從那裡扔給她一塊黑麵包。

她唯一還能聽到的，就是從拱頂上那長滿青苔的石板縫裡滲出的水珠均勻地滴落在水窪裡的聲音。這是她周圍唯一的動靜，是唯一指出時間的時鐘，也是唯一從地面上傳進她耳裡的聲音。

她也不時感覺到在這漆黑的洞穴裡，有什麼冰涼的東西在她的手腳上爬行，把她嚇得直打哆嗦。她不知道自己在這裡待了多久了，打從被宣判死刑之後，她便被人拖進這裡；她一醒來，四周就是黑夜、死寂，冰冷。

她用手在地上爬著，腳鐐的鐵環割破了她的腳踝，鎖鍊叮噹作響。她辨認出周圍都是牆壁，身下是淹水的石板，還有一堆稻草，可是沒有燈、沒有通風孔。她在稻草上坐了下來。有一陣子，她曾試著透過水滴來計算分秒；但這種習慣很快就中斷，她隨即又呆若木雞了。

有一天，她聽見頭頂上一陣聲響，比平日獄卒送麵包和水罐來的聲音還大。她抬頭一看，只見一線亮光穿過那道門射了進來。同時，沉重的鐵門軋軋響了起來，生鏽的鉸鏈發出刺耳的磨擦聲，牢門打開了。她隨即看見一盞燈、一隻手，以及兩個男人的下半身。燈光刺痛了她的雙眼，她隨即把眼睛閉了起來。

等她再張開眼睛，牢門已經關上，一個男人獨自站在她面前，黑色的法衣一直拖到腳上，黑風帽遮住他的面孔；既看不見他的身體，也看不見他的臉，彷彿一塊站立的黑色裹屍布。她目不轉睛地盯著這幽靈看了一陣子，兩人誰也沒吭聲。

最後，女囚犯終於打破了沉默。「您是誰？」

「一個教士。」

這回答、這腔調、這嗓音，叫她聽了直打哆嗦。

「您準備好了嗎？」教士嘶啞的聲音說道。

「準備好什麼？」

「去死。」

「啊！」她說，「馬上嗎？」

「明天。」

她本來高興得抬起頭來，一下子又低垂胸前，喃喃道：

「還要等那麼久！為何不就在今天呢？」

「這麼說，您痛苦難忍了？」教士沉默了一會兒，又問道。

「我很冷。」她答道。

她隨即用雙手握住雙腳，牙齒冷得直打顫。

教士從風帽底下悄悄環視了這間牢房。

「沒有亮光！沒有火！浸在水裡！真是可怕。」他說，「您知道自己為什麼在這裡嗎？」

「我想我原是知道的。」她伸出瘦削的手指，摸了摸眉心，似乎竭力想回想起什麼，「不過現在不知道了。」

突然，她像個小孩一樣哭起來。「我要出去，先生。我冷，我怕，還有蟲子爬到我身上來。」

「那好，跟我走。」

教士一面這樣說著，一邊抓住她的手臂。少女本來已冷到骨髓，但她覺得這隻手還更冰冷。

「啊！這是死神的手。」她自言自語，接著問道：「您到底是誰？」

教士一把掀掉風帽。她一看，原來是一直以來不時跟蹤她的那張陰險的臉孔，是在法露黛爾家裡出現在費比斯上方的那顆魔頭，也是她最後一次看見在一把匕首旁閃閃發亮的那雙眼睛。

這個幽靈一直是她災難的源頭。她頓時從麻木狀態中驚醒過來，蒙住她記憶的那層厚厚的布幕忽然被撕裂開來了。她的悲慘遭遇，從在法露黛爾家裡的那一夜開始，直到在圖爾內爾法庭被判刑，一樁接一樁，全部湧上了她的心頭，變得清晰、鮮明、生動、可怕。她彷彿覺得，心頭上的創傷又裂開了，鮮血直流。

「哎呀！」她喊了出來，雙手捂住眼睛，渾身痙攣，「原來是那個教士！」

一說完，她便洩氣地垂下手臂，一屁股癱坐在地上，垂著腦袋，眼睛盯著地面，依然顫抖不已。

「殺了我吧！殺了我吧！快給我一個痛快！」她低聲喃喃著。

她心驚膽戰，頭縮在雙肩中間，好比一隻羔羊正等待著屠夫致命的一擊。

「是我使您厭惡嗎？」他終於問道。

她沒有出聲。

「是我使您厭惡嗎？」他又問了一遍。

「沒錯，」她回答，嘴唇抽搐，看上去像在笑一樣，「這是劊子手在拿死刑犯尋開心。多少個月來，他跟蹤我、威脅我、恐嚇我！要不是他，我會多麼幸福啊！是他把我推下這深淵。啊，上帝！是他殺了他，是他殺了我的費比斯！」

說到這裡，她嗚咽地哭了起來，抬頭望著教士，說：

「啊！惡棍！您是誰？我做了什麼得罪您了？您竟對我恨之入骨！啊！您與我有什麼怨仇？」

「我愛妳！」教士喊道。

她的眼淚忽然凍結，目光痴呆，瞥了他一眼。他跪了下來，目光似火，緊緊盯著她。

「妳聽見了嗎？我愛妳！」他又喊道。

「什麼樣的愛？」不幸的少女直打寒顫。

「一個墮入地獄的人的愛。」

兩人都默不作聲，各自被激情所壓碎。他是喪失理智，她是麻木不仁。

「聽著，」教士終於說道，又恢復了異常的平靜，「妳馬上就會知道一切的。在這深夜裡，到處都漆黑一團，彷彿上帝也看不見我們。有些事我一直不敢啟齒，如今我要把一切全向妳傾吐。聽我說，姑娘，在遇見妳之前，我可是過得很快活⋯⋯」

「我又何嘗不是。」她輕輕嘆息了一聲。

「別打斷我！是的，我當時過得很快活。我十分純潔，心如止水。沒有人比我更自豪。教士們向我學習貞潔情操，博學之士向我請教經學教義。是的，科學就是我的一切，有了它就足夠了。但是，隨著年齡的增長，我漸漸有了其他的念頭。不只一回，只要看見女人的身影，我的肉體便興奮不已。我本以為我早已將男人的欲望終生扼殺了，其實不然，它不只一次地掀起狂瀾，撼動了那條將我緊緊拴在祭壇上的鎖鍊。幸好，透過齋戒、祈禱、求知和修道院的苦修，靈魂又重新主宰了肉體。我開始迴避一切女人。沒過多久，我覺得塵世間的一切混濁全都逃之夭夭了，我在永恆真理的照耀下恢復了平靜，感到神清氣爽。在教堂裡、大街上、田野中，即使見到女人走過，我也絲毫沒有動心。直到有一天……」

說到這裡，教士突然停住。女囚聽見從他的胸膛裡發出一聲聲垂死般的喘息，彷彿撕心裂肺的痛苦。

他接著說：「有一天，我倚在小房間的窗台上，窗子朝向廣場，忽然聽見一陣手鼓聲和音樂聲，擾亂了我的沉思。我很生氣，便向廣場望了一眼。我看見了一副奇異的景象。就在那邊，在鋪石板的廣場中間，時值正午，陽光燦爛，有個女人在跳舞。她是那樣地美麗，一雙眼睛又黑又亮，滿頭烏黑的頭髮，在太陽下像金絲般閃閃發光。一雙腳像車輪般飛快旋轉，令人眼花繚亂。烏黑的髮辮盤繞在頭部周圍，綴滿金屬飾片，好像一頂嵌著星星的王冠。她的袍子點綴著許多亮片，藍光閃爍，又縫著許多閃亮的飾品，有如夏夜的星空。她兩隻柔軟的褐色手臂，恰似兩條飄帶，繞著腰肢忽而纏結、忽而鬆開。她的身材美麗動人。啊！那光彩奪目的形體，甚至在陽光下也是那樣耀眼！……唉！姑娘，那就是妳！……我感到驚訝、陶醉、心慌意亂，不由自主地凝望著妳。剎那間，我嚇得渾身發抖，意識到命運把我抓住不放了。」

教士喘不過氣來，又停頓了片刻，接著又往下說：

「既然已經著了魔，我竭力想抓住什麼東西，免得再墜落下去。我突然想起撒旦過去曾多次為我設下的圈套。我眼前的這個女子美貌非凡，只能來自天堂或地獄。她是一個天使！但卻是一個黑暗天使，而不是光明的天使。當我這樣想著的時候，我發現了妳身邊有隻山羊，一隻魔鬼的畜牲，正笑著注視我。正午的陽光把牠的犄角照得像火在燃燒一般。於是我隱約看到魔鬼設下的陷阱，我再也不懷疑妳是從地獄來的，是來引誘我墮落的。我對此深信不疑。」

說到這裡，教士直視女囚，冷冰冰地說：

「我至今還深信不疑。妳的舞姿一直在我腦中旋轉，我感到神秘的巫術已在我心中展現其魔力，我的靈魂開始沉沉入睡，就像雪地裡的將死之人，即使沉眠不醒反而覺得愉快一樣。忽然間，妳唱起歌來，那歌聲比妳的舞姿還迷人。我想拔腿逃走，但已不可能了，我被牢牢釘在那裡，在地上生根了。沒有辦法，只好留在那裡聽到最後。我的腳彷彿凍結了，我的頭嗡嗡作響。終於，也許妳憐憫我了，不唱了，消失了。我一下子癱倒在地上，直到晚禱的鐘聲把我喚醒。我站立起來，落荒而逃了。可是，我心底裡卻有什麼東西倒塌了，再也無法直立起來。」

他再停頓了一下，接著又說：

「是的，從那天起，我的內心闖進了一個陌生人。即使運用我熟悉的一切來轉移注意力，例如修道院、祭壇、聖職、讀書，但又有什麼用處呢？妳的歌聲老是縈繞在我的腦海中，妳的雙腳一直在我的祈禱書上飛舞，妳的形體始終在我的夢裡浮現。於是我迫切想再見到妳、觸摸妳、知道妳是誰。我四處尋找妳，終於再見到妳了。真是災難！見到妳兩次，就恨不得見到妳一千次，恨不得隨時見到妳。就這樣，我再也無法自拔了，漸漸朝著地獄的斜坡滑下去。我開始在別人的門廊下等妳，在街上轉角處監視妳，在鐘樓上窺探妳。每天晚上，我都反省自己，卻感到自己更入迷、更沮喪、也更墮落了！」

「我早就知道妳是誰，一名吉普賽人！會使巫術也就不足為奇了。因此我想盡辦法，要擺脫妳的魔力控制。首先，我設法不讓妳到聖母院的廣場來；只要妳不來，我就能忘了妳。但妳還是來了。接著，我打算把妳擄走。那一天夜裡，我與我的同伴逮住了妳，想不到卻跑出那個軍官，把妳救走了。最後，我不知道該怎麼辦，也不知道事情會有什麼下場，於是向宗教法庭告發了妳。只要妳被燒死，我的病就能治好。同時，我還隱隱約約地想到，我可以利用這個機會抓住妳、佔有妳，妳在牢房裡是無法逃出我的掌心的。妳纏住我這麼久，也該輪到我纏住妳了！既然惡行已經開了頭，就應該做到最後。」

「所以我告發了妳。儘管如此，我還是遲疑不決。我的計畫太可怕了，連我自己也嚇得退縮了。也許我本來可以放棄這個計畫，也許我醜陋的思想會在我的頭腦中乾涸而結不出果實。然而，命運卻在這時顯示了它的強大！是它抓住妳不放，把妳推到我所設下的陰謀詭計之中！……聽好，我就快說完了。」

「有一天，又是陽光燦爛的另一個日子，我無意中看到一個男子走過，他喊著妳的名字，哈哈大笑，眼神淫蕩。於是我跟蹤了他。後來發生的一切妳都知道了。」

他住口了。那少女只說了一句話：「啊！我的費比斯。」

「不許提這個名字！」教士說，同時猛然抓住她的手臂，「不許提這個名字！是這個名字毀了我們。妳痛苦，是嗎？妳發冷，黑夜使妳成為瞎子，牢房緊緊包圍著妳，不過也許在妳心靈深處還有一線光明，儘管那只是對一個花花公子的可笑愛情罷了！而我，我的內心是牢房、是嚴冬、是絕望，我的靈魂裡是黑夜。我遭受什麼樣的痛苦，妳可知道？我參加了審判，坐在宗教審判官的席上。當妳被帶進來時，我在那裡；妳被審訊時，我也在那裡。真是諷刺呀！那明明是我的罪行，是為我準備的絞架，我卻看見它在妳的頭上慢慢升起。每一個證據、每一個指控，我都在那裡！當那些畜生……我沒有料到他們會動用酷刑！我跟著妳走進了刑訊室，看見劊子手那雙骯髒的手在妳的身上摸來摸去，看見妳的腳被緊緊箍在那可怕的鐵鞋裡。啊！多麼悲慘！當我看見這一切時，我便用藏在法袍下的匕首劃自己的胸膛。妳瞧！我想傷口還在流血。」

他掀開長袍。果然他的胸膛彷彿被利爪抓破了一般，有一道相當大的傷口，尚未癒合。

少女嚇得連忙後退。

「啊！」教士說道，「姑娘，可憐可憐我吧！妳以為自己很不幸，唉！妳不知道什麼才叫做不幸呢。深愛一個女人，卻身為教士！被憎恨！用靈魂全部的狂熱去愛她，只要能換取她微微一笑，可以獻出自己的鮮血、名譽、幸福、不朽和永恆，今生和來世；恨不得身為國王、天使、神靈，好成為一名匍伏在她腳下的奴隸；只想日日夜夜在夢想中緊緊擁抱著她；卻眼睜睜看著她迷上一個武夫！而自己令她害怕和厭惡！當她向一個可悲而愚蠢的粗人獻出寶貴的愛情和肉體時，我就在現場，妒火中燒！於是我做了那件事。唉！妳哪裡知道，在漫長的黑夜裡，血管沸騰，心靈破碎，腦袋炸裂，牙齒咬住雙手，備受愛情、嫉妒和失望的煎熬，這是什麼滋味啊！姑娘，發發善心吧！別再折磨我了，讓我休息一下吧！我額頭上汗流如注，我求妳擦掉這汗水吧！妳就用一隻手折磨我，用另一隻手撫慰我吧！發發慈悲，姑娘，可憐我吧！」

教士跪倒在地面的水窪裡，腦袋一下又一下撞在台階上。少女聽著，看著；等他筋疲力盡，不再說話了，她才低聲又說一遍：「啊！我的費比斯。」

教士跪爬到她跟前，喊道：

「懇求妳了，要是妳還有心肝，就別拒絕我！啊！我愛妳！我是一個可憐的人！妳一說出這個名字，就像是用牙齒咬爛我的心臟！可憐可憐我吧！如果妳是從地獄來的，我就跟妳回地獄去；妳的地獄就是我的天堂，妳的目光比上帝的目光還有魅力！啊，說吧！妳到底要不要我？只要妳願意，一切都會很美滿的！我可以幫妳逃走，我們一起逃到某個地方去，尋找屬於我們的一片樂土。那裡風光明媚，草木繁茂、天空湛藍。我們相親相愛，我們兩人的靈魂互相傾注，我們永遠如飢似渴，共飲這永不乾涸的愛情之酒！」

她放聲大笑，笑聲淒厲，打斷他的話說：「瞧呀，神父！您的指甲流血啦！」

教士一下子愣住了，死死盯著自己的手。最後，他用一種溫柔得出奇的聲調說道：

「是啊，盡情侮辱我、嘲弄我、壓倒我吧！不過，快點！我們得趕快。行刑就在明天了，妳知道吧？這太可怕了！噢！求求妳了！我從來沒有像現在這樣愛妳！噢，快跟我走吧！等我把妳救出去之後，妳還來得及愛我。妳要恨我多久都可以。但是在那之前，妳的死刑！啊！快逃！寬恕我吧！」

他一把抓住她的手臂，精神恍惚，要把她拖走。

她瞪大眼睛，呆呆看著他。

「我的費比斯怎麼了？」

「啊！」教士叫了一聲，鬆開她的手臂，「妳真沒有良心！」

「費比斯到底怎麼了？」她冷冷地又問了一遍。

「他死了！」教士喊道。

「死了？」她始終冷冰冰的，一動也不動，「那麼，您為什麼要勸我活下去呢？」

他沒有聽她說，只是自言自語：「啊！是的，他一定死了，刀刃插得很深，我想一直刺到心臟！沒錯，我全身的力氣都集中在匕首尖端！」

少女一聽，憤怒地朝他撲過去，並以一種不可思議的力量把他推倒在樓梯上，叫道：「滾吧！魔鬼，滾！殺人凶手。讓我死吧！讓我和他的血變成你腦中一個永不磨滅的汙斑！要我屬於你，休想！我們絕無結合的可能，甚至在地獄裡也不行。滾開！該死的傢伙，休想！」
教士踉踉蹌蹌來到石梯前，提起燈，慢慢爬上洞口，打開門，走出去了。
忽然，少女看見他從門口又探進頭來，臉上的表情真可怕，狂怒、絕望，連聲音都嘶啞了，向她吼道：
「我告訴妳，他死了！」
她撲倒在地上。地牢裡再也聽不到任何聲響了，只有水滴在黑暗中滴落到水窪裡，如同一聲聲嘆息。

11

五月的一個清晨，太陽在天空冉冉升起。羅蘭塔樓的隱修女聽到格列夫廣場傳來車輪聲、馬嘶聲和鐵器敲擊的聲音。她迷迷糊糊地醒來了，把頭髮撥到耳邊不去聽，隨後又跪在地上呆望著她那隻小鞋。
這天早上，她的痛苦好像比往常更強烈了，從外面就聽得見她單調而高亢的悲嘆，真令人心碎。
「啊，我的女兒！」她說，「我的女兒！我可憐的孩子啊！我再也見不到妳啦！我的上帝，既然祢這麼快把她帶走，倒不如當初不要把她賜給我！啊！我真不幸呀，偏偏在那天出門去了！主啊！當在我快樂地抱著她在火爐旁取暖的時候，當她吃著奶朝我笑的時候，當我讓她的小腳在我的胸前亂踢的時候，難道祢從來沒有看見嗎？啊！要是祢看到這一切，祢就會憐憫我的歡樂，就不會剝奪我心中唯一的愛了！唉！我的女兒！他們把妳怎麼樣了？主啊！把她還給我吧！祢怎能判一個可憐的母親受十五年這樣的苦刑呢？十五年了，現在她應該長大了！不幸的孩子呀！我再也見不到她了，即使在天堂也不會見到。因為我去不了天堂！啊，多麼悲慘！」
不幸的女人撲向那隻鞋，那隻多年來給她慰藉、使她絕望的鞋。她的五臟六腑像在啜泣聲中破碎了。對於一個失去了孩子的母親來說，這種痛苦永遠不會消失。喪服儘管舊了、褪色了，心裡仍是漆黑的。
這時，小屋前傳來孩子們的陣陣笑語。每次看見孩子們經過，可憐的母親總是趕緊跑到房裡最幽暗的角落，恨不得把耳朵鑽進石頭裡，免得聽到這些聲音。但這一次正好相反，她好像猛然驚醒，一下子站了起來，聚精會神地聽著。有一個小男孩說了這樣一句話：「今天要絞死埃及女人。」

隱修女立刻跑向窗洞口，那窗口就朝著格列夫廣場。確實有一架梯子倚在終年豎立的絞刑架旁，負責行刑的劊子手正在調整生繡的鐵鍊。四周站著一群人。

那群歡笑的孩子已經走掉了。麻衣女用目光四處搜尋，發現在不遠處站著一名神父，不時朝絞刑架投去可怕的一瞥。她認出那是副主教大人，一個崇高的人。

「我的神父，」她問，「那邊要絞死誰呀？」

教士看了看她，沒有回答。她又問了一遍，他這才說：「我不知道。」

「剛才有些孩子說，是一個埃及女人。」隱修女又說。

「我想是吧。」教士道。

這時，巴格特發出險惡的狂笑。

「女士，」副主教說，「這麼說來，您一定痛恨埃及女人了？」

「當然恨了！」隱修女大叫道，「她們是一群狗雜種，偷孩子的小偷！她們吃掉了我的孩子，我的獨生女呀！我的心也沒了，她們把我的心吃了！」

她的樣子可怕極了。教士冰冷地看著她。

「其中有一個我特別恨，我詛咒過她。」她又說，「那是個年輕女人，如果她的同伴沒有把我的女兒吃掉的話，她的年齡正好跟我的女兒相仿。這個小毒蛇每次經過我房前，我的血就在翻湧！」

「好吧，女士，這下您開心啦，」教士仍舊面無表情地說道，「您即將看到被絞死的就是那個女人。」

他的腦袋低垂到胸前，慢吞吞地走開了。

隱修女快樂地扭動雙臂，叫道：「我早就說過她會上絞架的！謝謝您！神父。」

她披頭散髮，目光似火，肩膀撞著牆，在窗洞前踱來踱去，就像籠子裡一隻飢餓已久的母狼那樣。

12

費比斯並沒有死。法官對愛斯梅拉達說他快要死了，那只是無心之言；副主教對女犯人說他死了，實際上他根本不知道實情，不過他相信——而且真心希望他死了，任何男人處在那種情況都會這樣說的。

最初，巡邏隊士兵將費比斯送到醫生家，醫生擔心他活不了一個禮拜。不過，青春的力量終究佔了上風，病人硬是活過來了。當他還躺在病床上，就受到了宗教法庭審判官的盤問，這使他十分厭煩。因此，一天早晨，他感覺好多了，便一聲不響地溜了。幸好，這並未替案子帶來什麼麻煩；法官握有指控愛斯梅拉達的證據，而且深信費比斯死了，剩下就沒什麼問題了。

費比斯沒有逃得很遠，只不過回到他的部隊，也就是法蘭西島區的布里耶拉克駐軍裡。

他認為，在這件案子中親自出庭絕不是什麼好事。他隱約覺得自己將在裡面扮演一個可笑的角色。如同任何頭腦簡單的軍人一樣，他不信宗教，卻又迷信；當他回想這一奇遇時，想起那山羊，想起他邂逅愛斯梅拉達的方式，想起這個吉普賽女子的為人，最後想起那野僧，他都不自覺地察覺到巫術。她也許是一個女巫，而他成了一個受人擺佈的角色。隊長為此十分羞愧。

他希望這一事件不要張揚出去。只要他不出庭，他的名字就不會被大聲宣佈，至少不會傳出法庭外。在這一點上，他並沒有錯，群眾往往對受害者的名字毫不關心，只想觀賞一場美妙的行刑罷了。

因此，費比斯很快就心安理得了，他不再去想這件事。另一方面，他的心又不免感到空虛，因為布里耶拉克是個枯燥乏味的村莊，只有一些粗手粗腳的放牛女人。於是，他的腦海裡又浮現出百合花的身影。

一天早晨，這位已痊癒的軍官，料想吉普賽女郎的案子已過去二個月，想必已經結束並被人遺忘了，便策馬來到貢德洛里埃府邸的門前。他沒有注意到聚集在聖母院廣場上亂哄哄的一大群人，只以為是在舉行什麼慶典，便將馬拴好，笑盈盈地上樓到了未婚妻的房間。

百合花正單獨和她的母親在一起。這些日子以來，她心事重重，一直想著那個女巫、山羊，以及費比斯長時間的消失。此刻，她看到這位衛隊長進來，發現他氣色那麼好，軍服那麼閃亮，神態那麼充滿熱情，不禁快樂得臉紅。

費比斯打從回布里耶拉克以來就沒有見過什麼美女，此刻頓時被百合花迷住了，便顯得分外殷勤、巴結，於是兩人重新和好了。

姑娘靠窗坐著，一直繡著她那幅掛毯。隊長倚在椅背上，她嬌聲地數落他：

「壞東西，您整整兩個月都做了些什麼？」

「是這樣的，親愛的表妹，我被召去駐防了。」

「告訴我，在哪裡？那您為何不來向我道別一下？」

「在布里耶拉克。」

「可是，那裡並不遠呀！先生，為何一次也不來看我？」

費比斯有些語塞。「因為……公務在身。再說，可愛的表妹，我病了。」

「病了？」她嚇了一跳。

「是的……受傷了。」

「受傷！」可憐的姑娘驚慌失措。

「啊！別怕，這沒什麼，」費比斯滿不在乎地說道，「我跟馬埃．費狄吵了一架，您知道，他是聖日爾曼昂萊的副隊長。我們各自劃了對方一點皮肉，就是這樣。」

衛隊長心裡很清楚，一場決鬥往往會使男人在女人眼中顯得特別突出。果然，百合花既害怕、又快樂、又讚嘆，激動不已，傾慕地注視著他。不過她還是有點放心不下。

「但願您確實痊癒了，我的費比斯！」她說道，「我不認識您那個馬埃．費狄，不過一定是個壞傢伙。你們到底是怎麼吵起來的？」

費比斯一時不知所措，連忙大聲叫起來，設法岔開話題。

「啊！我怎麼知道？……只是一點芝麻小事，一匹馬？一句話？對了，親愛的表妹，教堂廣場上亂哄哄的是怎麼回事？」

他走近窗前。「啊！我的上帝，表妹您瞧，廣場上人真多呀！」

「不清楚，」百合花說，「好像有個女巫今天早上要在教堂前當眾請罪，然後上絞架。」

衛隊長以為愛斯梅拉達的案子結束了，因此不以為意，不過還是問道：

「這個女巫叫什麼名字？」

「不知道。」她回答。

「她做了些什麼？」

她又聳了聳她那白皙的肩膀。「不知道。」

費比斯轉過身，倚在未婚妻的椅背上。他那放肆的目光望著百合花閃著光澤的皮膚，感到眼花繚亂，自言自語道：「放著這麼個白嫩的女人不愛，還能愛誰呢？」兩人都默不作聲。姑娘不時朝他抬起快樂的眼睛，他們的頭髮在陽光的照耀下混雜在一起了。

這時候，老夫人看見這對未婚男女如此情投意合，不由得樂滋滋的，便出去料理一些家務事了。費比斯見到房裡沒有旁人，頓時欲火中燒，起了種種荒唐的念頭。他的目光無意間洩露了這種想法。百合花嚇了一跳，她朝四周望了望，發現母親不見了。

「我的上帝！」她紅著臉，驚慌不安，「熱死我了！」

她站起身，跑向窗邊，打開窗戶，衝上陽台。費比斯又氣又惱，也跟了上去。

陽台正對著聖母院前的廣場，這時廣場上呈現一派淒慘、奇特的景象。一大群人把附近的街道都擠滿了，廣場也擠得水泄不通。兩百二十名手持長槍的員警和火槍手組成厚厚的人牆，把人流阻擋在前庭外。教堂的各扇大門關得緊緊的，廣場四周數不清的窗戶卻都敞開著，窗裡露出成千上萬個腦袋。

亂哄哄的那群人臉上灰濛濛的，骯髒而灰暗，不時發出喧鬧，喧鬧中笑聲多於叫喊聲，女人多於男人。

「喂！馬伊埃特，就在這裡絞死她嗎？」

「笨蛋！她只不過在這裡請罪，就在正午。妳要是想看絞刑的話，就到格列夫廣場去。」

「看完這邊就去。」

「喂，布康勃里，她真的拒絕懺悔嗎？」

「好像是，貝歇尼。」

「好個女異教徒！」

「唉！我的上帝！」百合花說，「可憐的人！」

這麼一想，她掃視人群的目光充滿了痛苦。衛隊長一心想著她，哪裡在乎那些衣衫襤褸的觀眾。他連忙從身後摟住她的腰。她微笑著轉過頭，乞求道：「求您放開我！費比斯。母親要是回來，會看見您的手。」

這時，聖母院的大鐘慢慢地敲了十二點，人群中發出一陣欣慰的低語聲。第十二下的顫音剛停，所有人頭便像波濤般攢動起來。大路、窗戶和屋頂上傳出一陣巨大的喧嘩：「她來了！」

百合花用手蒙住眼睛不看。

「親愛的，」費比斯對她說，「您想回房裡嗎？」

「不。」她回答道。她剛才嚇得閉上的眼睛，出於好奇又睜開來。

一輛囚車由一匹肥壯的大馬拉著，在身穿繡有白色十字的紫紅制服的騎兵護衛下，從牛市聖彼得教堂街進了廣場。巡邏隊士兵在人群中使勁揮著鞭子，為他們開路。幾個司法官和警衛在囚車旁騎馬押送，雅克·夏爾莫呂威武地走在最前頭。

囚車上坐著一名少女，雙臂被反綁在背後，穿著內衣，她的黑髮散亂地披垂在脖子上和半裸的肩上。一根灰色粗繩彎彎曲曲地套在她的頸部，打著結，擦著她纖細的鎖骨。在她赤裸的雙腿旁，有一隻被捆綁著的小山羊。

「耶穌啊！」百合花激動地對衛隊長說，「您瞧！表哥，原來是那個帶著山羊的吉普賽壞女人！」

話一說完，她朝費比斯轉過身。他雙眼注視著囚車，臉色慘白。

「哪個帶山羊的吉普賽女人？」他喃喃地說。

「怎麼！」百合花又說，「您不記得了？」

費比斯打斷她的話。「我不明白您的意思。」

他跨了一步想走回屋裡。可是，百合花一下子恍然大悟，她用敏銳和懷疑的眼光瞥了他一眼。她忽然想起曾聽人說過，有個衛隊長與這樁女巫的案件牽連在一起。

「您怎麼啦？」她對費比斯說道，「聽說這個女人使您動過心。」

費比斯強露笑顏。

「我動心？沒這回事！啊，哈！就算是吧！」

「那麼，留下來吧，」她堅決地要求道，「我們一起看到結束。」

衛隊長只好待下來。令他安心的是，女囚始終低垂著目光。千真萬確，那就是愛斯梅拉達。就在遭受這種恥辱和橫禍的最後時刻，她依然是那麼漂亮，她那烏黑明亮的大眼因臉頰凹陷，顯得更加大了。她蒼白的面容純潔、高尚，只不過虛弱一些、消瘦了些。

她或許已在驚愕和絕望中崩潰了。囚車每顛簸一次，她的身體就顛簸一次，就像一件僵死的物體。她的目光黯淡而狂亂，眼裡有滴眼淚，卻滯留著不動，簡直可以說凍結了。

這時，騎兵隊夾在一片歡樂的叫喊聲中穿過了人群。囚車進了前庭，在聖母院正面停住。人群一下子靜下來了，在這片充滿焦慮的沉默中，正面的兩扇門慢慢打開了，從教堂深處搖曳不定的燭光中，傳出了唱詩班莊嚴而響亮的歌聲。

人們肅穆地聽著。不幸的少女魂不附體，彷彿她的目光和思想都消失在教堂黑暗的深處。她那蒼白的嘴唇在抖動，似乎在祈禱。當劊子手的助手扶她下車時，聽到她低聲反覆唸著「費比斯」。

她的雙手被鬆綁，身旁跟著她的山羊。山羊也被鬆綁，感到自由了，歡樂地咩咩叫著。他們讓她赤著腳，在堅硬的石板上一直走到大門石階處。她脖子上的粗繩子拖在背後，好像跟在她身後的一條蛇。

這時，教堂裡的合唱停止了，一列穿著無袖長袍的教士和罩著披肩的祭司唱著讚美詩，莊嚴地朝犯人走來，在她面前排起了隊。她看見領頭的人，不由打了個寒顫，低聲說道：「哎呀！又是他！這個教士！」的確是副主教。他穿著胸前繡著黑十字架的法袍，面色蒼白，活像一尊大理石刻成的主教雕像。

至於她，也是面色蒼白，宛如石像。有人把一支點燃的黃色大蠟燭放在她手上，她幾乎沒有感覺。她沒有聽書記官高聲宣讀悔罪書。別人要她回答「阿門」，她便回答「阿門」。當她看到副主教示意旁人迴避，並獨自朝她走過來的時候，她才恢復了一點生氣和力量。這一刻，她感到血液在頭腦中翻騰，已經麻木、冰冷的靈魂中殘存的一點怒火又重新燃燒起來。

副主教慢吞吞地走到她面前。她身處絕境之中，仍然能看出他眼中閃爍著淫欲、嫉妒和渴望的目光，正掃視著她的裸體。隨後，他高聲問道：

「姑娘，您請求上帝寬恕您的錯誤和失足嗎？」

他又湊到她耳邊補充一句：「妳要我嗎？我還能救妳！」

她盯著他說道：「滾開！惡魔。不然的話，我就告發你！」

他惡狠狠地笑了笑。「沒有人會相信妳的，這只會讓妳又多加一條誹謗罪！快回答！妳要不要我？」

「你把我的費比斯怎樣了？」

「他死了。」教士說。

恰好在這時候，副主教無意間抬起頭，看到在廣場的另一頭，貢德洛里埃府邸的陽台上，隊長正站在百合花的身旁。他顫抖了一下，把手搭在額頭上，又望了一會，低聲罵了一聲，整張臉劇烈地抽搐起來。

「那好！妳死吧，」他咬牙切齒地說，「誰也別想得到妳。」

於是，他把手放在少女頭上，用陰森的聲音說道：

「現在去吧！罪惡的靈魂，願上帝憐憫妳！」

說完這句結語，教士給了劊子手一個暗號。民眾都跪了下來。

「主啊，請寬恕我。」

依然站在大門尖拱下的神父們唸道。

「主啊，請寬恕我。」

群眾也跟著唸了一遍，嗡嗡聲掠過他們頭頂，彷彿是洶湧波濤的拍擊聲。

「阿門。」副主教說。

他轉身背朝著女囚，腦袋低垂在胸前，雙手合十，隨即與教士們一齊消失在教堂那陰暗的拱頂下面。聖母院的大門仍然開著，但教堂裡空無一人，陰森森的，沒有蠟燭，也沒有聲音。

女囚仍然待在原處，一動不動，聽天由命。夏爾莫呂向兩名穿黃衣的行刑助手打了一個手勢，他們立刻走近吉普賽少女，把她的雙手再捆起來。

忽然間，她猛然發出一聲可怕的叫喊，一聲快樂的叫喊。就在那邊、在那個陽台上，她看見了！是他，她的朋友、她的主宰費比斯，她生命的另一個影子！法官說了謊！教士說了謊！正是他，她毫不懷疑。他就在那裡，英俊、神采奕奕，穿著那身鮮豔的軍服，頭上插著翎毛，腰上佩著寶劍！

「費比斯！」她喊道，「我的費比斯！」

她想朝他伸出因愛情和狂喜而顫抖的雙臂，可是它們早已被綁住了。

就在這時，她看到隊長皺了皺眉頭，一個漂亮的女子靠在他身上，嘴唇輕蔑地抖動，氣惱地望著他。只見費比斯似乎說了幾句話，兩人便趕緊溜到陽台的玻璃窗後面，窗門隨即關上了。

「費比斯！」她發瘋地大聲喊道，「難道你也相信嗎？」

她的心中閃出一個奇怪的念頭，她想起她是因謀害費比斯．德．夏托佩爾而被判死刑的。

在這之前，她一直竭力支撐著，但這個打擊太可怕了。她一下子癱倒在路上，一動也不動。

「快！」夏爾莫呂喊道，「把她抬上車去，動作快！」

還沒有人注意到，在門廊的尖拱上、刻有歷代君王雕像的柱廊之間，一個奇怪的旁觀者一直不動聲色地觀望著。他的脖子伸得長長的，相貌奇醜，穿著半紅半紫的衣服。這個旁觀者從中午開始就在聖母院大門前，把發生的一切都看在眼裡。趁著沒人注意的時候，他在柱廊的一根柱子上牢牢綁了一根打結的粗繩子，繩尾一直拖到石階上。就在劊子手的兩名助手正要執行夏爾莫呂的命令時，他跨過長廊的欄杆，手腳並用，抓住繩子，像一滴順著玻璃窗流下來的雨水般，一下子從前牆滑落下來，飛快地跑向兩名助手，揮動兩隻大拳頭，頃刻間將他們打倒在地，用一隻手托起吉普賽少女，一個箭步跨到教堂，將少女舉過頭頂，用一種令人驚駭的口氣叫道：

「請求避難！」

這一切如此迅速，如同一道閃電劃破黑夜，一切全都看得清清楚楚。

「請求避難！請求避難！」人群重複喊道，千萬隻手拍著，加西莫多的獨眼閃耀著快樂和自豪的光芒。

這一陣騷動使犯人驚醒過來。她抬起眼睛，望了望加西莫多，隨後突然閉上眼睛，彷彿被她的救命恩人嚇昏了。

夏爾莫呂一瞬間愣住了。劊子手、所有隨從，也都愣住了。確實，在聖母院的圍牆內，犯人是不可侵犯的。教堂是一個庇護所，人類的司法制度不允許越過教堂的門檻。

加西莫多在門廊下停住。他長滿老繭的大手舉著那受驚的少女，就像舉著一條白絲綢；他是那樣小心翼翼，好像生怕把她弄碎，或是像花一樣弄枯萎了。他似乎覺得這是一件精緻、優美、珍貴的寶貝，他不敢去觸碰，甚至不敢朝著她呼氣。後來，他忽地把她緊緊抱在懷裡，緊貼他的胸膛，彷彿那是他的財富、他的珍寶。他的獨眼低垂下來，望著她，把溫柔、痛苦、憐憫傾瀉在她臉上，然後又突然抬起頭來，眼中充滿光芒。人們被這幅畫面感動了，笑的笑，哭的哭，或是興奮得直跺腳。

此刻的加西莫多是美的。這個孤兒、這個撿來的孩子、這個被遺棄的人，他感到自己孔武有力，敢於公然藐視這個將他驅逐的社會，強力地加以干預；敢於藐視這個人類司法制度，從中奪走其犧牲品；敢於藐視所有這群警衛、這幫法官、這伙劊子手，以及國王的全部權力。這一切，統統被他這個卑賤的人藉上帝的力量砸得粉碎！

而且，一個如此醜陋的人竟然去保護一個如此不幸的人，加西莫多竟然救下一個死刑犯，這真是一件感人肺腑的事啊！

幾分鐘以後，加西莫多突然抱著少女鑽進了教堂。民眾張大眼睛望著陰暗的教堂，想找到他的身影。

突然，人們看到他在列王雕像柱廊的一端又出現了。他發狂似地奔跑，穿過柱廊，一邊托著他的勝利品，一邊叫喊：「請求避難！」群眾中再次爆發出掌聲。他跑完了柱廊，鑽進教堂，不久後又在高處平台上重新出現了。他一直把少女抱在懷裡，一面瘋狂地跑著，一面喊道：「請求避難！」群眾再一次歡呼。

最後，他在鐘樓的塔頂上第三次出現。他彷彿驕傲地把救下的少女炫耀給全城人看。他響亮的聲音狂熱地重複三遍：「請求避難！請求避難！請求避難！」

這聲音，人們很少聽見，他自己也從未聽見，響徹雲霄。

「妙極了！妙極了！」支持他的民眾喊道。這巨大的歡呼聲傳至河對岸，震撼著格列夫廣場上的人群和那名盯著絞刑架、一直等著看熱鬧的隱修女。

13

就在加西莫多把不幸的吉普賽少女從死神的手中救下時，孚羅洛已不在聖母院裡了。一回到聖器室，他便扯掉罩衣、法袍和襟帶，從隱修院的偏門溜走，並搭著船去了塞納河的左岸，鑽進大學城高低不平的街道上。他面無血色，魂不附體，不知道自己在哪裡、在想什麼、是不是在做夢。他漫無目的地往前走，忽而漫步，忽而快跑，看到有路就走，絲毫不加選擇。

他沿著聖日芮維埃芙山往前走，從聖維克多門出了城。只要他回頭還能看到大學城塔樓的牆垣和城郊稀疏的房屋，他就一直往前奔跑；直到一小座山坡把巴黎完全擋住，他已置身一片田野中的時候，這才停住，覺得又可以呼吸了。

這時，一些可怕的念頭紛紛湧上他的心頭。他又看清了自己的靈魂，不寒而慄。他想到那個毀了他、又被他毀掉的不幸姑娘；想到自己發誓終身不娶的荒謬，想到了貞潔、科學、宗教、德行的虛榮，想到上帝的無能。他心花怒放，陷入這些邪念裡，陷得越深，心中越爆發出一種魔鬼的獰笑。

他深深地挖掘自己的靈魂，在心靈深處撥弄他的全部仇恨、邪惡。這種邪惡無非是被玷汙的愛情，這種愛，在男人身上是一切德行的泉源，在一個教士心中卻成了可惡的東西。一個像他這樣的人做了教士，便成了惡魔。於是他可怕地大笑起來，但又突然臉色煞白，因為這種愛導致了一個人上絞架，另一個人下地獄。

隨後，想到費比斯還活著，他又笑了；心想隊長畢竟還活著，輕鬆、愉快，比以前更英俊，還有一個新的情人，而且還帶著新情人去看絞死舊情人。他獰笑得更厲害了，因為他想到，在所有他憎恨的活人當中，那個吉普賽少女是他唯一不恨的人，是他唯一沒有欺騙過的一個。

他絞盡腦汁想像著他在世上能獲得的幸福，假如她不是吉普賽人、他不是教士、費比斯也不存在、她也愛他；他想像著一種充滿安寧和愛情的生活是可能的，到那時候，世上到處都有幸福的伴侶在樹下、在小溪邊，在落日餘暉中，在繁星滿天的夜晚傾訴綿綿絮語；假如上帝願意，他能和她成為這些幸福伴侶中的一對。想到這些，他的心融化了，化為一腔柔情，滿腹悲傷。

啊！是她！就是她！這個牢固的念頭一直縈繞在他的腦海裡，折磨著他，吸出他的腦髓，撕裂他的肺腑。他並不遺憾，也不感到後悔；他寧可看到她落在劊子手的手裡，也不願看見她撲向衛隊長的懷抱。然而，他仍痛苦萬分，不時扯下一把頭髮，看看是不是變白了。

他一邊像魔鬼一樣嘲笑自己，一邊回想第一次見到的愛斯梅拉達：活潑天真、眉開眼笑、無憂無慮、盛裝打扮、舞姿翩翩、輕盈和諧；同時又想像最後一次看見的愛斯梅拉達：衣不蔽體，脖子上套著繩索，赤著腳，緩緩地走上絞架的梯子。他這樣想著前後兩種景象，不禁發出一聲淒厲的叫喊。

這陣悲痛欲絕的暴風把他心靈裡的一切擾亂了、打碎了、扯斷了、壓彎了、連根拔去了。他望了望四周，到處都生氣勃勃、井井有條、安靜祥和的田園景色令他難受極了，他忍不住又奔跑起來。

他就這樣在田野裡奔跑著，一直跑到黃昏時分，逃避自然、逃避生活、逃避自己、逃避人類、逃避上帝、逃避一切，跑了整整一天。有幾次他跌倒在地，臉孔朝下，用手指拔起野草；有幾次他在荒村的一條小徑上停下來，痛苦得難以忍受，便用雙手緊抱著腦袋，彷彿想把它從肩膀上拔出來，在地上摔個稀巴爛。

天色越來越暗了，他模模糊糊地起了回家的念頭。他以為自己已經遠離了巴黎，可是辨認一下方向之後，才發現自己只不過沿著大學城的城牆繞了一圈。聖敘爾比斯教堂和聖日爾曼德普瑞修道院的尖頂就在他的右邊，他朝著那個方向奔去，刻意避開人多的道路，最後又回到塞納河邊。他在那裡坐船渡了河。

太陽已經下山了，這正是暮靄蒼茫的時分，天空是白色，河水也是白色。孚羅洛的眼睛盯著塞納河的左岸。在那裡，房屋的煙囪、牆頭的雉堞、屋頂的人字牆，以及奧古斯都修道院的尖塔，它們陰暗的輪廓在明亮的天光水色映襯下，顯得分外漆黑。有些窗戶亮起了燈火，稀稀落落，彷彿是一些燃燒的火爐。這副景象在孚羅洛心中產生了一種奇特的幻覺。他以為看見了地獄裡的鐘樓。他覺得那些可怕的高塔上閃耀著千百道亮光，好像地獄裡的千百扇門戶；高塔上人聲嘈雜，喧鬧不止，好像地獄裡的鬼哭神嚎。他害怕起來，用雙手捂住耳朵不再去聽，轉過身子不再去看，並且邁著大步遠遠離開了那駭人的幻象。

他回到大街上，看見在燈光照耀下熙熙攘攘的行人，感覺那是一群徘徊不去的幽靈。他耳裡老是聽到古怪的轟鳴聲，有些奇特的幻象老是攪亂他的心緒；他看不見房屋和道路，也看不見車輛和路過的男女，只看到一連串模糊不清的事物糾纏在一起。轉角處有一家雜貨店，屋簷掛著許多白鐵環，迎風相互碰擊，發出響板似的聲音；他以為聽到了刑場的一串串骷髏在黑暗裡碰撞的響聲。

「啊！」他低聲說道，「夜風吹得它們相互碰撞，鐵鍊的響聲和屍骨的響聲混在一起！她也許就在那裡，在他們中間！」

他魂不附體，一口氣朝聖母院跑去，看見聖母院的兩座巨大鐘樓在許多房屋中間的暗影裡高高地聳立著。

他回到教堂前庭廣場，這時反而退縮不前了，不敢望向那陰森森的建築物。

「啊！」他低聲說道，「就在今天上午，這裡真的發生過那樣一件事嗎？」

他終於壯大膽子，朝教堂望去。教堂的正面一片漆黑，繁星在黑色的背景裡閃爍。剛從天邊升起的一彎新月，此刻正停留在靠右邊那座鐘樓的頂端，宛如一隻棲息在欄杆上的小鳥。

修道院的大門緊閉著。副主教拿出鑰匙，一頭鑽進了教堂。

他發現教堂裡就像洞穴一般黑暗沉寂。四面八方投下來大塊的陰影，早上舉行懺悔儀式時掛的帷幔還沒有撤掉，巨大的銀十字架在黑暗中閃閃發亮，上面點綴著一些光點，好像墳墓般的陰森夜空。窗上的彩繪玻璃在月光下呈現出朦朧的色調，似紫非紫，似藍非藍，與死人臉上的色調無異。他看見唱詩班周圍的那些白色尖拱，以為看見了墮入地獄的主教們的帽子。他闔上眼皮，再睜開來，又覺得那是一圈蒼白的面孔在盯著他看。

於是他拔腿就跑，穿過了教堂大廳。他覺得教堂好像在搖晃、在動彈，站起來了，就像一頭大象；每根巨大的柱子都變成了又粗又長的腿，用力地踏著地面。兩座鐘樓就是牠的犄角，大黑幔就是牠的裝飾。

有一會兒，他鬆了口氣。在走進長廊時，他看見從一排柱子後面射出一道紅色的亮光。他飛快地朝它奔去，原來那是照著公用祈禱書的一盞燈。他急切地跑到祈禱書前，希望從中找到一點安慰。祈禱書在《約伯記》的一頁攤開，他目不轉睛地讀了起來，上面寫著：

有靈從我面前經過。我聽其輕微的鼻息，我身上的毫毛直立。

讀著這陰慘慘的句子，他兩腿發軟，癱倒在石板地上，想著白天死去的那個女人。他覺得腦中冒出一股股可怕的煙，彷彿他的頭變成了地獄的一個煙囪。

有好一陣子，他就這樣久久地倒在地上，什麼也不想，像是墮入了深淵，聽天由命。最後，他恢復了一點力量，便想躲到鐘樓裡去，靠近他忠實的加西莫多。他站起來，提著燈，慢慢爬上鐘樓的樓梯，心驚膽戰。

當他來到最頂層的長廊門口。教堂的大鐘忽然響起了細微、嘶啞的聲音，這是午夜的鐘聲。教士想到了當天中午，也是同樣的十二下鐘聲。他低聲自言自語道：「啊！她現在或許已經僵硬了！」

忽然，一陣風把他的燈吹滅了，差不多就在同一時刻，他看見鐘樓對面轉角處出現了一個影子，一團白色、一個形體、一個女人，不由得打了個寒顫。那女人身旁有一隻小山羊，隨著鐘聲咩咩地叫著。

他放膽看去，果真是她。

她面色蒼白，神情憂鬱，頭髮和上午一樣披在肩上，可是脖子上已沒有繩子，手也不再綁著了。她自由了，或許已經死了。

她穿著一身白衣服，頭上蓋著一片白頭巾。

她仰望天空，慢慢朝他的位置走來，那隻山羊跟著她。他覺得自己變成了石頭，沉重得想逃也逃不掉。她往前走一步，他就往後退一步，就這樣一直退到樓梯口黑暗的拱頂下面，嚇得渾身冰涼。

她來到了樓梯口，停留了片刻，凝神向黑暗裡望了望，便走過去了。他彷彿覺得她比活著時更高些；透過她的白衣裙，他看見了月亮，還聽見了她的呼吸。

等她走過去，他就起步下樓，腳步慢得跟真正的幽靈一樣。他失魂落魄，頭髮倒豎，手中依然提著那盞滅掉的燈。就在他走下彎彎曲曲的樓梯時，他口中一邊笑，一邊重複地唸道：「有靈從我面前經過。我聽其輕微的鼻息，我身上的毫毛直立。」

14

當加西莫多在塔樓和柱廊上狂亂地跑來跑去時，少女始終沒有恢復知覺，半睡半醒，只不時聽到加西莫多的笑聲和叫聲在她耳邊迴響。她半睜眼睛，模模糊糊看見下方巴黎城一片密密麻麻的屋頂，頭頂上是加西莫多可怕而快活的臉，於是她的眼皮又闔上了。她以為一切都完了，以為自己已經死去，鬼魂抓住了她，將她帶走。她不敢看他，只好聽天由命。

敲鐘人將她安置在鐘樓上的那個小房間裡。當她感到他粗大的手輕輕解開那擦傷她雙臂的繩索時，她一下子驚醒過來，思緒也被喚醒了，往事一一浮現在眼前。她發現自己在聖母院，想起自己被人從劊子手的掌握中救出來，想起費比斯還活著，卻不愛她了。她痛苦地轉過身來，朝著站在她面前並使她害怕的加西莫多說：

「你為什麼救我？」

他惶惶不安地看著她，好像在竭力猜測她說什麼。她又問了一遍。於是，他無限憂傷地瞥了她一眼，隨即跑開了。

她留在那裡，驚訝不已。

過了一會，他帶著一個包袱回來，扔到她的腳下。這是一些好心的婦女放在教堂門口給她穿的衣服。這時，她低頭看看自己，發現自己幾乎赤身裸體，頓時羞紅了臉。生命又復甦了。

加西莫多也受到這種羞怯的感染，隨即用大手遮住眼睛，又走了出去。

她連忙把衣服穿上。這是一件白色衣裙，還有一塊白面紗，是主宮醫院見習護士的制服。

她剛穿好衣服，就看見加西莫多走了回來，一隻手挽著一只籃子，另一隻手夾著一塊床墊。籃子裡有一瓶酒、麵包和一些食品。他把籃子放在地上，說道：「吃吧。」接著在石板上攤開床墊，說：「睡吧。」這些是他自己的飯菜，以及他自己的床鋪。

吉普賽少女抬起頭來，要向他表示感謝，可是一句話也說不出來。這可憐的人模樣確實可怕，她嚇得瑟瑟發抖，低下了頭。

他說道：「我嚇到您了。我很醜，是嗎？別看我，只聽我說話就行。白天您待在這裡，夜裡您可以在教堂裡到處走。不過，千萬不要離開教堂，否則一切就完啦！人們會殺了您，我也會死去。」

她深受感動，又抬起頭來想回答他。但他已經走了。她獨自思考著這個妖怪般的人這番奇特的言語，他的聲音是那麼沙啞、卻又那麼溫和。她的心被打動了。

就在這時，她感到一個毛茸茸的腦袋悄悄鑽到她手裡與膝蓋上，不由得打了個哆嗦。低頭一看，原來是機靈的山羊佳麗。牠在加西莫多驅散警備隊時跟著逃了出來，在她腳下蹭來蹭去已經一個小時，一直沒引起主人的注意。吉普賽少女不停吻牠，說道：「啊！佳麗，我竟把你忘了，你卻一直在想我！啊！你沒有辜負我啊！」說到這裡，她悲從中來，隨即放聲大哭。隨著眼淚的流淌，她感到心中最辛酸、最苦澀的痛楚也一起流逝了。

夜幕降臨，她發現夜是如此美好，月亮是如此溫柔，她沿著教堂周圍高高的柱廊走了一圈，感到心情舒坦多了。從這高處往下望去，大地顯得多麼寧靜啊！

15

第二天早上，她一覺醒來，便看見一線明媚的陽光透過窗洞射進來，照在她的臉上。同時，她發現窗洞口有個東西，嚇了她一跳。那是加西莫多那張醜臉。她不情願地閉上眼睛，但那張侏儒、獨眼、缺牙的臉孔仍一直浮現在她眼前。她聽到一個粗嗓門極其溫和地說：

「別怕，我是您的朋友。我是來看您的，我應該沒有打擾到您，對嗎？現在我要走了。看，我在牆後面，您可以睜開眼睛啦。」

吉普賽少女深受感動，睜開眼睛一看。他已不在窗口了。她走向窗邊，看見可憐的駝子在牆角處縮成一團，姿態痛苦而順從。她拚命克制對他的厭惡。「過來吧。」她輕輕地對他說。

看到少女嘴唇在動，加西莫多以為她在趕他走，於是站起來，跛著腳，低著頭慢慢走出去，甚至不敢讓少女看見他充滿失望的目光。她喊道：「過來呀！」他卻繼續遠離。於是她跑到房間外，朝他追去，抓住他的手。加西莫多四肢發顫，重新抬起頭來，用懇求的目光看著她。他明白她要他過去，整張臉孔頓時露出快樂和深情的光輝。她希望他回到房裡，可是他堅持待在門口，說道：「不，不，貓頭鷹不進雲雀的巢。」

她姿態優雅地蹲在床墊上，小山羊睡在她腳下。兩人始終一動也不動，默默對視著；他覺得她美麗極了，她卻覺得他醜陋，每時每刻都能在他身上發現更多醜惡之處。她的目光從彎曲的腿轉移到駝背，又從駝背轉移到獨眼；搞不懂一個如此畸形的人怎麼能存活在世上。但在這種想法之中又隱含著無限的悲傷和溫柔，她慢慢開始適應了。

他首先打破沉默。「您是要我回來？」

她點點頭，說道：「對。」

他明白了她的意思，有點猶豫不決地說道：「可是……我聾了呀。」

「可憐的人！」吉普賽姑娘以一種善良的憐憫表情大聲說道。

他痛苦地笑了笑。「您沒發現我的這個缺陷，是嗎？對，我聾，我生來就是這樣。很可怕，不是嗎？而您卻這麼漂亮！」

在這個不幸之人的聲調中，對自己不幸的感受是如此深刻。她一句話也說不出來，於是他繼續說下去：

「我從未發現自己像現在這樣醜陋！我拿自己與您相比，我很同情我自己。我是一個多麼不幸的怪物呀！我就像一頭牲畜，您說是嗎？您是一道陽光、一滴露珠、一首鳥兒的歌！而我，我是一種可怕的東西，既不是人，也不是獸，只是一個比石子更堅硬、更遭人踐踏、更難看的醜八怪！」

說完，他笑起來，這是世上最令人心痛的笑聲。他接著說：

「是的，我是聾子。不過，您可以用動作和手勢跟我說話。我的主人就是用這種方式跟我交談的。還有，我從您嘴唇的抖動和您的眼神就能猜出您的意思。」

「那好！」她笑著說，「告訴我，您為什麼救我？」

她說話的當下，他目不轉睛地望著她。

「我懂了。」他回答道，「您問我為什麼救您。您忘了有一天夜裡，有一個人想把您擄走；就在第二天，您在他可恥的恥辱柱上幫了他。那一滴水、一點憐憫，我即使獻出生命也無法回報！您把這個不幸的人忘了，但他還記得呢！」

她聽著，心裡深受感動。一滴眼淚在敲鐘人的眼裡滾動，不過沒有掉下來。

「聽我說，」他深怕這眼淚流出來，繼續說，「那邊有一座很高的塔樓，任何人只要從那裡掉下去就完了。只要您一個眼神，我願意從上面往下跳！」

這時，他站起來。吉普賽少女連忙打個手勢要他留下。

「不，不，」他說，「我不該留太久。您看著我，我不自在。您不肯轉過頭去，那是出於憐憫。我要去某個看得見您、而您看不見我的地方，那樣更好些。」

他從口袋裡掏出一個金屬小口哨，說：「這個給您。當您需要我的時候就吹它，我聽得到它的聲音。」

他把口哨往地上一放，立刻跑開了。

16

日子一天天過去了，愛斯梅拉達的心靈漸漸恢復了平靜。她感覺一直以來糾纏著她的那些可怕景象慢慢離她而去，所有可怕的幽靈——皮艾拉、夏爾莫呂、所有的人，甚至那名教士，都從她的腦海中一點一點抹去了。安全有了保障，她的心中也隱約產生了希望，希望能再返回社會、返回生活。

再說，費比斯還活著，她深信不疑，因為她親眼看見過他。費比斯的生命就是一切；即使一連串的打擊使她心如槁灰，但她的心靈中卻有一樣東西依然屹立著，那就是她對衛隊長的愛。

當愛斯梅拉達想起衛隊長，心中不免苦澀。她認為他可能受了騙，相信了那件不可能的事，認為那個願為他捨棄生命的少女真的捅了他一刀。話又說回來，不應過分責怪他——她不是承認了罪行嗎？全部錯誤都在她自己。總之，只要能讓她再見到費比斯一面，哪怕只有一分鐘、只說一句話、只使一個眼神，就可以使他醒悟，使他回心轉意。她對此深信不疑。

至於一些奇怪的細節，像是行刑當天費比斯也在場，還有在他旁邊的那個女人，這一切把她搞得糊裡糊塗。那女人或許是他的姐妹吧。她對這種解釋感到滿意，因為她相信費比斯一直愛她，只愛她一個人。他不是向她發誓過嗎？於是，她等待著，她盼望著。

同時，這座從四面八方包圍著她的大教堂，保護她、拯救她，鎮靜她的心靈。從建築的每個孔隙中滲透出的虔誠、寧靜的思緒，不知不覺影響了她。教堂裡的各種聲音，那麼慈祥、莊嚴，慰藉了這個病弱的靈魂：主祭教士的單調歌聲，信徒們時而含糊不清、時而響亮的附和，彩色玻璃窗和諧共鳴的顫動，悠揚迴響的管風琴聲，像大蜂房般嗡嗡直響的三座鐘樓……所有這一切宛如一個樂隊，氣勢磅礡的音階活蹦亂跳，不斷升降起伏，麻痺了她的記憶、她的幻想、她的痛苦。

因此她的情緒一天比一天更平靜，呼吸更均勻，臉上也微有紅潤。隨著內心的創傷逐漸癒合，她的臉上重新煥發出優雅和美麗的姿色，不過更為沉靜、更為安詳。她又恢復了過去的性情，恢復了快活的氣息、噘起小嘴的嬌態、對小山羊的疼愛、對歌唱的愛好，以及對貞潔的珍重。

在思念費比斯之餘，吉普賽少女偶爾也想到加西莫多。這是她與人類、與社會的唯一聯繫。她對命運送給她的這位古怪朋友一點也不理解，常常責備自己不知感恩，竟在他面前閉目不視；但是她怎麼也看不慣這可憐的敲鐘人，他太醜了！

他扔在地上的那個口哨，她並沒有撿起來。最初幾天，加西莫多仍不時出現在她面前，為她送來食物籃或水罐；這時候，她便盡可能克制自己，避免因過分的厭惡而背過身去。然而，這種想法絲毫逃不過他的眼睛，他垂頭喪氣地走開了。

有一次，就在她撫摸著佳麗的時候，他突然出現了。看到小山羊和埃及姑娘那樣親密無間，他待在那裡沉思了片刻。最後他晃著醜陋的腦袋說：「我之所以不幸，是因為我還太像人了。我寧可完全當一頭牲畜，就像這隻山羊一樣。」

她朝他抬起驚奇的目光。

「唉！我很清楚為什麼。」他彷彿是在回答這道目光。說完便走開了。

又有一次，他來到小房間外。愛斯梅拉達正在哼一首古老的西班牙歌謠，忽然看到那張醜臉出現在門裡，不由得嚇了一跳，陡然住口。敲鐘人立刻跪在門檻上，帶著懇求的神態合著他那雙粗糙的大手，痛苦地說：「啊！求求您，接著唱下去，不要趕我走！」她不願傷他的心，戰戰兢兢地繼續哼她的曲子。沒過多久，她的恐懼逐漸消失了，沉浸在憂傷而緩慢的曲調中。他仍然跪著，雙手合十，似乎在祈禱，全神貫注，屏住呼吸，目不轉睛地盯著吉普賽少女的眼眸，彷彿在從她的眼睛裡聽著她唱的歌。

還有一次，他來到她面前，神情又笨拙又羞愧，好不容易才說出：「我有話要跟您說。」她打了手勢，要他繼續說下去。於是，他嘆了一口氣，嘴唇微開，似乎要說話了；忽然又看了看她，搖了搖頭，退出去了，用手捂住腦門。吉普賽少女茫然不知所措。

牆上刻著許多古怪的人像，他特別喜歡其中的一個。他好像經常跟他交換友愛的目光。有一回，吉普賽姑娘聽到他對它說：「唉！但願我跟你一樣是石頭。」

終於，有一天清晨，愛斯梅拉達走到屋頂邊緣，從聖約翰教堂的尖頂上方俯視廣場。加西莫多就站在她身後。突然間，吉普賽姑娘打了個寒顫，一滴淚珠和一絲快樂的光芒同時在她眼中閃現。她跪在屋頂上，焦急地朝廣場伸出雙手喊道：「費比斯！來吧！來吧！看在上帝的份上！說句話，一句話就好！費比斯！費比斯！」她的聲音、臉孔、姿勢、表情，無一不使人心痛欲絕。

加西莫多俯身朝廣場一看，發現她如此深情而狂亂地祈求的對象原來是一名青年，一名穿戴著閃亮盔甲、飾物的英俊騎士。他正從廣場盡頭經過，勒馬轉了半圈，舉起頭盔向一個在陽台上微笑的美貌女子致敬。不過，軍官並沒有聽到不幸少女的呼喊，距離太遠了。

敲鐘人深深嘆息了一聲，連胸膛都鼓了起來。他轉過身去，把所有的眼淚吞下腹裡，同時用兩隻痙攣的拳頭狠敲自己的腦袋。

吉普賽少女根本沒有注意到他。他咬牙切齒地低聲說：

「該死！那才是個好對象！只要外表漂亮就行了！」

她依然跪著，極為激動地大聲叫道：「啊！他下馬了！他要到那房子裡去！費比斯！他聽不見我的呼喊！費比斯！那個壞女人，讓我跟他說話！費比斯！費比斯！」

聾子望著她，彷彿看懂了這場默劇。突然，他輕輕拉她的袖子；她轉過身，他裝出心平氣和的樣子，對她說：「要我幫您把他帶來嗎？」

她高興得叫了出來。「啊！好的！去吧！快！就是他，那個隊長！為我把他帶來！我會愛你的！」她抱著他的雙膝。加西莫多不禁痛苦地搖了搖頭，低聲說道：「我去把他帶來。」隨後，他轉身大步走向樓梯，泣不成聲。

到了廣場，他看見那匹駿馬已拴在貢德洛里埃府邸前，衛隊長剛進了屋裡。他抬頭望向教堂的屋頂，愛斯梅拉達仍然待在原地，保持原來的姿勢。他痛苦地朝她搖了搖頭。隨後，他靠在貢德洛里埃府邸門口的一塊石碑上，決心等候衛隊長出來。這一天在府邸裡，正是婚禮前大宴賓客的日子。

加西莫多看到許多人進去，卻不見有人出來。他不時望向教堂頂端。吉普賽少女和他一樣，一動也不動。整整一天就這樣過去了，夜幕終於降臨。加西莫多倚在石碑上，凝望著愛斯梅拉達，可是看不見。不一會兒，暮靄中只剩下一絲白色。隨後，什麼也沒有了。一切都消失了，一片漆黑。他仍然堅守崗位。

午夜時分，廣場上一扇扇窗戶都暗下來了，最後一些行人也回家了，但貢德洛里埃府邸仍然燈火通明。加西莫多紋絲不動，聚精會神地注視著窗上的人影，儘管他聽不見府邸裡陣陣喜慶的喧鬧聲、笑聲和音樂聲。

大約凌晨一點鐘，賓客開始告辭了，加西莫多在黑暗中看著他們一個個從燈火輝煌的門廊裡經過，卻沒有一個是衛隊長。他滿腹憂傷，不時仰望頭頂上大片沉重的烏雲。

就在這時，他看見陽台上的落地窗神秘地打開來，從門裡走出來兩個人。那是一男一女，加西莫多仔細辨認，看出那男人就是漂亮的衛隊長，那女人就是他早上看見在這座陽台上迎接軍官的千金小姐。窗門關上了，門後的深紅色布簾落下，屋裡的燈光一點也照不到陽台上。

加西莫多聽不見兩人說的話。不過，他能想像得到，他們好像含情脈脈地在竊竊私語。看上去小姐只允許軍官用手攬住她的腰，卻委婉地拒絕他的親吻。

加西莫多從面看到了這幸福的情景，心裡不免酸楚。在這個可憐的怪物身上，人的本性尚未泯滅，仍保有對愛情、肉欲的渴望。尤其使他憤恨交加的，是想到愛斯梅拉達若是看見了，該有多麼痛苦。

這時，那對情侶的交談似乎更加激動了。千金小姐好像懇求軍官別再向她提什麼要求；只見她合著雙手，笑容中含著熱淚，抬頭望著星星，而衛隊長的眼睛火熱地俯視著她。忽然間，陽台的門開了，出現一個老婦人。小姐似乎很難為情，軍官一副惱怒的神情；接著，三個人回到屋裡去了。

過了一會，只見一匹馬在門廊下踏著碎步，那神采飛揚的軍官披著斗篷，急速從加西莫多面前走過。敲鐘人追了上去，喊道：「喂！衛隊長！」

軍官聽到聲音，停了下來。

「這個無賴叫我做什麼？」他在黑暗中望著一個人影一跛一跛地朝他跑來。

加西莫多跑到他面前，大膽地一把拉住馬的轠繩。

「跟我走！隊長，這裡有個人要跟您說幾句話。」

「該死！」費比斯嘀咕道，「真是個醜八怪，我好像在哪裡見過。喂！老兄，快把轠繩放下。」

「隊長，」聾子回答，「難道您不問一問我是誰嗎？」

「我叫你放開我的馬！」費比斯不耐煩地說，「你拉住我的馬做什麼？是不是把牠當成絞刑架？」

加西莫多不僅沒有鬆開馬轠，反而設法讓那匹馬掉頭往回走。「來吧！隊長，是一個女人在等您。」他連忙又加上一句：「一個愛您的女人。」

「討厭的無賴！」衛隊長說道，「我可沒閒工夫一一到所有愛我的女人那裡去！萬一她跟你一樣長著一副醜臉呢？快去告訴派你來的那個女人，說我要結婚了，讓她見鬼去吧！」

「聽我說，大人，」加西莫多試圖做最後的努力，大聲喊道，「是您認識的那個埃及女人！」

費比斯嚇了一跳。一兩個月以來，他一直以為愛斯梅拉達死了，如今卻又聽到這個名字。他不禁想起這漆黑的夜晚，想起這傳話人極醜的長相，想起現在已過午夜，街上空無一人，就跟碰到野僧的那天晚上一樣。

「埃及女人！」衛隊長恐懼地叫道，「什麼！你是從地獄來的？」

話一說完，他將手放在短劍的劍柄上。

「快！快！」聾子用力拖馬，說道，「往這裡走！」

費比斯朝他的胸口猛踢一腳，踢得加西莫多眼冒金星。但他仍挺直身子，對費比斯說：「唉！有人愛著您，您多麼幸運！」

隨後，他鬆開馬轡。「您走吧！」

費比斯咒罵著策馬離去，鑽進了大街的夜霧中。

「唉！」可憐的聾子低聲說道，「竟然拒絕這個要求！」

他回到聖母院，又登上塔樓。那名吉普賽少女一直待在原處，她老遠就看見他，便朝他跑過來。

「只有你一個人？」她痛苦地合起雙手，大聲問道。

「我沒有找到他。」加西莫多冷冷地說。

「你應該等到天亮才對呀！」她生氣地說道。

他看見她憤怒的手勢，知道她在斥責他。「我下次會盯緊一點。」他低下頭說道。

「滾開！」她說。

他走了。她對他十分不滿，但他寧可受她冷落也不願讓她傷心。他獨自承受了全部痛苦。

這一天之後，吉普賽少女沒有再見到他。他不到她的房間裡來了，頂多偶爾在一座鐘樓頂上憂傷地注視著她。但當她一看見他，他就立刻消失無蹤了。

雖然她沒有再看見他，但她能感到有個善良的精靈就在她身邊。有一隻看不見的手在她睡覺時送來新的食物。一天早晨，她發現窗邊有一個鳥籠。她的房間上方有一尊雕像，叫她看了害怕，她曾在加西莫多前提過這一點；一天早晨，雕像不見了，有人將它打碎了。這個爬上雕像的人冒著多大的生命危險啊！

晚上，她有時會聽到鐘樓的屋簷下有個聲音，彷彿催眠似地唱著一首憂傷的古怪歌曲：

不要光看臉蛋，
姑娘啊！要看心靈。
英俊少年的心往往醜陋，
有人的心留不住愛情。
姑娘啊！松柏不好看，
不如白楊的漂亮，
但它在冬天枝葉翠綠！

一天早上，她醒來後看見窗邊有兩個插滿花的花瓶。一個是水晶瓶，非常漂亮、鮮豔奪目，但是有裂痕，瓶裡的水流光了，花凋謝了；另一個是陶土壺，粗製濫造，平凡無奇，但裝滿了水，花朵依然鮮麗紅豔。

愛斯梅拉達拿起凋謝的花束，整天將它捧在胸前。

那天，她沒有聽到鐘樓唱歌的聲音。

她並不介意。她仍然每天照顧佳麗，注視貢德洛里埃府邸的大門，並低聲唸著費比斯的名字。

漸漸地，她再也看不見加西莫多，再也聽不到他的聲音了。可憐的敲鐘人似乎從教堂裡消失了。然而，有一天夜裡，當她正思念著英俊的衛隊長時，聽到小房間旁有人在嘆息。她驚恐萬分，連忙起身，借著月光瞥見一個醜陋的人影橫躺在門前。原來是加西莫多睡在一塊石頭上。

17

副主教從公眾輿論中得知了吉普賽少女獲救一事。當他聽說這件事時，心中產生了一種無法言喻的滋味。他本來已經接受了愛斯梅拉達死去的事實，這反倒讓他冷靜下來了，因為他已經痛苦得不能再痛苦了。

如今，他卻發現她還活著，費比斯也活著；於是各種折磨、各種打擊、何去何從的抉擇、生不如死的痛苦，全又死灰復燃。孚羅洛對這一切感到厭倦不已。

他把自己關在隱修院的房間裡，既不出席教士會議，也不參加宗教儀式。他閉門不出，謝絕任何訪客，就這樣把自己囚禁了幾個禮拜。

他這樣把自己關在房裡做什麼？這個人在什麼樣的心理狀態中掙扎呢？他是否在抗拒可怕的情欲而進行最後的掙扎呢？是否在盤算一個把她毀滅、同時也毀滅自己的計畫呢？

他親愛的弟弟，約翰，有一次來到門口，敲門、咒罵、懇求，接二連三報上名字。孚羅洛就是不開門。

一連幾天，他從早到晚把臉貼在玻璃窗上往外看。從這扇窗子看得見愛斯梅拉達的住處，他常看見她和她的山羊在一起，有時也和加西莫多在一起。他注意到這個聾子對吉普賽少女關懷備至、百依百順、體貼入微，目睹了這兩個人一次又一次接觸的場面。於是，他的心中漸漸萌發出一種嫉妒的心理，令他羞愧和憤慨得面紅耳赤。「那個隊長就算了，可是這種傢伙！」這種念頭叫他心慌意亂。

每天夜晚，他受盡可怕的煎熬。自從他知道吉普賽少女還活著，一度糾纏著他的那些鬼魂和墳墓的可怕念頭消失了，但肉欲又回來刺激著他。他感到那褐色皮膚的少女離他那麼近，不由得在床上扭動不已。

她的形象是那樣殘酷地折磨著他。終於有一天，他全身的血液一下子發熱起來，欲火中燒；他忽地跳下床，將罩衫往襯衣上一披，提著燈，失魂落魄，眼中冒著火焰，衝出了房間。

當時，愛斯梅拉達像平常一樣，在小房間裡睡著了，但睡得不熟。她忽然聽見周圍有什麼聲響，立刻驚醒了。她睜開眼睛，四周一團漆黑，但她能看出窗前有一張臉孔在瞧著她，因為有一盞燈照著這個人影。那個人見到她醒來，便把燈吹滅了，但少女還是看見他了。她恐懼地閉上眼睛，用微弱的聲音說道：「啊！是那個教士嗎？」

她遭受過的一切不幸，一下子又像閃電般浮現在她腦際。她頓時渾身冰涼，癱倒在床上。

過了一會兒，她覺得自己的身體碰觸到另一個人，不由得一陣戰慄，猛烈驚醒了，怒氣沖沖地坐了起來。是教士剛才偷偷摸摸溜到了她身邊，用雙臂將她抱住。她想叫喊，卻叫不出來。

「滾開！魔鬼。滾開！殺人犯。」她既憤怒又驚恐，只能用顫抖而微弱的嗓音說道。

「行行好！行行好！」教士一邊喃喃說道，一邊將嘴唇印在她的肩膀上。

她雙手抓住他禿頭上僅有的一點頭髮，竭力避開他的吻，彷彿那是蠍螫蛇咬。

「行行好！」副主教反覆說道，「要是妳明白我對妳的愛，那該有多好！我對妳的愛是烈火、是融化的鉛、是千把插在我心頭的刀！」

話一說完，他以巨大的力量抓住她的雙臂。她嚇得魂不附體，喊道：「放開我，不然，我要吐口水了！」

他鬆開手說：「罵吧！打吧！吐口水吧！妳想怎麼樣都行！可是憐憫我吧！愛我吧！」

她隨即像小孩子生氣般，伸出美麗的手去捶他的臉：「滾蛋！魔鬼。」

「愛我吧！愛我吧！可憐可憐我！」可憐的教士大聲叫道，同時撲在她身上，用撫摸回答她的捶打。

忽然間，她感到他的力氣又增強了，只聽見他咬牙切齒地說：「該結束了！」她在他的擁抱下被制伏了，顫抖著，渾身無力，任他擺佈。她感到一隻淫蕩的手在她身上亂摸。她奮力最後掙扎，大喊起來：「救命！快來救我！有個吸血鬼！吸血鬼！」

沒有人趕來。只有佳麗醒了，焦急地咩咩直叫。

「閉嘴！」教士氣喘吁吁地說。

吉普賽少女掙扎著，在地上爬著，她的手碰到了一個冰涼的東西。原來是加西莫多留下的金屬口哨。她頓生希望，激動地抓住口哨，拿到嘴邊，用僅存的力氣用力吹了一下。口哨發出清晰、尖銳、刺耳的聲音。

「這是什麼玩意兒？」教士說道。

剎那間，他覺得自己被一隻有力的手臂提了起來。房間裡一片昏暗，他看不清楚是誰抓住他，但聽得見對方把牙齒咬得咯咯作響，一把短刀在他的腦袋上方閃閃發亮。

就在千鈞一髮之刻，這個人似乎猶豫了一陣子，用低啞的聲音說道：「別把血濺到她身上！」

那是加西莫多的聲音。話一說完，教士便感到有隻粗大的手拉住他的腳，將他拖出小房間。

月亮已升起一會兒了，當他們剛跨出房間的門，慘白的月光正好落在教士的臉上。加西莫多正面看了他一眼，不由得直打哆嗦，於是放開了手，向後退縮。

吉普賽少女跨過了門檻，發現這兩個人突然調換了立場，驚訝不已。此刻是教士咄咄逼人，聾子卻苦苦哀求。孚羅洛用憤怒和斥責的動作威嚇加西莫多，粗暴地揮手要他滾回去。

聾子低下頭，隨後又跪在吉普賽少女的門前，聲音低沉、無可奈何地說道：「大人，您先殺了我吧！以後您愛怎麼做都隨您高興！」

他一邊說著，一邊把短刀遞給教士。教士怒不可遏，正要撲上去，但少女比他更快，一把搶過加西莫多手上的刀，瘋狂地縱聲大笑，對教士說：「過來吧！」

她把刀舉得高高的。教士猶豫不決，心想她真的會砍下來。

「您不敢嗎？膽小鬼！」她吼道，隨後又以毫不憐憫的神情補充一句：「啊！我知道費比斯沒有死！」

教士一腳把加西莫多踢倒在地，狂怒地顫抖著，接著又重新鑽入樓梯的拱頂下。

他走後，加西莫多撿起剛才救了吉普賽少女的那個口哨。把口哨再交給她，說道：「它鏽了。」隨後，他留下她一個人，走了。

少女驚魂未定，筋疲力盡，一下子癱倒在床上，大聲嗚咽起來。她的前景又變得一片晦暗。

至於教士，他摸索著回到了他的房間，若有所思，重複著那句致命的話：「誰也休想得到她！」

18

自從比埃爾．葛林果在法庭上目睹了整件事情的過程，得知愛斯梅拉達將被處絞刑後，他便落荒而逃了。過了不久，他從流浪漢口中打聽到她躲進了聖母院，這讓他心裡舒坦不少。然而，他絲毫不想去看她。他有太多煩惱的事，還得為了生計發愁。

有一天，他經過聖日爾曼－奧克塞魯瓦教堂附近，忽然有隻手重重地落在他肩上。他轉頭一看，原來是他昔日的老師，副主教大人。

他一下子不知所措。他有好長時間沒有見到副主教了，而孚羅洛又是那樣一個難以捉摸的人。他感到不安起來。

副主教沉默了一會兒，忽然平靜而冷淡地說道：「比埃爾，身體可好？」

「問我的身體嗎？」葛林果答道，「嘿！馬馬虎虎。我做什麼都不過度。您知道嗎？老師，所謂的健康，不過就是飲食、睡眠、愛情，一切都節制。」

「那麼，您是無憂無慮了？比埃爾。」副主教盯著葛林果又說。

「確實，無憂無慮。我起初愛女人，後來愛動物。現在，我愛石頭。石頭跟小動物和女人一樣令人開心，而且不那麼負心。」

教士將手放在額頭上，說道：「千真萬確！」

又是一陣沉默，副主教忽然說道：

「對了，比埃爾，您把那個埃及小舞女怎麼啦？」

「是愛斯梅拉達嗎？您怎麼會提到她呢？」

「她不是您的妻子嗎？」

「是的，是摔罐成親的，婚期四年。」葛林果一邊說，一邊注視著副主教，帶著半嘲諷的神情又加上一句：「也就是說，這件事您一直放在心上？」

「那您呢？您不再想了？」

「很少去想了，我的事情多得是呢！」

「那個吉普賽女人不是救了您的命嗎？」

「千真萬確。」

「那好，她現在怎麼啦？您把她怎麼了？」

「我不確定。我聽說人們把她絞死了，後來又聽說她躲進聖母院避難。她在那裡很安全，我很高興。我所知道的就這麼多。」

「我來告訴您更多事實吧。」孚羅洛說道，他的嗓門忽然變得高亢起來，「她的確躲進了聖母院。可是再過三天，法院就要去那裡重新逮捕她。她將會在格列夫廣場被絞死，大理院已作出了判決。」

「見鬼！」葛林果說，「是哪個壞傢伙沒事做，居然去請求重新逮捕令？難道就不能讓大理院清靜一下嗎？一個可憐的少女躲在聖母院的拱頂下，這妨礙到誰了？」

教士瞬間又變得冷漠而平靜了。

「話說回來，她不是救過您一命？您難道不想替她做點什麼嗎？」

「我求之不得，大人。可是萬一惹禍上身該怎麼辦？」

「那又怎麼樣！」

「唔，又怎麼樣？您說得倒輕鬆，老師，我還愛惜我的性命呢！」

教士拍拍額頭。儘管他故作鎮靜，可是仍不時做出某種劇烈的動作，說明他內心的騷動。

「該怎麼救她呢？」他說。

葛林果也拍拍額頭。

「聽我說，老師。我來替您想辦法……可不可以請求國王開恩？」

「請求路易十一？不可能！」

「不然，可不可以拜託接生婆，就說姑娘懷孕了。」

教士一聽，深凹的眼睛閃閃發光。

「懷孕了？壞傢伙！你是不是知道些什麼？」

葛林果看到他的神情，嚇了一跳，連忙說道：「啊！我什麼也沒幹！我們的婚姻只是有名無實的。可是，這麼做也許可以獲得緩刑。」

「荒唐！無恥！閉嘴！」

「您想想，獲得緩刑，這對誰都沒有壞處，還可以讓接生婆多賺四十個但尼爾。她們都是些窮人呀！」

教士沒有聽他說什麼，喃喃自語：「總得設法救她出來，大理院的裁決三天內就會執行。本來是不會有什麼裁決的，全怪那個加西莫多！」他提高嗓門：「比埃爾，我認真思考過了，只有一種方法能救她。」

「什麼方法？」

「是這樣的，比埃爾，教堂日日夜夜都有人監視，只有被看見進去的人才能出來。因此，您進去，我會帶您去找她。見到她以後，您與她交換衣服，她穿您的短上衣，您穿她的裙子。」

「然後呢？」

「然後，她穿著您的衣服出來，您穿著她的衣服留在裡面。人們或許會將您絞死，可是她卻得救了。」

葛林果搔搔耳朵，神情極為嚴肅。

「喂，葛林果，您覺得這個辦法如何？」

「我說，老師，我也許能逃過絞死的命運，但一旦被抓住就必死無疑。」

「這不關我們的事。」

「該死！」葛林果說。

「她救過您的命，您應該報答她。」

「啊！絕不！」他叫道，「被絞死！這太荒唐了。我不幹！」

「那好吧，再見！」話一說完，副主教低聲又加上一句：「我還會來找您！」

「我才不要這個鬼頭鬼腦的傢伙再來找我呢！」葛林果心想，連忙追了上去。「別生氣，副主教大人。我有個妙計，既能讓她擺脫險境，又不至於連累我的脖子，您覺得如何？」

教士不耐煩地扯著法衣的鈕扣，說道：「快說！什麼辦法？」

「是這樣的……」葛林果若有所思地自言自語道，「那些流浪漢都是勇敢的人，整個吉普賽幫會都喜歡她。……只要一聲令下，他們就會挺身而出……再容易不過了。……發動突襲，趁著混亂，輕而易舉把她救出來。……就在明天晚上，他們一定求之不得。妙極了！」

「什麼辦法？快說！」神父搖晃著他，說道。

「太妙了！老師，我這就告訴您。」

葛林果湊近副主教耳邊，悄悄對他說著，一邊心神不安地巡視著街道兩側，其實並沒有任何人走過。他一說完，孚羅洛抓住他的手，冷漠地說道：「好，明天見。」

「明天見。」葛林果重複一遍。於是兩人分頭離開了。

19

副主教回到隱修院，發現他的弟弟約翰站在房間門口等著他。這張眉開眼笑的頑皮面孔，往往使得教士陰沉的面容開朗起來，此刻卻無力驅散這個墮落、邪惡、呆滯的靈魂上日益濃厚的雲霧。

「哥哥，」約翰膽怯地叫道，「我來看您了。」

副主教連頭也不抬一下，說道：「然後呢？」

「哥哥，」虛情假意的弟弟又說，「您對我那麼好，總是不餘遺力地開導我。因此我一直想著您。」

「然後呢？」

「唉！哥哥，您曾對我說過：『師惰教，生之過。』要我遵守秩序、努力學習、聽從老師的話、每天晚上去禮拜堂唱讚美歌、用經文和禱告讚美光榮的聖母瑪麗亞。唉！這一切都是至理名言啊！」

「然後呢？」

「哥哥呀，現在站在您面前的是一個罪人、一個罪犯、一個可憐蟲！親愛的哥哥，我把您的忠告當成糞土踏在腳下，因此果真受到了懲罰。仁慈的上帝是公正的！我一有錢，就大吃大喝，放蕩不羈，尋歡作樂。現在我一個蘇也沒有了，連桌布、內衣、手巾都賣掉了，快樂的生活不復存在了！女孩們都嘲笑我。我只能喝水度日了。悔恨和債主正折磨著我。」

「然後呢？」副主教說。

「唉！親愛的哥哥，我想過平凡的生活！我悔悟了，我懺悔，我狠狠捶打胸膛。您希望我有一天能成為學士，當上托爾希學堂的副訓導員，您這種想法確實很有道理，這個職務是一種崇高的天職。可惜我沒有墨水了，沒有羽毛筆了，沒有紙，沒有書，得去再買。因此，我必須有錢才行。哥哥啊，我正是為此來見您的，我心中充滿了悔恨的心情。」

「講完了嗎？」

「講完了，」學生說，「給我一點錢吧。」

「沒有。」

學生頓時神色大變，既莊重又大膽，說道：「那好，哥哥，我只得老實對您說，有人給了我一個好建議……您不願給，是嗎？……不給？……這樣的話，我就去當流浪漢！」

這可怕的話一出口，他擺出一副無畏的神情，料想哥哥一定會大發雷霆。想不到副主教卻冷冷地說：「那您就去當流浪漢吧。」

約翰向他深深鞠了一躬，吹著口哨重新走下隱修院的樓梯去了。

正當他從庭院裡走過時，忽然聽到頭上的窗戶打開了，抬頭一看，只見副主教嚴峻的面孔從窗口伸了出來。「給我滾！」他喊道，「拿去！這是你能從我這裡拿到的最後一筆錢了！」

教士一邊說，一邊向約翰扔出一個錢袋，把學生的額頭上砸了個大腫包。約翰撿起來就跑，既憤怒又高興，像一隻狗被人用骨頭窮追猛打似的。

20

一天夜裡，奇蹟宮殿——也就是流浪漢小酒館——比往常更加嘈雜。大家酒喝得更多，咒罵也更凶了。外面的空地上，許多人三五成群，低聲交談，彷彿在密謀一個重大計畫。到處都有流浪漢蹲著，在石頭上磨著刀刃。

在小酒館裡面，人們照常飲酒、賭博，但比往常更快樂，每個人的雙腿之間都夾著閃亮的武器：鐮刀、斧頭、雙刃大刀，或是一把老舊的火槍。

大廳呈圓形，十分寬大，可是桌子緊挨著桌子，喝酒的人又那麼多，因此小酒館所容納的一切男人、女人、長凳、啤酒罐、喝醉的、睡著的、賭博的、身強力壯的、斷腿缺臂的，看上去全都亂七八糟地堆疊在一起，毫無秩序可言。壁爐裡燃著熊熊烈火，把對面的牆壁照得分外通紅。

儘管場面混亂，仍可以從這群人中區分出三個團體，緊緊圍著三個主要人物。其中一個打扮得怪里怪氣，裝飾著許多東方風格的銅片，那是埃及和波希米亞公爵。這個無賴漢坐在桌子上，蹺著腿，伸出一隻手指彈向空中，滔滔不絕地對周圍的人高談闊論，所有人都聽得目瞪口呆。

另一堆嘈雜的人群中間是高洛賓．特魯伊弗，勇敢的狄納王。他全副武裝，神情十分嚴肅，嗓音低沉，正在檢視眼前的一大桶武器，裡頭有斧頭、長劍、鐵盔、鎖子甲、鐵甲、梭標、弩弓和箭矢。人們從成堆武器中任意取用，有的拿高頂盔，有的拿劍，有的拿十字形刀柄砍刀。連孩子們也武裝起來了。

最後是第三堆聽眾，人數最多，吵得最凶，也最快活，把桌凳全佔滿了。其中有個尖銳的聲音，正在破口大罵。加利利皇帝全副武裝，從頭盔直到馬刺，穿戴著整套厚重的甲冑，全身都包在戎裝裡，只看得見一隻向上翹起的鼻子、一頭棕色的捲髮、一張淡紅的嘴巴，以及一雙放肆的眼睛。他的腰帶插滿匕首和短刀，腰際佩著一把長劍，左手拿一張生鏽的大弩，面前擺著一個大酒罐，右手摟著一個袒胸露臂的胖妓女。他周圍所有的人都咧著嘴在笑罵、喝酒。

在這片喧囂聲中，在酒館的深處，在壁爐內側的凳子上坐著一個人，雙腳埋在爐灰裡，眼睛盯著沒有燃盡的柴火，正在聚精會神地沉思。這個人就是比埃爾．葛林果。

「加油！快！武裝好！一個小時以後就要出發！」高洛賓向黑話幫的人命令道。

有個全身武裝的小伙子高喊著，聲音蓋過了全場的喧嘩聲。「妙極了！妙極了！今天是我第一次打仗！流浪漢，我是流浪漢！快倒酒！……朋友們，我是約翰．孚羅洛！出身貴族。但還是當強盜快活多了！弟兄們，我們就要去進行一次壯麗的遠征，圍攻教堂，攻進大門，救出那個漂亮的姑娘，把她從法官和教士的手裡救出來，拆毀隱修院，把主教燒死在主教府內！我們一定能大獲全勝，用不著一刻鐘的工夫。我們的事業是正義的。我們要把聖母院掠奪一空，之後，我們要吊死加西莫多，那個魔鬼的敲鐘人！……朋友們，聽我說，我的心底是流浪漢，靈魂是黑話幫，生來就是乞丐命！我一度很有錢，不過財產都被我吃喝光了，歡樂萬歲！老闆娘，再拿一瓶酒來。我還付得起帳！」

嘈雜的人群哈哈大笑，鼓掌喝彩。學生看到身邊的喧鬧聲有增無減，索性放開嗓子，唱起歌來，目光迷離而恍惚。唱了一會兒，他轉過頭叫道：「老闆娘，來點吃的！」

與此同時，一些流浪漢在酒館的另一頭繼續武裝，低聲交頭接耳。

「可憐的愛斯梅拉達！」一個吉普賽人說道，「她是我們的姐妹。務必把她從那裡救出來。」

「她真的一直在聖母院嗎？」一個猶太人長相的假貨商人問道。

「當然，絕對錯不了！」

「那好！伙伴們，」假貨商叫道，「到聖母院去！在聖弗雷奧爾和聖弗呂西翁的小禮拜堂裡有兩座雕像，都是黃金的，重十七金馬克十六埃斯特林；鍍金的銀底座重十七馬克五盎司。我很清楚，我是金銀匠。」

高洛賓已經發完武器，他朝著埃及公爵走去。

「馬西亞老兄，時機不太好。聽說國王路易十一正在巴黎。」

「那就更有道理把我們的妹妹從他的魔掌裡解救出來。」老吉普賽人答道。

「你說得對，馬西亞。」狄納王說，「再說，我們會做得乾脆俐落。教堂裡的人沒什麼好擔心的，那幫教士都是些膽小鬼，而我們人多勢眾。大理院明天會派人去抓她，她只能束手就擒！該死！我可不想讓人把那漂亮的姑娘絞死。」

一說完，高洛賓扯開雷鳴般的大嗓門，喊道：「時間到了！」

這句話就像對正在休息的部隊下令上馬一樣。所有流浪漢，男人、女人、孩子，一聽到聲音便成群結隊，衝到小酒館外面，武器和鐵器的碰撞聲響成一片。

月光早已黯淡了。

奇蹟宮殿裡一團漆黑，沒有一絲亮光，但絕不是荒寂無人。分辨得出裡面有一些男女在低聲說話，可以看見他們的各種武器在黑暗中閃閃發光。高洛賓登上一塊大石頭，大聲喊道：「入列！黑話幫。入列！埃及。入列！加利利。」黑暗中一陣騷亂，大隊人馬看起來像在排成縱隊。幾分鐘後狄納王又提高嗓門說：「現在，悄悄穿過巴黎！口令是『口袋裡的小刀』，到了聖母院才准點燃火把。出發！」

十分鐘後，長長一列黑衣人啞然無聲地穿過彎曲的大街小巷，從各個方向潛入菜市場的巨大街區，朝兌換橋走下去，把經過的巡邏隊騎兵嚇得四處逃竄。

21

這天夜裡，加西莫多沒有睡。他剛在教堂裡巡視了最後一圈。就在他關上教堂各道大門的當下，副主教也一聲不響地站在一旁，臉上流露出不悅的神情。

孚羅洛看起來比平常更心事重重。自從那天夜裡在愛斯梅拉達的房間發生那些事之後，他時常拿加西莫多出氣。但不管他如何粗暴對待他、甚至好幾次動手打他，也絲毫改變不了這敲鐘人那俯首貼耳、逆來順受的個性。加西莫多默默承受了各種侮辱、威脅、拳打腳踢，既無一聲責難，也無半句怨言；頂多是看見副主教爬上鐘樓的樓梯時，心神不寧地注視著他的舉動。不過，副主教倒是沒有再在吉普賽少女前露面。

這一夜，加西莫多登上北邊鐘樓的屋頂，從那裡眺望巴黎城。在當時，巴黎城沒有路燈照明，他眼前只有一大堆模糊的黑影；在許多地方，黑影被塞納河那微白色的弧形河道分割開來。

敲鐘人用那隻獨眼隨意掃視這霧茫茫的天際，內心裡感到一種難以言喻的不安。這幾天來他一直提高警覺。他不時看見教堂周圍有一些可疑的人在遊蕩，目不轉睛地盯著那少女的房間。他心想，這些人多半是在策劃某種危害她的陰謀。因此，他堅守在鐘樓上，虎視眈眈，一會兒看看少女的房間，一會兒望望巴黎，像一隻忠實的狗，疑心重重，確保萬無一失。

忽然間，他彷彿看見老皮貨沿河街的影子有些異常，那一帶似乎有什麼動靜。堤岸欄杆映在河水上的線條不像別處那麼平靜，看起來像在波動，猶如河水的起伏波濤，又像一群人走動時腦袋攢動。

他覺得事有蹊蹺，於是格外注意。那股波動似乎朝著老城接近，不過一點亮光也沒有。波動在堤岸持續了一陣子，隨即像流水一般流進了城島裡面，隨後完全停止了，堤岸的輪廓又恢復筆直而靜止了。

正當加西莫多百思不得其解的時候，他覺得那股運動的力量又在教堂前庭街上出現了，這條街從老城垂直地一直延伸到聖母院的正面。最後，儘管夜色沉沉，他還是能看見一支縱隊從這條街湧出；一轉眼，一群人在廣場上四處散開，只見黑壓壓的一群，但在黑暗中什麼也分辨不清。

這一場面真是驚心動魄！這支行列似乎刻意躲藏在最陰暗的地方，並且盡可能保持肅靜，只發出一點輕微的腳步聲。然而，加西莫多聽不見，也幾乎看不見。他覺得那彷彿彷彿是一群鬼影，無聲無息，不可觸摸，在黑暗中慢慢朝他移動。

他頓時又害怕起來，猜想有人要謀害吉普賽少女。他隱約地感到一場風暴迫在眉睫。在這危急關頭，他腦中閃過了各種想法：該不該叫醒吉普賽少女呢？該不該叫她逃跑呢？從哪裡逃？街道被堵住，教堂陷於孤立的絕境，沒有渡船！沒有出路！……只有一種辦法，就是死守聖母院大門，至少抵抗一陣子，直到救兵到達——如果真有救兵的話。心念已定，他便冷靜地開始觀察敵人。

教堂廣場的人群似乎隨時都在增多。突然，一道亮光閃耀，轉眼間，七八支點燃的火炬高舉在眾人頭頂，團團火焰在黑暗中搖曳。加西莫多這下子清楚地看見教堂廣場上宛如波浪起伏，一大群可怕的男女，全是衣衫襤褸，手拿鐮刀、梭標、鋼叉、柴刀、船槳，千百個尖頭閃閃發光。他隱約認得這群烏合之眾，那是幾個月前擁護他為愚人教皇的那些人。

一個男人一手拿火把，一手拿砍刀，爬上一塊界石，好像在發表演說。同時，這支奇怪的大軍進行了幾次調動，彷彿在佔領教堂周邊的陣地。加西莫多提起燈往下走，來到兩座鐘塔之間的平台上，就近進行觀察，並思考防守的辦法。

高洛賓．特魯伊弗已經作好戰鬥的部署。儘管他料想不會遭到任何抵抗，但出於謹慎，他還是想保持隊伍的秩序，以便在必要的時候抵禦巡邏隊或弓弩手的突擊。他把部隊排列成梯隊，從高處和遠處看去就像是一個三角形，三角形的底邊是廣場的盡頭，正好堵住教堂前庭街；一個斜邊朝著主宮醫院，另一邊對著牛市聖彼得街。高洛賓和埃及公爵，以及約翰．孚羅洛和那些最不怕死的乞丐站在這三角形的頂點。

高洛賓的命令逐一被執行了。當初步部署一結束，這個乞丐王便登上前庭廣場的矮牆，面向聖母院，揮著火把，提高沙啞的粗嗓門喊道：

「聽著！巴黎主教及大理院參事，我是高洛賓．特魯伊弗——狄納王、乞丐之王、黑話幫首領。我們的姐妹躲進了你的教堂，接受你的庇護；然而，大理院要求進入你的教堂重新逮捕她，而你竟然同意了，使得她明天就會在格列夫廣場被絞死！所以我們來找你，主教，如果你的教堂是神聖的，我們的姐妹也是神聖的；要是我們的姐妹不神聖，那麼你的教堂也不神聖！現在，我命令你把那姑娘還給我們，如果你想拯救教堂的話。否則，我們要把姑娘搶走，並洗劫你的教堂！我在此立旗為誓。願上帝保佑你！巴黎主教。」

然而，加西莫多聽不見這些話。他看見一個流浪漢把手中的旗幟獻給高洛賓，高洛賓立即莊嚴地把它插在兩塊鋪路的石板中間。插好之後，狄納王轉身環視他的軍隊，隨後又大聲叫道：「前進！孩子們。動手吧！好漢們。」

三十個壯漢應聲出列，肩扛大錘、鐵鉗和撬棍。只見他們跑向教堂的正門，爬上石階，隨即在拱門下蹲下來，用鐵鉗和棍子撬那道大門。一群流浪漢也跟著過去，有的幫忙，有的觀望。大門前的台階擠得水泄不通。

就在此時，他們身後突然發出一聲可怕的巨響。人們回頭一看，原來是一根巨大的屋樑從空中墜下來，砸死了台階上十幾個流浪漢，並在地面上蹦跳著，發出炮彈般的轟響，還把一些人的腿壓斷了。乞丐們驚恐萬狀，呼天喊地，四處逃散。一瞬間，前庭圍牆之內便空無一人，壯漢放棄大門逃走了，高洛賓也立刻退到離教堂相當遠的地方。

「我差點沒命了！」約翰大聲說道，「我感到有陣風刮下來！酒館老闆比埃爾被砸死了！」

這根大樑在這幫強盜中引起了巨大的恐慌。他們呆呆地站在那裡，目光直盯著天空。這時，教堂的正面什麼也看不清，火把的亮光照不到它的頂部。那根沉重的厚樑橫在前庭中間，只聽得見一些被擊中的不幸者發出的呻吟。

過了一陣子，狄納王驚慌初定，終於說道：

「該死！一定是那些教士們在抵抗。那就放手洗劫吧！洗劫！」

「洗劫！洗劫！」嘈雜的人群發出憤怒的歡呼聲。弓弩、火炮隨即朝著教堂正面發射。這陣爆炸聲把鄰近的居民都驚醒了。窗戶紛紛打開，窗裡出現戴著睡帽的頭和握著蠟燭的手。

個個嚇得直發抖。

「朝窗戶射擊！」高洛賓叫道。窗子立刻又關上了，市民們還來不及看清發生什麼事，就連忙縮了回去，

「洗劫！」黑話幫一再喊道，可是誰也不敢靠近。他們望望教堂，望望木樑。木樑一動也不動，建築物看起來依然十分寧靜，沒有人影，卻讓流浪漢們嚇得手腳冰涼。

「動手吧！硬漢們，」特魯伊弗叫道：「強行破門！」

誰也不朝前走一步。

「飯桶！」高洛賓嚷著，「瞧這些傢伙，連一根木頭也害怕！」

一個老人對他說道了：「首領，麻煩的不是木頭，而是大門；它全用鐵條封得死死的，用鐵鉗是撬不開的。得有一根攻城錘才行！」

狄納王立刻跑到那根木樑前，一隻腳踩在上面，喊道：「這裡正好有一根！是教士們為你們送來的！」接著朝教堂古怪地鞠了一躬，說：「多謝了！好教士！」

這種膽大包天的行為即刻產生效果，大樑的威力解除了。流浪漢們重新鼓起勇氣，兩百隻粗壯有力的臂膀把那根沉重的大樑抬起來，猛烈地朝著教堂大門撞去。半金屬的教堂大門猶如巨鼓般發出巨響；大門一點也沒有裂開，整座教堂卻震動起來，只聽見建築物幽深的內部轟隆作響。

就在這時，許多大石塊從高處像雨點般紛紛落下來。約翰叫道：「見鬼！莫非是鐘樓倒塌了！」可是，此時士氣正旺，狄納王鼓舞眾人，說一定是主教在抵抗；於是眾人更加凶猛地攻打大門，顧不得落下的石頭砸得頭破血流。

這些石頭儘管一個一個落下來，卻又十分密集。黑話幫的人幾乎都挨了石頭，有的砸在腿上，有的砸在頭上。被砸死的和受傷的已倒了一大片，在其他人的腳邊流著血，喘著氣。進攻者更加怒不可遏了。長長的大樑繼續撞門，一下下均勻的撞擊，彷彿鐘錘敲打鐘壁一般。大門怒吼不已。

這陣激起流浪漢們憤怒的抵抗，竟來自加西莫多。

不久前，加西莫多剛下到兩座鐘樓之間的平台，從那裡看到下方密密麻麻的流浪漢，正準備向教堂猛衝過來。他腦中亂成一團，不知該如何是好。他首先想到爬上南面鐘樓去敲響警鐘；可是轉念一想，等他搖動大鐘，教堂的大門恐怕早已被攻破了。該怎麼辦呢？

突然，他想起南面鐘樓的牆壁、屋架和屋頂正在修葺。這給了加西莫多一線靈光。他立刻向這座塔樓跑去。塔樓下面的那些房間裡果然堆滿了建築材料，有成堆的礫石、成筒的鉛皮、成捆的板條、已鋸好的粗大木樑，以及一堆堆瓦礫。簡直是個應有盡有的武器庫。

刻不容緩。加西莫多抱起一根最重、最長的木樑，從一扇天窗伸出去，再從鐘樓外抓住，擺在平台欄杆的角上讓它往下滑；隨後，猛然一鬆手，任由它墜下深淵。他看見流浪漢驚恐地四散開來，目瞪口呆地盯著這從天而降的怪物。加西莫多把握時間，在欄杆上堆起瓦礫、石頭，甚至一袋袋的工具。

因此，當流浪漢一開始攻打大門，石頭就像冰雹般紛紛落下。

加西莫多除了在欄杆上堆積投擲物，還在平台上放了一大堆石頭。欄杆上的石頭一用完，隨即到平台上去取。他不斷地彎腰、起身、再彎腰、再起身，敏捷至極；他那侏儒的大腦袋從欄杆上一伸，一塊大石頭立即落下，隨後又是一塊，緊接著又是一塊。他不時用那隻獨眼目送一塊巨石落下，每當擊中了人，嘴裡就哼一聲。

然而，乞丐們並未氣餒。他們繼續猛攻那道厚厚的大門。上百個人齊心協力，增加了攻城錘的衝力，大門已經被震撼了二十幾次。門上的鑲板破裂了，鏤刻炸成碎片四處飛散，門軸在螺釘下不斷跳動；門板搖晃了，鐵筋之間的木頭被撞成碎屑，紛紛掉落下來。儘管加西莫多耳聾，但撞錘每撞擊一次，都能感受教堂的窗孔和五臟六腑一齊發出劇烈的迴響。

就在這危急的關頭，他突然發現在他扔石頭的欄杆下方，有兩道排水槽，槽口直瀉教堂大門的上方。他登時靈機一動，跑到房間裡找來一捆木柴，又在木柴上放上大量鐵條和鉛皮；接著，他把這一大堆東西放在排水槽的入口，點燃了火。

在這段時間內，石頭不再落下了，流浪漢們也不再仰天張望。那班盜賊氣喘吁吁，亂哄哄地包圍著教堂的大門。大門雖然被撞得完全變了形，卻依然屹立。盜賊們興奮得顫抖不已，所有人爭先恐後地擠向大門，都想第一個衝進這座寶庫。對大部分的人來說，搭救愛斯梅拉達只不過是一個藉口罷了，他們心裡真正盤算的是如何洗劫聖母院。他們聚集起來，圍著攻城槌，個個屏住呼吸，繃緊肌肉，使出渾身力氣，準備對教堂大門進行決定性的一擊。

忽然間，人群中發出一片哀嚎聲，比木樑砸下時的慘叫聲更加淒厲可怖。只見兩道熔化的鉛水從教堂高處傾瀉下來，落在稠密的人堆中央。沸騰的金屬直傾而下，逼得這片洶湧的人海頓時像潮水般退下。在兩道鉛水落下之處，人群中出現了兩個黑洞，濃煙直冒，宛如滾燙的開水潑在雪地上一般；被燒焦的人蠕動著，痛苦萬分，不停慘叫。落下的液體又四散飛濺，灑落在其他人頭上，如同一根根銳利的錐子，在這些苦難者身上鑽出了千瘡百孔。

吼叫聲撕心裂肺。人群嚇得紛紛逃散，把那根巨樑扔在屍體上，教堂前庭再次空無一人。

所有的眼睛都望著教堂的高處，在那裡出現了一片奇異的景象。只見在最高的柱廊頂上，在中央玫瑰形的圓窗上端，熊熊烈火從兩座鐘樓中間騰起，火星飛旋；在這烈焰下面，在那被燒得烏黑的梅花形石欄杆下面，兩道排水槽彷佛妖怪的血盆大口，不停噴出熾烈的鉛水，與教堂下方昏暗的牆壁形成強烈對比。兩道鉛液越是接近地面，越是擴展開來，形成一條條束狀的細流，宛如從噴壺的千百個細孔中噴射出來。在烈焰的上方，兩座鐘樓巨大的陰影投向天空，顯得高大無比，一個鬼影在它們之間走動，不時閃現在火光中。

流浪漢全驚呆了，頓時一片死寂。只聽得見教士們驚慌的叫喊聲、附近窗戶匆匆忙忙地打開又關上的吱咯聲、四周房屋和主宮醫院裡傳來的響聲、風捲火焰的怒吼聲、垂死者臨終的喘息聲，還有那鉛液落在石板上持續不斷的劈啪聲。

幾名乞丐頭目已退到貢德洛里埃府邸的門廊下，商討對策。埃及公爵坐在一塊界石上，惶恐地望著在兩百尺高空中閃耀的火光；高洛賓火冒三丈，咬著自己粗大的拳頭，低聲嘟噥道：「衝不過去！」

「簡直是一座具有魔法的教堂！」埃及公爵說。

「見鬼！」一個當過兵的老頭兒插嘴道，「瞧這座教堂噴著鉛水，簡直比萊克圖爾城牆的槍林彈雨還要厲害！」

「那個在火堆前走來走去的魔鬼，你們看見了嗎？」埃及公爵大吼道。

「天啊！是那個該死的敲鐘人，加西莫多！」高洛賓說。

埃及公爵搖了搖頭，說：「不，那是塞納克的陰魂，大侯爵、主管城堡要塞的惡魔！他的形體像全副武裝的士兵，長著獅子的腦袋，有時候騎著一匹醜馬，統領著五十個軍團。那正是他，我一眼就認出來了！」

「難道真的無法攻破這道門嗎？」高洛賓跺著腳嚷道。

「從大門是進不去的，」埃及公爵說，「必須找到教堂的防衛弱點，像是一個洞、一條密道，或是隨便一個縫隙。」

「誰去找呢？」高洛賓說，「不如我去吧。……對了，那個全身武裝的學生約翰去哪裡了。」

「大概死了，」一旁有人回答道，「沒有再聽到他笑了。」

狄納王皺了皺眉頭。

「那就算了。在他那副甲冑下有一顆勇敢的心呀……比埃爾．葛林果呢？」

「隊長，我們剛走到兌換橋，他就溜走了。」

「該死！」高洛賓跺了跺腳，「是他唆使我們來這裡的，自己卻半路逃跑啦！專說大話的膽小鬼！」

「隊長，」有人指著前方叫道，「瞧！那個學生在那裡。」

高洛賓抬頭望去，果然看見約翰從教堂前庭街的方向跑過來，吃力地在石板地上拖著一架長梯。

「勝利！讚美神恩！」學生嚷道，「看！這是聖朗德里碼頭卸貨工的梯子。」

高洛賓朝他走過去。

「一個梯子！孩子，你想用它做什麼？」

約翰流露出一副頑皮而精明的神情，望了望他，說道：

「你問我要幹什麼？顯赫的狄納王。你沒有看見那邊三道大門上方，有一排傻瓜一般的雕像嗎？」

「看見了，那又怎樣？」

「那是法蘭西列王的柱廊。」

「這關我什麼事？」高洛賓說道。

「聽著，那條長廊的盡頭有一扇門，向來只插著門閂。我可以用這架梯子爬上去，進到教堂裡。」

「孩子，讓我先上。」

「不，伙計，梯子是我借來的。我先，您第二個。」

「但願鬼王別西卜把你掐死才好！」高洛賓粗暴地喊道，「我絕不落在任何人後面！」

「那好吧，高洛賓，你自己去找個梯子吧！」

約翰拖著梯子，拔腿跑過廣場，一邊叫道：「朋友們，跟我來！」

頃刻間，梯子豎了起來，靠在一道側門上方的長廊欄杆上。那群流浪漢大聲歡呼，紛紛擠到梯子下面準備攀爬。約翰第一個把腳踩上梯級，開始往上爬。他穿著沉重的盔甲，一手扶梯，一手持弩，爬得相當慢。流浪漢尾隨其後，每一梯級上都站著一個人。這一行披盔戴甲的背影在陰暗中波動著上升，宛如一條佈滿鱗片的蟒蛇貼著教堂昂首豎立。

學生總算搆到了柱廊的陽台。他一步跨上去，高興得喊叫起來，可是又霍然停住，呆若木雞。原來他發現在一座國王雕像後面，加西莫多躲在黑暗中，獨眼閃閃發光。還沒等第二位進攻者踩上長廊，那可怕的駝子一下子跳到梯頂上，一聲不吭，伸出那雙有力的大手，猛地把梯子推開。梯子被這樣一推，先是直挺挺地豎立一會兒，似乎猶豫不絕，隨後晃了晃，在空中畫了一個圓弧，滿載著那班強盜朝地面急速墜落。只聽見一陣響亮的咒罵聲，隨後一切無聲無息了，只有幾個斷了手腳的可憐蟲從死人堆中爬出來。

長廊上，只剩下約翰．孚羅洛一人，獨自面對那凶神惡煞般的敲鐘人。正當加西莫多去推開梯子時，學生衝向那道他以為開著的暗門，卻發現它紋絲不動；原來聾子在走進柱廊時把身後的門鎖死了。於是，約翰躲在一座國王石像的後面，不敢喘大氣，盯著那魔鬼似的駝背，嚇得魂不附體。

加西莫多一回頭，便發現了那學生，猛然挺起身子。但他一動也不動，只是盯著對方看。

「嘿！嘿！」約翰說道，「你幹嘛用那隻憂傷的獨眼看著我呢？」

這個狡猾的年輕人一邊說著，一邊暗中準備著他的弩。

「加西莫多！」他嚷道，「我要替你改個名字，以後你就叫瞎子吧！」

箭射了出去。一聲呼嘯，直射駝子的左臂。加西莫多無動於衷，他伸手抓住箭桿，把箭從手臂上拔出來，折斷後往地上一丟。

約翰正要射出第二支箭，加西莫多忽然像蚱蜢般一蹦，撲到學生身上，一把抓住他的兩隻手臂。約翰嚇得全身癱軟，只得任人宰割。聾子又伸出右手，一聲不響，凶狠而緩慢地把他全身的武裝——劍、匕首、頭盔、護胸甲……一件一件全剝了下來，扔在地上。

學生看到自己落在這雙可怕的手掌中，被解除武裝，剝去衣服，軟弱無力，赤身裸體，便不想再說什麼，只是厚著臉皮朝著聾子的臉孔大笑起來，並且以一個少年那種百折不撓、無憂無慮的態度，唱起當時廣為流傳的一首歌曲：

盛裝打扮的康布雷，
馬拉芬將它洗劫……

他來不及唱完。只見加西莫多站在長廊的欄杆上，用一隻手抓住學子的雙腳，把他像投石那樣，在深淵上凌空旋轉。隨後，傳來一種聲響，如同一個盒子摔在牆上爆裂一般，看到有什麼東西墜落下來；墜落到中途時，被建築物的一個凸角掛住了。原來是一具死屍，身子折成兩截，腰部摔斷，腦袋開花。

流浪漢群中響起一陣恐懼的喊叫。高洛賓大喊：「報仇！」群眾嚷道：「搶呀！衝啊！」於是乞丐中爆發出一陣奇妙的咆哮，交織著各種語言和口音。

學生的死在人群中激起一陣憤怒的狂熱。一個敲鐘人竟把他們阻擋在教堂外這麼久，一籌莫展，他們不由得感到既羞恥又惱怒。狂怒的人們找來一架架梯子，增加一支支火把，不一會兒功夫，就像螞蟻一般從四面八方一齊湧上，向聖母院發起猛攻。沒有梯子的人就用打結的繩索，沒有繩索的人就攀附在雕像的突出部分向上爬。由於憤怒，所有人的臉龐全都紅光煥發，泥汙的腦門汗如雨下，眼睛閃耀著光芒。這一顆顆腦袋有如上漲的潮水，洶湧而上，勢不可擋。

廣場上火把星羅棋佈，教堂平台上的柴堆也一直熊熊燃燒，遠遠地把城市照亮了。整個巴黎似乎騷動起來，遠方的警鐘鳴響了。流浪漢們吼叫著、喘息著、咒罵著、攀登著。加西莫多無力對付這麼多敵人，不禁為吉普賽少女擔心受怕；他絕望地扭著雙臂，暗自祈禱奇蹟降臨。

22

路易十一來到巴黎已經兩天了，第三天就要啟程返回圖爾的城堡。這位工於心計的國王在巴黎城裡一向難得露面，而且時間極其短暫。他下榻在巴士底的一個小房間裡；與羅浮宮氣派的臥室相比，他更喜歡這座堅固安全的監獄。

這天晚上，他正在房間裡接見法蘭德斯使臣，房門一下子開了，衝進來一個人，慌慌張張地喊道：「陛下！陛下！巴黎發生民眾暴動！」

路易十一板起了面孔，冷靜而緩慢地說道：「雅克愛卿，您太失禮了！」

「陛下！陛下！叛亂了！」雅克上氣不接下氣地又說道。

「怎麼回事？」

這個人戰戰兢兢湊近國王耳邊，低聲敘說起來。國王冷靜地聽著，一聽完，便哈哈大笑起來。

「怎麼！」國王接著說，「也就是說，我們心愛的巴黎城發生了平民騷動？」

「是的，陛下。」

「您說，這騷動是針對司法官典吏大人的？」

「看起來是的。」

「巡邏隊是在哪裡遇到暴民的？」

「從大乞丐街往兌換橋的路上。我本人也見到了，是在我奉命來這裡的途中。我聽見其中有幾個人喊道：『打倒司法宮典吏！』」

「他們跟典吏有什麼過節？」

「啊！陛下，那是『奇蹟宮殿』的一幫無賴。他們是由典吏管轄的百姓，對他不滿已久。他們不承認他有審判權和路政權。」

「他們有多少人？」

「至少六千人！」

國王情不自禁叫出一聲：「妙極了！」隨即又補充道：「他們有武器嗎？」

「有鐮刀、長矛、火槍、十字鎬，各種厲害的武器。」

對於這種大肆渲染，國王似乎一點也不放在心上。雅克又提醒道：「要是陛下不立刻派人救援典吏，那可就完了！」

「當然會派，」國王裝出嚴肅的樣子說，「好，一定要派。典吏大人是我們的人。六千人！都是些亡命之徒。雖然這種膽識令人讚嘆，但令我們苦惱。不過，今夜朕身邊沒有什麼人，明早還來得及。」

「立刻就派！陛下。明早再派的話，典吏府就會被洗劫一空了，領主莊園會遭到蹂躪，典吏也早已被絞死了。看在上帝的份上！陛下，請在明天早上之前派兵吧！」

國王瞪了他一眼，說道：「朕說了，明天早上。」

沉默了一會，路易十一又問道：「雅克愛卿，典吏的封建管轄區多大？」

「陛下，從壓布街到草市街，以及聖米歇爾廣場和田園聖母院教堂一帶，都歸司法宮典吏管轄。那片區域內共有十三座府邸，加上奇蹟宮殿，以及稱為郊區的麻瘋病院，還有從麻瘋病院到聖雅各門的整條大路。在這些地方，他既是路政官，又是司法官，全權管轄。」

「哎！」國王用右手搔了搔左耳，「多麼好的一塊地盤！他簡直是這一區的太上皇呀！」

說完，他若有所思，繼續自言自語：「妙極了！典吏大人，您嘴裡咬著我們巴黎的好一大塊啊！」

忽然間，他暴跳如雷：「該死！在我們國家裡，這些自稱路政官、司法官、領主的人，動輒剝削百姓，濫施權力，使得人們以為法國有好多個國王！夠了！這真是糟透了。朕倒要弄明白，是不是在巴黎除了國王之外還有一個主人？除了大理院還有另一個司法部門？在這個國家除了朕還有另一個國王？天理良心！法蘭西只有一個國王、一個領主、一個法官，正如天堂裡只有一個上帝！」

他繼續沉思著往下說，神情和語氣就像一個獵人在縱容他的獵犬一般。

「好！我的人民，勇敢些！砸爛這班假領主！放手去幹吧。快呀！搶劫他們，絞死他們，把他們打得落花流水！……啊！你們想當國王是嗎？大人們，動手吧！百姓們！動手吧！」

隨後，他用惶恐不安的目光環視了四周。「管它的！我們還是要援救典吏大人。可惜現在我們的兵馬太少了，對抗不了那麼多民眾，非等到明天不可。明天要在老城恢復秩序，凡被捕獲者格殺勿論。」

「對了！陛下，」雅克說，「我剛才一陣慌亂，遺忘了一件事。巡邏隊抓住了那群人之中兩個掉隊的。陛下如果想見這兩個人，他們就在外面。」

「想見他們？」國王大叫，「怎麼！你竟忘了這麼重要的事！快！把他們帶進來。」

大臣走了出去。過了一會兒，帶進來兩個犯人，由禁衛弓手押解著。第一個人長著一張大臉，呆頭呆腦，醉醺醺的，驚慌失措；他衣衫襤褸，走起路來屈著膝蓋，步履蹣跚。第二個人臉色蒼白，笑瞇瞇的。

國王打量了他們一會兒，一聲不吭，隨後忽然問第一個人：

「你的名字？」

「日夫羅瓦．潘斯布德。」

「職業？」

「流浪漢。」

「你參加那十惡不赦的暴動，目的何在？」

流浪漢望了望國王，搖晃著雙臂，一副呆頭呆腦的模樣。

「不知道。」他回答，「人家去，我也跟著去。」

「你們不是要去攻打和搶劫你們的領主司法宮典吏大人的嗎？」

「我只知道他們要去什麼地方搶東西，別的就不知道了。」

「這個人是你的同伙嗎？」路易十一問道，一面指著另一個囚犯。

「不，我不認識他。」

「行了。」國王用手指向站在門邊的一位隱修士示意，又說：「特里斯丹，這個人就交給您了。」

特里斯丹鞠了一躬，低聲命令兩個弓手把那可憐的流浪漢帶走。

這時，國王已經走到第二個犯人面前。此人滿頭大汗。

「你的名字？」

「比埃爾．葛林果，陛下。」

「職業？」

「哲學家，陛下。」

「惡棍！你膽敢圍攻我們的朋友司法宮典吏大人。你對這次騷亂有什麼要說的？」

「陛下，我並沒有去圍攻。」

「呸！難道你不是在那一伙壞蛋當中被逮住的嗎？」

「不，陛下，這是誤會。我懇求陛下聽我解釋。我是詩人，夜裡總是喜歡在大街上行走。今晚我正好經過那裡，純屬偶然，他們卻不分青紅皂白把我抓起來了。我跟這場暴動毫無瓜葛。陛下明察！那個流浪漢並不認識我，我懇求陛下……」

「住口！」國王喝了一口湯藥，說道，「頭都被你吵疼了。」

特里斯丹走上前去，指著葛林果說道：「陛下，把這一個也絞死嗎？」

「放了他！」國王漫不經心地說道。

葛林果鬆了一口氣，一屁股跌坐在地上。

「哎呀！」葛林果大叫道，「真是一位偉大的國君！」話一說完，唯恐國王反悔，連忙向門口跑去。特里斯丹不情願地為他開了門。兵士跟在後面，狠狠地推著他走。

自從聽說叛亂的消息以後，國王的心情一直很好。他站起來，走到窗前，突然激動異常，猛然推開窗戶，拍手叫道：「噢！真的，老城上空一片紅光！果真是典吏府在熊熊燃燒。這是理所當然的。啊！我的好人民，你們果然來幫我摧毀領主制度了！」

就在這時，國王的親信奧利維埃走進來。後面跟著巴黎司法長官和巡邏隊騎士，這兩個人看上去都神色慌張，親信也同樣驚慌失措。他搶先說道：「陛下，在下帶來了不幸的消息。」

國王急忙從座位上轉身，問道：「怎麼回事？」

「陛下，這次暴動不是衝著司法宮典吏而來的。」奧利維埃回答。

「那是衝著誰呢？」

「衝著陛下。」

老國王一聽，一躍而起，身體挺直：「你給我說清楚！奧利維埃。我以聖洛的十字架發誓，要是你敢在這種重要時刻撒謊，就擔心你的腦袋不保！」

奧利維埃跪下來，冷靜地說道：「陛下，一個女巫被大理院法庭判了死刑。她躲進了巴黎聖母院，民眾想用武力強行把她劫走。司法長官大人和巡邏騎士大人剛從暴動的地方過來，可以證明我的話。民眾圍攻的是聖母院！」

「真的？」國王面色慘白，氣得渾身直抖，低聲說道：「聖母啊！他們到聖母的大教堂圍攻聖母——我慈悲的女主人！……起來吧，奧利維埃。你說得對……人們襲擊的是我，女巫在教堂庇護下，教堂在我的庇護下；但我原來一直以為他們在反抗典吏！現在才明白是在反抗我！」

國王怒不可遏，開始踱起步來。他不再笑，神情可怕極了，一句話也不說。只見他雙唇抖動，瘦削的拳頭緊握。最後，他猛然一抬頭，深凹的眼睛充滿光芒，嗓門像號角般洪亮，說道：「動手吧！特里斯丹，狠狠收拾這幫壞蛋。去！我的朋友，殺光他們！」

這陣暴怒發作之後，他又坐了下來，壓抑住怒氣，冷冷地說道：

「聽著！特里斯丹，在巴士底，我們有吉夫子爵的五十名長矛手，這抵得上三百匹馬，您全都帶去。還有夏托佩爾大人率領的御前弓手隊，您也帶去。在聖波爾行宮有太子親衛隊的四十名弓手，您一樣帶去。加上您自己的人馬，火速前往聖母院。……啊！巴黎的刁民們，你們竟敢這樣作亂，竟敢與法蘭西王室為敵，與聖潔的聖母為敵，與社會的安寧為敵！……趕盡殺絕！特里斯丹，把他們趕盡殺絕！一個也別放過！」

特里斯丹鞠了一躬，又說，「那個女巫，該如何處置？」

國王思索了一下，問道：

「啊！女巫……埃斯杜特維爾大人，民眾都怎麼處置呢？」

「陛下，」巴黎司法長官回答：「在下猜想，民眾之所以要把她從聖母院庇護所擄走，是因為對她逃過懲罰一事感到不滿，要把她抓去絞死。」

國王看上去沉思了一下，然後對特里斯丹說：「那好吧！朋友，殺光民眾，絞死女巫。」

「遵旨，陛下，」特里斯丹回答，「不過，女巫還躲在聖母院裡，是不是該無視庇護所，進去抓她呢？」

「庇護所！」國王搔了搔耳朵說道，「這個女人必須絞死。」

說到這裡，他彷彿靈機一動，連忙跪在椅子前，摘下帽子放在座位上，虔誠地合掌說道：「啊！巴黎的聖母，我仁慈的主保女聖人呀，寬恕我吧！我只做這一回。務必懲罰這個女罪犯。我向您保證，仁慈的聖母啊，這是個女巫，不值得您仁愛的庇護。所以請原諒我這一回吧！巴黎的聖母，我永遠不會再這樣做了。我會為您塑造一尊美麗的銀像，就跟我去年獻給聖埃庫伊斯聖母院的那尊一模一樣。阿門！」

他劃了個十字，站起來，戴上帽子，對特里斯丹說道：

「火速前往！我的朋友。把夏托佩爾大人帶去。叫人敲警鐘。快把民眾鎮壓下去，把女巫絞死！就這麼說定了。我要您親自動手，作好行刑前的一切準備。您要親自向我報告！」

隱修士鞠了一躬，隨即告退了。

23

出了巴士底，葛林果像一匹脫韁的馬，飛快地沿聖安東尼街往下跑。到了博杜瓦耶門，他徑直朝廣場中間的石頭十字架走去，一個身著黑衣、頭戴黑帽的男人正坐在十字架下方的台階上。

「是您嗎？老師。」葛林果說道。

黑衣人站起身來。「死亡和痛苦呀！您讓我等得急死了，葛林果。已經凌晨一點半了。」

「啊！」葛林果又說。「這不能怪我，得怪巡邏隊和國王。我剛撿回了一條命！差一點就要被絞死。」

「罷了，」黑衣人說道，「還是快走吧。您知道口令嗎？」

「有。『口袋裡的小刀』。」

「很好，不然我們就進不了教堂了。流浪漢封鎖了各條街道。幸好他們好像遭遇了抵抗，我們或許能及時趕到。」

「是的，老師。我們該如何進聖母院呢？」

「我有鐘樓的鑰匙。」

「但我們又該怎麼出來呢？」

「隱修院後面有一個小門，開往河灘。今早我在那裡繫了一條船。」

「真是僥倖！差一點就被絞死了。」葛林果又說。

「喂！快點，走！」黑衣人說道。

兩個人便邁開大步朝老城走去。

24

加西莫多受到四面八方的進攻，雖然沒有喪失全部的勇氣，但已不再抱任何希望了。他把自身的安危置之度外，在柱廊上狂奔亂跑。就在聖母院即將被攻陷之時，突然傳來一陣巨大的馬蹄聲，響徹鄰近的街道；只見火把如長龍，密密麻麻的龍騎兵浩浩蕩蕩地衝向前來，怒吼宛如暴風驟雨般席捲廣場：

「法蘭西！法蘭西！把敵人碎屍萬段！夏托佩爾的援軍來了！」

流浪漢們驚慌失措，連忙轉頭。

加西莫多聽不見喊聲，卻看到刀劍出鞘，火把通明，矛尖閃亮。他認出騎兵隊最前頭的是費比斯隊長，還看到流浪漢一片混亂，驚恐萬狀。他頓時又鼓起了勇氣，把已經跨上柱廊的第一批進攻者拋到教堂外面去。

果然，是國王的軍隊突然趕來了。

流浪漢拚死抵抗。側面有從牛市聖彼得教堂街過來的進攻，後方則是從教堂前庭街過來的包圍；他們被迫退到聖母院前，繼續攻打聖母院，而加西莫多也繼續守衛著。於是，流浪漢們處在一種奇特的境地，既是圍攻者，又是被圍攻者。

這是一場鬼哭神號的混戰。國王的龍騎兵——尤其是費比斯——窮凶極惡，毫不留情，劈來砍去；刀尖未刺死的，便用利劍再劈。流浪漢怒氣衝天，男人、女人、孩子個個奮不顧身，撲向馬背，衝到馬前，用牙齒和手指甲像貓一般緊緊抓住不放；有的人揮起火把猛戳弓手的臉，還有人用鐵鉤狠刺騎兵的脖子，用力往下拉，被拖下馬的人頓時身首異處。

在這陣混亂之中，有個流浪漢手持一把鐮刀，見到馬腿就砍，靈活異常。他一邊用鼻子哼著歌，一邊砍個不停，在騎兵中間來去自如。他就是高洛賓。忽然間，火槍一響，他應聲倒地，再也沒有爬起來。

這時候，四周的窗戶又打開了。附近的百姓聽到國王的人馬在吶喊，也加入了戰鬥；樓房上彈如雨下，朝流浪漢們射來。前庭廣場上硝煙瀰漫，火槍噴出一道道火光，隱約可見聖母院的正面和破舊的主宮醫院。

流浪漢終於敗退了；疲憊不堪、缺乏精良武器、突然遭受的襲擊、從窗戶射出的槍彈、騎兵隊的猛烈衝擊，所有這一切把流浪漢們壓垮了。他們突破了進攻者的防線，往四面八方逃散。廣場上屍橫遍地。

加西莫多一刻也沒有停止戰鬥。他突然看到流浪漢們潰逃，不由得跪倒在地，舉手向天；隨後，欣喜若狂，如痴似醉，好像鳥兒一般飛速奔跑，爬上那個他誓死捍衛的小房間。此刻的他只有一個念頭，就是跪倒在他剛才再次搭救的那名少女面前。

他進到房間一看，裡面空無一人。

25

當流浪漢進攻教堂時，愛斯梅拉達正在睡夢中。

不一會兒，聖母院周圍的喧囂聲越來越大。小山羊先驚醒了，驚恐不安地亂叫，把愛斯梅拉達吵醒了。

她坐起身子，看一看，聽一聽，被火光和喧囂聲嚇壞了，於是一頭衝出房間，想到室外看個清楚。只見廣場上一片恐怖景象：晃動的鬼影、混亂的夜襲、在黑暗中隱約可見的醜惡面孔、他們的喊叫聲，以及如同鬼火般煙霧瀰漫的火把；所有這一切幻覺讓她嚇得魂不附體，連忙跑回房間，在破床上蜷縮成一團。

然而，漸漸地，最初因恐懼而產生的疑團逐漸消失了。她聽到嘈雜聲不斷變大，又分辨出一些現實跡象，逐漸明白圍攻她的不是鬼，而是人。她猜想可能是民眾叛亂，要把她從避難的地方搶走。她感到自己的平靜生活可能再次化為烏有，想到自己是這樣軟弱無力、走投無路，不禁心力交瘁，跪倒在地上，雙手抱著腦袋，渾身顫抖。

正在這樣惶惶不安的時候，她忽然聽到背後有腳步聲。轉頭一看，只見有兩個男人，其中一個提著一盞燈，剛走進她的小房間。她不由發出一聲微弱的驚叫。

「別怕，是我呀。」一個她熟悉的聲音說道。

「誰？您是誰？」她問道。

「比埃爾・葛林果。」

一聽到這個名字，她放下心來，抬頭一看，果真是詩人。可是，他旁邊有一個從頭到腳被黑袍遮住的人影，一聲不吭，她頓時一驚。

「跟您在一起的是誰？」吉普賽少女低聲問道。

「放心，」葛林果回答，「是我的一個朋友。」

他一進門，小山羊就蹦了過去，溫柔地在他的腿上磨來磨去，葛林果也彎下腰，親熱地撫摸著牠。這時，黑衣人走過去，狠狠推了一下他的肩膀，葛林果立刻站起來，說道：

「是呀，時間緊迫。……我親愛的美人，您有危險了，佳麗也一樣。有人要把您重新抓去吊死。我們是您的朋友，是來救您的。快跟我們走。」

「真的？」她不知所措，大聲喊道。

「是的，千真萬確。快走！」

「可是，」她結結巴巴地說道，「您的這位朋友為何不說話呢？」

「啊！這是因為他天生沉默寡言。」

她只好接受這樣的解釋了。葛林果挽起她的手，他的同伴拿起燈，走在前面。少女由於恐懼，暈頭轉向，任憑他們隨便帶著走；她的山羊蹦蹦跳跳地跟在後面。

他們迅速走下鐘樓，穿過教堂。教堂裡一片漆黑，空無一人，卻迴蕩著喧囂聲，形成一種可怕的對比。他們又從紅門走進隱修院的庭院，那裡也不見人影，只有幾個嚇傻了的雜役縮成一團，躲在角落裡。接著，他們來到一扇通往河灘的小門前，黑衣人用他隨身帶的鑰匙開了門。

到了這裡，喧囂聲已經減弱，流浪漢進攻的怒吼聲也不再那麼刺耳了。黑衣人徑直朝著水邊走去，那裡停著一艘小船。他做了個手勢，叫葛林果與少女上船，小山羊也跟了上去。那人最後上船，隨即割斷纜繩，用篙杆一撐，把船撐離了岸邊；然後抓起雙槳，坐在船頭，拚命朝河心划去。塞納河在這一帶水流湍急，他費了好大的力氣才離開城島的尖岬。

葛林果上了船，小心翼翼地把山羊抱在腿上，在船尾坐了下來。少女害怕那名陌生人，也走到船尾坐下，依偎在詩人的身上。

船徐徐向右岸漂去。少女提心吊膽，一直悄悄觀察著那陌生人。燈光早已被細心地遮蓋起來，黑暗中只能隱約看見他坐在船頭上的身影，宛如一個幽靈。他的風帽拉得低低的，臉上彷彿戴了面具；當他划槳時，甩動的寬大袍袖就像是蝙蝠的兩隻翅膀。他一句話也不說，也沒有喘息過一聲，船上只有單調重複的划槳聲，混和著船行進時激起浪花的沙沙聲。

「拿我的靈魂發誓！」葛林果突然喊叫起來，「路易十一是個卑鄙、狠毒、老朽的傢伙，他差點下令把我絞死！在對待文人方面，這個國王心胸狹窄，暴行累累，極其野蠻！他好比一塊海綿，吸盡老百姓的錢財！因此，在他的統治下，時局艱難，怨聲載道，絞刑架上吊滿了死屍，斬首台上濺滿了血汙，監牢裡關滿了囚犯！他一手搶錢，一手害命；大人物被剝奪了榮華富貴，小人物飽受壓榨欺淩。這是一個貪得無厭的君主，我不喜歡他。您覺得呢？老師。」

黑衣人聽任葛林果喋喋不休，依然奮力與湍流搏鬥。在急流的衝擊下，小船轉變了方向，船頭朝向老城，船尾朝向聖母院島（註：即今聖路易島）。

「對了！老師，」葛林果忽地又說，「剛才我們從那些流浪漢中間穿過，來到聖母院廣場時，您那個敲鐘人在列王柱廊的欄杆上把一個小傢伙的腦袋砸得稀巴爛！老師是否注意到那可憐的小傢伙呢？我眼睛不好，沒看清他是誰。您知道嗎？」

陌生人不回答，但猛然停止了划槳，兩隻手臂像折斷似地低垂了下來，腦袋落到胸前。愛斯梅拉達聽到他一陣陣的嘆息，不得不打了個寒顫。這種嘆息聲她曾經聽過。

黑衣人終於又振作起來，抓緊雙槳，重新逆流而上。小船繞過聖母院島的尖端，朝草料港的碼頭駛去。

聖母院周圍的喧嘩聲更強烈了，可以聽見勝利的歡呼。突然，整座教堂上下、鐘樓上、柱廊上、拱架下，一團團火光升起，把士兵的頭盔照得閃閃發亮。這些火把似乎正在四處搜尋什麼。不一會兒，遠去的喧嘩聲清晰地傳到這幾個逃亡者的耳邊，只聽見人們喊道：「抓住埃及女人！抓女巫！處死埃及女人！」

少女一下子垂下頭來，用手托住臉，而黑衣人拚命划起槳來，朝岸邊接近。葛林果正在暗自盤算，他緊緊抱住小山羊，悄悄從吉普賽少女身邊挪開，她卻更加緊偎著他，彷彿這是她絕無僅有的庇護所了。

葛林果進退維谷。他心想，小山羊再被逮住，就得被絞死，那實在太可惜了！他又想到，兩個囚犯都這樣依靠他，負擔未免太過沉重；再說，他那個同伴似乎很樂意照顧她。他瞧瞧山羊，又瞧瞧少女，低聲嘟噥道：「同時救出妳們兩個，我可沒有那種能耐啊！」

小船震動了一下，他們知道船終於靠岸了。老城那邊始終喧囂不止，令人毛骨悚然。黑衣人站起身來，朝吉普賽少女走了過去，伸手要挽住她的手臂，扶她下船。但她一把推開他，緊緊捏住葛林果的袖子，而葛林果一心照料小山羊，又把她甩開。於是，她獨自跳下船去，心慌意亂，不知自己該怎麼辦、該往哪裡去。她就這樣呆呆地站了一會兒，望著河水出神。等她終於清醒過來，發現只剩下自己單獨和黑衣人待在碼頭上。看來葛林果趁著下船的時候，已經牽著山羊溜走，躲到河邊那片密密麻麻的房屋中去了。

可憐的少女渾身顫抖，她竭力想說話、想叫喊，舌頭卻動彈不了。忽然間，她發覺陌生人把一隻手放在她的手上，這隻手冰冷而有力。接著，他一言不發，緊拉住她的手，邁開大步朝格列夫廣場走去。她再也無力抵抗，任憑他拖著向前走去。她朝四周張望，卻見不到一個行人。河岸一片荒涼，聽不到一點聲響，感覺不到有人走動，只有塞納河對岸的老城那邊喊聲震天，火光通紅。在一陣陣的高喊聲中，可以清楚聽見她的名字。

陌生人依然沉默不語，緊緊抓住她，越走越快。她精疲力盡，不時集中一點力氣，問道：「您是誰？您是誰？」但陌生人毫不回答。

就這樣，他們沿著河岸走，來到了一個相當大的廣場。月色微明，只見廣場中央矗立著一個漆黑、如同十字架的東西，那正是絞刑架。她認出了這一切，明白自己身在何處了。

那男人停住腳步，轉過身來，掀起頭上的風帽。她頓時嚇得魂飛魄散，瞠目結舌，結結巴巴地說：「啊！我早料到又是他！」

正是孚羅洛。在月光下，他看上去彷彿像一個幽靈，一點也不像活人。

「聽我說，」他開口說道，語氣急促，斷斷續續，氣喘吁吁，說明他內心的動搖，「這裡是格列夫廣場，也就是終點。命運把我們彼此交給對方；我即將決定妳的生死，妳即將決定我的靈魂。現在，請妳好好聽我說……首先，別提起費比斯這個人，千萬不要！聽見了嗎？否則我不知道會幹出什麼事來。」

說完，他似乎恢復了鎮靜。儘管如此，他的語氣仍透露出煩躁、不安，他的聲音也越來越低了。

「別轉過臉去。聽我說，這是一件生死攸關的事：大理院已經做出了判決，要把妳送上絞架。我剛把妳從他們手中救了出來，可是他們仍在追捕妳。看！」

他伸出手臂，指向老城。的確，搜捕似乎還在持續，叫喊聲越來越近了。在格列夫廣場的對面，刑事長官府邸的塔樓那裡，人聲嘈雜，燈火通明，許多士兵高舉火把，在河對岸跑來跑去，喊聲不斷：「埃及女人！埃及女人在哪裡？絞死她！絞死她！」

「妳明白了吧？他們正在追捕妳，我沒有騙妳。我愛妳。先別開口，如果妳只是想說妳恨我，我已經橫下心來，絕不再聽了。……我剛把妳救了出來，只要妳願意，我還能夠完全搭救妳。」

話一說完，他立刻拉著她的手奔向絞刑架。他指著絞刑架，冷冷地對她說：「在我和它之間抉擇吧！」

她掙脫他的手，一下子撲倒在絞刑架下，擁抱著那根陰森可怕的木樁。接著，她那秀麗的臉蛋轉過半邊來，瞪了教士一眼，宛如跪在十字架腳下的聖母。她對教士說道：

「它叫我厭惡的程度，還遠不如你呢！」

聽到這句話，教士只好慢慢放開她的手臂，垂頭喪氣，盯著地面上的石板，說道：「要是這些石頭會說話，一定會說這裡有個多麼不幸的人啊！」

他繼續往下說。少女跪在絞刑架前，長髮低垂，遮住全身，毫不理會他的話。這時候，他的語調哀怨而溫柔，與他粗暴而高傲的面容形成了痛苦的對照。

「我，我愛您！啊！這是千真萬確的呀！這燃燒著我心靈的烈火，卻一點兒也沒有表露出來！唉，姑娘，日以繼夜，這火在我的心中熊熊燃燒，難道一點也不值得垂憐嗎？這是朝思暮想的愛情，是一種酷刑般的折磨！……噢！孩子，我的痛苦太多了！我多麼值得同情啊！您看，我跟您講話，柔聲細氣，只希望您不要再這麼厭惡我。畢竟，一個男人愛上一個女人，這並非他的過錯！……怎麼？難道您還不能原諒我嗎？您一直對我懷恨在心！這就糟糕了！正是因為這樣，我才墮落了。您瞧，連我自己都厭惡自己！……您甚至不肯看我一眼，好像另有所思！……千萬別提起那個軍官！……唉！我真想撲倒在您的膝下，吻一吻您腳下的泥土！我真想像個小孩一樣痛哭一場，從胸中掏出我的心肝、我的肺腑，好向您表明我愛您！然而，這一切都無濟於事！您的靈魂中只有深情和寬容，您的心裡充滿柔情蜜意，您溫馨、善良，仁慈、嫵媚……唉！但您只對我一個人刻毒！啊！何等的不幸啊！」

說到這裡，他用手捂住臉，就這樣哭了好一陣子，全身顫抖著。

「罷了！」他止住眼淚，繼續說道，「要是您不可憐我，也不可憐您自己，那我們就玉石俱焚吧！假如您知道我多麼愛您，那該有多好！唉！我不顧一切，背離了所有德行，自暴自棄，讓上帝蒙羞！這一切全是為了妳，妳這迷惑人的女巫！為了讓我自己更配得上進入妳的地獄！但妳卻不要我這下地獄的罪人。啊！讓我把一切都傾吐出來！還多著呢！……」

他說到最後幾句時，看起來完全精神錯亂了。停頓了片刻，又自言自語似地接著往下說：

「該隱，你把你弟弟怎麼了？」

又是一陣沉默，隨後他說：「天主啊！我是怎麼對他的呀？我收留他、哺育他、餵養他、疼愛他、崇拜他，但我卻把他殺害了！是的，天主，就當著我的面，在教堂的石頭上，他的腦袋被砸爛了！這都是因為我，因為這個女人……」

他的眼神驚恐不安，嗓音越來越微弱，不斷地喃喃自語：「因為她……因為她……」隨後，他再也說不出話來，但嘴唇仍不住顫動。突然間，他兩腿一軟，一下子跪倒在地，腦袋埋在雙膝之間，一動也不動。

少女把腳從他身下抽了出來，這個動作驚動了他；他用手慢慢撫摸了一下凹陷的臉頰，驚愕地望著他那沾濕的手指，自言自語道：「怎麼？我哭了？」

接著，他忽然轉身對著吉普賽少女，臉上焦慮的神色難以言喻。

「唉！妳就這樣無情地看著我哭泣！對於妳所恨的人，死活都不能打動妳的心！妳情願眼睜睜看著我死，而且還在一旁歡笑。啊！但我卻不願意看著妳死！說句話，只要一句寬恕的話！用不著說妳愛我，只要說妳願意就行了，那樣我就可以救妳了。要不然……啊！時間正在流失，我懇求妳別再拖延，好好想一想！我手裡掌握著我倆的命運。在我們的腳下就是萬丈深淵，不幸的人兒！我將跟著妳墜入這深淵，萬劫不復！說句話吧！一句！只要一句！」

她張開口要回答。他連忙跪倒在她面前，恭敬地聆聽她的言語。想不到她卻說：

「您是個殺人犯。」

教士發瘋似地把她緊緊摟住，縱聲大笑起來，那笑聲令人毛骨悚然。

「那又怎樣？是的！殺人犯，我非得到妳不可！妳不讓我當妳的奴隸，就讓我當妳的主人！我有個藏身之處，我要把妳帶到那裡去。妳必須乖乖跟著我，要不然，我就把妳交出去！美人兒，妳只有兩條路可以走：要不死，要不屬於我——屬於我這個教士、叛教者、殺人犯！聽見了嗎？來吧！盡情歡樂吧！吻我吧！」

他的眼睛閃閃發光，滿口白沫，淫邪的嘴唇吻遍了少女的嫩頸。她在他的懷抱中拚命掙扎。

「不許碰我！你這魔鬼，」她叫了起來，「你這可惡的臭僧侶！放開我！我要扯下你醜陋的灰白頭髮，大把大把地扔到你臉上！」

他臉上紅一陣白一陣，隨後鬆開她，神情憂鬱地望著她。

她像個勝利者一般，繼續說道：「我告訴你，我屬於我的費比斯！我愛的是費比斯，費比斯才英俊呢！而你，神父，你老啦！你是醜八怪！滾開！」

他吼叫一聲，如同被燒紅的鐵烙印了一下。

「妳死定了！」他咬牙切齒說道。她看到他可怕的目光，想要逃走，卻被他一把抓住，疾步朝著羅蘭塔樓的轉角拖去。

一到那裡，他轉過身，問她：「我再問妳最後一次：願不願意屬於我？」

她堅定地喊道：「不！」

於是，他大聲吼道：「古杜爾！古杜爾！埃及女人在這裡！妳報仇吧！」

話一說完，愛斯梅拉達立刻感覺到手肘被人抓住；一看，原來有一隻消瘦的手臂從牆上窗洞口伸出來，將她牢牢握住了。

「抓緊！」教士說，「她就是逃走的埃及女人，別鬆開她！我去找員警，妳很快就能看見她被絞死啦！」

牆內傳出來一陣發自喉嚨的大笑聲：「哈！哈！哈！」吉普賽少女看到教士朝聖母院橋的方向跑去，接著便傳來了馬蹄的嘈雜聲。

她認出了凶惡的隱修女，嚇得直喘氣，竭力掙扎，扭動身子，想從她手中掙脫。可是，隱修女用一種前所未見的力量緊緊抓住她，骯髒、瘦削的手指深深掐進她的肉裡，並在周圍合攏起來，彷彿一道枷鎖。最後，少女精疲力竭，癱靠在牆上，感覺死亡的恐懼將她攫住，同時聽到了隱修女淒慘的笑聲：「妳就要被絞死啦！」

她有氣無力地轉向窗洞口，透過鐵柵欄，看著麻衣女惡狠狠的面孔，說道：「我對妳做了什麼？」隱修女沒有答腔，只是用一種歌唱、憤怒和嘲弄的腔調嘟噥起來：「埃及女人！埃及女人！」

不幸的愛斯梅拉達又低垂下腦袋，披頭散髮，感到萬念俱灰。

突然，隱修女大叫起來，彷彿終於意識到吉普賽女郎的問題。「妳對我做了什麼？哈！妳做了什麼！妳不知道嗎？埃及女人。那好！聽著……我有過一個孩子……一個漂亮的小女孩！……我的艾格尼絲！」她失魂落魄，在黑暗中吻著什麼東西，接著說：「但是有人偷走了我的孩子，把她吃掉了。這都是妳幹的！」

少女無辜地回答：「哎呀！那時我也許還沒出生呢！」

「呸！不對！」隱修女又說道，「妳一定出生了，也參與了這件事。她要是還活著，也該有妳這麼大了！沒錯，我已經在這裡受了十五年的罪……我告訴妳，是那些埃及女人把她偷走的，妳聽懂了嗎？她們把她活活吃掉了……妳可以想像一下，一個在玩耍的孩子、一個在吃奶的孩子、一個在熟睡的孩子……多麼可愛！卻被她們把她搶走了、殺害了！今天，輪到我來吃埃及女人的肉了！啊！要不是鐵欄杆擋住，我一定要狠狠地咬妳幾口！」

於是，她哈哈大笑，有時又咬牙切齒。天開始破曉了，灰白色的曙光隱隱約約地照著這一場面。絞刑架在廣場上更加清晰了。另一邊，往聖母院橋的方向，愛斯梅拉達彷彿聽見騎兵的馬蹄聲漸漸逼近了。

「太太！」她跪下雙膝，合掌叫道，「太太，可憐我吧！他們來了。我沒有做過任何對不起您的事。難道您願意眼睜睜看著我死嗎？您是個好人，我對此深信不移。請您放我走吧！求求您，我不想這樣死去！」

「把我的孩子還來！」隱修女說道。

「求求您！求求您！」

「把孩子還來！」

「放開我，看在上帝的份上！」

「把孩子還來！」

少女又一次精疲力竭，一下子癱倒在地，目光朦朧不清，就像一個垂死的人那樣。她結結巴巴地說：「唉！您找您的孩子。而我，找我的父母。」

「把我的小艾格尼絲還來！」古杜爾繼續說道，「妳不知道她在哪裡？瞧！我指給妳看。這就是她的小鞋，她唯一留下來的東西。妳一定知道同樣的另一隻在哪裡！要是妳知道，就告訴我，哪怕是在世界的另一端，我也會爬著去找的！」

她這樣說著，用伸在窗洞外面的手臂指著小鞋給吉普賽少女看。這時天色已明，可以看清鞋的形狀和顏色。

「把小鞋給我看看！」吉普賽少女戰慄地說道，「上帝啊！上帝啊！」同時，她連忙用空著的一隻手，打開戴在脖子上一個飾著綠玻璃片的小袋子。

「呸！呸！」古杜爾嘟噥著，「拿開妳那魔鬼的護身符！」突然，她停了下來，渾身顫抖，用一種發自肺腑的聲音大喊：「我的女兒！」

原來吉普賽少女剛從袋子裡掏出一隻一模一樣的小鞋。這隻鞋上縫著一張羊皮紙，上面寫道：

當同樣的一隻小鞋重新找到，母親將張開雙臂把妳擁抱。

在疾如閃電的一瞬間，隱修女已將兩隻鞋作了比較，讀了羊皮紙上的文字，歡天喜地，把容光煥發的臉孔貼在鐵柵欄上，放聲喊道：「我的孩子呀！我的孩子呀！」

「媽媽！」吉普賽少女也叫道。

這副重逢的場面，我們就不打算在此描述了。

「啊！這牆！」隱修女對著鐵柵欄叫道，「看得見她卻不能擁抱她！妳的手！妳的手呢！」

愛斯梅拉達把手臂伸進窗洞裡去。隱修女撲向這隻手，將嘴唇貼在上面，沉浸在一陣親吻中，就這樣呆立不動。然而，她的雙眼在陰暗中默默地淚如泉湧。可憐的母親！十五年來的辛酸、苦楚，這時全化作一滴滴的淚水，傾瀉在這隻可愛的手上。

突然，她直起身來，一聲不吭，用雙手拚命搖撼窗洞上的鐵欄杆。欄杆紋絲不動。於是，她轉身走到屋角，搬來一塊她用來當枕頭的大石板，使出渾身的力氣朝柵欄砸去。只見火花四濺，一根鐵條被砸斷了；她又砸了一下，這下子，攔住窗洞口的古老柵欄完全掉了下來。這時，她又用手把生鏽的橫條一一拔斷。

不到一分鐘，洞口便打通了。她攔腰抱住女兒，把她拖到房間裡來，喃喃說道：「來！讓我把妳救出深淵！」

她輕輕地把她放在地上，又把她抱起來，彷彿這始終是她的小艾格尼絲。她把她緊緊摟在懷裡，在狹小的密室裡走來走去，又是叫，又是唱，對女兒又吻又說，時而放聲大笑，時而淚流滿面，欣喜若狂。

「孩子啊！我的孩子！」她說道，「我找到女兒了！她就在這裡，仁慈的上帝把她還給我了！主耶穌，她長得多美！我仁慈的上帝呀，祢讓我等了十五年，只是為了把這樣一個美人兒還給我！埃及女人並沒有把她吃掉，這全是一派胡言！我的小乖乖，我的小寶貝，吻我一下吧！……確實，就是妳。怪不得妳每次經過這裡，我的心就怦怦直跳。但我卻把這種感覺當成仇恨了！原諒我，親愛的艾格尼絲，原諒我吧！妳覺得我凶狠惡毒，是嗎？我是愛妳的。妳脖子上的小黑痣還在嗎？讓我瞧瞧。是的，還在。啊！妳真漂亮！是我給了妳這雙大眼睛。親一親我吧！我多麼愛妳呀！」

她滔滔不絕地說了許多荒唐的話，聲音裡洋溢著幸福；她用手撫摸她那絲一般的秀髮，還吻她的腳掌、膝蓋、額頭、眼睛，這一切都使這名母親心醉神迷。少女任她撫摸，不時以無限溫柔悄悄地喊道：「媽媽！」

「妳看，我的孩子，」隱修女接著說，又吻了她一下，「我會好好疼愛妳的。我們會從這裡逃出去，然後過著幸福的日子。我在家鄉蘭斯繼承了一點產業，妳還記得蘭斯嗎？不，妳不知道，妳那時還太小了！沒關係。我們將會有一塊田地、一棟房子；我要妳睡在我床上。上帝呀！有誰會相信呢？我找到了我的女兒！」

「噢！媽媽！」少女激動不已，但終於有了說話的力氣了，「我認識一個心地善良的埃及女人，一直像奶媽一樣照顧我，去年死了。她把這個袋子掛在我脖子上，並且常對我說：『親愛的，好好保存這個東西，這可是個寶物呀！憑著它，妳將來有一天可以找到妳的生母。』她真是未卜先知！這個埃及女人。」

麻衣女又把女兒緊緊摟在懷裡。「過來，讓我親親妳！等我們回到故鄉，就把這雙小鞋拿去教堂給聖嬰穿。這一切得感謝仁慈的聖母。我的上帝！妳的聲音多麼甜美呀！妳剛才跟我說話時，就像一曲音樂那麼好聽！啊！上帝呀，我找到孩子了！這麼離奇的故事有人會相信嗎？幸好我並沒有因為高興而死去。」

隨後，她又是拍手，又是大笑，又是喊叫：「我們就要過幸福日子啦！」

就在這時，外頭傳來兵器的撞擊聲和疾馳的馬蹄聲，似乎是來自聖母院橋的方向。吉普賽少女惶恐不安，一頭撲進麻衣女的懷抱裡。

「救救我！救救我！媽媽！他們來了！」

隱修女頓時臉色慘白。

「噢，天啊！妳說什麼？我忘了！他們追捕妳！妳做了什麼呢？」

「我不知道，」少女答道，「可是我被判了死刑。」

「死刑！」古杜爾晴天霹靂，打了個寒顫。接著，仔細盯著女兒，又緩慢地說：「死刑！」

「是的，母親，」少女害怕地說道，「他們要殺死我，他們正要來抓我。那個絞刑架就是為我準備的！救我，救救我吧！他們到了！救救我！」

隱修女呆立了半晌，彷彿變成了一塊石頭。接著她搖了搖頭，不以為然，並且忽然縱聲大笑。

「哈！哈！不！這只是一場夢。是的！這怎麼可能呢？我失去了她十五年，終於找到了她，卻只有短短的一分鐘！現在他們又要把她從我身邊搶走！啊！不！這是不可能的，仁慈的上帝不會允許這種事的！」

這時候，馬隊似乎停了下來，只聽見遠處有個人說：「往這裡走！特里斯丹大人！她就在塔樓。」

馬蹄聲又響起來。

隱修女一下子站起來，悲痛欲絕，大聲喊叫：「快逃！快逃！我的孩子。我全都想起來了！妳說得對，是要妳的命！太可怕了！快逃啊！」

她把腦袋探出窗洞口，很快又縮了回來。

「留下！」她低聲說道，語氣簡短而陰鬱，痙攣地抓住愛斯梅拉達的手。「留下！別出聲！到處都是士兵，妳出不去。天已經大亮了。」

她的眼睛乾澀，像火在燃燒。她好一陣子沒有說話，只在小屋裡走來走去，不時停下來，扯下一把白頭髮，又用牙齒咬斷。

忽然，她說道：「他們過來了。我去跟他們說說。妳躲在這個角落裡，他們不會看見妳的。我就跟他們說妳逃走了，是我把妳放了，真的！」

她把她安頓在石屋的一個角落裡，從外面是看不見的。她讓她蹲著，小心翼翼地把她藏好，不讓她的手腳露在陰影外面；又把她烏黑的頭髮披散開來，遮住她的白袍，把她遮蓋得嚴嚴實實；接著，她把水罐和石枕頭擺在面前，以為這兩樣東西可以把她擋住。準備就緒後，她感到安心許多，便開始祈禱。

就在這時，教士那惡魔般的聲音在小屋外喊道：「往這邊走，費比斯．德．夏托佩爾隊長！」

聽到這個名字，蜷縮在角落裡的愛斯梅拉達不由得顫動了一下。

「別動！」古杜爾說道。

話一說完，就聽見人聲、兵器聲、馬蹄聲一片嘈雜，在小屋周圍停住了。母親立刻站起身來，跑到窗洞前，將它堵住。她看到一大群全副武裝的人，有的徒步，有的騎馬，排列在格列夫廣場。指揮的人剛下馬，正朝這裡走來。

「老太婆！」這個人說道，凶相畢露，「我們正在搜捕一個女巫，要把她絞死。聽說她在妳這裡。」

母親盡可能裝出若無其事的樣子，回答：「我不太懂您在說什麼。」

「該死！」那人說，「那魂不守舍的副主教在胡扯些什麼？他在哪裡？」

「大人，」一個士兵說，「他不見了。」

「喂，瘋老太婆，」指揮官接著說，「別騙我，有人把一個女巫交給妳看管。妳把她怎麼了？」

隱修女不便全盤否認，免得引起懷疑。她用一種真誠而生硬的口吻說道：「如果您是在說剛才別人硬塞給我的那姑娘，我可以告訴您：她咬了我，我只好鬆開手。就是這樣，別再打擾我啦！」

指揮官大失所望，做了個鬼臉。

「休想騙我！老妖怪，」他接著說，「我是隱修士特里斯丹，國王的朋友。妳聽懂了嗎？」他望著周圍的格列夫廣場，又補充一句：「在這裡，這可是一個響噹噹的名字。」

「即使你是撒旦，我也沒有別的話跟你說。」古杜爾又萌發了希望，說道。

「該死！」特里斯丹說，「妳這個耍嘴皮子的老太婆！啊！女巫逃走啦！她往哪裡跑？」

古杜爾漫不經心地回答：「也許是綿羊街吧。」

特里斯丹轉過頭，向他的人馬打了個手勢，叫他們準備重新上路。隱修女鬆了一口氣。

「大人，您得問問這巫婆，她窗洞上的鐵柵欄怎麼會拆成這樣子？」一個弓手突然說道。

聽到這個問題，可憐的母親心裡又焦急萬分。她結結巴巴地回答：「過去一直都是這樣子。」

「嘿！直到昨天，那些鐵柵欄還是漂亮的黑十字形，很虔誠的樣子。」那個弓手又說。

特里斯丹斜睨了隱修女一眼。「我看這老太婆亂了陣腳。」

古杜爾明白，一切全取決於她能否泰然自若。於是她把生死置之度外，冷笑起來，說道：

「呸！這傢伙喝醉了。一年多前，有輛載石頭的大車把鐵柵欄撞壞了。我還把車伕罵了一頓！」

「一點也沒錯，我當時也在場。」另一個弓手插嘴說。

這番意想不到的證詞鼓舞了她的勇氣。然而，前一個弓手又說道：

「如果是大車撞的，斷掉的鐵條應該要向內彎；但這些鐵條卻是向外翻的。」

「嘿！嘿！」特里斯丹對這個士兵說，「你倒有點小聰明。……老太婆，快回答他的話！」

「我的上帝呀！」她陷於絕境，不由得喊叫起來，「我向您發誓，大人，確實是大車把鐵欄杆撞斷的。那個人說他親眼看見過，這您也聽到了。況且，這跟你們要找的那個埃及女人又有什麼關係？」

「嗯！」特里斯丹應了一聲。

「見鬼！」那個因被誇獎而得意忘形的弓手又說，「鐵條的斷痕還是新的！」

特里斯丹點了點頭。隱修女一下子面無血色。

「您說，大車是多久以前撞的？」

「一個月，也許半個月，大人。我……我記不清了。」

「她剛才說一年多。」那個弓手指出。

「這裡頭有鬼。」指揮官說道。

就在這時候，有個士兵喊叫著跑來：「大人，這老太婆撒謊！女巫並沒有從綿羊街逃走。封鎖街道的鐵鍊整夜都原封不動地拉著，看守的士兵也沒有看見任何人通過。」

特里斯丹的面容越來越陰沉，他質問隱修女：「妳要怎麼解釋？」

她還是不肯放棄。「大人，我不知道，我可能記錯了。我想，她其實過河去了。」

「對岸？」指揮官火冒三丈，說道，「妳是說她又自投羅網，回到老城去了？那裡正在到處搜捕她！老太婆，妳說謊！我應該把妳吊起來刑訊一番，這樣妳才會乖乖說出實話。來！跟我們走！」

「隨您的便，大人，」她不顧一切了，說道，「刑訊！來吧，我求之不得！快把我帶走！快，快！馬上就走！」她嘴裡這麼說，心中卻想著：「在這段期間，我的女兒就可以逃走了。」

「見鬼！」指揮官說，「真是個怪人，竟想嘗嘗拷問架的滋味！我真搞不懂這個瘋婆子想幹什麼。」

這時，一個老員警從隊伍中站出來，向指揮官稟告：「大人，她確實瘋了！因為她最痛恨的就是埃及女人。我當了十五年的員警，每天晚上都能聽見她對著埃及女人破口大罵。要是我沒有弄錯，我們正在追捕那名帶著小山羊跳舞的姑娘，正是她最痛恨的一位。」

古杜爾振作一下精神，說：「最痛恨的就是她！」

巡邏隊異口同聲地向指揮官作證，證實老員警所說的話。

特里斯丹看見從隱修女口中問不出什麼東西來，已不再抱任何希望，便轉過身去，翻身上馬，同時喊道：

「好吧，出發！繼續搜尋！不把埃及女人抓住吊死，我絕不罷休！」

古杜爾心中的石頭終於落了地。她看了一眼女兒，低聲說道：「得救了！」

愛斯梅拉達一直待在角落裡，連大氣也不敢喘，動也不敢動，把母親和特里斯丹的對話都聽在耳裡。她彷彿聽見那根把她懸吊在深淵上的繩子不停發出斷裂聲，似乎就快斷了；如今總算得到了喘息，感覺腳踏實地了。就在這時候，她聽見有個聲音對指揮官說：

「該死！特里斯丹大人，絞死女巫，這可不是我們的任務。請您自己去吧！暴民已經完蛋了，我最好馬上回到隊伍裡，以免他們沒有隊長，亂成一團。」

這正是費比斯的聲音。吉普賽少女一聽，感到思緒翻騰，難以言喻——這麼說來，他就在這裡！她的心上人、她的保護人、她的靠山、她的費比斯！她一躍而起，母親還有不及阻攔，她已經衝到窗洞口，大聲喊道：

「費比斯！救我！我的費比斯！」

費比斯已不在那裡，他剛騎馬繞過剪刀街的轉角處。可是特里斯丹卻沒有走開。

隱修女大叫一聲，撲向女兒，一把掐住女兒的脖子，拚命把她往後拉。然而，為時已晚，特里斯丹早已看見了。

「哈！哈！」他放聲大笑，「一個捕鼠器逮到兩隻老鼠呀！」

「不出我所料。」那個士兵說。

特里斯丹拍了一下他的肩膀，接著說道：「亨利埃．庫贊在哪裡？」

只見一個人應聲出列，穿著一件半灰半褐的衣服，平直的頭髮，粗大的手上拿著一捆繩索。這人就是劊子手。

「朋友，」特里斯丹說道，「那女巫就在裡面，我命令你把她吊死。」

亨利埃立刻朝著窗洞走去。隱修女把失魂落魄的女兒扔回房間的角落，隨即又走回窗洞口，兩隻手像獸爪般撐在窗台上，怒目圓睜地盯著面前的所有士兵，把亨利埃嚇得直往後退。

「把那個女人交給我，夫人，這是特里斯丹大人的命令。」

她瘋瘋癲癲地反覆說道：「這裡沒有人！」

「我說有就是有！」劊子手反駁道，「所有人都看到了，妳們有兩個人。」

「你可以進來瞧一瞧！」隱修女揶揄地說道，「把頭從窗洞口伸進來好了。」

劊子手仔細看了看母親的手指甲，不敢輕舉妄動。

「快點！」特里斯丹高聲喊道。他已部署好手下兵馬，把塔樓圍得水泄不通。

亨利埃回到指揮官跟前，一副狼狽不堪的模樣。

「大人，要從哪裡進去？」

「從門。」

「沒有門。」

「從窗戶。」

「太小了。」

「那就把它敲開。你不是帶工具來了嗎？」特里斯丹生氣地說。

亨利埃從一旁的棚子裡取來工具箱，又找來一架梯子，隨即把它靠在絞刑架上。五六名士兵拿著鶴嘴鎬和撬棍，跟著特里斯丹朝窗洞走來。

「老太婆，快把那個女人交出來！」指揮官聲色俱厲地說道。

她望著他，彷彿聽不懂似的。

「該死！」特里斯丹又說，「國王有令，要絞死這個女巫。妳幹嘛要搗亂？」

可憐的母親一聽，又像平常那樣狂笑起來。

「我幹嘛？她是我的女兒。」

她說出這個字的聲調真是淒厲萬分，連劊子手聽了也不禁打起寒顫。

「我很遺憾，但這是國王的旨意。」特里斯丹接著說。

她狂笑得更厲害了，喊道：「你的國王關我什麼事？老實告訴你，她是我的女兒！」

「破牆！」特里斯丹下令。

要鑿出一個夠大的牆洞，只要把窗洞下的一塊基石挖掉就行了。母親聽見鶴嘴鎬和撬棍在挖塔樓的牆腳，不由得怒吼一聲，隨即從洞中抓起那塊石板，大笑一聲，雙手托起，向挖牆的那些士兵狠狠擲去。但由於雙手發抖，她一個人也沒有砸到，石板骨碌碌地滾到特里斯丹跟前才停住。她氣得咬牙切齒。

隱修女來到女兒身旁，坐了下來，用自己的身體護住她，目光呆滯，聽著一動也不動的可憐孩子一再喃喃唸著：「費比斯！費比斯！」

士兵仍繼續挖牆。母親不由自主地一直往後退，把女兒越摟越緊。突然，她看見窗下的那塊石頭鬆動了，又聽見特里斯丹吆喝的聲音。她彷彿猛然振作起精神，大聲咒罵道：「啊！啊！真是壞透了！你們是一幫強盜！你們真的要絞死我的女兒嗎？我告訴你們，她是我的親生骨肉！噢！膽小鬼！劊子手的走狗！殺人凶手！救命啊！救命啊！他們真的要把我的女兒搶走嗎？仁慈的上帝！天理何在？」

於是她像一頭豹那樣趴著，口吐白沫，目光迷離，毛髮倒豎，朝著特里斯丹咆哮：

「走近一點，過來抓我的女兒吧！我告訴你，她是我的女兒，難道你聽不懂嗎？唉！你這豺狼，難道你從來沒有母親？難道你從來沒有孩子嗎？難道你會眼睜睜看著別人抓走你的孩子，還無動於衷嗎？」

「撬下那塊石頭，它已經鬆動了。」特里斯丹說道。

好幾根撬棍一起掀起那塊沉重的基石。母親撲了上去，拚命想壓住，用指甲緊抓那塊石頭；可是石頭太過巨大，又有六個壯漢拚命撬著，她無法抓牢。她一脫手，只見它順著鐵撬棍慢慢滑落到地上，入口已被打通。

於是，母親索性橫躺在洞口前，用身體堵塞缺口，一邊嘶啞地喊道：「救命呀！救命呀！」

「現在，去抓那個女人！」特里斯丹說道，始終無動於衷。

母親瞪著來者，樣子令人望而生畏。士兵全都站住了。

「怎麼了！」特里斯丹嚷道，「亨利埃．庫贊，你上！」

沒有一個人往前跨一步。

特里斯丹罵道：「該死！你們還算是軍人嗎！一個女人就把你們嚇住了！」

「大人，這哪裡是一個女人？簡直是一頭母獅！」亨利埃說道。

「夠了！」特里斯丹又說，「洞口夠大了，三個人一起進去，趕快把這件事了結。誰敢後退，我就把他砍成兩段！」

指揮官與母親都是咄咄逼人，士兵們夾在中間，一時不知如何是好。最後終於橫下心來，朝著洞穴前進。

隱修女見此情景，猛然跪了起來，撥開臉上的頭髮，兩隻瘦弱的手一下子垂在大腿上；接著，眼淚奪眶而出，大滴的淚珠順著臉頰的皺紋撲簌簌地往下淌，嘴裡同時說道：

「各位大人！請聽我解釋吧！這是我的女兒，你們知道嗎？是我失散多年的親骨肉！請聽我說吧！這件事說來話長。吉普賽人偷走了我的女兒，就在蘭斯，她們把她藏了十五個年頭！我一直以為她死了，還保存著她的一隻小鞋。喏！就是這隻。你們會可憐我的，是嗎？各位大人。我一直以為她死了，就在這地洞裡度過了十五個年頭，冬天連取暖的火也沒有。多麼艱苦呀！不過，慈悲的上帝聽到了我的祈禱。昨天夜裡，祂把我的女兒還給我啦！這真是神蹟啊！我的女兒並沒有死。你們不會把她抓走的，對嗎？她只是個十六歲的孩子啊！放她一條活路吧！她有什麼對不起你們的地方呢？一點也沒有。我只剩她這個親人了，請你們為我著想，讓我保有這一點福份吧！特里斯丹大人，您看起來是個好人，一定能理解我所說的話。我寧可我的心臟被刺一個大洞，也不願看見她的手指擦破一點皮！求求您讓我把孩子留下吧！國王，您說國王！即使殺了我的女兒，也不能為他增添什麼樂趣，不是嗎？何況國王是仁慈的！啊！大人們，我們願意離開這裡，回到蘭斯，只求你們別抓走我的女兒！難道真的完全不能通融嗎？我的孩子！我的孩子啊！」

她的手勢、她的聲調、她含淚的泣訴、絞扭手指的動作、令人傷心的微笑、淚水盈眶的目光、痛苦的呻吟、辛酸的嘆息、撕心裂肺的慘叫、語無倫次的訴說，都令在場的人不免動容。特里斯丹也皺起眉頭，好掩飾眼眶裡的一顆淚珠。然而他克制住這種軟弱的心理，生硬地說道：「這是國王的旨意。」

接著，他湊近亨利埃的耳邊，悄悄說道：「趕快辦完了事！」

劊子手和士兵們立刻闖進小屋裡。母親毫不抵抗，只是爬到女兒身旁，奮不顧身地撲上去，一把將她緊緊摟住，拚命吻她。母女倆就這樣躺在地上，母親伏在女兒的身上，這副情景確實催人淚下。

亨利埃把手伸到少女的肩膀下面，將她攔腰抱住。她一感覺到這隻手，立刻嚇得昏死過去。劊子手情不自禁地眼淚直流，淚水一滴滴地灑在少女的身上。他拚命想把母親甩開，但她抱得那樣緊，要分開她是不可能的。亨利埃只得把母女兩人一併拖了出來。母親同樣緊閉著眼睛。

太陽已經冉冉升起，廣場上聚集了一大群人，遠遠望著這群士兵在石板地上拖著什麼東西，朝絞刑架走去。周圍的窗戶空無一人，但在晨曦的映照下，可以遠遠望見聖母院鐘樓頂上的一扇窗子裡，有兩個身穿黑衣的人影，似乎正朝這裡張望。

亨利埃拖著這對母女來到絞刑架下，停了下來，心中不勝憐憫，連氣都喘不過來。他把絞索套在少女那可愛的脖子上。少女一觸到那可怕的麻繩，抬起眼睛，看見聳立在頭頂上方的石頭絞架，不由得搖晃了一下身子，發出撕心裂肺的喊聲：「不！不！不！」母親魂飛魄散，一聲不響，只是拚命吻她的孩子。劊子手趁機扯開母親的雙臂，把少女扛在肩上，接著便踏上梯子，往上攀登。

就在此刻，蹲在地上的母親一下子瞪大眼睛，一躍而起，朝著劊子手猛撲過去，狠狠咬住他的一隻手。劊子手痛得哇哇大叫。士兵立刻跑上前去，好不容易才把他那隻血淋淋的手從母親的牙齒中間拔了出來。她默不作聲，任由人們將她推開；只見她的腦袋低垂下去，重重地砸在石板地上，再把她拉起，她又倒下。原來她已經死了。

劊子手始終沒有放下那名少女，隨即又攀著梯子爬上去。

26

加西莫多發現小房間裡空無一人，吉普賽少女不見了，他氣得用手扯自己的頭髮，痛苦得直跺腳。緊接著，他在教堂上下奔跑，到處尋找那名少女，朝每個牆角狂吼亂叫。他把教堂找了一遍又一遍，從高到低，從左到右，把腦袋伸進每一個洞裡，把火炬舉到每一處穹拱下，悲痛欲絕，瘋瘋癲癲。

最後，他確信她已不在教堂裡了，一切全完了，有人把她從他手裡偷走了，這才慢慢順著鐘樓的樓梯往上爬。他回到小房間裡，仍不自覺地在房裡繞圈子，掀起床墊，仔細察看，彷彿覺得她會躲在床墊與石板之間似的。隨即，他搖搖頭，呆若木雞。忽然間，他狠狠用腳把火炬踩滅，沒有說一句話，沒有嘆息一聲，猛然把腦袋朝牆壁一撞，頓時暈倒在石板上不省人事了。

等他甦醒過來，又立刻撲倒在床鋪上打滾，狂熱地吻著少女躺過的地方；然後翻身起來，汗流如注，氣喘如牛，神智不清，不停把腦袋往牆上撞去，似乎決心要把頭顱撞碎。最後，他精疲力竭，再次跌倒在地。

他屈膝爬出房外，在房門對面蜷縮著，一副驚慌失措的模樣。就這樣坐了好幾個鐘頭，一動也不動，眼睛緊緊地盯著那寂靜的小房間。他一言不發，只是每隔一段時間，便發出一聲嗚咽，全身猛烈抖動。

這時候，他痛苦地沉思起來，思考是誰出其不意地劫走了吉普賽少女。他馬上想起了副主教，想起只有孚羅洛持有通往小房間的樓梯鑰匙，還想起副主教曾經兩度在夜裡企圖對吉普賽少女非禮；第一次加西莫多幫了他的忙，第二次卻制止了他。

他又回想起許多細節，頃刻間疑雲消散。副主教搶走了吉普賽少女，這是無庸置疑的了。然而，他對孚羅洛是那樣畢恭畢敬、感恩戴德、忠心耿耿；即使就在此刻，嫉妒和絕望也無法取代這些情感。這使得他內心的種種憤恨只能化為不斷增長的痛苦。

正當他這樣想時，晨曦把牆面塗上了灰白色，加西莫多忽然看見在聖母院的頂層、在環繞半圓形後殿的外欄杆轉角處，有個人影在走動。這個人影朝他這邊靠近，他一眼便認出那是副主教。孚羅洛的腳步莊重而緩慢；他一邊走著，眼睛卻不看前方，而是望向塞納河右岸，而且頭昂得高高的，好像竭力想越過屋頂觀看什麼東西似的。接著，他鑽進了北面鐘樓的樓梯口，從這座鐘樓上可以看得見格列夫廣場。加西莫多立刻站起身來，跟在副主教後面。

他迷迷糊糊地爬上鐘樓的樓梯，既不知道自己想幹什麼，也不知道想說什麼、想要什麼。此刻的他心中滿腔怒火，也滿懷畏懼；副主教和吉普賽少女在他內心裡水火不相容，正在互相撞擊。

終於，他來到了樓頂的平台，看見孚羅洛正靠在朝聖母院橋的那面欄杆上，聚精會神地向外城眺望。加西莫多躡手躡腳地從他身後走過去，看看他究竟在張望什麼；他是那麼地全神貫注，連駝子從他身邊走過都沒有發現。

此刻的巴黎，在夏日黎明的清新曙光映照下，真是燦爛多彩，絢麗迷人。東邊櫛比鱗次的無數房舍，映著無比純潔的晨曦，複雜的輪廓顯得格外分明。在街道上，人聲、嘈雜聲隱約可聞，兩側的屋頂升起了嫋嫋的炊煙。塞納河在一座座橋拱下、在一個個小島尖岬處，泛起重重波紋，銀白色的漣漪波光閃爍。城市四周，放眼向城垣外遠眺，只見雲霧中隱約可分辨出一望無際的原野和連綿起伏的山丘。晨風吹拂，從山丘間羊毛般的霧靄中扯下幾朵雲絮，朝著東邊捲去。

但是，對這良辰美景，教士什麼也不聽。在他的心目中，一切美妙的事物都已不存在。他置身在這景象萬千的廣漠天際之中，僅僅聚精會神地凝視著某一點，別的都視而不見了。

加西莫多心急如焚，想問他把吉普賽少女弄到哪裡去了，可是副主教此刻卻看出了神。他的兩眼始終緊盯著某個地點，呆立不動，默默無言。加西莫多順著副主教的視線望去，目光落在了格列夫廣場上。

於是他看見了：在絞刑架旁邊已經豎起梯子；廣場上聚集了一些民眾，還有許多士兵。有個壯漢在地上拖著一個白色的東西，那東西的後面又纏著一個黑色的東西。這個壯漢走到絞刑架前停了下來。

那裡發生了什麼事，加西莫多沒能看清楚，因為一大堆士兵擋住了他的視線。再說，此刻旭日東昇，地平線上光芒萬丈，巴黎的一切尖頂、煙囪、高牆，都沐浴在光的洪流中，彷彿一齊燃燒起來。

這時候，那個壯漢開始爬上梯子。加西莫多這一下子看得一清二楚了。壯漢肩上扛著一個女子，一個身穿白衣的少女，這個少女的脖子上套著一個繩結。加西莫多認出來了：那正是她！

那個壯漢終於爬到了梯子頂端，他站在上面調整了一下繩結。在這邊，孚羅洛為了看得更清楚，爬上欄杆跪了下來。

突然，那個壯漢用腳後跟用力踢開梯子，加西莫多頓時看見那不幸的少女吊在絞索的末端，離地有一丈兩尺高，左右晃動；而那個壯漢蹲坐著，把兩腳踩在她的肩膀上。絞索轉了幾轉，加西莫多看見吉普賽少女全身可怕地抽搐了幾下。至於教士，他伸長著脖子，眼睛圓睜，眼珠彷彿要彈出來似的，凝視著遠處那令人毛骨悚然的場面。

就在這慘絕人寰的一剎那，教士臉色鐵青，迸發出一聲魔鬼般的獰笑，只有喪失心智的人才能發出這種笑聲。加西莫多聽不見笑聲，卻看出來了。他在副主教背後退了幾步，忽然間，狂亂地朝他猛撲過去，用兩隻手掌用力推了教士一把，把孚羅洛推下了他正彎腰俯視的深淵。教士大叫一聲「該死」，隨即墜了下去。

他往下墜時，下方一道噴水口恰好把他擋了一下。他趕緊伸出雙手，死命抓住。正當他開口要喊第二聲時，突然看見頭頂上方，欄杆邊緣上，探出了加西莫多那張可怕的復仇面孔。於是他不吭聲了。

他下面就是深淵，深達兩百多尺，而且底下是石板路面。在這可怕的處境中，副主教沒有說一句話，沒有呻吟一聲，只是使出前所未見的力氣，攀住噴水口，扭動著身子，拚命想再爬上去。可是他的雙手在花崗石上找不到使力之處，雙腳在牆壁上劃了一道道痕跡，卻踩不到什麼支撐點。他不停掙扎，逐漸精疲力竭。

加西莫多只要一伸手，就可以把他從深淵中拖上來，可是他連看都不看他一眼。他凝視著河灘，凝視著絞刑架，凝視著吉普賽少女。他雙肘撐在欄杆上，就在副主教剛才站過的地方，目不轉睛地盯著那唯一的一點，紋絲不動，無聲無息，他的那隻獨眼默默地淚如雨下。

這時候，副主教上氣不接下氣，腦門上大汗淋漓，指甲在石頭上摳得鮮血直流，膝蓋在牆上磨得皮開肉綻。他聽見掛在噴水口上的長袍，隨著自己的每一次晃動逐漸撕裂，同時，噴水口的末端的鉛管，也在他身體的重壓下漸漸彎了下去，不禁心驚膽戰，魂飛魄散。他往下方的深淵望了一眼，卻連忙抬起頭來，雙目緊閉，頭髮也直立起來。

這兩個人都默不作聲。副主教就在加西莫多下方幾尺處，可怕地垂死掙扎著；加西莫多則痛哭流涕，緊盯著格列夫廣場。

副主教看到自己每一震動，他唯一僅存的脆弱支撐點便搖晃得更厲害，於是打定主意不再動彈了，就這樣懸吊在那裡。他目光無神，驚恐地直翻白眼，既不敢喘氣，也不敢動，只有腹部還機械地痙攣著。然而，漸漸地，他支持不住了，手指頭在噴水口上滑動，感到雙臂越來越無力，身體越來越沉重，支撐著他的鉛管也一點一點地往深淵斜彎下去。

教堂廣場上已聚集了一些看熱鬧的人，三五成群，興致勃勃地猜想這個吊在天空中的瘋子是誰。他們說話的聲音一直傳到他的耳邊，清晰而尖細。只聽見他們說：

「他不摔個粉身碎骨才怪呢！」

加西莫多一直哭個不停。

終於，副主教氣得發狂，明白一切全是徒勞的。但他還是用盡剩餘的力量，作最後一次掙扎。他吊在噴水口上，把身子一挺，雙膝猛力蹬牆，雙手摳住石頭的一道縫隙，拚死拚活，總算向上攀了一尺左右。但是，這一猛烈的掙扎，使得他賴以支撐的鉛管一下子垂了下去，長袍也一下子裂開了。於是他感到身下一陣空虛，索性把眼睛一閉，鬆開雙手，掉了下去。

加西莫多看著他往下墜落。

只見副主教先是頭朝下，雙臂伸開，然後旋轉了幾下。風把他吹到一棟房子的屋頂，他的骨頭撞斷了，可是還沒有死。敲鐘人看見他還拚命想用手扣住牆壁，但牆面太過陡峭，而且他一點力氣也沒有了；於是他像一塊脫落的瓦片，急速從屋頂上滑落下去，摔在石板地面上彈了一下，然後再也不動了。

加西莫多再抬頭望向吉普賽少女，只見她的身子遠遠懸吊在絞刑架上，在白衣袍下面微微顫抖，那是臨終前最後的戰慄。接著，又低頭俯視副主教，看見他橫屍在鐘樓下面，已不成人形。這時候，他泣不成聲，凹陷的胸膛鼓起，說道：

「天啊！這就是我所愛過的一切！」

27

就在當天傍晚時分，主教的司法官們來到教堂廣場，將副主教支離破碎的屍體從石板地上抬走，加西莫多卻從聖母院失蹤了。再也沒有人知道他的下落。

愛斯梅拉達的遺體被放置在鷹山地窖。就在這次事件結束之後大約兩年或一年半，人們在墓穴裡發現兩具古怪的骷髏，一具摟抱著另一具，姿勢十分奇特。這兩具骷髏中一具是女的，身上還殘存幾片白色衣袍的碎片，脖子上掛著一串用念珠樹種子製成的項鍊，上面繫著飾有綠玻璃片的小布袋。緊抱著這一具的另一具骷髏是男的，只見他脊椎歪斜，頭顱在肩胛裡，一條腿比另一條短；同時，頸椎絲毫沒有斷裂的痕跡，顯然他不是被吊死的。因此可以斷定，這個人是在生前來到這裡，並且死在這裡的。當人們要把他從他所摟抱的那具骨骼分開來時，他頓時化作了塵土。

Les Travailleurs de la Mer

海上勞工 1866

在遙遠的根西島上，住著一個他，
樂天知命，與世無爭，生活樂逍遙。
在遙遠的根西島上，也住著一個她，
天真爛漫，不諳世故，生活樂無憂。
一段巧遇，一場誤會，他愛上了她；
為贏芳心，他揚起大帆，拯救那破船。
歷經風吹雨淋，飢餓乾渴，他歷劫歸來，
竟發現她，心裡有了別人，他該怎麼辦？

Notre-Dame de Paris

~Romans de Victor Hugo

第一部　克呂班

1

一八二……年的聖誕節，根西島下了雪。在拉芒什海峽（註：即英吉利海峽）的大小島嶼上，一個結冰的冬天是不尋常的，下雪成了大事。

這個早晨，從聖彼得港到瓦爾的沿海道路上一片潔白。太陽升起不久，這時大約九點鐘，路上幾乎沒什麼人。在兩座海岸石堡間的一段路上，只有三個走路的人，那是一個孩子、一個男人，和一個少女。這三個人隔得遠遠地走著，他們之間顯然沒有任何關係。孩子約八歲左右，他站住了，好奇地看著路上的雪。男人在少女後面走著，相隔上百步。這男人年紀還輕，好像是一個工人，或是一個水手，穿著一身平常的工作服。那少女則穿著上教堂的服裝，活潑輕快地向前走著。那個男人並沒有注意她。

突然，在一個有一叢綠色橡樹的轉角處，她轉過身來了，這個動作引得那個男人朝她看去。她停下腳步，好像打量了他片刻，然後彎下身子，用手指在雪地寫了些什麼。接著她站起身來，繼續向前走，腳步比剛才加快了。她又回過頭來，笑了笑，然後在大路左邊的一條小路裡消失了蹤影。當她回頭的時候，那個男人認出她是黛呂謝特，本地的一位迷人的少女。

過了好一會兒，他也走到轉角處的橡樹叢。他已經不再想這名少女了，但是說來真巧，他的眼睛始終望著下面，於是他的目光不由自主地落到那個少女停留過的地方。那裡有兩個小小的腳印，腳印旁有她寫的幾個字：吉利亞特。

這正是他的名字。

他一動也不動地站了很久，望著這個名字、這兩個小小的腳印、這片白雪，隨後，他帶著沉思的神情繼續向前走了。

2

吉利亞特住在聖桑普森教堂區。他在那裡不受歡迎，這是有一些原因的。

首先，他住在一棟鬧鬼的房子裡。這是一座入口被封閉的房屋，冬青樹塞住了大門，奇形怪狀的木板釘死了底部的窗子。樓上幾層的窗戶既說不上開著，也說不上關著，因為所有的窗框雖然都關得緊緊的，可是窗玻璃都碎了。庭院裡長滿野草，圍牆的欄杆也倒了；花園裡長著蕁麻、樹莓、毒芹，還可以看到一些稀有的昆蟲。煙囪有了裂縫，屋頂倒塌。從外面向屋內望，只見到處破敗不堪；木頭腐爛了，石頭上發了霉，壁紙全脫落了，厚厚的蜘蛛網上全是蒼蠅。人們盛傳這是一棟鬧鬼的房子，到了夜晚，魔鬼便會上門。他們對這棟房子避而遠之。

這棟房子叫做路頭小屋，因為它位在一條路的盡頭。這是一個狹長的半島尖端，更正確地說，是在一塊狹長的懸岩尖端，這塊懸岩在海灣形成一個小型的拋錨處，這裡水很深。這棟房屋孤零零的，僅有的一點土地只夠蓋一座小花園。有時候，漲起潮水，花園便會被淹沒。在聖桑普森和海灣之間有一座山丘，上面矗立著許多長滿常春藤的塔樓，因此，從聖桑普森是看不到這棟小屋的。

據說，在大革命將結束的時候，有一個女人帶了一個小孩來到根西島。她是英國人，她的姓經過島上人的發音和拼寫，變成「吉利亞特」。她與這個孩子孤零零地生活，有人說孩子是她的侄子，也有人說是她的兒子或孫子，還有些人說他倆什麼關係也不是。

她買了一些田地，又買下路頭小屋，在那裡過著簡樸的生活。從那時候開始，鬧鬼的事不再出現了，當地人都謠傳：「這座房子得到了它需要的主人。」女人善用了她的幾畝田地，種植菜豆、包心菜，以及馬鈴薯，勉強維持生計。她做飯、教孩子讀書，從不上教堂。憑著這一點，大家便猜測她是一個法國人。哪裡也不去，這可是一件危險的事。

總之，他們是來歷不明的人。

女人與孩子孤零零地生活，不與其他人來往。漸漸地，孩子長成了一個少年，少年又長成為一個大人。這時候，母親死了，她的死對孩子是一個難以承受的打擊。他一向不愛與人接觸，現在變得更怕生了。在他的四周形成了一個荒無人煙的沙漠；以前僅僅是孤獨，現在卻是一片空虛。他的悲傷漸漸與他身旁的大自然混合起來，變成一種魅力，吸引他和萬物親近，和人類遠離，並越來越將這個心靈和孤獨融為一體。

我們已經說過，吉利亞特在教堂區不受歡迎。理由非常多，首先是他住的房子，其次是他的來歷。那個女人是誰？為什麼會有這個孩子？當地人不喜歡這些可疑的外來人。還有，他穿的那身工人服；他雖然不富有，也不務正業，卻還有錢生活。此外，他的田地，他的種植很成功，儘管春秋分時氣候惡劣，還是能收成馬鈴薯。最後，是他讀的一些書。

那些書！真令人不安。聖桑普森的教區長雅克曼·埃羅德牧師曾走進這棟屋子，在書架上看到這樣的一些書名：《羅西埃詞典》、伏爾泰的《老實人》、蒂梭的《健康指南》。一個流亡國外、在聖桑普森隱居的法國貴族說過：「這一定是那個處死國王的革命份子蒂梭！」事實上，那不過是蒂蘭吉斯醫生的一本研究大黃的著作罷了。

人們議論紛紛，說吉利亞特會施展魔法、製造迷藥。他有一些小藥瓶。此外，他曾幫助一個女巫從泥濘中拉出她的四輪貨車。那是一個老太婆，名叫穆東娜·蓋伊。

有一次，在狂風暴雨的午夜，吉利亞特獨自駕著小船沿著海岸航行。有人聽見他問：「有沒有路好通過？」

在岩石頂上有一個聲音喊道：「有！加油！」

如果不是對那個回答的人說話，那是對誰說話呢？他們覺得這是一個證據。

有時候，有人看見他拿著一隻水壺，將壺裡的水倒在地上。倒在地上的水流成了魔鬼的形狀。

還一些十分正直可信的人肯定地說，他們曾看見吉利亞特跟一隻癩蛤蟆交談。然而，在根西島是沒有癩蛤蟆的。顯然牠一定是從澤西島游過來和吉利亞特對話的。他們的談話似乎很友好。

鄰居的一個姑娘長了蝨子，他去了聖彼得港，帶回來一種藥膏，擦在女孩身上。就這樣，吉利亞特把她的蝨子除盡了，這證明是吉利亞特將蝨子帶給女孩的。

誰都知道有一種魔法，能把蝨子送到別人身上。

有人懷疑吉利亞特曾朝一些井看過。有一天，在聖彼得港的阿爾居隆，一口井裡的水變得不乾淨了。井的主人對吉利亞特說：「請您看看這井水。」她給他看了滿滿一杯水，吉利亞特承認：「水是混濁的。」這老婦人半信半疑，對他說：「請您替我治好它吧。」吉利亞特問了她好幾個問題：她有沒有一個牲口棚？牲口棚有沒有一條水溝？水溝的水是從井旁流過嗎？老婦人都做了肯定的回答。吉利亞特走進牲口棚，在水溝邊忙了一會兒，把水流改變了方向，井水又乾淨了。當地人便想道：一口井原來好好的，後來無緣無故地又好了。他們沒有發現這口井天生有什麼毛病，因此便相信是吉利亞特對井水施了魔法。

吉利亞特有一次偶然流鼻血。這似乎是很嚴重的事。一個經常出門航行、幾乎周遊了世界的小船夫肯定地說，在通古斯那裡，所有的巫師都流鼻血。

在鄉村，人們總愛窺探一個人的各種跡象，把這些跡象連在一起，整體來看，便成了那個人的名聲。

此外，還要補充一下，他不是一個和善的人。

有一天，一個窮人在打一頭驢子。驢子不肯向前走，那個窮人抬起穿著木鞋的腳，朝驢子的腹部踢了幾下，驢子倒下去了。吉利亞特跑過去扶起驢子，驢子已經死了。吉利亞特打了那個窮人一個耳光。

又有一天，吉利亞特看見一個男孩從一棵樹上下來，拿著一窩剛出生的翠鳥，身上光溜溜的，幾乎沒有一根毛。吉利亞特從那個男孩手上拿過鳥窩，甚至狠毒地把它放回樹上。

過路的人都指責他。他不吭聲，只是指指飛回牠們的窩、在樹上哀鳴的老翠鳥。他對鳥有一種偏愛。這正是一般辨認巫師的一種證據。

孩子們喜歡到懸崖上去掏海鷗的巢。他們帶回許多藍色、黃色和綠色的鳥蛋，用它們裝飾壁爐；用海鳥的蛋裝飾的屏風是最好看的了。吉利亞特想出一些壞點子。他冒著生命危險，爬到海邊的峭壁上，掛上一束束乾草，加上舊帽子，還有各種稻草人，好阻止海鳥在那裡築巢。從此孩子們再也不去那裡了。

這便是吉利亞特遭到當地幾乎所有人厭惡的原因。換成別人，即使情況沒有他嚴重，也會有同樣的下場的。

人人都厭惡他，不過也有一兩個人例外。朗多奧是聖彼得港教區的書記員，有一天，朗多奧在海裡洗澡，游得離岸太遠，差點淹死。吉利亞特跳到海裡，也幾乎淹死，但是救回了朗多奧。從那天起，朗多奧不再說吉利亞特的壞話了，甚至對他產生了一點友誼。

幾個膽子大的人，也跟朗多奧一樣，竟指出在吉利亞特身上有一些明顯的美德。例如他生活樸素、不沾煙草、也不喝酒。不過，一個人要有其他許多優點的時候，生活樸素才能算是一個優點。公眾仍舊一致厭惡吉利亞特。

3

女孩們都覺得他長得醜。

他並不醜，也許他還長得很英俊。他的外形有些像古代的蠻族。他的耳朵生得小巧，沒有耳垂，是最優美的一種形式。他的兩眼之間有一道筆直的、神氣的皺紋，果斷堅韌的人才有這樣的皺紋。他的嘴角向下垂，這是悲苦的呈現。他前額的曲線顯得高貴安詳，明亮的眸子炯炯有神。他的笑十分迷人，透出稚氣。沒有任何象牙能比他的牙齒更白了，可是風吹日曬使他變得幾乎像黑人一樣。一個總是和海洋、暴風雨、黑夜為伍的人，難免會有這種特徵。他三十歲，看上去卻有四十五歲。

他身材一般，力氣也一般，但是他的機智富有創造性，能產生很大的作用。他身上有體操家的本領，他用起左手和用右手毫無區別。他不打獵，但是他捕魚。他不傷害鳥，卻不放過魚。他游泳的本事十分高明。

他時常爬上岩石，攀登峭壁；不論天氣好壞，在各個島之間來來去去；駕駛著小船，晝夜不停地在最難走的航道冒險，並非想得到什麼好處，只是為了消遣。這使他成了一個出色的水手。

他是一個天生的駕船好手。真正的駕船好手是在海面下航行更多於在海面上航行的水手。海浪是一個表面上的問題，船隻經過的海面下的地形使得這個問題變得複雜。看到吉利亞特在淺灘上航行，穿過諾曼第群島的暗礁航行，就彷彿覺得他的腦袋裡有一幅海底的地圖。他什麼都知道，什麼都不怕。

他對航標的瞭解比停在上面的海鳥還要清楚。克婁、阿里岡得、特萊米奧和沙爾德萊特這四個航標柱之間只有極細微的差別，但是他卻能分辨得清清楚楚，甚至在大霧瀰漫的時候。

有一天，根西島舉行了賽船，他稀有的航海才能充分表現了出來。競賽的規定是：獨自一人駕駛一艘帆船，從聖桑普森到一法里外的赫爾姆島，再從赫爾姆島返回聖桑普森。一個人駕駛一艘帆船，這對一個漁夫來說似乎不難；但這種船屬於一種過時而笨重的規格。再者，從赫爾姆島回來時，船上必須裝載石頭做為證明；這使得返航變得麻煩了。

競賽的獎品就是這艘小帆船，它是一艘堅固的船，很重，但是寬闊，在大海裡能夠航行得很好，而且經久耐用。因此人人都急切地想得到它。島上最健壯的七八個漁夫都參加了這次競賽，他們一個一個地試過了，沒有人能夠航行到赫爾姆島。最後一個競爭者全身流汗，將小帆船划回，說：「這不可能。」這時候，吉利亞特上了船，先抓緊了槳，然後抓緊下後角索，向大海駛去。

接著，他不把下後角索繫牢——這是冒失的行動。但是他也沒有鬆開它，因為這樣做他便能牢牢操縱主桅帆。他讓下後角索隨風在索套上轉動，不致偏航。他左手握住舵柄。四十五分鐘後，他到了赫爾姆島。再過了三個小時，儘管起了一陣猛烈的南風，但吉利亞特仍駕著裝上石頭的小帆船回到了聖桑普森。他的船帆承受了過猛的南風，船超載，人也過度勞累，但仍然完成了任務。

看到這些事情，一個叫萊蒂埃利的人大聲說道：「這是一個有膽量的水手！」

他伸出手去和吉利亞特握手。

小帆船送給了吉利亞特。從那一天起，吉利亞特沒有別的船，就只有這艘小帆船了。他駕駛它出海捕魚，將它停泊在他那小小的下錨處，也就是在他的路頭小屋的牆下。傍晚，他將魚網背在背後，穿過他的院子，跨過石牆，從一塊岩礁跳到另一塊岩礁，最後跳到小帆船上，然後向大海駛去。

他捕了許多魚，但他從不賣錢，都送出去。

他是漁夫，但又不僅是漁夫。或許是出於本能，又或許是為了消遣，他學會了三四樣手藝。他是細木工匠、鐵匠、車匠、裁縫匠，甚至還懂得一點機械。他照自己的設計製造他所有的捕魚工具。他在路頭小屋的一個角落裡有一個小鍛造爐和一個鐵砧。那艘小帆船原本只有一個錨，他又獨力造出了另一個；沒有人教過他，他卻摸索出了錨杆應有的準確尺寸，好防止錨翻身。

他耐心地把小船外殼板上的鐵釘換成了木釘，這樣釘孔裡便不會生鏽了。

就這樣，他大大地增加了小帆船在海上航行的優點。他有時駕著它去某個荒僻的小島，一去就是兩個月。人們說：「瞧，吉利亞特不在這裡了。」沒有一個人會因此感到遺憾。

4

在路頭小屋的懸岩盡頭，有一塊巨大的岩石，當地的漁夫都叫它「獸角」。這塊岩石和金字塔一樣，雖然低了一些，可是很像一座小尖塔。潮水高的時候，海水將它和懸岩隔開，孤立起來；潮水低的時候，可以從連接的地峽走到上面。

這塊岩石的奇特之處，在於面對海的一側有一把天然的椅子，那是受海浪侵蝕而成的，又被雨水淋得很光滑。這把椅子是一個陰險的傢伙。它的景色美麗，會使人不知不覺地被吸引到那裡，並且站住不走了。它在懸岩頂的正面形成一個壁龕的形狀；爬上這個壁龕很容易，海水在下面很合適地鑿出了一層層由平坦的石頭構成的梯子。這把椅子引誘著來人，他們爬上去，在椅子上坐了下來，覺得非常愜意，因為由浪花磨損成圓形的花崗岩是座位，兩個彷彿刻意凹下去的地方是扶手，岩石垂直的高壁是椅背。人們向頭頂上望去，讚嘆不已。

坐在這把椅子上，容易使人沉溺於忘我的境界裡，在這裡能看得見浩瀚的大海，看到遠處來往的船隻，可以盯住一面船帆，看它消失在遠方的地平線。人們驚嘆、眺望、興高采烈；人們凝視大海、聽著風聲，心醉神迷，覺得昏昏沉沉。兩眼裡充滿過度的美景和過多的亮光，這種快感會使眼睛閉上。當人們突然醒過來，已經太遲了。潮水漸漸上漲了。海水包圍了岩石。

他們完了。

上漲的海水是非常可怕的封鎖。

潮水一開始是極其緩慢地上漲的，接著洶湧起來了。漲到岩石那裡，它怒氣沖沖，浪花迸濺。在岩礁之間游泳是不可能的，水性最好的人也會淹死在路頭小屋的獸角那裡。

根西島的居民把岩石上海浪衝擊成的這個壁龕稱為「吉德—霍姆—米爾椅子」，在法語裡是「誰睡著就會死」的意思。

在滿潮的時候，海水上漲，就看不見吉德—霍姆—米爾椅子了。海水把它整個淹沒了。

這張椅子靠近路頭小屋。吉利亞特很熟悉那裡，並且常去坐坐，在那裡陷入遐想。不過，他從來不會被潮水嚇住。

5

萊蒂埃利是聖桑普森的名人、非凡的水手。他出海航行過許多次，曾做過見習水手、帆篷工、甲板水手、舵手、工頭、水手長、領航員。現在他是一個船長。沒有一個人能像他那樣熟悉海洋，他營救海上的遇難者時是無所畏懼的。在狂風惡浪的天氣裡，他便沿著沙灘走著，望著天邊，觀看遠處的動靜。不論是什麼船遇難，他都會跳上一艘小船，叫來兩三個勇敢的人幫忙；必要時他也可以單槍匹馬，一個人解開纜繩，拿起槳，把船駛向大海，在高高的海浪中忽上忽下，鑽進暴風雨。人們遠遠就能看見他在狂風中，站在小船上，全身淌著雨水，照著閃電，他的臉就像一頭鬣毛上沾滿水的獅子。有時候，他整天都身處危險中，在波濤中、冰雹中、暴風中，靠近遇難的船，救人救貨，設法與暴風雨搏鬥。晚上，他回到家裡，編織襪子。

他過這樣的生活有五十年了，從十歲到六十歲，他總是那樣充滿朝氣。到了六十歲，他發覺自己無法再用一隻手臂舉起三百斤重的鐵砧了。轉眼間，他成了風濕病的俘虜。他被迫放棄了大海。於是，他從英雄變成了老人。他成了一位可敬的長者。

萊蒂埃利熟悉海洋，也熟悉土地。他的一生是一個勞動者艱苦的一生。他到過歐洲大陸許多地方，有段時期在羅什福爾，後來又在塞特做過造船木工，作為木工行會的一員周遊了法國；還在弗朗什－孔泰的鹽場操縱過排水裝置。這個誠實的人一生都熱愛冒險。

他在法國學會了讀書、思想和立志。他什麼事都做過，並從這些事中養成了正直的品德。他生來就是一個水手，他這一輩子除了兩三年以外，都獻身給海洋了。他在許多海域航行過，到過大西洋，到過太平洋，可是他更喜歡拉芒什海峽。他懷著深情叫喊道：「只有這裡才夠刺激！」他生在這裡，也想死在這裡。當他周遊世界一兩圈以後，便回到根西島，從此不再離開。

他始終保持著諾曼第漁民的本色，但這並不妨礙他有時偶然也打開一本書，知道一些哲學家和詩人的名字，講各種語言。雖然講得都不標準。

萊蒂埃利為人慷慨、真誠，他有一隻慷慨的手和一顆真誠的心。

他的缺點，也是他值得讚美的品格，就是自信。他答應做任何一件事情的時候，有自己的方式，態度莊重。他總是說：「我向上帝起誓。」於是盡力把事情完成。他相信上帝，別的都不相信。他很少去教堂，偶爾出於禮貌地去一次。到了海上，他很迷信。

但是，從來沒有什麼風猛浪急的天氣使他退縮過，因為他忍受不了阻力。無論是海洋或是別的阻力，他都不能容忍。他要一切都服從他。如果大海抗拒，那就讓它折服。萊蒂埃利是絕不讓步的，什麼東西都無法阻止他，他打算做的事就一定要做到。不管是在異議前面，還是在暴風雨前面，他絕不屈服。他一向獨斷專行，不容別人拒絕，因而他在生活中固執己見，在海洋上勇敢無畏。

他在城裡笨手笨腳，在海上則不同凡人，令人生畏。他的背像搬運伕的背，不說粗話，很少發怒，聲調輕柔，但是透過傳聲筒卻變成了雷鳴。他是一個鄉下人，卻讀過百科全書；是一個根西島人，卻目睹過大革命；他愚昧無知，又學識淵博；不過分虔誠，腦中卻又充滿了各式各樣的幻象。他的鼻子幾乎是塌的，兩頰飽滿，一口好牙，臉上佈滿皺紋。他的面孔好像印著海浪的痕跡，前額上有暴風雨的影子，膚色像大海中的岩石。

萊蒂埃利有兩個心愛的寶貝：「杜蘭德號」和黛呂謝特。

6

人的身體很可能僅僅是一個形骸。它遮蓋了我們的真相，在我們的光明或陰影上面變得越來越厚。真相，便是靈魂。如果人們能看見這個隱藏在肉體的假象後面的靈魂，那將會萬分驚訝。例如說，有這樣一個少女，倘若能看到她的真面目，她就是一隻小鳥。

一隻外形是少女的鳥，有什麼比牠更美妙的呢？這隻鳥就是黛呂謝特。多麼美妙的小傢伙！人們看不見她的翅膀，卻聽得見她的啁啾聲。她不時歌唱、絮叨；她比不上成年人，唱起歌來卻勝過他們。這是一隻鶯，誰看見她都會想：「她多麼可愛，不要飛走呀！」

這個溫柔親切的小東西在家裡舒適自由，從這根樹枝到那根樹枝——也就是說，從這個房間到那個房間，走進，又走出，走近，又走開，梳理頭髮，發出各種輕微柔和的聲音，對著你耳邊細訴一些誰也聽不懂的話。她問東問西，人們一一回答她；人們問她，她就啁啾鳴叫。人們和她嘮叨個沒完。她是這樣輕盈、飄逸，這樣容易逃走，難以抓住，可是又滿懷好意地使人看得見，因此應該感謝她。

在人世間，美是必不可少的；在世界上，沒有任何職責比「令人喜悅」更重要了。這樣一個造物擁有這樣的魔力，能夠迷惑她周圍的人。她自己對此渾然不覺，這反而使她的魅力更加完美。她一出現，便會發出光芒；她一走近，便會帶來溫暖；她走過去，大家感到高興；她站住，大家覺得幸福。對著她看，這是生活的樂趣。她不用做任何事，只要存在就足夠了。她不用費力，只要在大家的身邊呼吸，便能將歡樂分送給所有的人。她的微笑，誰也不知道為什麼，竟能夠減輕一切活著的人的負擔。這是一件奇蹟。黛呂謝特便擁有這樣的微笑。

澤西島和根西島的人流淌著一種特別有魅力的血液。那裡的婦女，尤其是少女，都天真單純，如花一樣豔麗。她們是撒克遜人的白皙和諾曼第人的鮮豔的結合。臉頰是玫瑰紅，眼睛是天藍色，只是兩眼缺少光芒。英國的教育使她們的眼神遲鈍，少了巴黎女人的深沉。黛呂謝特不是一個巴黎女人，也不是一個根西島女人。她生在聖彼得港，然而是萊蒂埃利把她培養成人的。

黛呂謝特的目光總是顯得懶洋洋的，不過卻又帶著挑釁的意味。也許她不懂得「愛情」這個字的意思，她樂意讓別人愛上她，不過她並沒有任何惡意。她從未想過婚姻的事。

她的手是世界上最好看、最纖巧的手，她的腳和她的手非常相稱。她全身都充滿了善良和溫柔。她的家庭和財產是她的叔叔萊蒂埃利，她的工作是任性地生活，她的才能是唱幾首歌曲，她的天賦是美麗，她的性格是天真，她的品格是無知。她像小孩一樣調皮快活，不過又有點多愁善感。她的打扮有點島上居民的風格，雅致，但是不得體。帽子上終年都裝飾著鮮花。她的額頭天真無邪，脖子純樸誘人，褐色的頭髮，白嫩的皮膚上有少許夏日曬出的紅斑，小嘴輪廓完美，上頭始終閃著可愛而又危險的微笑。

這就是黛呂謝特。

有時候，在日落之後的晚上，黑夜和大海融合在一起，暮色為波浪添上一種恐怖的氣氛。人們看見在翻騰的險惡海浪上面，一個誰也說不清楚是什麼形狀的東西駛進了聖桑普森的狹窄水道。那是一個既發出噓噓聲又發出喀啦聲的怪物，一個吼叫如猛獸、噴煙如火山的可怕玩意兒，一個在浪花中流口水的類似七頭蛇的野獸；它拖著一團霧，拚命拍打著鰭，口中冒著火焰，向城裡猛衝。

這就是「杜蘭德號」。

7

大約四十年以前，在巴黎郊區，有一棟可疑的房子。那是一座孤零零的破屋，隨時都會上演殺人越貨的勾當。那裡住著一個似乎是有錢人的匪徒，姓朗泰納，他從前是沙特萊檢察官的文書，後來成了強盜，和妻兒住在一起。這家人一直生活在這棟破舊的房子裡，衣衫襤褸。後來，父親和母親在一次作案時被逮了，孩子也從此下落不明。

萊蒂埃利在出門漫遊的途中，遇到一個像他一樣的冒險家，將這個人從不知是怎樣的險境中救出來，幫了他大忙。他非常感激。萊蒂埃利對他很中意，便收留了他，把他帶回根西島，並且發現他對航海很內行，就讓他做了自己的合夥人。這個人就是已經長大的小朗泰納。

朗泰納和萊蒂埃利一樣，有一個健壯的頸背，寬闊有力的肩膀，能夠扛起重擔，還有像大力士那樣的腰。萊蒂埃利和他氣質相同，外貌也相似。朗泰納個頭要大一點，誰要是從背後看到他倆並肩散步，都會說這是一對兄弟。但從正面看就不同了；萊蒂埃利身上所有敞開的地方，在朗泰納身上卻全是關閉的。朗泰納善於擊劍，槍法準確，拳頭也厲害。他會吹口琴，會背誦一些詩句。他言行謹慎，說話緩慢，很有分寸。

他自稱是一位騎士的兒子。他的內衣襯衣都不成套，上面標著不同的文字。沒有人比他更重視榮譽了。他打架，而且殺人。力量成了包住詭詐的外衣，朗泰納便是這樣一個人。

在根西島，大家都不知道他的冒險經歷。那些經歷真是五花八門！他見過世面，過去的生活很放蕩。他是一個環球航行家。他幹過的職業形形色色。他在馬達加斯加做過廚師，在蘇門答臘做過養鳥人，在檀香山當過將軍，在加拉巴哥群島當過記者，在歐姆拉伍蒂做過詩人，在海地參加過共濟會，還在一八一五年加入過波爾多的綠黨。他曾經在的黎波里做過一個大學生家裡的奴隸，他在棍棒底下學會了土耳其語。他的職務是晚上到清真寺門口，對教徒們高聲朗讀可蘭經。

他什麼事都能勝任，包括更壞的事。

他能夠在哈哈大笑的同時皺緊眉頭。他喜歡快快活活，待人熱誠。他的嘴形會否定他說的話的意思，他的鼻孔就像牲口的鼻孔。他的眼角交叉著一些皺紋，各式各樣隱秘的思想都集中在那裡，他的真正表情也只有在那裡才看得出來。他的頭蓋骨是凹下去的，鬢角很寬。他的畸形耳朵長滿了毛，彷彿在說：「不要對住在這個洞裡的野獸說話！」

有一天，在根西島，誰也不知道朗泰納上哪兒去了。

萊蒂埃利的合夥人「溜掉了」，存放資金的銀箱全空了。

在這個銀箱裡當然有朗泰納的錢，可是也有萊蒂埃利的五萬法郎。

四十年來，萊蒂埃利靠著做沿海航行的海員和船上的木工，靠著他手藝高超和為人誠實，掙得十萬法郎，朗泰納偷走了一半。

萊蒂埃利遭到一半的破產，並沒有灰心喪氣，立刻就考慮如何重新振作起來。當時，大家剛開始談論汽船，於是萊蒂埃利便想到來試一試這種頗受爭議的機器，連接起諾曼第群島和法國大陸。他根據自己的這個想法，孤注一擲，將剩下的錢全部投入了這件事上。在朗泰納逃走六個月以後，大家驚愕地看到從聖桑普森的港口裡駛出一艘冒煙的船，就像海上發生了火災一樣。這是第一艘在拉芒什海峽航行的汽船。

人人都憎惡它、蔑視它，送給它一個綽號，叫「萊蒂埃利的圓頭帆船」。這艘船在根西島和聖馬洛之間作定期航行。

8

萬事起頭難，在根西島和法國海岸之間往返的單桅帆船的船主全都提出了強烈抗議。他們指控這種機器違反了聖經教義，侵犯了他們的專利。這種反對延續了很長的時間；可是漸漸地，人們發覺由汽船運來的牛比較不疲乏，可以賣較高的價錢，肉也好吃一些；乘客在海上遇到危險的可能性也減少了；這種航行價錢不貴，但時間短，更加可靠；在規定的時間動身，又在規定的時間抵達；船走得快，裝的魚更新鮮……多虧了萊蒂埃利的汽船，旅行安全，航程準時，來往方便又迅速，航行次數增加了，商品銷路擴大了，買賣範圍擴展了。總之，應該容忍這艘違犯聖經的魔鬼船，因為它讓這個島富有起來了。一些有眼光的人甚至開始大膽地讚揚它。

這艘船太短、太圓、太矮又太壯，船底和船側後半部都太大，不夠輕巧。航行時前後顛簸不大，可是左右搖擺得厲害。照它的長度來看，它的橫樑太多。笨重的機器把它塞得滿滿的。為了讓船隻能多載貨，過度地加高了舷側，使得它必須拆除桅杆以利航行。由於船身短，船轉向本應很快，但是它的重量卻使短小的優勢喪失了。它的船中肋骨太寬，因此船走不快。船體的所有曲線都連接得十分合適，卻不適合偏斜航行。遇到大風大浪的天氣，這艘船一下子船頭吃水，一下子船尾吃水，顯示重心不穩。舵是老式的，沒有舵輪，只有舵柄，固定在艉柱的鉸鏈上轉動，被一根橫放在船尾框架上的小樑推動。兩艘備用船吊在吊艇杆上，它們有足夠的力量拉起主錨。船有四個錨：備用大錨、副錨，以及兩個八字錨，有時由船尾的大絞盤操作，有時由船尾的小絞盤操作。浮標是符合標準的，能承受住漂浮的錨標索的重量。這艘船的速度是每小時兩海浬；在拋錨的時候，它能有效率地轉過船頭。這便是「萊蒂埃利的圓頭帆船」，它在海上航行得很好，美中不足的是缺少一個能分開海水的尖頭。人們感覺得出，遇到危險、暗礁或是龍捲風，它便不容易駕駛。它像一個笨重的東西那樣會發出咯啦咯啦的響聲。它在波浪上行駛的時候，會發出像新鞋底發出的聲音。

這艘船完全是按照裝貨的需求打造的，只載少數的乘客。它的明輪罩漆成了白色，船殼直到吃水線是火紅色的，船的其他部分則漆成了紅色。空船的時候，它吃水七呎，滿載的時候，吃水十四呎。

引擎的功率十分強大，一個馬力能運三噸，這幾乎是一艘拖船的牽引力。明輪翼的位置都很好，在船的重心稍前一些。機器的最高壓力是兩個大氣壓。它耗煤很多。因為支點不固定。它沒有飛輪，為了補救這個缺點，便用一個雙重的裝置讓裝在迴轉軸末端的兩根曲柄輪流交替。整部引擎放在一塊鑄鐵板上，即使遇到海難，海水的衝擊也不會影響它的平衡；船殼被破壞，機器卻不會破壞。為了使機器更加牢固，在汽缸旁邊安裝了主連杆，使平衡棒的擺動中心從中央移到頂端。鍋爐被隔板分開，裝有排海水的泵。明輪很大，可以減少能量的損耗；煙囪很高，可以加強爐子的通風。明輪的葉片始終有三片沉在水裡，葉片中心的速度只超過船速的六分之一，這是它的缺點。此外，曲柄的桿太長，滑閥將蒸汽分到汽缸裡，摩擦得太劇烈。儘管如此，這部機器在當時已是相當不簡單了。

這部機器是法國的貝爾西鐵廠製造的，萊蒂埃利親自設計了船身構造。他在不來梅買了木材，並在造船過程中把他的木工本領全施展出來。從船殼板能看出他的才能，接縫緊密均勻，塗上一種比松脂更好的印度乳香。包覆水下船體的木板全用大頭釘固定，塗了石灰和柏油混合成的黏著劑。為了補救船體過圓帶來的毛病，他在艏斜桅（立在船頭的桅杆）上配上補助帆桁，這樣，便可以多加一面斜杠帆（艏斜桅下面的方形帆）。在船下水的那一天，他說：「瞧我下海啦！」大家都看到，「圓頭帆船」確實得到了成功。

或許是碰巧，或許是有意，船在七月十四日下水。那一天，萊蒂埃利站在兩個明輪罩中間的甲板上，注視著大海，大聲喊道：「該輪到你了！巴黎人攻佔了巴士底獄，現在換我們來攻佔你了！」

萊蒂埃利的汽船每週在根西島和聖馬洛之間來回一次。它禮拜二早晨起航，禮拜五晚上回來，第二天禮拜六有集市。這是一艘優良的木造船，遠勝過所有在海峽群島之間航行的單桅帆船。它的體積龐大，每航行一次，運量和收益相當於一艘普通帆船的四倍，因此帶來了極大的利潤。萊蒂埃利訓練了一個水手替他裝貨。兩年以後，這艘汽船每年淨賺七百五十英鎊，也就是一萬八千法郎。

汽船的事業越來越興旺。萊蒂埃利漸漸成了當地一位有頭有臉的人物。為了建造這艘船，他向人借了不少錢。他在不來梅欠了債，在聖馬洛欠了債，不過他每年都分期償還他欠的債款。

他在聖桑普森的港口買了一棟漂亮的石頭房屋。房屋是新造的，在它的牆角上能看到這樣一個名字：布拉韋。布拉韋宅邸的正面是港口高牆的一部分，它有兩排引人注目的窗子，北面的窗子外面是一個開滿花的小園子，南面的朝著海，因此這座住宅有兩個正面，一面向著暴風雨，另一面向著玫瑰花。這彷彿是了為兩個居住在此的人打造的，一個是萊蒂埃利，一個是黛呂謝特。

由於萊蒂埃利的人望，布拉韋宅邸在聖桑普森人盡皆知。他的名望一部分是因為他為人善良、待人忠誠，並且勇敢；還有一部分是由於他救過許多人的命，更多的是由於他獲得的成功，以及他把汽船的優先權交給聖桑普森港口。聖彼得港是首府，它希望萊蒂埃利加入自己的港口，可是萊蒂埃利堅持留在聖桑普森，因為這是他出生的城市。於是他在本地的名望更大了。

他以房產業主的身分繳稅，並被任命為「十二人委員會」的委員，管理和監督市鎮利益事項。他在島上的地位越來越高，可是萊蒂埃利輕視這一套。他感到自己是個有用的人，這就夠了。我們說過，他只有兩樣心愛的寶貝，因此他也只有兩個抱負：杜蘭德號和黛呂謝特。

9

黛呂謝特是萊蒂埃利過世哥哥的女兒。她沒有父親，也沒有母親。他收養了她，代替父親和母親。黛呂謝特不僅是他的侄女，還是他的教女。是他抱著她在洗禮盆上行的洗禮，並為她取了這個名字。

他希望她能嫁給一個像他一樣的人。這個人必須能拚命幹活，而她卻不用做什麼事。他喜歡男人的手是黑的，女人的手是雪白的。為了使黛呂謝特不會糟蹋她好看的雙手，他培養她成為一位小姐。他替她請了一位音樂教師，買了一架鋼琴，安排了一間小書房，還準備了一個針線籃。她喜歡看書勝過做針線活，喜歡彈琴勝過看書。這合乎萊蒂埃利的希望，他對她的全部要求就是要嬌媚動人。與其說他把她培養為一個女人，不如說培養成一朵鮮花。誰要是熟悉一名水手，便會理解這一點。性格粗野的人往往喜歡細緻文雅。為了讓侄女能實現叔叔的理想，她應該富有。這正是萊蒂埃利的打算。他的船為了這個目的在工作，他要用杜蘭德號幫黛呂謝特掙得一筆陪嫁的財產。

黛呂謝特住在布拉韋宅邸最漂亮的房間裡。它有兩扇窗子，傢俱都是有輪紋的桃花心木做的，床上掛著綠色和白色方格的床帷。窗外是花園和山丘，山丘上有一座城堡，山丘的另一側是路頭小屋。

房間裡有黛呂謝特的樂譜和鋼琴。她彈著這架鋼琴，唱著她喜愛的歌曲。人們常說「黛呂謝特小姐在彈琴了」，在山丘下路過的人有時會在布拉韋的牆外站住，聆聽這清脆的歌聲和這憂傷的歌曲。

黛呂謝特在房間裡走來走去，她是歡樂的化身。她為這裡帶來永恆的春天。她長得俊俏，可是她的美麗更勝於俊俏，她的可愛更勝於美麗。她讓萊蒂埃利的那些老水手朋友想起一首歌謠裡的公主。她是那樣漂亮，萊蒂埃利說過：「她的頭髮像纜繩。」

她對他的叔叔只叫「我的父親」，從不稱呼別的。

他任由她施展在園藝和家務方面的才能。她親自為花壇裡的蜀葵、紫紅色的毛蕊花、多年生的桔梗石竹和鮮紅色的水楊梅澆水。她種粉紅色的菊花和粉紅色的酢漿草。她很會利用根西島適合種花的氣候。她和所有人一樣，在空地上種蘆薈，還種植尼泊爾委陵菜。她把小菜圃管理得有條不紊。她收成白蘿蔔以後種菠菜，收成菠菜以後種豌豆。她播下荷蘭花椰菜和布魯塞爾包心菜的種子，在七月移植它們的秧，八月移植蕪菁，九月移植皺葉菊苣，秋天移植球形芹菜蘿蔔，冬天移植匍匐風鈴草。萊蒂埃利為她找來了兩個女僕，一個叫格拉絲，一個叫杜絲，她們管理屋子裡和園子裡的事務，好讓黛呂謝特不會弄髒雙手。

至於萊蒂埃利，他的臥室是一間很小的陋室，它緊靠著一樓低矮的大客廳；那裡是房子的入口，所有樓梯都通到這間客廳。他的房裡只有他的吊床、他的船鐘和他的煙斗，以及一對桌椅。天花板和牆面都刷了乳白色的石灰，房門右邊釘了海峽群島的地圖，左邊釘著一塊很大的手帕，上面畫著地球上所有的航海信號，全是彩色的，手帕四角分別有法國、俄國、西班牙和美國的國旗，正中央是英國國旗。

客廳是一間有壁爐的大廳，四周放著一些長凳和桌子。在客廳深處，萊蒂埃利的房門旁邊，有一個木板隔出來的小角落，那裡用一個開了個大洞的鐵柵欄隔開，成了汽船的營業所，也就是杜蘭德號的辦事處。萊蒂埃利親自負責這裡的業務。在一張陳舊的橡木桌上放著一本帳簿，每頁上分別標有「借方」和「貸方」的字樣。

10

萊蒂埃利親自駕駛杜蘭德號出海。他沒有其他的領航和船長，一切由自己動手。然而，他不得不找一個接班人的時候終於到來了。他挑選了托爾特瓦的克呂班，一個沉默寡言的人。克呂班在沿海一帶享有正直的好名聲。他成了萊蒂埃利的親信和代理人。

克呂班長得像一個讀書人，而不像一個水手，但他是卻是一個能幹、出眾的海員。他具有應付各種危險所需要的才能。他是靈巧的裝貨工、謹慎的桅樓水手、細心熟練的工頭、健壯的舵手、高明的領航員、果斷的船長。他一向謹慎，必要的時候卻又能當機立斷。這是在海上幹活的人一種最出色的特質。除此之外，克呂班是一個游泳好手，熟悉海浪，想在水裡待多久都可以。有人說他經常從阿努瓦礁石游到普蘭蒙岬角，那是一段可怕的路線。

有一件事讓克呂班特別受到萊蒂埃利重視，那就是他早就看出了朗泰納的真面目。他曾提醒萊蒂埃利這個人不正直，說：「朗泰納以後會偷您的錢的。」他的話果然得到了證實。萊蒂埃利曾多次在一些瑣事上考驗了克呂班的誠實，結果很令人放心，於是他把各種事務都放心地交給他負責。萊蒂埃利說：「正直的心需要完全的信任。」

11

黛呂謝特長大了，還沒有結婚。

萊蒂埃利把她培養成一個雙手白嫩的少女，也使她成了愛挑剔的人。這樣的教育往往會反過來對人不利。

除此之外，他自身甚至更挑剔。在他的想像中，黛呂謝特的丈夫也是杜蘭德號的丈夫；他希望能一口氣把他的兩個「女兒」嫁出去，他希望一個女兒的領路人同時也是另一個女兒的領航人。什麼是丈夫？丈夫就是一次橫渡中的船長。為什麼不讓女兒和船有同一個主人呢？夫妻的生活服從潮汐，誰懂得指揮一艘船，就懂得指揮一個女人。克呂班只比萊蒂埃利小十五歲，他只能做杜蘭德號暫時的主人。應該有一個年輕的領航人、一個永久的主人、一個這艘船的創造者真正的繼承人才是，杜蘭德號的永久領航人最好也是萊蒂埃利的女婿。他牢牢地抱著這個想法。他在自己的夢中看見一個未婚夫出現過——一個健壯的桅樓水手，全身曬得發黑，海上的大力士。這就是他理想中的人，但完全不是黛呂謝特理想中的人。

不管怎樣，叔叔和侄女似乎都不著急。向黛呂謝特求婚的人絡繹不絕，但這些殷勤的人都沒有良好的品格。萊蒂埃利感覺到了這一點，他低聲抱怨說：「金子一般的女孩，銅一般的求婚者！」他一一回絕了那些來求婚的人。他等待著，她也等待著。

奇怪的是，他不太喜歡貴族。人們幾乎難以相信他甚至拒絕了澤西島的甘杜愛家和薩克島的布格內－尼科蘭家對黛呂謝特的求婚。大家還毫不猶豫地斷言，他沒有接受奧里尼的貴族的要求。他拒絕了愛德華家族的一個成員的求婚，這個家族肯定是懺悔者愛德華的後代。

他也不喜歡教士。有一次，他看到伏爾泰的書裡有這樣一句話：「教士們是貓。」這時他放下書來，有人聽到他低聲嘟噥道：「我覺得自己是狗。」

他對教士的厭惡是天生的，不需要因為受到憎恨才憎恨他們。就像他說的，他是狗，是這些貓的死對頭。他在觀念上反對他們，在本能上反對他們。他感覺到他們潛伏的爪子，於是向他們露出了自己的牙齒。對萊蒂埃利來說，好教士是不存在的。由於講求哲理，他失去了少許理智。寬容的人氣量也會狹小，就像穩重的人也會發怒一樣。不過萊蒂埃利是溫厚的人，他僅僅和教會的人保持距離。

他常對黛呂謝特說：「妳願意嫁給誰就嫁給誰，只要別嫁給一個教士！」

12

話一說出口，萊蒂埃利便牢牢記住，黛呂謝特便忘得一乾二淨。這就是叔叔和侄女之間的細微差別。

黛呂謝特是在無憂無慮下長大的，她還不習慣有什麼責任心。這種不太認真的教育包含著潛伏的危險。希望自己的孩子過早享福，這也許是不慎重的。

黛呂謝特相信，只要自己高興，那麼一切也都是美好的。此外，她感覺她的叔叔看到她快樂便也快樂。她和萊蒂埃利的觀點幾乎一樣。她對宗教的態度漫不經心，只要一年去四次教堂也就滿足了。至於什麼是生活，她完全不瞭解。她擁有了她應有的一切，好讓她有一天可以狂熱地戀愛。在目前，她始終是開開心心的。

她任意地唱歌，任意地絮叨，無拘無束地生活，突然說出一句話，就走過去了，做完一件事，就跑掉了。她是這樣地迷人。她每天早晨醒來，已經把前一天自己做的事忘得一乾二淨。如果你問她上禮拜做了些什麼，會令她十分困窘。不過這並不妨礙她在某些時候，心存一種神秘的苦惱，感到在她的喜悅和歡樂上拂過一種莫名其妙的陰影。就像藍色的天空也有雲彩，不過那些雲彩很快就消失了。她帶著爽朗的笑聲擺脫了這樣的心情，而且既不知道自己為什麼憂鬱，也不知道自己為什麼寧靜。她總是和一切東西玩耍。她的調皮淘氣常使路過的人哭笑不得。她開男孩們玩笑，即使她碰到魔鬼，她也照樣會戲弄它們。她長得這樣漂亮，同時又是這樣天真無知，使她在不經意間過分表現自己。她對人微笑，好像一隻小貓用爪子抓人，被抓傷的人活該倒楣，而她卻不再會想到這件事。昨天對她來說是不存在的，她完全生活在今天。在黛呂謝特身上，回憶就像雪會融化一樣，也會消失得無影無蹤。

13

吉利亞特從來沒有跟黛呂謝特說過話。他遠遠地看見過她，所以認得她，就像我們認得早晨的星星一樣。

黛呂謝特在聖彼得港去瓦爾的大路上遇到吉利亞特，在雪地上寫了他的名字，使他大吃一驚。當時她十六歲。就在前一天晚上，萊蒂埃利曾對她說：「別再孩子氣了。妳已經是大姑娘啦！」

吉利亞特，因為這個女孩寫的這個名字，墜落到一個不知道多麼深的深淵裡。

對吉利亞特來說，女人是什麼呢？他自己也說不清楚。一直以來，女人們害怕他，他也害怕女人。他不和任何一個女人說話，除非迫不得已。每當他獨自走在路上，看到一個女人向他走來，他就跨過園子的籬笆，或是躲到荊棘叢裡，然後溜掉。他甚至連見到老太婆也避開。

那個聖誕節早上，他遇到了黛呂謝特，她笑著在雪地上寫他的名字，後來他回到家裡，竟忘了自己為什麼要出門。夜晚來臨，他無法入睡。他的腦中有萬千思緒，使他發燒，迷迷糊糊。當他醒來的時候天已經大亮了，他第一個想到的便是黛呂謝特。

第二天夜裡他睡著了，可是仍然整夜做著怪夢。當他醒來的時候，他想到了黛呂謝特。他對她有一股強烈的怨氣。他懊惱自己不再是孩子，否則可以用石頭去砸她的玻璃窗。

他想出了一個計畫，去索塞島或是曼基埃島住三個月。可是他沒有離開。

他不再踏上從聖彼得港去瓦爾的大路了。他總在想，他的名字吉利亞特一直留在那裡的地上，所有路過的人都會看到這幾個字。

另一方面，他每天都去看看布拉韋。他並不是刻意這樣做，但是他總是往這裡走。他覺得他走的路總會經過那條沿著黛呂謝特的花園的小徑。

一天早晨，他正走過這條小徑的時候，一個從布拉韋走出來的賣菜婦人對另一個女人說：「萊蒂埃利小姐喜歡海甘藍。」當他回到家，他在院子裡挖了一條溝，專門種海甘藍。

布拉韋的院牆很低，可以一步跨過去，但他覺得這個念頭很可怕。然而，他在路過的時候，仍然能聽見牆內的園子或房間裡的說話聲。他不是有意想聽的，不過卻聽到了。有一次，他聽見杜絲和格拉絲兩個女僕爭吵。又有一次，他聽出一個不像是其他人的嗓音，他覺得那應該是黛呂謝特的聲音。他趕緊逃走。

他漸漸地變得大膽起來。他敢站住不走了。有那麼一次，黛呂謝特在彈鋼琴、唱歌，雖然窗子開著，但是從外面是看不到她的。吉利亞特的臉色變得十分蒼白，但是他壯著膽子一直聽下去。

春天來了。有一天，吉利亞特看見黛呂謝特在替萵苣澆水。

不久以後，他不僅僅是站在那兒了。他觀察她的生活習慣，注意她的作息，等待著見到她。

他非常小心，不讓別人發現。

漸漸地，花叢開滿玫瑰花了，飛舞著無數蝴蝶。在這個季節，他接連好幾個小時躲在那道牆外面，不被任何人看見，屏住氣，一動也不動。他漸漸養成了看黛呂謝特在園子裡走來走去的習慣。

他從藏身的地方，常常聽見黛呂謝特和萊蒂埃利在枝葉濃密的樹棚下談話。那裡有一條長凳。他們說的話清清楚楚地傳進他的耳裡。他的轉變多麼大啊！如今他竟然在偷看和竊聽了。

在園子裡還有一條長凳，在小路旁邊，離他很近。黛呂謝特有時會坐在那裡。他從黛呂謝特摘下來聞的花，猜出她愛好哪些香味。她最喜歡旋花屬植物的氣味，其次是石竹，再來是忍冬、茉莉。玫瑰排在第五位。她對百合花只是看看，但是不聞它們。

根據她選擇的花香，吉利亞特在自己的頭腦裡構成了一個完整的形象。他把每種香味和一種美德聯繫起來。

他一想到要和黛呂謝特講話，就毛骨悚然。

有一個買賣破爛的老太婆，偶爾會走過這條沿著布拉韋圍牆的小路。她終於隱隱約約地察覺到吉利亞特總是守在這道牆前，並且對這個僻靜的地方情有獨鍾。她是不是猜到了什麼？沒有人知道。但是，有一天，她走過正在守候的吉利亞特身旁，露出了熱情的微笑，從她的牙齒縫中低聲說道：「燒起來了！」

吉利亞特聽見這句話，覺得有點震驚。他滿腹疑問地喃喃自語道：「燒起來了？這個老婦人想說什麼呢？」他整天無意識地重複這句話，但是不懂它的意思。

在布拉韋花園的圍牆外面，有一個被冬青和常春藤蓋住的牆角。吉利亞特在這個隱蔽的角落裡度過了幾乎整個夏天。他待在這個地方，陷入難以形容的沉思中，雙手抱住前額，心想：「她為什麼把我的名字寫在雪地上呢？」他曾聽他母親說過，女人可能愛上男人，而且這種事時常發生。於是他回答自己：「是的，我明白了。黛呂謝特愛上我了。」他深深地感到悲哀，想到黛呂謝特很富有，而他卻是個窮人。

一天晚上，黛呂謝特回房要睡覺了。她走近窗口想關窗子。夜很黑。突然黛呂謝特側耳仔細地聽起來。在黑暗的深處傳來了樂聲，也許是從山丘的斜坡上，或者是從城堡塔樓的腳下，或者還要更遠一點；有人在用一種樂器奏一首曲子。黛呂謝特聽出是她心愛的那首歌曲，是用風笛吹奏的。她不明白這是怎麼回事。

從這時候開始，這個樂聲在同樣的時刻不時地重新響起，特別是在漆黑的夜裡。

黛呂謝特很不喜歡這件事。

14

四年過去了。

黛呂謝特快二十一歲了，始終沒有結婚。

吉利亞特還沒有和黛呂謝特說過一句話。他總是夢見自己在這個可愛的姑娘身邊，如此而已。

有那麼一次，他偶然到聖桑普森去，在那裡看見黛呂謝特和萊蒂埃利站在布拉韋的門外談話，那扇門對著港口的堤岸開著。吉利亞特鼓起勇氣走到離他們很近的地方。他完全確信，當他走過他們身旁的時候，她露出了微笑。這並不是完全不可能的。

黛呂謝特總是不時聽到風笛聲。

萊蒂埃利也聽見了這個風笛的聲音。甚至發現這個經久不息的樂聲竟是從黛呂謝特的窗外傳進來的。樂聲柔和，情況嚴重起來。偷偷摸摸的情人是不合他的意的。他想在適當的日子——如果她願意，他也願意——把黛呂謝特嫁出去，簡單明瞭，沒有浪漫色彩，也沒有樂曲抒情。他不耐煩了，開始偷偷監視。他相信自己看到了吉利亞特。他摸了摸自己的鬍子，惱怒地說：「那個蠢貨，他吹這個做什麼？他愛黛呂謝特，這是很明顯的。你在白費時間！誰想要黛呂謝特，應該來找我，不要吹什麼笛子。」

這時候，發生了一件重要的事。可敬的教區長雅克曼．埃羅德被指派擔任溫徹斯特教區主教的代理人。他在他的繼任人就職以後，就會立刻離開聖桑普森。新的教區長是原籍諾曼第的一個貴族子弟，名叫阿貝尼薩．考德雷。關於這個人的詳細情形，有善意的傳聞，也有惡意的傳聞，說法大相逕庭。人們說他年輕、貧窮，但是精通教理；雖然年輕，卻顯得老成持重。他是年老富有的聖阿薩弗教區長的侄子，這位教長如果去世，他將成為富翁。阿貝尼薩．考德雷先生有一些高貴的親戚，因此他也幾乎是個貴族。

15

自從被朗泰納偷走他的錢以來，已經過了十年。

杜蘭德號實現了原來對它的期望。萊蒂埃利還清了他欠的債，彌補了他的損失，還清了不來梅的債務，支付了聖馬洛的到期應付款。他償還了抵押他的布拉韋宅邸的借款，向當地付清了這棟住宅的全部租金。他成了一項能帶來極大收益的財富所有人——也就是杜蘭德號。這艘船的收入有一千英鎊，而且還在不斷增加。運輸牛是這艘船最好的收入；為了改善裝載條件，讓牲口進出方便，拆掉了吊艇柱和兩隻小艇。這麼做也許是不謹慎的辦法，杜蘭德號只剩下一艘救生艇。

春分在拉芒什海峽來得早。狹窄的海面妨礙了風吹過，激怒了風勢。從二月起，開始刮起西風，波濤在四面八方受到震動。航行變得不平穩了。岸上的人總是望著信號桅，擔心海上的船隻遇難。大海彷彿一個陷阱，一隻看不見的號角吹響了，在宣告發生了一場非凡的戰爭。猛烈的喘息震撼了天際。可怕的風吹起來了。黑暗在呼嘯、在怒號。在雲層的深處，暴風雨的黑臉鼓起了臉頰。

風是一種危險，霧是另一種危險。

霧在任何時候都使航海的人害怕。在某些霧裡，掛著肉眼看不見的棱柱體的冰。暴風雨時的霧由不同成分組成，各種比重不一的氣體和水蒸氣混合在一起，有次序地重疊著，因此霧被分成好幾層，成了真正的組合體。最下面一層是碘，碘上面是硫，硫上面是溴，溴上面是磷。

在任何海域，特別是在拉芒什海峽，春分或秋分時的霧是很危險的。它會使海上立刻變成黑夜。霧的一個禍害是即使它並非十分濃密，也使人無法從海水顏色的變化辨認出海底的變化，因此產生了非常可怕的後果：無法得知礁石和淺灘的位置。船隻沒有得到任何警告，就到了暗礁旁邊。霧常常逼得航行的船隻毫無辦法，只好停下或是拋錨。霧造成的海難和風造成的一樣多。

然而，在緊接著大霧天的猛烈暴風以後，從英國來的郵船「喀什米爾號」平安抵達了。它迎著海上初露的晨光，駛進聖彼得港。天空晴朗。大家等待喀什米爾號的到來，因為它將會帶來聖桑普森的新教區長。這艘船抵達不久，一個消息就立刻傳遍了全城：昨天夜裡，一艘載著遇難船員的小船曾靠近它，向它求救。

16

那天夜裡，吉利亞特在風力減弱的時候出海捕魚，不過沒有把他的小帆船駛得離岸太遠。

下午兩點左右，陽光燦爛，潮水上漲。他駕船回來，經過獸角，想駛進路頭小屋的小海灣。這時，他彷彿看到在吉德─霍姆─米爾椅子的投影裡，有一個不像是岩石陰影的影子。他將小帆船駛過去，看出有一個人坐在吉德─霍姆─米爾椅子上。海水已經漲得很高，岩石被海浪圍住，要回去已不可能了。吉利亞特對那人用力揮了揮手，可是那個人一動也不動。吉利亞特將船靠近一看，發現這個人睡著了。

他穿了一身黑袍。吉利亞特心想：「也許是一個教士。」他將船駛得更近，看到一張年輕人的臉，他不認識這張臉。

幸好那岩石是陡峭地直立的，那裡有許多地方海水很深。吉利亞特將船轉到一旁，讓它沿著岩壁移動。潮水將小船托起來，吉利亞特高高站在小帆船的邊緣，好摸到那個人的腳。他在船殼板上站直，舉起雙手，拉住那個睡著的人的腳。

「喂，您在這裡幹嘛？」

那個人醒過來了。

「我在欣賞風景。」他說。

他完全清醒了，又說：

「我剛到本地，來這裡散步。昨天夜裡我是在海上度過的。我發現景色太美了，我很累，我睡著了。」

「再過十分鐘，您就會淹死了。」吉利亞特說。

「啊！」

「跳到我的船上來。」

吉利亞特用腳踩住船，一隻手緊緊抓住岩礁，另一隻手伸給那個黑衣人。這個人輕快地跳上了他的船。這是一個長得十分英俊的年輕人。

吉利亞特拿起槳。不到兩分鐘，小帆船就駛進了路頭小屋的小海灣裡。

年輕人戴了一頂圓帽子，打著白領帶。他的黑長禮服一直扣到領帶，金黃色的頭髮理成冠形，臉像女人，眼神明淨，神情嚴肅。

船靠岸了，吉利亞特把纜繩穿進岸邊的鐵環，然後轉過身來，看到那個年輕人一隻白嫩的手送給他一枚英鎊。吉利亞特輕輕地推開這隻手。

沉默了片刻，那個年輕人開口了。

「您救了我的命。」

「也許吧。」吉利亞特回答說。

纜繩繫牢以後，他們上了岸。

年輕人又說：「感謝您救了我的命，先生。」

「這不算什麼。」

隨著吉利亞特的回答，又是一陣沉默。

「您是這個教區的人嗎？」年輕人問。

「不是。」吉利亞特回答說。

「那您是哪個教區的？」

吉利亞特舉起右手，指著天空說道：

「是那個教區。」

年輕人向他行過禮，離開了他。

走不到幾步，年輕人又停住了，摸摸自己的口袋，拿出一本書來，走回吉利亞特身邊，把這本書遞給他。

「請允許我把它送給您。」

吉利亞特接過了書，那是一本聖經。

過了一會兒，那個年輕人便消失在通往聖桑普森的小路轉角。

吉利亞特低下了頭，又陷入了沉思。這時候，一個聲音在叫喚他，吉利亞特抬起了雙眼。

「什麼事？朗多奧。」

「出了大事！吉利亞特。」

朗多奧坐著他的小馬車在遠處的大路上走過。他停下來向吉利亞特打招呼，不過仍一副匆匆忙忙的樣子。

「在哪裡？」

「布拉韋。」

「是什麼大事？」吉利亞特發抖了，「是不是黛呂謝特小姐要出嫁了？」

「不是。差得遠了！」

「這是什麼意思？」

「您快去布拉韋，到了那裡就知道了。」

朗多奧用鞭子抽了一下他的馬。

17

克呂班是一個總在等待什麼時機的人。

他長得矮小，皮膚發黃，力大如牛。他的雙眼閃著謹慎的光芒。他的記憶力很強，只要見過誰一次，就會牢牢記在腦海裡，即使那張臉衰老了，他也認得出。克呂班說話簡短，為人樸實，態度冷靜，他那天真的氣息令人讚賞，大家都認為他坦率。他的眼角有一道皺紋，顯示出一種令人吃驚的單純。他篤信宗教，性格正直，這使得他的名聲極好，沒有人對他有一點懷疑。他那緊抿的嘴唇，總像在留神什麼。

他彷彿一直在戒備當中。戒備誰呢？多半是戒備壞人們。

每個禮拜二，他駕駛杜蘭德號從根西島出發，晚間抵達聖馬洛，用兩天時間裝貨，在禮拜五早上回根西島。

當時在聖馬洛的港口有一家小旅館，叫做約翰旅店，克呂班總是住在這裡，杜蘭德號在法國的事務所也在這裡。海關職員和海岸警衛都到約翰旅店來吃飯、喝酒，一些船長也會來這裡。克呂班在這些人之中很受到歡迎。

一些船員時常坐在同一張桌子旁，互相交換消息：「糖的行情怎樣？」「這種貨色只用小批出售。這陣子從孟買來了三千袋，從薩瓜來了五百桶。」「靛藍怎麼樣？」「只談了七包瓜地馬拉的。」「『納米娜─朱利號』進港了，那是一艘布列塔尼的漂亮三桅帆船。」「拉普拉塔河上的兩個城市發生了一些爭執。」「可可豆很暢銷，加拉克的每袋開價兩百三十四，千里達的每袋七十三。」「南美的醃濕皮現在有貨，公牛皮六十法郎，母牛皮四十八法郎。」「舊金山茴香酒缺貨，普拉塔尼亞橄欖油生意平平。罐裝格魯耶爾乾酪每擔三十二法郎。」諸如此類，這些事都是大聲談的，議論起來更是吵吵鬧鬧。

至於海關職員和海岸警衛的桌子上，說話聲音就低得多了。海岸和港口的治安情況應該談得小聲一些，含蓄一些。

在這兩張桌子邊談論的話題很少有重複的。但是在二月的最初幾天裡，卻出現這種情況。蘇拉船長的三桅帆船「塔莫利帕號」從智利來，再回智利去；這項消息引起了兩張桌子旁的人的注意。在船員們的那一桌，大家談論它載的貨物；在海關職員們的那一桌，談的是它的行動。

蘇拉生於智利的科皮亞波，曾參加過獨立戰爭。有時追隨起義者，有時追隨西班牙軍方，這取決於從哪裡可以得到更多好處。他靠著這種投機行為成了富翁。他不時會來法國逗留，據說他讓那些逃亡的人搭他的船，無論是破產者還是政治犯，只要付錢，他都接受。他讓他們上船的方法很簡單。逃亡的人等候在海岸上某個荒涼的角落，等到即將開航的時候，蘇拉放下一艘小船去接他。在前一次的航行中，他就是這樣讓一個叛亂人士逃掉的。這一次傳聞他又要行動，警衛接到情報，已經監視著他了。

幫助人逃亡，是一種本領，因為革命的年代常有這種事發生，所以這樣的本領能賺大錢。這種投機生意填補了某些交易的不足之處。誰想逃到英國，可以找走私者幫忙；誰想逃到美洲，可以找遠洋走私的船長，例如蘇拉這樣的人。

蘇拉有時候來約翰旅店吃飯，克呂班跟他十分面熟。

一個禮拜二的傍晚，杜蘭德號抵達聖馬洛，當時天色還很亮。克呂班站在駕駛台上，操作船隻駛進港口。他看到在小灣旁邊的沙灘上一處非常荒僻的地方，兩塊岩石中間，有兩個人在交談。他用望遠鏡朝他們看去，認出了兩人中的一個，那是蘇拉船長。

至於另一個人，他彷彿也認識。那人是高個子，頭髮有些花白；戴了一頂大帽子，穿了一身貴格會教徒的服裝。他兩眼朝下，顯出很謙遜的樣子。

克呂班到了約翰旅店後，得知塔莫利帕號即將在十天以後開船。

晚上，他走進聖樊尚街的一家槍炮鋪裡，對工匠說：

「您知道左輪手槍嗎？」

「知道，」工匠回答，「是一種美國武器，一種自己會轉動的手槍。」

「可以裝五六顆子彈。」

工匠歪了歪嘴角，又搖了搖頭，表示對這種手槍的讚賞。

「我需要一把可裝六發子彈的左輪手槍。」

「我沒有。您知道的，那是新玩意兒，剛開始流行，法國目前還沒有生產。」

「見鬼！」

「我還有一些不錯的手槍。」

「我要一把左輪手槍。」

「我承認它更好用。不過，克呂班先生，請等一等。」

「怎麼了？」

「我想我知道，目前在聖馬洛有一把左輪手槍，是舊貨。」

「在什麼地方？」

「我想我能打聽到。」

「什麼時候能給我回音？」

「等您下次航行回來以後。」

「不要對別人說是我請您打聽的。」克呂班說。

接下來的幾天，克呂班忙於杜蘭德號的事務。他將許多牛和少許乘客送上船以後，就跟平常一樣，在禮拜五早上離開聖馬洛回根西島。

船航行到了大海上。這時候，克呂班走進艙房，把自己關在裡面，拿出他放在那裡的一個旅行袋。他把衣服放進旅行袋中，又把餅乾、幾個罐頭、幾斤巧克力棒、一個懷錶和一個航海望遠鏡放進去，然後鎖上了袋子，再在耳形環裡穿過一根纜繩，好在必要時把袋子吊起來。然後他下到底艙裡，走進放纜繩的房間，有人看見他拿著帶鐵鉤的繩子又走上來。那是攀登用的道具。

到了根西島以後，克呂班去了托爾特瓦，在那裡待了三十六個小時。他帶去了旅行袋和繩子，沒有把它們帶回來。

18

在托爾特瓦附近的普蘭蒙是根西島的三個角之中的一個。在這個海角的頂端，有一個長滿青草的小山丘俯視著大海。

山頂上很荒涼，只有一棟鬧鬼的房屋，使這種荒寂中又增添了恐怖的氣氛。

這棟房屋矗立在草地中，是花崗石造的，只有兩層樓。它沒有一點毀壞，還能夠住人。牆很厚，屋頂牢固，牆面毫無斑駁，屋頂的瓦一片不少。房屋背對大海，朝向海洋的牆上只有一扇封死的窗戶。兩側的山牆共有三個天窗，一個在東，兩個在西，三個都是堵塞住的。房屋正面只有一扇門，還有幾扇窗子。門是堵死的，一樓的兩扇窗也是堵死的。二樓雖有兩扇開著的窗子，但看起來比堵死的窗子還要可怕。在白天，開著的窗子看上去黑漆漆的，既沒有玻璃，也沒有窗框，彷彿挖去眼珠的眼窩。從空空的窗洞朝裡望，可以看到屋內破敗不堪，空無一物。裡面沒有一個房間有人住，只有死一般的寂靜。

為什麼沒有人住在這裡呢？這個地方是這麼美，房屋又是這麼完好，為什麼會被捨棄不用呢？這裡的地是可以耕種的，為什麼任它荒蕪呢？沒有主人，大門堵住，這個地方究竟怎麼了？為什麼住的人逃走了呢？這裡是不是發生過罪行？人們望著這棟房子，作出了各式各樣的猜測。

只有一點是毫無疑問的，那便是這棟房子對走私者來說是利大於弊。

恐怖情緒的增大減去了事實的真實成分。許多夜間發生的奇怪現象，造成了一些房子「鬧鬼」的名聲，這些現象無疑是可以解釋的：一些人偷偷地在這裡聚會；一些人在動身前在必須在這裡作短暫的停留；一些可疑的作買賣的人，有時由於小心謹慎，躲藏起來，好圖謀不軌，有時卻膽大妄為，刻意露一露面，好嚇唬別人。

多虧房屋造成的恐怖，使得任何可能來調查和作證的人只好站得遠遠的，不敢靠近。其實要進入這棟房屋是很容易的，只要用一條繩梯，甚至只要從附近的園子裡拿來一把梯子就行了。將一些備用的衣服和食物帶到那裡，便能夠十分安全地等待意外的情況發生，以及偷偷上船的機會。

從這棟房子所在的山頂上，看得見西南方離岸一海浬的阿努瓦礁石。這處礁石十分著名，它是海上最可怕的一個殺人兇手，在黑夜裡陰險地等待船隻經過。一個人想靠游泳通過阿努瓦和普蘭蒙之間的海峽是很不容易的，但是並非不可能，克呂班就做得到這一點。熟悉海上這些水淺處的人，能在這一帶找到兩個可以休息的地方。

大約在克呂班在托爾特瓦度過禮拜六的那一天，發生了一件古怪的事。有三個孩子爬上了普蘭蒙的陡坡。他們是從海邊回來的，正要回村裡去。這是個漆黑的夜晚，厚厚的雲層遮住了天頂。托爾特瓦的鐘樓剛敲過清晨三點鐘。

這些孩子在外面玩得晚了，想到回家後將會挨一頓打，不禁加快了腳步。一個孩子是法國人，既沒有父親，也沒有母親，在這個時刻他為此感到慶幸；另外兩個孩子都是根西島人，住在托爾特瓦。

三個人爬上岩石的圓頂，來到那座鬧鬼的房屋所在的平台。他們開始害怕起來，既想飛快地逃走，又感到好奇。

他們朝那棟房屋看去。屋裡黑漆漆的，非常可怕。

孩子們的第一個想法是逃跑，第二個想法是走近那棟房屋。他們從來沒有在這樣的時刻看過它。恐懼會引起好奇心，這使得他們壯起膽子向房屋走過去。

這地方一片荒涼，充滿難以形容的陰森氣氛，使人感到它在威脅外人不許侵犯它。它顯得很凶惡。這個台地沒有樹木，寂靜無聲；不遠處，它陡峭的斜坡就落入懸崖。下方的大海沉默不語。沒有一絲風，連一根草也不動。

孩子們望著那棟房屋，屏住氣地走過去，就像走近一頭野獸一樣。

他們終於走到很近的地方了，可是他們只看見房屋朝南的正面，這一面門窗全都堵住了。他們不敢向左邊看，因為會使他們看到有兩扇窗子的另一面，那太嚇人了。

漸漸地，他們變得大膽起來。法國孩子低聲對兩個孩子說：「轉到左邊。」在那一面才看得清楚，應該看看那兩扇漆黑的窗子。

他們轉到左側，走到房屋的另一面。那兩扇窗子有亮光。

孩子們拔腿就跑。

等到他們跑到遠一點，那個法國孩子轉過頭去看。

「瞧，」他說，「亮光不見了。」

果然，窗子裡沒有亮光了。房屋的黑影被青灰色的天空映襯得清清楚楚，彷彿被打洞器打出來一樣。

恐懼心並沒有消失，可是好奇心又出現了。幾個孩子又走近了那棟房屋。

忽然間，那兩扇窗子又同時有了亮光。

兩個托爾特瓦的孩子又轉身逃走了。那個法國小孩既沒有向前走，也沒有向後退，他一動也不動地望著那棟房屋。

亮光又熄滅了，接著又亮起來。沒有什麼比這更令人害怕的了。夜間濕漉漉的草地上反映出一道模糊的火光。過了片刻，亮光在屋裡的牆上照出一些動來動去的人影。

看到法國孩子還是站在那裡，另外兩個孩子又走回來了。法國孩子壓低聲音對他們說：「屋子裡有鬼，我看到了一個鬼的鼻子。」兩個托爾特瓦孩子躲在法國孩子後面，踮起腳，越過他的肩膀朝前望去。

屋內的亮光仍舊一明一滅。忽然間，一個具有人形的黑影出現在一扇窗內，站在那裡，好像是從屋子外面來的，然後進入房內不見了。彷彿有什麼人剛進去。亮光又滅了，從此沒有再亮過。屋裡重新變成一團漆黑，這時從屋子裡傳出一些嘈雜聲，好像是人說話的聲音。

「讓我們去看看。」法國孩子說。

他向那棟房屋前進一步，另外兩個孩子是那樣害怕，決定跟在他後面走。他們不敢再分開逃跑了。

三人慢慢地朝房屋移動，屋裡的說話聲逐漸清楚了。幾個孩子注意地聽著。那不像竊竊私語，而是低聲交談。不時有一兩句話聽得特別清楚，其餘的話發音古怪，不知是哪一國的語言。孩子們停下來細聽，接著又開始向前走。

托爾特瓦的孩子真想找個地方躲起來，可是他們的朋友仍頭也不回地朝房子走去；他們只得戰戰兢兢地跟著，寸步不離。

房屋變得越來越高大了。說話聲變得越來越清楚了。

當他們走到離房屋很近的地方，他們站住了。

其中一個托爾特瓦的孩子說道：

「那不是鬼魂，是一些穿白衣服的女人。」

「吊在一扇窗子上的是什麼東西？」另一個孩子問道。

「看上去像是一根繩子。」

「那是一條蛇。」

「那是用來上吊的繩子。」法國孩子用權威的口氣說。

說完，他跳到了房子牆腳下。另外兩個孩子全身哆嗦，學他的動作跳過來，緊緊靠著他；三個孩子的耳朵都貼在牆上。房子裡仍然在說話。

下面便是那些鬼魂談的話：

「那麼，說定了？」

「說定了。」

「有一個人將在這裡等，會跟布拉斯基多一起去英國，對嗎？」

「布拉斯基多會帶那個人上他的小船。」

「他是哪個國家的人？」

「這跟我們沒關係。」

「不問他的姓名？」

「我們不問人姓名，只問有多少錢。」

「很好。那個人將在這棟房子裡等候。」

「他應該有吃的東西。」

「他會有的。」

「在哪裡？」

「在我帶來的這個袋子裡。」

「很好。」

「你們呢？你們什麼時候動身？」

「明天早上。如果您那個人準備好了，可以跟我們一起來。」

「他還沒準備好。」

「那是他的事。」

「他會在這房子裡等多少天？」

「不一定，兩天到四天。」

「布拉斯基多肯定會來嗎？」

「肯定。」

「到這裡？到普蘭蒙？」

「普蘭蒙。」

「哪一天？」

「下禮拜五、禮拜六，或是禮拜天。」

「他從哪裡來？」

「畢爾包。」

「去哪裡？」

「波特蘭，或是托爾灣。」

「他不會出賣我們吧？」

「膽小鬼才做叛徒。」

「沒有人聽得到我們說的話吧？」

「當然，誰都不敢接近這裡。」

「的確如此。那麼，我得走了。」

「好吧。」

「對了，如果旅客要求布拉斯基多不帶他去波特蘭或托爾灣，而是去別的地方，可以嗎？」

「只要他有錢。」

「布拉斯基多會照那個人的要求去做嗎？」

「布拉斯基多會照金幣的要求去做的。」

「去托爾灣要很久嗎？」

「得看風向如何。」

「八個鐘頭能到嗎？」

「差不多。」

「那個打算和布拉斯基多一起動身的人禮拜五會到這裡。」

「好。」

「布拉斯基多什麼時候到？」

「夜裡。」

「一切都談妥了。再見，伙計。」

「再見。」

孩子們不再聽下去了。這一次他們真的逃走了，他們相信只有魔鬼會說出這樣的怪話。

在接下來的禮拜二，克呂班駕駛著杜蘭德號回到聖馬洛，看見塔莫利帕號仍舊泊在碼頭。他一邊抽煙，一邊向約翰旅店的老闆問道：

「塔莫利帕號什麼時候起航？」

「後天，禮拜四。」旅店老闆說。

這天晚上，克呂班與海岸警衛們一同吃飯，並且一反平常的習慣，吃完飯就走了出去，沒有處理杜蘭德號事務所的業務，因此幾乎沒有裝上貨物。一個辦事嚴謹的人竟會如此，難免引起別人的注意。

他似乎跟他的一位兌幣商朋友交談了一會兒，直到午夜時分才回來。

19

禮拜二的整個夜晚，克呂班都不在約翰旅店裡，禮拜三夜裡他也不在。

到了禮拜四，在距離聖馬洛不遠、靠近德科萊海角的地方，發生了一件慘劇。

傍晚四點鐘左右，一個穿著軍人短斗篷的人正站在懸崖上。微風輕吹，這個人牢牢地站著，左手握住右手臂，瞇著一隻眼睛，另一隻眼睛緊靠著一架望遠鏡。他彷彿在認真地注視著什麼，完全出了神。他已經靠近懸崖邊緣，一動也不動地站在那裡，鎮定地盯著遠方。海水漲潮了，海浪拍打著他腳底下的峭壁。

他正在觀察遠處海面上的一艘船，它的行動確實有些古怪。這艘船在一小時前剛離開聖馬洛，目前停在邦格提埃爾後面。這是一艘三桅船，它沒有拋錨，也許因為那裡的海底只能讓它順著纜繩偏航，也許因為船已經把錨收到船頭分水角的底下，只好停下來。

這個人是一名海岸警衛，偵察著三桅船的一舉一動，同時好像默默地把它們記在心裡。那艘船讓一根桅上的帆順風，另一根桅上的帆逆風，已經停住了，這表明它的第二層小方帆受到逆風，讓風進入第二層大方帆。它拉緊了後桅，把後桅的上桅盡可能拉近，以便使所有的帆相互牽制，船不會向著岸邊前進，也很難偏航。它不想過多地迎風，因為它只轉動第二層小方帆，和龍骨垂直。這樣一來，船身橫向，它一小時最多偏航半法里。

這名海岸警衛一心執行任務，認真地觀察著海上，沒有想到仔細看看身旁和腳下的岩石。他沿著一道連接懸崖的高頂和大海的石梯走去，沒有察覺到有東西在那裡移動。在高低不平的石頭後面藏著一個人，似乎比海岸警衛先到一步。一個腦袋不時地從陰影中伸到岩石上面來，往上觀望，監視著這名警衛。這個腦袋戴著一頂美國式大帽子，是一名貴格會教徒；十天以前，他曾在小灣裡和蘇拉船長說過話。

突然，那個海岸警衛的注意力顯得更加集中了。他迅速地用他的袖子擦了擦望遠鏡上的玻璃，聚精會神地瞄準那艘三桅船。

一個黑點剛剛離開那艘船。這個黑點彷彿大海上的一隻螞蟻，是一條小船。

它似乎是想到岸邊來。幾個水手坐在船上使勁地划著槳，向德科萊海角駛過來。

海岸警衛的監視到了最緊張的程度，他專心地注視小船的動作，絲毫不敢眨眼。他已經更走近懸崖的邊緣了。

這時候，那名高大的教徒出現在警衛背後的石梯上。警衛沒有看見他。

這個人站住了片刻，垂著兩臂，緊握著雙拳，用一個正在瞄準的獵人的眼神望著海岸警衛的背。

他和海岸警衛之間只隔四步遠了，他跨了一步，接著停住了，然後又跨了第二步，又停住了。他的腳踩在草地上，沒有一點聲音。他跨了第三步，又停了下來。他幾乎能碰到那個警衛了。這個人慢慢地將兩隻緊握住的手伸到鎖骨的高度，然後突然伸出前臂，兩隻拳頭彷彿彈簧般打在警衛的肩膀上。這一擊真可怕！海岸警衛還來不及叫喊出來，就頭朝下從懸崖上墜入海裡。他的兩隻鞋底一剎那間就消失了，海水又重新闔上，深暗的水面上泛起了兩三圈泡沫。

那個教徒俯身望著那幾個圓圈在海浪裡消失。等了一會兒，他站起身來，忽然聽到身後有一個非常柔和的聲音說道：

「您好，朗泰納。您剛才殺死了一個人。」

他轉過身去，看到在他後面十五步左右的地方，岩石中間的一個縫隙處，站著一個手持左輪手槍的矮個子。他回答道：

「如您所見。您好，克呂班。」

對方全身哆嗦了一下。

「您認出我了？」

「您早就認出我了。」朗泰納回答道。

這時候可以聽到海上傳來的槳聲。這艘被海岸警衛牢牢監視的小船划近了。

克呂班彷彿自言自語地說道：「幹得挺俐落。」

「我能為您效勞嗎？」朗泰納問道。

「一點小事。我差不多有十年沒見到您了。您的買賣順利吧？您身體好嗎？」

「不錯，」朗泰納說，「您呢？」

「很好。」克呂班回答說。

朗泰納向克呂班走近一步。這時，一個輕微而生硬的聲音傳到他耳裡，那是左輪手槍的上膛聲。

「朗泰納，我們之間相隔十五步，這是一個合適的距離。請您待在原地別動。」

「好吧，」朗泰納說，「您要我做什麼？」

「我要和您談談。」

朗泰納不再移動了。克呂班又說道：

「您剛才殺死了一名海岸警衛。」

朗泰納稍稍抬起他的帽沿，回答道：「我很榮幸地已經聽您說過了。」

「這名海岸警衛的編號是六百一十九。他家中還有一個妻子和五個孩子。」

「也許是吧。」朗泰納說。

出現了極短暫的靜默。最後克呂班說道：

「是這樣的。在我們的右邊，聖埃諾加那一邊，距離這裡三百步，有另外一名海岸警衛。他的編號是六百一十八，他還活得好好的。在我們的左邊，聖呂內爾那一邊，有一個海關檢查所。那裡有七個全副武裝的人，能在五分鐘之內趕到這裡。岩石會被包圍，出口會被封鎖。想逃走是不可能的。同時，在懸崖下又有一具屍體——」

朗泰納斜著眼看了一下那把左輪手槍。

「朗泰納，隨便您怎麼想。也許它只裝了火藥，不過那又如何？只要一聲槍響，就會使那批武裝起來的人跑過來。我總共有六顆子彈。」

有節奏的划槳聲越來越清楚。小船不遠了。

朗泰納用奇特的目光望著克呂班。後者用越來越平靜和柔和的嗓音說道：

「朗泰納，小船就要來了。您已經預付給蘇拉船長五千法郎，作為逃跑的費用。要是你被海岸警衛抓住，蘇拉就會拿著這五千法郎跑掉。我想說的就是這些。朗泰納，您打扮得可真不賴。這頂帽子、這身怪衣服、還有這副護腿套，完全改變了您的樣子。您忘了戴眼鏡，不過您留了鬍子，這麼做很對。」

朗泰納微微一笑，似乎咬緊了牙齒。

「我說，克呂班……」他伸出一隻張開的手，向前走了一步。

「待在原地，朗泰納。」

「克呂班，我們談談吧。我給您一半。」

克呂班又起兩手，露出了左輪手槍的槍口。

「朗泰納，您把我當成什麼人了？我是一個正直的人。」

沉默了一會兒以後，他又說道：

「應該全部給我。」

朗泰納嘀咕道：「這人是個狠角色。」

克呂班的眼睛發出了亮光。他的嗓音變得像鋼鐵一樣生硬而乾脆。

「聽好，朗泰納。十年前的某個晚上，您離開根西島的時候，從一家合夥公司的錢箱裡拿走了屬於您的五萬法郎，也拿走了屬於另一個人的五萬法郎。這五萬法郎是您從您的合夥人——善良、高尚的萊蒂埃利那裡搶來的，到今天一共十年，依照複利計算，總共八萬零六百六十六法郎。昨天您去找過一個兌幣商，把七萬六千法郎換成了三張一千英鎊的鈔票，再加一些零錢。那幾張鈔票就在您褲子右邊的口袋裡，值七萬五千法郎。從萊蒂埃利的立場來看，我認為夠了。明天我動身去根西島，我要把這筆錢帶給他。朗泰納，停在那邊的那艘三桅船是塔莫利帕號。昨天晚上，您已經把您的行李送上了船，打算離開法國去阿雷基帕。您在這裡等那艘小船。它到了，聽得見它的划槳聲。至於您能不能離開，這取決於我。現在，把錢給我吧。」

朗泰納打開褲腰上的小口袋，拿出一個小盒子，扔給克呂班。

盒子滾到了克呂班的跟前。他彎下腰去，可是頭沒有低下，用左手撿起盒子，同時兩隻眼睛和左輪手槍的槍管都對準了朗泰納。

「我的朋友，轉過身去。」他說道。

朗泰納轉過了身子。

克呂班把左輪手槍夾在腋下，打開了盒子。盒裡裝著四張鈔票，三張一千英鎊的，一張十英鎊的。他摺好三張一千英鎊的鈔票，重新放回盒裡，又關上它，然後放進自己的口袋。

接著他從地上撿起一顆石子，用那張十英鎊的鈔票包住石子，又說道：「轉過身來。」

朗泰納轉過身子來。

「我對您說過，我有三千英鎊就夠了。這十個英鎊還給您。」

說著，他把包著石子的鈔票扔給朗泰納。

朗泰納用腳一踢，把鈔票和石子都踢到海裡。

「隨您高興吧，」克呂班說，「好了，您以後會有錢的。我確信無疑。」

當他們談話的時候，槳聲繼續接近，這時停止了，說明船已划到了懸崖下。

「您的馬車就在下面。您可以動身了，朗泰納。」

朗泰納向石梯走去，很快便不見了。克呂班小心地走到峭壁邊緣，伸出頭去望著他的背影。

小船停在岩石的最下面一級旁邊，就是那名海岸警衛摔下去的地方。

克呂班從腳邊撿起了一副望眼鏡，那是從那名海岸警衛手上落下來的。他撿了起來。

槳聲又響了。朗泰納剛跳上小船，小船就向大海划去。

朗泰納上了船，槳划了幾下，懸崖就在他身後遠離了。這時候，他忽然站起來，臉上露出可怕的神情，在下面揮舞拳頭，大聲叫道：「哈！這個魔鬼本身就是一個惡棍！」

幾秒鐘以後，克呂班站在懸崖上面，用望遠鏡瞄準那艘小船。他清楚地聽到在大海的濤聲中一個很大的嗓門發出這些清晰的話：

「克呂班，您是一個正直的人！不過如果我寫信給萊蒂埃利，把這件事告訴他，您想必不會認為不妥吧？在這艘小船裡有一個根西島來的水手，他是塔莫利帕號的船員。在蘇拉下一次航行的時候，他將回到聖馬洛來，證明我把萊蒂埃利的三千英鎊交給您了！」

這是朗泰納的聲音。

克呂班一動也不動地站著，目光片刻不離那艘小船。他看著它在波浪裡逐漸變小，最後靠近那艘停泊的大船，停靠在它旁邊。他能夠看出來，高大的朗泰納走上了塔莫利帕號的甲板。

那條小船被吊上大船，重新放回吊杆當中。塔莫利帕號又開始航行。微風從陸地吹向海面，這艘船張起了全部的帆。克呂班的望遠鏡一直對準這個越來越小的黑影。過了半小時，塔莫利帕號便成了水平線上的一個黑點，在黃昏灰白的天空下，變得越來越渺小。

20

禮拜五早上，也就是塔莫利帕號起航的第二天，杜蘭德號起航回根西島。

它在九點鐘離開聖馬洛。

天氣晴朗，沒有霧。

克呂班心事重重，使得杜蘭德號幾乎沒有裝多少貨。他只為聖彼得港的時髦服飾店裝了幾件巴黎來的貨物，為根西島的醫院裝了三個箱子，一個裝黃肥皂，另一個裝長蠟燭，第三個裝著做鞋底的皮和上等的科爾多瓦皮革。此外，還有前一次運來的一箱碎糖和三箱劣質紅茶，都是法國海關不同意進口的。船上載的牲口很少，只有幾頭牛，被隨便地裝在底艙。

船上有六個乘客：一個根西島人、兩個聖馬洛的牲口商人、一個旅行者、一個中產階級的巴黎人，還有一個四處發放聖經的美國人。

杜蘭德號除了船長克呂班，一共有七個船員：一個舵手、一個燒炭的水手、一個作木工的水手、一個必要時會駕駛船隻的廚師、兩個火夫，其中一個是黑人；和一個見習小水手。

舵手是澤西島人，名叫做唐格魯伊。這個人擁有一個對舵手來說十分嚴重的缺點：他總是喝醉酒。克呂班堅持要看管好他，他也對萊蒂埃利這樣保證過。

唐格魯伊從來不離開船，就睡在船上。起航前夕，克呂班在夜深的時候上船來查看，發現唐格魯伊已經在他的吊床上睡著了。

半夜裡，唐格魯伊醒了過來。這是他夜間的習慣。所有不能自我克制的酗酒者都有他們藏酒的地方，唐格魯伊也不例外。他的秘密貯藏室在底艙裡，那裡藏有一點朗姆酒和杜松子酒，他幾乎每晚都會來這個貯藏室。船上的管理很嚴格，唐格魯伊的這種放縱行為只限於喝上兩三口，是偷偷吞下去的。有時候這個貯藏室裡什麼酒也不剩。那一晚唐格魯伊在那裡找到一瓶燒酒。真是出乎意料！他萬分高興，但是更感到驚慌。這瓶酒是哪裡來的？他想不起是什麼時候把它帶上船的。不過他立刻把酒喝光了。他把空酒瓶扔到海裡。第二天，唐格魯伊掌舵的時候，他身子有點搖晃，不過他仍像平時一樣駕駛著船。

這個時候，克呂班正在約翰旅店睡覺。

他的襯衫裡面總是繫著一條旅行用的腰帶，裡面放著二十個備用的基尼，到了晚上才把它解下。在這條腰帶的反面有他的名字。這一天，他在起床以後，把裝有七萬五千法郎鈔票的鐵盒放到腰帶上。

船輕快地開航了。聖馬洛在遠處漸漸變小，最後看不見了。大海看起來是無邊的靜寂，船後方的海面上是一條泛著泡沫的軌跡，它幾乎毫無彎曲地伸長，直到看不到盡頭的地方。杜蘭德號從來沒有像今天一樣在海上航行得如此順利。它行駛得簡直完美極了。

十一點左右，吹的是涼爽的北北西風，杜蘭德號航行到曼基埃島的海面上；它使用很少的蒸汽，以右舷逼風向西行駛。天氣一直晴朗美好，可是拖網漁船都向海岸駛回去，海上的船越來越少了。

誰也不確定杜蘭德號是否航行在它平常走的航線上。船員們毫不擔心，他們絕對信任他們的船長。不過，也許由於舵手的錯誤，船有點偏航。杜蘭德號似乎是駛向澤西島，而不是根西島。剛過十一點，船長改正了航向，毫不猶豫地向根西島駛去。這僅耽誤了少許時間。

唐格魯伊在酒醉的狀態下，站立不穩，手臂也不那麼有力了。於是這個優秀的舵手時常突然偏移，減慢了航行的速度。

風差不多停了。

船上的一位乘客手拿望遠鏡，不時地對準一小團淡灰色的霧望著，在西邊遙遠的天際，這一小團霧被風慢慢地吹動，很像沾上了塵土的棉絮。

克呂班船長滿臉嚴肅的神情，和往常一樣，但似乎在提防著什麼。

在杜蘭德號船上，一切都平靜無事，幾乎有一種喜氣洋洋的氣氛。乘客們在聊著天。

遠處的那一團霧漸漸變大了。它如今已在天邊佔據了大約十五度那麼寬的地方。海面上幾乎沒有一點風，十分平靜。雖然不到中午，但陽光已變得黯淡了，絲毫熱氣也沒有。

「我看，」旅行者說，「天氣要變了。」

「也許要下雨了。」巴黎人說。

「或者是起霧。」美國人說。

按照海峽群島的習慣，中午敲鐘通知吃飯。有幾個乘客自己隨身帶了食物，就在甲板上快快活活地吃起來。克呂班什麼也沒有吃。

大家吃飯的時候，一邊談起話來。

美國人對根西島人說：

「您熟悉這片海嗎？」

「當然，我是本地人。」

「我也是。」一個聖馬洛人說。

根西島人行了個禮，又說道：

「現在我們遠離海岸，但是當我們駛近曼基埃的時候，我不喜歡遇見霧。」

「曼基埃，那是什麼？」美國人問。

「是一些險惡的礁石。」聖馬洛人回答。

「穿過它們可不是件輕鬆的事。」根西島人說。

「只有鳥兒能夠通過。」

「還有魚。」

「大大小小的礁石加在一起，總共有四十八個尖頂。」聖馬洛人說。

旅遊者不安地問道：

「我們一定得穿過這些石堆嗎？」

「不用。我們已經把它們甩在南東南了。它們在我們後面了。」

就在這時，一個雷鳴般的聲音叫道：

「你喝醉了！」

21

大家都轉過身來。

那是船長在責備舵手。

克呂班一向不稱呼別人「你」，現在卻對舵手唐格魯伊這樣叫喊，他肯定是真的發怒了，或者是非常想裝出盛怒的樣子。

他站在兩個明輪罩中間的指揮台上，注視著唐格魯伊，低聲重複說道：「酒鬼！」老實的唐格魯伊低頭不語。

霧散佈開來，現在幾乎瀰漫了半個天邊。它同時在向四面八方擴散，難以察覺地越來越大。風悄悄地推動著霧。霧逐漸佔據了海洋，它從西北方伸展過來，船頭正朝著它。它就像一座活動的、隱約的大懸崖，又像一道牆那樣在海面上立起。遠處還有一個清楚的圓點，無邊無際的海水從那裡進入霧中消失了。

這個入口離船還有半海浬遠。如果風向改變了，人們可以避免沉入霧中去，但若是風向立刻改變。半海浬的距離一瞬間就縮短了。杜蘭德號在向前行進，霧也在向前行進。兩者漸漸接近。

克呂班命令增加蒸汽，朝偏東方向航行。

船沿著霧走了一段距離，但是霧也始終在伸展。不過船仍然在陽光下行駛。

時間一點一滴地浪費掉了。在二月，夜晚來臨得很快。

根西島人仔細地看著霧，對兩個聖馬洛人說：「這霧太過分了！」

「真是海上的髒東西。」一個聖馬洛人說。

「它破壞了一次航行。」另一個聖馬洛人接著說。

根西島人走到克呂班身旁。

「克呂班船長，我怕霧會抓住我們。」

「我原來想留在聖馬洛的，可是別人建議我起航。」克呂班回答。

「是什麼人呀？」

「幾個老水手。」

「說真的，」根西島人說，「您起航並沒有錯。誰知道明天會不會有暴風雨呢？在這個季節裡，天氣可能會越來越壞。」

幾分鐘後，杜蘭德號駛進了霧裡。這是奇特的一瞬間，突然，船尾的人再也看不見船頭的人了。霧像一道柔軟的灰色隔板，將船切成兩段。

接著，整艘船都陷沒在霧裡。人們都哆嗦起來。乘客們連忙穿上大衣，水手們也穿上油布上衣。海面上幾乎沒有一絲波紋，一切都是那樣平靜、黯淡，只有黑色的煙囪和煙在跟籠罩著船的灰色展開搏鬥。

向東偏航後，船從此失去了目的。船長再將船朝根西島駛去，並且增加了蒸汽。

那個根西島乘客在機房四周轉來轉去，他聽見兩名火夫在說話。其中一人說：「今天早上我們在陽光裡航行得慢；現在我們在霧裡航行得快。」

根西島人又回到克呂班那裡。

「克呂班船長，沒有什麼好擔心的；不過我們是不是加了太多的蒸汽？」

「先生，我有什麼辦法呢？我們應該追回被那個酒鬼舵手耽誤的時間。」

「您說得對，克呂班船長。」

克呂班又說道：

「我急著趕快抵達目的地。現在霧這麼大，到夜裡霧會更大。」

根西島人回到兩個聖馬洛人身邊，對他們說：

「我們有一位十分傑出的船長。」

霧像一道道梳理過的巨浪，不時重重地沖過來，遮住了太陽。接著，太陽又出現了，變得更蒼白，彷彿生了病。在天上模糊看到的那一點地方，彷彿是舞台上佈滿油汙的骯髒佈景。

一次，杜蘭德號駛過一艘單桅帆船旁邊，這艘帆船為了小心起見，已經拋了錨。帆船的船長注意到杜蘭德號的航速，他認為杜蘭德號沒有在正確的航線上行駛，過於偏西了；同時它加足馬力在霧裡行駛，這使他很驚奇。

在將近兩點鐘的時候，霧更加濃了，船長不得不離開駕駛台，走到舵手身旁。太陽已經消失，大霧茫茫。杜蘭德號被一層夾著白色的黑暗包圍著，在瀰漫的灰暗中向前行。船上的人再也看不見天空與海洋。

一點風也沒有了。乘客們都不說話。

沒有下雨，可是大家感到身上濕淋淋的。他們只能從逐漸增加的不適感來判斷他們航行了多遠。所有人彷彿都陷入了憂愁。霧在海洋上製造出寂靜，使波浪入睡，使大風平息。在這樣沉寂的氣氛裡，杜蘭德號嘶啞的喘氣聲充滿難以形容的哀怨和焦慮。

忽然，克呂班大聲喊起來：

「混蛋！你剛才犯了一個嚴重的錯誤。你會害死我們全部！你應該戴鐐銬。快滾開！酒鬼。」

他自己去掌舵，受到斥責的舵手躲到船頭去幹活了。

根西島人說：「我們得救啦。」

船繼續飛速地向前行駛。

將近三點鐘的時候，霧的下方開始漸漸消失，海面又重新出現了。

「我可不喜歡這樣。」根西島人說。

霧有可能是被太陽照散，或被風吹走。被太陽照散是好事，被風吹走則相反。在二月的下午三點鐘，太陽顯然已經沒有威力了；而若是在一天中的這個時刻刮起風來，往往是暴風雨的預兆。

克呂班眼睛盯著羅經盤，手握著舵柄操縱著，嘴裡低聲嘀咕，不過他說的話乘客都聽到了：

「沒有時間了。這個酒鬼把我們耽擱了。」

此外，他的臉上沒有絲毫表情。

大海在霧裡並不平靜，可以隱約在海面見到一些波浪，浮動著一道道寒光。這些波浪使船員們擔心起來，它們表明上方的風在霧中吹開一個個缺口；霧向上升，然後又落下來，更濃密了。有時候，霧絲毫不透一絲光亮，船隻陷進了像一塊浮冰般的霧裡。這種可怕的圈子不時像鉗子一樣微微打開，讓人看見一線天際，然後又合攏了。

根西島人拿著他的望遠鏡，如同一名哨兵那樣，站在船頭上。

忽然在霧中出現一角藍天，接著又消失了。根西島人驚慌地轉過身來，叫道：

「克呂班船長！」

「什麼事？」

「我們在筆直朝阿努瓦礁駛去。」

「您看錯了。」克呂班冷冷地說。

根西島人堅持說：

「我肯定沒看錯。」

「不可能。」

「我剛剛望見在天際有一塊岩石。」

「在哪裡？」

「在那邊。」

「那邊是大海。不可能。」克呂班把船頭朝這個乘客指的那個方向駛去。

根西島人又拿起他的望遠鏡。過了一會兒，他向船尾跑去。

「船長！」

「怎麼回事？」

「趕快掉頭。」

「為什麼？」

「我清楚地看見了一座很高的岩石，而且離我們很近了。那是大阿努瓦礁！」

「您大概看見了很濃厚的霧。」

「是大阿努瓦礁！看在老天的份上，快掉頭！」

克呂班轉了一下舵柄。

22

大家聽到一下斷裂的聲音，船的側面在大海的淺處撞碎了。杜蘭德號突然停下。

這一震動使好幾個乘客都跌倒在地上，在甲板上滾起來。根西島人四腳朝天。

「撞到阿努瓦礁了！我就說吧！」

船上發出驚慌的叫聲。

「我們完蛋啦！」

克呂班生硬而堅定的聲音蓋過了叫聲：

「沒有人完蛋！安靜！」

這時，火夫從機房的艙口伸出裸露的上身，鎮靜地說：

「船長，進水了，機器快熄火了。」

這一個片刻真可怕！

撞擊就像自殺，杜蘭德號彷彿要去攻打岩礁一樣向它衝過去。一個岩石的尖端好像釘子一樣插進了船身。一塊護貨板爆裂了，艏柱斷了，船頭的傾斜角碎了，船頭倒塌了，船殼裂開，灌進了海水，發出嚇人的翻騰聲。船尾的應急舵鏈被震斷了，舵掉下來，拍打著。船被暗礁捅穿了，船頭向下沉。在它的四周原來只看見濃厚的霧，現在霧幾乎成了漆黑的。黑夜來臨了。

唐格魯伊的酒醒了過來。他走下甲板間，又走上來，說：

「船長，水淹沒了底艙，十分鐘後就會淹到排水孔。」

乘客們在甲板上魂飛魄散地亂跑，扭自己的手，把身體伸到船外張望，又去看機器。他們因為恐懼做出各種毫無意義的行動。那個旅遊者已經昏過去了。

克呂班做了個手勢，大家都安靜下來。他問火夫：

「機器還能運轉多久？」

「五六分鐘。」

接著他問那個根西島人：

「您剛才說您看到了岩礁。所以我們現在是撞到了阿努瓦礁的哪個暗灘？」

「是莫夫。剛才在霧的一個縫隙裡，我清清楚楚地認出了是莫夫。」

「既然是莫夫，」克呂班說，「那麼，我們的左邊是大阿努瓦，右面是小阿努瓦。我們離陸地一海浬遠。」

船員和乘客靜靜聽著，焦慮不安，集中注意力地盯著船長，全身都在發抖。

減輕船載是沒有用的，而且也不可能。要把船上的貨物丟到海裡，就得打開舷門，這樣會增加海水湧進船內的風險。拋錨也沒有用，船已經牢牢地陷住了。再說，在這樣的海底搖晃錨，錨鍊可能會纏住錨杆。機器沒有損壞，只要火沒有熄，船還能夠使用；也就是說，還有幾分鐘的餘裕，運用明輪和蒸汽的力量，將船向後退，掙脫暗礁。但是這樣一來，船立刻就會沉沒。岩礁在一定程度上能夠塞住裂口，擋住海水進入；裂口如果疏通，水就會大量注入船艙，使船沉到海底。

克呂班命令道：

「把救生艇放下海。」

火夫和舵手連忙跑過去，解開纜繩。其他的船員都愣愣地望著。

「大家都來動手！」克呂班叫起來。

這一次，所有人都服從命令照做了。克呂班繼續鎮定地下達指令：

「拉緊！——如果絞盤不能動，就使用輔助纜繩！——捲夠了——降下來！——不要讓滑車和光纜索連在一起！——放下兩頭！——起來！——別讓船頭沉到水裡！——摩擦得太凶了！——拉住複滑車的繩子——注意！」

救生艇被放到了水裡。就在這一刻，杜蘭德號的明輪停下來了，煙也不冒了，爐子被水淹沒了。

乘客們順著梯子滑，或是緊緊抓住動索，跌到救生艇裡。英勇的火夫抱起了昏倒的旅遊者，放進救生艇裡，然後自己又回到船上。水手們跟在乘客後面，爭先恐後地向前擠。

在這段時間裡，克呂班走到他的房間裡，把船上的文件和儀器捆在一起。他從羅經櫃裡取出了羅盤，連同文件和儀器一起交給船員，對他們說：「你們也下去救生艇。」

他們下去了。其他的船員早在他們以前上了小艇。救生艇塞滿了人。

「現在，」克呂班喊道，「划走。」

救生艇上響起了一陣叫聲：「船長，您呢？」

「我留下來。」

遇難的人沒有多少時間商量，更沒有時間感動，但是都堅決要求：

「船長，快到我們這裡來！」

「我留下來。」

那個根西島人對海十分熟悉，他說：

「船長，這裡是阿努瓦礁，只要游一海浬就可以到普蘭蒙。可是坐船必須在羅克根靠岸，那有兩海浬遠。有岩礁，有霧，這艘小艇兩小時內是到不了羅克根的。夜色很黑，潮水漲了，風力在增強，馬上就會起暴風，那樣我們就無法回來接您了。如果您不走，會送命的。快到我們這裡來吧！」

巴黎人也插嘴道：

「救生艇載滿了，再添一個人就太多了。不過我們有十三個人，這數字是不吉利的，寧可再加一個人。下來吧！船長。」

唐格魯伊也說：

「一切都是我的錯造成的，與您無關。您留下來是不合理的。」

「我要留下來，」克呂班說，「這艘船今晚將會被暴風吹成碎塊。我絕不離開它，船長必須與船共存亡，我要克盡職責到最後一分鐘。唐格魯伊，我原諒您。」

他交叉起雙臂，大聲喊道：

「聽好命令。一起解開纜繩。划走！」

救生艇離開了。一名水手掌舵，沒有划槳的手都向著船長舉起來。

大家齊聲喊道：「向克呂班船長致敬！」

「真是一位了不起的先生。」美國人說。

「他是大海上的最正直的人。」一根西島人回答。

唐格魯伊哭了。

「如果我有勇氣的話，」他低聲喃喃地說，「我就和他一起留下來。」

救生艇隱沒在霧裡。槳聲越來越輕，最後什麼也聽不見了。

克呂班一個人待在那裡。

23

這個人獨自留在這塊岩礁上。在這層黑雲下，這片海水中間，遠離人群的接觸，他像死人一樣被丟在上漲的海水和降臨的黑夜當中，感到無比快樂。

他成功了。

他實現了他的美夢。他從命運那裡取來的匯票現在已經兌現了。

他在距離陸地一海浬的阿努瓦礁上面，手裡有七萬五千法郎。從來沒有一次船舶失事安排得這樣巧妙。沒有一點破綻，什麼都考慮到了。

克呂班從年輕時開始就有一個打算，那便是將正直當作賭注，押在生活的輪盤賭桌上。他披上誠實的外衣，一分一秒等待決勝的時刻，賭輸後不斷地再下雙倍賭注，摸索竅門，當機立斷，最後一舉大贏。愚蠢的賭徒連續失敗二十次，他卻一次就成功；當那些人走向絞架的時候，他卻走向好運。

當他遇見朗泰納時，立即擬定了他的計畫。先是叫朗泰納交出偷來的錢，再用失蹤來逃過被揭發的風險。為了達到這個目的，就要讓杜蘭德號失事。這次海難是必須的。除此之外，他還能留下一個好名聲。這是他一生中的一大傑作。誰要是看見了現在的克呂班，都會以為見到了一個快樂的魔鬼。

他活了一輩子，就是為了這一刻。

他彷彿在重複說這樣一句話：「終於成功了！」一種可怕的寧靜使他陰暗的前額變得灰白。他的眼睛黯淡無光，眼睛深處變得深不見底，十分可怕。這個靈魂的內心在燃燒，射出了光芒。

他終於自由了！終於富有了！

克呂班望著無邊的黑暗，不禁發出低沉可怕的笑聲。

他眼前有的是時間。潮水在上漲，杜蘭德號因此被支撐住，甚至稍微向上升了一點。船牢固地貼在暗礁上，完全沒有沉沒的危險。此外，需要一些時間讓救生艇划遠，或是翻船。克呂班就是這樣希望的。

他站在遇難的杜蘭德號上，叉起雙臂，享受著獨自處在黑暗中的滋味。

三十年來，虛偽沉重地壓在這個人身上。他是罪惡，卻和正直結合。他懷著一種不幸的怨恨，仇視德行。他一直懷有邪惡的預謀。從他成年以來，他就披著善良的皮生活，裡面卻包著強盜的心。他是善於甜言蜜語的海盜，是誠實的囚徒，公眾對他的尊敬沉重地壓在他身上。他的內心險惡，言語卻要溫厚，這真是件困難的事！這種違背常理的生活就是他的命運。他必須舉止沉著，落落大方，暗地裡卻大發雷霆，咬牙切齒。

克呂班相信自己一直以來都是被壓迫的。他為什麼沒有權利生在富人的家庭？他一心想從他的父母那裡得到十萬利弗年金的收入，為什麼他得不到呢？這可不是他的錯。既然他沒有資格享受，為什麼他必須去幹活——也就是去欺騙人、出賣人、毀滅人？為什麼別人要用這種方式強迫他忍受那種對人阿諛奉承、低聲下氣、又使自己受人尊敬的折磨，同時還必須表現出不屬於自己的面容？掩飾是被迫接受的暴力，人們憎恨不得不對之說謊的那些人。終於，最後的時刻來臨了。克呂班報了仇。

向誰？向所有的人，所有的事。

萊蒂埃利對他做的都是好事，因此他的不滿也更深。他要向萊蒂埃利報復。

他向所有那些在他們面前被迫克制自己的人報復。不論是誰，只要曾經對他好的，都是他的敵人。他曾經是那些人的俘虜。

現在，他自由了，他的逃脫已經成功了，他離開了人群。別人以為他死了，其實他活著。他將要重新開始，擺脫虛假的克呂班。

想到這裡，克呂班又一次放聲大笑。

別人會以為他死了，而他卻成了富翁。別人會以為他完蛋了，而他卻得救了。他對所有的蠢貨開了個大玩笑！所有的蠢貨裡包括了朗泰納。克呂班想到朗泰納，便對他產生了無限的蔑視。同樣是逃跑，朗泰納沒有成功，而他卻成功了。朗泰納狼狽地溜走，而他卻得意洋洋地失蹤。

對於將來，他還沒有明確的計畫。他腰帶上的鐵盒裡有三張鈔票，這個可靠的事實對他來說便足夠了。他將改名換姓。在一些國家，六萬法郎能值六十萬。他要到那樣的一個角落去，帶著這些錢老老實實地生活；或是做點投機生意，擴充資金，漸漸成為百萬富翁。例如說，在哥斯大黎加，正是大宗咖啡生意蓬勃發展的時期，有大量的黃金好賺。等著瞧吧！

不過，這些都無關緊要。他有足夠的時間考慮。目前，最困難的環節已經完成，其餘的便簡單了。他會游到岸上，在夜裡到達普蘭蒙，爬上懸崖，再用他事先藏好的繩子毫不費勁地爬進屋子，然後在屋裡找到裝著衣服和食物的旅行袋。他要在那裡等候，不到一個禮拜，西班牙的走私者布拉斯基多就會到普蘭蒙來接應他，他會去帕薩里斯或者畢爾包，然後從那裡去維拉克魯斯，或是紐奧良。

跳下海的時間到了，那艘救生艇已經離得很遠了，游一個小時的泳對克呂班來說算不上什麼。他如今在阿努瓦礁上，和陸地只不過相隔一海浬而已。

這時候，大霧突然裂開一個縫。眼前是令人生畏的多佛爾礁。

24

克呂班驚恐萬狀地張望。

確實是那個孤立的險惡岩礁！

它外形古怪，不可能認錯的。像孿生一樣的兩座多佛爾礁可怕地聳立著，在它們中間有一條彷彿陷阱一般的隘道。

它們離他很近。剛才的大霧如同一個共犯一樣，把它們藏起來了。

克呂班在大霧瀰漫的時候，把航線弄錯了。儘管他加倍小心，霧仍使他迷了路。霧對他的計畫來說很有用處，但也有一些危險。克呂班把船偏西航行，他犯了錯誤；加上那個根西島乘客自以為認出了阿努瓦礁，決定了最後的航向。克呂班一心認為撞到了阿努瓦礁上面。

杜蘭德號是被暗礁的一個淺處撞裂了，離兩座多佛爾礁只有幾百公尺遠。

在兩百嗕遠處，可以看到一座很大的、立方形的花崗岩。這座岩石的峭壁上有一些凹凸的地方讓人攀登。這些高低不平、成直角的岩壁，四角也都是直線，讓人猜得出頂上是一塊平地。這座岩石被當地人叫做「人岩」。

人岩比多佛爾礁還高。它的平台俯瞰著多佛爾礁兩個無法到達的尖頂。這個平台的邊緣都塌了，頂部十分平坦，勻稱整齊得難以形容，像雕刻出來的一樣。很難想像出有比這裡更荒涼的地方了。大海的波濤朝著這塊巨大黑石的幾個方形側面湧來，平靜的海面起了皺紋。

一切都停滯不動了。空中幾乎沒有一絲風，海面上幾乎沒有一道波痕。在這寂靜的水面底下，可以猜測出在深處埋葬著不計其數的生命。

克呂班過去常常在遠處望見多佛爾礁，他完全相信他現在就在這裡。變化既突然，又可怕。不是阿努瓦礁，而是多佛爾礁！離陸地不是一海浬，而是五海浬。五海浬！不可能游得過去！

克呂班渾身哆嗦起來。他陷入了黑暗之中，除了人岩沒有其他避難之處。夜裡很可能會突然出現暴風雨，那艘救生艇也很可能在途中翻船；船隻失事的消息再也不會到達陸地上。沒有人會知道他還留在多佛爾礁上，他除了凍死餓死，沒有別的出路。他的七萬五千法郎不能為他換來一口麵包，他煞費苦心想出的計畫最後只為自己製造了災難。

這時候，起風了。霧被搖晃、突破、被扯開，然後在天邊消散。整片海洋又露出來。

黑夜逼近，或許暴風雨也快來臨了。杜蘭德號由於海水上漲，漸漸浮了起來，不停地左右搖擺，像是在礁石上轉動一樣。感覺得出一個海浪就能把它沖下來，順水捲走，這個時間將至了。

天色稍微亮了一些。霧離開了，也帶走了一部分黑暗。西邊的烏雲全都消失，傍晚的白色天空一望無際，大片的微光照亮了大海。

杜蘭德號是傾斜著擱淺的，船尾在上，船首在下。克呂班走到船尾，牢牢地盯著天邊。

他心想，在大霧瀰漫了這麼久以後，原本在霧裡停航或是拋錨的船會重新航行，也許他能見到一兩艘。

果然，一艘帆船突然出現了。

它從東邊來，向西邊駛去。不到半小時，就會從多佛爾礁附近的海面上駛過。

克呂班對自己說：「我得救了。」

在像他目前的處境裡，一個人首先想到的是活命。

這艘帆船也許是外國船隻。誰敢說它不是一艘走私船呢？誰敢說那不是布拉斯基多呢？如果是，那他不僅可以平安脫險，錢財也保住了，而且不必再大費周章回那棟鬧鬼的房子，能提前結束這場冒險。

肯定能成功的信念重新瘋狂地進入這個陰暗的頭腦裡。

現在，要做的只有一樣事情了。

陷在岩礁裡的杜蘭德號，它的外形和岩礁混在一起，僅僅是一個輪廓，模糊不清，難以辨認。在殘留的白晝餘光裡，它是無法引起經過的船隻注意的。然而，在灰白的暮色裡，一個黑黑的人影站在人岩的平頂上，做出求救的信號，無疑會被發現。到時候，就會有一艘小船派過來接遇難的人。

人岩只有兩百碼遠，游到那裡是很簡單的事，爬上去也很容易。

沒有一分鐘可以耽擱了。

克呂班脫下衣服，把它們放在甲板上。反正他能從那艘帆船上得到衣服的。

他只留下那條腰帶。

當他全身赤裸以後，他用手按住那條腰帶，把它再扣緊一點，摸了摸鐵盒子，迅速地用眼睛觀察岩礁和人岩之間的海水。然後，他頭朝下猛地跳進水裡。

因為他從高處跳下來，他沉得很深。

他在水裡往下潛，一直潛到了海底。碰到海底後，沿著海底的岩石游了一會兒，接著，抖動了一下身子，想浮到水面上來。

就在這時，他感覺腳被抓住了。

25

吉利亞特和朗多奧談了短短幾分鐘後，到了聖桑普森。他焦急不安，甚至到了憂慮的地步。

聖桑普森那裡發出了嘈雜的聲音，所有人都站在家門口。婦女們在叫喊。有些人好像在講什麼事情，一面說一面做手勢，一群群的人圍在他們四周。人們聽到這句話：「多麼不幸！」

吉利亞特沒有問任何人。他生來就不愛向人提問題，加上他心裡太激動了，無法向不認識的人搭話。他徑直朝著布拉韋走去。

他的焦慮是那樣強烈，竟毫不害怕地走進那座宅邸。

面對碼頭的低矮客廳門是敞開的。門口有一大群男人和女人，大家都向屋裡走，他也走了進去。他進去的時候，看見朗多奧靠在門框上，輕聲對他說：

「現在您肯定知道發生什麼事了吧？」

「什麼事呀？」

「杜蘭德號完蛋了！」

在屋子裡有許多人，三三兩兩地低聲談著話，彷彿在一個病人的房間裡。這些人裡面有鄰居、過路人、好奇的人，都帶著畏懼的神色，擠在門旁邊站著。在房間深處，可以看見黛呂謝特坐在那裡流淚，萊蒂埃利站在她身旁。

他背靠著牆，頭上的水手便帽壓到了眉毛，一絲灰白的頭髮垂在臉頰上。他沒有說一句話，兩條手臂一動也不動。他的嘴似乎不再出氣了，看上去像是一根木頭一樣。

這個人的生命彷彿已經崩潰了。杜蘭德號不存在了，萊蒂埃利也不再有理由活下去。他在大海上有一個靈魂，這個靈魂剛才沉沒了。他不能再等候杜蘭德號回來，不能再看著它起航，不能再看著它回來；這樣的生活有什麼意義呢？在這樣的年紀，一切無法重新開始了，而且他破產了。可憐的老人！

黛呂謝特坐在他旁邊的椅子上哭泣著，兩隻手握著萊蒂埃利的一個拳頭。萊蒂埃利放鬆手臂，隨她任意擺動。他完全處於被動狀態，身上餘下的力量就像遭到雷擊後的人那樣所剩無幾。

一些人小聲嘀咕著，彼此交換各自得到的消息。下面便是大家談到的各種情形：

杜蘭德號昨天在多佛爾礁因為遇上大霧而遭難，大約就在日落前一小時左右。除了不願棄船的船長以外，其他的人全坐上了救生艇。大霧散去後突然刮來的西南風把他們吹到了遠離根西島的海面上。他們在夜裡幸運地遇到了「喀什米爾號」，救起了他們，把他們送回聖彼得港。造成這場船難的舵手唐格魯伊被關進了監獄。大家都說克呂班真是高尚的人。

房間的桌子上有一個羅盤和一疊登記簿和記事本，那是杜蘭德號上的羅盤和文件，是救生艇離開時克呂班交給船員的。這是這名船長的崇高表現，在他面臨死亡的時候，還一心想保全這些文件，足以顯示他自我犧牲的高尚精神。

大家一致讚賞克呂班，而且也一致相信他得救了。「希提爾號」帆船比喀什米爾號晚到幾個小時，正是這艘船帶來了最後的消息。它和杜蘭德號在同一個海域航行了二十四個小時，也曾在大霧中耐心等待，在暴風雨中逆風行駛。希提爾號的船長就在現場。

這名船長說道，在凌晨時分，風勢已經緩和下來，他聽到海上有牛叫聲，吃了一驚，於是將船朝那個方向駛去。他看見杜蘭德號擱在多佛爾礁上，他把船靠過去，向那艘遇難的船呼喊。不過一個人的聲音也沒有。遇難的船暫時還沒有沉沒的危險，儘管狂風十分猛烈，但是克呂班大可在船上度過一夜。他不是輕易放棄的人。他不在那裡，所以他一定獲救了。有好幾艘從格蘭佛和聖馬洛出發的船隻，在昨晚的大霧散去後，無疑會在多佛爾礁旁駛過。肯定是有一艘把克呂班接走了。

這些推測顯然十分有道理。人人都預料會看到克呂班隨時重新出現在大家面前，他們還打算把他舉起來歡呼勝利。

不過，關於杜蘭德號，不得不承認，它已經完了。

希提爾號的船長親眼目睹了失事船隻的結局。岩礁非常尖，杜蘭德號彷彿被釘在上面，穩穩佇立了一整夜。岩礁頂住了暴風雨的衝擊，但是到了清晨，突然沖來一股海浪，瘋狂地捲起杜蘭德號，把它從礁石上拔下來，用飛箭般的速度拋進兩座多佛爾礁中間。只聽見一聲爆裂聲，杜蘭德號被海浪刮起，牢牢地嵌在兩塊岩石當中，悲慘地懸在那裡，聽任海風和海水擺佈。

這艘船有四分之三已經碎了。希提爾號的船長精準地敘述了這場災難的細節：右舷船側後半部被捅穿了，桅杆斷了，帆邊繩全不見了，桅的側支索的鏈條幾乎都斷了，船艙防護罩上的天窗被壓碎了，纜柱從主桅沿著船尾斷掉了，食品貯藏室的屋頂塌下來了，放救生艇的架子翻了，艙面室散開了，舵軸斷了，操舵鏈脫落了，舷牆全毀了，纜樁被沖走了，橫桁倒了，欄杆不見了，艉柱打斷了。而固定在船頭的桅杆上的吊車，和它的吊舉絞索、複滑車、鐵滑輪、鏈條，全被掃蕩得乾乾淨淨，毫無蹤影。杜蘭德號已經解體了，海水將會把它扯成碎片，幾天之後，它就什麼也不剩了。

不過，船的引擎表現出優良的性能，在這場災難中幾乎沒有受到損壞。希提爾號的船長認為機器的曲柄沒有重大損壞；船的桅杆折斷了，但是機器的煙囪卻沒有倒。駕駛台的鐵欄杆彎曲了，明輪罩損壞了，外殼被撞傷了，不過明輪似乎沒有缺少一片葉片，機器完好無損。火夫也同意這個看法，他舉起雙臂，張開十根手指，對不吭一聲的萊蒂埃利說：「我的主人，機器還活著。」

克呂班幾乎已確定獲救了，杜蘭德號的船殼也已經犧牲了，船上的引擎便成了這群人談話的焦點。大家關心它，讚嘆它的優點。一個法國水手說：「那是一個結實的玩意兒！」一個根西島的漁夫說：「這真是好東西！」希提爾號的船長說：「經過這場大難，只擦傷了兩三處地方，簡直太神奇了。」

人們討論了一陣子以後，終於得出這樣的結論：

引擎是最主要的部分。再造一艘船是做得到的，再造一台引擎卻不可能。這台引擎是獨一無二的，製造它的工人已經去世了；而且引擎值四萬法郎，再買一台也是很困難的。不過，一想到這台機器目前還完整良好，但五六天後便會像船身一樣成為碎片，大家都感到可惜。只要能救出引擎，就能補償一切損失，重建一艘船。

救出機器，說起來容易。可是誰去做這件事呢？這麼做有可能嗎？顯然，要把擱在多佛爾礁上的機器救出來，就必須派一艘船和一批船員到那兩座岩石上幹活，這是荒唐透頂的事。眼前正是海上常起風暴的季節，只要狂風一起，錨鍊就會被海底的尖石鋸斷，船也會在暗礁上碰得粉碎。本來是要救一艘遇難的船，結果反而會害得另一艘船也遇難。

除此之外，要怎麼動手救出這台機器呢？那個人不僅要是個水手，而且還得是個鐵匠。他會經歷什麼樣的考驗啊！他不僅要是個英雄，還必須是個瘋子！的確，不管怎麼說，為了那塊廢鐵不惜犧牲生命，這不是精神失常嗎？不，不會有人去多佛爾岩礁的，應該拋棄那台機器，就像拋棄船身一樣。能救機器的人是不存在的，到哪裡去找這樣的人呢？

以上這些，便是在場的人低聲議論的內容。

希提爾號的船長歸納了所有的意見，高聲喊道：

「不行！一切都完了。世上沒有一個人能去那裡把機器拿回來。」

他又使勁地搖晃他的左手，表示事情肯定不可能做到，同時說道：

「如果有這樣的人……」

黛呂謝特回過頭來說：「我就嫁給他。」

全場一片寂靜。

一個面色十分蒼白的人從人群中走出來，說：

「您會嫁給他嗎？黛呂謝特小姐。」

這個人是吉利亞特。

這時候，所有人的眼睛都抬了起來。萊蒂埃利已經筆直地站著，雙眼閃現出奇特的光彩。

他用拳頭抓緊他的帽子，扔在地上，然後莊嚴地望著前方，說道：

「黛呂謝特會嫁給他。我向上帝發誓，絕不食言。」

26

第二天的夜晚，夜幕下降的時候，一個回港的漁民大吃一驚。他在海面上看到了一根桅杆。在這個時刻，出海捕魚是不可能的。當大家都回港的時候，有一艘船卻要出港。那是誰？為什麼要這樣做？

十分鐘以後，那根緩慢地向前移動的桅杆，來到了離漁民不太遠的地方。他不認識那艘小船。他聽見兩把槳的聲音，看來船上只有一個人。這時吹的是北風，那人顯然是想划到豐特內爾角外側順風揚帆，所以他打算繞過安克列斯和克萊維山。這麼做是什麼意思呢？

桅杆過去了，那個漁民也回家了。

在這之後，一個在半哩外趕著大車的人，看見海上離天際相當遠的地方，有一張帆升起來了。又過了半小時，一個粉刷工從城裡幹活回來，突然望見有一艘小船十分大膽地駛進格農、羅斯德邁爾和格立普德羅斯的岩石當中。當時海面上只有這一艘小船，許多居民都目睹了它向南航行。

在出現暴風雨後的第二天，海上風浪還不會完全平靜，這條水路不太安全。選擇它航行是不謹慎的，除非是十分熟悉那些航道的人。

「這艘小船要去什麼鬼地方呀？」人們都在問自己。

就在這一個傍晚，太陽下山以後不久，有人在敲打路頭小屋的門。那是一個穿褐色衣服和黃色長襪的小男孩，這身打扮說明了他是一個神職人員。路頭小屋的門窗都關著。一個經過的老漁婦看到小男孩，問道：

「孩子，您有什麼事？」

「我找住這裡的一個人。」

「他不在。」

「他去哪裡了？」

「我不知道。」

「他明天回來嗎？」

「我不知道。」

「是這樣的，大娘。新教區長，可敬的阿貝尼薩・考德雷牧師想來拜訪他。他派我來問路頭小屋的主人明天早上在不在家。」

「我不知道。」

27

在得知沉船後的一天裡，萊蒂埃利不睡、不吃，也不喝，他吻著黛呂謝特的額頭，詢問有沒有克呂班的消息；他在一份聲明上簽了名，宣佈他不進行任何控告，並要求釋放唐格魯伊。

第二天，他在杜蘭德號的辦事處裡，身子半靠在桌子上，和氣地回答每一個來看熱鬧的人。當人們的好奇心得到滿足以後，布拉韋又恢復了平靜。門重新關上了，萊蒂埃利眼睛裡的閃光已經消失了，剛聽聞災難時的那種淒慘的眼神又出現了。

下午，快到喝茶的時間，房門打開了，走進來兩個人，都穿著黑衣服，一個年老，一個年輕。兩個人神情嚴肅，衣著表明了他們是神職人員。

年輕的那一位長得十分俊美。他既然是教士，那麼至少有二十五歲，不過看上去只有十八歲。他表現出和諧，同時又表現出矛盾，他的心靈彷彿是為熱情而生的，他的肉體彷彿是為愛情而生的。他頭髮金黃，粉紅色的肌膚，容光煥發，穿著樸素的衣服，身段顯得特別優美。他的雙頰像少女一樣，兩手細長。他的舉止輕快自然，雖然好像有點克制。他渾身上下都具有魅力、風度，甚至一些性感。他的眼神透露出的美，沖淡了他過分優雅的姿態。他真摯的微笑裡帶著沉思和虔誠，一笑便露出了孩子般的牙齒。他像年輕的宮廷侍從那樣可愛，又像主教那樣莊嚴。

老的那一位是雅克曼．埃羅德教區長。他傲慢、刻板、胸襟狹隘、自以為是。他總是注重形式，不看本質。此外，他神氣十足，處處顯得不凡。他的外貌就像是一位博學的人，眼睛瞇得挺神氣，但有些過分；鼻孔多毛，牙齒總露在外面；上嘴唇薄，下嘴唇厚；有好幾張文憑，俸祿很高；朋友都是准男爵，主教信任他。他口袋裡總放著一本聖經。

兩位教士走進來的時候，萊蒂埃利的心思完全被別的事情吸引了，因此沒有注意他們，只是稍微皺了皺眉頭。

雅克曼．埃羅德先生鞠了一躬，說了幾句克制而傲慢的話，告訴他新近的升遷；又說依照慣例，他要將他的繼承人、聖桑普森的新教區長阿貝尼薩．考德雷介紹給本地的重要人士，包括萊蒂埃利。今後這一位便是萊蒂埃利的本堂牧師。

黛呂謝特站了起來。

年輕的牧師也躬身行了一禮。

萊蒂埃利看了看阿貝尼薩．考德雷，低聲嘀咕了一句：

「蹩腳的水手。」

女僕送過來兩把椅子，兩個教士在桌子旁邊坐下。

埃羅德開始說話了。他聽說了杜蘭德號的事故，以本堂牧師的身分表示慰問，同時提出一些勸告：船隻失事是不幸的，但也是幸運的。不妨從好的方面來理解災難，上帝的旨意誰也不知道。例如，貧窮會替他指出假朋友，使那些假朋友離開他；同時，杜蘭德號一年能賺進一千英鎊，這對一般人來說太多了，應該遠離這些誘惑，蔑視錢財，好感受上帝的恩典。再說，誰知道杜蘭德號的損失會不會得到補償呢？比如說，他，雅克曼．埃羅德，正在進行一樁十分賺錢的投資，如果萊蒂埃利願意用他剩餘的錢參與這樁投資，將可以恢復他的家產。那是一件向正在鎮壓波蘭的沙皇供應武器的買賣，能獲得三倍的利潤……

萊蒂埃利被沮喪吞沒，一心想著別的事，沒有聽他說話。坐在一旁的黛呂謝特低著頭，也陷入了沉思。她的沉默使這場死氣沉沉的談話更增添了尷尬的氣氛。不過埃羅德一點也沒有感覺到這一點，他仍然隨心所欲地說著。

最後，老教區長站了起來，他帶來的阿貝尼薩也站起來了。

女僕見到兩位教士要告辭了，連忙打開了門。

這時候，埃羅德拿起他那本小開本聖經，伸長兩手，緊緊握住它，嗓音盡可能顯得十分莊嚴。

「萊蒂埃利，臨走前，我們必須唸一頁聖經。生活中的各種處境都能從聖經中得到啟發，對於痛苦的人尤其如此。只要翻開聖經，不用選擇章節，真誠地唸出剛好翻到的地方，不管是哪一頁，它都肯定會發出光輝。那是上帝那裡送來的話，讓我們靜聽和服從吧。萊蒂埃利，您現在在痛苦當中，這是安慰人的書；您現在生了病，這是使人恢復健康的書。」

雅克曼．埃羅德按了一下搭扣的彈簧，隨便將一隻手指插進兩頁紙當中，再把手在打開的書上放了一會兒，同時沉思了片刻；接著，很威嚴地低下眼睛，大聲唸起來。

「以撒在田間散步。那條路通向看顧我的永生者之井。」

「利百加一看見以撒，就問：『那從田間向我們這邊走過來的人是誰？』」

「以撒就帶利百加進了他的帳篷，跟她成婚，以撒很愛利百加。」

阿貝尼薩和黛呂謝特相互對視。

第二部　吉利亞特

1

前一天被根西島的居民見到的那艘小船，正是吉利亞特的帆船。他選擇了沿著海岸在岩礁中間穿行的航道。那是一條危險的路線，不過是直線。他選了最近的路線，因為失事後的船是不會慢慢等人的，延誤一個小時就會造成無法彌補的損失。他想儘快救出處於危險中的機器。

天漸漸亮了，小帆船距離多佛爾礁越來越近。那兩根高高的岩柱又黑又大，一動也不動，在海浪上露出驚人的外形。上面支撐住一條橫樑，就像架在兩根柱子之間的一座橋；它和柱子連成一體，形成一道門。一大塊東西嵌在門中央，那就是杜蘭德號。

兩座岩礁上還流淌著昨夜的暴風雨留下的雨水，彷彿一名汗流浹背的戰士。風力已經減弱了，海面上微微的水波緩緩動著，能夠猜到那裡有一些很淺的岩礁。從大海上傳來蜂鳴般的低沉聲音。除了那兩座屹立著的多佛爾礁，一切都在同一個水平面上。礁石在較高的地方蓋滿了海藻，陡峭的腰部發出甲冑般的光澤。它們彷彿在準備再次搏鬥。

吉利亞特穿著他出海的衣服：羊毛襯衣、羊毛長襪、帶釘子的皮鞋、毛線短上衣、有口袋的粗布長褲，頭上戴了一頂水手們常戴的紅色呢絨帽。他認出了那處暗礁，向它駛過去。

杜蘭德號和一艘沉沒的船完全相反，它掛在半空中。沒有比營救這樣的船隻更奇怪的事了。

當吉利亞特到達暗礁近處時，天已經大亮了。海峽裡面始終白沫不斷。

吉利亞特小心翼翼地靠近多佛爾礁，一次次地把測深器投進水裡。

海水正在退潮，時機很有利。逐漸下降的潮水使小多佛爾礁的腳下露出一些平坦的或不太傾斜的岩石。這些岩石有時狹窄，有時寬闊，它們沿著直立的巨石形成距離不等的陡峭階梯，一直伸展到杜蘭德號下面。

吉利亞特把帆船推到這些岩石前面，讓它停住。岩石上蓋滿了一層厚厚的海藻，十分滑溜。吉利亞特脫下鞋子，赤腳跳到海藻上，把帆船繫在石尖。接著，他在狹窄的陡坡上向前走，一直走到杜蘭德號底下，抬起頭仔細觀察。

杜蘭德號被固定地懸空吊著，夾在兩座岩石中間，離開海面大約二十公尺左右。能把它拋到那個地方，顯示那場狂風惡浪一定十分厲害。

這艘從巨浪中掙脫出的船，幾乎被暴風雨從海上連根拔了起來。風的漩渦扭曲了它，海水的漩渦拉住了它。船被風暴的兩隻手迎面捉住，像一塊木板那樣碎裂了。它的尾部、引擎和明輪，都從浪花裡被抬起來，被狂怒的旋風塞進兩座多佛爾礁中間的狹道裡，一直陷到主橫樑。船頭被狂風捲起後，在岩礁上跌散了；貨艙被打穿，都空了，淹死的牛都沉到海裡。

船頭的一大塊舷壁還跟船尾連在一起，被幾根快斷掉的繩索掛在左舷明輪罩的加強肋骨上。在礁石遠處的坑坑窪窪裡到處看得見樑、木板、破帆布、斷鏈條、各式各樣的碎片，全都安靜地躺在岩石上。

吉利亞特仔細地察看杜蘭德號，龍骨在他的頭頂上，像天花板一樣。

天邊茫茫的海面幾乎一動也不動。那裡晴空萬里，太陽從湛藍遼闊的蒼穹中壯麗地露了出來。不時地有一滴一滴的水從破船上滴下來，落入海裡。

2

兩座多佛爾礁石的外形和高度都不同。

在彎曲的、鋒利的小多佛爾礁上，能夠看見一塊紅褐色的岩石突出來，上頭有一些裂縫，能夠用來攀登；礁石頂端卻是尖的，像一隻羊角。而大多佛爾礁光滑平坦，垂直地立著，沒有孔隙，也沒有高低不平的地方，儘管頂部是一個平台，卻不可能登上去。

人們能夠爬上小多佛爾礁，但是無法久留；人們能夠在大多佛爾礁上停留，但是卻爬不上去。

吉利亞特看了一眼以後，回到了小帆船上，把裝來的東西逐一搬到一塊平地上。他把這些用具捆成一個小包，用防雨布裹牢，加上一根粗繩子和吊環，然後把這個小包推到岩石的一個角落裡。接著，他手腳並用，緊緊攀牢小多佛爾礁，從一個凸出的地方登上另一個凸出的地方，抓住最小的裂縫，終於爬到卡在半空中的杜蘭德號那裡。

他到了明輪罩的高度，便一口氣跳到甲板上。

船的內部十分淒慘，到處是可怕的暴行留下的痕跡。烏雲、雷電、大雨、陣風、海浪、岩礁，都曾在這裡肆虐一番。一些鐵製品扭曲得奇形怪狀，船艙內的東西全都碎裂了。這是狂風與海浪的傑作。

杜蘭德號就像一個被開膛破肚的人，從傷口中流出來一堆亂七八糟的碎片，好像人的內臟。纜繩在飄動、顫抖，鐵鍊晃來晃去，發出噹噹的響聲。船隻的纖維和神經都垂在外面。沒有撞碎的部位也全脫了臼。包住船底的金屬板碎片好像一把把刷子。一切都如同廢墟一樣。起重用的撬棒成了一段鐵塊，測深器成了一段鉛塊，三眼滑車成了一段木頭，吊索成了一段麻繩；繩索亂成了一團，帆邊繩只剩下一根線。到處是破壞後的淒涼景象，見到的都是脫鉤、脫釘、裂口、破損、彎曲、漏洞、毀滅。所有的殘骸匯合在一起流動，但是在龍骨的大斷口邊緣被堵住了，只要稍微碰撞一下，全部都將掉入海裡。船身佈滿裂縫，從一些大的洞能看得見陰暗的內部。

海浪從下面對這個可憐的東西輕蔑地吐著白沫。

3

希提爾號的船長說得沒錯。船殼全毀了，引擎卻毫髮無傷。

斷掉的桅杆都已經倒下，可是煙囪甚至沒有彎曲。支撐機器的大鐵板使機器完全保持原狀，毫無損壞。蓋在明輪罩外面的木板像百葉窗片一樣，幾乎都散開了，但是從縫隙朝內望，能看見明輪是完好的，只掉了幾片輪葉。

船尾的大絞盤也沒有壞。它的鏈條還在，牢固地嵌在一個厚木板的槽裡，仍然能夠使用，只要捲鏈的力量不會使下面的木板裂開。甲板的護板幾乎到處都彎曲了，所有的隔板都在搖晃。

機器被保存了下來，但離毀滅也不遠了。它將會被殘暴的浪花當成玩具，一點一點地肢解，直到消失。有什麼辦法呢？這一大堆機械和齒輪，既笨重，又精巧，無法移動，只能在這個荒僻的地方聽任自然的力量宰割。礁石困住了它，讓它遭受大風和海浪擺佈。

要怎麼把它拉出來呢？

吉利亞特眼前有許多急迫的事要做。最重要的就是替小帆船找一個下錨的地點，然後再替自己找一個棲身的地方。

杜蘭德號的左舷沉得比右舷低，右邊的明輪罩比左邊的明輪罩高。他爬上右邊的明輪罩，從那裡俯視岩礁下部。

大小多佛爾礁如同兩道高高的山牆，中間是一條小巷的狹窄入口，小巷左右是垂直的低矮花崗石壁，好像被斧頭劈開一般。這一帶，即使在退潮的時候，也從不乾涸，一道猛烈抖動的流水始終貫穿其中。在急劇拐彎的地方，障礙物激怒了波濤，使它越加洶湧，冒出無數的浪花。巨大的狂風遭受到同樣的壓力，同樣變得惡毒起來。這兩股力量就像棍棒和標槍，在打穿對方的同時又將對方敲碎。

兩排岩礁讓一長條海水從它們中間通過，它們在兩座多佛爾礁的低處層層疊起，同時逐漸向下降，到了較遠處，全都消失在海浪裡。可以猜想得到，這兩行山脊延伸出去，成了一條海底的道路，通到立在礁石另一頭的人岩。

此外，在吉利亞特觀察的同時，正是低潮，這兩排淺灘露出了它們的頂部，有幾處一點水也沒有，看得一清二楚，它們毫不間斷地連在一起。人岩在東邊擋住一整群礁石，它們又在西邊被兩座多佛爾礁撐住。從空中向下看，整群礁石像一串彎曲的念珠，一頭是多佛爾礁，另一頭是人岩。

大小多佛爾礁從整體來說，只是兩座長長的花崗岩。它們從海底山脈的頂峰上筆直地升出來，好像山脊一樣，狂風和波濤像鋸子一樣鋸開了這個山脊。人們只看得到頂端，也就是礁石。暴風雨將杜蘭德號丟進去的缺口，便是這兩座巨大石壁之間的縫隙。

淺灘遠處的最高點，因為退潮露出了水面，就在人岩的峭壁底下，通往一個被礁石圍住的像小灣的地方。那裡顯然可以拋錨停船。吉利亞特觀察了這個小灣，它的形狀像馬蹄鐵，只有迎著東風的一面開著口。在這一帶海面，東風是最不危險的，灣裡的海水像是死水，因此這裡可以停船。再說，吉利亞特也沒有別的選擇。

如果他想利用低潮，就必須趕快行動。

吉利亞特打定主意，穿上鞋子，解開纜繩，回到他的小船上，駛到海裡。他沿著礁石划槳向前走。到了人岩附近，他仔細觀看小灣的入口。在流動不定的海水中，有一道固定的波紋，除了水手，誰也察覺不出這條水紋。它畫出了航路。

吉利亞特研究了一會兒，便迅速划了一槳，將船駛進了小灣。他測了水深。這裡確實是非常好的停泊點，小帆船在這裡能受到庇護。吉利亞特把小帆船盡可能停靠在離人岩最近的地方，然後拋下了兩具錨。

接著，他在胸前交叉起雙臂，思考起來。

小帆船有了藏身之處，可是出現了第二個難題：他自己要在哪裡藏身呢？有兩個地方。一是小帆船上，二是人岩頂部的平台上。

選擇這兩個地方，在退潮的時候，都可以從一塊塊岩石跳過去，腳不會碰到水面，一直跳到兩座多佛爾礁的中間，杜蘭德號困住的位置。

但是退潮的時間只有一下子，其餘的時間，他或許會跟棲身之地分隔開來，當中距離兩百多噚，而在礁石間的海浪中游泳是很困難的。

不得不放棄在小帆船和人岩上棲身的打算。

附近的岩礁上沒有一處可以住的地方。低的岩頂每天有兩次被潮水遮沒；高的岩頂不停地受到浪花的拍打，也不是安全的所在。

只能夠待在杜蘭德號上。

那上面能夠住人嗎？

吉利亞特希望能。

4

半小時以後，吉利亞特又爬上杜蘭德號的甲板，再下到中艙、底艙。他剛才只是大略地看了一下，現在他開始仔細地研究。他使用絞盤，把小帆船載來的包裹吊到甲板上。絞盤運行得很好，旋轉柄一根也沒少。

他在破船上幹活了一整天，清掃、加固、整理。到傍晚的時候，他已大致弄清楚了狀況：

整艘船在風裡抖動。吉利亞特每走一步，這個船身就會搖晃。只有嵌在兩座岩石當中、裝著機器的那部分船殼是穩固的。那裡的橫樑牢牢地支撐在花崗岩上。

住在杜蘭德號上是不適宜的，那會加重它的負擔。眼下應該減輕船的重量，而不是再加上去。而且，在船上睡覺的話，如果夜間突然發生了什麼意外，他就會和船一起沉沒，沒有獲救的可能。應該待在船外面。

要在它外面，同時又不離它太遠，這可是一個困難的問題！

吉利亞特苦苦思索。

除了兩座多佛爾礁，再也沒有其他的地方了；可是在它們上面似乎不太可能住人。

從下方，看得出大多佛爾礁上部的平台上有一個隆起的東西，這塊東西似乎不是礁石上天然凸出的一塊。

如果是這樣，那裡就可能有山洞的存在。

但是要怎麼登上那上面的平台呢？怎麼爬上這道垂直的岩壁呢？這個岩壁像卵石一樣堅硬光滑，多處還覆蓋著一層黏稠的藻類，表面滑溜溜的，像塗上了肥皂。

從杜蘭德號的甲板到那平台的高處，至少有三十呎。

吉利亞特從他的工具箱裡拿出繩子，用鐵鉤扣在自己的腰帶上，開始爬小多佛爾礁。他越向上爬，就越困難。他一時疏忽，沒有脫掉鞋子，這便增加了攀爬的難度。他費了好大的勁才到達頂端。到了那裡，他直起了身子。他的雙腳勉強能在那裡找到立足點，要住宿是不可能的。

從小多佛爾礁的頂端，吉利亞特能更加清楚地看到蓋住大多佛爾礁頂端平台的一部分突出的岩石。這個平台高出他的頭至少三噚，一道懸崖隔在中間。

吉利亞特從腰帶上取下繩子，把鐵鉤朝平台丟過去。鐵鉤鉤住了岩石，吉利亞特使勁拉繩，繩子沒有動，鐵鉤鉤牢了，鉤在平台上吉利亞特無法見到的某個地方。

看來他要把自己的生命交給這個陌生的支撐點了。

吉利亞特沒有猶豫。

一切都非常緊急，應該儘快開始行動。

吉利亞特再次測試了鐵鉤的拉力。鐵鉤鉤得很牢。

他用手帕包住了左手，右手緊緊握住繩子，再用左手握住右手，然後伸出一隻腳，另一隻腳迅速朝後面蹬了一下岩石，從小多佛爾礁的頂端朝大多佛爾礁的峭壁盪過去。

撞擊很厲害。他的肩膀撞到了岩礁，他被彈開了。

接著，他的兩隻拳頭撞到了岩石。手帕鬆了，手擦傷了，幸好沒有把骨頭撞碎。

吉利亞特在半空中吊了一會兒，感到頭暈目眩。不過他沒有鬆開繩子。

他恢復了鎮定，用雙腳夾住繩子，朝下方望去。

正如他預料的，繩子的尾端果然拖到了杜蘭德號的甲板上，吉利亞特確信能夠回到下面去，於是他開始向上爬。

不到片刻時間，他便爬上了平台。

這個平台蓋滿了鳥糞。它是一個不規則的梯形，是大多佛爾礁這座巨大的花崗岩棱柱體的裂口。這個梯形中間陷了下去，好像一個臉盆。這是下雨造成的。

此外，吉利亞特的預測很準確。在梯形南面的角上，能看到疊起的岩石，也許是岩頂塌陷形成的。這些岩石像一堆特大的鋪路石，它們亂糟糟地放著，卻保持著平衡，並且像一大堆海綿那樣，有許多縫隙。裡頭沒有山洞，也沒有岩穴，但有一個窩可以容納得下吉利亞特。

這個窩的地上有一層草和苔蘚，吉利亞特走了進去。凹室的入口有兩呎高，越到裡面就越狹窄。石堆背向西南方，使這個窩可以躲避暴雨的襲擊，卻擋不住北風。

吉利亞特覺得這裡不錯。

兩個難題都解決了。小帆船有了停泊處，他有了棲身地，而且離破船非常近。

繩子的鐵鉤落在兩塊岩石當中，已經牢牢地鉤住了。吉利亞特又壓上一塊大石頭，使它無法動彈。

他順著繩子很快地降到甲板上。

一切順利，現在他覺得肚子餓了。他解開放食物的籃子，打開折刀，切下一片燻牛肉，咬了又圓又大的黑麵包，又喝了一口淡水。

吃完晚餐，還有一點陽光。他利用這段時間減輕船的重量，這件事刻不容緩。他把所有可能有用的木頭、鐵器、粗繩、帆布，都放進堅固的機房裡，沒有用的廢物都丟進海裡。而他帶來的工具、衣物、食物，則被塞進峭壁的一個小洞裡，這個洞的高度恰好能讓他的手搆到。

為了不讓風吹得繩子搖晃，他把繩子下面的一頭捆緊在杜蘭德號的一根加強肋骨上。

至於上面的一頭，吉利亞特擔心它被岩石尖銳的角漸漸磨斷，於是找了一些破舊的帆布片，又從一段舊纜繩裡抽出幾根長的粗麻線，把它們都塞進口袋裡。接著，他再次爬上平台，把這些布片和麻線墊在繩子下，作為襯墊。

落日最後的餘暉消失了。黑夜降臨海上，多佛爾礁的頂部還照著少許的微光。

吉利亞特完成了準備的工作，他站起來。

遠方的天空模模糊糊地傳來奇怪的翅膀抖動的聲音，彷彿是一隻巨大的蝙蝠。

吉利亞特抬起了眼睛。

在他的頭頂上，黃昏蒼白而深邃的天空中，有一個很大的黑圈在打轉。這個黑圈靠近了吉利亞特，接著又遠離；同時，它先縮得小小的，接著又變大了。

這是一大群受驚的海鳥。

大多佛爾礁原來是牠們的家，牠們是飛來睡覺的。吉利亞特佔據了其中的一個房間。這個不速之客令牠們不安，從未有人類在這裡出現過。

牠們驚慌失措地飛行了好一陣子，似乎在等待吉利亞特離開。

吉裡雅特的目光隨著它們，同時茫然地沉思著。

這圈盤旋飛行的東西終於下定了決心，黑圈忽然螺旋形地散開，朝向礁石另一側的人岩猛撲下去。

牠們好像在那裡討論著。吉利亞特躺在花崗岩的小窩裡，用一塊岩石當枕頭，聽著那些鳥一隻接一隻地說話。最後，牠們都不作聲，全都睡著了。鳥睡在牠們的岩石上，吉利亞特睡在他的岩石上。

5

吉利亞特睡得很甜，可是他覺得冷，不時被冷醒過來。他很自然地把腳放到洞的深處，頭枕在洞口。他忘了事先把洞裡的許多碎石拿走，它們鋒利得使他不能好好睡覺。

他不時地略微張開一下眼睛。

有時候，他聽見一些低沉的爆炸聲。那是上漲的海水湧進了礁石的洞穴，發出了炮擊一般的響聲。

將近半夜時分，天空響起一陣巨大的嘈雜聲。吉利亞特雖然睡得正酣，還是迷迷糊糊地感覺到了。或許是起風了。

有一次，他冷得發抖，驚醒了過來。他的眼睛張得比以前大一些。

他的周遭盡是奇異的幻象，黑夜的恐怖又增添了嚇人的氣氛。吉利亞特的頭腦裡充滿了各種怪夢。夢越來越多，使黑夜裡凶惡的景象變得更複雜了。

黎明的時候，他凍僵了，可是依舊睡得很沉。

曙光突然出現，使他從睡夢中驚醒，再睡下去也許有危險。他的凹室正對著升起的太陽。

吉利亞特打了個哈欠，伸展了四肢，從洞裡爬出來。

他睡得太熟，所以他一開始還不很清醒。

漸漸地，他恢復了對現實的知覺，於是他叫道：「來吃早餐吧！」

海上風平浪靜，天氣寒冷晴朗，天空沒有一片雲，黑夜將天空掃蕩得乾乾淨淨，太陽光輝燦爛地升起。這是美好的一天，吉利亞特心頭充滿喜悅。

他順著繩子滑到杜蘭德號的甲板上，跑到他藏食物的洞那裡。

食物籃不在了。它放得離洞口太近，夜裡的風把它吹到了海裡。

吉利亞特心裡震撼了一下。

他只剩下餅乾和黑麥麵粉，另外的食物只能靠貝殼類動物了。捕魚是不可能的，魚類總會避開岩礁，而且魚簍和拖網在暗礁中毫無用處，石頭尖正好戳破它們。

吉利亞特吃了幾隻帽貝當早餐，那是他從岩石上辛苦挖下來的，差點把他的刀都弄斷了。

當他在吃這頓粗劣的早餐時，聽到海上響起一陣奇怪的喧鬧聲。他向那裡望去，看見一大群海鷗正朝一塊岩石衝下去。牠們拍著翅膀，你推我擠，亂哄哄地擠在同一個地方，似乎在爭奪什麼東西。

那樣東西就是吉利亞特的籃子。它被風吹到岩石的一個尖頂上，裂開了。鳥全都急忙飛來，牠們嘴裡銜了各式各樣的碎片。吉利亞特遠遠看去，認出了是他的燻牛肉和魚乾。

輪到鳥進行反擊了。吉利亞特佔據了牠們的住所，牠們就搶走他的食物。

6

一個禮拜過去了。

雖然是在雨季，卻沒有下雨，吉利亞特萬分慶幸。

他要做的事是不平凡的。要從已經陷入岩石間四分之三的破船中取出機器，在這樣的季節、這樣的地點，進行這樣的營救工作，必須有一大群人才行，而吉利亞特卻是獨身一人。應該有做木工和裝卸機器的工具，而吉利亞特卻只有一把鋸子、一把斧頭、一把鑿子，還有一把錘子。應該有一個好工廠和一個工作棚，而吉利亞特連屋頂也沒有。應該有糧食和食物，而吉利亞特甚至沒有麵包吃。

這一個禮拜以來，吉利亞特在暗礁上尋找船隻的碎片，他沿著一塊塊岩石走去，撿取落在上面的帆布片、繩子、鐵片、破碎的護牆板、被打穿的船殼板、斷掉的桅桁，或是一根樑、一根鐵鍊、一個滑輪。

同時，他仔細察看礁石上所有凹凸的地方，感到大為失望。沒有別處是可以讓他棲身的。有兩個凹洞相當寬闊，雖然裡面的岩石到處都歪斜不平，可是仍能夠站直身子，在裡面行走。風雨會任意入侵，然而潮水卻漫不到那裡。它們就在小多佛爾礁旁邊。吉利亞特把它們一個用來作倉庫，另一個作打鐵作坊。

他用他能夠收集的所有橫帆上端的和上後角的繫索，把破船上殘留的零碎東西包起來，捆好。隨著潮水上漲，這些小包會浮起來，他可以用繩子把它們拖進倉庫。他用同樣的方法從海裡拉起許多分散的鐵鍊。

忙了整整一個禮拜，他終於收拾好破船裡的散落零件，移出了船上所有的煤，礁石上也清理乾淨了。杜蘭德號減輕了載重，在這艘船上除了引擎，什麼也沒有了。

吉利亞特每天天剛亮就開始幹活。除了睡覺的時候，他一刻也不休息。

倉庫理完以後，吉利亞特開始造打鐵作坊。

吉利亞特挑選的第二個洞有一個像小巷一樣的相當深的凹處。他起初想住在這裡，但北風不停地吹著，使他不得不放棄居住的打算。不過這個風箱一樣的地方使他產生了造一間打鐵作坊的想法。

大自然已經完成了一個雛形，但要把它改造成一個工廠，讓它能夠派上用場，卻不是一件容易的事。造化的偶然性把三四塊通往一條狹縫的漏斗形岩石構成一種奇形怪狀的大鼓風機，儘管構造不錯，但風力的大小卻很難估量。

吉利亞特懂一點鐵匠和機械工的手藝。他看出在這些漏斗中，空氣從一邊直穿到另一邊，水也這樣直流過去。吉利亞特打算利用這樣的水來控制風。他用一個漏斗，以及兩三根臨時做出來的木板管，其中一根裝了活門，還有一根當作下面的盛水器，既沒有側擋板，也沒有平衡錘，只在上邊加了一個填塞物，在下邊打了三個吸氣孔，便完成了一個風箱。

他有一些黑麥粉，他用來做成漿糊；還有一些白色的繩索，他用來做成亂麻。用這樣的亂麻和漿糊，再加一些木頭楔子，他堵塞住了岩石的全部裂縫，只留下一個通氣孔，通往鍛鐵爐的爐床石板。他用一段麻屑做了一個塞子，在必要的時候就用來塞住它。

他又找了一塊紋理密集、形狀適合的圓形大卵石作為鐵砧。就這樣，一間打鐵作坊便佈置好了。

這兩個被吉利亞特佔據的洞是緊鄰的，倉庫和鍛鐵爐彼此相通。

每天傍晚，幹完一天的活，吉利亞特吃一塊水裡泡軟的餅乾、一隻海膽，或是一隻螃蟹。這些都是他能在岩礁裡捉到的食物。然後他爬上大多佛礁的洞裡睡覺，全身哆嗦得像打結的繩子一樣。

7

多佛爾礁位於海面下的部分，有一個洞穴連成的網路，在許多深不可測的地方分叉開。這種錯綜複雜的通道有好幾個入口會在低潮時露出水面，如果敢冒風險，可以走進去。

吉利亞特為了救出機器，不得不探測所有這些岩洞。沒有一個岩洞不陰森可怕。這些洞穴都特別大，漲潮時會浸滿海水，一直溢到洞頂，無法在裡面久留。洞裡塞滿了圓滾滾的卵石，在拱頂的深處堆積著。這些卵石有一噸多重，大小不一，各種顏色都有，大部分是血紅色，有一些蓋滿了黏糊糊的海藻，好像綠色的大鼴鼠。除此之外，還棲息了許多甲殼動物和軟體動物。

很多洞穴到最後突然中斷了，只剩一些神秘的通道，延伸到岩石彎曲的、黑色的裂縫裡。這些裂縫不斷地變窄，一個人無法穿過去，透過火光，能看見裡面存在更多黑暗的小縫。

有一次，吉利亞特冒著危險在這樣一個裂縫中摸索著前行。當時的潮水很適合他這樣做，風和日麗，天氣晴朗，海上不會發生任何值得擔心的事故，也不會使冒險活動變得複雜。

他之所以從事這次探險，一方面是為了救出機器，得尋找一些有用的破船殘骸；另一方面是弄到一些蟹和龍蝦當食物。在多佛爾礁上的貝殼類動物越來越少了。

裂縫很狹窄，幾乎無法通過。吉利亞特看見遠處有亮光。他拚了命側過身子，又竭力彎下腰，盡可能地深入裡面。

他彎彎曲曲地爬行，撞疼了額頭，彎下腰，又挺直身子，一腳踩空，後來又碰到了地面。他就這樣艱難地向前進。狹長的小路漸漸寬闊起來了，出現了朦朦朧朧的亮光；突然間，吉利亞特走進了一個奇異的岩洞。

這陣朦朦朧朧的亮光出現得很及時。

再向前一步，吉利亞特就會掉進看似無底的水裡了。這些洞穴裡的水相當冰冷，會使人突然全身麻痺，最善於游泳的人也會在裡面喪命。而且，沒有辦法再爬上來，無法攀住圍在四周的陡坡。

吉利亞特立刻站住。他剛走的那條裂縫通往一塊突出來的狹長岩石，它就像筆直的高牆上突然鼓出來的部分。吉利亞特背靠著它，注意地察看起來。

他在一個大洞裡。他的頭頂上彷彿是一個特大頭骨的下部，岩洞拱頂上濕淋淋的條紋就像頭骨上分佈的纖維和骨縫。天花板是石頭做的，地板是水做的，被圍在洞中的海浪如同抖動的大石板。岩洞到處都是封閉的，沒有天窗，沒有氣窗，也沒有一個缺口、一道裂縫。從下面穿過水的亮光照亮了這一切。誰也不知道這是從哪裡來的神秘光線。

吉利亞特看見在對面的海浪底下，有一個像被淹沒的橋拱似的東西。這是被海水雕成的天然尖拱，在兩根又長又黑的側柱中間發亮，亮光就是從這個被浸在水裡的門廊照進洞裡的。光線在海面下向左右展開，好像一把大扇子，又在岩石上反射出來，從一個坑照到另一個坑，有時明亮，有時黯淡，再穿過被厚厚的玻璃狀海水塞住的門廊，把它照得彷彿是融化的純綠寶石。

一種精緻的海藍寶石的色調柔和地染遍整個洞穴。拱頂上那些像是神經分支的紋路，發出綠瑪瑙一樣的光。海水波動的閃光反射到洞頂，在上面散開又合攏，將金色的圓圈放大又縮小，好像在跳神秘的舞蹈。在拱頂凸起的地方和岩石高低不平的地方，懸掛著一些細長的植物，它們的根穿過花崗石，浸在上面的水簾裡；它們的末端落下一滴一滴的水珠，像珍珠一樣，在地上敲出悅耳的聲音。沒有比這裡更迷人的地方了，也沒有比這裡更淒涼的氣氛了。

水出奇地清澈，吉利亞特在不同的深度能辨認出沉在水裡的一層層深處，以及凸出的岩石表面。有一些黑暗的洞也許是深不可測的。在海底的門廊兩邊，有些天然的扁圓形拱門，裡面一片漆黑，表明旁邊有一些小洞，也許在潮水降到非常低的時候，可以到達那裡。

到處都有一噚高的草在海底擺動，好像頭髮在風中飄動一樣。隱隱約約地看得到茂密如林的海藻。在水面上和水面下，洞穴的整面牆壁，從上到下，從拱頂直到下方看不見的地方，都蓋滿了奇異的花草。在這些植物下面，五彩繽紛的貝殼與螺類黏在岩礁表面，發出了難以形容的光。

岩石有時像高牆，有時像拱門，有時像艄柱或壁柱。有些地方光禿禿的，高高低低；換個角度看去，卻是一件鬼斧神工的藝術品。一些樹枝極小、彎曲盤旋的植物在金色的地衣上縱橫交錯，彷彿蓋滿了金銀絲。美麗的徽斑在花崗岩的角上鋪上了一層絲絨。峭壁上處處點綴著大花朵的藤，一簇簇奇形怪狀的牆草恰當地、雅致地展現了自己。一個洞穴可能有的美景，這裡全都有了。

沒有什麼比這個豪華地方更令人不安和迷惑的了。魔法支配著這裡的一切，古怪的植物和畸形的石層互相穿插，產生和諧感。岩礁支撐著植物，植物緊縛住岩礁，姿態既奇特而優美。

吉利亞特是那種熟悉大自然的人，但他也看得出了神，隱約地感到激動。

忽然間，他看到在他腳下幾呎的地方，彷彿融化的寶石般誘人的水裡，有一件很難說清楚的東西，像是一件長長的破衣服在起伏的波浪中移動。這件衣服不是在浮動，而是在划行。它的速度很快，上面還有一些鬆軟的尖針在飄動著。這樣可怕的東西彷彿向著洞穴黑暗的一處前進，然後在那邊隱沒。稠密的海水這時變得陰暗了。這個黑影滑過去，完全看不見了，那是個會帶來災難的黑影。

8

吉利亞特走出洞外。他要讓打鐵作坊運作起來。

他缺少工具，他要自己製造。

他有破船做燃料，有水做動力，有風做風箱，有一塊石頭做鐵砧，還有他的技術與意志。

吉利亞特滿懷熱情地開始這件艱難的勞動。

天氣彷彿在助他一臂之力，連日沒有下雨，春分前後常有的大風也變少了。三月來臨了，但是一切都很平靜。白天變長了，天空的蔚藍色、廣闊的四周、中午時分的寧靜，都不像懷有什麼惡意。陽光下的大海笑逐顏開。

吉利亞特有了一把鋸子，他打了一把銼刀，用鋸子對付木頭，用銼刀對付金屬；此外，他造出了鐵匠的兩隻鐵手、一把鐵鉗和一把老虎鉗。鐵鉗用來夾東西，老虎鉗用來操縱東西，一個像手腕，另一個像手指。吉利亞特又造出了一些金屬零件。他用一段鐵皮做成鍛鐵爐的披簷。

他要做的主要工作是挑選和修理滑車。他修好了複滑車的外殼和滑輪；砍掉所有折斷的托樑高低不平的部分，將兩端重新加工。他在倉庫貯存了許多木材，在必要的時候，能夠從那裡得到所需的原料。

要做出一個複滑車，就應該有木樑和滑車；除此之外，還需要繩子。吉利亞特修復了各種粗纜繩，他從破碎的帆抽出粗麻線，把它們編成纜繩，再用這樣的纜繩接成粗繩。

修理好繩索以後，他開始修理鐵鍊。

當作鐵砧用的卵石旁邊的尖端，代替了圓錐形的雙角砧。他靠它打出了一些粗糙的鐵環，不過十分結實。他用這些鐵環把斷掉的鍊子的頭連接起來，做成一根根長鐵鍊。

一個人打鐵，沒有助手，非常不方便，但是他還是成功了。當然，他打出來的都只是一些尺寸小的東西。他可以用一隻手操作鉗子，另一隻手錘打。

他把船上駕駛台的圓鐵柄切成一段段，每段的兩頭中，一頭打成尖的，一頭打成扁平的，這就做出了一呎長的大釘子。這些釘子能夠在岩石上釘東西。

靠著他的老虎鉗和鐵鉗，又把剪刀當成螺絲刀，他拆下了船上的兩具明輪。這些明輪的結構有點特殊，外層的護罩包住了它們。吉利亞特將明輪罩的木板進行加工，做成兩個箱子，再把兩具明輪的零件仔細地編好號，放進去。他把這兩個箱子放在杜蘭德號的甲板上最牢固的地方。

這些初步的準備完成以後，吉利亞特現在面對著最大的困難，也就是該如何處理機器。

拆掉明輪是做得到的，拆下機器卻不可能。

吉利亞特不太懂機械，如果任意拆卸，可能會造成無法彌補的損失；再說，即使他要拆，也還需要其他的工具。只靠他的打鐵作坊製作出來的工具是做不到的。

9

吉利亞特有他的打算。

他的小帆船一直停在人岩的小灣裡，大海讓它平平靜靜地待在原地。吉利亞特上了小船，仔細地量過幾根橫樑的長短，特別是船中肋骨的長短。然後，他回到杜蘭德號，測量了機房的地板直徑。這個直徑不包括明輪，比小帆船的主橫樑短了兩呎。也就是說，機器能夠放進小帆船。

幾天以後，如果有一個漁夫碰巧經過這片海域，那麼，他會在兩座多佛爾礁中間看到一副奇怪的景象：四塊堅固的厚木板，從大多佛爾礁牢牢地架到小多佛爾礁上。在小多佛爾礁那邊，木板撐著岩石凸起的地方；在大多佛爾礁這邊，木板被深深地嵌進峭壁裡。這幾塊厚木板形成了一個斜面，但傾斜得並不厲害。木板上裝有四個複滑車，每個複滑車都配有牽引索和滑車繩。值得一提的是厚木板的一端裝的是複滑車，而對面一端裝的是單滑車，這種奇特的設計或許是為了應付某種需求。複滑車接著一些纜繩，這些纜繩一直垂到下方的杜蘭德號上。

在破船的甲板上，已經垂直打了八個洞；四個在機器的左面，四個在機器的右面。在這八個洞底下，船身的下部也打了八個洞。纜繩從四個複滑車筆直落下，穿過甲板，然後從船身右舷的四個洞出來，穿過龍骨和機器下方，再經過左舷的幾個洞回到甲板，繞到厚木板上的四只滑車上。在那裡，有一組複滑車把它們收成一束，連接在單獨一根纜繩上，一隻手臂就能操縱它。這個精密的裝置能讓四只複滑車同時活動，以控制懸垂的力量。

機器的煙囪頂部從當中的兩塊厚木板中間穿出來。

吉利亞特充滿了信心。他在回小帆船的那天，已事先在小船兩舷上各裝了兩副面對面的鐵環，中間的距離和杜蘭德號上連接煙囪的四根鐵鍊的鐵環相同。他顯然擬好了一個十分堅定和完整的計畫。他做的一些事情看似毫無用處，其實都是他周全計畫的一部分。

他還冒著折斷脖子的危險，把八九顆他自己鍛造的大釘子敲進兩座多佛爾礁底部的裂縫，就在它們之間的狹道口。他在東面的另外兩座聳立的岩石上也做了同樣的事，不過這次只放進了木鞘釘，似乎打算等必要的時候再敲進鐵釘。我們知道，他身邊物資匱乏，不得不謹慎使用。

一件工作做完了，第二件工作又出現了。吉利亞特毫不遲疑地做完了一件又一件。他邁著巨人般的步伐，堅定向前。

10

在這種繁重的勞動中，吉利亞特耗費了他全部的體力，要恢復過來是很難的。

一方面，他缺少生活必需品，一方面他疲勞。他變瘦了，頭髮和鬍子都變長了。他只有一件襯衣還沒有破。他光著腳，因為他的一隻鞋被風刮走了，另一隻被海水沖跑了。他使用的那個簡陋的石砧飛出的碎片，在他的手臂上造成了小小的傷口，雖然只是擦破了一點皮，卻被猛烈的風和含鹽的海水刺激得很疼。

他餓、他渴、他冷。

他裝淡水的水壺已經空了，他的黑麥麵粉已經用完了。他只剩下一點點餅乾。

一天一天地，他的體力越來越差。

當他能抓到一隻螯蝦或一隻蟹的時候，他就有東西吃了。當他看見一隻海鳥撲到岩礁的某個尖頂上面時，他就有水喝了。他爬上去，在尖頂上找到一個積了一點淡水的坑。他在鳥喝完以後去喝，有時跟鳥一起喝。他從不傷害那些鳥，他對鳥類懷有強烈的感情，而鳥類也不害怕他。

他吃生的貝殼類動物。抓到蟹，他就煮熟吃。沒有鍋，他便放在兩塊燒紅的石塊當中烤。

然而，春分時節開始了。雨來了，這是懷著敵意的雨。沒有驟雨，也沒有暴雨，而是像長長的針一樣，既細且尖，冰冷、刺人，能穿透吉利亞特的衣服，戳到皮膚，再滲入骨髓。這樣的雨無法讓他解渴，卻使他全身濕透。吉利亞特日日夜夜忍受這場雨的折磨，度過了一個多禮拜。

夜裡，他只有在工作得太累時，才在岩洞裡躺下。海上的蚊蟲不停地飛來叮他。他醒來的時候，全身都是膿疱。

他發燒了，這反而讓他的身體不致再惡化下去。他出於本能咀嚼地衣，吸吮野生的岩薺葉，這是從礁石的乾燥縫隙中稀稀疏疏長出來的。此外，他並不留意自身的痛苦，因為他沒有時間可以耽擱。杜蘭德號的機器完好無損，這便足以使他感到欣慰了。

他的衣服從來沒有乾過，它們浸透了永遠不會乾的雨水和永遠不會乾的海水。吉利亞特渾身潮濕地生活著。潮濕而又口渴，這是一種奇怪的折磨。他不時地咬一咬自己上衣的袖子。

他生的火不能使他暖和，靠火的一邊身體熱了，另一邊還是凍得要命。他既流汗，又發抖。

各種嚴酷的考驗包圍了吉利亞特。他既被燙傷，又冷得打顫。火燒痛他，水凍僵他，乾渴使他發燒，風撕碎了他的衣服，飢餓損害了他的胃。他被孤立，被拋棄，變得無力，受到折磨，遭到遺忘。他的食品貯藏室空空的，他的工具有的破損，有的缺乏。白天又餓又渴，夜裡受冷受寒。全身是傷，衣服破爛，襤褸的衣服包著化膿的傷口，衣服上都是孔洞，皮膚上也全是洞；雙手裂開，兩腳流血，四肢瘦削，面色蒼白，眼睛冒火。

吉利亞特一聲不響，默默忍受著所有使他精疲力竭的事物。他不覺得疲勞，或者更確切地說，是不願意疲勞。心靈的贊同對體力的減弱不予承認，這是一種巨大的力量。

他看著他的工作一步步地進展，就快達到的目的使他產生了幻覺。他忍受一切痛苦，只有這樣一個想法：「向前進！」他的使命感像酒一樣沖上了他的大腦，意願使他酒醉。

11

儘管雨是多麼無情和可惡，吉利亞特還是盡可能地利用它。他多貯存了一些淡水；但是他的口渴是很難解除的，他的水桶滿得快，但他喝得更快。

就在五月的第一天，一切都準備妥當了。

機器的托板被圍在八根複滑車的纜繩當中，兩側各四根。穿過這些纜繩的、在甲板上和水下船體上的十六個洞被鋸線連了起來。護板被鋸子鋸開，木架被斧頭劈開，金屬配件被銼刀銼斷，船底的金屬板被鑿子鑿開。放置機器的那段龍骨被切成方方正正，準備支撐住機器和它一同向下滑。這種嚇人的搖晃只靠著一根鐵鍊支撐，而鐵鍊只要銼刀一銼就會斷掉。

潮水正低，時機很有利。

吉利亞特終於把輪軸拆了下來，它的兩端可能成為障礙，止住輪子的滑移。他成功地把這個沉重的部件垂直地放在機房裡。

在這個時刻，吉利亞特絲毫不感到疲倦，但是他的工具卻支持不住了。鍛鐵爐漸漸無法作用了，石砧已經裂開，鼓風機開始不太靈活了。裝置的接頭處累積了一些粗鹽，妨礙了它的運轉。

吉利亞特去人岩的小灣，檢查小帆船，確認船上一切正常，尤其是釘在左右舷的四只鐵環；然後他就起錨，把小帆船划回兩座多佛爾礁。

在兩座多佛爾礁中間，完全能容得下這艘小帆船，水足夠深，寬度也夠大。吉利亞特將船一直駛到杜蘭德號正下方，用他的兩具錨將小帆船泊牢。接著，借助槓桿和絞盤，吉利亞特把兩個裝著拆下明輪的箱子降下來，放進小帆船裡作為壓艙物。

為了阻擋潮水衝擊這條狹道，吉利亞特解開了那根吊著杜蘭德號船頭的舷側板，將它釘在小多佛爾礁底部的大釘子上；又在這道障礙上穿過一條鐵鍊，彷彿在護胸甲上加上一條肩帶。不到一個小時，這道抵擋潮水的牆立起來了，礁石間的狹道好像被一道門關了起來，但潮水又能慢慢滲入其中，使水位升降。

現在，該把機器放到小船上了。

吉利亞特沉思了片刻，然後爬上杜蘭德號。

船的一部分，也就是那台機器，必須脫離；而另一部分，骨架，則留下不動。

他割斷了四根在杜蘭德號左右舷煙囪的四條鐵鍊的吊索，吊索只是繩子做的，所以他一割便斷了。四條鐵鍊順著煙囪盪下來。

接著，他從艙口圍板上面跳到甲板上，在絞盤旁站住。他站的位置就夾在兩座多佛爾礁中間，這裡是他要幹活的地點。

吉利亞特嚴肅地朝著複滑車看了最後一眼。接著，他抓住一把銼刀，開始銼那根懸吊著所有東西的鐵鍊。在大海的隆隆吼聲中，能聽到銼刀刺耳的吱咯聲。

絞盤的鐵鍊連接著調節用的小複滑車，就在吉利亞特的旁邊，他一伸手便能碰到。

終於，響起了一聲斷裂的聲音，銼刀銼著的鍊環在銼到一大半的時候忽然斷了，整個裝置搖晃起來。吉利亞特急忙跑回小複滑車那裡。

斷掉的鐵鍊猛擊著岩石，八根纜繩被拉得緊緊的，被鋸掉和切斷的那一大塊從破船上脫下來。杜蘭德號的船腹張開了，機器的鐵底板壓到纜繩上，在龍骨下面露了出來。

被吉利亞特抓住的小複滑車非常管用，運轉得非常好。它被用來減弱力量，將許多力量集中在一處，成為一致的運動，好讓機械平衡。

當杜蘭德號上整個卸下來的機器向小帆船降下的時候，小帆船迎著機器上升。潮水在兩座多佛爾礁中間悄悄地漲起來，托著小船，向杜蘭德號靠攏。這節省了一半的勞動。

吉利亞特一動也不動地站在絞盤那裡，好像一座令人生畏的雕像，所有的動作都同時服從他。他按照海水上漲的緩慢速度，來調慢裝置下降的速度。

海水沒有搖動，複滑車沒有震動。這是所有自然界的力量奇妙的合作，一面是萬有引力吸引著機器，一面是潮水托起了小船。它們都服從他，毫不猶豫，也不停歇。小帆船和破船之間的距離漸漸縮短了。

就在潮水停止上漲的同時，纜繩也停止滑行。突然，複滑車一下子停住不動了，機器彷彿被一隻手放下，在小帆船上擺好，筆直立著，穩固不動。支撐的鐵板靠著四個角，平穩地壓在底艙上面。一切大告功成。

吉利亞特望著這個結果，高興得出了神。

他覺得他的四肢發軟。面對著自己的勝利，直到現在還沒有慌亂過的這個人，卻開始顫抖了。

不過，吉利亞特沒有驚愕太久。他像一個剛睡醒的人那樣，動了動身子，趕緊抓住鋸子，鋸斷八根纜繩。由於潮水上漲，現在小帆船離他只有十多呎遠。他跳到船上，拿了一捲纜繩，做成四根吊索，把它們各自穿過事先預備好的鐵環，從小帆船的兩旁拉住不久以前還繫在破船煙囪上的四條鐵鍊。

繫牢煙囪以後，吉利亞特清理了機器的頂部。杜蘭德號甲板的一塊方形擋板還附在那上面，吉利亞特拔下它的釘子，又把塞滿小帆船的木板和木樑清除乾淨，全丟到岩石上，以減輕小帆船的負重。

現在，一切都結束了，只等離開了。

12

現在，吉利亞特必須重新打開被破船的一塊舷側壁塞住的狹道，將小帆船推到礁石外邊。這時的風很小，海面上幾乎沒有波紋；傍晚十分宜人，看來夜裡也會很美妙。大海處在平潮時刻，很快就會開始退潮。這是啟程最好的時機，趁著退潮，駛出大小多佛爾礁；等潮水再漲以後，就能回到根西島，拂曉時便能抵達聖桑普森了。

但是，一個意想不到的障礙出現了——機器得到解脫了，煙囪卻沒有。

潮水將小帆船送到懸在半空中的破船前，它減少了機器落下的危險，縮短了搶救的過程，可是卻讓煙囪的頂部嵌在杜蘭德號張開的裂口裡，就像夾在四面牆中間一樣。

三噚高一點的煙囪，陷在杜蘭德號裡有八呎深，水平面必須下降十二呎。隨著小帆船在海面上降落，煙囪必須有四呎的活動空間，才能夠脫身。

可是，解脫出煙囪要多少時間呢？六個小時。六個小時以後，那就快接近午夜了，在那樣的時刻該如何離開？在那些白天也難以掙脫的錯綜複雜的岩礁當中能找到一條航道嗎？在漆黑的深夜怎麼能在這危機四伏的淺灘上冒險呢？

非等到明天不可了。

吉利亞特又起雙臂，開始休息，這是他到多佛爾礁以後從未做過的事。這種被迫的休息使他很不高興，幾乎令他冒火。他心想：「如果黛呂謝特看到我在這裡無所事事，她會怎麼想呢？」

小帆船如今在他的控制下，他決定在上面過夜。

他到大多佛爾礁上拿他的羊皮，下來後吃了幾隻帽貝和兩三隻海膽當晚餐。他口渴得很厲害，喝光了他水壺裡的最後幾口淡水，然後裹上羊皮，在機器旁邊躺下，把帽子拉下來遮住眼睛，然後睡著了。

半夜裡，他好像被鬆開的彈簧彈了一下，突然驚醒過來。

他張開了雙眼。

在他頭頂上的大小多佛爾礁好像被熾烈的火光照著，照得通亮。

火光是從哪裡來的？是從水上來的。

海水像是著了火。在礁石中間和在礁石外側，整個大海都在燃燒。青色的長條光芒照在波浪上，沒有一絲聲響，彷彿裹屍布上的褶痕。

這是拉芒什海峽的水手都熟悉的一種磷光現象，是對航海人的一種警告。

這樣的亮光穿過吉利亞特閉著的眼皮，讓他醒過來了。

他醒得正是時候。

潮水已經退下，新漲的潮在升起。機器的煙囪在吉利亞特睡覺時已經從破船上的裂口掙脫了，這時又要被重新塞回去。

只差一呎，煙囪就要回到杜蘭德號裡面。

潮水上升一呎，大約要半小時。吉利亞特如果想解救眼前的危機，只有半小時的時間。

他站了起來，認真思索了一會兒。接著，他跑到吊索那裡，逐漸放出纜繩，然後抓住小帆船的鉤子，把它推向離杜蘭德號幾噚遠的地方，靠近小壩。不到十分鐘，小帆船從擱淺的船骨架底下退出來。不用再擔心煙囪會被重新困在陷阱裡，潮水可以上漲了。

可是吉利亞特並不急著離開。他注視著磷光，同時拋下一只錨，將小帆船牢牢停泊著，正好在出口旁邊；並且把纜繩連結在一根繩子上，繩子一頭穿過錨環，另一頭繫在小帆船的起錨機上。這樣的方法比一般的拋錨法更為穩固。這些措施顯示出吉利亞特強烈的擔憂和加倍的小心。

小帆船下錨停泊後，吉利亞特到倉庫裡找來一根最結實的鐵鍊，把它拴在釘在兩座多佛爾礁上的釘子上。他用這根鐵鍊在裡面加固了護板和小樑做的防禦牆。他不僅不打開出口，反而把它加固了。

磷光還在照著他，不過漸漸沒有原來亮了。天色開始破曉了。

吉利亞特突然注意地豎耳靜聽。

他完全瞭解大海。長久以來，儘管經常受到大海的折磨，但是他一直是它的伙伴。它的任何念頭吉利亞特沒有猜不出的。由於觀察、沉思和孤獨，吉利亞特成了一個能預測天氣的人。

隆隆聲更加清晰了。

吉利亞特繼續他的建造工程。他用杜蘭德號上的兩具吊架支撐住他的工程，那兩具吊架被穿過三只滑輪的吊繩，和纏在一起的木柵連接起來。他用鐵鍊把這一切捆住，成為一個巨大的柵欄。

吉利亞特不斷地捆，不斷地拴，又再釘了一些必須釘的釘子。

他一邊幹活，一邊嚼著餅乾。他口渴，但是沒有淡水可喝。

他又堆上了四五塊木材，然後再一次登上水壩，仔細地聽著。

天邊的聲音停止了。一切都平靜下來。

大海溫柔美好。深藍的天空和海洋相互呼應，天空沒有一絲雲彩，海面沒有一朵浪花。在這壯麗的景色裡，五月的太陽壯麗地升起，不可能再看到比現在更美妙的天氣了。

在最遠的天邊，一行黑色的候鳥飛過，形成一道長線。牠們迅速地朝陸地飛去，彷彿是在逃跑。

吉利亞特繼續加高防波堤。他盡一切可能加高它，加到岩礁地形容許的高度。

將近中午的時候，太陽比以前更熱了。吉利亞特站在剛建好的堅固堤防上，再次細心地察看四周。

大海不僅風平浪靜，而且毫無生氣。海上看不見一片船帆。天空明朗，只是由藍色變成了白色，這樣的白色有些古怪。西邊的天際有一個看上去不正常的斑點，這個斑點固定在一處不動，不過卻漸漸變大。在防波堤附近，海水輕微地顫動起來。

暴風雨快來了。

13

沒有比遲到的春分更可怕的事了。

在所有的季節裡，特別在朔望時期，在人們絲毫不會預料到的時刻，大海會突然變得出奇地平靜。那種無休止的、神奇的運動平息了，它昏昏入睡，萎靡不振，彷彿想好好休息一下。

然而，這背後卻潛伏著某種陰暗的景象。忽然之間，人們聽到一陣響亮而又含糊的嘈雜聲，像是一種在空中的神秘的對話。嘈雜聲越來越響，漸漸上升；可以察覺出有什麼藏在天際的後面。

藏在後面的東西，是風。

在春分或秋分，猛烈的風向大地吹來。在這樣的時期，熱帶和極地的天平失去了平衡，巨大的大氣流將它的漲潮傾注在一個半球，再將它的落潮傾注在另一個半球。

這是暴風雨的季節。有時，天空看來氣色不好，它成了蒼白色，巨大的帶狀烏雲遮住了它。水手們焦慮地望著烏雲發火的神情。

不過，水手們最害怕的，卻是它露出滿足的神色。春秋分時微笑的天空，其實是暗藏著殺機的暴風雨。如果這個季節的暴風雨遲未出現，那是因為它在聚積最強的力量。它積蓄威力，以進行劇烈的蹂躪。

這時候，在那遠處的海面上，在那無法達到的地區，在荒涼的灰白色天際，在那無限的自由深處，風吹來了。

這就是在遠處的黑暗裡、大海受驚的靜寂上面，大家聽見的聲音。

吉利亞特早已看出這種可怕的跡象。出現磷光是第一個警告，這樣低沉的聲音是第二個警告。

他爬到了大多佛爾礁的頂上，從那裡能看得見整個海面。

在西面，出現了一堵高牆，是一堵烏雲組成的牆。它橫跨了海平面，從天際緩慢升向天頂。這道高牆筆直、垂直，上下之間沒有一絲裂縫，牆脊上沒有一個開口。它的陡坡在南面的頂端成一直角，向著北面略微有些彎曲，呈現出一個斜面的滑坡。這道雲牆正在朝四面延伸，越來越大，它的柱頂盤片刻不斷地始終和水平線平行，在深深的陰影中難以看清。

空中充滿火爐般的熱氣。一股水氣從那一堆神秘的東西中散開來。天空從藍變白，又從白變灰，彷彿成了一塊大石板。下方鉛灰色的大海黯淡無光，像另一塊大石板。沒有一絲風，沒有一片浪，沒有一點聲音，荒涼的大海一望無際。四面沒有一張船帆，鳥全躲起來了。

那個黑影不知不覺地在擴大，並朝著兩座多佛爾礁移動。

吉利亞特凝視著那大塊的烏雲，一動也不動地站了好一會兒。他的帽子原本放在他的口袋裡，他抽了出來，戴到頭上。他從他睡覺的洞裡取出他藏的衣物。他穿上腿套，又穿好油布上衣，就像一個騎士在赴戰場時穿上盔甲一樣。

作戰的甲冑都穿戴齊全後，他仔細檢查了他的防波堤。接著，他來到倉庫，開始幹起活來。他要用剩下的釘子、繩子和樑，在東邊的狹道裡建造第二道柵欄，是在第一道後面十到十二呎遠的地方。

四周始終是深沉的寂靜。礁石縫間的小草也不搖動。

突然，太陽消失了。吉利亞特抬起頭來。

升起的雲剛到達太陽那裡，白晝彷彿被消滅了，被混雜的和蒼白的反光取代。高牆改變了外形，它不再保持完整了。當它接觸到天頂的時候，橫向地皺縮起來，懸在天空中。現在它分成好幾層。暴風雨的形狀出現了，彷彿在一段壕溝裡一樣。可以分辨得出雨層和雹層。沒有閃電，但是有可怕的微光。聽得見風暴隱隱約約的呼吸聲。

吉利亞特一聲不響，望著頭頂上所有大塊的雲霧在聚集，形成了奇形怪狀的模樣。在天際，一長條灰色的霧伸展開，向下沉沉地壓著。天頂是一片鉛色，蒼白色的破碎雲片將上面的雲掛在下面的霧上。整個背景是雲形成的牆，一條薄薄的、微白的烏雲，不知從何處來的，橫在空中，從北向南，斜著將那道陰暗的高牆切斷。這塊烏雲有一端垂到大海上。在烏雲和波濤接觸的地方，在黑暗中能夠看見濃密的紅色水氣。在長長的灰白色的雲底下，是一塊塊的黑雲，高度很低，彼此朝相反的方向飄動。背景的雲朝四面八方擴張，隱沒了日光，不斷地增添淒慘的色彩。

可以感到有什麼東西過來了。它又大，又重，而且凶狠。黑暗越來越濃密。突然，響起了一個狂暴的雷聲。吉利亞特感到全身在抖動。

沒有一道閃電伴隨雷聲。接著是一陣寂靜，像是一種大戰前的預兆。很快地，出現了一陣陣巨大的、不定形的閃電。這些閃電是無聲的，每閃一道電光，一切都變亮了。那道雲牆現在成了一個大洞，有拱頂和拱門，裡面是各式各樣的黑影。一根直立的黑色雲柱，柱頂上罩著一層白色水氣，看起來像是一根沉沒的大汽船的煙囪，在波浪底下冒著煙；一層層的烏雲起伏波動，看上去像是旗子的褶痕。在中間，一層層濃厚的朱紅色下面，一個呆滯不動的濃霧中心正在向下沉。

吉利亞特突然感到有一陣風吹亂了他的頭髮。三四點很大的雨點在他周圍的岩石上濺開來。接著又響了第二聲雷，起風了。

醞釀已久的力量爆發了。第一聲雷曾翻動了大海，第二聲雷從上到下撞裂了整個雲牆，出現了一個洞。懸在半空的陣雨從這一邊傾注，裂縫變得像一張裝滿雨水的大口，開始嘔吐。

這個時刻真是可怕！大雨、旋風、閃電、響雷、滔天的巨浪、泡沫、爆炸，瘋狂的扭曲、喊叫、咆哮、呼嘯，全都混合在一起。風好像霹靂一樣吹著。雨不是落下來的，是整片向下傾倒。

吉利亞特和一艘滿載的小船一起嵌在大海上的兩座岩石中間，沒有什麼危險的處境比這更恐怖的了。他戰勝過潮水的危險，但那和暴風雨的危險完全無法相比。他的四周都是災難。

不過，吉利亞特卻和礁石聯手了。他把這個墳墓改建成他的堡壘，在這個可怕的破房子上為自己築起了避風港。小帆船被緊緊地夾在礁石的兩壁中間，下了錨，能得到三方面的保護：北面受到小多佛爾礁的掩蔽；南面受到大多佛爾礁的掩蔽；在西面，又有釘在岩石上的擋板作為屏障。唯一有危險的是東面。

在東面，只有一道防波堤。至少需要兩道柵欄，可是吉利亞特只有時間造好一道，現在他得冒著暴風雨造第二道。

幸好風是從西北方吹來的，對兩座多佛爾礁沒有多大影響。它從側面襲擊礁石，對狹道的兩個開口絲毫沒有威脅。然而，它有可能會突然轉向；如果在第二道柵欄造好以前轉變為東風，那就糟糕了。暴風雨沖進岩礁間的狹道的話，一切便全完了。

暴風雨越來越猛烈。無邊無際的烏雲喧鬧地向多佛爾礁衝來，聽得見無數的聲音，彷彿有人在大喊大叫。接著，是嘈雜聲、號角聲、奇怪的抖動聲，還有海洋的怒吼聲。不定形的和不可捉摸的螺旋形的風呼嘯著，同時捲動波浪。在這樣的旋轉下，海浪變成鐵餅一樣，被擲到岩礁上撞得粉碎。轟鳴聲更加響了，烏雲發出炮聲，冰雹像機槍掃射一樣，波濤向天空翻滾。有些地方彷彿一切都靜止不動，而在一些地方風速卻達到每秒二十多噚。一望無際的大海是白茫茫一片，天邊全是十哩寬的泡沫。在黑暗的穹頂當中，雜亂地降下龍捲風、冰雹、烏雲、紫紅色、磷光、黑夜、亮光、雷電，極為可怕。

吉利亞特似乎沒有注意到這些，只是埋頭苦幹。第二道柵欄開始高起來。每響一聲雷，他就敲一錘來回答。他光著頭，一陣狂風早已把他的帽子吹走了。他的喉嚨像火燒一般口渴。在他四周岩礁的洞穴裡已經積起了雨水，他不時用手心舀點水喝，接著又幹起活來。

他周圍的騷亂彷彿一個沸騰的鍋爐，處處是爆裂聲和喧鬧聲，雷雹不時打在岩礁上。有些冰雹大得像拳頭，吉利亞特不得不抖動他的上衣皺褶。連他的口袋裡也全是冰雹。從四面八方飛來的團團浪花，好像羊毛一樣。發怒的、浩瀚的海水淹沒了岩礁，上漲，流進岩礁間，滲透網狀的裂縫，再從大塊花崗石的窄縫裡流出來。

在東面的柵欄就快完工了。只要再用繩子和鐵鍊打幾個結，它就能夠抵擋一切了。

突然間，天色大亮，雨停了，烏雲散開。風轉了向，在天頂打開了一扇高高的窗子。閃電熄滅了，看起來像是暴風雨已經結束，其實這正是開始。

風向從西南轉到東北。

暴風雨準備捲土重來。北風將進行猛烈的攻勢，朝薄弱的地方展開襲擊。

這次，吉利亞特停下了手上的活。他留神地望著。

他站在快做好的第二道柵欄後面。如果防波堤的第一道柵欄被捲走，暴風雨就會捅破第二道還不牢固的柵欄，緊接著，他將會立刻被壓垮。吉利亞特意識到了這一點，並且驚恐地等待著。

他用左手撩起被雨水貼住眼睛的頭髮，緊緊握住他的鐵錘，身子後仰，帶著威脅的神情在等候。

他沒有等多久。一聲響雷發出了信號，天頂上那個灰白色的裂口閉上了，一陣大雨迅猛地落下，一切都重新變得漆黑。除了閃電，沒有任何亮光。黑暗的進攻到來了。

在一下又一下的閃電裡，看得見凶猛的海浪從東面的外側湧上來。它好像一個很大的玻璃滾筒，是藍色的，沒有泡沫，攔住了整個海面。它向防波堤沖過來，越來越大。雷聲隆隆地響著。

這陣海浪沖到了人岩，撞成了兩半，再向前奔。重新接合的兩段海水成了一座山峰，垂直地衝過來，撞在防波堤上，發出轟隆的聲音。

小壩很牢固。沒有折斷一條鐵鍊，沒有脫掉一顆釘子。它像竹籃一樣柔軟，又像牆一樣堅固，巨浪到了這裡就化成了泡沫，泡沫又化成流水，順著彎彎曲曲的狹道向前滑行，到了小帆船身邊就消失了。

吉利亞特利用這個機會完成了後面的柵欄。

白天在這樣繁重的勞動之中結束了。暴風雨繼續猛攻礁石的側面，烏雲間的水仍在向下傾倒，怎麼也倒不盡。風高低上下地起伏，好像一條遊動的龍。

夜晚來臨了，但天沒有全黑。被閃電照得時明時暗的暴風雨，有時看得見，有時看不見。水天之間一片白茫茫，接著是一片漆黑。一條發磷光的帶子在厚厚的雲層後面飄動，把處處照成了灰白色。無邊的雨在閃閃發光。這些光幫助了吉利亞特，為他照明。

靠著這樣的閃光，他加高了後面的柵欄，使它比前面的還高。防波堤就快完成了，吉利亞特正要把一根加固用的纜繩繫到最高的船頭柱，這時候，一陣凜冽的北風朝著他的臉猛吹過來，他只得抬起頭。風向重新轉為東北，對東面的狹道發起又一次的攻擊。吉利亞特朝遠方望去。

海浪的新一波襲擊過來了。

這一批波浪遭到嚴重的反擊。第二批緊跟而來，接著又是一批，然後再一批；第五批和第六批幾乎是一起湧上的。終於，最後一批來了，特別嚇人。它集中了全部的力量，彷佛是一個有生命的東西，撞在防波堤上，化為粉碎。巨浪一面消失，一面還在逞凶。浪頭緊緊抓著柵欄，狠狠咬著。劇烈的震動搖撼了礁石，發出了憤怒的叫吼聲。

這一次衝擊在防波堤上造成了損壞。一根又長又重的樑從前面的柵欄上被拔出來，越過後面的小壩，被拋到突出的岩礁上，恰好插進了一條很大的裂縫中，同時把裂縫撐大了。

吉利亞特有了一個主意。他將這根樑當成槓桿，用雙腳、兩膝和拳頭用力頂住峭壁，雙肩靠在槓桿上，使勁地搖動那顆岩石。他一共壓了四次，他的額頭汗如雨下；終於，岩礁裡發出一陣聲響，裂縫像下巴那樣張開了，沉重的大塊石頭落入狹道中間，同時發出一聲可怕的巨響。

這塊巨石躺在狹道的正中間，形成了一道無法征服的城牆。

這道小壩出現得正及時。

大海的進攻在持續著。波浪固執地釘住障礙物不放，受損的第一道柵欄開始破裂了，幸好第二道柵欄絲毫沒有損壞。

那塊橫在中央的大石頭是障礙物中最牢固的部分，但也有一個缺點：它太低了，海浪不能衝破它，卻能夠越過它。

這個小小的花崗岩的地峽不夠高，吉利亞特開始擔心這一點。

同時，狂風一直沒有停止過襲擊防波堤。

第一道防線的柵欄漸漸被打穿了，第二排的樑頂住了衝擊。後面的框架捆得很結實，撐得很牢。但就在同時，斷掉的柵欄卻受到波浪的擺佈，共同攻擊著小壩。它身上全是裂縫，處處都露出木頭的尖端，好像長滿了利齒和尖鐵。沒有比這更可怕的攻城武器了。

攻擊接連不斷，彷彿有著某種規律性。吉利亞特在門後面沉思著，聽著死神敲門的聲音。

破門行動成功了，防波堤的所有木料在旋轉的巨浪中同時沖向石壩，就像一團亂雲撲向一座山那樣，在石壩上撞得稀爛，又堆積起來。那塊岩石將它牢牢擋住，並化為抗擊的力量。

然而，大浪躍過了毀壞的防波堤，湧進那條狹道裡。狹道裡的波浪開始不祥地搖動，拍打著兩側的岩礁。用不了多久，這一陣陣大風就會把裡面的水吹成滔天惡浪，小帆船將會被撞破，機器將會沉沒。

吉利亞特這樣想著，不禁全身發抖。

忽然，在吉利亞特身後較遠的地方，響起了一陣爆裂聲，在狹道裡持續了一會兒。這聲音比他以前聽見過的任何聲音都可怕，是小帆船那邊發出來的。

吉利亞特連忙跑過去。

他看見小帆船依舊穩穩地停泊在原地，沒有被暴風雨摧毀，可是杜蘭德號的骨架卻遭了殃。

這條破船赤裸裸地袒露在暴風雨中。吉利亞特為了取出機器而在上面開的洞使船殼變得不牢了，在暴風雨的肆虐下，這個橫向裂口便一口氣把破船分成了兩半，靠近小帆船的一部分牢牢地嵌在岩礁中間，面對著吉利亞特的前面一部分則懸在半空中。這塊殘骸在它的裂口上擺動，風搖晃著它，發出可怕的聲音。

在大風不停地猛吹下，搖晃的部分有可能將牢固的部分拉下來，並殃及一旁的小帆船和機器。該如何避免這場災難呢？

吉利亞特沉思了片刻，朝著他的倉庫走去，拿出了斧頭。

接著，他登上那條破船，在還沒有彎曲的護板上站穩，開始砍下斷掉的樑，再砍下那些還留在船殼上的木板。

他計畫將破船的兩部分完全分開，使堅固的一半擺脫出來，將被風吹壞的那部分扔到海裡。這件工作不僅艱鉅，而且十分危險。兩截船身只靠五六根船肋骨相連，猛烈的北風每吹一次，開口就發出斷裂的聲音。這讓吉利亞特的工作容易許多，但也變得危險。在他的腳下什麼都可能一起塌陷。

暴風雨猖狂到了極點。吉利亞特在搖晃的杜蘭德號上走來走去，用斧頭又敲又削，又砍又劈。電光照得他面色蒼白，他頭髮蓬亂，赤著雙腳，衣衫襤褸，臉上全是海浪的泡沫，堅定地工作著。

終於，吉利亞特停住了手，把斧頭舉得高高的。一整截船身脫落了，破船的這一半骨架沉到兩座多佛爾礁中間，垂直地沉進水裡，在一個狹窄處被卡住了。一大部分露在水面上，高出海浪十二呎，直立的船護板成了抵擋暴風雨的第五道障礙。

在這以後，無論烏雲怎樣逞凶，都不必為小帆船和機器擔心了。在它們周圍的海水不會再動盪了。西面有多佛爾礁的柵欄掩護，東面有新的障礙物保護，在這中間，任何大風大浪都到不了它們身邊。

吉利亞特因禍得福。暴風雨弄巧成拙，居然幫助了他。

這時候，有一樣白色的東西從他身邊飛過，然後在黑暗中消失。那是一隻海鷗。

在暴風雨中，沒有比看到這樣的現象更令人高興的了。飛鳥來臨，代表了暴風雨的離開。

雷聲更響了，這是另一個好徵兆，預示暴風雨即將結束了。

雨停了，只有烏雲裡還響著不均勻的隆隆聲。聚在一起的雲散開了，一長條的藍天從黑暗中露出來。曾經帶來暴風雨的風，又把它帶走。充塞在天邊的黑暗散開了，破碎的雲霧凌亂地堆積起來，排成一條線向後退去，可以聽見一陣陣長長的、正在減弱的嘈雜聲。最後幾滴雨落下來後，這個充滿雷電的黑暗就像許多可怕的戰車一樣離開了。

天空頃刻間變得蔚藍。

吉利亞特覺得自己累了。睡眠襲擊疲勞的身體，彷彿猛禽撲下來。他無力地彎下身子，倒在小船上睡著了。他一直睡了幾個小時，一動也不動，和他兩旁的木樑和柵欄沒什麼不同。

14

當他醒來的時候，他餓了。

大海平靜下來了，但是在遠處還有波浪起伏，立刻動身還不可能。此外，天已經大亮了，載著這樣重物的小帆船要在午夜以前到達根西島，必須一大早動身才行。

吉利亞特先把衣服脫光，好讓身體暖和一些。他的衣服在暴風雨裡全濕透了。

他只穿了一條長褲，他把褲腿捲到膝蓋的高度。

然後他想到要吃東西。

他從花崗岩上挖下幾隻帽貝。然而，在幹了這麼多艱苦的工作以後，這點食物太少了。他沒有餅乾，飲水倒是不再短缺了。

趁著退潮的時刻，他在岩礁間轉來轉去，想找到一些龍蝦。礁石有許多地方露出水面，應該可以捉到不少。只不過，他再也不能煮熟它們。他的倉庫在大雨中倒塌了，木材和煤炭都被水淹了。裡面的東西沒有一件不是濕的。生火的方法一點也沒有了。

此外，鼓風機壞了，鍛鐵爐的爐床上的擋雨板也掉下來了。暴風雨洗劫了工廠。儘管能靠著剩餘的工具做木工活，但鐵匠活卻無法做了。

吉利亞特走到了狹道外側，岩礁的背面；這裡更容易弄到果腹的東西。退潮以後，螃蟹總會出來呼吸空氣。也許能看見它們在明亮的陽光下從水中鑽出來，一層一層地爬上岩礁下面的石階。

可是這一天，螃蟹和龍蝦都躲開了。暴風雨將這些生物趕到它們藏身的地方，它們至今還沒有放下心來。

吉利亞特手上握著打開的刀，不時在海藻下挖出一個貝殼。他一面走一面吃下去。

就在這時，他的腳底下發出了啪啪的響聲。一隻大螃蟹被他走路的聲音嚇得跳到水裡去。螃蟹沒有沉得很深，吉利亞特還能看得見。他開始在礁石上追趕那隻螃蟹。螃蟹沒命地逃。

忽然間什麼也看不見了，螃蟹藏到岩礁底下的某個裂縫裡了。

吉利亞特緊緊抓住岩礁突出的地方，將頭伸出去往下看。那裡果然有一個洞，螃蟹可能就躲在裡頭。

這不僅僅是一個洞，幾乎是一個門廊。海水進入門廊底下，能看得到水底蓋滿了卵石。這些卵石都長滿了藻類，成了青綠色。吉里亞特用牙齒咬住刀，從峭壁上面往下爬，跳入水裡，水幾乎淹到了他的肩膀。

他從門廊往裡面走，走到一個勉強算是通道的地方，頭頂上是粗糙的尖拱，兩壁光滑。他看不到螃蟹了。

他在水裡站住後，又向前走。光線越來越暗，他漸漸辨認不清眼前的一切。

走了十五步左右，頭頂上的拱頂消失了。他走出了通道。這裡空間大了，光線也更充足了。

他感到很驚訝。

他走進了那個古怪的洞穴，兩個月以前他曾經到過這個洞穴。

他剛剛走過的拱門，上一次他看見它被海水淹沒了。在低潮的時候，有時它是可以通過的。

他又看到在那個尖拱旁邊的那些低矮陰暗的岩洞，就像是洞穴裡的小洞穴；以前他已經遠遠地看見過了，現在他離它們很近。靠他最近的一個裡面沒有積水。

他注意到，就在這個凹洞旁，在花崗岩上有一道橫的裂縫；它在水面以上，伸手就能碰到。螃蟹多半在那裡。他的手盡可能地向裡面伸進去，在這個漆黑的洞裡摸索。

突然，他覺得手臂被抓住了。

這時候他感到無法形容的恐懼。

一個薄薄的、粗糙的、又平又滑、冰冷黏糊的動物，在黑暗中纏住了他的手臂，又向他的胸膛伸上來，像一根皮帶那樣壓他，像一個螺旋鑽那樣鑽他。不到片刻時間，不知道是什麼螺旋形的東西伸到了他的手腕和手肘，又碰到了他的肩膀。一個針一般的東西刺到他的腋下。

吉利亞特往後一閃，但是他很難動彈了。他好像被釘住了。他的左手還能活動，把牙齒咬著的刀拿下來。他用力靠在岩礁上，用左手捏著刀，拚命地想抽出他的手臂；但這反而驚動了縛住他的東西，把他纏得更緊了。那東西柔軟得像皮革，結實得像鋼，冰冷得像寒夜。

又一條狹窄的、銳利的長帶子，從岩縫中鑽了出來。它彷彿是野獸的嘴裡伸出來的舌頭，用力地舔著吉利亞特光著的上半身。忽然它變得又細又長，貼在他的皮膚上，繞住他的身子；也就在同時，一種從未感受過的、無法形容的疼痛，刺激他的肌肉，使它收縮起來。他感覺他的皮膚裡被什麼可怕的圓圓的東西刺了進去，好像有無數的嘴唇緊貼在他的肌肉上，要喝他的血。

第三條帶子從岩礁裡搖擺著出來，碰碰吉利亞特，又像一根繩子一樣鞭打他的肋骨。最後牢牢地貼住了。劇烈到了極點的痛苦是發不出聲音來的。吉利亞特沒有叫出一聲。

這時，他看見第四條帶子像一根箭一樣迅速，圍住他的腹部，緊緊裹牢。

要切斷或拔掉這些一個點一個點地黏在吉利亞特身上的帶子是不可能的。每一個點都是可怕的、奇怪的疼痛的中心，像是同時被許多張極小的嘴吞食一樣。

第五條長帶子從洞裡冒出來。它和其它的帶子疊在一起，壓在吉利亞特的橫隔膜上。吉利亞特感到呼吸變得困難了。

這些帶子的末端是尖的，向前越來越寬。五條帶子明顯屬於同一個中心。它們在吉利亞特的身上移動、滑行；他感覺到這些暗中進行的壓力在挪動，好像是一張張嘴巴。

突然間，一個又圓又扁的、黏糊糊的巨大物體從裂縫底下出來。這便是那些帶子的中心，五條帶子都連在它上面，好像車輻連著軸心一樣。在這個圓盤的另一面能夠看到伸出另外三條觸手的地方，它們還留在岩礁的深洞裡。在這個黏糊糊的物體當中有兩隻睜得大大的眼睛，直盯著吉利亞特。

吉利亞特認出了這是一條章魚。

15

要相信有章魚，必須親眼看見過牠。

和章魚相比，古代的七頭蛇只能令人發笑。

牠沒有完整的肌肉，沒有嚇人的叫喊聲，沒有胸甲似的厚皮，沒有角，沒有毒刺，沒有螯，沒有懸鉤尾或者會傷人的尾巴，沒有鋒利的鰭，沒有長利爪的鰭，沒有刺，沒有劍，沒有電，沒有毒，沒有毒液，沒有爪子，沒有利嘴，沒有牙齒。但牠卻有最可怕的武器。

章魚究竟是什麼？牠是吸盤。

在海水平靜、藏起它所有光彩的礁石裡，在人跡罕至的岩礁凹洞裡，在有許多植物、甲殼動物和貝殼的洞穴裡，在海洋很深的通道底下，當游泳的人被這裡美麗的環境吸引的同時，就有可能碰到這樣的危險。他們進去的時候眼花繚亂，出來的時候卻魂不附體。

一樣淡灰色的形體在海水裡擺動，它像人的手臂那樣粗，大約有幾呎長。這是一塊破布，形狀好像一把沒有張開的傘。這塊破布向著人慢慢接近，突然間，它打開了，八條帶子倏地從有一對眼睛的臉向四面散開，這些帶子都是活的。這是一個像車輪一樣的東西，它展開以後，直徑有四五呎，朝人撲了過去。

這個畜生貼在牠的獵物身上，用長帶子將他全身蓋住，又緊緊纏牢他。牠的下半部是暗黃色，上半部是土灰色；形狀像蜘蛛，顏色像變色龍，被激怒後會變成紫色。牠最可怕的特點便是身體柔軟。

牠扭成的結會絞死人。牠的接觸會造成對方癱瘓。

牠是無法拔掉的，緊緊地貼著牠的獵物。為什麼會這樣？是因為真空的關係。八根觸角，根部粗大，漸漸變得細長，最後成了一根針。每根觸角底下有平行的兩排吸盤，靠近頭部一端很大，然後逐漸變小，到了尖端變成很小了。每排有二十五個吸盤，每根觸角有五十個吸盤，整個身軀有四百個吸盤。

這些吸盤是圓柱形的、光滑的、青灰色的軟骨。在較大的種類身上，它們依次排列，從五法郎硬幣那樣大，逐漸到一粒小扁豆那樣小。這些一段段的管子從牠的身上伸出來，又收回去，能夠進入獵物體內一吋多深。這種吸血的器官像鍵盤一樣精巧。它能伸直，接著又縮回。

這個怪物就是章魚。在根西島章魚非常少，在澤西島的很小，在薩克島附近章魚又大又多。

章魚游水的時候，就像是藏在套子裡一般。牠將全身所有的皺褶都收攏，彷彿一隻縫起的袖子，裡面藏著一隻拳頭，也就是牠的頭。牠用波浪形的動作向前推進；兩隻眼睛雖大，但和海水顏色一樣，很難看清楚。就在人們沒有注意到牠的時候，牠突然張開了全身，人們才剛看見牠就被捉住了。

章魚沒有骨頭，沒有血，沒有肉。牠身子鬆軟，裡面什麼也沒有。牠僅僅是一層皮，我們可以把牠的八隻觸手從裡向外翻過來，就像翻手套一樣。在牠輻射狀的中心，有一個唯一的開口。這個僅有的裂孔是肛門嗎？是嘴嗎？也許兩者都是。牠的全身都是冰冷的。

再也沒有比被這種頭足綱動物擁抱更令人魂飛魄散的了。

那是抽氣機在攻擊你。你要對付的是有幾隻爪子的真空。這既不是指甲抓，也不是牙齒咬，而是一種無法形容的劃痕。被咬傷是可怕的，可是遠不如被吸血可怕。你的肌肉腫脹，神經纖維彎曲，皮膚在令人憎惡的壓迫下裂開，鮮血湧出來，和這軟體動物的淋巴液可怕地混合在一起。那個畜生用牠無數汙穢不堪的嘴壓住你，把你吸進牠的身體裡。你被纏住、黏住、無力反抗，你會覺得身體在這個可怕的袋子裡漸漸被掏空了。

被活生生地吃掉是可怕的，被活生生地喝掉更是難以形容。

16

這就是抓住了吉利亞特的那個怪物。

上個月，吉利亞特第一次進入這個岩洞的那一天，在隱蔽的海水中模糊地看到的那個黑色輪廓，便是這條章魚。

當他為了追逐螃蟹再次進入這個岩洞的時候，看到一條裂縫，他以為螃蟹就躲在那裡面，而章魚卻在這個洞裡窺伺著。

吉利亞特將手臂伸進洞裡，章魚逮住了他，緊緊地抓牢。

他成了被這隻蜘蛛捉住的蒼蠅。

吉利亞特已經被水沒到了腰部，他的雙腳踩在光滑的卵石上，右手臂被章魚伸出的帶子緊緊纏繞，無法動彈。牠的上半身在那令人心驚膽戰的帶子扭動下，幾乎看不見了。

章魚的八條觸手，三條黏在岩石上，五條黏著吉利亞特。牠一邊緊扣住花崗岩，一邊緊拉著吉利亞特，就這樣，把這個人綁在岩礁上。吉利亞特的身上貼著兩百五十個吸盤，他既恐慌又厭惡。他被一個巨大的拳頭緊緊握住了，它的手指將近一公尺長，在裡面長滿了活的吸盤，會挖進你的肉裡。

任何人都掙脫不了纏在身上的章魚。越是想嘗試，越是會被纏得更牢。而且牠只會越縮越緊，你越是用力，牠的力氣也越大。你越是亂動，牠越是緊箍。

吉利亞特只有一個對付的辦法，就是用他的刀。

他的左手是自由的，手裡握著打開的刀。

章魚的觸角是割不斷的，它們是一種不可能切開的皮革，在刀刃下它們會滑掉。此外它們貼得那樣緊，在這些皮帶上切一刀，也會割破你的肌肉。

章魚是令人生畏的，但有一個方法可以對付牠。薩克島的漁夫都懂得怎麼做，他們會割斷章魚的頭。

確實，章魚只有頭部最容易受到攻擊。

吉利亞特知道這一點。

他從來沒有見過這麼大的章魚。一開始，他感到不知所措，但很快就恢復鎮靜。他知道，對付章魚就像對付公牛，應該抓住時機，那就是公牛低下脖子的一刻，章魚伸出頭的一刻，這一刻轉瞬即逝，絕不能錯過。

這一切只是幾分鐘之內的事，但吉利亞特已經感覺到兩百五十個吸盤的吸力在不斷加強。

章魚是奸詐的，牠想先讓獵物失去知覺。牠逮住了他，然後盡可能地等待。

吉利亞特握著他的刀。吸盤吸得更狠了。

他盯著章魚看，章魚也盯著他看。

突然，章魚從岩礁上鬆開牠的第六根觸角，向吉利亞特甩過去，想抓住他的左臂。同時，牠迅速地伸出頭。過了一秒鐘，牠的嘴貼到吉利亞特的胸膛上。吉利亞特兩脅全是血，兩條手臂被捆得牢牢的，像一個死人一樣；可是他警惕地戒備著，持續監視對方。他避開了那根觸角，當那個怪物要咬他的胸膛時，他握著刀的拳頭向牠猛擊過去。

對立的雙方都在痙攣，一方是章魚，另一方是吉利亞特。

這就像兩道閃電在搏鬥。

吉利亞特把刀尖刺進那扁平的黏糊糊的部分，如同揮舞一圈鞭子那樣轉了一圈，在牠的兩隻眼睛四周挖出一個圓圈。於是，他割下了牠的頭，好像拔掉一顆牙一樣。

一切結束了。

怪物全身倒了下來。

牠像一件脫下來的襯衣。抽水泵毀壞了，真空消失了，四百隻吸盤從岩礁和人身上同時鬆開。這件破爛衣服沉到了海底。

吉利亞特直喘著氣，退到了牠的觸角碰不到的地方，彷彿害怕牠會垂死掙扎；儘管這個怪物已經完全死了。

17

吉利亞特幾乎快悶死了，他的右臂和上半身發出紫色，出現了兩百多處腫塊，有好多處已經湧出血。吉利亞特浸在海水裡，同時用手掌擦自己的右臂和上半身。腫塊漸漸消失了。

他向後退，在海水裡浸得更深，不知不覺地靠近了一個小洞穴，就在他被章魚纏住的那條裂縫旁邊。這個洞裡沒有水，在洞穴的石壁下歪斜地伸展。卵石在那裡堆積，使洞底增高，高出平時漲潮的水位。這個凹進去的洞是一個相當大的圓拱，一個人彎下腰便能進去。海底下的綠光射進去，將裡面稍稍照亮。

吉利亞特匆匆忙忙地擦著他的皮膚，偶然間看見了這個小洞穴。

他不禁打了個哆嗦。

他彷彿看到在這個洞底的黑暗裡有一張帶著笑容的臉。

這個凹洞非常像一座石灰窯。它是一個低矮的壁龕，好像籃子的柄，陡峭的拱頂越來越狹窄，一直通往這個地窖的深處。在那裡，卵石堆和岩石的拱頂連接在一起，這是死巷的盡頭。

吉利亞特走了進去，低著頭，朝著在洞底的東西走。

確實有什麼東西在笑。

那是一個死人的頭。

不僅有頭，還有一具骨骼。

一具人的骨骼躺在這個小洞穴裡。

吉利亞特向四周看了一遍。他的周圍是許多螃蟹，這些螃蟹看起來全死了，一動也不動，因為它們都只剩下了殼。

它們在塞住岩洞的卵石堆上面零亂地散開，如同奇形怪狀的星星。

吉利亞特走到了地窖的盡頭，那裡有更大的一堆螃蟹殼，那具骨骼就在下面。能夠這些亂七八糟的殘骸中看到帶紋的顱骨、脊椎骨、股骨、脛骨、連著指甲的手指。肋骨的架子裡全是螃蟹，海裡的黴菌蓋滿了眼眶，帽貝把它們的黏液留在鼻腔裡。此外，在岩礁的這個角落，沒有海藻，沒有水草，也沒有一點風。一切都靜止不動。牙齒在冷笑。

吉利亞特的眼前是章魚的食品櫃。

景象淒涼，在這裡清楚地暴露出極其恐怖的事實：螃蟹吃掉了死人，章魚吃掉了螃蟹。

在屍體旁邊沒有任何殘存的衣服，死者在被逮住時想必是赤身裸體的。

吉利亞特專心地仔細察看著，他把螃蟹殼從死人身上拿掉。這個人是誰呢？屍體被解剖得十分巧妙，肌肉全部除去了，一點兒也沒有留下。沒有少掉一根骨頭，裸露的骨膜又白又滑，彷彿擦過一樣。

屍體埋在死去的螃蟹底下，吉利亞特把它挖了出來。

忽然，他迅速地彎下身子。

他發現脊椎骨被一根帶子般的東西圍著。

那是一條皮帶，很明顯是這個人活著的時候扣在肚子上的。

皮上長了黴，帶扣生了鏽。

吉利亞特想拉過腰帶，脊椎骨不肯放，他只好將脊椎骨折斷才拉出來。腰帶完好，上面已經開始積上一層貝殼。他摸摸腰帶，覺得裡面有一樣硬硬的正方形東西。帶扣已經無法解開了，他用刀割開了皮帶。

腰帶裡裝著一個小鐵盒和幾枚金幣。吉利亞特數了數，一共有二十個基尼。

鐵盒鏽得很厲害，無法打開。吉利亞特又用刀尖一撬。

盒子開了。

裡面只有幾張紙。

一小疊非常薄的紙，摺成四分之一，鋪在盒子底部。紙是濕的，不過沒有損壞。吉利亞特把它展開。

這是三張鈔票，每張一千英鎊，一共值七萬五千法郎。

吉利亞特又把鈔票摺好，放回盒子裡，再把二十個基尼也放進去，然後用力把盒子關緊。

他開始仔細看那條腰帶。

皮帶的表面曾經上過光，內部卻很粗糙。在淺黃褐色的粗皮上有幾個用很濃的墨水寫的字。吉利亞特認出了這幾個字，唸道：

「克呂班。」

18

吉利亞特把盒子重新放回腰帶裡，又把腰帶放進他的褲子口袋。

他離開了這個洞穴，一路上在岩礁間搜索，尋找海膽和帽貝，不想再尋找螃蟹了。他彷彿覺得吃螃蟹就像在吃人肉。

此外，他只想在動身以前盡可能好好地吃一頓飯。猛烈的暴風雨以後，總是平靜的日子，有時候會延續好幾天。如今的大海已經沒有絲毫危險了，吉利亞特決定第二天啟程。他打算等天一亮就拆除小壩，把小帆船推出大小多佛爾礁，張帆回聖桑普森。平靜的海面上微微吹起西南風，正合他的心意。

吉利亞特在岩礁間繞了一圈，肚子幾乎吃飽了，回到停在大小多佛爾礁之間的小帆船那裡。這時太陽剛開始西沉，新月的光輝滲進了暮色，海水達到了滿潮，又開始下落。擺在小帆船上的機器被暴風雨打來的浪花蓋上一層鹽，在月光下顯得雪白。

這副景象提醒了吉利亞特，風暴在小帆船裡灌進許多雨水和海水；在他動身以前，得將船裡的水除光。

他離開小帆船去追捕螃蟹的時候，他曾經觀察到在艙裡的水約有六吋深。這時他回到小帆船，不禁嚇了一跳：小帆船裡有近兩呎深的水了。

出了很可怕的意外，小帆船漏了。

它是吉利亞特不在的時候逐漸進水的。它已經載了重物，加上二十吋深的水是極危險的事。只要再增加一點點，它就會沉沒。如果吉利亞特晚一個小時回來，也許只能看到煙囪和桅杆露在水面上了。

一分鐘也不能遲疑，應該找到進水口，把它堵住，然後除去小船裡的水。杜蘭德號的水泵在船隻失事時不見了，吉利亞特只能使用小帆船的排水鏟。

吉利亞特立刻動手，甚至沒有時間穿上衣服，全身都在哆嗦。

小帆船繼續在進水。幸好沒有風。只要起微微的波浪，船便會沉沒。

吉利亞特彎下身子摸索著，大半個身子浸在水裡。他找了很長時間，終於發現了損壞的地方。

當風暴來臨的時候，堅固的小船猛烈地碰撞岩礁。小多佛爾礁上的一塊凸起處把右舷的船殼撞出一個裂口。這個裂口十分糟糕，恰好緊靠著兩條加強肋骨的交點，而且很大。

儘管吉利亞特還有一套能用的木匠工具。但是在把船修復以前，會有多少變化！會有多少危險！吉利亞特聽到海水無情地湧進來的聲音。只要搖動一下，或許就會沉沒。多麼悲慘啊！

只有一個有利的情況，那便是船殼損壞的裂口位於將機器的煙囪固定的兩條鐵鍊旁。用來塞住裂口的東西可以縛在兩條鐵鍊上。

水繼續進來，現在超過兩呎了，已經漫到吉利亞特的膝蓋以上。

19

在小帆船的帆纜索具當中，有一大塊塗了柏油的帆布，它的四隻角上都有很長的細繩帶。

吉利亞特拿起這塊帆布，用上面的細繩帶將它的兩隻角繫在煙囪鐵鍊的兩個鐵環上，就在進水口的那一側。然後，他把帆布丟到船外，就在水底和小船之間。來自下方的水的推力，將它緊貼住船殼的裂口。水壓得越凶，帆布貼得越緊。於是，帆布被海水按在損傷的部位，小船的傷口包紮好了。

進水口遮住了，可是並沒有塞住。這只是暫時的解決辦法。

吉利亞特拿起排水鏟，開始舀小帆船裡的水。可是他已疲勞到了頂點，感到自己無法堅持下去了。船裡的水位降得很慢，此外，帆布漸漸被海水推進裂口，膨脹得越來越厲害，或許隨時會被捅破。

遇到這種情況，唯一的辦法是把凸起的帆布塞回裂縫，然後再找一塊布堵住裂口。可是，吉利亞特手邊一塊布也沒有。他原先貯存的破布片，有的在幹活當中用掉了，有的被狂風吹走了，他只能到岩礁間去搜索。然而，沒有光要怎麼搜索呢？天實在太黑了，吉利亞特又沒有乾的纜繩和油脂可以點火。

只剩下他的衣服可用了。

我們還記得，他把他的衣服放在小多佛爾礁凸起的岩石上面晾著。他去收了回來，放到小船的邊緣。他拿起他的油布上衣，跪到水裡，把衣服塞進裂口，把凸起的部分推回去。接著，他在油布上衣外面又加上羊皮，在羊皮外面又加上毛織襯衣，在毛織襯衣外面再加上粗布上衣。全部塞進去了。

他身上只有一件衣服，他脫了下來，連同他的褲子又塞了進去，使填塞物越來越大，也越來越結實。看起來防護夠堅固了。

不過，這只是暫時的。裂口周圍的尖銳處有可能把帆布戳破，然後海水又會從破洞裡進來。這些堵塞物不太可能堅持到天亮。吉利亞特又開始感到不安了，同時他的氣力也漸漸耗盡了。

他又動手舀水，可是他的手臂再也使不出力了，幾乎很難舉起裝滿水的鏟子。他全身赤裸，不停地哆嗦。

他希望能碰上好運。也許大海中會出現一艘帆船、一個偶然經過多佛爾礁的漁夫，來幫助他。只要有一個人和一盞燈，一切便都能得救；不然的話，就得等上整整一夜。要命的延誤有可能帶來災難。

吉利亞特心急如焚。他希望有人能看到他。

他爬到杜蘭德號上，抓緊繩子，然後登上大多佛爾礁。

遠到天邊也不見一艘船、一盞舷燈。一望無際的海面上一片荒涼。沒有任何幫助，也不可能有任何抵抗的能力。

吉利亞特第一次感到束手無策了。他已經筋疲力盡，脫光了自己的衣服才做成這件用來填塞的東西，他無法再把它加固了。只要海浪一沖，隨時都有可能衝破裂口。而他花費的全部勞動、他得到的全部成就、他的全部勇氣，全都會付諸流水。

吉利亞特以往經歷過的所有艱苦和憂慮都不能和這一次相比。

寒冬、飢餓、勞累、要坍塌的破船、沉重的機器、春秋分時突變的天氣、大風、雷電、章魚，這一切和進水的裂口相比都算不上什麼。吉利亞特能夠用火抵擋寒冷，用岩礁上的貝殼抵擋飢餓，用雨水抵擋口渴，用技巧和毅力抵擋搶救中的各種困難，用防波堤抵擋潮水和暴風雨，用刀抵擋章魚。可是，要抵擋進水的裂口，他卻毫無辦法。

如果填塞的衣服被沖了出來，如果進水的裂口又重新打開了，那就無可挽救，只能讓小帆船下沉。機器從此再也無法拉上來，兩個月來艱鉅的努力也化為烏有。從頭幹起是不可能的了，吉利亞特既沒有鍛鐵爐，也沒有各種材料。他只能眼睜睜看著他的全部成果漸漸地、無法挽回地沉入海底。

當他的小船沉沒以後，他也只好餓死凍死，就像其他在礁石上遇難的水手一樣。

吉利亞特發狂似地望著空中。

他身上連一件衣服也沒有了，赤裸裸地面對著無限的空間。他沮喪、絕望，直挺挺地躺在岩石上，望著天上的星星，雙手合掌，彷彿在向可怕的深不見底的高處乞求。他失敗了，被命運擊垮了。

他彷彿覺得自己在寒冷、困乏、虛弱、祈禱、黑暗當中溶化了。他睡著了。

20

幾個小時過去了。

太陽升起來，光芒耀眼。

第一道陽光照亮了在大多佛爾礁的平頂上一動也不動的吉利亞特。

這個凍僵的身體直挺挺地躺在岩礁上，連寒顫也不打了。緊閉的眼皮是灰白色的。

很難說這不是一具屍體。即使他還沒有死，也非常接近喪命的地步。

風吹起來了，是溫和活潑的風，帶來五月裡的春天氣息。太陽升到了藍色天空的正中央，它稍微偏斜的光輝變成了紫紅色，它的光變成了熱，裹住了吉利亞特。

吉利亞特沒有動一下。

太陽繼續上升，陽光越來越筆直地照著吉利亞特，溫和的風現在變成熱的了。

這個僵硬的、赤裸的身體始終沒有動彈，不過皮膚不大蒼白了。

太陽快到頭頂上了，垂直地照在多佛爾礁的平頂上。強烈的陽光從高空傾瀉下來，加上平靜的大海發出了反光，岩礁開始有點發熱了，溫暖了躺在上面的人。

一聲嘆息使吉利亞特的胸膛挺了起來。

他活著。

太陽繼續撫摸著他，幾乎充滿了熱情。風已經是南方吹來的風，夏季的風，溫柔地吹著，好像一張嘴在吻著吉利亞特。

吉利亞特動了動。

大海的寧靜簡直無法形容，波浪彷彿搖搖籃似地推著礁石。

海鳥在吉利亞特的頭頂不安地飛來飛去。牠們不是像從前那樣因為吃驚而感到困惑，而是表現出難以形容的溫柔和友愛。牠們小聲地叫喊著，好像是要叫醒他。一隻海鷗親熱地飛到他的身邊，向他亂叫。他似乎沒有聽見。牠跳到他的肩上，用嘴輕輕地啄他的嘴唇。

吉利亞特張開了眼睛。海鳥高興而又害怕地都飛走了。

他站起來，伸展了一下四肢，然後跑到平頂的邊緣，向兩座多佛爾礁之間的狹道望去。

小帆船還在那裡，絲毫沒有損壞。填塞裂口的衣服仍在原處。海水似乎沒有弄壞它們。全都得救了！

吉利亞特不覺得疲勞了。他的精力恢復了，這樣的昏迷是一次睡眠。

他弄光了小帆船裡的水，裂口回到了吃水線以上。他穿上衣服，喝了水，吃了東西，心裡高興極了。

第二天黎明時分，他拆除了水壩，重新打開狹道的出口，然後穿上用來堵塞過進水口的破衣服，再把克呂班的腰帶和那七萬五千法郎放在身上。他站在修好的小帆船上，身邊是那部救出來的機器。風向正好，海面平穩，吉利亞特離開了大小多佛爾礁。

他向根西島駛去。

第三部　黛呂謝特

1

春天來臨，冬天的長夜結束了。人們很快地度過夜晚，天一黑便早早上了床。聖桑普森是一個古老的遵守熄燈時間的教區，人們在日落時就睡覺，天一亮就起身。這是諾曼第老村莊的傳統。

五月初的一個晚上，萊蒂埃利透過一棵棵樹縫，看了一會兒新月，又聽了聽黛呂謝特獨自在布拉韋的花園裡散步的聲音；然後回到他那間正對港口的臥室就寢了。杜絲和格拉絲也上床睡了，除了黛呂謝特，屋子裡的人都睡了。在聖桑普森的所有人也都睡了，每一家的門窗都關上，街上沒有一個行人來往。

杜蘭德號遇難以後，萊蒂埃利在聖桑普森的名望也一落千丈。大家不再理睬他了，彷彿像逃離瘟疫一樣，將這一家人孤立在外。那些可愛的富家子弟都避開了黛呂謝特。布拉韋如今與世隔絕，始終是靜悄悄的。

萊蒂埃利躺到他的吊床上，衣服也沒有脫。

自從杜蘭德號出事以來，躺在吊床上成了他唯一的慰藉。兩個半月以來，萊蒂埃利一直像在夢遊一般，還沒有平靜下來。他陷在那些遇到重大挫折的人才感受到的迷迷糊糊的狀態裡。他在沉思，卻不是在思索，他在睡覺，卻不是在休息。白天，他不是清醒的人，夜晚，他也不是沉睡的人。他起床，然後又躺下，僅此而已。

有時候，他整個下午一動也不動地待在臥室的窗前，低著頭，手肘靠著桌子，兩隻拳頭捂住雙耳，背朝著整個世界，眼睛注視著他房間牆上的一個舊鐵環，它曾經被用來繫杜蘭德號的纜繩。他望著鐵環上的鏽。

萊蒂埃利過著機械一般的生活。

最堅強的人，被奪去了他們可以實現的想法，便會成為這副模樣。這是心力交瘁的結果。生活就是旅行，想法是旅行的路線；沒有旅行的路線，只好止步不前。失去了目標，力量也完全沒有了。

至於黛呂謝特，她可愛的微笑也變少了。她好像憂心忡忡，那小鳥和女孩般的嬌柔消逝了。她不時露出嚴肅的神情，在這個溫柔的少女身上，這是悲傷的表示。然而她總是竭力對萊蒂埃利做出笑容，讓他得到安慰，但是她的快樂一天天地失去了光澤。或許是因為憂傷，又或許是由於其他的一些原因，她現在非常熱中於宗教。過去，她一年幾乎只去四次教堂，現在她卻經常上教堂。

傍晚，只要天氣好，她會在布拉韋的花園裡散步一兩個小時。她總是獨自一人，在那裡幾乎和萊蒂埃利一樣沉思著。她每晚總是最後一個睡覺。

萊蒂埃利終日精神恍惚，絲毫沒有察覺到黛呂謝特改變了的習慣。

四月十五日到二十日之間的某一天下午，人們聽到有人敲布拉韋的門。杜絲前去開了門，從郵差手中拿到一封信。這封信來自海外，是寄給萊蒂埃利的。郵戳上的地名是里斯本。

杜絲把信交給關在自己房間裡的萊蒂埃利。他接過信，隨手放到桌子上，連看也不看一眼。

這封信在桌子上放了整整一個禮拜，沒有拆開。

一天早晨，杜絲對萊蒂埃利說：

「先生，要不要將您信上的灰塵撣掉？」

萊蒂埃利彷彿睡醒過來一樣，說：「好的。」

於是，他拆開了信。

他看到信裡寫著：

致聖桑普森的萊蒂埃利先生：

您一定會很高興地得到我的消息。我正搭乘塔莫利帕號遠航，在船員當中有一個水手，是根西島人，叫阿伊爾—托斯特萬，他將會回去，並告訴您一些事情。我委託駛往里斯本的柯提斯號船將這封信交給您。

儘管我相信您已知道發生了什麼事，不過請容我再次敘述一遍。這應該不為過吧？

事情是這樣的：我把您的錢全還給您了。

我曾經向您「借」了五萬法郎——雖然手段不太恰當。在離開聖馬洛之前，我把三張一千英鎊的鈔票交給您信任的人克呂班。它們共值七萬五千法郎，想必這些足夠補償您了。

克呂班憑著武力拿回了您的利息，收下了您的錢。我覺得他十分熱心，所以特地寫了這封信通知您。

您另一個信任的人朗泰納

三月十日，寫於海上

（註：克呂班有支左輪手槍，因此我無法拿到收據。）

萊蒂埃利此時的感覺，就像摸到了一個魚雷一般。

這樣的震撼使他恢復了理智。

他認出了寫信人的筆跡，認出了信上的簽名。至於信裡提到的那七萬五千法郎，他絲毫也不瞭解，但它逼著萊蒂埃利的頭腦去思考。這是個具有衝擊性的事實。於是，推理甦醒了，邏輯性被召回來了。

這些時間以來，根西島的人們全都在重新評價克呂班，這個正直的人在過去那麼多年裡一直被公認為是值得敬重的人物。大家開始捫心自問，開始產生懷疑；有人依舊肯定他，有人卻反對。之後，一些奇怪的證據出現了，克呂班的面貌開始清晰起來，也就是說變得醜惡了。

為了查出六百一十九號海岸警衛的下落，聖馬洛法院進行了調查。它假設這名海岸警衛可能是被蘇拉招募去了，上了去智利的塔莫利帕號。這個巧妙的前提帶來了許多錯誤的推論；然而，在調查的過程當中，法官卻發現了一些其他線索，並牽扯出了克呂班這個人。塔莫利帕號的開航與杜蘭德號的遇難兩件事太過巧合，也許它們之間有什麼關連。

在迪南門的小酒館裡，老闆說克呂班曾在那裡買了一瓶燒酒。是替誰買的？聖樊尚街的槍炮匠說，克呂班在他那裡買了一把左輪手槍。是對付誰的？約翰旅店的老闆說，克呂班幾次莫名其妙地離開旅店。一名船長說，克呂班儘管事先得到警告，知道海上有霧，卻還是要出發。杜蘭德號的船員說，貨物並沒有裝足，裝載也是草草了事。如果船長想斷送一艘船，這種態度是很容易理解的。

那個根西島的乘客說，克呂班曾以為船是在阿努瓦礁失事。托爾特瓦的人說，在杜蘭德號遇難的前幾天，克呂班曾去過那一帶，朝著阿努瓦礁附近的普蘭蒙走去。他去時提著一個旅行袋，回來時卻沒有了。幾個孩子說他們在鬧鬼的房子遇到的鬼魂，現在看來也可能跟克呂班有關係。於是，有些人壯著膽子走進那棟房子。他們找到了克呂班的旅行袋，裡頭裝著一些食物、一架望遠鏡、一只懷錶、幾件衣服。

這些發現很快成了聖馬洛和根西島最熱門的話題。人們看出了一些可疑的細節，例如冒著遇上霧的危險出航、一瓶燒酒、一個喝醉的舵手、船長代替了舵手，而且十分笨拙地掌舵……堅決死守船隻的英雄氣概如今變成了騙局。此外，克呂班搞錯了礁石，可以推測出他選擇阿努瓦礁的道理：從那裡可以很容易地游到岸上，在鬧鬼的房子裡短暫停留，等待機會逃走。旅行袋的存在使得假設被完美地證實了。至於海岸警衛的失蹤跟這件事有何聯繫，沒有人能夠掌握。人們只隱約地感覺到，在這名警衛身上肯定發生了一場悲劇；克呂班即使沒有在悲劇中登場，至少也參與了演出。

至於那把左輪手槍，或許是屬於另外一樁案件的。

大眾的嗅覺既靈敏又準確，逐漸將零散的細節拼湊成原本的真相。一切前後一致，不過還缺乏根據。沒有人會為了有趣而斷送一艘船，也沒有人會在毫無利益的情況下，冒著大霧、礁石、泅水、逃跑、避難的危險。克呂班能得到什麼利益呢？

大家看見了他的行動，但是沒有看見他的動機。缺少的這一點是重要的。

朗泰納的來信正好填補了缺少的這一點。

這封信說出了克呂班的動機：要獨吞七萬五千法郎。並且提出了一個證人：阿伊爾－托斯特萬。還說明了那把左輪手槍的用途。

這下子，克呂班的惡毒計畫已是昭然若揭。他事先就策劃了沉船的事故，證據就是那個放在鬧鬼房子裡的備用旅行袋。假如克呂班是清白的，船隻出事純屬意外，那麼在最後一刻，他決心在沉船上犧牲的時候，難道不應該把屬於萊蒂埃利的七萬五千法郎交給坐小艇逃生的人嗎？事情水落石出了。克呂班呢？他也許成了他自己錯誤的犧牲品，喪命在多佛爾礁了。

這些推測漸漸湊在一起，和真實情況非常符合。好幾天裡，萊蒂埃利的腦中想的全是這些。朗泰納的信幫了他大忙，逼著他動腦。他起初因為驚訝而感到震驚，接著開始認真思考起來。他又做了一些努力，四處打聽消息；他不得不聽別人說話，甚至找人交談。一個禮拜以後，他又重新變得注重實際了，他的精神又恢復正常了。他擺脫了困惑的狀態。

然而，這封信也表明了一件事：萊蒂埃利再也無法收回那筆錢了。在杜蘭德號的災難後，再加上七萬五千法郎的損失，萊蒂埃利可以說完全破產了。

就在我們剛才提到的那個夜晚，五月初的一個夜晚，萊蒂埃利讓黛呂謝特在月光下的花園裡漫步，他自己懷著比以前更加憂傷的心情上床睡了。

失去財產帶來的種種苦惱一直在他的頭腦裡打轉。貧困引起無限的不快。萊蒂埃利感到他的敗落已無可避免了。以後該怎麼辦呢？以後會變得怎樣呢？應該強迫黛呂謝特接受怎樣的犧牲呢？應該辭退杜絲或格拉絲嗎？要把布拉韋宅邸賣掉嗎？他們會被迫離開這個島嗎？從前自己在這裡有權有勢，現在卻一無所有了，這真令人難以忍受。

這些無法擺脫的苦惱不斷折磨著萊蒂埃利。他的內心在哭泣，也許他從未像現在一樣對自己的失敗感到如此悲傷。緊隨著強烈痛苦的是麻木。在悲哀的重壓下，他迷迷糊糊地睡著了。

他閉上眼睛將近兩個小時，睡得很少，大多是在默想。他昏昏沉沉，可是他的大腦在暗暗地活動。在午夜左右，他擺脫了這種狀態，醒過來了，張開了雙眼，窗子正對著他的吊床，他看到了一樣奇特的東西。

一個形狀出現在他的窗前。一個不可思議的形狀，是一艘汽船的煙囪。

萊蒂埃利從床上直挺挺地坐了起來，朝窗外望出去。窗外彷彿有一個幻象，每一棟正對港灣的房屋都看得見：這片月光裡，緊挨著他的房子，清清楚楚地出現了一個直立的、圓圓的、威風的黑影。

那是機器的煙囪。

萊蒂埃利急忙從吊床上跳下來，跑到窗前，打開窗子，向外俯下身子。他認出來了。

在他眼前的是杜蘭德號的煙囪。

它就在它原來的地方，被四條鐵鍊牢牢地繫在一艘船的船殼板上。在煙囪底下，船裡面，能辨認出有一樣外形複雜的東西。

萊蒂埃利倒退幾步，轉身背對著窗子，接著又坐回吊床上。

他再轉過頭去，又看到了那個幻象。

一會兒以後，他提著一盞燈，來到了碼頭上。

在從前杜蘭德號繫纜繩的鐵環上，繫著一艘小船，船尾處載著一件龐然大物，聳立出那根出現在布拉韋窗前的煙囪。小船的船頭伸在房子的牆角外面，和碼頭一樣高。

小船裡沒有人。

這艘小船的外形特別，全根西島上的人都說得出它的特徵。它是突肚形的小帆船。

萊蒂埃利跳到船上，朝著那件龐然大物跑過去。原來是機器！

機器在那裡，毫髮無傷，完整地躺在鐵板上。鍋爐的隔板全都齊全，明輪的軸繫在鍋爐旁邊，抽鹽水的泵還在原本的位置上，什麼也沒有少。

萊蒂埃利把整部機器仔細檢查了一遍。接著，他哈哈大笑，站直身子，眼睛盯住了機器，兩條手臂向煙囪伸過去，大聲喊道：「救命呀！」

港灣的鐘在碼頭旁幾步遠的地方，他跑到那裡，抓住鐵鍊，開始拚命地敲起鐘來。

2

吉利亞特在經過了一路平安的航行以後，在天黑時分抵達了聖桑普森。當時已經將近十點鐘，整座小港灣都進入了夢鄉。

吉利亞特一進入狹窄的港灣口，便仔細觀看港口和碼頭。到處都沒有亮光，也沒有過路的行人。吉利亞特一聲不響地將小帆船靠在布拉韋旁，再把它繫在萊蒂埃利的窗下、原本繫杜蘭德號的鐵環上。

接著他跳過了船殼板，到了岸上，把小帆船留在碼頭。

他繞過那棟房子，順著一條小巷走，然後又走進了另一條，甚至不瞧一眼旁邊那條通往路頭小屋的小徑。幾分鐘後，他在一個牆角處站住，那裡有六月裡開紅花的野錦葵、冬青、常春藤，還有蕁麻。就在這個地方，在夏季的白天裡，他曾多次藏在荊棘裡，坐在一塊石頭上，連續好幾個小時，越過矮牆，出神地望著布拉韋的花園，有時甚至想大步跨過那道牆去。他的目光穿過一叢叢樹枝，注視著那棟房屋的兩扇窗子。這時他又找到了那塊石頭、那叢荊棘。那道牆依舊那樣矮，那個角落依舊那樣陰暗。他蜷縮在那裡，一動也不動地向前望去。他又看見了花園、小徑、花壇、四方形的花圃、房子、兩扇窗子。

在花園裡，在他前面很近的地方，一條小徑的盡頭，有一條漆成綠色的長凳。

吉利亞特望著那兩扇窗子，想到在那間房間裡睡覺的人。是她！這個幻影，這個在烏雲上的潔白形象，這個終日在他腦際縈繞的人影，她就在那裡！他想到這個無法接近的人正在沉睡，離他這麼近，他那如痴如狂的心情幾乎能立刻傳到她的身邊。他想到一個不可能存在的女人，似睡未睡，受到許多幻想的騷擾，她也是如此。他又想到一個在遠方的、難以捉住的、被人渴望的人，她緊閉雙眼，手捂著前額。他還想到那完美無缺的人的神秘的睡眠，想到一個夢會引來的許多夢。他不敢想得更多，可是他還是想著，他的靈魂已經飛到了繁星點點的夜空。

忽然間，他看到了她本人。

從又濃又密的矮樹叢裡走出來一個人影、一件睡袍、一張神妙的臉。她的步伐像幽靈一樣難以形容地緩慢，她就像月光下的另一道光芒。

吉利亞特覺得自己要昏過去了，那是黛呂謝特。

黛呂謝特走過來，站住了。她走了幾步要離開，但是又站住了，接著轉過身來，在那條長凳上坐下。月亮被樹遮住，幾朵雲在蒼白的星辰間飄動，大海在黑暗中低聲細語，天邊升起了輕霧，景色無限淒涼。黛呂謝特低下頭，帶著沉思的眼睛凝視著前方，卻什麼也沒有看見。她側身坐著，只戴一頂無邊軟帽，讓人看到她嬌嫩的後頸。她用一根手指無意識地繞著軟帽上的一根飾帶，在昏暗的光線裡，她的手彷彿雕像的手。她的睡袍是白色的。樹木在搖動，彷彿受到了她散發出的魅力的感染。她的一隻腳尖露了出來。她垂下的睫毛好像在收縮，顯示眼裡有一滴淚珠。她的手臂略微遲疑，不知道該支撐在哪裡好，顯得格外迷人。她可愛的臉在沉思，就像一個孩子一樣。她離他這麼近，真是太可怕了。吉利亞特能聽見她的呼吸聲。

他心醉神迷，他的感受是難以言喻的。看見黛呂謝特，看見她的睡袍，看見她的軟帽，看見她的手指，難道這一切是真的嗎？就在她的身邊，這可能嗎？還能聽得到她的呼吸聲，她在呼吸！老天！吉利亞特不禁心驚膽戰。他是世上最可憐的人，也是世上最快樂的人。他不知所措。看見她的歡樂使他全身癱軟。他的頭腦著了迷，他的思念凝固不動，專注在那位少女身上，好像對方是一粒稀有的紅寶石。他看著那頸背，那些頭髮，甚至沒有想到這一切即將屬於他。他迷迷糊糊，覺得自己快斷氣了。

這時，一個聲音將他們兩個人都驚醒了。有人在花園裡行走，那是一個男人的腳步聲。

黛呂謝特抬起了頭。

腳步聲越來越近，接著停下來了，就在離長凳不遠的地方。樹枝茂密，使得黛呂謝特能看得見那個人，吉利亞特卻看不見他。

月光在地上投下一個影子，從樹叢一直伸到長凳下。吉利亞特看到了這個影子。

他望著黛呂謝特。

她的臉色全發白了，她的嘴張開一半，一聲驚訝的叫聲被制止了。她想從長凳上站起來，還沒有站直就又坐了下去。她的動作顯得她既想避開，同時又受到吸引。她的驚訝是一種充滿不安的喜悅表現，她的嘴角似乎露出了微笑，眼裡含著閃光的淚水。她彷彿因為那個人的出現變得更美了。

這個影子說話了。聲音從樹叢裡傳出來，比女人的還要柔和，不過是男人的聲音。吉利亞特聽到他說了這些話：

「小姐，我每個禮拜天和禮拜四都能見到您。人們說您從前並不常來。我從來沒有對您說過話，這是我應守的本分，今天我來向您說話了，這也是我應守的本分。我應該先開口。喀什米爾號明天要開船了，這便是我來找您的原因。小姐，您貧窮，而我在今天早上成了富人。您願意讓我做您的丈夫嗎？」

黛呂謝特像一個懇求的女人那樣合攏雙手，望著說話的人。她默不做聲，牢牢地盯著對方，全身都在發抖。

那個聲音繼續說下去：

「我愛您。上帝造出男人的心並不是讓它沉默的。既然上帝許諾了永生，因此祂希望人們能成雙成對。我在人間有一個妻子，這就是您。我想念您，如同想念一篇祈禱文。我的信仰在上帝身上，我的希望在您身上。我的雙翼是您帶給我的。您是我的生命，而且早就是我的守護神。」

「先生，」黛呂謝特說，「這裡沒有人可以回答您。」

那個聲音又響起來了。

「我曾經做過這樣一個甜蜜的夢，上帝並不禁止人做夢。我覺得您彷彿是一種光榮，我熱烈地愛著您，小姐。我知道此刻人們都入睡了，可是我無法選擇其他的時間。您記不記得我們聽過的聖經的那一段？也就是《創世記》第二十五章。從那時候開始，我總是想到它。我經常反覆讀它。埃羅德牧師對我說：『您應該娶一個有錢的妻子。』我回答他：『不，我應該娶一個貧窮的妻子。』小姐，我對您說話的時候，沒有走近您，如果您不希望我的影子碰到您的腳，我甚至能向後退。您是我的主人。如果您願意，請您向我走過來。我愛您，我等待著。您是上帝賜予的恩惠。」

「先生，」黛呂謝特結巴地說，「我不知道在禮拜天和禮拜四有人注意我。」

那個聲音繼續說道：

「我們無法抗拒天使的事。天道就是愛，婚姻就是迦南。您是希望之鄉的美女。我以無限的感激向您致敬。」

黛呂謝特回答：

「比起其他那些行為嚴格的人，我認為我沒有做過更多的錯事。」

那個聲音繼續說道：

「上帝將他的意願放進花裡，放進曙光裡，放進春天裡。祂希望人們相愛。在夜晚神聖的黑暗裡，您多麼美。這個花園是您管理的，在花園的芳香裡有您呼出的氣息。小姐，心靈的結合不依靠心靈本身。這不是我們的錯。您到了這裡，這便是一切；我在這裡，這便是一切。我做任何事情都會感覺到我愛您。有時候，我的眼睛對您抬起。我錯了，可是該怎麼辦呢？當我望著您的時候，什麼事都會發生。有一些神秘的意志勝過我們，誰也無法克制住自己。最好的天堂就是人的心。如果您的心靈在我的家裡，那它便是我渴望的人間樂園。您同意嗎？當我貧窮的時候，我一句怨言也沒有。我知道您多大了，您二十一歲，我二十六歲。我明天要離開了，如果您拒絕我，我就不回來了。和我訂婚吧，您願意嗎？我的眼睛曾不只一次情不自禁地向您的眼睛提出這個問題。我愛您，請回答我吧。一旦您的叔父能接待我，我便會對他提出這件事，可是我首先要向您轉過身來。除非您不愛我。」

黛呂謝特低下額頭，低聲地說：「啊！我愛他！」

這句話說得很輕，只有吉利亞特一個人聽得見。

她依舊低著頭，好像在陰影裡的臉要將她的思想也藏到陰影裡似的。

談話停頓了片刻。這是寧靜而又嚴峻的時刻，萬物在沉睡，人也在沉睡，黑夜彷彿在聆聽大自然的心臟跳

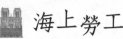

動。在這一片肅靜中升起了大海的波濤聲，好像一個使得寂靜更加完滿的和諧聲音。

「小姐，」那個聲音又說話了，「我等待著。」

黛呂謝特渾身打顫。

「您等待什麼？」

「您的回答。」

「上帝已經聽到我的回答了。」黛呂謝特說。

這時候，那個嗓音變得幾乎響亮了，同時更加顯得柔和。那些話從樹叢裡送出來，就像從燃燒著的灌木叢裡送出來一樣。

「妳是我的未婚妻。站起來，到這邊來。讓繁星點點的藍天目睹妳的靈魂接受了我的靈魂，願我們第一次的吻能和蒼穹合在一起！」

黛呂謝特站起身來，有一陣子沒有動彈，眼睛望著前方，無疑是遇到了另外一個人的視線。接著，她抬起頭，垂著雙手，慢慢地朝樹叢走去，然後消失了。

片刻後，沙地上出現了兩個影子，漸漸混合起來。吉利亞特看見在他的腳跟前，兩個影子擁抱在一起。

同一時間，遠處響起了一個聲音，一個嗓音高喊道：「救命呀！」港灣的鐘響了。不過，這陣喧鬧的聲音，恐怕那對陶醉在天堂裡的幸福的人是聽不見的。

鐘不斷地響著。吉利亞特離開了牆角。

3

萊蒂埃利激動地敲響了那口大鐘。突然他停住了。有一個人剛繞過碼頭的轉角，那正是吉利亞特。

萊蒂埃利連忙跑過去，緊緊握住吉利亞特的手，默默地盯住對方看了好一會兒。接著，他用力地搖他，將他拉過來，緊緊抱在懷裡。他請吉利亞特走進布拉韋低矮的客廳裡，讓他在一張椅子上坐下。在月光下，可以隱隱約約看出吉利亞特蒼白的臉色。萊蒂埃利又哭又笑地大聲說道：

「啊！我的兒子！吉利亞特！我就知道是你！好呀！小帆船。把經過講給我聽！這麼說來，你跑去那裡了！這簡直是魔法，一顆螺釘也沒有少！我已經全部檢查過了。你終於回來了，我剛剛去你的小屋找過你。我敲了鐘，四處尋找你。我問自己：他在哪裡呀？我要吃掉他！這真是一件了不起的事，那個大傢伙從多佛爾礁回來了，他把我的生命帶回來了！老天！沒有人會相信這件事，人們會來看，然後說：『這不可能。』不過，全在那裡！沒有缺一條管子，沒有缺一根釘子，毫髮無傷！真令人難以相信。但你是怎麼做到的呢？這下子杜蘭德號又能再次航行了！」

他站了起來，深呼吸了一下，又說下去：

「我不是在做夢！你是我的兒子，你是上帝！你為我找回了我可憐的機器，就在一望無際的大海上，在危機四伏的礁石當中！我一生中見過許多可笑的事，卻從來沒見過這樣的事。你創造了一個奇蹟，一個真正的奇蹟！啊，小壞蛋！來擁抱我吧。人們會感激你為家鄉帶來了幸福，全聖桑普森的人都會談論你！我立刻就開始修船。真叫人驚訝！他去的是多佛爾礁，而且是獨自一個人去的。多佛爾礁！沒有比它更凶惡的岩石了。你知道嗎？一切都證實了，克呂班是故意讓杜蘭德號沉沒，好偷走我的錢。他讓唐格魯伊喝醉了酒。說來話長，改天我再把這件罪行說給你聽。我真是太愚蠢了，竟然相信克呂班。這個惡棍，他完蛋了，因為他無法從那裡逃出來。吉利亞特，快！把鐵放到火上，我們要重新建造杜蘭德號。我們要把它加長二十呎。我要到但澤和不來梅買木料。既然我有了機器，別人就會同意我賒帳。信用又會恢復了。」

萊蒂埃利停了下來，抬起頭，眼光彷彿透過天花板望著天空，低聲說：「上帝是存在的。」

然後，他把右手的中指放到眉心，指甲按住鼻梁，彷彿想起了什麼。

「無論如何，為了捲土重來，哪怕只有一點現金也好。如果我有我的那三張鈔票，也就是被克呂班搶走的七萬五千法郎，那該有多好！」

吉利亞特一聲不吭，從口袋裡摸出一樣東西，放到萊蒂埃利面前。那是他帶回來的一個錢袋。他打開錢袋，放在桌子上，月光照出了上面的幾個字：克呂班。他從錢袋裡取出一個盒子，再從盒子裡拿出三張摺起的紙幣，把它們攤平，遞給萊蒂埃利。

萊蒂埃利仔細看了看三張紙幣。月光很亮，可以清楚地看出「一千」這個數字。萊蒂埃利接過三張鈔票，一張一張地放在桌子上，望望鈔票，又望望吉利亞特，愣了好一會兒，忽然激動地說道：

「這也是你拿來的！你真是不可思議。我的鈔票，三張都在！每張一千鎊！我的七萬五千法郎！沒錯，這是克呂班的錢袋。吉利亞特帶回了機器，還有錢！我會去買最上等的木料，我們去但澤買樅木，去不來梅買橡木，我們要做高品質的船殼板，內層是橡木，外層是樅木，船體用榆木。啊，我們會造出一艘多麼漂亮的杜蘭德號！我不再需要借錢了。我有錢了！這個吉利亞特多麼了不起！我破產了，被擊倒在地上；但他把我扶起來，讓我牢牢地站住！可憐的孩子！啊，你知道，你將會和黛呂謝特結婚。」

吉利亞特背靠著牆，好像一個站立不穩的人那樣，用很低但很清楚的聲音說道：「不。」

「什麼？不？」萊蒂埃利嚇得跳起來。

「我不愛她。」吉利亞特回答。

萊蒂埃利走到窗前，打開窗子又把它關上，回到桌子旁，拿起那三張鈔票摺好，將鐵盒放在上面，搔了搔頭皮，再拿起克呂班的錢袋，用力朝牆上一扔，說道：

「這裡面有什麼名堂。」

他把兩隻拳頭插進口袋裡，又說道：

「你不愛黛呂謝特？那麼你是為我吹風笛的了？」

吉利亞特仍舊靠著牆，臉色白得像一個隨時會停止呼吸的人。他的臉色越白，萊蒂埃利的臉色也越紅。

「這裡有一個傻瓜！他不愛黛呂謝特！那好，你就設法愛她，因為她只嫁給你！你在說什麼鬼話？你以為我會相信你？你是不是生病了？好，去請一個醫生，不過別胡言亂語。你不可能有機會和她爭吵過，除此之外還會有什麼理由？好吧，或許是我聽錯了，你把你剛才的話再說一遍。」

吉利亞特回答：「我說的是『不』。」

「『不』？你還在嘴硬！你有點不正常，肯定沒錯！你說『不』！這樣的蠢話超出了正常人的範圍。啊！你不愛黛呂謝特！那麼你所做的一切是為了一個老頭兒！你是為了我去多佛爾礁，去受凍，去受熱，餓死，渴死，吃岩礁上的蟲子，在霧裡、雨裡、風裡睡覺，費勁力氣把機器帶回來的？風暴持續了三天，你遇到了麻煩，你在我的破船旁邊咬著牙，割、砍、轉、捲、拖、銼、鋸、做木工、進行工程，壓碎東西！啊，呆子！你和你的風笛叫我厭煩透了。你不愛黛呂謝特！我不知道你怎麼搞的。現在我全都想起來了，當時我待在角落裡，黛呂謝特說：『我就嫁給他。』她要嫁給你！嘿，你卻不愛她！我怎麼也想不明白。要不是你瘋了，要不就是我瘋了。瞧你！一句話也不說。當你做了這一切事情，最後竟然說：『我不愛黛呂謝特。』這是不允許的。好吧，如果你不娶她，她就一輩子也不出嫁。首先，我需要你，你將是杜蘭德號的駕駛人。你以為我會就這樣放過你嗎？不，不行！親愛的，我不會放你走，去哪裡找一個像你一樣的水手呢！但是，你快說話呀！」

這時候，鐘聲已經驚醒了屋內和四周的人。杜絲和格拉絲都起床了，並且剛走進低矮的客廳；她們神色驚愕，一言不發。一群住在附近的人都急急忙忙地走出家門，跑到碼頭，目瞪口呆地望著在小帆船上的機器。有些人聽到萊蒂埃利在客廳裡說話的聲音，都悄悄地從半掩的門走了進來。萊蒂埃利發現自己不知不覺被人們圍住了，立即對這些聽眾表示歡迎。

「啊！你們都來了，很好。你們都知道這件消息了。這個人去了那裡，把它帶回來了，上頭一根釘子也沒有少！他把杜蘭德號從海底撈了上來，又從克呂班的口袋裡把錢撈了上來。不過，你是怎麼做到的呢？所有的魔鬼都跟你作對，既有風又有潮水。你果然是巫師，這下我也相信了。杜蘭德號回來啦！朋友們，我對你們宣佈，船隻遇難的事到此為止。我檢查過機器，它就跟新的一樣，完整無缺！好啊！你娶來做妻子吧！」

「娶誰？機器？」有人問道。

「不，是姑娘。對，是機器。兩個都娶！他是我的雙重女婿。他將做船長，吉利亞特船長！我們會做買賣、運輸、裝運牛羊！創造這一切的人就是他，這是一個驚險的故事！你們還記得三天前是什麼樣的天氣嗎？風雨交加，就像一場大屠殺！吉利亞特在多佛爾礁上面對這些威脅，這並不妨礙他救出遇難的船。多虧了他，我重新活過來了。先生女士們，萊蒂埃利的大帆船又要為大家效勞了！太好了，吉利亞特！我不知道他做了些什麼，不過他肯定是一個魔鬼！這怎能叫我不把黛呂謝特送給他呢？」

黛呂謝特走進客廳已經好一陣子了。她沒有說一句話，沒有發出絲毫聲響。她像個影子一樣走進來，在萊蒂埃利後面的一張椅子上坐下，幾乎沒有人察覺。萊蒂埃利既激動又快活，滔滔不絕，手舞足蹈。

在她進來後不久，又出現了一個沉默不語的人影。這是一個身穿黑衣、繫白色領帶的人。他一手拿著帽子，站在半開的門旁，燭光映出了他年輕可愛的臉。他一隻手肘靠在門板的角上，左手捂住額頭，縮緊的嘴角上有一道苦惱的皺紋。他非常專心地觀察著、聽著。在場的人認出他是阿貝尼薩．考德雷教士，此地的新教區長，都讓出路來，但他還是站在門口。從他的姿態看得出他在遲疑，從他的眼光又能看出他的決心。他的眼光不時和黛呂謝特的眼光相遇。至於吉利亞特，或許是偶然，或許是故意，他一直待在暗處，別人只能模模糊糊地看到他。

這時候，萊蒂埃利看到了黛呂謝特。他向她走去，萬分激動地擁抱她，吻她的額頭，同時伸出一條手臂，指著角落的吉利亞特。

「黛呂謝特，」他說，「妳又有錢了！那就是妳的丈夫。」

黛呂謝特不知所措地抬起頭來，向那個黑暗的地方望去。

萊蒂埃利又說道：

「我們立刻舉行婚禮，如果可以的話，就在明天。妳將會為了做一個勇敢之人的妻子感到自豪。這是毫無疑問的，因為他是一個水手。妳曾經說過：『我就嫁給他。』妳將會嫁給他，你們會有幾個孩子，我會當外祖父。妳會幸運地成為一個男子漢的夫人，而不會像本地幾乎所有的無知女孩那樣，嫁給一個軍人或教士——也就是一個殺人的人或一個說謊的人。你在角落裡幹什麼呀？吉利亞特，人家看不見你。杜絲！格拉絲！大家快來呀！把燈拿來，替我照出我的女婿！孩子們，我讓你們訂婚，這是妳的丈夫，這是我的女婿。我再一次向上帝許下這樣的諾言。啊！您也在，教士先生，請您為我替這對年輕人舉行婚禮吧！」

萊蒂埃利的眼光剛落到阿貝尼薩教士的身上。

杜絲和格拉絲遵照吩咐做了。桌子上放好兩支蠟燭，將吉利亞特從頭到腳都照亮了。

「他多麼英俊呀！」萊蒂埃利大聲嚷道。

吉利亞特的模樣很難看。

他還是像剛從多佛爾礁回來的時候那樣，一身破衣服，兩隻手露在外面；鬍子很長，頭髮直豎，雙眼像火一樣紅；臉上有許多擦傷，兩隻拳頭還在流血。他赤著腳，毛茸茸的手臂上還看得見章魚造成的一些膿疱。

萊蒂埃利出神地注視著他。

「這才是我的女婿！瞧他是怎麼和大海搏鬥的！他全身衣服都破了！怎樣的肩膀！怎樣的手和腳！你多麼英俊呀！」

格拉絲向黛呂謝特跑過去，扶起她的腦袋。黛呂謝特剛剛昏倒了。

4

天剛亮，聖桑普森的人都起床了，聖彼得港的人開始聚過來了。杜蘭德號獲救的事在島上引起了轟動，碼頭上有許多人觀看小帆船上立起的煙囪。大家都很想親眼看一看和親手摸一摸那部機器，可是萊蒂埃利在天亮以後又一次得意地檢查了機器，然後在船上安排站了兩個看守的水手。人人都讚嘆不已，七嘴八舌地談論吉利亞特。

人們從屋外看到萊蒂埃利坐在窗前寫信。他一隻眼睛望著桌子上的紙，另一隻眼睛望著那部機器。他是那樣全神貫注，只停下來一次，是為了呼喚杜絲，問她黛呂謝特在做什麼。

「小姐已經起床，出去了。」杜絲回答。

「她是該出去呼吸新鮮空氣，」萊蒂埃利說，「昨天晚上太熱，她想必有點不舒服。客廳裡的人太多了。此外，她一定又驚奇又開心，因為她就要有一個難得的好丈夫了！」

說完他又開始寫信。他已經寫好了兩封信，簽了名，並且封好了。它們是寫給不來梅的造船廠的。

這時，他又將第三封信封上。

碼頭上傳來車輪的聲音，使他不禁抬起頭來。他俯下身子，看到那條去路頭小屋的路上走出一個推車的男孩。這個男孩向聖彼得港走去。手推車上有一個嵌著銅釘和錫釘的黃色皮箱。

萊蒂埃利叫住那個男孩。「孩子，你去哪裡？」

「上咯什米爾號。」

「做什麼？」

「送這個箱子。」

「那好，你把這三封信也帶去。」

萊蒂埃利打開抽屜，拿出一段繩子，把剛才寫好的三封信捆在一起，打了一個結，然後丟給男孩。

「你對咯什米爾號的船長說是我的信，請他留意。是寄到德國去的，經倫敦到不來梅。」

「好的，萊蒂埃利先生。」

「幾點鐘開船？」

「十二點。」

「是今天中午，漲潮時刻。潮水會妨礙開船的。」

「可是，風向好。」

「孩子，」萊蒂埃利說，同時指了指機器上的煙囪，「看見了嗎？它可不在乎風和潮水！」

男孩把信放進口袋裡，又抓起手推車的把手，繼續向城裡走去。

萊蒂埃利又拿起一張紙開始寫起來。這封信上寫道：

這個白天我要和木工們見面，一起估算木料的價錢。船隻的重建工作會很快開始進行。至於你，你先去教區長那裡取得結婚許可。我希望婚禮儘快舉行，最好是立刻舉行。我負責杜蘭德號，你負責黛呂謝特。

他把信摺成四分之一，交給格拉絲。

「把它送去給吉利亞特。」

5

接近早上十點鐘的時候，來聖桑普森的人越來越多了。被好奇心刺激得狂熱的人群全湧向島的北部，在南部的哈夫雷特港從來沒有像這樣冷清過。

不過，在那裡能看到一艘小船和一個船夫。船上放著一個旅行袋。

船夫好像在等什麼人。

人們看到喀什米爾號停泊在錨地，要到中午才會起航。

在離小船較遠的地方，一個全是岩石和樹枝的隱蔽角落裡，有兩個人，一個男人和一個女人，阿貝尼薩和黛呂謝特。

這兩個人面對面地站著，兩人的眼睛互相注視，手拉著手。黛呂謝特在說話，阿貝尼薩沉默不語；一滴眼淚停留在他的睫毛間，要落卻沒有落下。他出神地望著黛呂謝特，臉上透露出悲傷和熱情，以及聽天由命的神情。

這兩人互相狂熱地愛著。

在阿貝尼薩的眼神裡透露著無言的絕望的愛慕。

黛呂謝特說：

「您不要離開。我沒有力量支持下去了。您看，我原以為我能夠和您告別的，現在我做不到。為什麼您昨天要來呢？如果您想走，就不應該來。我從來沒有和您說過話。我一直愛著您，可是自己卻不知道。只是在第一天，埃羅德先生唸利百加的故事的時候，您的眼光和我的眼光相遇，我感到我的兩頰發燙。我心想：『啊！利百加想必也會臉紅的。』不管怎樣，在昨天以前，要是有人對我說：『您愛著教區長。』我會覺得好笑的。我並沒有注意到這一點。我去教堂，看見了您，我認為任何人都和我一樣。我不責備您，您沒有做過任何要我愛您的事；您望著我，這不是您的錯，但是這使我痴情地愛上了您。在見到您以前，我不知道自己是否信仰上帝；但自從見到您以後，我成了一個要祈禱的女人。我總是對杜絲說：『快幫我穿好衣服，別讓我錯過禮拜。』我朝教堂跑去，這麼做，是因為愛上了一個人。但我起初不知道這一點，我對自己說：『我變得多麼虔誠呀！』是您告訴我，我不是為了上帝上教堂的，我是為了您才上教堂的。您是這樣俊美，您的話是這樣動聽，您朝天舉起雙臂的時候，我彷彿覺得您的兩隻雪白的手把我的心握住了。我發瘋了，卻不知道自己發了瘋。如果您一定要我說您有什麼過錯，那就是您昨天走進了花園，並且和我說了話。如果您什麼也不說，我就什麼也不會知道。那樣，在您離開後，也許我會感到悲傷；但是現在呢？我卻會因此死去。既然我知道自己愛您，要離開您便不可能了。您在想什麼？您好像沒有在聽我說話。」

「昨天您叔叔的那些話，您都聽見了。」阿貝尼薩回答。

「老天！」

「我還能怎麼辦呢？」

兩人沉默了片刻。阿貝尼薩又說道：

「告訴我，只有一件事可以做：離開。」

「而我只有死！唉，我多麼希望沒有海，僅僅只有天。這樣一來，一切就都能解決了，我們的離別就無所謂了。您不應該來跟我說話。您為什麼跟我說話呢？所以，您不要走了，否則我要怎麼活下去？我會死去。當我躺在墓地裡的時候，您已經走得很遠了。天哪，我的心碎了，我真是太不幸了！」

阿貝尼薩向後退了一步，對船夫做了一個手勢。響起了篙子撐在卵石上的聲音，還有船上的腳步聲。

「不！不！」黛呂謝特叫起來。

阿貝尼薩走到她的身邊。

「我必須走，黛呂謝特。」

「不，絕對不行！為了一部機器！這可能嗎？昨天您有沒有見到那個可怕的人？您不能丟下我不管。您是十分聰明的人，您會想出辦法來的。您要我今天早上來這裡找您，同時卻打定主意離開，這不行！我從未做過任何對不起您的事。您不應該埋怨我。您是想坐那艘船走嗎？我不同意，您不能離開我。您必須留下來。況且時間還沒有到。啊，我愛您！」

她緊緊貼在他的胸前，摟住他的脖子，十指交叉了起來，彷彿在用她伸出的雙臂牢牢捆住阿貝尼薩，又用她合攏的雙手在祈求上帝。

他掙脫了這個溫柔的擁抱，儘管她竭力緊抱住他。

黛呂謝特站不住了，她坐到岩石上，不自覺地將衣袖捲到手肘，露出了可愛的手臂。她發呆的眼睛發出了黯淡的目光。小船靠近了。

阿貝尼薩抱住了她的頭，帶著一種宗教的謹慎態度撫摸她的頭髮。他的眼光在她身上停留了好一會兒，接著他吻了她的額頭，對她說道：「再見！」

他的聲調裡顫動著極度的苦惱，使人感覺到他心碎了。

黛呂謝特嚎啕痛哭。

這時候，他們聽見一個聲音緩緩地、嚴肅地說道：

「為什麼你們不結婚？」

阿貝尼薩轉過頭去，黛呂謝特抬起了眼睛。吉利亞特站在他們面前。

他是不久前從旁邊的一條小路走過來的。

吉利亞特不再是昨天晚上的那副模樣了。他梳了頭髮，剃了鬍子，穿了鞋，穿了一件大翻領的白色水手襯衫，又穿了他的一套全新的水手服。他的小拇指上戴了一枚金戒指。他褐色的皮膚現在變成了青灰色，他的臉就像是在呼吸的銅像。他極度地冷靜。

他們驚愕地望著他。

吉利亞特又說道：「你們為什麼說再見呢？你們結婚吧，然後一起離開。」

黛呂謝特發抖了，她從頭到腳都在哆嗦。

吉利亞特繼續說下去：

「黛呂謝特小姐二十一歲了，能夠自己作主。她的叔叔只是她的叔叔。你們彼此相愛……」

黛呂謝特低聲打斷他的話：

「您是怎麼來到這裡的？」

「你們結婚吧！」吉利亞特又說道。

黛呂謝特開始理解這個人對她說的話了。她結結巴巴地說：

「我可憐的叔叔……」

「如果婚事還在進行，他會拒絕的。」吉利亞特說，「等到婚事已經辦好，他就會同意。況且，你們馬上要動身了。等你們回來以後，他會原諒你們的。」

他又辛酸地說：「此外，他腦中什麼也不想，一心只想重建他的船。你們不在的時候，他只會操心這件事。他有杜蘭德號安慰他。」

「我不願意將悲傷留給別人。」黛呂謝特猶豫地說，她顯得有些驚慌，但似乎又夾雜著高興。

「悲傷是不會長久的。」吉利亞特說。

阿貝尼薩和黛呂謝特起初頭暈目眩，現在才平靜下來。他們的慌亂逐漸消失，完全理解吉利亞特說的話了。黛呂謝特幾乎靠到阿貝尼薩身上，她的姿態彷彿是在同意吉利亞特。她模模糊糊地感到，因為一些不同的原因，她有權這麼做。吉利亞特所說的有關萊蒂埃利的話是對的，沉思的阿貝尼薩也喃喃重複道：「一位叔叔不是一位父親。」

這個突然降臨的、意外的幸福腐蝕了他的意志。一位教士可能有的顧慮在這顆可憐的熱戀中的心裡溶解了。

吉利亞特的嗓音變得短促和生硬起來，使人覺得像是重病之人的脈搏。

「要趕快！喀什米爾號兩個小時以後就要起航。你們時間不多了。來吧！」

阿貝尼薩目不轉睛地望著他。他忽然叫道：

「我認出您了。您曾經救過我的命。」

「我不記得。」吉利亞特回答。

「就在那邊，在邦格的尖端上。」

「我不認得那個地方。」

「就是我到這裡的那一天發生的事。」

「我們不要浪費時間了。」吉利亞特說。

「還有，我沒有弄錯，您是昨天晚上的那個人。」

「也許是。」

「您叫什麼名字？」

吉利亞特提高了嗓門叫道：

「船夫，等等我們，我們很快就回來。小姐，您剛才問我是怎麼來這裡的，這非常簡單。我跟在您後面。您二十一歲了，在這個地方，一個人到了成年的歲數，就可以獨立生活，可以在十五分鐘內結婚。快點，跟著我走。」

黛呂謝特和阿貝尼薩好像彼此在用眼神商量。他們兩人緊緊依著，彷彿喝醉酒似的。在幸福這個深淵的邊緣，產生了難以理解的猶豫。他們似乎明白而又不明白。

「他叫吉利亞特。」黛呂謝特低聲告訴阿貝尼薩。

吉利亞特用一種命令的口氣又說道：

「你們在等什麼？我要你們跟著我走。」

「去哪裡？」阿貝尼薩問道。

「那邊。」

吉利亞特用手指著教堂的鐘樓。

他們跟他走了。

吉利亞特走在前面，他的腳步堅定有力，他們兩人卻走得搖搖晃晃。

越接近鐘樓，越能看清楚在阿貝尼薩和黛呂謝特的臉上逐漸露出一種表情，而且立刻轉變成了微笑。教堂近在眼前，這使他們容光煥發；在吉利亞特深陷的眼裡卻是漆黑的夜。

阿貝尼薩和黛呂謝特完全不知道會發生什麼事。眼前這個人就像是溺水者拚命抓住的樹枝，他們不顧一切地跟著吉利亞特走。黛呂謝特比較天真，容易相信別人；阿貝尼薩則在沉思。黛呂謝特確實成年了，英國人結婚的手續是十分簡單的，尤其在當地，教區長幾乎具有無限的權力；可是難道他不該先得到叔叔的同意再舉行婚禮嗎？這是一個問題，不過或許可以試一試。

還有，這個人究竟是誰？如果他確實是昨天晚上萊蒂埃利宣稱的他的女婿，那要如何解釋他的行為呢？他起初是個障礙，現在卻成了保護人。阿貝尼薩服從了，他感到自己得救了。

6

他們走進教堂的時候，正好是十點半。

因為時間的關係，教堂裡空蕩蕩的，但在祭台旁有三個人。分別是教區長和他的福音傳教士，以及教堂執事。教區長便是雅克曼．埃羅德先生。他坐著，福音傳教士和教堂執事站著。在桌子上有一本打開的聖經。在旁邊的祭器桌上放著另一本書，那是教區記事簿，也是打開的，記事簿旁有一支羽毛筆和一個墨水瓶。

埃羅德先生看見阿貝尼薩．考德雷走進來，立刻站起身。

「我正在等您，」他說，「全都準備好了。」

教區長確實穿上了主持儀式的長袍。

阿貝尼薩看了看吉利亞特。

那位教區長又說：「我聽從您的吩咐，我的弟兄。」

他向阿貝尼薩彎腰行禮。又說：

「我的弟兄，我對您表示雙重的祝賀。您的伯父去世，而您將娶妻。第一件事使您富有，第二件事使您幸福。此外，由於那艘即將重建的汽船，萊蒂埃利小姐也有了錢，我可以證實這一點。萊蒂埃利小姐出生在這個教區，我在記事簿上查核了她的出生日期，她已到了成年歲數，可以自主。還有，她的叔叔，也是她唯一的家屬，已經同意她這麼做。您想立刻舉行婚禮，因為您即將動身，這一點我理解；但您貴為一個教區長，因此我希望將它辦得隆重一些。不過為了使您滿意，我會盡可能從簡。主要的程序能夠立即完成，證書已經擬好，就在這本記事簿裡，只要填上姓名就好。婚禮在登記以後可以立刻舉行，結婚許可的申請也已辦妥。現在，我要為你們舉行婚禮。我的福音傳教士是新郎的證人，至於新娘的證人……」

教區長轉過頭去，望著吉利亞特。吉利亞特點點頭。

「這就夠了。」教區長說。

阿貝尼薩一直站著沒有動。黛呂謝特愣住了，高興得幾乎發狂。

教區長繼續說道：

「儘管如此，現在還是有一個障礙。」

黛呂謝特不安地顫抖了一下。

「這位萊蒂埃利先生的代表，他為你們申請了結婚許可，並在記事簿的申請欄裡簽了名——」教區長指了吉利亞特，「他今天早上對我說，萊蒂埃利先生因為太忙，不能親自前來。他希望婚禮立刻舉行。這個口頭要求不夠充分，我必須要有萊蒂埃利先生的書面證明。」

「這沒有什麼困難。」吉利亞特說。

他交給教區長一張紙。教區長接過紙，掃視了一遍，然後高聲唸道：

「……你先去教區長那裡取得結婚許可。我希望婚禮儘快舉行，最好是立刻舉行。」

他將這張紙放到桌上，繼續說：

「的確是萊蒂埃利的簽名。他應該當面對我說的，這樣比較合乎程序。不過既然是一位弟兄的婚禮，我也不要求太多了。」

阿貝尼薩又看了一眼吉利亞特。他感覺到這是一樁欺騙行為，卻沒有勇氣揭穿它，甚至絲毫沒有打算這麼做。或許是他隱約看見了一種偉大的英雄氣概，又或者是意外降臨的幸福使他暈頭轉向。他一句話也不說。

教區長拿起羽毛筆，在教堂執事的幫助下填好了記事簿裡的一頁空白，接著他直起身子，向阿貝尼薩和黛呂謝特做了一個手勢，要他們走到桌子前面。

婚禮開始了。阿貝尼薩和黛呂謝特並肩站在牧師面前。這天早晨黛呂謝特起床的時候，由於感到絕望，她穿了一身白色的衣服。這種穿著對婚禮來說倒很適合，白色的裙子立刻成了新娘的服裝。

黛呂謝特的臉上露出了喜悅的光輝。她從來沒有像此刻這樣漂亮。經歷了愛情和痛苦的磨練，她已經越來越成熟。她和以前一樣單純，但是神態更加莊重；她依舊那樣鮮豔，但是散發出更多芳香。她原來好像一朵雛菊，現在卻成了百合花。她的兩頰還有著點點微濕的淚痕，在她的微笑深處也許還留著一滴淚珠。乾掉的眼淚隱隱可見，是幸福的無比美妙的飾物。

吉利亞特站得遠遠地，就在柱子的陰影裡。

教區長將一隻手指按在打開的聖經上面，高聲問道：「有誰反對嗎？」

沒有人回答。

「阿門！」教長說。

阿貝尼薩和黛呂謝特向埃羅德先生走近一步。

教區長說道：「阿貝尼薩．考德雷，你願意這個女人做你的妻子嗎？」

阿貝尼薩回答道：「我願意。」

教長又問：「杜蘭德．黛呂謝特．萊蒂埃利，妳願意這個男人做妳的丈夫嗎？」

黛呂謝特因為心裡裝滿太多喜悅，內心反而感到痛苦起來，她喃喃地說：

「我願意。」

這時候，按照儀式的習慣，教區長向四周望了望，提了這樣一個莊嚴的問題：

「誰將這個女人給了這個男人？」

「我。」吉利亞特說。

一陣寂靜。阿貝尼薩和黛呂謝特都感到在他們的喜悅裡有一種難以形容的、模模糊糊的壓抑。

教區長把黛呂謝特的右手放到阿貝尼薩的右手裡。阿貝尼薩對黛呂謝特說：

「黛呂謝特，我要妳成為我的妻子，今後無論妳是順境還是逆境，富有還是貧窮，有病還是健康，我都愛妳、順從妳，直到死去的那一天。我向妳發誓。」

教區長把阿貝尼薩的右手放到黛呂謝特的右手裡。黛呂謝特對阿貝尼薩說：

「阿貝尼薩，我要你成為我的丈夫，今後無論你是順境還是逆境，富有還是貧窮，有病還是健康，我都愛你、順從你，直到死去的一天。我向你發誓。」

教區長又說道：「戒指在哪裡？」

這真是出乎意料。阿貝尼薩突然被難住了，他沒有戒指。吉利亞特取下他戴在小拇指上的金戒指，遞給教區長。這枚戒指是他早上從聖彼得港的首飾商那裡買來的。

教區長把戒指放在聖經上，然後交給阿貝尼薩。阿貝尼薩拿起黛呂謝特顫動的、纖巧的左手，把戒指套進她的無名指，說：

「憑著這枚戒指，我娶妳為妻子。」

「以聖父、聖子、聖靈的名義。」教長說。

「但願如此。」福音傳教士說。

教長抬高了嗓門說：「你們是夫妻了。」

「但願如此。」福音傳教士說。

教長又說：「讓我們祈禱吧。」

阿貝尼薩和黛呂謝特向桌子轉過身來，一起跪下。吉利亞特站著，低下了頭。

他們跪在上帝前面，他則被命運壓得彎下了身子。

7

他們走出教堂的時候，看到喀什米爾號已經準備起航。

「你們正好趕得上。」吉利亞特說。

他們又回到去哈夫雷特的小路。兩人走在前面，吉利亞特跟在後面。

這對新人仍舊處在迷惑當中，只不過迷惑的內容改變了。他們不知道自己身在何處，也不知道自己在做什麼。他們毫無意識地匆匆走著，不再記得任何事物的存在；他們彼此感覺到了對方，卻不能將兩個思想聯繫在一起。人在心醉神迷的時候不能思索，就像在激流中不能游泳一樣。他們簡直像進了天堂。兩個人沒有交談，但他們的心卻向對方傾訴著各種事情。黛呂謝特把阿貝尼薩的手臂緊緊抱在胸前。

後方傳來的吉利亞特的腳步聲不時喚醒他們。他們都深深地受到感動，可是沒有說一句話。過分的激動反而會使人痴呆。

他們的激動是甜美的，然而難以忍受。他們已經結了婚，他們在心裡對吉利亞特有種既熱烈而又茫然的感激。黛呂謝特覺得有些事情她未來必須弄清楚，但目前只能接受現狀。他們意識到這個突然出現的、果斷的人是不能違抗的，這個人用專斷的方式帶給他們幸福。向他提問題、和他交談，都是辦不到的。

從昨天以來，意外的事情如同冰雹一樣落下，不斷打在黛呂謝特的頭上。首先是阿貝尼薩出現在花園裡，她驚喜得幾乎昏過去；後來是一場惡夢，這個怪物竟被宣稱是她的丈夫；再後來是悲傷，因為天使張開翅膀要飛走了；現在是快樂，那個怪物竟把天使送給了她！這個吉利亞特，昨天是瘟神，今天卻成了救星。她對一切都不瞭解。顯然，從早晨起，吉利亞特一直為了他們的婚事奔走。他把一切都辦妥了。他代表萊蒂埃利去見了教區長，申請了結婚許可，在申請書上簽了字，好讓婚禮順利進行。可是黛呂謝特不懂這些，即使她知道了經過，也不會明白他為什麼要這麼做。

她閉上眼睛，心裡默默地表示感激，忘記了人間和生活，聽任這位善良的魔鬼把他們帶到天上去。

幾分鐘以後，一行人到了哈夫雷特。

阿貝尼薩第一個上了小船。黛呂謝特正想跟著他上去，這時她覺得衣服被輕輕地拉住了。吉利亞特的一根手指按在她裙子的一道皺褶上。

「夫人，」他說，「您沒有預料到要出門。我想您也許需要備用衣物。您在喀什米爾號上會找到一口箱子，裡面裝著女人用的東西。它是我母親留給我的，為了送給我的妻子。請允許我將它送給您。」

黛呂謝特從她的夢中半醒過來，向吉利亞特轉過身去。吉利亞特繼續說下去，聲音低得幾乎聽不見：

「您瞧，夫人，我認為應該向您解釋一下。在發生那場災難的那一天，您坐在那間低矮的客廳裡。您說了一句話，您想不起來了。這是很正常的，不能強迫一個人記住自己說過的每一句話。萊蒂埃利太悲傷了。的確，那是一艘好船，曾經幫了他很多的忙。不過，那只是一艘遇難的船，人們很快就會遺忘這件事。我只想對您說，當時大家都說沒有人會去，我去了。他們說這不可能做得到，而我卻做到了。感謝您的傾聽，夫人。您知道，我去那裡，不是為了冒犯您。此外，事情是很久以前開始的，就是那個下雪的日子。當我走過的時候，我相信您微微地對我笑了。至於昨天，我還沒有時間回家，我剛幹完活，全身破爛不堪，我嚇到了您，您暈了過去。這是我的錯，我不該那個樣子到別人家裡去。我請求您不要怨恨我。我要說的差不多就這些。您要動身了，這是個好天氣，吹的是東風。再見了，夫人。您不會責怪我對您說了這麼幾句話吧？好，這是最後一分鐘了。」

「我在想那口箱子，」黛呂謝特回答道，「為什麼不留給您未來的妻子呢？」

「夫人，」吉利亞特說，「我大概不會結婚了。」

「這很遺憾，因為您是一個好人。謝謝您。」

黛呂謝特笑了。吉利亞特回了她一個微笑，接著扶著黛呂謝特上了小船。

不到十五分鐘，阿貝尼薩和黛呂謝特坐的小船划到了喀什米爾號停泊的地方。

8

吉利亞特沿著岸邊走，很快地經過聖彼得港，然後又順著海岸向聖桑普森走去。他要避開路上的行人，所以不走大路；由於他的那件事蹟，大路上如今全是人。

他越過了廣場，接著又走過薩萊利。他不時地回過頭去看看身後的喀什米爾號，它剛剛張帆起航。風力很小，吉利亞特比喀什米爾號走得還快。他低著頭，在海岸邊的岩石裡走著。潮水開始上漲了。

過了一會兒，他忽然站住了，背對著大海。他的眼光越過前方的岩石，注視著那裡的橡樹叢。以前，在那裡的樹下，黛呂謝特的手指曾經在雪地上寫過他的名字。那是很久以前的事了，那些雪早就融化了。

他繼續向前走。

今天的天氣真是可愛，這一年裡還從未有過這樣美好的日子。在這個春日裡，五月施展出它全部的魅力。從樹林到村莊，從海浪到空中，都聽得到鴿子和斑鳩的咕咕聲。新長成的蝴蝶停在初開的玫瑰花上，自然界的一切，青草、苔蘚、樹葉、芳香、陽光，全都是新的。樹木間發出的歌聲是昨天誕生的小鳥唱出來的，牠們的小嘴啄破的蛋殼也許還在窩裡。戴勝、山雀、啄木鳥、金翅鳥、灰雀、大嘴海鴨和鶇一齊鳴叫。丁香、鈴蘭、瑞香和紫藤，五顏六色地在矮樹叢裡爭妍。從草木間的空隙能看到藍天，幾朵放蕩的白雲在晴空中相互追逐。黑刺李樹開花了，金雀花開花了，在交錯的樹枝間，一簇簇白花耀出光彩，一簇簇黃花閃閃發亮。空中傳來表示歡迎的叫喊聲，夏天對遠方來的燕子敞開了大門。在低凹的道路兩邊斜坡上長滿了一簇簇荊豆花，同時還有快開的山楂。

天氣美好、晴朗、炎熱。穿過圍起來的籬笆看進去，能看到孩子們在歡笑。有些孩子在玩造房子遊戲。蘋果樹、桃樹、櫻桃樹、梨樹，用它們白色的或鮮紅的大叢花朵蓋滿了果園。在草地上，長滿了報春、長春花、蓍草、雛菊、孤挺花、風信子，還有堇菜、婆婆納。藍色的琉璃苣，黃色的鳶尾，遍地都是，加上那些總是成堆開花的粉紅色星形小花。金黃色的蟲在石頭間爬來爬去。開了花的長生草使得茅屋頂一片紫紅。蜂巢裡的工蜂都在太陽下忙著幹活。空中充滿了大海的低語聲和蜜蜂的嗡嗡聲。被春天滲透的大自然顯得濕漉漉的。

當吉利亞特走到聖桑普森的時候，港口深處還沒有水，能夠走過去。他從在船塢裡檢修的那些船殼後面走過去，沒有被人看到。

人們成群地集中在港口的另一頭，就在布拉韋的狹窄入口處。在那裡，每個人的口中都在說著他的名字。大家一再提到他，卻沒有留意到他就在附近。

他遠遠地看到了他的小帆船，它在原來停泊的地方，機器的煙囪立在四條鐵鍊當中，木工們已經在那裡幹活了，還有來來往往的模糊人影。他聽到萊蒂埃利在發號施令的快活嗓音。

他走進了那些小路。

布拉韋後面沒有一個人，所有好奇的人都在它前面。吉利亞特走上一條沿著花園矮牆的小路，在那個長滿野生錦葵的角落裡站住了。他又看到了他坐過的那塊石頭，看到了黛呂謝特坐過的長凳。他望著小路的地面。他曾經看到有兩個人影在那裡擁抱，現在它們消失了。

他再向前走，爬上瓦爾城堡的山丘，接著又走了下來，向路頭小屋走去。

他的房子還是和今天早上他穿好衣服去聖彼得港的時候一樣。

一扇窗子開著。從這個窗戶朝房裡望，能看見掛在牆上的風笛。在小桌子上放著一本小開本聖經，那是一個陌生人為了表示感謝送給吉利亞特的。那個人就是阿貝尼薩。

吉利亞特走到門口，把門鎖上，再把鑰匙放到他的口袋裡，離開了。

他離開了，不是向陸地一邊走，而是向大海一邊走。

他斜穿過他的院子，刻意避開了海甘藍的菜圃，那是他特地為了黛呂謝特種下的。

他越過護牆，走到岩礁上，順著那一條狹窄的礁石向前走。這些礁石將路頭小屋和立在海裡、被人稱為「獸角」的巨大花崗石柱連接起來。吉德—霍姆—米爾椅子就在那裡。

他跨過一塊又一塊礁石，像一個巨人跨越一座座山峰一樣。

附近的一個漁婦對他大喊道：「小心！漲潮了。」他繼續向前走。

走到海角的那塊巨大的岩礁，他站住了。陸地在這裡終止，這是小岬角的盡頭。

他向四周望去。

在遠遠的海上，有幾艘小船在捕魚。不時能看到這些船在太陽下閃耀著銀色的光芒，那是魚網從海裡拉起的時候發出來的。喀什米爾號還沒有航行到聖桑普森附近。它已經張起了第二層方帆，如今正在赫爾姆和傑梭之間。吉利亞特繞過岩礁，走到吉德—霍姆—米爾椅子底下。不到三個月以前，他在這座陡峭的石梯上救了阿貝尼薩，現在他爬了上去。

大部分石級已經淹在海水裡了，只有兩三級還是乾的，他登上了這幾級。

這些石級通往吉德—霍姆—米爾椅子。他爬到了椅子旁，凝視它片刻，然後用手捂住雙眼，又從一邊的眉毛慢慢移到另一邊的眉毛，好像在用這個動作抹去所有的往事。接著他在這個岩石的窩裡坐下來，背後是峭壁，腳下是海洋。

這時候，可以看見喀什米爾號沿著海岸邊的大圓堡向前航行。風力很弱，蔚藍的海水和天空都是靜止的。喀什米爾號為了能借助那一點微風，已經張起了桅樓的輔助帆。它被全部的帆蓋住了。可是風是斜著吹來的，輔助帆的作用迫使它緊緊靠著根西島的海岸行駛。它越過了聖桑普森的航標，現在到了瓦爾城堡的山丘下面，立刻就要繞過路頭小屋的岬角。

吉利亞特望著它駛來。

空氣和海浪彷彿都在昏睡。潮水不是被波浪推來的，而是自己在膨脹。水面在毫無顫動地升高。大海的喧鬧聲變得很微弱，就像小孩的呼吸。

從聖桑普森的小港口那邊傳來了低沉短促的鐵錘聲。或許是木工們在安裝複滑車和齒輪，想把機器從小帆船上拉上來。吉利亞特聽不清楚這些聲音，因為他背後的大塊花崗岩擋住了一切。

喀什米爾號像幽靈一樣慢慢地駛過來。吉利亞特等待著。

忽然間，一陣啪啪的水聲和一種寒冷的感覺，使他朝腳下望去。原來潮水已經碰到他的腳了。

他低下頭，接著又抬起來。

喀什米爾號來了。它的整個船身漸漸出現了，彷彿從海水裡冒出來一樣。船上的帆纜索具在大海輕柔的搖晃中襯著天空，顯出它們黑色的輪廓。長長的船帆在陽光的照耀下，幾乎成了粉紅色，透明得難以形容。海浪發出模糊的低沉聲音，絲毫沒有擾亂這個黑影莊嚴的滑行。甲板上的一切看得清清楚楚。

舵工在掌舵，一個小水手在側支索上攀爬。有幾個乘客倚在舷牆上，欣賞晴朗的景色，船長在抽煙。

在甲板的一個角落裡灑滿了陽光。吉利亞特注視著這個地方。阿貝尼薩和黛呂謝特就坐在那片陽光裡，兩人親熱地並肩蜷縮著，好像兩隻沐浴在陽光下的小鳥。他們坐在一條被篷子遮住的長凳上。黛呂謝特把頭靠在阿貝尼薩的肩膀上，阿貝尼薩的手臂摟著黛呂謝特的腰。他們手拉著手，手指緊扣。在這兩張俊秀天真的臉上能看見兩個天使的影子。一張臉顯出處女的貞潔，另一張臉則發出星星般的光。他們純潔的擁抱表現出深沉的感情，同時散發一種燦爛的光輝。

像天堂一樣寂靜。

阿貝尼薩的眼睛出神地望著，露出感激的神情，黛呂謝特的嘴唇在顫動。在這醉人的寂靜裡，風從陸地吹來，帆船在離吉德－霍姆－米爾椅子幾碍的海面上滑行。片刻之間，吉利亞特彷彿聽到黛呂謝特溫柔的聲音在說：

「你看。岩石上好像有一個人。」

這個人影一晃就過去了。喀什米爾號甩開了路頭小屋的岬角，駛進起伏的波浪裡。不到十五分鐘，桅杆和船帆在海上成了一塊在水平線上越來越小的白色方尖碑。海水漫到吉利亞特的膝蓋了。

他望著這艘船駛遠。

大海上的風力增強了。他能夠看見喀什米爾號張起了下方的輔助帆和三角帆，好利用越來越強的風。喀什米爾號已經駛出了根西島的海面，吉利亞特一直緊緊地望著它。

海水漫到他的腰了。

潮水不斷在上漲。時間不斷在流逝。

海鷗圍著他不安地飛著，就像是在警告他一樣。也許在這些鳥之中有幾隻是從多佛爾礁飛來的，牠們認出他來了。

一個小時過去了。

喀什米爾號在迅速地變小，顯然是在全速航行。它已經快到卡斯凱島了。

在吉德—霍姆—米爾岩礁四周沒有浪花，也沒有波浪打到花崗岩上。

海水平靜地上漲，快要漫到吉利亞特的肩膀了。

又是一個小時過去了。

喀什米爾號已經駛出奧里尼的海面。奧爾達什岩礁擋住了它一會兒。它駛進了這塊岩礁的陰影裡，接著又從裡面出來，向北方駛去。它到了外海，只剩下一個黑點，在陽光下閃閃發亮。

海鳥對著吉利亞特輕聲叫著。

只看得見他的頭了。

海水用一種險惡的緩慢速度在上漲。

吉利亞特一動也不動，望著喀什米爾號消失。

幾乎達到了滿潮。黃昏快降臨了。在吉利亞特的背後，幾艘漁船正在返航。

吉利亞特的眼睛盯住遠方的船，一動也不動。

他那凝視的眼睛一點不像在人世間能見到的眼睛。在這雙悲慘而又鎮靜的眼珠裡，含著無法形容的眼神。這個目光裡充滿沒有實現的夢想留下的平靜，這是對另一種成就的悲慘的接受。天堂的黑暗不時在他那對眉毛下出現，他的視線始終固定在空間中的那個黑點上。當無邊無際的海水圍著吉德—霍姆—米爾岩礁上漲的時候，無限寧靜的黑影也升到吉利亞特深邃的眼裡。

喀什米爾號已經看不見了，現在成了薄霧中的一個黑點，幾乎無法辨認出來。

漸漸地，這個黑點也失去了它的形狀，顏色也淡下去了。

接著它變得更小。

最後它不見了。

當那艘船在天邊消失的時候，吉利亞特的頭也消失在海水裡。什麼都沒有了，只有茫茫的大海。

Les Travailleurs de la Mer

笑面人 1869

在倫敦，歷史醜陋的一頁悄悄揭開。
一位神秘的演員，一張怪異的臉，
一個永恆的笑容。既可笑，又可怕；
既受人愛戴，又受人嫌惡。
他戴著魔鬼的面具，卻有天使的心；
他的臉在獰笑，心靈卻在啜泣。
他孤立無援，卻被迫與世界為敵；
他散發光明，卻註定被黑暗吞沒。

Notre-Dame de Paris
~Romans de Victor Hugo

第一部

1

一六九〇年一月，強烈的北風在歐洲大陸一連刮了兩個月。在英國，風刮得尤其厲害，泰晤士河也結了冰。這是百年難逢的事，平時由於海浪的衝擊，冰不容易結起來。厚冰維持了兩個月。

一個寒冷的傍晚，在波特蘭灣一個最荒涼的小海灣裡，出現了一艘單桅小船。由於水很深，這艘船幾乎緊挨著懸崖，繫在一根突出的岩石上。

海灣裡很寧靜，風不是從海上刮來的。這真是一個幸運的例外，波特蘭所有的小灣裡都有沙洲，每當狂風暴雨，海浪總是特別急，必須有熟練的技術和經驗才能安全通過。進港時很可怕，離港時更危險。今天晚上卻難得一點危險也沒有。

這條小海灣的四周都是懸崖，懸崖的高度比海灣的寬度還要大。海灣出口的地方形成一條狹窄的走廊，從黑夜般的灣內望出去，就像一條波浪洶湧的白色裂縫。小船停在岩石旁，彷彿藏在一件黑大衣底下似的；一條跳板搭在懸崖上一塊突出的岩石上，成了船與陸地之間的橋樑。一些衣衫襤褸的人在木橋上來來往往，凍得直打哆嗦。

在搭著跳板的平台前方，可看見一條彎曲的小徑。這條小徑極為曲折、陡峭，直通往懸崖頂上，然後從石縫中鑽到高地上的亂石堆中間。這些等待上船的旅客一定是從這條路上下來的。

除了船邊的騷動以外，一切都靜悄悄的，聽不到腳步聲，也沒有任何聲音。放眼望去，廣漠的地平線上什麼也沒有。沒有屋子，也沒有船，當時海岸上還沒有人住，而且這個季節海灣裡也不能住人。

儘管天氣不好，那些旅客還是催促趕快開船。這一伙人在海邊慌慌張張地亂成一團，他們總共是八個人，裡面或許有一兩個女人，但她們穿的都是破爛的衣服，很難辨認出是男是女。

一個矮小的人影，在高大的人影中間晃來晃去。原來是個小孩。他赤著腳，破衣服上又罩了一件水手的衣服，下擺垂在膝蓋上。從他的個頭，可以猜出他大約十歲或十一歲。

這艘單桅船的船員包括一個船長和兩個水手。它似乎是從西班牙來的，現在正要開回去。顯然，它是一艘往返兩地、進行某種秘密活動的船隻。

乘船的旅客正在竊竊私語。有人說卡斯提亞話，有人說德國話，有人說法國話，有時候又聽見威爾士話，或者巴斯克話。這群人看起來雖然來自各地，卻又屬於一個團體，可能是一伙罪犯。

他們匆匆忙忙，從跳板搭的小橋上把亂七八糟地放在懸崖下的東西搬上船——幾袋餅乾、一桶鯊魚乾、一桶做好的湯、三個大桶、四五瓶啤酒、一個扣好的舊皮包、幾口箱子、幾個小盒子、一捆麻繩。要把這些東西搬到懸崖下可不是一件輕鬆的事，由此可見，他們是決心要走了。

他們絲毫不浪費時間，不停地在岸邊和船上之間來回走著。每一個人都埋頭苦幹，連那兩名好像是女人的旅客也跟著其餘的人一齊幹活，小孩子也不例外。

沒有人關心這個孩子，他們只是讓他幹活。這不像一個家庭裡的孩子，而像一個部落的奴隸。他伺候每一個人，可是誰也不理睬他。儘管如此，他還是跟其他人一樣，手忙腳亂地搬東西，一心只想著趕快上船。為什麼？他大概也不知道，他只不過因為看見別人都在忙，也機械地跟著動作罷了。

貨物已經送進船艙，離岸的時候到了。那兩個女人已經上了船，其餘的六個人，包括孩子在內，還待在懸崖下的平台上。船長握著舵柄，水手拿起一把斧頭準備砍斷纜繩。

「開船吧！」這一伙人的首領喊道。

那個孩子朝跳板跑去，打算第一個上船。但他的一隻腳剛踏上跳板，就被兩個人猛地一撞，差一點跌進了水裡；第三個人用手肘頂了他一下，走過去了；第四個人用拳頭推了他一下；第五個人連蹦帶跳地上了船，順腳把跳板踢進水裡。砰的一聲，纜繩被砍斷了，舵柄轉了個方向，船離岸了。孩子卻留在岸上。

2

孩子一聲不響地待在岩石上，兩隻眼睛一動也不動，不喊也不叫，只是呆呆地望著小船逐漸遠離。潮水已經漲起了，激盪著岩石。過了一會兒，船駛到了海灣出口的地方，穿過兩面劈開的巨石中間，消失不見了。

孩子先是吃了一驚，接著就沉思起來。

現實生活的冷酷無情使他越來越驚奇、越來越迷糊了。他知道自己是無辜的，對什麼都讓步，一句怨言也沒有。人們冷不防地拋棄了他，他挺著身子忍受了這個晴天霹靂。

他雖然驚愕，卻不氣餒。不管誰看了都會明白：這些拋棄他的人並不愛他，他也不愛他們。

孩子想著想著，把寒冷也忘了。海水突然打濕了他的腳，漲潮了；風吹動了他的頭髮，刮起北風來了。他打了個寒顫，完全清醒了。

他向四周張望了一下。只有他一個人。

直到今天為止，除了船上的那幾個人以外，他不認識別的人，而現在他們又溜了。

說來也奇怪，他認識這幾個人，卻又好像不認識他們。他說不出他們是誰，他的童年雖然是跟他們一起度過的，但他並不覺得自己是他們的一份子，只不過是跟他們混在一起，如此而已。

現在，他手裡沒有錢，腳上沒有鞋子，身上只有這一點衣服，口袋裡連一塊麵包也沒有。

寒冬，黑夜，得走好幾里路才能找到有人煙的地方。

他不知道自己現在在什麼地方，這些人把他帶到海邊，就丟下他走了。除了這些人以外，他什麼也不知道。

孩子待在這個荒涼的地方，一邊是越來越濃的夜色，一邊是奔騰澎湃的海浪。

他伸開瘦得皮包骨的手臂，打了一個哈欠。

接著，他彷彿忽然下定了決心，開始動一動麻木的手腳，然後轉過身來，施展出松鼠般的敏捷，沿著懸崖往上爬。他一下子順著小徑，一下子離開小徑，急急忙忙地往上爬，毫無目的，就像一個要逃脫命運擺佈的逃亡者。

路上沒有什麼雪，寒冷的天氣已把雪凍在地上，走起來很困難，不過這個孩子卻熬過來了。他不時在懸崖或斜坡上踏到一塊冰，滑下去。他在懸崖上吊了好一會兒，才抓住一根乾枯的樹枝或一塊凸出來的石頭。有一回，他踩到一條石縫，石頭塌了，他也跟著滑了下去，一直滾了好幾分鐘，直到深淵的邊緣；幸虧他抓住一叢野草，才保住了小命。他定了定神，又一聲不響地往上爬。

孩子面前這塊岩石彷彿越長越高。他越往上爬，岩石的頂端彷彿也越高。他一面爬，一面向上望，懸崖好像是他與天空之間的一道屏障。最後，他終於爬上去了。

他跳上高原，停下來，兩隻赤著的腳在冰凍的土地上站穩以後，開始向四周張望。

一望無際的高原上，到處都覆蓋著冰雪，一片片灌木叢迎風戰慄。看不見路，連一個牧羊人的棚子也看不見，只有被白霧籠罩的陰暗原野，以及墳墓一般的寂靜。

孩子轉過身來看看海。

海跟陸地一樣，也是白濛濛的一片，不過地上是白雪，海裡的是泡沫。在廣闊平坦的水面上，開始掀起了巨浪；風攪動著水面，把平靜的海灣吹皺了。那艘逃走的單桅船就像一個黑色的三角形，正在水面上輕輕地滑著。遠處，昏暗的海面上出現了不祥的預兆，海水已經翻騰起來了。天空中正在醞釀一場暴風雨，渾沌正在逼近，風扯下霧幕，背景堆疊著烏雲，替海浪和冬天合演的這場可怕的暴風雪佈置舞台。

單桅船朝南航行，船身越縮越小，不停朝水平線上鑽。被小船拖進黑暗裡的那點火光也越來越暗。船與黑夜慢慢地融合在一起，終於看不見了。

孩子不再向海裡望了。他轉過臉來，望著平原、荒野和丘陵，心想說不定能在前方找到活人。他邁開步伐，向這個未知世界走去。

3

十七世紀，買賣孩童的行業曾風行一時。這是流浪行業的一個醜陋的分支，現在我們已經無法理解是怎麼回事了。兒童販子是古代社會一個不斷出現的現象，是人類醜史的一部分，它的產生與奴隸制度有著密切關係。約瑟被他的哥哥們賣掉，便是這個行業歷史的一章。

兒童販子不拐孩子，拐孩子是另外一種行業。

他們要這些兒童做什麼？要把他們做成怪物。要怪物做什麼？來引人笑。

人民群眾需要笑，國王也是一樣。如同街頭少不了賣藝人，羅浮宮裡也少不了滑稽小丑。

拿兒童當玩具的事情，過去有過（現在還有）。在純樸而野蠻的時代，做這種事的人形成了一種特殊的行業，它把腐敗的樸素和巧妙的殘忍結合起來。這是人類文明的一種奇怪的現象，歌頌這一世紀的歷史家把這個創傷隱藏起來，可是卻在收容孤兒的神父身上露出了馬腳。

想讓「玩具人」獲得成功，必須很早下手。侏儒必須從兒童時代開始養成。我們喜歡玩小孩子，可是長相正常的兒童不怎麼好玩，駝背才有趣呢！

於是就產生了一種藝術。產生了訓練「玩具人」的人。他們把正常的人變成奇形怪狀的人，把正常人的臉變成牛頭馬面；阻礙兒童的發育，重新製造一個面貌。這種人工畸形術是一門完善的科學，就像是整形學的反面；這些藝術家把一對好好的眼睛弄成斜白眼，把天生和諧的地方弄得奇形怪狀，把完美的圖案改成漫畫，把人類變成猴子。

當時，畸形人的製造正在大規模的進行，而且花色品種繁多。兒童販子將兒童買進，在原材料上加一些工，重新賣出。販賣兒童的人是各式各樣的：有想減輕家庭負擔的貧苦父親，也有經營奴隸買賣的販子。

在斯圖亞特王朝，兒童販子在朝廷的聲譽並不壞。在詹姆士二世的時代，他們更化身為統治的工具。因為當時有許多名門世家，需要消除一部分的成員、需要斷絕子嗣，或是需要取消繼承權，或是這一房的人要掠奪另一房的利益時，往往會藉助兒童販子毀容的技能。毀容比殺生好。這些人在小孩身上下一番奇妙的功夫，讓小孩的父親也認不出來。他們改造了面孔，除去兒童臉部的特徵，就像我們揭掉手帕上的商標一樣。

兒童販子不僅能消滅孩子的面貌，還能消滅孩子的記憶。小孩子不記得自己怎樣變成了殘廢。這種駭人聽聞的手術在孩子的臉上留下痕跡，卻不會在心裡留下創傷。他頂多只記得有一天被人家抓住，後來他就睡著了。動手術的時候，兒童販子用一種奇妙的藥粉使病人入睡，並喪失疼痛的感覺。

詹姆士二世對兒童販子很寬容，因為他利用過他們，而且不只利用過一次。他迫害猶太人，蹂躪吉普賽人，卻保護兒童販子。直到一六八八年，英國改朝換代，奧蘭治繼承了斯圖亞特家的王位，威廉三世取代了詹姆士二世。威廉的思想和政策都與詹姆士不同，他對待兒童販子很嚴厲，想盡辦法要撲滅這群害蟲。

威廉和瑪麗統治初期，頒佈了一項法令，嚴厲取締販賣兒童的幫會。這條法令為兒童販子帶來了致命的打擊，他們爭先恐後地逃走，或者坐船離開英國。這條保護兒童的法律一開始竟產生一個奇怪的結果：突然出現了許多被人遺棄的兒童。

這是很容易理解的。所有那些帶著孩子的流浪者總是形跡可疑的，人們見到他們，往往會想：「他們可能是兒童販子。」接著便是逮捕和審問。那些流浪乞討的人，一想到會被人當成兒童販子，就膽戰心驚。可是貧窮和不幸往往是分不開的，做父母的有時很難證明孩子確實是自己的；既然孩子成了禍害，不如把他丟下。不帶孩子要逃走就容易多了。於是許多父母便狠下心來，把孩子丟在樹林裡、海岸上，或是水井裡。

水池裡也發現許多淹死的孩子。

同時，整個歐洲也都效法英國，開始追捕兒童販子。這麼一來，所有過流浪生活的人便都不得安寧了。他們膽戰心驚地離開原本的地方，可是到了另外一個地方，仍然嚇得心驚肉跳。歐洲所有的海岸上都有人監視偷偷摸摸上岸的人。他們不能帶孩子上船，因為帶一個孩子上岸很危險。

可是扔掉一個孩子，卻還是容易的。

在波特蘭荒野裡的那個孩子，就是被兒童販子扔掉的。

4

大約是晚上七點鐘，風勢小了，這是即將刮大風的前兆。這個孩子現在待在波特蘭地角南端的平原上。在塵世之間，他除了腳下踩著的一小塊硬地以外，沒有任何可依靠的東西。在這個空曠廣大的黃昏世界裡，他什麼也沒有。

他朝著這個「什麼也沒有」的世界走去。

周圍是被人類遺棄的廣闊荒野。

孩子橫穿第一塊高地，接著是第二塊，隨後又穿過第三塊。在每一塊高地的盡頭，孩子看見大地彷彿裂了一個口，斜坡有時很陡，可是不高。孩子身手矯捷地往坡上爬，不時停下腳步，彷彿跟自己商量一下。夜色越來越濃，他的視野也跟著越縮越小。現在只能看到幾步遠的地方了。

他突然站住腳，聽了一會兒，然後微微點了頭，好像很滿意，接著很快地轉向右邊，朝一個看不清楚的小山頭走去。這座小山位在高地靠近懸崖邊的地方，山上有一個黑影，從濃霧裡看過去，好像是一棵樹。孩子剛才聽見這邊發出一種聲音，不像風聲，不像濤聲，也不像野獸的叫聲。他想這裡大概有人。

他走了幾步路，就來到一個小土丘腳下。在山頂上，剛才看不清楚的那個東西，現在看得清楚了。一座三角架，頂端垂著一條繩子，繩上掛著一個奇形怪狀的東西。風吹動繩子，發出一種好像鐵鍊的聲音。孩子剛才聽到的就是這個聲音。

掛在鐵鍊上的龐然大物彷彿是一個刀鞘，好像一個裹在破布裡的孩子，可是卻有大人那樣長；上方是一個圓圓的東西，束在鐵鍊頂端；下方的部分撕破了，垂下一些瘦長的布條。

這是一具死屍。

孩子驚奇地站在這個東西前面，兩隻眼睛瞪得大大的，一言不發。

在大人看起來，這是一座絞刑架，但在孩子眼中卻是一個妖怪。

他向前走了一步，接著又走了兩步。他雖然想下去，還是往上走；雖然想退回去，還是走近了那個東西。

他走到死屍前，壯著膽子，顫顫抖抖地打量那個妖怪。

過去，英國人會在海邊絞死走私犯，在屍身上塗柏油，就讓它吊在那裡，彷彿一座信號燈，讓其他走私犯在離岸很遠的海面上就能看見，以達到嚇阻的目的。儘管這麼做並未杜絕走私，但國家的秩序需要這種東西。直到十九世紀初期，英國還保持著這種習慣。

這幅悲慘的景象勾住了孩子的心。他目瞪口呆地站在那裡，一動也不動，覺得害怕起來。他不知道自己已經喪失了知覺，只知道渾身麻木，關節僵硬。冬天默默地將他出賣給黑暗，把他變成了一座雕像；地面的寒氣透進了他的骨髓，黑暗也爬到他身上，睡意像潮水一樣湧上心頭。孩子一動也不動，越來越像死屍。他就要睡著了。

他感到睡魔的手已抓住了他，他快要倒在絞刑架下。他不知道自己是不是還站著。

結局就要到了。很快地，這個孩子就要和這個死人一樣，這個幼小的生命就要和這個已經毀滅的生命一樣，同歸於盡了。

就在這時，吊在鍊條末端的屍體被看不見的風推著，身子一歪，往左邊升上去，落下來，接著又往右升上去，又落下來，淒涼地緩緩升起，緩緩落下，好像一個鐘擺。孩子驚醒了過來，他覺得身上一涼，明白自己害怕了。鍊條每擺動一次，就發出吱咯的響聲，令人毛髮直豎。

狂風來臨，屍體擺動得更可怕了。它不是在擺動，而是在震盪。鍊條不只是發出吱咯的聲音，而是在狂叫了。這陣狂叫似乎在呼喚著什麼，因為從遙遠的天邊傳來了一陣嘩啦嘩啦的聲音。

這是翅膀搧動的聲音。飛來了一大群烏鴉。

這些飛動的黑點刺進雲層，穿過濃霧，黑壓壓地混在一起，越來越近，越來越大，呱呱地叫著，朝小山上疾飛，簡直像開來了一支軍隊似的，直撲絞刑架。

孩子嚇得往後退。

所有的烏鴉都擠在絞刑架上，死屍上一隻也沒有。牠們似乎在交談。烏鴉的叫聲聽起來真可怕！狼嗥、鳥叫、獅吼，都是生命的證據；烏鴉叫卻是腐敗的象徵，使人彷彿聽到了墳墓的聲音。孩子覺得渾身冰冷。

叫聲停止了，一隻烏鴉跳到屍體上，這是一個信號。很快地，所有的烏鴉也紛紛撲在上面，先是看見一堆翅膀，接著翅膀都合攏起來。這個吊著的人被掩蓋在一堆黑色的東西底下看不見了。就在這時，死者突然動了起來。

風越刮越厲害，彷彿要幫這名死人解圍。屍體渾身都在顫動，一陣一陣的狂風抓著它，朝四面八方擺盪。太可怕了！它發瘋了，好像一個嚇人的木偶，轉過來，跳過去，似乎要離開自己的位置一樣。烏鴉害怕了，轟的一聲飛了起來，從死者身上噴射出去。過了一會兒，牠們又飛回來。一場搏鬥於是展開了。

死人被一陣陣的北風拋來拋去，但是掙不開鐵鍊；烏鴉也隨著它的動作團團轉，退下來又撲上去，絲毫不肯放鬆。一方拚命想逃跑，另一方卻緊緊地盯著它。兩方越鬥越激烈，死者被烏鴉啄得發瘋了，在空中瞎打亂撞。有時候，這群烏合之眾好像被擊潰了，可是沒過多久又氣勢洶洶地飛回來。這群烏鴉簡直發瘋了，牠們用爪子抓、嘴啄、呱呱亂叫、扯下腐敗的肉屑，絞刑架的嘎嘎聲、骷髏的摩擦、鐵鍊的響聲、暴風雨的吼聲；沒有比這更悲慘的搏鬥了。這是鬼魂跟魔鬼的戰鬥。

孩子望著這個惡夢般的景象，四肢突然顫抖起來，渾身打了一個寒顫，心裡猛地一驚，差點摔倒。他轉過身來，雙手抱著頭；接著他閉上眼睛，把黑夜的恐怖拋在身後，飛也似地跨下小山逃走了。

5

在雪地裡、原野上、空地上，孩子瘋狂地亂跑，跑得上氣不接下氣。他的身子暖和了，這正是他需要的。要是他不害怕、不跑，恐怕會活活凍死。

他一直跑到喘不過氣來，才停下腳步。可是他不敢向後看，他覺得那群黑鳥會追他，覺得那個死人會掙脫鐵鍊走來，而那座絞刑架也會緊跟在後。他怕一轉過頭便會看見這些東西。

他稍稍喘息了一下，又向前跑。要跑到哪裡去？怎樣去？他都不管，只知道像做夢似地、痛苦、艱難地往前跑。從他被拋棄以來，他已經迷迷糊糊走了差不多三個鐘頭，起初是探索，現在則是逃跑。他現在不覺得餓，也不覺得冷，只知道害怕。他心裡只有一個逃走的念頭。

他就這樣一直跑著。不知跑了多久，他的氣力漸漸消失了，恐懼也消失了。突然間，彷彿陡然生出勇氣和智慧似的，他站住了，挺起胸膛，跺了跺腳，勇敢地抬起頭，轉過身去。

山、絞刑架、滿天亂飛的烏鴉，現在都看不見了。輕霧籠罩著地平線。

孩子繼續向前走。

現在他不奔跑了，他慢慢地走著。奔跑了一公里，又走了一公里，讓他感到飢餓難耐。可是吃什麼？在哪裡吃？怎樣去弄到吃的東西呢？

他無意識地摸了摸口袋，儘管他明知道裡面一無所有。

他加快了步伐，想找一個可以安身的地方。可是雪地裡沒有一點房屋的影子，孩子一眼望去，前方盡是光禿禿的荒野。

孩子盡可能地辨認方向。他憑著自己的本能向東轉了一個彎，從南向北穿過波特蘭高原。

高原上到處是一個個隆起的高地，到了海岸便突然低下去，靠海的地方是垂直的峭壁。現在，這個孩子漫無目的地來到一個最高點，他停下來眺望遠方，希望找到合適的方向。前面的地平線上，是一望無垠的朦朧，彷彿是一座動蕩不定的灰色峭壁；遠處，在灰色峭壁下，一條長長的黑布帶子嫋嫋上升。這片朦朧蒼白的東西是霧，黑布條子是煙。有煙的地方一定有人，孩子便朝這方向走去。

他看見不遠的地方有一座斜坡，在斜坡下，籠罩在霧中的怪石中間，有一條類似沙灘或地峽的區域。他沿著斜坡走下去，冒著跌入看不見底的深淵的危險，從一塊石頭跳到另一塊石頭；為了避免從石頭上滑下去，他抓住野草和長滿刺的金雀花，手指滿是傷痕。到了平坦的地方，他才一面休息一面往下走。從懸崖上往下爬，每一步都是一個難題；孩子本能地解決了這些難題，儘管斜坡又陡又高，他還是走到了最下邊。

就在這時，孩子覺得彷彿有一隻冰涼的手不時撫摸著他的前額、眼睛和兩頰。原來是鵝毛般的雪片，起初在空中慢慢地飛舞，接著就迅速地旋轉。暴風雪來了，孩子渾身覆滿了雪。一個鐘頭以前佔據了大海的暴風雪，現在開始登陸了，它慢慢地侵佔了平原，然後沿著西北方緩慢侵入波特蘭高原。

6

孩子在霧中繼續前進，終於到達了斜坡下。他不知道這是一個地峽，兩邊都是海，在霧、雪和黑夜中一走錯路，不是跌在右邊海灣的深淵裡，就是跌在左邊漲潮的怒濤裡。他在兩個深淵之間迷迷糊糊地走著。

海岸上到處是陷阱。岩石滑溜溜的，海沙流動著。下腳的地方可能就是陷阱，腳底下的東西隨時會突然坍塌下去。踏到一條裂縫，就萬劫不復了。要是在白天也許還好些，可是現在是在夜裡；要是有個引路人也許好些，可是他只有孤單的一個人。

他本能地避開尖銳的石脊，盡量靠近海濱走。他在那裡碰到許多陷阱：水的陷阱、雪的陷阱和沙的陷阱。最後一種最可怕，因為陷到流沙裡人就沉下去了。

可是他毫不躊躇。他繞著石頭，避開缺口，猜測著陷阱，寧願繞著障礙物兜圈子，也要找到前進的路。必要時，他耐心地折回來，好及時擺脫流沙。他抖掉身上的雪。他不只一次涉過齊膝深的水。一離開水，嚴寒就把他濕透的破衣凍成了冰，他留心不把靠胸口的部位弄濕，以便保持溫暖。他還是覺得很餓。

他究竟是怎樣穿過地峽的，恐怕連他自己也不知道。爬、滾、摸索、走、堅持，如此而已。過了將近一個鐘頭，他覺得地勢越來越高，原來已經走到另一邊的海岸了。他離開了地峽，走上堅硬的陸地。

現在他從危地裡逃出來了，但是仍面臨著風暴、寒冷和黑夜。在他面前又是一片無邊的黑色原野。

他看看地上，想找一條小路。

他突然彎下身子，發現雪地上好像有一個痕跡。

那是一個腳印，白雪把它襯得非常清楚。他仔細看了一下，這是一隻赤腳的腳印，比大人的腳小，比小孩的腳大，可能是一個女人的腳印。

不遠處還有一個腳印，更遠處又是一個；腳印一個接一個，一步步地向右走入平原。腳印還是新的，不過蒙上了薄薄的一層雪。有一個女人剛從這裡走過去，走的方向正是孩子看見煙的地方。

他兩眼盯著腳印，跟著走下去。

走了一會兒，他發現腳印越來越模糊了。可怕的雪在密密麻麻地落下來，橫在眼前的是重重的黑暗，除了雪地上的足跡以外，什麼援助也沒有，他把它當作引導他走出迷宮的線索，一刻也不敢放鬆。

又走了一陣子，腳印突然消失了。如果不是雪把它們蓋起來，就是另有其他的原因。一切都是平坦、單調、光禿禿的，沒有一個斑點，沒有一點引人注意的東西，那個走路的女人彷彿飛走了。

孩子彎著身子，絕望地來回尋找，白費力氣。

他站起來的時候，彷彿聽到了一個模糊的聲音，一個人呼吸的聲音，黑暗的聲音。不像動物，而像人類；不像活人，而像鬼魂。這是一個聲音，夢裡的聲音。

他仔細瞧了瞧，什麼也瞧不到。橫在他面前的是一片寬廣、赤裸、灰暗的荒野。

他聽了聽。聲音消逝了，說不定只是他的幻覺。他又聽了一會兒，萬籟俱寂。

他繼續向前走。領路的足跡已經沒有了，他只得信步走去。

他剛走了幾步，那個聲音又響起來了。這次他不再懷疑了。是一聲嘆息，幾乎可以說是哭聲。

他轉過身來，向黑暗裡望了一圈。什麼也沒有看見。

聲音又響起來了。

那是個動人、柔弱、令人心碎的聲音，是一個從靈魂裡發出來的聲音。這聲音裡有一種令人忐忑不安的跳動，不過它彷彿是無意識的。這是一種類似痛苦的叫聲，但它卻不知道自己痛苦，也不知道自己正發出求救的聲音。這可能是第一次呼吸，也可能是最後一次呼吸的叫聲；既像結束生命的噓氣聲，又像生命開始、呱呱墜地的哭聲。它在呼吸、在窒息、在哭。是幽暗中的悲哀的祈求。

孩子由近到遠，從上到下，到處看了一遍。什麼人也沒有，什麼東西也沒有。

他聽了聽。聲音又響起來了，他聽得清清楚楚。

孩子朝著聲音來的方向走去。他還是什麼也看不見。

呻吟聲仍在繼續。剛才還含糊不清，現在聽得清楚了，幾乎帶一點顫音。孩子離這個聲音很近，但是它究竟在哪裡呢？

正在猶豫不決的當下，他發現前面幾步遠的雪地上，有一個和人體的體積和形狀一樣的雪堆，矮矮的、長長的，好像白色墓地裡的一個墳堆。

同時，這聲音又叫起來了，就是從這個雪堆底下發出的。

孩子彎下身子，蹲在這人形的雪堆前面，開始用雙手把雪撥開。

除去了上面的雪，可以看出一個清楚的人形。在他的手底下，在他挖開的雪坑裡，出現了一張慘白的臉。

發出叫聲的不是它，因為它閉著眼睛，張著嘴巴，嘴裡還塞滿了雪。它一動也不動，孩子推推它，它同樣沒有反應。這是一個女人的臉，散亂的頭髮和雪攪成一團。她已經死了。

孩子又接著挖雪。死者的脖子露出來了，接著是肩膀，能夠看見破衣服下面的皮膚。

他摸著摸著，突然覺得下面微微動了一下。這是埋在裡頭的一個小東西在動彈。孩子連忙撥開雪，一個可憐的小身軀露出來了。嬰兒赤著身子伏在死者的胸口上，疲弱，凍得渾身發青，可是還活著。

是一個小女孩。

她本來是包在破布裡的，但由於襁褓太小，已經掙扎著從破布裡爬出來了，她疲弱的四肢和呼吸把周圍的雪融化了一些。當她的面孔露出來以後，她又叫了一聲，這是痛苦的哭聲的延續。

孩子把她抱在懷裡。嬰孩感到有人抱她，便不哭了。這兩個孩子的臉碰在一起，嬰兒發紫的嘴唇在探索男孩的臉頰，彷彿在尋找乳頭。她已接近血液快要凝固、心臟即將停止跳動的時刻。她的手腳都凍僵了，男孩感覺到一陣可怕的寒氣。

他身上有一件乾燥溫暖的水手上衣。他把嬰兒放在死者的胸口上，脫下自己的上衣，把嬰兒裹好以後再抱起來。北風吹著雪片，他抱著孩子，幾乎光著身子，繼續前進。

嬰兒終於找到了男孩的臉頰，她的嘴貼在他的臉頰上。她身上暖和了，接著就睡著了。這是兩個孩子在黑暗中第一次接吻。

母親躺在雪地上，臉朝著黑夜。但是，在這個孩子脫下衣服、裹起小女孩的時候，母親說不定正在另一個世界望著他呢！

7

距離單桅船把孩子拋在岸上，已經有四個多小時了。他一刻不停地往前走，他累極了，也餓極了。

儘管筋疲力竭，負荷加重，他卻更加堅決地前進。

他現在差不多光著身子。身上還剩下的一些破衣服凍得硬硬的，像玻璃一樣銳利，割傷他的皮膚。他雖然覺得冷，可是嬰兒卻暖和了，他發現這種溫暖使這個可憐的小女孩重新獲得了生命。他繼續前進。

暴風雪強烈到一種難以形容的程度。孩子頂著北風前進，穿過廣漠的雪地，朝東走去。他不知道現在是什麼時候，他已經很久沒看見煙了，也許熄火的時間早已過了，也可能是他搞錯方向了。然而，他堅持下去。

嬰兒哭了兩三次。他一面走一面搖，她才安靜下來，不哭了，最後又睡著了。他雖然凍得發抖，卻覺得她的身體很暖和。他不時把她脖子周圍的衣服裹緊，免得敞開的地方結霜，或是有融化的雪水流進去。

原野高低不平。狂風把積雪吹在低窪的地方，積得厚厚的，他幾乎要鑽進雪裡。他只得下半身陷在雪裡掙扎著前進。他用膝蓋頂著雪前進。

穿過了山谷，又到了雪很薄的高原，北風掃清了積雪。他發現地面上有薄冰。嬰兒溫暖的呼吸噴在他臉上，使他覺得暖和了一點；可是過了一會兒，水氣在他的頭髮上凝固，變成了霜。

地面很滑，到處是霜和堅硬的積雪。他帶著這嬰兒走起來很困難；對這個累得筋疲力竭的孩子來說，她不僅是一個重擔，而且是一個累贅。她佔據了他的兩隻手臂，使他無法用雙手維持平衡。他打了一個哆嗦，滑了一下，又站穩，把嬰兒抱緊，為她蓋好衣服，把她的頭埋起來，接著又滑了一下，就這樣一滑一滑地蹣跚著前進。

刮得他睜不開眼的暴風停了一會兒，孩子突然看見在他面前不遠的地方，有一簇簇好像用積雪雕出來的三角牆和煙囪。這不是黑影，而是畫在烏黑背景上的一座白色城市，就像底片一樣。

有屋頂，有房子，原來是住人的地方！終於到有人類的地方了！他感到無窮的希望，不自覺地加快了腳步。

他的兩隻眼睛緊緊盯住那些屋頂。剛才看見的煙就是這些煙囪冒出來的，但現在已經不冒煙了。

不一會兒，他就走近了這些有人住的地方。他走到一個城市的近郊，街角上有兩棟房屋，屋裡沒有燭光，也沒有燈光。整整一條街，整座城市，眼睛所及的地方都是如此。

右邊的房子十分簡陋，泥牆、茅草頂，屋頂很大，牆壁很矮；左邊的房子卻又高又大，完全是用石頭造的。一個是有錢人的家，一個是窮人的家。

孩子毫不猶豫地走向那棟大房子，拉起門錘敲了一下。

沒有人答應。

他又敲了兩下。屋子裡一點動靜也沒有。

他又敲了第三次，還是沒有聲音。他想他們都睡著了，或是不願意爬起來。

他轉身走到茅舍前，敲了敲那扇門。

一樣沒有人答應。

他踮起腳尖，輕輕地敲了玻璃窗。

沒有聲音，沒有腳步聲，也沒有燭光。

他想這裡的人也不願意爬起來。石屋和茅舍都對落難的人裝聾作啞。

孩子決定再走遠一點，沿著有兩排房屋的街道向前走去。街上很暗，與其說是城門大街，倒不如說是兩個懸崖間的縫隙。

8

迷路的孩子抱著撿來的孩子，穿過了一條條街道。他抬起頭來看看樓上和屋頂上有沒有一個發出燈光的窗子，但是所有窗子都關得緊緊的，沒有一點亮光。他有時去敲敲門，沒有人答應。他敲門的聲音和動作終於驚醒了小女孩，他感到她在舔自己的臉頰。她沒有哭，以為自己仍在母親懷裡呢。

後來，他偶然走進一條小巷，順著小巷一直走到海邊，看見右邊有一座橋。

孩子向橋上走去，到了河對岸。

這裡已是韋茅斯的城區，木頭房屋比石頭房屋少。他沿著街道走下去，到處都是高聳的石雕三角牆和店面。他又敲起門來。他已經沒有叫喊的力氣了。然而，每一扇大門都鎖得緊緊的，百葉窗遮著窗戶，彷彿眼皮遮住眼睛一樣。

流浪的孩子使盡最後的力氣敲門，遇到門就狠狠地敲一陣子，敲得又亂又急；有時停一會，怒氣沖沖地再敲。他心煩意亂地敲著。

有一種聲音回答了。

那是報時的聲音，聖尼古拉教堂的古老的鐘慢慢地敲了三下。

接著又是寂靜無聲。

沒有一個居民打開自己的窗子。原來，在一六九〇年一月，倫敦剛發生過一場相當嚴重的瘟疫，人們因為害怕收留有病的流浪漢，而對他們冷眼看待；因為怕呼吸到毒氣，有人連窗子都不敢開。

孩子感覺到人比黑夜還要冷酷可怕，他在荒野裡從未感覺如此沮喪。現在他回到人類社會當中了，依然是孤零零的，這使他格外痛苦。他已經領教過冷酷的荒野，可是無情的城市實在使人受不了。

他站住了腳。在這悲慘的時刻，他似乎曾經想過：如果躺下來一死了之，不是更簡單嗎？但是小女孩的頭靠在他的肩上又睡著了。這種盲目的信任催促著他繼續前進。

一無所靠的他，覺得自己是這個小女孩的依靠，這是不容推諉的責任。

他一步一步往前走去。

他在一條條小巷裡左右穿梭，最後走出一段夾在破房子中間的迂迴曲折的小徑，到了一個比較空曠的地方。這是一塊空地，市區的房子就到這裡為止。他發現右面是海，左面已經沒有城市了。

怎麼辦？這裡又是鄉下了，東面是一大片傾斜的雪地，他應該繼續走下去嗎？應該向前進，回到荒野裡去呢？還是向後退，回到城裡去？在這兩個荒野之間——在一聲不響的荒野和裝聾作啞的城市之間，該怎麼辦呢？在這兩個對他毫不理睬的東西之間，應該選擇哪一個呢？

這個絕望的孩子用悲哀的目光朝周圍看了一眼。

他突然聽到一陣威脅的聲音。

9

從黑暗裡傳來的，是一種難以形容、奇怪而又令人吃驚的咬牙切齒的聲音。

他本來應該往後退，可是他卻前進了。對於害怕寂靜的人來說，連嗥叫也變成了安慰。這個可怕的吼聲使他覺得安心。這個恐嚇的聲音好像為他帶來了一線希望；那裡還有一個沒有睡著的活物，哪怕是一隻野獸也好。他朝著發出咆哮聲的地方走去。

他轉過牆角，在不遠處的雪地中看見了一輛篷車。車頂上伸出一個煙囪，煙囪裡正在冒煙。煙是火紅色的，裡面的火一定很旺。車尾突出來的鉸鏈，說明了那裡有一扇門，門中央有一個方方正正的洞，可以看見車裡的亮光。孩子走近了篷車。

那個咬牙切齒的東西顯然感覺到他走近了。他一走到篷車旁邊，威脅就變成了憤怒的咆哮。迎接他的不是叫聲，而是怒吼。他聽到一個清脆的聲音，好像是一條猛然拉緊的鐵鍊，門底下、兩個後車輪中間，突然露出兩排雪白的獠牙。

在狗嘴出現的同時，一個人頭從窗洞裡探了出來。

「不要叫！」那個人說。

狗不叫了。

「外面有人嗎？」那個人又說。

「有。」孩子回答。

「誰呀？」

「我。」

「你，你是誰？哪裡來的？」

「我累了。」孩子說。

「現在是什麼時候？」

「我冷。」

「你來幹什麼？」

「我餓了。」

那個人又說：「不是每個人都可以有公爵那樣的福氣。滾開！」

人頭縮進去了，窗子也關上了。

孩子低下頭，把懷裡的嬰兒抱好，振作一下，準備上路。他挪了幾步，就要離開篷車。

就在這時，門突然開了，一塊踏板放了下來。剛才跟孩子說話的那個聲音從車子裡怒氣沖沖地喊道：

「怎麼，你幹嘛不進來？」

孩子轉過身來。

「進來吧！」那個聲音又說，「是誰把這個又餓又冷，可是不肯進來的無賴送來給我的！」

孩子受到了這種半拒絕半邀請的待遇，站著不動。

那聲音又說：「進來呀！你這個小東西。」

孩子下定決心，一隻腳踏上了踏板。

篷車底下又叫起來了，張開的狗嘴露了出來。

「不要叫！」那人的聲音喊道。

狗嘴縮了回去，叫聲又聽不見了。

「上來吧！」那人接著說。

孩子好不容易才爬上了車，他的動作受到了嬰兒的妨礙。她睡得很熟，全身埋在水手上衣裡，活像一個奇形怪狀的包裹。

他爬上踏板，到了門口就站住了。

或許是因為窮的緣故，篷車裡沒有蠟燭，鐵爐裡的火光照亮著小屋。爐子裡燒著泥炭，上面放著一只碗和一個熱氣騰騰的小鍋，聞得到一股撲鼻的香氣。裡面的傢俱是一個箱子、一張凳子和掛在天花板上的一盞風燈。牆上的架子放著幾塊木板，還有一個放舊衣服的架子，上面掛著各式各樣的東西。藉著爐火的光，可以看見天花板上用木炭寫了幾個大字：「哲學家烏蘇斯」。

孩子看見火爐旁站著一個老人，又高又瘦，沒有鬍子，穿一身灰衣服，光禿禿的腦袋直碰到屋頂。

「進來吧！」烏蘇斯說。

孩子走了進去。

「把你的包裹放在這裡。」

孩子把包裹小心翼翼地放在箱子上，生怕嚇到她或是驚醒她。

那人接著說：「啊！你這個小混蛋，這麼晚了還待在大街上！你是幹什麼的？告訴我！不，先別說，你覺得冷，先烤烤火吧。」

他扶著他的肩膀，把他推到火爐前。

「看你身上弄得多麼濕！哪有人這副模樣到別人家裡來的！趕快把這些發霉的衣服都給我脫下來！壞蛋。」

他一隻手猛地一扯，破衣服就變成破布條了；同時他用另一隻手，從牆上取下一件大人的襯衫和一件毛衣。

「穿上吧！這裡有破衣服。」

他又從一堆破東西中挑出一塊羊毛布，在爐火旁擦著這個孩子的四肢。這時候，孩子光著身子，渾身暖洋洋的，彷彿到了天堂。擦完四肢以後，老頭又擦他的腳掌。

「嘿！一點事也沒有，你這個小不點！我還以為你的手腳凍壞了呢！現在不要緊了，趕快把衣服穿起來吧。」

孩子穿上了襯衫，那個人替他把毛衣套上。

「現在──」

那人用腳踢過來一張凳子，又在孩子肩膀上按了一下，要他坐下，接著用食指指著火爐上那只冒熱氣的碗，裡頭是豬油燉馬鈴薯。孩子在碗裡又看見了天堂。

「吃吧！你餓了。」

老人從木架上取下一片硬面包和一把叉子，遞給孩子。孩子猶豫了一會兒。

「難道要我給你一副更講究的刀叉嗎？」那人說。

他把碗放在孩子膝上。

「都吃下去吧！」

孩子已經餓得快要昏過去，他吃起來了。那人嘟噥著說：

「不要吃得太快！餓鬼。這傢伙多貪吃，你應該看看公爵們是怎樣吃飯的。他們簡直不吃！這才叫做尊貴。可是他們喝酒，這倒是真的。哼！你這頭豬，填飽肚子吧！」

孩子餓壞了，對這些粗暴的字眼不大注意；再說，這個人的慈善行為把這些話的惡意沖淡了，甚至把原來的含意顛倒過來。如今，他的注意力只集中在兩件重要的事上——烤火、吃。

烏蘇斯繼續喋喋不休地罵街：

「我怎麼會想到來這個韋茅斯！這個魔鬼光顧過七次的地方！我從早晨到現在，什麼也沒有賣出去！我對大雪講話，對風吹笛子，一個便士也沒有進帳！晚上還遇上窮鬼！討厭的地方！哎！吃吧，小子，嚼吧！沒有比白吃白喝的人更厚顏無恥的了，用我的東西養肥你吧！寄生蟲。這傢伙胃口可真好，誰知道呢？也許他染上了瘟疫。你是不是得了瘟疫？強盜，要是傳染給奧莫……不！不！我可不希望我的狼死掉。哎呀！我也餓了。我得說，這真是一件討厭的差事。我今天一直幹活到深夜，我需要生火，我只有一顆馬鈴薯、一塊麵包、一口豬油、一滴牛奶；我把這些東西燒一燒，心想馬上就要吃飯了。就在這時，噗通一聲，一條鱷魚從天上掉下來了，坐在食物和我中間。瞧！我的食物被洗劫了。吃吧！吞掉我的食物吧！我今天幹活了一整天，卻只能眼睜睜看著別人吃掉我的東西，這就是我得到的報酬！沒關係，大家分著吃吧，他吃麵包、馬鈴薯和豬油，我喝牛奶。」

就在這時，篷車裡突然發出一陣悲慘的叫聲，持續了好長一陣子。那人聽了一會兒。

「你現在倒哭起來了！壞蛋，你為什麼哭？」

孩子轉過身來，顯然，他沒有哭。他嘴裡還塞滿了食物呢。

老人走到箱子旁。

「原來是這個包裹在哭！該死，連包裹也大吵大鬧起來了！你的包裹為什麼哇哇叫？」

他打開水手上衣。裡面露出一個嬰兒的頭，她張開嘴在哭。

「哎喲！這是什麼？」那人說，「這是怎麼回事？又闖進來一個！瞧你帶了什麼東西來給我？強盜。你看，她渴了，得讓她喝點東西。太好了！這下子我連牛奶也喝不成了。」

他一面從木架上取出一卷亞麻布、一塊海綿、一個瓶子，一面憤怒地嘟噥著：「該死的地方！」

他瞧了瞧嬰兒。

「這是一個女孩子，從叫聲就可以聽出來。她也濕透了。」

就像剛才替男孩做的那樣，他把她穿的破衣服脫下來，把她包在一塊破亞麻布裡。布雖然粗，卻乾燥、清潔。他匆匆忙忙替她換衣服時，把她激怒了。

「看她叫得多凶！」他說。

他咬下一塊狹長海綿，撕下一塊布，又抽下一些布絲；然後從爐上拿起裝牛奶的小鍋，把牛奶倒進小瓶子裡，用海綿塞住瓶口，用布包住突出的一端，用線綁好，再把瓶口放在自己的臉頰上，試試是不是太燙；最後他把這個狂哭不止的嬰兒夾在腋下。

「來，喝吧！小東西。咬住乳頭。」

他把瓶口塞在她嘴裡。嬰兒開始貪婪地吮著。

他扶著瓶子，保持一個適當的斜度，一邊嘟噥道：

「他們全是一樣的膽小鬼！一得到他們想要的東西，就一聲不響了。」

這時，男孩已放下了叉子，專心看著嬰兒吃奶。剛才在他吃東西時，他眼裡流露出的是滿足的神氣，現在卻變成了感激。他看到嬰兒已經獲得重生，他的眼睛射出了一種難以形容的光亮。

「喂！吃呀！」烏蘇斯粗暴地說。

「您呢？」孩子渾身發抖，眼裡含著淚說，「您什麼也沒有了？」

「全部吃掉吧！小子，要我一個人吃還不夠呢，都給你吃掉也沒關係。」

孩子又拿起叉子，但是沒有吃。

「吃呀！」烏蘇斯叫道，「都吃掉吧！要不然，我就把你跟你的小賤貨一起趕出去！」

孩子受到這種威嚇，才接著吃起來。其實碗裡已經沒剩多少東西了。

烏蘇斯彎著身子坐在箱子上，嬰孩躺在他懷裡，津津有味地吮著瓶子，那種天真爛漫的神情，彷彿是天主面前的天使，或者母親懷中的嬰兒。

「她喝得太多了。」烏蘇斯說，接著又嚷道：「你們得發誓節食才行！」

儘管嘴裡罵個不停，他仍輕輕地抱著那個嬰兒。她有氣無力地閉著眼睛，這是心滿意足的表示。烏蘇斯看了看瓶子，埋怨道：

「她喝完了！這個厚臉皮的小妞兒。」

他站起身來，左臂抱住嬰兒，右手掀開箱蓋，拿出一張熊皮。他用一隻手和肘彎，盡可能把熊皮在箱子上攤開，同時極力減輕動作，免得把剛入睡的小女孩驚醒。隨後，他把她放在熊皮上離火爐最近的地方。

放好以後，他把空瓶子放在爐子上，大聲說：「我渴死了！」

他朝小鍋裡瞧了瞧，裡面還有幾口牛奶。他把鍋子湊近嘴唇，正要喝的時候，他的視線又落在小女孩身上。於是他把小鍋放回爐子上，拿起瓶子，打開瓶塞，把剩下的牛奶都倒進裡面，又把瓶口綁起來。

「要是沒有麵包吃，就只好喝水。」他說。

爐子後面有一個破罐子，他拿起來遞給那孩子：

「你喝水嗎？」

男孩喝了一點水，又繼續把剩餘的東西吃完。

烏蘇斯拿起罐子，湊近嘴邊喝了幾口。接著，便轉過身望著孩子。

「現在只剩下我們兩個人了。嘴巴不只是為了吃東西，也是為了說話。現在你的身子暖和了，肚子也吃飽了，畜生！你該回答我的問題了。你是從哪裡來的？」

孩子回答：「不知道。」

「什麼，不知道？」

「我是今天晚上被人丟在海岸上的。」

「嘿！小無賴！你叫什麼名字？真是個壞蛋，連父母都不要他了。」

「我沒有父母。」

「你得小心我的脾氣！我不喜歡撒謊。你既然有妹妹，就一定有父母。」

「她不是我的妹妹。」

「不是你的妹妹？」

「不是。」

「那麼她是誰？」

「是我撿來的。」

「撿來的？」

「沒錯。」

「從哪裡撿來的？如果你撒謊，看我不打死你！」

「從死在雪地裡的一個女人身上撿來的。」

「什麼時候？」

「一個小時以前。」

「在哪裡？」

「離這裡四公里。」

烏蘇斯的眉頭皺起來了，這是一位激動的哲學家特有的表情。

「死了！她很幸運。我們最好還是讓她躺在雪裡，她在那裡很好。在哪一個方向？」

「靠海的方向。」

「你過橋了嗎？」

「過了。」

烏蘇斯打開車後的窗子，向外張望了一下。天氣還是不好，大雪還在憂鬱地落著。

他關上窗子，又用破布把窗上的破洞堵好，在爐子裡添了泥炭；接著，從角落裡拿出一本大書，放在熊皮下當枕頭，把睡著的嬰兒的頭放在上面。

隨後他轉過身望著孩子。

「你睡在這裡。」

孩子聽從他的吩咐，躺在小女孩身邊。烏蘇斯把熊皮捲在兩個孩子身上，接著又在他們腳底下塞好。

他從天花板上摘下那盞燈，點著它，然後把門打開一條縫，說道：

「我出去一下。你們別害怕，我一會兒就回來。好好地睡吧。」

接著他放下踏板，大聲叫：

「奧莫！」

一陣親熱的吠聲回答他。

烏蘇斯提著風燈走下去，闔上踏板，關好門。男孩聽到一陣解鍊條的聲音，隨後是人和牲畜越走越遠的腳步聲。

過了一會兒，篷車裡的兩個孩子都睡熟了。這兩種呼吸混合在一起，如同一個未解風情的新婚之夜。這個男孩和這個女孩赤著身子躺在一起，在這靜悄悄的時刻，就像一種天神般的男女混雜，卻又如此天真、純潔。未知的命運壓在他們的結合上。他們睡熟了。他們無憂無慮，全身溫暖；他們摟在一起的赤裸的身體，與靈魂的貞潔融合在一起。

10

白晝來臨了。一線黯淡的光射進車子，把那些被黑夜蒙上幢幢鬼影的物體輪廓都忠實地勾畫出來了，不過沒有把熟睡的孩子們驚醒。車子裡很暖和，他們的呼吸聲像兩個安靜的波浪般此起彼伏。外面，風暴平息了，曙光慢慢地照亮了地平線。星星像蠟燭似的，一顆接著一顆熄滅了。海洋上遠遠傳來了悠揚的歌聲。

朦朧的亮漸漸成了大亮。男孩子睜開了眼睛，迷迷糊糊的，不知道自己身在何處，也不知道躺在他身旁的是什麼東西，他呆呆地望著天花板，如夢似幻地望著「哲學家烏蘇斯」這幾個字。他不識字，所以不知道這一行字的意義。

他聽見一陣鑰匙開門的聲音，於是抬起頭來。

門開了，踏板放下去了。烏蘇斯走了進來，手裡提著熄滅的風燈。同時，一隻四腳的動物叭噠叭噠地走上踏板。這是跟著烏蘇斯回來的奧莫。

這個睡醒的孩子嚇了一跳。

也許是肚子餓了，狼張開嘴巴，露出兩排雪白的牙齒。

牠走到踏板中間的地方，便停了下來，把兩隻前爪伸進車子裡，兩隻腿放在門檻上，遠遠地嗅了嗅箱子；牠對車裡的兩個客人還感到不習慣。最後，牠似乎下定決心，走了進來。

孩子一看見狼走進車子，立刻從熊皮裡跳出來，站在熟睡的孩子面前。

烏蘇斯剛剛把風燈掛在天花板上。他一聲不響，慢慢地解開掛著工具袋的腰帶，放在木架上。他什麼也不看，什麼也看不見，正專心想著一件深奧的事情。過了一陣子，他終於又恢復了常態，滔滔不絕地說起來。

「她真是個有福氣的！死了，確實死了！」

他蹲下來，在爐子裡加了一鏟煤渣，翻了翻泥炭，嘟噥著說：

「我好不容易才找到她！被埋在兩尺深的雪裡。要是沒有奧莫的嗅覺，我現在還在雪地裡轉來轉去，跟死神捉迷藏呢！她渾身冰涼，我摸摸她的手，簡直像一塊石頭！她那兩隻眼睛多麼沉靜！怎麼會有這種傻人，居然撇下孩子死了！現在這輛車裡住著三個人，實在不太方便。真是倒楣！我現在也有個家了，有兒有女！」

在烏蘇斯說話的當下，奧莫走近火爐，開始舔著小女孩的手。牠舔得那麼輕，所以沒有驚醒她。

烏蘇斯轉過身來。

「很好，奧莫，我做父親，你做叔叔。」

接著，他又繼續生火，嘴裡不停地自言自語。

「我來撫養他們。好，一言為定。再說，奧莫也願意。」

他站起身來。

「我倒想知道誰該為這個女人的死負責。是人類呢？還是……」

他望著天花板，嘟噥著說：「是你嗎？」

隨後他低下頭，好像頭頂有一種壓力似的，他又說：

「殺死這個女人的是黑夜。」

他抬起眼睛，看見了那個正在聽他講話的、睡醒了的孩子的臉。烏蘇斯突然問他：

「有什麼好笑的？」

孩子回答道：「我沒有笑。」

烏蘇斯心裡一驚。他一聲不響地望著他，過了一會兒才說：

「你真可怕。」

昨天夜裡車內很暗，所以烏蘇斯沒有看清這個孩子的面孔。現在天亮了，他才能看清楚。

他把兩隻手掌放在孩子的肩膀上，帶著越來越注意的神情，又看了看他的臉，叫道：

「不要再笑了！」

「我沒有笑。」孩子說。

烏蘇斯從頭到腳打了一個寒顫。

「我告訴你，你還在笑！」

如果不是出於憐憫，就是出於憤怒。他抓住孩子，用力搖了一下，粗暴地問他：

「誰把你弄得這副模樣？」

「我不懂您的意思。」孩子回答道。

「你臉上這個笑容是從什麼時候開始的？」烏蘇斯又說。

「我一直是這樣。」孩子說。

烏蘇斯朝箱子那邊轉過頭去，低聲說道：「我還以為這種作品已經絕跡了呢。」

為了不吵醒嬰兒，他輕輕地把那本墊在嬰兒頭下的書抽出來。那是一本用軟羊皮紙裝訂的對開本。他用大拇指翻了一會兒，才停在一頁上，然後把書攤開，放在爐子上，讀道：

「『剘鼻』。在這裡。」

他接著讀下去：

「『將嘴巴一直割到耳朵，剔開牙床，割開鼻根，面具就完成了，你就永遠笑了。』一點也不錯。」

他把書又放在木架上，嘟噥著說：

「不必深入追究了，我們還是到此為止吧。笑吧！我的孩子。」

小女孩醒了，發出一陣哭聲。

「來，奶媽，餵奶吧！」烏蘇斯說。

扶著嬰兒坐好以後，烏蘇斯從爐子上拿起瓶子給她喝。

這時候，太陽剛爬上地平線，光線從窗子裡透進來，正好落在小女孩的臉上。她那兩隻呆呆望著太陽的眼珠就像兩面小鏡子，反射出兩個深紅色的圓點。眼珠一動也不動，眼皮也是如此。

「瞧！」烏蘇斯說，「她是個瞎子。」

第二部

1

在克倫威爾時代，有一位林諾．克朗查理男爵。這位男爵是少數贊成共和國的英國上議員的其中一個。當革命終止，議會政府垮台以後，全國都為查理二世恢復王位而歡呼，老百姓歡天喜地迎接君主政體，王朝在光榮和勝利中重新建立起來；在這個時候，這位爵士卻還是不識時務，堅決不肯投合這種歡樂的局面，自願流亡到外國去。

克朗查理爵士隱居在瑞士，住在日內瓦湖邊一棟高大的破房子裡，在阿爾卑斯山的陰影下生活著。多少年就這樣過去了，他一直忠於已經覆滅的共和國，人也慢慢變老了。他成了大家的笑柄。

在英國，由於國王的仁政，國家攀上了繁榮的頂點，倫敦到處都是宴會和狂歡，大家生活富裕，人人興高采烈；宮廷富麗、快樂、朝氣蓬勃。這時候，如果有人遠遠地離開這些繁華，在一個晦暗、淒涼、暮色蒼茫的時刻，偶然瞥見這個穿著平民百姓衣服的老頭兒，面色蒼白，神情恍惚，彎著腰站在湖邊，對風暴和冬天一點也不在意，目光遲鈍，白髮隨風飄動，寂寞、孤獨，若有所思地鬱鬱徘徊；不管是誰，都難免微微一笑。

人民已從政治狂熱中清醒過來，他們譏笑革命，諷刺共和政體，嘲笑把「人權、自由、進步」掛在嘴上的那個古怪時代。許多前共和政府的狂熱份子，現在都依附斯圖亞特王朝了。仁慈的查理二世沒有追究這些叛徒，更不記得有這麼一位流亡的克朗查理爵士，但詹姆士二世卻很注意；他明白世襲的上議員資格是有一定的影響力的，因此，如果能夠對這位爵士採取什麼預防萬一的措施，詹姆士自然不會猶豫的。

克朗查理爵士有一個私生子，這個兒子是在共和國垮台時出生的。當時他的父親已經出國了，所以他沒有見過他的父親。這名私生子是在查理二世的宮裡充當侍從長大的，大家都稱他大衛．第里－摩爾爵士。他的母親曾是國王的情人，儘管時間不長，卻足以使他被冊封為宮廷侍從。當他流亡的父親的頭髮越來越白，大衛爵士卻在查理二世手下飛黃騰達了。

到了詹姆士二世時期，這位青年從剛去世的母親手中繼承了蘇格蘭大森林裡的一塊封地，從此被稱為大衛．第里－摩爾爵士。國王喜歡這位年輕爵士的風度，儘管他有個被否定的父親，仍將他提拔為寢宮侍從，每年領一千利弗的薪俸。這是一種了不起的晉升，一個寢宮侍從每天晚上能在國王臥榻旁的一張床上睡覺。

大衛爵士當寢宮侍從的時候，還擔任國王的糧秣署長，管理馬匹的飼料，每年可領兩百六十利弗的薪俸。除此以外，他還是蘇格蘭禁衛軍的中校，曾出征過幾次，每一次都帶來了光榮。這是一位勇敢的爵士，體格魁梧，長相英俊，心地慷慨，舉止文雅，出身高貴。

有一個時期，他差點被任命為御衣侍從，當了御衣侍從就有侍候國王穿衣的特權；但是只有親王和有上議員資格的貴族才能夠擔任這個官職。

要把一個人提升為上議員，是一件非同小可的事情，因為必須建立上議員的頭銜。這會引起許多人的嫉妒，因此詹姆士二世不太願意冊封上議員爵位，可是不反對轉讓。

有一天，人們聽聞了克朗查理爵士的死訊。據說，這位爵士在流亡期間娶了一位叛徒的女兒，這個女人在生下一個男孩之後也死了。如果這些情節屬實，這個孩子才是克朗查理爵士的合法兒子和法定繼承人。這些話都是影影綽綽的，與其說是事實，倒不如說是謠傳。因此，有一天早晨，國王斷然宣佈：「由於克朗查理爵士沒有合法子女，沒有任何其他證實的血親，故立該爵士的私生子大衛．第里－摩爾為唯一的正式繼承人。」這份詔書讓大衛爵士繼承了林諾．克朗查理爵士的爵位、權利和特權；不過有一個條件，那就是大衛爵士必須等一個還在搖籃裡、只有幾個月大的公爵小姐達到結婚年齡之後，跟她結婚。大家都稱呼這個小女孩為約瑟安娜公爵小姐，她的母親是奧爾良公爵夫人，路易十四的情婦。

到了威廉時期，大衛爵士仍舊春風得意。他雖是詹姆士二世的追隨者，卻沒有跟他一起流亡。他是個識時務的人，雖然他仍舊愛戴他合法的國王，可是卻為篡位者效勞。他漸漸成了一位風流人物，把惡習發展到優雅的程度，帶一點詩人氣息，對節日、狂歡、貴婦的召見、典禮、戰爭，總是很起勁。適當的謙卑、極度的傲慢、巴結奉承，或者盛氣凌人，他都能做得恰到好處。只要國王陛下示意，他隨時準備英勇沉著地犧牲生命。能夠胡鬧，而絕不失禮；舉止文雅，嫻熟宮中禮節，表面上是朝臣，骨子裡是騎士；四十五歲的年紀，仍舊風度翩翩。

他從母親那裡繼承來的財產已足夠他生活了，每年差不多有一萬英鎊的收入，也就是二十五萬法郎；而他卻依然負債。在華麗、揮霍和追求時髦方面，誰也比不上他。

2

到了一七〇五年，約瑟安娜已經二十三歲，大衛爵士四十四歲，卻還沒有結婚。這是為什麼呢？他們是不是互相厭惡呢？絕對不是。只不過，逃不了的東西，便不必急於到手。約瑟安娜想保持自由，大衛想保持青春；束縛來得越晚，對他來說，青春也就越長。

約瑟安娜和大衛是用一種特殊方式談情說愛的。他們相親而不相愛，只保持一定的往來。何必急急忙忙地結束這個局面呢？除此之外，約瑟安娜雖然是個私生女兒，卻覺得自己是個公主，因此在大衛面前總是咄咄逼人。她是喜歡大衛爵士的，他長得很英俊；然而，她所重視的是他的溫文瀟灑。

約瑟安娜十分美麗。她長得很高，頭髮是金紅色的，她豐滿、鮮嫩、結實，玫瑰色的皮膚，才氣橫溢、膽量驚人；她的一雙眼睛生得聰明靈巧。她既沒有情人，也談不上貞節。她驕矜自持，覺得只有神仙才配得上她，要不然就配一個妖怪。由於她瞧不起人，也就沒有過什麼風流韻事。

儘管如此，約瑟安娜的內心忐忑不安。她感到一種渴望放蕩的衝動，因此特別裝得正經。我們往往因為驕傲地抗拒某些惡習，結果反而造成另外的惡習。對貞潔作了過度的努力，反而使人變成一個裝模作樣的人。

出於本能，約瑟安娜有這樣一種傾向：她情願出於風流，而不願意為了合法的關係，把自己獻給一個男人。正如同英國的古風：「姑娘是女王，妻子是奴隸。」約瑟安娜盡可能地延遲成為奴隸的時間。她遲早得與大衛爵士結婚，毫無疑問，這是必要的；可是，多麼可惜！約瑟安娜既尊重又討厭大衛爵士，在他們之間有一種既不結婚也不解除婚約的默契，他們互相躲避。

大衛爵士的年紀已經不輕了。人到了四十歲就會顯露出老態，可是在他身上卻還看不出來，看起來就像三十多歲。他認為渴望約瑟安娜比佔有她還來得有趣。他還可以佔有別的女人、別的情人。

至於約瑟安娜，她也有自己的幻想。

幻想更糟。

約瑟安娜公爵小姐有一個特點，她的眼睛一隻是藍的，一隻是黑的。瞳孔含著愛情和仇恨、幸福和苦惱。她的眼裡有白天，也有黑夜。

她的抱負是這樣的：要表現她能夠做出別人做不出來的事情。

3

大衛．第里—摩爾爵士在倫敦放蕩生活中佔據統治的地位。他受到貴族和士紳的敬重，所有的俱樂部都請他當領導人。每一次拳擊比賽，大家都希望他擔任裁判員。

好幾個貴族俱樂部的章程都是由他起草的。他創辦了幾個上流社會人士娛樂的場所，同時是牛排俱樂部、倔強俱樂部、四分之一便士俱樂部、野蠻俱樂部、湊零錢俱樂部、封印結俱樂部和馬丁納．史克力布拉羅俱樂部的會員。在這些俱樂部中能找到各式各樣的樂趣。

他偶爾也參加拳擊比賽，他本人就是一本活的拳擊規則。每一次重要的拳賽，都由他來插樁、拉繩子、量場地尺寸。遇到他作助手的時候，他一步步跟著他的拳擊手，一隻手拿瓶子，一隻手拿海綿，向他嚷道：「狠狠地打！」建議拳擊手應該使什麼招式。戰鬥的時候，他在旁邊出主意，流血的時候，他為他擦乾，摔倒的時候，他把他扶起來，讓他靠著自己的膝蓋，把白蘭地塞進他的牙齒中間，並且喝一口水，噴在拳擊手的臉上，讓他甦醒。要是他當裁判員，他的裁判很公正。除了助手以外，他不許任何人幫助決鬥者。要是一方不面對對手站好，他便宣告他被擊敗。他注意每一個回合不超過半分鐘。不許用頭撞，要是誰用這個方法，便是犯規。對方摔倒了，不許再打。雖然有這些學問，可是他並不賣弄，而且一點也不影響他在社會上的悠閒態度。

當大衛當裁判員的時候，決鬥雙方的朋友都不敢上前幫助失敗的一方，也不敢跳過障礙物，進入決鬥場，弄斷繩子，拖倒木樁，用武力來擾亂決鬥。像大衛爵士這樣使觀眾不敢撒野的裁判員，實在寥寥無幾。

誰都不會像他那樣訓練。只要他答應做訓練員，就一定能打贏。大衛爵士選中一個大力士，身體大得像一座山，高得像一座塔，就把他當自己的孩子對待。他替他量酒，替他秤肉，計算他睡眠的時間；早晨吃一顆生雞蛋和一杯雪利酒；十二點，吃帶血的嫩羊腿和茶；六點鐘，吃烤麵包和茶；晚上，吃淡啤酒和烤麵包；吃完以後，他替這個人脫掉衣服，按摩一遍，然後讓他躺下。在街上，他寸步不離地看住他，以防他遭遇危險，避免脫韁的馬、車輪、喝醉的水手和漂亮的女人。他教他如何用拳頭打落人家的牙齒，如何用拇指把人家的眼珠挖出來。

大衛爵士也喜愛街頭表演、戲劇。有奇怪的馬戲、跑江湖的篷車、小丑、翻跟斗的人、滑稽演員、露天滑稽戲和集市上一切不可思議的玩意兒。他常常到倫敦和五港的酒店和下層社會的集會地去。為了混進管桅水手或油灰工人中，他常穿上一件水手的外套到貧民窟去。他與他們混在一起，受到他們的尊敬，被稱為「湯姆—金—傑克」，沒有人想得到他是一位爵士。在下層社會裡，他是很有聲望和名氣的。他是他們的首領，必要時也會揮拳頭。大衛爵士在這一方面的時髦生活特別受到約瑟安娜公爵小姐的讚賞。

4

在這一對未婚夫婦上面的，是英國的女王安妮。

安妮是一個極平凡的女人。她愉快、仁慈，有些莊嚴。她的品行既說不上好，卻也不壞。她渾身胖嘟嘟的，不會說輕鬆的笑話，心眼雖然挺好，可是有點愚蠢，固執而又懦弱。她的長相普普通通，是個愛打扮的女人，雖然有點俗氣，可是還算正派。皮膚又白又嫩，常常喜歡露出來；低低的額角，肥厚的嘴唇，豐滿的兩頰，近視眼，一雙眼睛卻生得很大。她的視力也影響了心靈；除了偶爾發出一陣笑聲以外，她總是像發脾氣一般悶悶不樂，不停抱怨。這是個好心女人和凶神惡煞的混合體。她的丈夫是一個出身高貴的丹麥人。

像一個瘋子似的，安妮雖然喜歡托利黨，可是卻任命輝格黨員組閣。她時常大發脾氣，把什麼都弄得一團糟。至於說到管理國家，再也沒有人像她那麼笨的了。她對各種政治事件都聽其自然，一切政策都是雜亂無章的。她是個無理取鬧的高手，她不斷發脾氣；表達自己的思想時，總是說得不明不白。

安妮也喜歡開玩笑，說些使人難堪的笑話。她的心地不壞，不想使人失望，卻要使每一個人都憂慮不安。她說起話來很粗魯。她不時從裙子上的一個口袋取出一個圓圓的銀盒子，從裡頭沾一點香膏，塗紅自己的嘴唇；塗好以後才張開嘴笑。她很喜歡吃錫蘭的那種扁平的香料麵包。她對自己的肥胖覺得很得意。

安妮雖然是個道地的清教徒，卻很喜歡戲劇。她想模仿法國，建立一個音樂院。一七〇〇年，一個法國人打算在巴黎造一棟「皇家馬戲場」，造價四十萬法郎，這個計畫遭到了反對。這個法國人便跑到英國向安妮建議，在倫敦造一座有四層樓的戲院，並且有機器設備，比法國國王的戲院還要漂亮。女王被他說動了。就像路易十四一樣，安妮喜歡坐飛快的馬車；她的馬有時可以讓她用不到七十五分鐘的時間，跑完倫敦到溫莎之間的路程。

一直以來，安妮對約瑟安娜公爵小姐有點懷恨。這有兩個原因。

第一個原因，是她覺得約瑟安娜長得漂亮。

第二個原因，是她覺得約瑟安娜公爵小姐的未婚夫也漂亮。

對一個女人來說，兩個原因可以促使她嫉妒；但對一個女王來說，只要一個就行了。

尤其，她之所以恨她，還因為她是她的妹妹。

安妮不喜歡女人長得漂亮，她認為這是跟善良的風俗有牴觸的。

至於她自己，她長得很難看。

約瑟安娜不但長得美，而且還有點哲學家的氣息，這也使女王生氣。對於一個長得醜的女王，一個漂亮的公爵小姐不會是一個討人喜歡的妹妹。

還有一點不滿意的原因，那就是約瑟安娜的身世。

安妮是一個名叫安妮·海德的普通貴族女人的女兒，儘管詹姆士二世與她正式結婚了，可是心裡卻是不情願的。安妮身上有一種下等血統，自己也覺得只能算是半個皇族。約瑟安娜的出生雖然不合法，不合乎禮教，但的的確確是一個女王的女兒。這個門不當戶不對的婚姻的合法女兒，看到那個私生的女兒在跟前，難免覺得掃興，而兩人之間又有那麼一點相似之處。約瑟安娜有權對安妮說：「我的母親比妳的高貴多了。」在宮廷裡當然沒有人說這句話，可是很明顯，人們是這麼想的。這對女王陛下來說，是一件討厭的事。

為什麼要有這個約瑟安娜呢？她為什麼要生下來呢？這個約瑟安娜有什麼用？有了某種親戚關係，反而使人疏遠了。

不過，安妮在表面上卻對約瑟安娜很好。

她要不是她妹妹的話，說不定她會喜歡她的。

5

知道人家在幹什麼是有用的，能夠加以監視總是明智的。

約瑟安娜用了一個人去偵察大衛的行動，這個人名叫巴基爾費德羅。

大衛爵士也偷偷地派一個人去注意約瑟安娜，這個人也叫巴基爾費德羅。

至於女王安妮，她也叫一個心腹去偷偷探聽她的妹妹和她未來的妹夫的行動。這個心腹也叫巴基爾費德羅。

巴基爾費德羅是約克公爵（即詹姆士二世）家的老傭人。這個差事雖然微賤，卻有油水可撈，巴基爾費德羅也就這樣生活過來了。但是他還想要權力。就在他差不多快要成功的時候，詹姆士二世突然垮台了。在威廉三世手下他是沒有機會的，不過他仍繼續奮鬥著。他藉著詹姆士二世的名義，講一些過去的事情，講他如何忠心耿耿，打動了別人的心，慢慢地鑽到了約瑟安娜府上。

約瑟安娜喜歡這個人的貧困和才學。她把他介紹給大衛爵士，把他收容在自己的宅邸裡，對他很和善，有時還跟他講講話。巴基爾費德羅利用這種親近，擴大自己的地盤。約瑟安娜有兩把秘密鑰匙，可以打開房間的門，她將一把交給了大衛，一把交給巴基爾費德羅；因此他能任意出入約瑟安娜的房間，既不討人厭，也不惹人注意。然而，這一切都是靠不住的，巴基爾費德羅在等待一個穩定的職位。他希望巴結上女王。

有一天，巴基爾費德羅對約瑟安娜說：

「小姐可以給我一個機會嗎？」

「你想要什麼？」約瑟安娜問。

「一個官職。」

「給你一個官職？」

「對，小姐。」

「你竟然想要一個官職！你是個什麼用處也沒有的人。」

「正是因為這個緣故。」

約瑟安娜笑了。

「在所有你不稱職的職位當中，你打算要哪一種？」

「拔海洋的瓶塞的。」

約瑟安娜笑得更厲害了。

「這是什麼意思？你是在開玩笑吧。」

「不，小姐。」

「宮廷裡什麼稀奇事都有。難道真的有這樣一個官職嗎？」

「有的，小姐。」

「你指著你沒有的靈魂發誓。」

「我發誓。」

「好吧，也就是說你想做……什麼？你再說一遍。」

「拔海裡的瓶塞的。」

「這倒是個不費力的工作，簡直就跟梳洗銅馬一樣。」

「差不多是這樣。」

「什麼也不做，這倒是適合你。不過，這個官職有什麼出息呢？」

「小姐，一五九八年，漁夫在愛畢廷海角的沙灘上撿到一個用柏油封口的瓶子，便把它送到伊莉莎白女王那裡。英國人靠著裡面取出的一張羊皮紙，得知荷蘭人偷偷佔領了一個叫做新地島的地方，這是一五九六年六月間的事情。」

「我不懂你這些話是什麼意思。」

「但是伊莉莎白懂了。荷蘭多一塊地，也就是英國少一塊地。人們認為這個瓶子帶回了一件重大的消息，於是從那天起頒佈了一道法令，凡是在海岸上發現封口的瓶子，就應該送回英國海軍上將那裡去，違者處以絞刑。海軍上將把開瓶子的工作交給科長，必要時，他得將瓶裡的東西當面呈交女王。」

「送到海軍部的這種瓶子多不多？」

「不多。但這個官職一直是存在的。科長在海軍部裡有一間辦公室和宿舍。」

「這些無所事事的人可以領多少薪俸？」

「一百個基尼一年。」

「你就為了這個來麻煩我嗎？」

「這樣就可以維生了。」

「像個乞丐。」

「跟我這樣的人很相稱。」

「一百個基尼！簡直跟一股煙一樣。」

「這足夠我生活一年，這是窮人佔便宜的地方。」

「好吧，你可以得到這個位子。」

隔了一個禮拜，由於約瑟安娜的努力和大衛的權勢，巴基爾費德羅進了海軍部。他的生活從此有了著落，擺脫了朝不保夕的境況，有吃有住，每年還有一百基尼的薪俸。

他從約瑟安娜那裡得到了許多恩惠，卻只想著一件事，那就是報復。

約瑟安娜長得漂亮，高個子，年輕，有錢有勢，有名望；巴基爾費德羅卻長得醜、矮、老、窮，寄人籬下，沒沒無聞。這一切，他都要報復。

拔海裡瓶塞的職位並不像巴基爾費德羅說的那麼荒唐可笑。所有沖到英國海岸上的東西，像是貨物、船骸、包裹、箱子等，都歸海軍元帥所有；從這裡能看出巴基爾費德羅所鑽營的位子是很重要的。海軍部對貯藏消息和情報的容器格外留意。英國一直在注意海洋，遇險的船丟進海裡的小玻璃瓶，裡面往往裝著貴重的資訊。這是關於失事的船、船員，失事的地點、時間，失事的具體情況，以及刮壞船隻的風向和把瓶子送到岸上的海流等等的線索。所有被沖上英國海岸的容器，無論大小形狀，都要送到他那裡，只有他有權啟封。他第一個得知其中的秘密，再把這些東西整理好，貼上標籤，放在檔案櫃裡。對於事實的隱瞞或者暴露，他擁有一定的決定權。

這些水上的易碎物品並不像巴基爾費德羅告訴約瑟安娜的那樣稀少而且無關重要。有的固然馬上到達了陸地，有的卻在許多年以後才漂到岸邊，這取決於風向和海流。把瓶子扔進海裡的辦法現在已經不流行了，可是當時的宗教氣氛很濃厚，人們在臨死之際都希望把他們的思想傳遞給上天和人類。海軍部有時能收到很多這種來自海上的訊息。

在必要的時候，海軍部必須把他們的發現通知國王。這些東西常常是稀奇古怪的：人們在絕望時寫的遺囑啦、對祖國的告別書啦、揭發海運方面的弊病啦、海上的罪行啦、獻給國王的遺物啦……等等。必須把他的檔案隨時報告宮廷，必須不時把這些不吉利的瓶子的情報稟告國王。

就這樣，巴基爾費德羅成功鑽到女王那裡去了。

6

女王安妮周圍有幾個心腹。巴基爾費德羅便是其中的一個。

他是那麼地和顏悅色，那麼俯首貼耳，並且在任何人面前都溫順馴和，可是實際上又那麼不忠實，那麼醜、那麼壞，女王當然少不了他。安妮一嘗到巴基爾費德羅的滋味，就對其他拍馬屁的人不屑一顧了。很快地，巴基爾費德羅在女王面前就跟在約瑟安娜公爵小姐面前一樣，變成一頭少不了的家犬。

國王都不喜歡周圍有抱負不凡的人。只要不是諷刺他們的諷刺都是有趣的。巴基爾費德羅的本領在於能夠用貶低貴族和親王的辦法抬高女王。他對女王的影響雖然是根深蒂固的，可是表面上卻什麼也看不見。

巴基爾費德羅曾經想做教職人員，對什麼都學過一點。不過只是一點皮毛。他的腦袋裡裝過一點東西，可是結果還是空的。頭腦跟心靈一樣最忌空虛。心靈空虛能夠產生愛情，頭腦空虛往往產生憎恨。現在正是憎恨當道的時候。

他決心毀掉約瑟安娜。

毀掉約瑟安娜，那真是天大的勝利！他要丟丟她的臉、殺殺她的威風、為她製造一些麻煩，叫她那雙美麗的眼睛急得流淚。這就是他指望的。只要能使別人受到折磨，他是固執、勤懇、始終如一、絕不讓步的。這樣幹對他有什麼好處？有很大的好處：以怨報德。

巴基爾費德羅是一個卑鄙、可怕的人，一個愛嫉妒的人。愛嫉妒的人是什麼樣的人呢？是一個忘恩負義的人。

再說，他自己有充分的理由。我們不應該認為無賴漢缺乏自尊心。怎麼！這個約瑟安娜救濟過他！她有很多的財產，只不過在他身上花了一點點，簡直跟對待乞丐一樣！她把他放在一個不相稱的職位上！是呀，巴基爾費德羅幾乎可以當個神職人員，像他這樣一個博學多聞，有做主教的資質的人，卻被派來檢查海裡的碎玻璃渣；如果他的一生都耗在登記室的頂樓，拔這些愚蠢的瓶塞、辨認瓶裡發霉的羊皮紙、破爛的舊書、骯髒的遺囑和其他亂七八糟的東西，這全都是約瑟安娜的錯！

他怎麼能不報仇！

怎麼能不懲罰這種女人！

然而，單有願望是不夠的，還必須要有能力。

怎麼辦呢？

巴基爾費德羅找上了女王安妮。

他在宮廷裡已經有了地位。能在那裡立足，是一件很好的事。什麼機會都逃不過他的眼睛。他已經不只一次逗起過女王陰鬱的微笑，這就等於取得了打獵的許可。但是，有沒有禁止獵取的野獸呢？這張打獵許可證允許他傷害像女王陛下的妹妹這樣的人嗎？

第一點應該弄清楚的是，女王是不是愛她的妹妹。

巴基爾費德羅開始暗中進行觀察。

他明白，安妮已經四十一歲了，約瑟安娜才二十三歲。女人的年齡一過了春天，就到了冬天。這是一件令人煩惱的事，是女人家對逝去年華的怨恨。年輕的美人好像怒放的花朵，香味是屬於別人的；對你來說，如同芒刺在背，只能感覺到玫瑰花的尖刺。彷彿是她們奪走了你的嬌豔，你的容顏衰退了，那只是因為美麗長到別人身上去了。

利用這種秘密的憂鬱心情，操縱一個四十歲的女王，這正是他要做的事情。

羡慕最容易引起嫉妒，正如同老鼠能把鱷魚從洞裡引出來一樣。

安妮的丈夫與普魯士國王新娶的妻子之間有點親戚關係，安妮有她的一幅肖像。這位普魯士王后也有一個私生的妹妹——德里加男爵夫人。

有一天，安妮在普魯士大使面前提起這位男爵夫人，當時巴基爾費德羅也在場。

「聽說她很有錢。」

「很有錢。」

「她有不少的宮殿吧？」

「比她姐姐的宮殿還要富麗。」

「她打算嫁給誰？」

「一位地位很高的貴族，高莫伯爵。」

「他英俊嗎？」

「很英俊。」

「她還年輕吧？」

「年輕。」

「跟王后一樣美嗎？」

大使放低了聲音回答：「比王后還要美。」

「多麼荒唐！」巴基爾費德羅喃喃地說。

女王沉默了一下，然後說道：

「這些野種！」

巴基爾費德羅注意到她用的是複數。

又有一次，大家剛從教堂裡出來，巴基爾費德羅走在女王不遠處。這時候，大衛．第里─摩爾爵士從兩行宮女中間穿過，他那瀟灑的風度引起了一陣騷動。他走過的時候，女人們竊竊私語道：

「多麼瀟灑！」

「多麼高貴的風度！」

「長得多麼漂亮！」

「多討厭！」女王喃喃地說。

巴基爾費德羅聽到了這句話，這讓他拿定了主意。傷害公爵小姐是不會得罪女王的。

7

約瑟安娜小姐，上議員夫人，還是個閨女。她隨著季節的變化，有時住在城裡，有時住在鄉下，過著公主的生活。她幾乎也有一個宮廷，大衛爵士和幾個別的人便是她的朝臣。既然沒有結婚，大衛爵士便可以和約瑟安娜一起在公共場所露面，而不會受到別人的譏笑，他們也很高興這樣做。他們常常乘坐同一部馬車到戲院或賽馬場去。他們倆的結婚不僅是得到許可，而且勢在必行，所以反而減低了熱情，不過他們仍然很高興見面。

當時最精彩的拳擊比賽是在蘭貝斯舉行。一個冬天的晚上，牧場上舉行了一場拳賽，約瑟安娜也陪著大衛爵士去了。她打扮成一個騎士的樣子，女扮男裝在當時非常流行；女人不變裝很少出門。

因為陪著一個女人的緣故，大衛爵士不便在比賽裡露面，只能作為一個普通的觀眾。

場上有兩名鬥士，一個是愛爾蘭人，叫作費倫─奇─梅頓；一個是蘇格蘭人，叫作漢斯蓋爾。兩個人都代表著自己國家的光榮，這讓賭金總數超過了四萬基尼。

兩個選手赤身露體，一條短褲扣在臀部上，一雙釘鞋綁在腳踝上。

漢斯蓋爾雖然還不滿十九歲，但是他的額角已經縫過一次了，人們在他身上打賭二又三分之一比一。一個月以前，他曾把一個拳擊家的肋骨打傷，眼球挖出來；因此大家很興奮。除了在額角上有縫線之外，漢斯蓋爾的牙床骨也受過傷。他長得勻稱、活潑，跟一個小個子女人差不多高，結實、精悍、咄咄逼人，渾身的肌肉都受過拳擊訓練，結實飽滿的胸膛呈黃褐色，像黃銅一樣閃閃發光。笑的時候，因為缺了三顆牙齒，所以笑容特別動人。

他的對手又高又大，是一個四十歲左右的人。六尺高，犀牛般的胸膛，相貌還算溫和。他能一拳打穿甲板，但是他不曾這麼做。愛爾蘭人費倫—奇—梅頓虛有其表，彷彿是到場上來挨打的。看起來他能忍得住長時間的痛擊。他有點斜眼，好像滿不在乎似的。

前一天夜裡，兩個人一起過夜，睡在一張床上。他們用同一個杯子喝酒，每人喝了三指高的紅葡萄酒。雙方都有一群面貌凶惡的幫手；在必要時，他們可以怒吼著威脅評判員。

進場以後，當別人對錶時，兩個鬥士一動也不動地站著。過了一會兒，他們才走過去拉把手。

「我可真想回家！」費倫—奇—梅頓向漢斯蓋爾說。

「無論如何，別讓這些先生們失望。」漢斯蓋爾悠閒地回答。

他們光著身子，當然覺得很冷。費倫—奇—梅頓渾身發抖，牙齒格格作響。

兩人動起手來了。雙方都沒有動怒，起初是不帶勁的三個回合。儘管天氣很冷，兩方的評判員和助手還是堅持比賽規則。

「第一次血戰」宣佈了。他們讓這兩個鬥士面對面站好。

他們互相注視著，走近了以後，伸出手臂，用拳頭互相碰了碰，又向後退卻。突然間，漢斯蓋爾猛地一跳，真正的戰鬥開始了。

費倫—奇—梅頓的臉上，在兩眼中間被擊中了一拳，滿臉是血。觀眾嚷了起來：「漢斯蓋爾打開了紅葡萄酒！」接著響起一片喝彩聲。費倫─奇─梅頓伸出手臂像風車的扇片一樣四面亂打。

漢斯蓋爾聽到四面八方傳來了鼓勵的叫聲：「把他的眼睛挖出來！」

在這兩個選手中，巨人般的費倫─奇─梅頓雖然具有優勢，但也有吃虧的地方。他的動作遲緩，身體笨重。矮小的對手又蹦又跳，又快又有力。一方是原始人的拳法，野蠻、未經訓練、蒙昧無知；另一方卻是文明人的拳頭。漢斯蓋爾打起來不僅使用肌肉，也使用神經、機智和體力。費倫─奇─梅頓好像一個笨重遲鈍的大槌，還沒有打到別人卻先挨了一頓打。

顯然，巨人將會被打敗；不過，也不會敗得太快。樂趣就在這裡。

四周傳來了密集的喊聲：「好極了！漢斯蓋爾，打得好！」「費倫，該你還手了！」漢斯蓋爾的朋友們則重複著他們好意的勸告：「把他的眼睛挖出來！」

漢斯蓋爾打得比挖眼睛更凶。他低下頭，像爬蟲一樣猛地一竄，站起身來擊中了費倫─奇─梅頓的胸骨。巨人搖晃了一下。

「這是犯規！」有人嚷道。

漢斯蓋爾的助手向評判員提出了建議：「休息五分鐘。」

費倫─奇─梅頓顯得支撐不住了。他的助手用一塊塊布擦他眼睛上的血和身上的汗，隨後把一個瓶子塞在他嘴裡。他們已經打了十一個回合，費倫─奇─梅頓不但額頭有傷，他的胸膛也被打得變了形，頭頂骨受了創。漢斯蓋爾卻毫髮無傷。

人群中起了一片騷動。

「這是犯規。」

「賭注不算數！」有人說。

「我收回賭注！」

「停止比賽！」觀眾大聲說。

但是，費倫—奇—梅頓像個醉漢般，搖搖晃晃地站起來說：

「我們繼續比賽。不過有一個條件，我也應該有違反規則打一下的權利。」

「同意！」四面八方嚷著說。

漢斯蓋爾聳了聳肩膀。

五分鐘過去了，他們繼續比賽。

這一次交手對費倫—奇—梅頓來說，就像垂死掙扎；而對漢斯蓋爾來說，卻像一場遊戲。他突然把左臂彎成新月形，像個鋼夾子一樣，把費倫—奇—梅頓的腦袋夾在腋下；同時，他的右拳則像鐵錘敲釘子似的，從下朝上，打他的對手，沒有多久就把對手的臉打爛了。等到費倫—奇—梅頓終於脫身，抬起頭來的時候，他的臉已經腫成一塊浸飽了血的黑色海綿。他吐了一口，人們看見四顆牙齒掉在地上。

接著他就倒下去了。助手用膝蓋接住了他。

漢斯蓋爾幾乎沒受什麼傷。他身上只有幾個無關緊要的瘀青，以及鎖骨上的一處抓傷。

全場都狂熱起來，他們用十六又四分之一比一，賭漢斯蓋爾獲勝。

「抬起頭來！」助手對費倫—奇—梅頓說。他把沾著血的布塞進瓶子裡，沾著酒為他擦臉。費倫—奇—梅頓的嘴巴又露出來了，他張開一隻眼睛。太陽穴的骨頭好像已經裂了。

「再來一回合!我的朋友，」助手說，「替愛爾蘭爭一口氣。」

費倫—奇—梅頓被助手攙著站了起來。這是第二十五個回合。大家看到這個只剩一隻眼睛的巨人的姿勢，都明白這是最後一個回合，誰也不懷疑他真的完了。他把一隻手舉在下巴上保護自己，這是一種垂死的掙扎。

漢斯蓋爾舉起一隻手臂進攻。說也奇怪，兩個人竟一齊倒下去了。場上傳來一陣可怕的笑聲，這一回得意的是費倫—奇—梅頓。

原來他利用漢斯蓋爾狠狠打他頭蓋骨的機會，違反拳擊規則，對準對方的肚臍回敬了一拳。

漢斯蓋爾躺在地上，喉嚨裡格格作響。

觀眾看了一眼躺在地上的漢斯蓋爾，說：「一報還一報！」

大家都鼓掌，連輸錢的人也不例外。

費倫—奇—梅頓用犯規報復了犯規，他有權利這麼做。

漢斯蓋爾被放在擔架上抬了出去，大家認為他再也不會回來了。不過，另一方顯然也終身殘廢了。

約瑟安娜離開的時候，挽著大衛爵士的手，對他說：

「太美了，不過……」

「不過什麼？」

「我本來以為拳擊可以解悶，可是沒有。」

大衛爵士停了下來。他注視著約瑟安娜，閉上嘴，鼓起雙頰，點了點頭，接著說道：

「要消除煩悶，只有一個藥方。」

「什麼藥方？」

「格溫普蘭。」

「格溫普蘭是什麼？」公爵小姐問道。

8

格溫普蘭有一張跟耳朵連在一起的大嘴巴，兩隻拉過來可以碰到眼睛的耳朵，一隻奇形怪狀、可以架著搖擺不定的小丑眼鏡扮鬼臉的鼻子，和一張誰看到了都要忍不住發笑的臉。

兩個洞算是眼睛，一道裂縫算是嘴巴，一個扁平的肉瘤和兩個孔算是鼻子和鼻孔，臉好像被什麼東西壓平了似的，這一切的效果是「笑」。顯然，這樣的傑作不會是大自然創造出來的。

要是我們仔細觀察一下這個人的臉，就會發現藝術的痕跡。這樣的臉不是天生的，而是有意造出來的。自然界裡不會有這麼完美的東西，人力不能創造美，只能創造醜。顯然，格溫普蘭在孩提時代被人改變了面貌，那些靠兒童賺錢的人曾在這張臉上下過一番功夫；一種精深的、而且神秘的科學一定在他很小的時候，有目的地切開他的臉皮，創造了這個面孔。這種精於外科手術、麻醉術和縫合術的科學，切開他的嘴巴，割掉嘴唇，除去牙床，把耳朵切開，除去軟骨，改變眉毛和兩頰的位置，拉緊顴骨的肌肉，夷平傷疤和縫線留下的痕跡，把皮膚貼在傷口上，使臉上保持一個嬉笑的神氣。於是在雕刻家深刻有力的刀子下，產生了這個面具：格溫普蘭。

格溫普蘭是個賣藝人。他在公共場所當眾露面，沒有比他的效果更大的了。患了憂鬱病的人一看見他就會好；戴孝的人應該迴避他，因為一看見他就會發笑。有一天劊子手來了，格溫普蘭也把他引笑了。看見格溫普蘭的人都得用手捧著肚子；他一開口講話，他們就在地上打滾。他與悲哀就像地球的兩極，憂鬱在一邊，格溫普蘭在另一邊。

因此在市集上，村莊的廣場上，人們很快就給了他一個令人滿意的綽號：「可怕的人」。

格溫普蘭是用自己的笑容取樂別人的。但是他自己並沒有笑。他的臉笑，他的心不笑。他無法擺脫這個笑容，別人一勞永逸地把笑容印在他臉上。這是一種機械式的笑容，正因為它像化石一般沒有變化，所以反而引人發笑。由於格溫普蘭小時候受過的這種神秘手術的緣故，他面孔上的每一部分都配合著這個齜牙咧嘴的笑容。他所有的情緒都只能加深這個奇怪的表情；無論是他受到驚恐也好，覺得痛苦也好，勃然大怒也好，覺得憐憫也好，都只會加深他的快樂表情。即使他哭，他也在笑。不管格溫普蘭做什麼、希望什麼、想什麼，只要他一抬頭，觀眾就會看見他在狂笑。

古代的希臘藝術往往會在戲院門口刻上一個笑臉的銅質浮雕。這個浮雕叫作「喜劇」。浮雕好像在笑，也引別人笑，其實它卻在沉思。所有引人發狂的滑稽和體現智慧的諷刺都凝聚在這個面孔之上。焦慮、幻滅、厭惡、悲哀都從這副嚴正的面容裡流露出來，化作一個傷心的狂笑。如果把這一張陰沉的面具裝在一個活人身上，我們幾乎可以說這個人就是格溫普蘭。他的脖子上掛著一張地獄般獰笑的臉。永恆的笑容，這對一個人的肩膀來說，是多麼沉重的負擔啊！

大家看見了格溫普蘭就笑；笑過以後便轉過頭去，感到這個人很可怕。女人特別害怕，她們一看見格溫普蘭就受不了，要注視他簡直是不可能的。

另一方面，他高大的身材，長得很勻稱，靈活矯健，除了臉以外，一點也不殘廢。這一點又一次證明，格溫普蘭不是大自然的作品，而是藝術的產物。格溫普蘭既然身段生得美，他的臉原來也可能是美的。

在他身上動的手術一定是很可怕的。他不記得了，很可能他當時不瞭解自己遭到的事情，把刀傷當做病痛。除此之外，那個時代已經有讓病人入睡以及減除痛苦的方法了，這種技術稱為麻醉。

除了這張臉以外，撫養他的人還讓他受了軟功和特技的鍛煉。他的骨節已經被人用巧妙的方法脫了臼，而且受到小丑的訓練，可以向反面彎過去；並且像一扇門的鉸鏈一樣，能夠向四面八方轉動。凡是賣藝需要的訓練一樣不缺。

他的頭髮已經染成黃色，而且永不褪色。在這一頭直豎的黃毛底下，藏著一顆高尚的、專門容納思想的腦袋。儘管手術損害了面貌的和諧，打亂了肌肉的結構，可是沒有碰到腦殼。格溫普蘭的頭骨大而有力。藏在這個笑容底下的靈魂，跟我們一樣，也有自己的夢想。

除此以外，這個笑容對格溫普蘭來說，是一種本領。他毫無辦法，只能加以利用。他就靠這個笑容謀生。

讀者可能已經猜到了，格溫普蘭就是那年冬天的一個夜晚，被人拋棄在波特蘭海岸上，後來又在韋茅斯被人收容在一輛破篷車裡的那個孩子。

9

那個孩子如今長大成人了。十五年過去了，現在是一七〇五年。格溫普蘭已經快二十五歲了。

烏蘇斯收養了兩個孩子，現在這是一個流浪的家庭。

烏蘇斯與奧莫都老了，烏蘇斯的頭已完全禿了，狼也變成了灰狼。

從雪地裡撿來的那個小女孩，現在已是一個十六歲的修長少女了，一頭棕色頭髮，面色蒼白，身體柔弱，腰身苗條。由於過分孱弱，顯得微微顫抖，使人好像一不小心就會傷害她似的，可是長得很美。眼睛雖然看不見，卻充滿了亮光。

那個不幸的冬夜，把乞討的女人和她的孩子一起推倒在雪地裡，一下子害了兩個人——它殺死了母親，弄瞎了孩子。

黑內障永遠蒙住了這個女孩的眼睛。她現在已經長成大人了，在她那張日光照不到的臉上，兩隻憂鬱地垂下來的嘴角表示出她的痛苦。她的眼睛又大又亮，但對她來說，卻永遠熄滅了。它們就像一對神秘的火炬，只能照亮外面；她自己沒有光，卻發射著光。她看不見身外的太陽，別人卻看得見她身內的靈魂。

烏蘇斯為她取了一個名字：蒂。這是拉丁文「女神」的意思。

對於格溫普蘭，烏蘇斯並不需要替他另取名字。當他發現男孩子毀了容，女孩子瞎了眼的那天早上，他問他：

「孩子，你叫什麼名字？」

「他們都叫我格溫普蘭。」孩子回答。

「那麼你就叫格溫普蘭吧。」烏蘇斯說。

在演出的時候，蒂做格溫普蘭的助手。

如果人類的苦難可以概括的話，格溫普蘭和蒂兩人就是這種概括。格溫普蘭代表可怕，蒂代表黑暗。他們的命運是用兩種不同的黑暗構成的，蒂的黑暗在裡面，格溫普蘭的卻在外面。

有眼睛的格溫普蘭，他有一種刺心的痛苦，是沒有眼睛的蒂所沒有的。那便是拿自己和別人比較。像蒂那樣喪失了視力，固然是極大的不幸，可是跟「看得見一切，卻看不見自己」相比，這個不幸還是比較小的。蒂蒙在一層黑夜般的罩紗裡，格溫普蘭卻戴著一副面具——他的臉。人類對蒂和格溫普蘭來說，是外界的事物，離他們十分遙遠。她是孤獨的，他也是孤獨的。蒂的孤獨是可怕的，因為她什麼也看不見；格溫普蘭的孤獨是悲慘的，因為他什麼都看得一清二楚。對蒂來說，世界不超過聽覺和觸覺的範圍，現實是有限度的，超過這個限度便什麼也沒有了；對格溫普蘭來說，人生就是望著人群，而又與人群隔絕。蒂被剝奪了光明，格溫普蘭卻被人逐出生活之外。這是兩個絕望的人，他們已經達到了災難的最深的地方，再也沒有比環繞著這兩個無辜者的災難，這種把命運變成酷刑、把生活變成地獄的災難更可怕的了。

但是，這兩個人卻好像生活在天堂上。

他們互相愛著。

格溫普蘭熱愛蒂，蒂崇拜格溫普蘭。

「你長得多麼英俊啊！」她時常這樣對他說。

10

世界上只有一個女的能夠看見格溫普蘭。她就是那個瞎了眼的少女。

她從烏蘇斯口中聽到格溫普蘭為她做過的事。她知道她在很小的時候，躺在亡母的胸口上奄奄一息，這個男孩把她抱了起來；他雖然流離失所，整個世界都遺棄他，但他卻聽見了她的哭聲；雖然人人對他裝聾作啞，但是他卻沒有這麼對她。她知道這個男孩孤苦無依，瘦弱不堪，被人丟在荒野上，疲憊、徬徨，但是卻從黑夜手裡接過一個重擔——另外一個孩子；他雖然貧窮、苦悶和不幸，卻成了另外一個人的救世主；他雖然沒有房屋或遮風避雨的地方，卻收容了她；他在世界上雖然孑然一身，卻撫養了一個被遺棄的人；他雖然衣不蔽體，仍然把自己的破爛衣服給了她；他為了她，在冬天、雪、荒野、恐怖、寒冷、飢餓、乾渴和風暴中，跟死神搏鬥。她清楚地看見他的熱忱、捨己為人和勇敢。儘管她看不見，但是她知道格溫普蘭在保護她，知道他永遠不會對她冷淡、永遠不會離開她、永遠不會一去不回，知道他溫柔、體貼、可靠。這種信念和感激時常令她感動得渾身發抖，每當憂慮折磨她，使她精神恍惚的時候，她就從深淵裡抬起充滿黑暗的眼睛，望著天空，望著他那善良的強烈光輝。

善是精神世界的太陽，所以格溫普蘭照耀著蒂。

對觀眾來說，格溫普蘭只不過是個小丑，玩把戲的，走江湖的，或是一個怪物，比牲畜差不了多少。但對蒂來說，格溫普蘭是把她從墳墓裡救出來的救星，是支持她生活下去的安慰，是天上的神仙。

因為瞎了眼的蒂能夠看見靈魂。

烏蘇斯瞭解這兩個孩子的關係。他贊成蒂的愛情。

他常說：「瞎子能看見別人看不見的東西。」

他還說：「良心就是視覺。」

他常常望著格溫普蘭喃喃地說：「真是五分像妖怪，五分像神仙。」

格溫普蘭也熱愛著蒂。他既醜又可怕，蒂卻跟他完全相反；他越可怕，她越可愛；他是醜的化身，她是美的化身。她就像是一個夢，她那天使般的縹緲體態、蘆葦般的苗條身材、彷彿長著一對無形的翅膀的肩，隱隱約約的女性的曲線、潔白透明的皮膚、那雙看不見的莊嚴的眼睛、天真爛漫的笑容……等等，簡直跟天神差不了多少，但她同時還是一個有女人味的女人。

說來也真奇怪，命運給了格溫普蘭一張可怕的臉；這樣一個怪物，這樣一顆被那張臉歪曲、遮蓋起來的心，本該永遠在孤獨中生活下去。但事實卻不是這樣，命運又讓美去崇拜醜。

要達到這個目的，就不能讓美人看到他那張毀了容的臉。他的幸福必須建築在她的不幸上。上天因此剝奪了蒂的視覺。

格溫普蘭隱約地覺得自己是贖罪的存在。他為什麼要受罪？他不知道，只知道自己在孩提時代受過暴力的迫害，這種迫害的烙印註定要跟著他一輩子。為什麼要有這種烙印？沒有人能回答。寂靜和孤獨籠罩著格溫普蘭。每當格溫普蘭意志消沉的時候，蒂便像天使一般出來阻止他陷於絕望。他面目可憎，可是卻看到一個善良的少女對他的溫柔；他很感動，心裡感覺到了溫暖，快樂的詫異使他那張妖怪般的臉也變得柔和了一些。儘管他猙獰可怖，可是在理想的領域裡，卻出人意料地受到光明的欽佩和崇拜；雖然面相凶惡，可是卻感覺到有一顆星星在注視他。

格溫普蘭和蒂是一對情人，這兩顆痛苦的心互相熱愛著。一個巢和兩隻鳥兒，這就是他們兩人的全部生活。他們互相取悅，互相尋求，互相親愛。

仇恨之神盤算錯了。迫害格溫普蘭的人，不管他們是誰，還有這個謎一般的仇恨，不管它是從何而來，都沒有達到目的。他們打算把他逼到絕望的境地，卻把他變成一個幸運者；他們打算使他永遠孤獨，先讓他離開家庭，然後再離開全人類，但大自然卻安慰了這個孤獨的人。它讓這座廢墟重新發綠，開出愛情的花朵。

11

這兩個可憐的人相依為命，蒂有了依靠，格溫普蘭也有了寄託。

孤女有孤兒，殘廢人有畸形人。

他們同病相憐。心裡充滿了感激。

命運的安排彷彿夢境一般。格溫普蘭看見一道白光降在自己身上，那道光好像一朵女人形態的美麗白雲，好像一個有一顆心的光彩奪目的幻象。這個雲朵般的幻象其實是一個女人，她擁抱著他，吻著他，愛他。格溫普蘭不再是畸形人了，因為有人愛上了他。

得到了自己所需要的，一切就都稱心了。格溫普蘭既滿意地得到了自己所需要的，蒂也得到了自己所需要的。

兩個人的不幸互相吸引，走進理想的境界。兩個不幸的人互相體貼，兩個缺點合在一起就能互相補足。一個人缺少的，另一個人卻有很多；這一方的不幸，正是另一方的幸運。要是蒂的眼睛沒有瞎，她會看中格溫普蘭嗎？如果格溫普蘭的臉沒有缺點，他會愛蒂嗎？她很可能不要畸形人，他也很可能不要殘廢人。格溫普蘭面目猙獰，對蒂來說，是一件幸事！蒂瞎了眼睛，對格溫普蘭來說，也是一件幸事！如果沒有上天的安排，他們的相愛根本是不可能的。這是兩個被深淵吞沒的人的擁抱，沒有比這更親密、更絕望、更美妙的了。

格溫普蘭常常心想：「我沒有了她，會變成什麼樣子？」

蒂也想道：「我沒有了他，會變成什麼樣子？」

沒有比他們的愛情更純潔的了。蒂不知道接吻的滋味，儘管她心裡說不定也在夢想著。因為一個瞎子，特別是女人，總會有種種的幻想。至於格溫普蘭，因為年紀輕，所以畏畏縮縮，顧慮重重。他愛得越厲害，膽子也越小。他跟這個童年時代的伴侶，跟這個從未見過光明、不知道什麼叫做錯誤的姑娘，跟這個一味崇拜他的瞎眼少女，本來什麼事都做得出來；但他覺得她願意給他的東西好像是偷來的。他只得悶悶不樂地滿足於神仙般的愛情，同時他對自身畸形的自卑，也使他保持著矜持的純潔。

他們一直共同生活。兩人是在一起長大的。他們在一張床上睡了很久，因為篷車是一間大臥室；他們睡在箱子上，烏蘇斯睡在地板上。有一天，蒂還很小，格溫普蘭覺得自己已經長大成人，他先開始害羞了，決定跟烏蘇斯一同躺在熊皮上。蒂哭了，她要跟她在一張床上睡覺的伙伴。格溫普蘭十分不安，因為他已經愛上了她，他沒有讓步。從那時起，他一直跟烏蘇斯一起睡在地板上。到了夏天，天氣好的時候，他跟奧莫一起睡在車外。

蒂十三歲了，已經是個少女了。有幾次，她坐在床上一面梳她的長髮，一面叫格溫普蘭。她的襯衣沒有扣好，半裸著上身，露出女性的輪廓。格溫普蘭漲紅了臉，低下了眼睛，在這個天真的處女面前，不知道該怎麼辦，只好嘟噥著轉過頭去，驚慌失措地走了。

烏蘇斯對他們說：「相愛吧！你們這兩個野人。」

12

烏蘇斯差不多是格溫普蘭和蒂的父母。他雖然成天埋怨，還是把他們養大了，雖然成天責備他們，還是給他們吃的。篷車是由奧莫拉動的，他收留兩個孩子以後，車子的重量增加了，他不得不時常幫著奧莫拉車。

沒過幾年，格溫普蘭就差不多長成大人了，烏蘇斯已經老了，現在輪到格溫普蘭代替他拉車了。

烏蘇斯眼看格溫普蘭一天天長大，為他的畸形算了一次命。「你會發財的！」他對他說。

這個由一個老人、兩個孩子和一匹狼組成的家庭，在他們流浪期間，也變得越來越親密了。

流浪生活沒有妨礙孩子們的教育。格溫普蘭很適合在市集上表演，烏蘇斯於是把他訓練成一個玩把戲的，他盡可能把所有的絕活都傳授給他。他發現格溫普蘭有天賦，又用哲學和知識把他裝飾了一下。

他教兩個孩子唱歌。他的牧笛吹得很好，還會彈「西風尼」，一種乞丐用的四弦琴。他教蒂和格溫普蘭唱歌，時常興奮得打斷了功課，大叫道：「真是傑出的音樂家！」

這樣細心周到的複雜課程並沒有妨礙兩個孩子的戀愛。他們的兩顆心是結合在一起長大成人的，好像兩棵種在一起的樹苗一樣，等到長成大樹，它們的椏枝就交纏在一起了。

「沒有關係，」烏蘇斯說：「我叫他們結婚就是了。」

後來他獨自抱怨著說：「他們的戀愛真麻煩！」

他們過去的經歷不怎麼長，蒂和格溫普蘭已經記不清楚了。他們只知道烏蘇斯告訴他們的一些往事。他們稱呼烏蘇斯「爸爸」。

兩人總是在低聲地說話，喁喁的情話是他們在世上最重要的事情。蒂常對格溫普蘭說：「你說話的時候，光明就來了。」

有一次格溫普蘭控制不住自己了，他隔著洋紗袖子瞥見蒂的手臂，他用嘴唇去親了一下。蒂感覺很愉快，她的臉紅得像玫瑰花一樣。怪物的吻為這個深陷黑暗的人的臉上帶來了曙光。可是格溫普蘭卻畏畏縮縮地嘆了一口氣，這時候，蒂的頸巾鬆開了，他忍不住向這塊潔白的皮膚瞧了一眼。

蒂捲起袖子，把她赤裸的手臂伸向格溫普蘭。「再來一次！」

格溫普蘭溜走了。

第二天，這種遊戲又以不同的方式重新開始了。上天的旨意偷偷地溜進這個名為愛情的深淵裡來了。

13

格溫普蘭有時責備自己。他把自己的幸運視為一個良心問題，認為讓一個看不見他的女人愛他是一種欺騙行為。要是她突然恢復了視覺，會怎麼想呢？她對現在吸引她的這個人會多麼厭惡！她會發出什麼樣的叫聲、會怎樣用手捂著臉、怎樣逃走啊！他受到了良心的責備。他對自己說，像他這樣的怪物根本沒有談戀愛的權利。

有一天他跟蒂說：

「妳知道，我長得很醜。」

「我知道你長得漂亮。」她答道。

他接著說：

「妳聽到大家都在笑的時候，他們笑是因為我長得可怕。」

「我愛你。」蒂說。

她沉默了一會，又說：

「在我快要死的時候，你救了我。只要有你在這裡，上帝就在我身旁。把你的手給我吧！讓我摸摸上帝。」

他們的手觸碰在一起，緊緊地握著。他們一言不發，濃厚的愛情使他們沉默。

格溫普蘭的話引起的所有的反應是，她有一天說：

「長得醜，算得了什麼？做壞事才叫醜。格溫普蘭只做好事，所以他最漂亮。」

接著，她用兒童和瞎子常用的詢問口氣說：

「看見，什麼叫作看見？我看不見，但是我知道。對我來說，看見就彷彿是遮蓋。」

「這是什麼意思？」格溫普蘭問道。

「『看見』就是遮蓋真實。」蒂答道。

「不。」格溫普蘭說。

「恰好相反，」蒂反駁他說，「因為你說你長得很醜！」

她想了一會兒，又說：「你說謊！」

格溫普蘭說出自己的醜陋而對方居然不相信，他覺得很高興。他的良心平靜了，他的愛情也得到了安慰。

這時的蒂已經十六歲，格溫普蘭已經快二十五歲了。他們之間的關係從未更進一步，他們的愛撫從來不超過緊緊的握手，或是用嘴唇貼一下赤裸的手臂。能夠享受喁喁低語的樂趣，他們也就滿足了。

有一天，烏蘇斯對他們說：

「過幾天，你們挑一個宗教吧。」

「幹什麼？」格溫普蘭問道。

「你們可以結婚了。」

「可是我們已經結過婚了。」蒂說。

她不知道夫妻的關係能夠超過他們當時的關係。

蒂有的是美，格溫普蘭有的是光明。每人都有一份財產。他們不僅是一對情人，而且是天造地設的夫妻。

他們現在還沒有生活在一起，那不過是因為聖潔的天真罷了。

儘管格溫普蘭沉溺在夢想裡，全心全意地想著蒂，可是他的骨子裡還是個男人。自然的規律是不容逃避的。當他在演出的時候，他有時也會瞧著觀眾中間的女人；不過他很快就把自己有罪的視線移開，趕緊檢視自己的靈魂，懺悔自己的罪惡。再說，那些女人也並不鼓勵他。他在他注視的每一個女人臉上，都看見了憎恨、厭惡和鄙夷不屑的神情。顯然，除了蒂以外，根本不會有人愛他。這讓他懺悔的心也更加誠懇了。

14

從一六九〇年到一七〇四年，這一家人的生活有了轉變。

在一七〇四年，有時在暮色降臨時分，會看見兩匹健壯的馬拉著一輛沉重的大篷車，走進濱海的一座村鎮。馬車的車輪、車轅和車身都漆成綠色，這種顏色引起了人們的注意。在附近一帶的市集上，這輛車子挺有名氣，大家叫它「綠箱子」。

「綠箱子」只有兩扇窗子，裝在車子的兩頭，後面有一扇帶踏板的門，車頂上一個煙囪正在冒煙。這座流動房屋總是漆得很亮，洗得很乾淨。前面的那扇窗子也當做門用，靠近馬屁股的地方釘著一個木架，架上坐著一個趕車的老頭，身旁有兩個吉普賽女人，穿著鮮豔的衣裳，吹喇叭。一條又像狼又像狗的動物鎖在車下。鎮上的人驚異地望著這輛顛簸的馬車，議論紛紛。

這就是烏蘇斯的車子。近來他的事業很成功，把原來的小篷車改成了一座流動戲台。

一台可憐的小篷車怎麼會變成一輛華麗的大馬車呢？

因為格溫普蘭現在成名了。

我們還記得，烏蘇斯是格溫普蘭的老師。既然有人曾在格溫普蘭臉上下過一番功夫，烏蘇斯就在這方面動腦筋。當格溫普蘭長大成人，烏蘇斯叫他登台，在車子前面演出。他一出場就產生了不可思議的效果。過路的人頓時都停下腳步。他們從未見過這種令人吃驚的笑容，不明白這種奇怪的笑是怎樣產生的；有的人說是天生的，有的人說是人工造成的，眾說紛紜，真假難辨。總而言之，人們都往格溫普蘭那裡聚集，用一把把的錢幣填滿這群流浪人的口袋。當在一個地方撈不到錢了，他們便到另外一個地方去。年復一年，從一個城到另一個城，隨著格溫普蘭越長越大，越長越醜，烏蘇斯便發了財。

「我的孩子，那些傢伙真是幫了你一個大忙！」烏蘇斯說。

他建造了一輛他夢寐以求的四輪馬車，除此之外，還買下兩匹馬，雇用兩個女人。這兩個年輕的醜女人是哲學家從城裡和近郊的流民中找來的，一個叫菲比，一個叫維納斯；菲比負責燒飯，維納斯負責擦舞台。此外，在表演的日子，他們幫蒂穿衣服。

在這些場合，蒂也像菲比和維納斯一樣盛裝，穿上一條花花綠綠的裙子，和一件無袖子的短外衣。烏蘇斯和格溫普蘭穿著短外衣，並且和軍艦上的水手一樣穿著肥大的褲子。格溫普蘭為了幹活和表演特技，另外在脖子和肩膀上罩一條披肩。他照料馬，烏蘇斯和奧莫互相照料。

蒂在綠箱子裡摸熟了，她在這棟流動房屋裡幾乎能自由自在地行走，彷彿眼睛能看得見。

一艘船的佈置也不會比綠箱子的內部更精緻、更簡潔了。裡面的每一樣東西都是預先安排好的，處處妥帖周到。這輛車隔成三間，來往須經過兩個門洞，但是沒有門，只裝了一幅布簾。最後的一間是男人用的，前面的一間是女人用的，隔開前後的一間就是戲台。門右邊的角落掛著烏蘇斯的舊篷車，樂器和道具放在對面的廚房裡，佈景用皮帶繫在屋頂的拱門上，一打開活門，就能見到幾盞燈射出眩目的光線。

烏蘇斯寫了許多劇本。他有各式各樣的才能，變戲法的本事也很高明。除了口技以外，他還會表演各種不可思議的東西。他能利用燈光和黑暗，在牆上任意顯出一個數字或一個詞，或是各種奇異的形象。

綠箱子設計得非常精巧，前後車輪中間的板壁裝著鉸鏈，可以用鏈條和滑車放下來，就像吊橋一樣。當板壁放下來的時候，三根柱子便自然垂直，立在地上，像桌腳一樣撐住板壁，形成一座舞台。

這輛漆著綠色的大馬車，裝載著烏蘇斯、格溫普蘭和他們的財產，坐在前面的菲比和維納斯跟這兩個出名的角色一樣吹著喇叭。每到了一個村莊或是一個城市的廣場上，烏蘇斯便在菲比和維納斯的吹奏暫時休息的當下，開始招徠客人。

接著，綠箱子就在烏蘇斯挑選的地點停下來。到了晚上，戲台的板牆放下來後，於是就開幕，進行演出。觀眾站在街道上、廣場上，在戲台前圍成一個半圓，或者曬著太陽，或者淋著雨。一旦他們有機會，也在旅店的院子裡演出，把一排排的窗子當作包廂。這樣一來，戲院也有了圍牆，觀眾也願意多出錢。

15

烏蘇斯專門為格溫普蘭編了一首插曲。這首插曲叫作《被征服的混沌》，是他的精心之作。以下就是這篇作品：

夜晚，開幕時，圍著綠箱子的觀眾只看見一片黑暗。黑暗中有三個模糊的影子在地上爬行，一個是狼，一個是熊，還有一個是人。狼是奧莫，熊是烏蘇斯，人是格溫普蘭。狼和熊代表大自然的凶惡力量，朝著格溫普蘭身上撲去。格溫普蘭身上披一塊布，他掙扎，披散的濃密頭髮遮著他的臉。熊在怒吼，狼在咬牙切齒，人在叫。人被這兩頭野獸壓在下面了。他大聲呼救，喉嚨裡咯咯作響，好像快要斷氣了。觀眾屏住氣息望著，再過一分鐘野獸就要戰勝了，混沌就要吞噬人類。突然間，一片寂靜，黑暗裡傳來了一陣歌聲，在空氣裡飄蕩著。緊接著，一片雪白的東西出現了，誰也不知道它是從哪裡來的。這個白色的東西是一團亮光，亮光是一個女人，這個女人就是神。蒂在一個光環的中心裡出現——從容、天真、美麗、寧靜、溫柔。這是曙光的形象。她的歌聲輕柔，動人肺腑，簡直無法形容。觀眾彷彿聽見了天神的歌聲或小鳥的歌喉。同時間，那個人在耀眼的亮光下一躍而起，舉起兩拳把兩隻野獸打倒在地。

女神一面輕輕地向前滑，一面用西班牙語唱出一首詩：

祈禱吧！哭吧！
教世主道出了真理，歌聲產生了光明。

隨後，她低頭望了一望，彷彿看見下面有個深淵似的，接著唱：

滾開吧，黑夜！
黎明唱道：喏——喏！

當她唱的時候，那個躺在地上的男子慢慢抬起身來跪著，兩隻手向這個幻象伸去，雙膝跪在野獸身上。這兩隻野獸彷彿中了雷擊似的，一動也不動。

她轉過頭來向著他，繼續唱道：

你這個流淚的人，
到天上去盡情歡笑吧！

她像一顆星一樣，莊嚴地靠近他唱道：

除去你的重擔！
怪物啊，離開你這黑色的臭皮囊吧。

她把一隻手放在他的額頭上。

接著響起了另外一個聲音，這是一個深沉的、也更甜蜜的聲音，一個悲喜交集的、溫柔而奔放的莊嚴的聲音。格溫普蘭一直跪在黑暗裡，頭上是蒂的手，膝蓋壓著被戰勝的熊和狼，唱道：

來啊，愛情喲！
你是靈魂，我是心喲！

黑影裡忽然有一道光射在格溫普蘭臉上。觀眾看見這個怪物的笑容從黑暗裡露了出來，現場猛然間響起了一片熱烈的笑聲。他們因為這個意外的結局笑起來了；再也沒有比這個結局更出人意料的了，沒有比射在這張滑稽而可怕的面具上的光亮更動人心弦的了。所有的人都在笑，連從街上走過的人也跟著笑起來。笑聲在鼓掌和頓足聲中結束，落幕了。

演出非常成功，大家都跑到格溫普蘭這裡來。無精打采的人要來笑笑，憂鬱的人要來笑笑，良心不安的人也要來笑笑。這種笑彷彿傳染病一樣，無法阻止。不過，這種成功僅止於普通老百姓。要看《被征服的混沌》只需要花一個便士，上流社會的人是不會到只花一個銅板的地方來的。

蒂的出場使格溫普蘭表演得更出色。她那潔白的臉蛋跟他一比，簡直連上帝也要大吃一驚。觀眾望著蒂，暗自替她擔心。她臉上那種貞潔而高貴的表情，簡直無法形容；大家看出她是瞎子，卻覺得她能看見。她彷彿站在天堂的大門口，身上閃耀著人間的和天上的光輝。大家覺得她愛這個怪物。她知道他是個怪物嗎？大概知道，因為她在摸著他的臉；也許不知道，因為她沒有拒絕他。黑暗和光明在觀眾的腦海裡融合成陰影，慢慢地顯出了無窮無盡的奧妙，這種奧妙使得人們的笑聲達到了不可收拾的地步。

至於蒂，她覺得自己站在一群人中間，但是她不知道什麼叫做人群。她只不過聽到一片嗡嗡的人聲，如此而已。她覺得自己是孤零零的一個人，彷彿即將落下懸崖的無辜者一樣，儘管外表保持寧靜，內心卻因為孤獨而惴惴不安；這時，她突然找到了寄託。她把手放在格溫普蘭有力的頭上。多麼快樂啊！她玫瑰色的手指一摸到他蓬亂的頭髮，就產生了一種溫柔的感覺。她的整顆心融化成不可思議的愛情；她覺得自己脫離了危險，找到了救世主。而觀眾的想法卻恰恰相反，觀眾認為被救的是格溫普蘭，救世主是蒂。當蒂得到了安慰，感到高興時，觀眾卻相反，望著這個怪物，瘋狂地忍受這一張可怕的笑臉。

就這樣，《被征服的混沌》獲得了巨大的成功，每次演出都能為烏蘇斯賺進一堆堆的便士。綠箱子的聲名轟動一時。

對社會下層的人來說，有錢便是幸福。格溫普蘭也是如此。再說，從精神方面來看，他更是富裕極了。他有愛情。他還要什麼呢？

他什麼也不要了。

即使有人願意把他的畸形治好，他也會斷然拒絕的！把他的面具除掉，使他恢復原來的面目，變回一個英俊的小伙子？他絕不答應！要是這樣，他該拿什麼來養活蒂呢？那個熱愛他的、瞎了眼的、溫柔可憐的少女會怎麼樣呢？他認為自己是這個天使的溫柔體貼的保護人，並且引以為傲。黑夜、孤獨、貧窮、柔弱、無知、飢渴等各種苦難包圍著她，而他卻用他畸形的臉戰勝了這些苦難。他只要露露臉，錢就來了；他能供應她的需要、她的願望、她的愛好，凡是一個瞎子想得到的東西，他都能滿足她。這全都要感謝他的畸形。誰能破壞這種幸福呢？不可能，除非除掉他的臉。要怎麼破壞他的愛情呢？不可能，蒂看不見他。既然如此，他的畸形還有什麼壞處呢？一點也沒有，有的只有好處。他的臉雖然可怕，可是有人愛他；有了愛，不就什麼都不缺了嗎？即使阿波羅願意跟他交換面孔，他也不肯。對格溫普蘭來說，這副妖怪般的長相就是幸福的形象。

16

笑面人，格溫普蘭是用這個綽號出名的。他的名字幾乎已被人遺忘；就像他真正的面目藏在笑容下面一樣，他的聲望也像他的臉一樣，變成了一個面具。

不過，他的名字卻寫在綠箱子外的一幅大型廣告上。觀眾都能看到烏蘇斯在車上寫的這段話：

各位能在這裡看見格溫普蘭。一六九〇年一月二十九日夜晚，十歲的他被狠心的兒童販子拋棄在波特蘭的海岸上。現在這孩子長大成人了，藝名叫作「笑面人」。

每一晚，等到戲演完了，觀眾紛紛散去，他們滿意的嗡嗡聲消失在街頭的時候，綠箱子就像堡壘收起吊橋一樣，架起板壁，又跟外界完全隔絕了。小屋子裡於是又充滿了自由、善良、勇敢、忠誠、天真、幸福和愛情。能夠洞察幽微的瞎子和有人愛的畸形人肩挨著肩，手握著手，額頭靠著額頭，坐在一起，心情陶醉地小聲談著。

當烏蘇斯計算完收入以後，大家就吃晚飯。這對愛人用一個杯子喝葡萄酒或麥酒，格溫普蘭伺候蒂吃東西，為她切麵包、倒酒。有時兩人離得太近了，烏蘇斯就哼了一聲：「嘿！」但他的責備總是化成了微笑。

狼在桌子下吃牠的晚餐，除了牠的骨頭以外，不管閒事。

菲比和維納斯也跟他們一起吃飯，說著她們野蠻而粗魯的土話。

吃完後，蒂跟菲比和維納斯走回她們的房間，烏蘇斯把奧莫鎖在車底的鐵鍊上，格溫普蘭就去照料馬。到了半夜，大家都睡著了，只有狼例外。牠想起了自己的責任，不時睜開一隻眼睛。

第二天早晨他們又聚在一起，一同吃早餐，吃的是火腿和茶。然後，蒂照西班牙的習慣（這是烏蘇斯的勸告，他認為她身體太弱了）睡幾個鐘頭。這時候，格溫普蘭和烏蘇斯便去做一些流浪生活必須的雜務事。

除非在沒有行人的路上，或是沒有人跡的地方，否則格溫普蘭很少在綠箱子外遛達。在城市裡，他只有在夜裡出來，頭上戴一頂帽沿垂得很低的帽子，避免在街上露出他的笑容。

綠箱子很少到城市裡去。格溫普蘭活到二十四歲，除了五港以外，還沒有見過更大的城市；可是他的名氣卻越來越響了。它越過了下流社會，漸漸傳到上層去。那些喜歡街坊新鮮事的人，都知道在這裡有一個長著一張怪臉的人。他們談論他、尋找他，經常問：「這個人在哪裡？」笑面人聲名大噪，連《被征服的混沌》也跟著沾了不少光。

所以有一天，烏蘇斯說：「我們應該去倫敦試試。」

17

當時倫敦只有一座橋——倫敦橋，橋上還有幾棟房子。這座橋把倫敦與南華克連在一起，這是一個用泰晤士河裡的堅硬石子鋪成街道的郊區，像倫敦一樣，到處都是一條條擠在一起的小巷，許多大房子、住宅和木屋雜亂地混在一起。

在南華克，泰晤士河轉彎的地方，大約在聖詹姆士宮對面、朗培士大廈後面，有一片綠茵滿地的空地，名為泰林佐草地，這裡曾是一座木球場。它過去是黑斯廷斯男爵家族的，後來又轉到泰德克斯特爵士手裡。泰德克斯特爵士將這塊草地闢成一個公共娛樂場，天天都有集市、變戲法的、踩軟索的、賣藝的、表演音樂的，並擠滿了湊熱鬧的觀眾。

在這個一年到頭都人聲鼎沸的廣場上開了幾家旅店。它們招待客人，送他們去看市場上的雜耍，生意很興隆。這些木頭搭的小屋只在白天有人居住；到了晚上，老闆鎖上店門便離開了。在這些旅店當中，只有一家有一棟真正的房屋，叫作泰德克斯特旅店，是採用原來主人的姓。

與其說這是一家旅店，不如說是一間旅館。大門可讓馬車進出，院子也很寬敞。對著廣場的大門，是泰德克斯特旅店的正門，另外還有一個便門，人們主要從這裡進出。這是一棟寬大的房子，設備簡陋，煙霧騰騰，天花板很低，裡面擺了幾張桌子；二樓上有一扇窗子，鐵窗格上掛著旅店的招牌。大門總是拉上門閂，關得嚴嚴實實的，因此必須穿過旅店，才能走到院子裡。

泰德克斯特旅店有一個老闆和一位伙計，老闆叫尼克萊斯，伙計叫古維根。尼克萊斯是個吝嗇的鰥夫，總是兢兢業業，生怕觸犯法律；他長著兩條濃眉和兩隻毛茸茸的手。伙計是個十四歲的孩子，穿一件圍裙，長著一個大腦袋，臉上總是掛著笑容，頭髮剪得光光的。他睡在樓下的一個小房間，那裡曾是關狗的地方。

一七〇五年初，綠箱子來到倫敦，在南華克開張起來了。烏蘇斯被這塊木球草地吸引住了，因為這裡天天有集市，連冬天也一樣。他選定了泰德克斯特旅店的大院子。這是一座現成的戲院，方形的院子，三面都有房屋，第四面是一座牆，正對著一層層的樓房。大門很高，他們把綠箱子拖進院子，停在靠牆的地方。三面房屋的二樓上有一道長長的陽台，直通二樓的各個房間，上面有屋簷，下面用木柱撐著。底層的窗子成了包廂，院子變成正廳，陽台變成樓廳。靠著牆的綠箱子正好對著劇場。馬房就在綠箱子後面的一個角落裡。

烏蘇斯跟尼克萊斯老闆談好了租借場地的代價。他們把那個寫著「笑面人」的牌子從綠箱子上拆下來，放在旅店的招牌旁邊；客廳便門旁，用空木桶臨時搭了一個收錢的櫃子，菲比或維納斯待在那裡，向進門的客人收錢。「笑面人」的看板下面，又掛了一面白漆木板，木板上用木炭寫著《被征服的混沌》。

在陽台中央，正對著綠箱子的地方，有一個附有玻璃門的房間，門兩邊有兩道隔牆，這是專門招待貴人的「雅座」。雅座相當寬敞，前後兩排可以容納十個人。

「我們是在倫敦，」烏蘇斯曾經說過，「所以要替大人們預備座位。」

他把旅店裡最好的椅子都搬進雅座，在中央放一把烏德勒支櫻桃木的黃絲絨扶手椅，那是為市參議員的夫人準備的。

演出開始了，觀眾頓時就聚攏過來。可是雅座還是空的。

除此以外，他們的演出很成功，劇場內盛況空前，全南華克的居民都來欣賞「笑面人」了。在泰林佐草地上做生意的小丑和賣藝人的都怕格溫普蘭，因為他搶走了全部的觀眾，使其他一切把戲都變得黯然失色。

每一次演出，變成了正廳的旅店院子裡總是擠滿了一群衣衫襤褸的觀眾。這些人大都是些船工、轎夫、碼頭上的木匠、拉船的船夫，以及剛上岸、急著把他們的工錢花在吃喝和女人身上的水手。其中還有一些馬伕、流浪漢和士兵。這些人川流不息地從街上湧進戲院，再從戲院湧進客廳去喝酒。

在這些龍蛇混雜的人中間，有一個又高又大的男人，身體結實，肩膀寬闊，看起來並不窮；衣服雖然穿得跟別人一樣，不過沒有破洞；頭上戴了一頂怪異的假髮。他喝彩起來毫無顧忌，拿拳頭推人，要人為他讓座；

有時不停地咒罵、大叫大嚷、嘲笑人，隨時準備往別人眼上打一拳，或是請人喝一瓶酒。

這個鑑賞家一進來就跟著了魔似的，對「笑面人」讚譽有加。他並不是每場都來，可是只要他一來，他就是群眾的「領袖」，讓鼓掌立刻成了高聲喝彩。

所以他引起了烏蘇斯的注意，同時格溫普蘭也在注意他。

有這麼一位陌生的朋友，真是一件快事！

烏蘇斯和格溫普蘭很想認識他，至少想知道他是誰。

有一天晚上，烏蘇斯在後台上，也就是綠箱子的廚房門口，看見尼克萊斯老闆站在身旁，就指指站在觀眾中間的那個人，問他：

「你認識那個人嗎？」

「當然認識。」

「他是幹什麼的？」

「水手。」

「他叫什麼名字？」格溫普蘭也插進來了。

「湯姆－金－傑克。」旅店主人回答。

綠箱子裡的人雖然在旅店裡安頓下來了，可是並未改變他們的習慣，仍舊保持著他們的孤獨。除了偶爾與旅店主人交談幾句以外，跟其他臨時或長住在旅店裡的人都不往來。他們仍舊離群索居。

自從來到南華克以後，格溫普蘭養成了一個新習慣。在演完戲、吃完晚飯、餵過馬、等到烏蘇斯和蒂都回房睡覺以後，他總會在十一二點之間到木球草地上散散步。這個時間，市集上一個人也沒有了，只偶爾有個酒鬼的影子在黑暗的角落裡搖搖晃晃地走過。酒館裡的客人都走光了，店門已關上，旅店的客廳也熄燈了。格溫普蘭在半掩的門前走來走去，他在沉思、夢想，心裡挺得意，模模糊糊地感到幸福。他從不離開綠箱子太遠，好像有一條線拉住他，使他總是待在離蒂不遠的地方。他只要到外面走幾步便心滿意足了。

過了一會兒，他走回來，發覺綠箱子裡的人都睡著了，他也接著睡了。

18

笑面人轟動一時，周圍的那些賣藝人都生氣了。綠箱子把觀眾都吸引過來，於是四周就都空了；綠箱子的收入增加了，周圍的同行收入就跟著減少了。所有的花臉、小丑、賣藝的，都嫉妒格溫普蘭。演滑稽戲的和走鋼絲的母親們都指著格溫普蘭，氣呼呼地對孩子說：「你們沒有他這樣的臉真是可惜！」

好幾次，一些狂熱的、激動的賣藝人聚集起來，在台下發出噓聲、咒罵、喝倒彩，擾亂《被征服的混沌》演出。這時候，湯姆—金—傑克就會趁機耍耍拳頭，維持秩序。這位朋友的拳頭引起了格溫普蘭的注意和烏蘇斯的尊敬。不過只是遠遠的注意罷了。綠箱子的人獨來獨往，跟任何人都保持著距離。湯姆—金—傑克也是一個盛氣凌人的人物，他跟誰都沒有往來，跟誰都沒有交情，隨時可以搗碎玻璃窗，煽動觀眾，揚長而去。他跟誰都要好，可是誰都不結交。

嫉妒格溫普蘭的聲浪並沒有被湯姆—金—傑克的拳頭打消。喝倒彩的方式不成，泰林佐草地的賣藝人便採用連署請願的辦法，向政府告狀。

可敬的牧師也跟這些小丑攜起手來。笑面人妨礙了教務——不只是賣藝人的木屋裡沒有觀眾，南華克五個教區的教堂裡也沒有聽眾了。大家不聽牧師的講道，卻跑到格溫普蘭那裡去。《被征服的混沌》、綠箱子、笑面人，這些異端邪教的偶像戰勝了雄辯的講壇。五個教區的教士到倫敦主教那裡去訴苦，主教又到女王那裡去訴苦。

綠箱子受到了兩面的夾攻。一邊是上帝，一邊是公共秩序；牧師們說綠箱子妨害公共秩序，賣藝人說它褻瀆神聖。烏蘇斯從旅店主人口中聽到了這些陰謀，心裡便七上八下。他開始後悔不該到倫敦來。

然而，即使那些賣藝人、牧師們、主教們、下議院、上議院、女王、倫敦，以及整個英國反對他們，只要南華克的居民不反對，笑面人、《被征服的混沌》和綠箱子就可以安然無恙。綠箱子已經成為郊區居民特別喜愛的娛樂，當地的官員似乎對它漠不關心。草地上那些耍把戲的依舊聯合在一起，喝笑面人的倒彩。對綠箱子的成功來說，這真是再好不過了。這些叫嚷聲刺激它的成就，為它的勝利增加了活力，而且維持了群眾的注意。來看《被征服的混沌》的人越來越多了。

烏蘇斯一直把尼克萊斯老闆告訴他的那些陰謀和政府的不滿藏在心裡，從來沒有對格溫普蘭說過。他不希望格溫普蘭因為擔心而影響了演出的心情。

只有一次，出於謹慎，他認為應該給格溫普蘭一些警告。有一回，在計算當天收入的時候，格溫普蘭撿起一枚掉在地上的銅幣，當著旅店主人的面，把代表百姓貧困的銅幣和銅幣上的女王安妮的鑄像作了一番比較。這種話很刺耳，經過尼克萊斯一傳，越傳越遠，到了最後，又經由菲比和維納斯的口中傳回烏蘇斯的耳朵裡。烏蘇斯著急了，這是欺君犯上的行為。他把格溫普蘭狠狠訓斥了一頓。

在這之後，烏蘇斯一直提心吊膽，不過格溫普蘭並沒有放在心上。一個禮拜又一個禮拜安安穩穩地過去了，看起來，關於女王的那番話並沒有引起什麼後果。

又有一天，烏蘇斯望著牆壁上那扇對著木球草地的窗子，突然面色慘白。

「格溫普蘭！」

「什麼？」

「你看廣場上！」

「怎麼啦？」

「你看見那個過路的人了嗎？」

「那個穿黑衣服的人嗎？」

「是的。」

「那個手裡拿著一根粗棍的人嗎？」

「是的。」

「怎麼啦？」

「格溫普蘭，這個人是鐵棒官。」

「什麼叫鐵棒官？」

「一種可怕的官。」

「他手上拿的是什麼？」

「鐵棒。」

「他拿鐵棒幹什麼？」

「首先，他指著鐵棒發誓。所以大家就叫他鐵棒官。」

「然後呢？」

「然後，他走過來，用鐵棒碰你一下。」

「那是什麼意思？」

「那就是說：跟我走。」

「一定要跟他走嗎？」

「是的。」

「去哪裡？」

「我怎麼知道！」

「他不會告訴你嗎？」

「不會。」

「我們不能問他嗎？」

「不能。」

「為什麼?」

「他什麼都不說,你也什麼都不准說。」

「可是……」

「他用鐵棒碰你一下,就是這樣,你就得走。」

「假如我們反抗呢?」

「那就得絞死。」

烏蘇斯又向窗外望了一眼,狠狠地吐了一口氣說:

「謝天謝地!他走過去了。他不是來找我們的。」

烏蘇斯對他聽來的秘密和格溫普蘭失言引起的後果,或許是過分害怕了。

尼克萊斯老闆雖然聽見了這些話,可是他不願意出賣綠箱子的人。事實上,他也靠著笑面人發了一筆小財。《被征服的混沌》在兩方面都是成功的;一方面是戲台上的勝利,一方面是旅店的生意。

19

突然發生了一件意外的事。

泰德克斯特旅店越來越像一個快樂和歡笑的熔爐。沒有比這裡更歡樂、更熱鬧的了。老闆和他的伙計已經來不及倒麥酒、啤酒和黑啤酒了。一到晚上,低矮的客廳裡燈火通明,沒有一張桌子是空的。大家又唱又喊。舊壁爐裡裝滿了煤,正在熊熊燃燒。泰德克斯特旅店的光照亮了市集的場地,簡直像一棟被火和喧鬧聲填滿的房子。在外頭的院子裡,人更是多。

南華克郊區的所有人都來看《被征服的混沌》。看戲的人太多,所以一開幕,綠箱子的板壁一放下來,就找不到一個位子了。窗子裡擠滿了人,陽台上也滿了;院子裡的石板一塊也看不見了,全都塞滿了人頭。

只有招待貴人的雅座還是空無一人，陽台中央還是一個漆黑的洞。到處都是人山人海，只有這裡例外。有一天晚上，那裡突然有人了。

那天是禮拜六，正是英國人忙著尋歡作樂的日子，因為隔天是無聊的禮拜天。正廳擠滿了人。

《被征服的混沌》上場了。幕一拉開，烏蘇斯、奧莫和格溫普蘭都在戲台上。烏蘇斯跟平常一樣，向現場的觀眾看了一眼，突然吃了一驚。

招待貴人的雅座裡有人了。

一個女人孤零零地坐在雅座中央的那把烏德勒支絲絨扶手椅裡。

她雖然只有一人，卻好像把整個雅座填滿了。

這個女人像蒂一樣，身上也有一種光。不過跟蒂的光不同。蒂是蒼白的光，這個女人是紅光；蒂是黎明，這個女人是日出；蒂是美，這個女人是豪華；蒂是天真、坦率、白皙；這個女人卻是朱紅。她的光彩充滿了雅座，她一動也不動地坐在中央，像一尊無可撼動的神像。

在這群樸素的平民中間，她身上閃耀著紅寶石般的高貴光芒。她是那麼地光彩照人，以致所有的人都相形見絀，彷彿一個個陰暗的月亮都被她遮在陰影裡了。她那燦爛的光輝掩蓋了一切。所有的眼睛都注視著她。

她是一個極具女人味的女人。修長的個子，長得挺豐滿，身上能夠露出來的部分都露出來了。她戴著一副沉重的珍珠耳環，耳環上鑲著叫做「英國鑰匙」的奇妙寶石；上身穿的是繡金的暹羅紗，這一件紗衫在當時值六百埃居。一只大鑽石胸針齊胸別在她的緊身紗衫上，這種式樣在當時是十分前衛的；緊身衫是用弗里斯紗做的。她的裙子上綴滿了寶石和玉石，簡直像一件紅寶石鎧甲；除此之外，她的眉毛用中國墨描過，手臂、手肘、肩膀、下巴、鼻孔下方、上眼皮、耳朵、手掌、指尖都塗過油脂，散發出引人注目的紅光。她的一隻眼睛是藍的，另外一隻是黑的。

烏蘇斯、格溫普蘭、菲比、維納斯、觀眾，每一個人看見這個光彩奪目的女人都大吃一驚，只有在黑暗裡的蒂什麼也不知道。

綠箱子的表演有點像幻燈。《被征服的混沌》與其說是一齣戲，不如說是一場夢，他們慣於在觀眾身上產生幻想的效力。但現在，這種效力卻反過來在他們身上產生了影響。戲座引起了戲台上的人的驚奇，現在輪到演員驚慌失措了。他們受到了魅力的反射。

這個女人凝視著他們，他們也凝視著她。

在這個女人背後的陰影裡，可以看見她的侍從。那是一個白皙、漂亮、表情嚴肅的孩子，他的衣服、鞋子和帽子都是用火紅色的絲絨做的，小帽上鑲著金線，插著羽毛。這是高級侍從的標誌，說明他是一個地位很高的貴婦的聽差。他不聲不響地站在雅座盡頭，一直退到那扇關著的門旁邊。

雖然這個聲勢赫赫的女人引起了一陣強烈的騷動，可是《被征服的混沌》的結局更為強烈。它跟平常一樣，為觀眾留下了不可磨滅的印象。也許是這個光彩照人的觀眾的關係，格溫普蘭的笑容的感染力也從未像今天這樣有力。整個劇場裡笑得發瘋的那副模樣，簡直無法形容。可以聽到湯姆—金—傑克響亮而高傲的笑聲。

這個陌生的女人睜著兩隻幽靈般的眼睛，像一座雕像似地一動也不動。只有她沒有笑。

戲演完了，板壁掀起來以後，一家人又在綠箱子裡圍坐。烏蘇斯打開錢袋，倒在餐桌上。在一大堆的銅幣裡突然滾出一枚西班牙金幣。

「是她！」烏蘇斯叫了一聲。

一枚金幣雜在銅綠斑斑的錢幣中間，就像這個女人夾雜在觀眾中間一樣。

「她付了一枚金幣！」烏蘇斯興奮地說。

這時候，旅店主人跑進綠箱子，打開了那扇正對廣場的窗子，又打了一個手勢，要烏蘇斯看看外面。一群頭上插著羽毛、手裡拿著火把的僕人，簇擁著駕著駿馬的華麗馬車，浩浩蕩蕩地走了。

烏蘇斯恭恭敬敬地用大拇指和食指夾住這枚金幣給尼克萊斯老闆看，說道：

「她是個仙女。」

他的眼睛落在那輛正要在廣場街角轉彎的馬車上，看見僕人的火把照亮了車上的八張莓葉的金冠。

「不僅如此，她還是一位公爵小姐哪！」他嚷道。

馬車不見了，車輪的轆轆聲也消失了。

烏蘇斯出了一會兒神，用兩隻手指夾住那枚金幣，把它舉在空中。接著，他把金幣放在桌子上，一面看一面談論這位小姐。旅店主人說道，他曾經走近馬車，看見車上有紋章，僕人都穿著繡了金邊的衣服，車伕還戴著假髮，簡直像大法官。馬車的款式稀奇古怪，車頂好像棺蓋，能夠托得起金冠。書僮好像是個假人，個頭很小，所以能坐在車門外的踏板上。尼克萊斯老闆還把這位小姐看得一清二楚，她簡直像個女王！雪白的皮膚、高傲的眼睛、高貴的舉止、傲慢的風度；脖子啦、肩膀啦、手臂啦、渾身擦的脂粉啦、珍珠耳環啦、撲了金粉的頭髮啦、綴在身上的玉石啦、紅寶石啦、鑽石啦……等等，他滔滔不絕地談著。

「最亮的還是她那一對眼睛。」烏蘇斯嘟噥道。

格溫普蘭沒有言語。

蒂在聽。

「你知道最稀奇的是什麼嗎？」旅店主人說。

「什麼？」烏蘇斯問。

「剛才我親眼看見她走進馬車。」

「然後呢？」

「她不是一個人進去的。」

「別胡說了！」

「有一個人跟她一起上車。」

「誰？」

「湯姆—金—傑克。」

一直沒有開口的格溫普蘭，這時也打破了沉默。
「湯姆—金—傑克！」他叫了一聲。
所有人因為驚奇，都停止了談話。這時候，只聽見蒂低聲地說：
「難道不能阻止這個女人到這裡來嗎？」

20

那個「仙女」之後再也沒有來過。
她雖然沒有在戲院裡出現，可是卻時常在格溫普蘭的腦海裡出現。
格溫普蘭在夢想。
他從來沒有看見過一個真正的女人。
他在普通女人身上看見過女人的影子，他在蒂身上看見過女人的靈魂。
他剛才看見的才是一個真正的女人。
有活力的、溫柔的皮膚，使人感覺到下面有熱血在奔流；身上的輪廓像大理石像一樣精緻，像波濤一樣起伏；臉蛋高傲，泰然自若，既動人，又冷漠，光彩照人；頭髮的顏色好像火焰的反光，豔麗的裝飾引起感官快樂的戰慄；若隱若現的裸體，洩露了想讓群眾遠遠垂涎的情欲；無法征服的嬌豔、無懈可擊的魅力、可能使人送命的誘惑、取悅肉體而威脅靈魂的諾言，從而產生了雙重的苦惱：一個是渴望，一個是恐懼。他剛才看到的就是這些東西，他剛才看到的是一個真正的女人。
但這又是一個跟女人多少有些不同的雌性生物，一個女神。
性的神秘在他面前出現了。在哪裡？在一個高不可攀的人身上，距離遙遠。
命運真是作弄人！天上的東西——靈魂，他已經有了，已經抓在手裡了，那就是蒂；地上的東西——性，他看見它在天國的深處，那就是這個女人。一位公爵小姐。

高不可攀的絕壁！

連夢想也要在這樣的絕壁前畏縮不前。

他應該傻頭傻腦地夢想這個陌生的女人嗎？他的內心在掙扎。

儘管他竭力掙扎，可是一個強烈的矛盾念頭還是在他心裡徘徊著：他看見在他身旁、在他伸手可及的地方、在他能觸摸到的狹隘現實裡的是靈魂；而在他搆不到的地方、在理想深處的卻是肉體。

他的心裡彷彿有一團煙霧，飄蕩不定，不時改變形態。不過，那只是一團漆黑的煙罷了；儘管這個念頭縈繞在他腦際，可是從來沒有觸及他的心靈。

再說，他還能再見到這個女人嗎？大概不會了。哪怕是個瘋子，也不會迷戀從天邊劃過的光亮。熱愛一顆星星，這是不難理解的，因為我們天天能看見它；但怎麼能愛上閃電呢？

夢想時隱時現。雅座裡的那個莊嚴美麗的神像時常在他朦朧的思想裡發光，不過一下子就消失了。他想了一陣子，就不再去想她，轉而去想別的事情；可是過一會兒又想到她了。他彷彿被她輕輕搖晃著，如此而已。

終於有一天，格溫普蘭突然再也不去想那個陌生的女人了。

兩個原則的鬥爭，塵世與天國的搏鬥，是在他的心靈深處發生的，那裡又深又黑，所以他只微微察覺出一點端倪。

不過有一件事是肯定的，那就是他對蒂的愛從來沒有停止過一分鐘。

最初的時候，他心裡曾經有一陣騷動，身上的血液彷彿發燒似的。不過現在已經過去了。如今，只有蒂一個人住在他的心裡。

除此之外，公爵小姐也沒有再來過。

烏蘇斯認為這件事很簡單。那位女士是個罕見的人物，她進來，付了錢又走掉了。如果她再來，真是太好了。

至於蒂，她從來沒有提起這個女人；可是她聽到人家的談話，也就能瞭解個大概。她從不談那個女人，這是一種深奧的本能；人的心靈往往會無意識地採取這種防備手段。對一個人保持緘默，就意味著要躲開他。

這件意外的事已經被遺忘了。公爵小姐已跟幻夢一樣消失在遠處，格溫普蘭的夢也醒了。夢跟霧一樣，消失以後，什麼痕跡也不留下；雲霧消散以後，愛情一點也沒有減少，猶如雨過天青。

21

湯姆—金—傑克也不見了。他突然不再到泰德克斯特旅店來了。

凡是關心倫敦上流社會的人，都可能會注意到當時的《每週公報》登載了這樣一則消息：「大衛·第里—摩爾爵士奉女王的命令，指揮白旗艦隊的巡洋艦，赴荷蘭海岸遊弋。」

烏蘇斯感到很納悶。湯姆—金—傑克自從那天與公爵小姐一起坐車離開後，便一直沒有再來。當然，他居然能夠伸開手臂，把公爵小姐拐走，這的確是一個謎。研究一下多麼有趣！這裡頭有多少文章啊！

然而，烏蘇斯一聲不響。他深知輕率的好奇心會帶來什麼樣的災禍，尤其是窺探上流人士的風流韻事，更是危險。最好的方式便是不聞不問。

有一天，旅店主人問烏蘇斯：

「你注意到湯姆—金—傑克很久沒來了嗎？」

「哦，」烏蘇斯說，「我倒沒有注意。」

可是烏蘇斯畢竟是一個藝術家，對湯姆—金—傑克的消失難免感到惋惜。他在他唯一的心腹奧莫耳邊悄悄地說道：

「湯姆—金—傑克再也不來了，我覺得做人空虛，跟詩人一樣寒心。」

把心事對一個朋友傾訴過以後，烏蘇斯的心情舒暢一點了。

他在格溫普蘭面前閉口不談，格溫普蘭也從來沒有提起過湯姆—金—傑克。他一心一意迷戀著蒂，湯姆—金—傑克來或不來，他根本沒有放在心上。

格溫普蘭慢慢把這件事忘掉了。至於蒂，她根本沒有懷疑發生過任何事。同時，反對笑面人的陰謀和控訴全都消失了，綠箱子的周圍都很安靜；賣藝的、小丑、牧師，都沒有再騷擾他們了。現在只有成功，沒有威脅。格溫普蘭和蒂的幸福可以說一點陰影也沒有了，他們的幸福逐漸達到了不可超過的頂點。

烏蘇斯像一位臨床醫生一樣，注視著他們的愛情。有時候，他那雙銳利的眼睛盯著纖弱蒼白的蒂，喃喃地說：「幸好她很幸福。」另外有幾次他說道：「對她的健康來說，她還是幸運的。」

蒂很容易疲倦，常常出汗，精神恍惚。有一天，她在熊皮上睡午覺的時候，格溫普蘭不在家，烏蘇斯輕輕地彎下身子，把耳朵貼在她的胸口，聽了幾分鐘，站起來嘟噥道：「她不能受到刺激。一受刺激，病情就會快速惡化。」

觀眾仍舊絡繹不絕地來看《被征服的混沌》。現在不光是南華克的居民，連倫敦一部分的市民也趕來看這齣戲了；不僅有水手和車伕，還有化裝成平民的紳士和准男爵。這說明格溫普蘭的名聲已經傳到倫敦以及上層社會去了。

綠箱子裡的人還不瞭解這種情況。他們對現在的生活已經心滿意足。蒂每天傍晚只要摸一摸格溫普蘭捲曲的褐色頭髮，便陶醉在快樂裡，感到溫暖和希望又回到她心裡來了。

像這樣兩個互相鍾愛、悄悄熱愛著的苦命人，是能夠永遠這樣相依為命地生活下去的。

一天傍晚，格溫普蘭因為過於幸福，心裡很興奮，彷彿被花香薰醉了似的，於是他跟平時演出結束後一樣，到離綠箱子幾百步的草地上去散一會步。夜色黑暗、晴朗，星光很亮，集市上空無一人；草地四周的木屋都籠罩著睡意和遺忘。

南華克五個教區的鐘樓，一個接一個地用各種不同的聲音先後報過了半夜十二點鐘。

格溫普蘭在想念蒂。他感到特別煩悶，心裡既快樂，又痛苦，像一個男人想一個女人那樣。他隱隱約約感覺到一種做丈夫的衝動，一種溫柔而急切的煩躁。他正在越過那道無形的界限，在這一邊是處女，在另一邊是妻子。他不安地質問自己，心裡覺得一陣慚愧。最近一些日子，格溫普蘭的心裡不知不覺之間滋生了一種神秘的東西；原來那個害羞的青年已經變成了一個焦躁不安的人。大自然偷偷地把肉欲滲進了他的良心。格溫普蘭覺得自己在渴望一種充滿誘惑的東西，蒂身上卻很少這種東西；當他狂熱的時候，他便在想像中改變蒂的相貌，極力把她那天使般的面貌改變成女人的形象。

他漫不經心地信步走著。這時候折磨著格溫普蘭、使他六神無主的，是對外表的愛。這是男人渴望女人裸體的最可怕的時刻。在他的心裡，有一個東西在高聲呼喚蒂，呼喚處女的蒂，呼喚蒂的肉體和火焰，蒂裸露的胸脯。這個叫聲把天神趕走了，一切的戀愛都必須經過這個使理想遭受危險的神秘的危機，這是造物者早就安排好的。

格溫普蘭對蒂的愛變成婚姻式的了。童貞的愛情只是一個過渡時期，如今時候到了，格溫普蘭需要這個女人。

他需要一個女人。

幸虧格溫普蘭除了蒂以外不認識別的女人。他只要她一個人，要他的也只有她一個人。

格溫普蘭模模糊糊地覺得渾身顫抖得很厲害，他欣喜若狂地朝前走。充沛的樹液發散出來的香味、在黑影裡浮動的醉人的熱氣、遠處開放的花朵、錯綜的椏枝、流水和樹葉的輕微聲響、萬物隱隱約約的嘆息聲、四五月間的新鮮、溫和以及神秘的甦醒，都瀰漫著性欲的低語。這種令人頭暈目眩的挑逗，使人類的心靈不知所措，理想也不知道該說什麼好了。

他就這樣低著頭，背著手，左手放在右手裡，伸開手指，邁著緩慢的步伐，來回踱步。

突然間，他覺得有一個東西塞進了他的指縫裡。他連忙轉過身來。

他手裡是一張紙，有一個人在他面前。

原來這個人像一隻貓一樣，從他後面偷偷地靠近，把這張紙塞進他的手中。

這張紙是一封信。

昏暗的星光下能看見這人矮小的身材，面頰豐滿，年輕，嚴肅；從他的灰色斗篷敞開的地方可以看見他穿了一身火紅色的制服，頭上戴著一頂深紅色的帽子，上面有一道金線，帽頂插了一束羽毛。他在格溫普蘭面前一聲不響地站著，格溫普蘭認出這是公爵小姐的書僮。

他還來不及發出一聲驚呼，就聽見這個侍從用又像小孩又像女人的聲音對他說：

「明天這個時候，請到倫敦橋頭，我帶您去。」

「去哪裡？」格溫普蘭問。

「去人家等待您的地方。」

格溫普蘭垂下眼來，看看自己無意識地捏在手裡的信。

等他再抬起頭來，書僮已經走了。只見一個模糊的人影在遠處很快地越縮越小，最後在街角上轉了一個彎，再也看不見了。

格溫普蘭的目光又回到信封上。蠟印還沒有打開，而且天色很黑，於是他朝著旅店的燈光走了幾步。他的樣子彷彿在夢遊一般。

最後，他下定決心，連奔帶跑地向旅店走去；他站在半掩的旅店門射出來的光亮中，把這封沒有拆封的信端詳了一回。封蠟上沒有印戳，信封上寫著「格溫普蘭收」。他拆開封蠟，撕開信封，把信紙打開，放在燈光底下，信上寫的是：

> 你是可怕的，我是美麗的。你是演員，我是公爵小姐。我在萬人之上，你在萬人之下，我要你。我愛你。來吧！

22

格溫普蘭把那封信看了一遍又一遍。信上確實寫著：「我愛你。」

他的腦海裡充滿了恐怖。他相信自己瘋了。

確實，他真的瘋了。他剛才看見的東西根本不存在，這是朦朧的幻影在作弄他；那個穿紅衣服的孩子不過是夢裡的鬼火。這一切都是黑暗的惡作劇。

然而，他很快又發現，自己的神智完全清醒。

這是幻象嗎？不是的。這封信呢？他手裡不是拿著這封信嗎？上面不是寫著他的名字嗎？信紙還香噴噴的。一切都很清楚。那個小書僮約他明天這個時間在倫敦橋頭上見面，難道倫敦橋也是夢境嗎？不，一切都是真實的，格溫普蘭一點也沒有精神錯亂，也不是在做夢，這是一件真事。他又把信唸了一遍。

太可怕了。

有一個女人要他。

有一個女人要他！一個見過他的臉的女人！一個眼睛沒有瞎的女人！這是個什麼樣的女人？是個難看的女人嗎？不，一個美人。是個吉普賽女人嗎？不，一位公爵小姐。

這究竟是怎麼回事？這樣的勝利多麼危險啊！可是怎麼能不去冒一下險呢？

啊！這個女人！這個美人魚！這個妖精！雅座裡這個幻影般的貴婦！這個黑暗裡的光明！是她！一定是她！

大火在他周圍劈劈啪啪地燒起來了。這是那個陌生的怪女人！就是那個曾經弄得他暈頭轉向的女人！他當初思念這個女人時的那些激動的念頭，好像被這火烤熱了似的，又突然出現了。格溫普蘭本以為已經把這個女人的影子從腦中趕出去了，豈知他現在又看見了它，原來它早已烙印在他的腦子裡了。他不知道夢想已經在那裡留下了很深的印記，它已經無法收拾了。他狠狠地抓住這個夢想。

什麼！有人要他！什麼！這個天上的仙女，這個光輝燦爛的女人，這個高不可攀的美女，正從她發光的寶座上俯視著格溫普蘭！什麼！這個處在天界的女神居然紆尊降貴來找他，賞給他這份可怕的光榮！這個女人居然主動要獻身給他！獻給誰？獻給他，格溫普蘭！她明明見過他猙獰可怕的臉，但她不僅沒有退縮，還愛上了他！

這簡直比夢境還要離奇，正因為這樣，他才被人愛上的！這個面具不但沒有讓女神退縮，反倒把她吸引過來了！人家不但愛他，而且還要他。不是答應他，而是選中了他。他，中選了！

什麼！這個女人生活在一個揮霍無度的權貴的圈子裡，那裡有的是親王，有的是爵士，有的是俊俏可愛的男人，她可以隨便挑一個。但她挑中了誰呢？一個小丑！她把公爵冠冕從自己頭上取下來，扔在小丑的戲台上。她從天界的王座走下來，因為一時的好奇，走近了黑暗。「你是可怕的。我愛你。」這幾個字打中了格溫普蘭驕傲的弱點，他的虛榮心得意極了。人家愛他正是因為他的畸形！

現在，這個女人是誰？他知道她是個公爵小姐，知道她長得很美，很富有，有無數的僕人、家臣和隨從；他知道她愛他。其餘的他就不知道了。他知道她的爵位，可是不知道她的姓名；他瞭解她的思想，可是不瞭解她的生活。她是個結過婚的女人、寡婦，還是姑娘？她是哪一個高貴家族的後裔呢？她周圍有沒有陷阱、埋伏和暗礁呢？藏在這封信後面的是什麼東西呢？格溫普蘭對這些一無所知。

自白和謎這兩張大嘴，一個勾引他，一個威脅他，同時在說：「你敢！」

沒有比命運的安排更巧妙的了，沒有比它帶來的這個誘惑更及時的了。格溫普蘭受到了春天和萬物復甦的力量的刺激，正在做肉欲的好夢；恰巧在這個時候，她的信卻不請自來。格溫普蘭六神無主了。

人在犯罪之前先嗅到一陣罪惡的煙，良心的呼吸就不能自由了。人類的正直受到了誘惑，就模模糊糊地感覺到有點噁心。從地獄的裂縫裡逸出來的氣體，能使堅強的人提高警惕，軟弱的人昏頭昏腦。格溫普蘭現在就有這種不舒服的感覺。

兩種忽隱忽現、但很固執的念頭在他腦海裡飄來飄去。罪惡在固執地邀請他，要他明天半夜去倫敦橋找那個書僮。「去！」肉欲大聲說。「不去！」靈魂也嚷了起來。

格溫普蘭哆嗦了起來。他彷彿看見大地塌了一個角，他猛然縮回身子，覺得四周恐怖重重。他閉上眼睛，竭力否認眼前這件事，並且懷疑自己的理智。顯然，這樣更好。最聰明的辦法就是相信自己瘋了。

千萬種顛三倒四的念頭，有時一個接著一個，有時成群結隊地向格溫普蘭襲來。後來，所有的念頭又突然銷聲匿跡。於是他雙手抱著頭，悲哀地凝神沉思，好像在靜觀夜裡的景色似的。

突然間，他什麼也不想了。他的夢想已經到了一個萬念俱灰的黑暗境地。

同時，他又注意到現在已是半夜兩點鐘了，他應該回到車上去了。

他把書僮帶來的信揉成一團，隨便塞在一個口袋裡，接著就走回去，悄悄地進了旅店，關了門，拉上門閂，然後悄無聲息地爬上綠箱子的踏板，溜進臥室。他看見烏蘇斯已經睡著了，於是就吹熄了蠟燭，但是他卻沒有睡。

一個鐘頭就這樣過去了。他總算覺得累了，便把腦袋放在枕頭上，閉上眼睛。然而，暴風雨般的情感一直衝擊著他，一會兒也沒有停過。格溫普蘭十分痛苦，他這輩子第一次對自己感到不滿。內心的痛苦和滿足的虛榮心交織在一起。該怎麼辦呢？

天亮了。他聽見烏蘇斯起床，但是卻沒有睜開眼睛。他內心的風暴還沒有停止，仍在想著那封信。

就在苦惱達到高潮的當下，他聽見一個美妙的聲音說道：

「格溫普蘭，你還沒有醒嗎？」

他吃了一驚，連忙睜開眼睛，坐起身來。走廊的門半開著，蒂出現在門縫裡。她的眼裡和嘴唇上掛著一個難以形容的笑容。她站在那裡，在她那種不自覺的肅穆的光輝襯托之下，顯得特別迷人。對他來說，這是一個最神聖的時刻。格溫普蘭心驚膽戰，頭昏眼花地注視著她，他完全清醒了。是她，是蒂。不知道什麼緣故，他感覺內心裡的風暴和墮落的感覺一瞬間都消失得無影無蹤了；彷彿有一隻看不見的手把他心靈裡的烏雲撥開，驅散了所有的黑暗。這位仙女的神力把他又變回了原來那個善良純潔的格溫普蘭。

兩人都不言語了。她是光明，他是深淵；她超凡入聖，他風平浪靜。蒂在格溫普蘭動盪的心靈上閃閃發光，有著海上的星星那種不可言喻的效果。

23

這正是綠箱子吃早餐的時間，蒂來問格溫普蘭為什麼還不到餐桌那裡去。

「是妳！」格溫普蘭叫了一聲，他沒有別的話要說。現在他除了蒂存在的這片天地外，沒有別的天際，沒有別的視野了。

只要蒂一露面，格溫普蘭心裡的光明就發出光輝，照射在她身上，眼花繚亂的鬼影便逃之夭夭了。愛情真是個了不起的和事佬！

過了一會兒，兩個人面對面坐下，烏蘇斯坐在他們中間，奧莫待在他們腳下。桌子上有一個茶壺，壺底是一個冒著火焰的小燈。菲比和維納斯正在外面忙著做雜務。

早餐跟晚餐一樣，是在車上的一個房間裡吃的。因為地方很窄，桌子又小，所以蒂的背靠在一道半截板牆上，正好對著綠箱子的門口。他們兩人的膝蓋互相碰到了。

格溫普蘭替蒂倒了一杯茶。蒂很動人地吹著自己的茶杯。這時候，燈上方升起一縷煙，一個好像紙片的東西變成了灰燼。蒂忍不住打了一個噴嚏。

「這是什麼？」蒂問。

「沒什麼。」格溫普蘭回答。

她輕輕地笑了。

他剛才燒的是公爵小姐的信。

愛人的良心就是被愛的女人的守護神。

真奇怪，格溫普蘭身上少了這封信，覺得很舒服。他又覺得自己是個正直無欺的男人了。他感到誘惑已經跟這縷煙一起消失，而公爵小姐也跟信紙一樣變成了灰燼。

他們一邊用同一個茶杯喝茶，一邊談話。這是情人的細語，麻雀的啁啾，簡直可以與童話相媲美。除了兩顆相愛的心以外，別處找不到詩意；除了兩個接吻的聲音以外，別處找不到音樂。

「格溫普蘭，我夢見我們兩個人都是野獸，而且還長著翅膀。」

「長翅膀的是鳥。」格溫普蘭嘟噥著說。

「格溫普蘭，要是你不在了的話……」

「怎麼樣？」

「那就沒有上帝了。」

「茶太熱了。別燙到嘴，蒂。」

「替我吹吹吧。」

「妳今天早上多麼漂亮啊！」

「你想想看，我有很多的話要對你說。」

「說吧。」

「我愛你！」

「我崇拜妳！」

烏蘇斯自言自語地說：「看在上帝的份上，這倒是兩個老實人。」

停了一會兒，蒂又大聲說：

「你知道嗎？晚上我們演戲的時候，我的手一摸到你的額頭……啊！格溫普蘭，你有一顆高貴的腦袋！……我的手指一摸到你的頭髮，我就發抖，好像嘗到了天上的快樂。我對自己說，在這個包圍著我的黑暗世界裡，在這個孤獨的天地裡，在我居住的這個無垠的沙漠裡，在每一種恐怖之中，我只有一個依靠。那就是你。」

「啊！這是因為妳愛我，」格溫普蘭說，「我也是一樣，我在世上只有妳一個人。妳是我的一切。蒂，妳願意叫我什麼？妳要什麼東西？妳需要什麼？」

蒂回答：「我不知道。我很幸福。」

「啊！」格溫普蘭說，「我們都很幸福！」

烏蘇斯提高了嗓音：

「嘿！你們很幸福，很好，你們應該躲起來，不要讓別人看見你們。你們佔的地方越小越好。幸福應該藏在一個小洞裡，要是可以的話，應該比你們現在還要小。幸福的人越小，他們的幸福才越大。嘿！這樣談情說愛有什麼意思呢？我厭煩極了！見鬼去吧！」

他覺得自己氣呼呼的口氣越來越軟，簡直到了溫柔的地步，於是從牙齒縫裡吁了一口氣，把自己的感情壓下去。

「爸爸，」蒂說，「你怎麼這麼激動！」

「因為我不喜歡別人太幸福。」烏蘇斯回答。

這時，奧莫也附和烏蘇斯的意見。兩個情人腳下傳來了狼的叫聲。烏蘇斯彎下腰，一隻手放在奧莫的腦袋上。

「就是這樣，你今天的脾氣也不好，你也在發牢騷。你頭上的毛豎起來了。你不喜歡別人談情說愛，這是因為你是個有見識的傢伙。好了，別叫了，你已經表示過你的意見了。現在閉上嘴吧。」

狼又叫起來了。

烏蘇斯往桌子下面看了看。

「不要叫！奧莫。夠了，別再固執了，我的哲學家！」

但是狼卻站了起來，朝著門口露出牙齒。

「你怎麼啦？」烏蘇斯說。

他於是抓住奧莫的脖子。

儘管狼在咬牙切齒，蒂卻一點也沒有注意到。她正沉浸在她的思潮裡，一聲不響地感受著格溫普蘭說話的聲音。忽然間，格溫普蘭抬起了眼睛。

他正想喝一杯茶，但是他沒有喝。他慢慢地把杯子放在桌子上，手指漸漸鬆開了，一動也不動地待在原地，兩眼發直，呼吸也停止了。

一個人站在蒂身後的門框裡。

那人穿一身黑衣服，外面罩一件法官長袍，假髮一直披散到眉毛上，手裡拿著一根兩端雕著王冠的鐵棒。

在這個人另外一側的陰影裡，能夠看見驚慌失措的旅店主人。

烏蘇斯也抬起頭來，馬上認出了這個可怕的人物。他從頭到腳哆嗦了一下。

「這就是鐵棒官。」他在格溫普蘭的耳邊悄悄說道。

格溫普蘭現在想起來了。

他正要發出驚奇的叫聲。但是他忍住了。

那人一句話也沒有說，他的右手從蒂的頭上伸過來，用鐵棒碰了一下格溫普蘭的肩膀，同時用左手的大拇指指了指他身後的門。這兩個威風凜凜的手勢的意思是說：跟我走。

鐵棒放在誰身上，誰就必須服從。對這個啞口無言的命令什麼抗辯都沒有用，凡是反抗的人都要受到英國的嚴刑懲辦。

格溫普蘭起初心裡一震，後來好像渾身麻木。他看得出來，必須跟著這個警官走。可是，為什麼呢？他不知道。

烏蘇斯也陷入了痛苦與不安。他彷彿看見了一些蛛絲馬跡——玩把戲的同行啦、他的競爭者啦、牧師啦；誰知道呢？說不定是格溫普蘭的那番欺君犯上的言論引出來的，太可怕了！

蒂還在笑。

不管是格溫普蘭還是烏蘇斯，兩人都沒有出聲。兩個人的想法是一樣的：不要讓蒂不安。狼的看法或許也是這樣，因為牠現在也不叫了。

格溫普蘭站起來。

絕對不能抵抗，格溫普蘭明白這一點，他想起了烏蘇斯以前說的話，而且也不能夠提問題。

鐵棒官從格溫普蘭肩膀上抽回鐵棒，把它豎著拿在手裡，這是當時所有的老百姓都懂得的政府下命令的姿勢，意思是說：「這個人應該跟著我走，與別人無關。大家都要留在這裡，不許聲張。」不許跟來看熱鬧，警察機關自古以來一直喜歡這樣逮捕人。這種逮捕叫做「秘密羈押」。

接著，鐵棒官像一個機器人似的，一下子轉過身去，邁著莊嚴的步子，朝綠箱子的出口走去。

格溫普蘭看了看烏蘇斯。烏蘇斯聳聳肩膀，皺起眉頭，伸開兩隻手，手肘往腰裡一縮，做了一個「聽天由命」的手勢。

格溫普蘭又看了看蒂。她仍沉醉在自己的美夢裡，還在笑著。他把指尖放在嘴上，送給她一個無法表達的飛吻。

鐵棒官一轉過身去，烏蘇斯的恐懼稍微減輕了一點。他趁機在格溫普蘭耳邊悄悄地說：

「人家沒有問你，千萬不要說話！」

格溫普蘭輕輕地從牆上取下他的帽子和外衣，穿戴好，把大衣一直遮到眼睛，然後又把帽沿拉下來遮住額頭。他又看了一下蒂。鐵棒官已走到綠箱子的門口，舉起鐵棒，開始走下踏板。這時候，格溫普蘭才開始跟上去，好像被用一條看不見的鐵鍊牽著似的。烏蘇斯望著格溫普蘭走出綠箱子，一旁的狼發出一聲悲鳴，可是烏蘇斯立刻要牠安靜下來，小聲地對牠說：「他很快就回來。」

院子裡，維納斯和菲比悲傷地望著格溫普蘭被帶走。她們驚呆了，看上去就像一對石像。

鐵棒官走在格溫普蘭前面，離他幾步遠，也不回過頭來看他，態度冰冷、安靜。兩人在墳墓般的寂靜中走出院子，穿過黑暗的酒店大廳，到了廣場上。旅店門口聚著幾個過路人和一隊由法警率領的員警。看熱鬧的人看見警官手裡的鐵棒，吃了一驚，連忙一聲不響地散開，站在旁邊。

鐵棒官朝著一條沿泰晤士河的小街走去，格溫普蘭夾在兩隊員警中間，面色蒼白，除了兩條腿以外，渾身紋絲不動，身上裹著的大衣簡直像一塊裹屍布。他跟在那個一言不發的人身後，慢慢地離開了旅店，彷彿是一座追蹤鬼魂的雕像。

24

按照當時嚴格的法律規定，當鐵棒官命令一個人跟他走的時候，在場的人一律不許動彈。不過當時有幾個看熱鬧的人挺固執，他們遠遠地跟隨著那支抓走格溫普蘭的隊伍。烏蘇斯也混在中間。

當事情發生時，烏蘇斯一開始免不了呆若木雞；但他很快從麻木狀態中清醒過來，開始思索。現在可不是哀傷的時候，他必須正視現實。儘管害怕到了極點，他還是像個英雄般打定主意，決心違反法律，尾隨鐵棒官。他多麼擔心格溫普蘭的遭遇啊！

警察局的動作非常迅速，因此在市集上幾乎沒引起什麼騷動。話又說回來，早上的市集裡人並不多，在泰林佐草地上的木棚裡，也沒什麼人懷疑鐵棒官來找過笑面人，所以看熱鬧的人不多。

幸虧格溫普蘭的外衣和帽子幾乎把他的臉全部遮了起來，過路的人都沒有認出他。

烏蘇斯在出去跟蹤之前，先把尼克萊斯老闆、伙計古維根、菲比和維納斯叫到一邊，叮囑他們要對蒂保守秘密，什麼都別讓她知道，只要對她說格溫普蘭和烏蘇斯出去處理事情就好。再說，差不多到了她睡午覺的時間了，在她睡醒以前，他們就會一起回來了；所有這一切不過是一個誤會，格溫普蘭會很快讓司法官明白這一點。他囑咐完以後才出去。

烏蘇斯遠遠地尾隨著格溫普蘭，而不讓人家注意他。不管怎麼說，雖然眼前的這個陣勢似乎很莊嚴，但也許格溫普蘭只不過因為一件小違規，受一個普通的警官傳喚罷了。

烏蘇斯對自己說，這個問題馬上就可以解決。只要親眼看見那支帶走格溫普蘭的隊伍，走到泰林佐草地邊上小河畔街入口處轉往什麼方向，馬上就能明白了。

如果向左轉，就是把格溫普蘭帶到南華克的市政府，那就沒什麼可怕了；充其量不過是觸犯了市政法令，地方長官把格溫普蘭訓斥一頓，罰兩三個先令，就把他釋放了，晚上《被征服的混沌》仍舊可以照常演出，誰也不會注意到發生過任何事情。

如果向右轉，事情就嚴重了。因為那邊有幾個可怕的去處。

在鐵棒官領著兩行司法員警，中間押著格溫普蘭，來到小河畔街轉角上的時候，烏蘇斯屏著氣望著他。

他們向哪邊轉彎呢？

他們向右轉了。

烏蘇斯嚇得站立不穩，趕緊扶住牆才沒有摔倒。

他壓制住自己的憂傷，又繼續追趕那支隊伍，在一團亂絲般的巷弄中間穿梭。員警從兩座面對面的教堂中間走過，接著又順著一條條小巷蜿蜒前進。他們特別喜歡挑沒有蓋房子的街、野草叢生的路和荒涼的小徑，曲折迂迴地前進。

他們終於停下來了。

這是一條狹窄的街上。除了街口的兩三棟小屋以外，沒有任何房子。這條小街夾在兩堵牆中間，左邊的牆低，右邊的牆高；牆上設有箭垛和硬弩，狹小的通風口外裝著四方形的鐵柵；沒有窗子，但到處都有一道道裂縫，那是古時火繩槍的槍眼。高大的牆腳下能看見一個半拱形的小門，彷彿是捕鼠器下面的小洞。

這個嵌在巨石建築的拱形下的小門，有一個裝著鐵柵欄的小洞，一只沉重的門錘、一把大鎖、棱角突出的結實鉸鏈、密密麻麻的鐵釘、裝著鐵皮、塗著油漆；鐵的部分幾乎比木料還要多。

街上一個人也沒有，沒有一家店鋪，也沒有一個過路人；但是能夠聽見一片連續不斷的聲音，那是沸騰的人聲和車馬聲。也許在這道黑牆的外頭就是一條大街，一端通到坎特伯雷街，一端通到倫敦橋。

烏蘇斯躲在牆角的陰影裡，冒著危險慢慢前進，既想看，又害怕看。他躲在街道上一個轉彎的角落裡。

那支隊伍圍在小門前面，格溫普蘭被包在中央，鐵棒官現在卻在他身後了。

法警舉起門錘，敲了三下。

小洞打開了。

法警說：「奉女王的命令而來。」

沉重的橡木鐵門在它的鉸鏈上轉了一下，一個陰森森的青灰色的洞露了出來，彷彿一個山洞的洞口。陰影裡出現了一條拱形走廊。

烏蘇斯看見格溫普蘭在門底下消失了。

25

鐵棒官跟著格溫普蘭走了進去。隨後是法警。小門又關上了。

這座蛀痕斑駁、粗糙的建築物便是南華克監獄。它絲毫沒有掩飾只有監獄才有的那種可憎的面貌。這裡從前是一個專門懲罰巫人的地方，在門洞上面的一塊石頭上刻著兩句字跡模糊的詩句：

在通魔術的人身上有一個瘋狂的地獄。
誰跟一個普通的魔鬼在一起，自己也會變成附魔者。

格溫普蘭聽見小門關上、所有的門閂咔嚓一聲都拴上的時候，打了一個寒顫。剛剛關上的這扇門，對他來說，好像是光明和黑暗的孔道，一邊是塵世，另一邊是死亡的世界；他覺得陽光普照的萬物好像都被撇在身後，彷彿他已穿過了生命的邊界，從此跟生命絕緣了。他心裡一陣沉痛。他們會怎麼對他呢？這一切是怎麼回事？他在什麼地方？

周圍什麼也看不見，他站在黑暗裡。門關上以後，窗洞也堵上了；這裡既沒有通風孔，也沒有燈。格溫普蘭伸開雙手摸了一下，右邊是牆，左邊也是牆，他是在一條走廊裡。漸漸地，不知道從哪裡漏出來的一點幽光，讓他總算能模模糊糊地分辨出這條走廊的輪廓。

從沒有見過嚴酷刑罰的格溫普蘭，覺得自己彷彿被一隻黑暗的大手抓住了。那是神秘的法律之手。他想起烏蘇斯曾告訴他必須保持沉默，但他遭遇的壓力是那麼地大，於是他忍不住提了一個問題。

「各位先生，」他問道，「你們要把我帶去哪裡？」

他們沒有回答他。

這個沉默使格溫普蘭寒心了。直到目前為止，他一直認為自己是個堅強的人。他能自食其力，過著離群索居的生活，認為這樣便不會受人攻擊。但是現在，他突然感覺到一種聯合起來的醜惡力量把他壓在下面了，一種無名的恐懼抓住了他的弱點。另一方面，他一夜沒有睡覺，也沒有吃過東西，只有用茶杯裡的茶濕潤過一下嘴唇；他一整夜胡思亂想，如今他渾身發燒；他渴了，說不定也餓了，空虛的胃在肚子裡抗議著。從昨晚開始，意外的事件不斷地襲來；他覺得自己馬上就要倒下了。但他挺起身子，儘管仍然不住顫抖。

他覺得自己好像站不穩了。

他們繼續前進，順著走廊朝前走。鐵棒官在前，接著是格溫普蘭，隨後是法警、員警，一列人擠在一起走著，堵住了格溫普蘭身後的走廊。走廊越來越窄，現在格溫普蘭的兩隻手肘都能碰到牆壁了。屋頂是石頭和水泥做的，每隔幾步就有花崗石的門拱垂下來，擋住去路，必須低下頭來才能走過。走廊跟腸子一樣，曲折迂迴，不時有一個在牆上挖出來的方洞，洞外裝著很粗的鐵柵欄，能夠看見裡頭的扶梯。

他們來到一扇緊閉的門前。門開了，他們走過去以後，門又關上了。他們又走過第二扇為他們打開的門，接著是第三個。走廊越來越窄，屋頂越來越低，到最後甚至必須彎腰才能前進。牆上朝外滲水，屋頂上有水滴下來，走廊裡的石板地也跟腸子一樣黏糊糊的。一種白朦朦的微光越來越明顯了。沒有空氣。路是朝下的，使人感到格外陰森。

他們這樣走了多久？格溫普蘭也說不出來。

突然，他們停了下來。

一片漆黑。

走廊稍微寬了一些。

格溫普蘭聽見了一個聲音，離他很近，彷彿有人在深淵的石壁上敲了一下。

這是鐵棒官用他的鐵棒敲鐵板的聲音，鐵板是一扇鐵門。

門槽裡發出一陣尖銳的摩擦聲，格溫普蘭眼前突然出現了一塊方形的亮光。那塊鐵板升到屋頂上的一條縫裡去了，眼前出現了一個洞。

在黑暗中行走了那麼久，一見到這道突如其來的亮光，格溫普蘭幾乎什麼也看不見。直到他的瞳孔慢慢適應了光線，才終於看清了眼前的事物。他看見的東西實在可怕極了。

他腳前有二十幾級台階，又高又窄，稜角已經磨平，左右都沒有欄杆，幾乎是垂直地下降到一個很深的圓形地窖裡。

地窖裡沒有鋪石板，也沒有鋪石子，地面是地底那種又濕又冷的泥土。地窖中央有四根難看的短柱，支撐著一個笨重的尖頂形門廊。門廊很高，如同放石棺的古墓一樣，幾乎碰到地窖的圓頂，彷彿是一個小涼亭。

門廊的拱心石下掛著一盞銅燈，起初照得格溫普蘭眼花繚亂的就是這個燈光。現在它對他來說，只不過是一團朦朧的紅光罷了。地窖裡沒有其它的光亮。沒有窗戶，沒有門，也沒有通風孔。

在四根柱子中間，正是那盞燈下方最亮的地方，貼著地面躺著一個可怕的人。

這個人是背朝下躺著的，他的眼睛閉上，上身藏在一塊不知是什麼的東西下方，四肢像聖安德魯的十字架一樣，向四根柱子伸去，手腳被四根鐵鍊扣著，吊在四根柱子下的鐵環上。這個男人跟死屍一樣白得嚇人，身上沒有衣服。

格溫普蘭嚇呆了，從台階上朝下望。

突然間，他聽見一個垂死的人咯咯喘氣的聲音。

這個屍體還活著。

離這個半死不活的人不遠的地方，在門廊的一根彎樑底下，在一個墊著一塊寬石板的大扶手椅兩側，站著兩個穿黑布衣的人。一個穿紅袍的老頭，面色鐵青，陰森嚇人，一動也不動地坐在扶手椅上。

這是薩里郡的郡長。

扶手椅旁邊有一張桌子，上面堆滿了文件和書籍，郡長的那根很長的白色權杖也放在那裡。

站在郡長兩邊的是兩個博士，一個是醫學博士，一個是法學博士。兩人都穿著黑色的長袍，一個穿的是法官的長袍，另一個穿的是法醫的長袍。他們彷彿在為他們製造出來的死人戴孝。

在郡長背後，蹲著一個戴圓假髮的書記官。在離他不遠的石板上放著筆和墨水匣，他的腿上有一個資料夾，上面放著一張羊皮紙。他手裡拿著筆，做出一個準備寫字的姿勢。

在一根柱子下，有一個抱著手的人，身上穿著皮衣。這是劊子手的助手。

沒有人不動彈，也沒有人言語，所有這一切簡直安靜到了可怕的程度。

格溫普蘭站在台階上，嚇得目瞪口呆，渾身亂抖。他感到全身發冷。他竭力回想他可能犯過什麼罪，卻只覺得攪住他的這個難解的法律之謎，在他眼中越來越昏暗了。

躺在地上的人影又發出一聲喘息。

格溫普蘭感覺到有人輕輕推了一下他的肩膀。那是鐵棒官。

他明白他應該下去。

他一級一級地順著台階往下走。台階很窄，每一級有八九寸高，而且又沒有欄杆；必須很小心才能下去。鐵棒官跟隨在格溫普蘭後面，中間隔著兩級台階，筆直地拿著他的鐵棒。鐵棒官後面是法警，兩人中間也保持著同樣的距離。

格溫普蘭走下這幾級台階的時候，痛心地感覺到自己彷彿被絕望吞噬了。他有如一步步走向死亡；每走下一級，光明就熄滅了一點。越往下走，他的面色也越蒼白。他終於走到台階底下。

地上那個被人縛在四根柱子上的毛蟲一般的東西，繼續發出臨終前喘息的聲音。

陰影裡有一個聲音說：「到這裡來。」

格溫普蘭朝前走了一步。

「再過來一點。」聲音說。

格溫普蘭又走了一步。

「到我面前來。」郡長又說。

法警在格溫普蘭耳邊悄悄地提醒：「您現在是在薩里郡郡長面前。」

格溫普蘭一直走到躺在地窖中央的受刑人旁邊。鐵棒官和法警留在原地，讓他一個人往前走。

他走到門廊底下，注視著這個可怕的受刑人。這是一個五六十歲的老頭，禿頭，下巴長著倒豎的白鬍子。他閉著眼睛，張著嘴，一顆顆牙齒都能夠看見。瘦骨嶙峋的臉跟一個骷髏差不了多少。手臂和腿固定在四根石柱上的鐵鍊，好像一個乘號；胸口和肚子上有一塊鐵板，上面堆著五六塊大石頭；嗓子裡的聲音一會兒像喘氣，一會兒像吼叫。郡長舉起桌上的權杖，說道：

「忠於女王陛下。」

他把權杖放在桌子上；接著，提高了他那喪鐘般緩慢的聲音。他說：

「人犯，請你最後一次聽聽正義的聲音。你被人從地牢裡提到本監獄，我們已透過合法的程序審問過你。但是你執迷不悟，始終一聲不響，拒絕回答法官。這是一種可惡的放肆行為，除了法院的口供記錄上列舉的那些罪行以外，單單這種行為就構成違抗法院的罪名。」

「既然你不願意打破沉默，仍窮凶極惡地進行反抗，我們只好將你押到地牢裡來。這也是你罪有應得，你所接受的就是刑法上的『嚴厲無情之刑』。你必須脫掉衣服，赤著身子，仰面躺在地上，四肢伸直，縛在法律的四根柱子上，肚子上放一塊鐵板，然後在身上放一堆石頭，你撐得了多少就放多少。」

「在這種情況下，我，薩里郡郡長，曾經再三勸告你開口回答。雖然你處在拷問、鐵鍊、腳鐐、手銬和桎梏的威力之下，仍舊冥頑不靈，固執地保持沉默；於是，根據法律和條文的命令，繼續給予刑罰。第一天不給你吃的和喝的東西。」

靜默了一會兒。那堆石頭下面傳來了犯人氣若遊絲的呼吸聲。

郡長接著說下去：

「第一天不給你吃的和喝的東西。第二天給你吃的，不給你喝的；在你嘴裡塞了三口大麥麵包。第三天給你喝的，不給你吃的；三杯水分三次倒在你嘴裡，那是從監獄的水溝裡舀來的。第四天到了，也就是今天。現在，如果你仍然拒絕回答，就把你留在這裡，一直到你死了為止。是正義要求這樣做的。」

「你將會嘗到慘死的滋味。到了那個時候，哪怕你的血從喉嚨裡、鬍子裡、腋窩裡流出來；哪怕是從嘴巴到腰間全身所有的孔洞都流血，也沒有人來幫你的忙了。」

「人犯，請注意，後果將由你自己負責。如果你放棄你可惡的沉默，如果你承認的話，你只不過被絞死，並且能領得一筆錢。你願意回答法院提出的問題嗎？」

郡長停了下來，他在等待著。受刑者沒有任何反應。

郡長又開口了：

「瞧吧，你已經受了七十二小時的考驗，我們現在是第四天了。人犯，今天是最後決定的日子。」

又等了一會兒，郡長冷若冰霜的臉望著下面受刑的囚犯。

「躺在地上的人犯……」

他停了一下。

「人犯！」他叫起來了，「你聽見我的話嗎？」

那人沒有動彈。

「我以法律的名義，命令你睜開眼睛！」郡長說。

犯人的眼皮依舊緊閉著。

郡長轉過身來，對站在左邊的醫學博士說：

「博士，請您診斷一下。」

醫生帶著一副官僚的僵硬神氣，從石板上走下來，走到囚犯面前。他彎下腰，把耳朵湊近受刑人的嘴，摸摸手腕、腋下和大腿的脈搏，然後站起來。

「怎麼樣？」郡長說。

「他還能聽見。」醫生說。

「他能夠看見嗎？」

「可以。」

郡長做了一個手勢，法警和鐵棒官走了過來。鐵棒官站在受刑者的頭旁邊；法警停在格溫普蘭旁邊。醫生朝柱子中間向後退了一步。郡長又使了一個眼神，法警立刻剝去格溫普蘭的帽子和大衣，抓住他的肩膀，讓他的臉對著犯人那邊的光亮。格溫普蘭的臉彷彿出現在黑影裡的浮雕似的，突然被燈光照亮了。

這時候，鐵棒官彎下身子，兩隻手扶著受刑者的鬢角，把他那張毫無生氣的臉轉過來，對著格溫普蘭，然後用兩隻大拇指和兩隻食指掰開闔上的眼皮。犯人的兩隻惡狠狠的眼珠子露出來了。

犯人看見了格溫普蘭。

他於是抬起頭來，睜大著眼睛望著他。使出一個胸口壓著一座小山的人所有的力氣，渾身哆嗦了一下，叫道：

「是他！是的！正是他！」

接著，他突然爆發了一陣可怕的笑聲。

「正是他！」他又說了一遍。

說完，他的頭又放在地上，重新閉上眼睛。

「書記官，記錄下來。」郡長說。

格溫普蘭起初雖然害怕，但還能勉強保持鎮靜。犯人的「正是他」這句話使他心慌意亂；「書記官，記錄下來」這句話又使他渾身冰冷。他彷彿意識到，一個罪大惡極的犯人正把他往命運裡拖；同時，他覺得這個人含糊不清的供詞彷彿頸枷的鉸鏈一樣，已經套在他頭上。格溫普蘭想像自己與這個人一起被拴在一個有兩根柱子的大枷上，不禁渾身顫抖，嚇得暈頭轉向。他結結巴巴、語無倫次地說起話來了。

「不對，不是我，我不認識這個人！他不可能認出我來，因為我根本不認識他。我晚上還有演出，你們要我做什麼？你們為什麼把我帶來這裡？這是不對的。法官先生，我再說一遍，這個人指的不是我，我是無罪的，這個人跟我毫無關係！您可以去調查，我過的是光明磊落的生活；我是個在江湖上流浪的人，我在市集上演滑稽戲，我是笑面人；來看我的人相當多，就在泰林佐草地上。十五年以來，我一直老老實實地幹我的本行。我現在二十五歲，我住在泰德克斯特旅店，名叫格溫普蘭。法官先生，請饒恕我，讓我離開這裡吧！不要欺負卑賤的苦命人，我什麼也沒有做過。我既沒有靠山，也沒有能力自衛。現在站在您面前的是一個可憐的賣藝人。」

「站在我面前的，」郡長說，「是克朗查理和洪克維爾子爵，西西里的科爾萊奧內侯爵，英國的費爾曼．克朗查理爵士閣下。」

郡長站起來，指著他的扶手椅，向格溫普蘭說：

「閣下，您請坐。」

26

格溫普蘭一頭霧水。他回過頭來，望了一下，看看這句話是對什麼人說的。鐵棒官和法警走近格溫普蘭，扶著他的手臂，讓他坐在郡長的扶手椅上。他聽任他們擺佈，弄不清是怎麼回事。

格溫普蘭坐下以後，法警和鐵棒官向後退了幾步，直挺挺地站在扶手椅後方，一動也不動。這時候，郡長戴上書記官遞過來的眼鏡，從堆在桌上的文件底下抽出一張斑痕累累的、發黃的羊皮紙，羊皮紙有的地方已經破碎、腐壞了，上面寫滿了字跡。郡長站在燈光下，把羊皮紙湊近眼睛，用最莊嚴的聲音唸道：

以父與子與上帝之名。

一個十歲的孩子被人惡毒地遺棄在波特蘭荒涼的海岸上，意圖讓飢餓、寒冷和孤獨殺死他。

這個孩子是在他兩歲的時候，被仁慈的詹姆士二世下令賣出去的。他是已故的克朗查理和洪克維爾子爵，義大利科爾萊奧內侯爵，英國上議員林諾．克朗查理和他已故的配偶安．布拉德肖的唯一合法子嗣費爾曼．克朗查理爵士。

這個孩子是他父親的財產和爵位的繼承人；這是陛下之所以賣掉他、使他變成殘廢、改變他的相貌、使他失蹤的原因。這個孩子受到適當的教養和訓練，使他能夠在市場和集市上耍把戲。

我以十英鎊的代價，買下了兩歲的費爾曼．克朗查理爵士；又讓一個名叫阿爾卡諾納的佛萊明人把他變成殘廢、改變他的相貌。我們蓄意把這個孩子的臉做成一個笑的面具。

根據我們的願望，阿爾卡諾納在這個孩子臉上做了手術，這樣一來，他臉上便出現了一個永恆的笑容。同時，他受到只有阿爾卡諾納一人知道的催眠術，在進行這項手術時沒有疼痛的感覺。這孩子根本不知道自己曾受過這次手術。

他不知道自己是克朗查理爵士，只知道自己叫格溫普蘭。他被賣掉的時候才兩歲，年齡還很小，而且記憶力非常模糊。

阿爾卡諾納是唯一通曉這種手術的人，這個孩子也是唯一在這種手術下存活的人。這種手術最奇怪的地方是，在許多年之後，哪怕這個孩子已經老了，哪怕他的一頭黑髮已經變成白髮，只要阿爾卡諾納看見他，還是能馬上認出來。

當我們寫這張字據的時候，阿爾卡諾納正被囚禁在查森監獄裡。他是被當作兒童販子拘捕的。

這個孩子是在瑞士日內瓦湖畔，洛桑與沃韋中間，他父母逝世的那棟屋子裡，按照國王的命令，被已故的林諾爵士的最後一個傭人賣出、交給我們的。這個傭人在不久之後也去世了；因此，除了查森地牢裡的阿爾卡諾納和我們這些即將死去的人以外，在這世上就沒有人知道這件微妙的秘密了。

我們教養了這個孩子八年，為的是讓這個從國王那裡買來的小爵士參加我們的行業。

如今，為了不與阿爾卡諾納遭到同樣的下場，我們從英國逃了出來。由於一時膽小害怕，我們就在日落時分，把現在叫做格溫普蘭的費爾曼．克朗查理爵士拋棄在波特蘭海岸上。

我們曾經在國王面前發誓保守秘密，但在天主面前則另當別論。

今天夜裡，由於天主的安排，我們受到暴風雨無情的襲擊。在這絕望和不幸的時刻，我們跪在天主面前，悔恨自己的惡行。只要上天的正義能夠得到滿足，我們就可以聽天由命，心安理得地死去。我們謙卑地懺悔，並寫下這篇聲明，把它託付給翻騰的海洋；但願它順從天主的聖意，能夠發揮作用。阿門！

郡長停了一下，接著說：「下面是簽名，各式各樣的筆跡都有。」他隨後唸道：

「吉納多．吉斯特蒙博士。阿桑森。一個十字，旁邊是：芭芭拉．菲莫伊，赫布里底群島的提里夫人。格斯陶拉，班長。吉恩傑瑞。雅各．卡托斯，別名納博訥人。路克—比埃爾．卡普加羅，馬洪的苦役犯。一六九〇年一月二十九日。」

郡長又停了一會兒，他接著說：

「下面有一則附註，筆跡跟上文與第一個簽名一樣。」

他又唸起來了：

船主已被沖到海裡去，其餘兩名水手簽名於下：考丁詹；艾芙—瑪麗亞，小偷。

郡長打斷了原文，插了一句：

「在羊皮紙下面寫著：『於巴薩奇海灣，比斯坎單桅船瑪都蒂娜號上。』」

「這是首相府的一頁公文，」郡長補充道，「上面印有詹姆士二世的金線。在這份聲明的空白處，有同樣的筆跡寫著一個附註。」他又唸道：

這頁羊皮紙是國王囑咐我們買這個孩子的命令。我們的聲明寫於背面，只要翻過來就可以看到這道命令。

郡長把羊皮紙翻過來，用右手舉到燈光下。這張發霉的白紙上寫著幾個拉丁字：「國王的命令」，和一個簽名：「傑弗瑞斯（註：詹姆士二世在位期間的大法官）」。

夢境裡彷彿有一片大瓦落在格溫普蘭頭上。他語無倫次地說：

「吉納多，啊，沒錯，那是一個悶悶不樂的老頭。我很怕他。格斯陶拉班長，就是那個頭目。我們一伙裡還有兩個女人：阿桑森和另外一個女人。還有那個普羅旺斯人，他姓卡普加羅。他用一個葫蘆喝酒，葫蘆上寫著幾個紅字。」

「葫蘆在這裡。」郡長說。

他從書記官手中接過一個東西，放在桌子上。

這是一個有兩隻耳朵的葫蘆，套子是柳條編的；一看就知道它經歷了不少冒險。它一定在海上待了不短的時間，上面還黏著許多貝殼、海藻以及海洋的各種汙垢。葫蘆口塗著柏油，代表曾被嚴密地封了起來。如今它被打開了，不過封口用的繩頭仍舊塞在葫蘆口上。

「剛才讀的這項聲明，」郡長說，「是那幾個將死的人放在這個葫蘆裡的。他們的船沉沒了，而大海則將這封寄給正義的信件忠實地送來了。」

郡長的聲調越來越莊嚴了，他繼續說下去：

「正如同它將一位失蹤的爵士找到，並且送回來。」

他又說：

「這個葫蘆上確實寫著幾個紅字。」

他提高了聲音，轉過身去，對一動也不動的受刑人說：

「這就是你的名字！你這個惡棍。冥冥之中有一條幽暗的道路，被人類罪惡的深淵吞沒的真理終於經由這條路回到水面上來。」

郡長拿起葫蘆，把這個漂流物的一面湊到燈光底下。葫蘆已經擦乾淨了，在編柳中間，能夠看到一條燈心草編成的帶子；這條帶子是紅色的，因為在水裡泡了很久，有的地方已經發黑了、斷了，但是仍清楚地寫著一個名字：阿爾卡諾納。

郡長又轉過臉來，用他那種特別的聲音對囚犯說：

「阿爾卡諾納！當本郡長第一次拿出這個寫著你的名字的葫蘆時，你第一眼就高興地承認這是你的東西。後來，等到這張摺好並放在葫蘆裡的羊皮紙的內容被宣讀以後，你就不願意再表示什麼。顯然，你希望這個被拋棄的孩子不要被找到，好讓你逃過懲罰，因此拒絕回答。由於你的拒絕，你受到了『嚴厲無情之刑』。今天是第四天，是法律規定對質的日子，一六九〇年一月二十九日被丟在波特蘭的這個孩子被帶到你面前來了，事到如今，你才終於打破沉默，認出了你的受害人——」

受刑人睜開眼睛，抬起頭，用垂死時的響亮聲音開始說話了。儘管他的喉嚨裡不時發出咯咯的聲音，他的聲調卻透露出一種難以形容的冷靜。

「我曾經發誓保守秘密，我盡我的力量做到了這一點。如今，沉默已經沒有用了，所以我要開口說話。好吧，是的，正是他！他是陛下跟我製造出來的產物；陛下用的是他的意志，我用的是我的藝術。」

他望著格溫普蘭，又補充了一句：

「現在，笑吧，永遠的笑吧！」

他自己也開始放聲大笑。

這一次的笑聲比剛才還要放肆，聽起來彷彿是一陣嗚咽。

笑聲停了，那人又重新躺下。闔上了眼皮。

郡長要書記官把受刑人的話記錄下來，然後說：

「阿爾卡諾納！按照法律規定，經過事實的對證，並且經過你的懺悔承認後，本人宣布除去你的桎梏，聽候女王陛下絞刑的命令。」

他把羊皮紙放在桌子上，取下眼鏡，說道：

「『嚴厲無情之刑』結束了。阿爾卡諾納，感謝女王陛下的洪恩吧！」

法警打了一個手勢，穿皮衣服的劊子手便走到犯人那裡，把肚子上的石頭一塊一塊地拿下來，除去鐵板，露出這個可憐蟲不成人形的肋骨；接著鬆開連接四根柱子的手腕和腿上的鐐銬。

犯人雖然擺脫了石頭和鐵鍊，可是仍舊躺在地上，閉著眼睛，手臂和腿叉開，如同一個從十字架上卸下來的人。

「阿爾卡諾納，」郡長說，「站起來。」

犯人沒有動彈。

劊子手助手舉起犯人的一隻手臂，然後鬆開它，它又垂在地上。又舉起了另一隻手，也是一樣。

醫生走過去，從黑長袍的一個口袋裡取出一面銅鏡，放在阿爾卡諾納張開的嘴巴前面；接著用兩隻手指掰開犯人的眼皮。眼皮張開後不再闔上，玻璃般的眼球一動也不動。

「死了。」醫生站起來說道，「是被狂笑害死的。」

「沒有關係，」郡長說，「是死是活都一樣。他已經招供了。」

接著，他拿起他的白色權杖，走到格溫普蘭面前深深鞠了一躬，然後仰起頭，擺出一副莊嚴的架勢，望著格溫普蘭的臉說：

「謹向閣下致敬。在下是薩里郡郡長菲利普．杜澤爾．帕森斯騎士，奉女王之命調查海軍部的一份文件。在審查了證人、證物和簽名之後，現在已作出了公正無誤的結論。為了使權利歸於真正的主人，在此正式宣佈閣下是克朗查理和洪克維爾男爵，西西里科爾萊奧內侯爵，英國上議員費爾曼．克朗查理爵士。願上帝保佑您。」

他說完鞠了一躬。

除了劊子手以外，所有在場的人：法學家、醫生、法警、鐵棒官，都在格溫普蘭面前鞠躬。他們的敬禮比郡長的還要恭敬，簡直一躬到地。

「老天！」格溫普蘭叫起來了，「趕快喊醒我！」

他站起來，面色鐵青。

「我來喊醒您。」一個還沒有聽見過的聲音說道。

從一根石柱後面走出一個人。這是個臃腫的胖子，戴著宮廷假髮，穿一件旅行披風，態度恭謹，已經不年輕了。他行了一個禮，既恭敬又俐落，只有在服侍貴人的紳士才有這種風度。

「是的，」他說，「我來叫醒您。您已經睡了二十五年了。您一直在做夢，現在該醒過來了。您以為您是格溫普蘭，其實您姓克朗查理；您以為您是小老百姓，其實您是貴族；您以為您是最下層的人，其實您是最高高在上的；您以為您是個賣藝人，其實您是個上議員；您以為您是個窮人，其實您是大富大貴之人；您以為您是卑賤的，其實您是偉大的。醒過來吧！我的爵士！」

格溫普蘭用很低的聲音、一種透露出恐懼的聲音，喃喃地說：

「這一切到底是怎麼回事呢？」

「也就是說，我的爵士，」胖子回答，「我叫巴基爾費德羅，是海軍部的官吏。這個漂浮物，阿爾卡諾納的這個葫蘆，是在海岸上找到的。它被人送來我這兒，由我親手開封，這是我的職責。我將葫蘆的內容報告了女王陛下，然後接到女王的命令，完成一切必要的法律程序。也就是說，您有一百萬法郎的年金，您是大不列顛聯合王國的爵士，國家的立法者和法官，與王室平起平坐，頭上戴的是元老冠，還要跟國王的女兒——一位公爵小姐——成婚。」

這個突如其來的變化彷彿沉雷壓頂，格溫普蘭昏過去了。

27

有一天退潮的時候，加爾肖堡壘兵營裡的一個炮兵在沙灘上撿到一個被海潮沖上來的葫蘆，葫蘆口被一個塗了柏油的塞子封住了。炮兵把這個漂流物交給堡壘的上校，上校又把它轉交給英國海軍上將，最後到了巴基爾費德羅的手裡。巴基爾費德羅打開葫蘆封口，把羊皮紙交給女王。女王立刻閱讀了這份文件。之後，她召見兩位很有地位的顧問，就此事進行商量；一個是大法官，另一個是世襲宮廷典禮司長，兩人都同意：「從憲法上來說，一位上議員的復位比一位國王重得王位還要重要。」於是，調查開始了。

格溫普蘭在大街上有一面招牌，很容易找到；阿爾卡諾納也是如此。員警將阿爾卡諾納從查森監獄裡押解到倫敦，同時派人到瑞士去調查。每一個事實經過查證，都是屬實的。他們從沃韋和洛桑的文獻中調出了流亡的林諾爵士的結婚、孩子的出生以及孩子父母的死亡證明，以備不時之需。所有這一切都是秘密進行的。

安妮對格溫普蘭的畸形作過一番適當的瞭解，她因為不願意讓她繼承克朗查理家財產的妹妹受到損失，幸災樂禍地決定把約瑟安娜公爵小姐嫁給新爵士，也就是格溫普蘭。

這一切由巴基爾費德羅負責。

因為他的緣故，這件案子一直在偷偷地進行，嚴格保守秘密，所以無論是約瑟安娜，或是大衛爵士，都沒有聽到一點風聲。約瑟安娜目中無人，不知不覺間把自己孤立起來；而大衛爵士又被派到法蘭德斯海岸去了。他馬上要喪失自己的爵位，可是卻一點也不知情。安妮打算將大衛提升為海軍中將，好讓他在知道自己喪失了爵位的時候，能夠得到一點安慰。

安妮覺得很滿意。她為妹妹弄來一個可怕的丈夫，又升了大衛爵士的職。邪惡而善良。

女王陛下就要看一齣喜劇了。另一方面，她對自己說這麼做是公正的，她的父親做了一件錯事，她來出面彌補，替上議院找回一位議員。在做一件善行的同時，又能陷害自己討厭的人，實在太妙了。

她知道妹妹的未婚夫是畸形人，這一點也就足夠了。至於格溫普蘭是什麼樣的畸形，醜到什麼程度呢？巴基爾費德羅不想告訴女王，女王也不打算追問；況且，這有什麼關係？面貌並不能排斥權利。安妮這樣想著，感到快樂無比。

當時女王正在溫莎，這麼一來便在宮廷的鉤心鬥角和公眾之間保持了一定的距離。關於這件即將發生的事情，只有少數人知道其中的秘密。

至於巴基爾費德羅，他滿心歡樂，臉上反而增添了一種陰森的表情。

就在他開始相信自己不可能傷害約瑟安娜的時候，冥冥的巧合將阿爾卡諾納的葫蘆送到了他手裡。於是，大海把一個受害人從詹姆士二世手中救出來的同時，卻把另一個獵物交給了巴基爾費德羅。他心花怒放，感到這是個天大的好機會——扶起格溫普蘭，就等於推倒約瑟安娜！

一切都齊全了，簡直像是預先安排好的。這個將要滿足他的怨恨的冒險故事的各個片段，早已放置在各處，只要一伸手就行了。他只要把它們放在一起，焊接一下，就萬事大吉。

格溫普蘭！他知道這個名字。笑面人！他跟所有的人一樣，也看過笑面人。他看過掛在泰德克斯特旅店裡的招牌，所以很快想起了每一個細節。那塊招牌上寫的正是羊皮紙上謎題的答案：「各位能在這裡看見格溫普蘭。一六九〇年一月二十九日夜晚，十歲的他被狠心的兒童販子拋棄在波特蘭的海岸上。」他眼裡閃出耀眼的光輝。約瑟安娜這下子完了！有了一位克朗查理爵士，大衛．第里—摩爾完蛋了！爵位、財富、權力、社會地位，這一切都離開了他，來到格溫普蘭身上。一切——宮殿、獵場、森林、產業，連約瑟安娜也包括在內，都屬於格溫普蘭。對於約瑟安娜，這是多麼妙的結局！

如今，是誰在等待這個赫赫有名的高傲女人呢？一個賣藝人。是誰在等待這個矯揉造作的美人兒？一個怪物。誰能想像得到呢？巴基爾費德羅興奮極了。所有最惡毒的仇恨結合在一起，也敵不過這樁意外帶來的影響。

另一方面，他從一個受人保護的人，一下子成了費爾曼．克朗查理爵士的保護者。這是什麼人？英國的一位上議員！他手裡有一位爵士！他一手扶持的爵士！這個人將是女王的妹夫！他長得那麼醜，一定能取悅女王；而他，巴基爾費德羅，也將從此飛黃騰達。他隱隱約約地盼望起一個主教的位子。

他沉浸在無邊的幸福之中。

就在這一天，一輛女王的驛站馬車突然奉女王陛下的命令，到倫敦來接約瑟安娜到溫莎去，安妮當時在那裡小住。約瑟安娜正有一樁心事未了，本打算拖延一天，但是宮廷的規矩不允許她抗命。她必須立刻離開倫敦的洪克維爾宮，動身前往她在溫莎的科爾萊奧內行宮。

當鐵棒官出現在泰德克斯特旅店，帶走格溫普蘭，並把他領到南華克監獄的地窖裡去的時候，約瑟安娜離開了倫敦。

她到了溫莎，看守覲見廳的官員告訴她，女王跟大法官在一起，要到明天才能召見她，請她在科爾萊奧內行宮等候。約瑟安娜忿恨地回到自己的行宮，悶悶不樂地吃了晚飯，覺得煩悶，於是摒退所有人，只留下她的書僮。過了一會兒，書僮也被打發走了。天還沒有黑，她就上床睡了。

她到達溫莎的時候，聽說大衛·第里—摩爾爵士在海上接到命令，火速趕回來聽取女王的意旨，他明天也將在溫莎被召見。

28

當格溫普蘭恢復知覺，重新睜開眼睛的時候，天已經黑了。他坐在一個大房間中央的一把扶手椅上。牆上、天花板和地板上，到處都掛著紫紅色的絲絨；踩在腳底下的也是絲絨。一個沒有戴帽子的胖子站在旁邊，這就是巴基爾費德羅。房裡只有他們兩人。格溫普蘭坐在扶手椅上，兩張桌子就在伸手可及之處，每張桌上有一支點著六根蠟燭的大燭台。一張桌子上放著許多文件和一個銀箱；另一張桌子上，一個鍍金的銀托盤裡放著一盤小吃：冷雞、葡萄酒、白蘭地。

透過一扇從地板直達天花板的玻璃窗，在四月明亮的夜空下，能夠看見一排圍成半圓形的柱子，外頭是一個大院子，院門已經關上了，一共有三個門，鐵柵欄的尖頂閃著亮光。中央的大門上矗立著一件高大的雕刻品。柱子可能是大理石砌的，院子也一樣，看上去就像雪地。銀箔似的地面上嵌著某種花紋，但光線太暗看不清楚；要是在白天，它那上了釉的彩色陶磚便會呈現出一幅佛羅倫斯式的巨大紋章。院子外面矗立著一座巨大的建築物，因為夜色朦朧的關係，影影綽綽的模糊不清。滿天星斗的夜空襯托出宮殿高低不平的剪影。

能夠看出一個很大的屋頂，螺紋形的三角牆；有屋簷的頂樓好像頭盔，煙囪好像高塔，牆上立著寂然不動的男女雕像。在一排柱子背後的半陰影裡，一個美麗的噴泉正在噴水，泉水淙淙作響，悄悄地從一個水池注入另一個水池；細雨跟瀑布糾纏在一起，彷彿要為包圍著它的雕像解悶。一排排的窗戶只露出一點側影，中間隔著雕有甲胄、武器的圓拱形浮雕和立在柱頭上的胸像。屋脊上，戰利品和插著頭盔的石製模型，跟神仙的雕像交替地陳列著。

在格溫普蘭待的那個房間盡頭，長窗對面的地方，是一個與牆等高的壁爐。另外一邊的一個華蓋底下，是一張傳統大床，旁邊有床腳梯。一排扶手椅靠牆擺著，扶手椅前是一排靠背椅。除此之外，房間裡沒有別的傢俱。天花板是凸形的；壁爐裡燒著一大堆木柴，那玫瑰紅中帶點綠色的火焰，顯示燒的是榛木，這是一種很奢侈的東西。房間是那麼地大，儘管兩支大燭台的蠟燭都點上了，仍顯得很暗。幾個地方掛著低垂的門簾，說明那裡跟另外的房間相通。整個房間表現出的是詹姆士一世時代的那種方正有力的風格，雖然已經過時了，卻仍舊壯麗。房間裡的地毯和掛毯、華蓋、帷幔、床、床腳梯、壁爐、桌布、扶手椅、靠背椅，所有東西都是深紅色的；除了天花板以外，沒有一點金色。

天花板上，在離四個角落一樣遠的地方，有一個精心打造的巨大圓盾，上面閃耀著耀眼的徽章浮雕，徽章上有兩個並排的紋章，能夠看見一個男爵帽和一個侯爵冕，看上去像是黃金。這個威風凜凜的天花板，如同陰鬱而華麗的穹蒼，正中心的這個燦爛的盾徽彷彿黑夜裡的太陽，閃耀著憂鬱的光芒。

一個擁有自由靈魂的野蠻人待在宮殿裡，就跟待在監獄裡一樣不安。這個壯麗的地方使人心煩意亂，甚至產生恐懼。誰住在這座莊嚴的宅邸裡？這些偉大的東西都是屬於什麼大人物的呢？這所宮殿是什麼獅子的巢穴？格溫普蘭還沒有完全醒過來，覺得心裡很難過。

「我在哪裡？」他說。

站在他面前的那個人回答：「在您自己家裡，我的爵士。」

29

從公爵小姐的情書，到南華克地窖裡意外的發現；不可思議的事情一樣樣地湧進格溫普蘭的生活，像黑暗一樣籠罩著他。他透過這層煙霧檢視每一樣東西。起初，他什麼也看不清楚。不過一切慢慢清晰了，塵土落下去了，驚奇的程度越來越低。格溫普蘭像一個做夢的人一樣，睜大著眼睛，一動也不動地注視著這團雲霧。

那個大肚子的人又說了一遍：「在您自己家裡，我的爵士。」

格溫普蘭摸摸自己，人在驚奇中總是會先確認是否每一樣東西都是實在的。接著他摸摸自己，確認自己是否還活著。他發現自己原來的短上衣和皮披肩已經不見了，他現在穿的是銀色的呢背心和一件綢緞上衣，他感覺到背心口袋裡有一個滿滿的大錢包。在他的緊身短褲外面，罩上了一條肥大的絲絨短褲；腳下還穿著一雙高底的紅皮鞋。顯然，在他被送到這座宮殿裡來的時候，有人替他換了衣服。

那人又說：

「請閣下記住這一點：我叫巴基爾費德羅，是海軍部的官員。是我打開阿爾卡諾納的葫蘆，拯救了您的命運。」

格溫普蘭怔怔地望著這張說話的笑臉。

巴基爾費德羅繼續說下去：

「除了這座宮殿以外，您還有一座洪克維爾行宮，比這裡還要大。還有克朗查理堡，那是老愛德華時代的一座堡壘，您的上議員爵位就是由此世襲而來。您有十九個私人法官，他們管轄的村莊和農民也是屬於您的。作為貴族和爵士，您的名下大約有八萬名家臣和佃農。在克朗查理，您就是法官，是所有的財產和生命的法官，您有自己的男爵宮廷。在您的領地裡，您差不多就是國王。您還是親王，您與愛爾蘭的瓦倫西亞子爵和蘇格蘭的昂法維爾伯爵都有親戚關係。您擁有八座城堡，對菲林莫的泥炭場和特倫特河上的採石場，您有課稅權。除此之外，潘尼斯獵場和摩爾安利山也是您的財產，山上還有一座古城，名叫凡科頓。這一切財產每年將為您帶來四萬英鎊的收入，換句話說，也就是一百萬法郎。」

巴基爾費德羅滔滔不絕地說著，格溫普蘭越來越驚奇。十五年來，這個流動戲院的小丑，從一個十字路口流浪到另一個十字路口，撿拾觀眾賞的銅板，吃麵包屑，一天一天地混飯吃，突然間，一份偌大的財富卻降臨在他頭上。

巴基爾費德羅用食指碰了一下桌子上的銀箱：

「我的爵士，這個銀箱裡有兩千基尼，這是仁慈的女王送來給您臨時用的。」

格溫普蘭動彈了一下。

「給我的父親烏蘇斯好了。」他說。

「是，我的爵士，」巴基爾費德羅說，「泰德克斯特旅店裡的烏蘇斯。由我為您送去吧。」

「我要自己送去。」格溫普蘭又說。

巴基爾費德羅收起笑臉，說：

「不可能。」

他說這句話時加重了語氣，接著停了一下，彷彿是要加上一個句點。接著他用一種尊敬而又放肆的奇怪聲調繼續說道：

「我的爵士，這裡是您的官邸科爾萊奧內行宮，就在女王的溫莎宮附近，距離倫敦二十三英里。誰也不知道您在這裡。您能夠到這個房間裡來，是因為我有一把秘密的鑰匙。這裡的人已經睡了，這個時間不能去驚醒別人。現在，讓我來向您解釋吧：我是女王陛下派來的。」

巴基爾費德羅一面說話，一面翻開銀箱旁邊的那卷文件。

「我的爵士，這是您的上議員證書，這是您的西西里侯爵證書，這是您八個男爵領地的證件和契據，上面蓋著十一個國王的印。這是您的特權證書，這是您的租契以及您封地、采邑、領土、土地和產業的契約及其詳細說明。在您頭上，天花板上的這個紋章裡，是您的兩個冠冕，一個是男爵的珍珠帽，一個是侯爵的莓葉冠。這裡，在您的衣櫥裡，放的是貂皮滾邊的紅絲絨上議員長袍。就在幾個小時以前，大法官和紋章院長已經從女王那裡得到命令，一切手續都辦理好了。明天，上議院將接受您為上議員，您將有權參加會議。」

巴基爾費德羅停下來，慢慢地喘口氣，接著說：

「不過這一切仍然可以取消。我的爵士，上議院要到明天才會知道這件事。為了國家的利益，所有關於您的事情一直是保密的。因此，如今已經知道您的存在與權利的幾個人，還是可以把這些事情全部忘掉——如果國家要求他們忘掉的話。您有一個哥哥，他是您父親和一個女人的私生子，這個女人在您的父親流亡期間當了查理二世的情婦；因此，您的哥哥現在也在宮裡，享有您的上議員資格。這是您希望的嗎？我想一定不是。好吧，一切全取決於您。必須服從女王。必須等到明天，您才能離開這個住所，坐女王的車子到上議院去。我的爵士，您願意成為英國的上議員嗎？女王十分看重您，不久便會接納您為王室的一員。費爾曼．克朗查理爵士，現在是您作出決定的時刻；人一旦走進榮華世界，往昔的一切便統統消失了。我的爵士，格溫普蘭已經死了，您明白了嗎？」

格溫普蘭從頭到腳哆嗦了一下，接著他鎮定下來，說：

「明白了。」

巴基爾費德羅笑了。他鞠了一躬，把銀箱放在他的披風底下，走了出去。

30

格溫普蘭在被舉到頂端的同時，被推入另外一個深淵。

他感到暈眩，上升的暈眩與下降的暈眩。

他眼前是一個仙境般的雲洞，又說不定是一個陷阱。雲開了一個洞，露出一塊深藍的天，藍到發暗的程度。

他站在高山頂上，能夠看見世間的王國。

這座高山很可怕，正如同它根本不存在一樣，可怕到無法揣測的程度。在這座山頂上的人如在夢中。誘惑的力量是那麼強。宮殿、城堡、權力、財富，一切人間的幸福都圍繞著他，簡直一眼望不到邊，彷彿一個以他為中心的光芒四射的球形，各種享受一直陳列到天邊。簡直是危機四伏的海市蜃樓。

試想，一個人沒有經過任何心理準備，事前沒有一點預警，突然看見了這樣的景象，心裡會亂到什麼程度啊！

房裡只剩下格溫普蘭一人了，他開始邁著大步，走來走去。這是爆炸前的沸騰。

他在坐立不安的激動中沉思著，好像在向記憶力求救。在南華克地窖裡宣讀的海上遇難者的聲明，在他的記憶裡依舊清晰，也完全可以瞭解；他能夠想起每一個字。他在這個聲明底下又看見了自己的童年。

他突然停下來，把兩手背在背後，瞧著天花板。

「翻本了！」他說。

他的舉動跟一個把頭浮出水面的人一樣，彷彿在一陣突如其來的亮光裡看見了一切：過去、未來和現在。

「哈！」他在心裡叫道，「是這麼一回事！我原來是個爵士。一切都水落石出了。啊！他們把我偷出來，賣給人家，毀掉我，剝奪我的繼承權，拋棄我，陷害我！我失去的人生在大海上漂了十五年，它突然靠了岸，活生生地站起來了！我復活了！一直以來，我總覺得在我的破衣服底下激蕩著一種不凡的東西，這下終於明白了！我是男爵，我是侯爵，我是上議員！啊！他們把這些東西都奪走了！我本來是光明世界的居民，他們卻把我帶進黑暗世界。啊！這些折磨我童年的強盜，我還能在記憶中看見他們。我曾經在這些可怕的黑影底下流血、呼喊。我被來來往往的人踩在腳底下，受每一個人的踐踏，趴在最卑賤的人腳底下，比奴隸和僕役還不如！如今，我已經從那裡出來了！我又從那裡爬上來了！我又從那裡復活了！啊，看看我吧。翻本了！」

他剛坐下，又站起來，兩隻手抱著腦袋，繼續走來走去，暴風般的思緒仍持續著：

「我在哪裡？在山頂上！這個叫做富貴與權力的山頂，就是我的家！我以前在底下仰望它，現在卻高高在上！我是爵士，我有一件深紅色的披風，我要戴莓葉冕，參加國王的加冕典禮。我是大臣和親王的法官。在城裡和鄉下，我都有宮殿、宅邸、花園、獵場、森林、華麗的馬車、上百萬的家當。我要大宴賓客、制訂法律，幸福和快樂任我挑選；過去從未在草地摘過一朵花的格溫普蘭，以後能夠摘天上的星星了！」

靈魂被黑影遮起來，是悲慘的。格溫普蘭的情況正是如此，他曾是一個高尚的人，也許現在仍舊如此，但精神的偉大卻被物質的偉大代替了。一群無形的魔鬼把這個美德戳了一個洞，驚愕抓住了人的弱點。野心、欲望、羨慕，所有這些卑劣的品格，過去都被格溫普蘭的貧困驅走了，現在卻鋪天蓋地般回來，佔據了這顆慷慨的心。

格溫普蘭大口喝著驕傲之酒，醉得昏頭昏腦。這酒多麼毒啊！

人在逆境裡比在順境裡更能堅持不屈，遭逢厄運時比走了好運時更容易保全心智。然而，貧賤是豺狼，富貴是猛虎；身在幸福中而能有自知之明，卻不是一件容易的事。曾經戰勝了暴風雨和貧困的格溫普蘭，如今卻在虛榮的微風裡搖擺不定了！

他就這樣胡思亂想，腦子既清醒，又糊塗，彷彿精神錯亂似的。他隨便倒在一張扶手椅上，一會兒打盹，一會兒突然驚醒。他踱來踱去，望望天花板，端詳一下上面畫的冠冕，心不在焉地研究研究紋章上難辨的字體，摸摸牆上的絲絨掛毯，挪動一下椅子，翻翻羊皮紙，讀讀上面的名字，拼讀爵位的名稱和各種地名，比較各個蠟印，摸摸蓋過御印的絲帶；隨後又走到窗前，傾聽噴泉的聲音，看雕像，數大理石柱子，接著他說道：

「沒錯！」

他摸摸他的緞子衣服，問自己：「是我嗎？是的。」

他內心裡的風暴正在襲擊著他。

在這種狂風暴雨下，他還會有衰弱和疲乏的感覺嗎？他喝過、吃過、睡過嗎？即使他有，他也不知道。人類在某種緊張的心情下，本能往往會按照自己的需求獲得滿足，用不著思想的干涉。再說，他現在的思想已經不大像思想，倒更像煙霧。

幾個鐘頭過去了。黎明來了，天亮了。一道白色的光線射進房間，同時也射進格溫普蘭的心田。

「蒂！」光線對他說。

31

烏蘇斯眼看著格溫普蘭消失在南華克監獄的大門裡後，仍待在原地，不知如何是好。他繼續等著、觀察著，一會兒望望監獄的黑牆，一會兒望望側門。這一條街十分偏僻，行人很少，所以沒有人注意到他。

終於，他從牆角裡出來，拖著緩慢的步伐走了。太陽已經偏西了。他不時回過頭去，瞧瞧格溫普蘭走進去的那個可怕的小門；他的眼光呆滯，無精打采。到了盡頭，他走上另一條街，接著又走上另一條，迷迷糊糊地沿著幾個小時以前走過的路線走下去。儘管早已離開了監獄的那條街，他仍不時回過頭去，彷彿還能看見監獄大門似的。他慢慢走近泰林佐草地，市集附近的小巷都是夾在花園矮牆中間的荒涼小徑；他彎著腰，沿著籬笆和水溝行走。忽然，他停下來，挺直身子，叫道：「太好了！」

同時他朝自己頭上打了兩拳，又在大腿上打了兩拳，嘴裡開始嘟噥道：

「幹得好！哼！這個乞丐！這個無賴！這個造反的傢伙！他是因為說了政府的壞話，才被關進去的。他是個叛徒！我家裡出了叛徒。幸好我把他甩掉了，他去坐牢了！哈！太好了！這就是法律的好處。唉！忘恩負義的傢伙！我一手把他撫養大，費了多少心血啊！他為什麼要說話、要思考呢？他竟敢干涉國家大事！他膽大妄為地說著王國的壞話，侮辱女王陛下的頭像！該死，應該尊敬錢幣，每一樣東西都是屬於政府的。應該認識這一點。哈！格溫普蘭入獄了！他當了苦役犯！這是公平的，合情合法的。鐵棒官抓住他，法警把他帶走，郡長把他留下，現在大概有一個法學家正在挑他的毛病。他活該倒楣！說實在的，我不該收留這個孩子和那個小姑娘，這真是太荒唐了！他呢，醜得可怕；而她，又兩眼全瞎！我吃盡了貧窮的苦，難道還沒有受夠！可是，謝天謝地，格溫普蘭坐牢了，這下我一口氣把他們倆都甩掉啦！因為蒂一定會因此喪命。等到她再也看不見格溫普蘭的時候，她就沒有再活下去的理由了。她會對自己說：『我還留在世界上做什麼呢？』於是她也要死了。很好，兩個人都見鬼去吧！這兩個傢伙，我一直憎恨他們！死吧，蒂。啊！我多麼高興啊！」

32

他回到泰德克斯特旅店時，已經六點半了，接近黃昏了。

尼克萊斯老闆站在門檻上。他那張驚慌失措的臉從早上開始就一直沒有平靜下來，恐懼的表情已經僵在臉上了。他老遠看見了烏蘇斯，大聲問道：

「怎麼樣？」

「什麼怎麼樣？」

「格溫普蘭要回來了嗎？時間快到了，觀眾很快就要上門了。笑面人今晚會演出嗎？」

「笑面人？現在輪到我笑了！」烏蘇斯說。

他望著旅店主人，發出一聲響亮的冷笑。

隨後，他爬上二樓，打開旅店招牌旁邊的窗戶，彎下身子，伸手把「笑面人」的牌子摘下來，然後又把《被征服的混沌》的木板舉了一下，卸了下來，把兩塊木板夾在手臂下，接著便下樓了。

尼克萊斯老闆的眼睛一直跟隨著他。

「為什麼要把這些東西拿下來？」

烏蘇斯又冷笑了一聲。

「您笑什麼？」旅店主人又問。

「我不幹了。」

尼克萊斯老闆明白了，他吩咐他的伙計告訴所有來看戲的人，今天沒有演出。他把門口收錢用的桶子推到酒店的角落裡。

過了一會兒，烏蘇斯走上綠箱子，把兩塊牌子放在角落裡，走進蒂的房間。

蒂還在睡覺。

她躺在床上，渾身的衣服都穿得好好的，只有裙腰鬆開了，這是她午睡時的習慣。維納斯和菲比坐在她旁邊想心事，一個坐在小凳子上，一個坐在地上。儘管時候已經不早了，她們卻還沒有穿上她們的表演服，仍裹著她們的粗呢頭巾和粗布長袍。

烏蘇斯望了望蒂。

「她在試著長睡不醒呢！」他嘟囔著說。

他惡聲惡氣地對菲比和維納斯說：

「一切都完了！妳們可以把妳們的喇叭放回抽屜裡了。妳們沒有穿仙女的衣服，很好，穿妳們的粗布裙子吧！今天晚上不演戲了。明天、後天、大後天也是一樣。沒有格溫普蘭了！他再也不會回來了！」

他接著又端詳蒂。

「她會受到多麼大的打擊呀！簡直跟吹熄蠟燭一樣。」

他乾笑了一聲，走到盡頭的窗戶旁。

「白天多麼長呀！七點鐘了，還能看見東西。不過，我們還是點上油燈吧。」

他打了一下火石，點燃綠箱子天花板上的風燈。

他彎下身子，望著蒂。

「她要著涼了。妳們這兩個婆娘，把她的上衣鬆得太開了。」

之後，他又在綠箱子裡踱來踱去，指手畫腳地說：

「我的神智是清醒的。我認為應該這麼做。等她醒了，我要把這件意外一五一十地告訴她。格溫普蘭不見了，再見吧！蒂。一切都安排得多麼好呀！格溫普蘭在監獄裡，蒂在墓地裡，兩人做一對好鄰居。好極了。菲比，維納斯，把妳們的鼓掛到牆上吧！我們再也不演戲、再也不吹喇叭了，綠箱子完蛋了，蒂也永遠醒不來了！看吧，這就是討論政治的下場。多好的教訓！至於我，我繼續趕篷車，四處流浪，帶著奧莫一起走。我的老朋友，嘿！我倆又單獨待在一起了。我太高興啦！格溫普蘭再也不會回來了，很好。現在輪到蒂了，她拖不了多久的。死吧！妳聽見了嗎。哎呀！她醒了！」

蒂睜開眼睛，她那張無知而溫柔的臉跟平常一樣，散放著光芒。

「她在微笑，」烏蘇斯喃喃地說，「我在大笑。很好。」

蒂喊道：

「菲比！維納斯！到了演出時間了吧。我睡了好久。替我更衣吧。」

菲比和維納斯沒有動。

這時，蒂難以形容的盲人的目光遇到了烏蘇斯的視線。他心裡一驚。

「喂！」他大聲說，「妳們在做什麼？維納斯，菲比！沒聽見小姐在叫妳們嗎？難道妳們聾了不成！趕快！馬上就要上演了。」

兩個女人一臉疑惑地望著烏蘇斯。

烏蘇斯吆喝起來了：

「妳們看不見觀眾已經進來了嗎？菲比，替蒂穿衣服！維納斯，擂鼓！」

這兩個女人總是聽人使喚，儘管她們認為主人在發瘋，仍機械般地執行他的命令。菲比把衣服拿下來，維納斯也把鼓拿出來了。

當菲比開始替蒂穿衣服時，烏蘇斯放下休息室的門簾，從布幕的後面繼續說：

「你瞧！格溫普蘭，院子裡的觀眾已經超過一半了，戲院門口擠得很厲害。有多少人啊！菲比，維納斯，妳們在做些什麼！不要掀門簾。應該知道羞恥，蒂還在穿衣服。」

他停了一會兒，接著突然傳來一個叫聲：

「蒂長得多麼美！」

這是格溫普蘭的聲音。菲比和維納斯吃了一驚，連忙轉過頭來。確實是格溫普蘭的聲音，不過是從烏蘇斯嘴裡發出來的。

烏蘇斯從門縫裡做了一個手勢，不許她們大驚小怪。

他又用格溫普蘭的聲音說：「我的天仙！」

接著又用自己的聲音說：「蒂是天仙？你瘋了，格溫普蘭，能飛的哺乳動物只有蝙蝠。」

他又說：「喂！格溫普蘭，去把奧莫放開吧。別說傻話了。」

於是他模仿格溫普蘭輕快的步伐，很快地走下綠箱子後面的梯子。讓蒂聽見這個聲音。

他在院子裡遇見了古維根，把一把錢幣放在他手上，悄悄對他說：

「伙計，你快蹲在院子裡，蹦蹦跳跳，敲敲打打，吵吵鬧鬧，吹口哨，放聲大笑，喝彩，手舞足蹈，然後再砸碎什麼東西。」

尼克萊斯老闆正拿著一支燭台從陽台上望向院子。烏蘇斯小心翼翼地對他喊道：

「先生，請您跟您的伙計一樣，拚命地叫嚷吧！」

他走上綠箱子，提高了嗓門：

「人太多了。我怕演出時把戲台擠壞。」

接著又說：

「蒂已經穿好衣服了，我們馬上就可以開始了。我真後悔放這麼多人進來！你瞧，格溫普蘭，簡直是一群無法無天的暴民！我打賭，我們今天的收入一定不差。來呀！妳們這兩個蠢貨，都來奏樂！菲比，拿起妳的喇叭！維納斯，擂鼓！這麼多人呀！我可憐的格溫普蘭。」

他打斷了自己的話：

「格溫普蘭，幫我一下忙。我們放下板壁。」

他抽出滑車的鐵閂，跟平常一樣，滑車發出咯吱的聲響。板壁放下來了。

「格溫普蘭，別急著把布幕拉開！來，妳們兩個到前台去，奏樂！老天，我們的觀眾什麼人都有，好一群人渣！有多少人呀！我的老天爺。」

兩個吉普賽女人傻頭傻腦地服從了。她們帶著自己的樂器，坐在放平的板壁的兩個角落裡，這裡是她們的老位子。

這時候，烏蘇斯開始施展他的絕活了。他不是一個人，而是一群人。他那不可思議的口技無中生有地製造出人山人海的假象。所有藏在他肚裡的人類和動物的聲音都一起發動了，簡直跟一車人似的。唱歌、吵鬧、聊天、咳嗽、吐痰、打噴嚏、吸鼻煙、對話；所有這些聲音都是同時發出來的，就在這個什麼也沒有的院子裡，能夠聽見男人、女人和孩子的聲音。烏蘇斯用拳頭敲，用腳跺，一會兒對著院子盡頭發出聲音，一會兒又使人聽見聲音好像是從地下鑽出來的。沒有一種模仿的本領比這更驚人的了。他不時掀起休息室的門簾，瞧瞧蒂。蒂在聽。

在院子裡，古維根也鬧騰得不可開交。

維納斯和菲比老老實實地吹喇叭，瘋狂地擂鼓。唯一的觀眾尼克萊斯老闆也跟她們一樣，認為烏蘇斯瘋了。他憂鬱地抱怨著說：「這簡直是搗亂！」

烏蘇斯一面鬧騰，一面講話：

「格溫普蘭，那些流氓又來了！我們的競爭者。啊！要是我們的朋友湯姆—金—傑克在這裡就好了。你瞧！騷動得多麼厲害！這會為我們帶來損害的。不能再這樣繼續下去了，我們不能演戲了。我去跟他們談談。格溫普蘭，把幕拉開一點——各位先生，請安靜一些，我們要開演了！」

傳來了戲幕的鐵環滑動的聲音，兩個吉普賽女人的鼓聲停下來了。烏蘇斯從掛鉤上取下他的「西風尼」，彈了一段序曲，小聲說：「喂！格溫普蘭，多出色啊！」接著便去與他的狼摔角。

當他取下樂器的時候，同時也從牆上取下一件假髮，把它放在地板上伸手可及的地方。

《被征服的混沌》幾乎是跟平常一樣演出的，只差沒有藍色的光線和仙境般的照明罷了。狼盡心盡力地演著。到了蒂上台的時刻了，她用她那顫抖的仙女似的聲音呼喚格溫普蘭。她伸出一隻手臂，尋找格溫普蘭的頭……

烏蘇斯跑到假髮那裡，把假髮弄亂之後戴在頭上，屏住氣息，悄悄地靠過去，他那蓬亂的假髮碰到了蒂的手。然後，他使出全身的本領，模仿格溫普蘭的聲音，帶著難以形容的深情唱起來了。

他的模仿是那麼成功，兩個吉普賽女人的視線忍不住又開始搜索格溫普蘭了，她們因為只能聽見他的聲音而看不見人，感到害怕起來。

戲台下，古維根又跺腳，又拍手，又喝彩，鬧得不亦樂乎。

最後，菲比和維納斯奏出一片噪音，說明演出已經結束，送觀眾離開戲院。

烏蘇斯站起來，渾身是汗。

他悄悄地對奧莫說：「你知道，這是為了拖延時間。我想我們成功了。我演得不錯。雖說我有傷心發狂的權利，但格溫普蘭說不定很快就會回來，用不著馬上把蒂害死。」

他取下假髮，擦了擦前額。

「烏蘇斯，」蒂說，「格溫普蘭在哪裡？」

烏蘇斯轉過臉來，嚇了一跳。

蒂站在戲台盡頭的掛燈底下，面色慘白，臉上掛著一個無法形容的絕望笑容。

「我知道。他已經離開我們了。他走了。我早知道他有翅膀。」

接著，她那雙蒼白的眼睛望向遙遠的地方，又說：

「我什麼時候去呢？」

33

烏蘇斯嚇呆了。

他沒能騙得過她。

是因為口技不純熟嗎？一定不是。他能夠騙過有眼睛的菲比和維納斯，卻沒騙過沒有眼睛的蒂。這是因為菲比和維納斯只能用一對眼睛看，而蒂卻是用心靈看的。

烏蘇斯一句話也回答不出。無技可施了，他像一個做夢的人一樣罵自己：

「該死！真是一敗塗地。我盡可能模仿得像一些，卻是白費力氣。現在該怎麼辦呢？」

他瞧瞧蒂。她不說話了，臉色越來越蒼白，一動也不動地待在那裡。她那一雙無神的眼睛一直盯著遙遠的地方。

就在這時，烏蘇斯看見尼克萊斯老闆手裡端著燭台，不聲不響地朝他做了一個手勢。於是他走下綠箱子，跟著旅店主人悄悄來到低矮的大廳。

尼克萊斯老闆把燭台放在桌子上，開始低聲說道：

「烏蘇斯師傅，我得跟您談談。」

「什麼事。」

「是這樣的，當您一個人在唱獨角戲的時候，有人敲酒店的門。」

「是誰？」

「一個來跟我說話的人。」

「他跟您說了什麼？」

「沒什麼。接著我又回來看您演戲——」

「後來呢？」

「後來又有人敲門。」

「誰？又是剛才那個人？」

「不是。另外一個。」

「又是一個來跟您說話的人嗎？」

「這人什麼也沒有說。」

「這樣也好。」

「我可不這麼想。」

「什麼意思？尼克萊斯老闆。」

「您猜猜，第一次來跟我說話的人是誰。」

「我可沒有這種閒工夫。」

「是馬戲團的老闆。」

「附近的那一家？」

「是的。」

「怎麼樣？」

「是這樣的，烏蘇斯師傅，他對您提出一個建議。」

「什麼建議。」

「他託我告訴您，他今天早上看見員警的隊伍走過。因此，他提議用五十鎊的現金，買下您的馬車和箱子，包含您那兩匹馬、您的喇叭和吹喇叭的女人、您的劇本和唱歌的瞎眼姑娘、您的狼和您本人。」

烏蘇斯露出一個傲慢的笑容。

「泰德克斯特旅店老闆，請告訴馬戲團老闆，格溫普蘭不久就會回來。」

旅店主人從椅子上拿起幾件東西，轉過身來，對著烏蘇斯舉起兩隻手，一隻手拎著一件外衣，另外一隻手拎著一件皮披肩、一頂氈帽和一件上衣。他說：

「第二次來敲門的是一個警察局的人。他進來一下便離開了，一句話也沒有說，只留下了這些東西。」

烏蘇斯認出那是格溫普蘭的披肩、上衣、帽子和外衣。

34

烏蘇斯摸摸氈帽、呢外衣、上衣和皮披肩。對這些遺物不能再懷疑了，他一句話也沒說，簡單地做了一個命令的手勢，對尼克萊斯老闆指了指旅店門。

尼克萊斯老闆開了門，烏蘇斯匆匆走出酒店。

他盡可能使出他那雙老腿的力量，朝著今天早上鐵棒官帶走格溫普蘭的方向奔去。一刻鐘以後，烏蘇斯氣喘吁吁地抵達監獄門所在的那條小街上，走到他曾經在那裡觀察了好一陣子的地方。

他來這裡做什麼？來敲監獄門的嗎？當然不，他不曾想到這可怕而又無益的方法。走進監獄打聽消息？簡直是發瘋！那麼，他到這條街上來做什麼？來看看。看什麼？不知道，也許什麼也不看，也許看看可能發生什麼事。能在吞沒了格溫普蘭的監獄門對面待一會兒，就算是做了些努力。

當他走上這條小街的當下，聽到一下鐘聲，接著又是一下。

「哎！」他想，「已經半夜了？」

他不知不覺開始數起鐘聲來了：「三──四──五──」

他心想：

「這個鐘怎麼敲得這麼慢！中間隔的時間怎麼這麼長！六──七──」

他又說：

「聲音多麼淒涼！八──九──唉！沒有比這更簡單的了，鐘在監獄裡也悲傷起來了，它對活人報時間，對死人報永恆。十──十一──十二──」

他停下來了。大鐘敲了第十三下。

烏蘇斯嚇了一跳。

「十三！」

接著是第十四下。過了一會兒又是第十五下。

「這是什麼意思？」

鐘繼續敲下去，隔好長的時間才響一下。烏蘇斯用手支著耳朵聽著。

「這不是報時的鐘聲。這是喪鐘。怪不得它敲了這麼長的時間！發生了什麼悲哀的事情呢？」

烏蘇斯又走回那個便於藏身的角落，繼續偵察監獄的動靜。

鐘仍舊悲哀地敲著，隔了好一陣子才響一下。它在空氣裡散佈一種低迷的氣氛，彷彿是人類臨終時喘氣的聲音。烏蘇斯迷迷糊糊、毫無目的地數著鐘聲，他覺得自己彷彿在往下滑。他努力不作任何猜測，卻只是白費力氣。話又說回來，這鐘聲究竟是什麼意思呢？

他望著黑暗裡的一個地方，他知道監獄的門就在那裡。

突然間，在這個黑洞般的地方出現了一團紅光。紅光越來越強，接著變成了一團亮光，然後出現了影子和稜角。監獄門打開了一半，紅光映出了它的拱形門洞。

一個人從小門裡走出來，拿著一根火把。

當這個人出來以後，半開著的監獄門完全打開了，另外兩人走了出來，接著出來第四個。在火光下能看出第四個人是鐵棒官。他手裡握著他的鐵棒。

又有許多一聲不響的人跟著鐵棒官從小門裡走了出來。他們兩個一排地排成整齊的隊伍，跟幾根木頭柱子一樣僵硬地移動著。

如同苦行修士的遊行隊伍似的，黑夜裡的這支隊伍絡繹不斷地穿過監獄門；他們莊嚴地走著，留心不弄出一點聲音，彷彿是一條悄悄出洞的蛇，陰森嚇人。火把映出他們的側影和動態，可怕而淒涼。

烏蘇斯認出這是早上帶走格溫普蘭的那些員警。

他們出來了，很明顯，格溫普蘭也要跟著出來了。

他們把他帶進監獄，現在又要把他帶出來了。

烏蘇斯的眼睛一動也不動。他們要釋放格溫普蘭了嗎？

兩行員警慢慢地從低矮的拱門下往外走，斷斷續續的鐘聲彷彿在為他們的步伐打拍子。這一隊人出了監獄，向右轉彎，背對著烏蘇斯，朝向對面的街上走去。

小門裡又出現一個火把的亮光，那是隊伍的尾端。

烏蘇斯馬上就要看到格溫普蘭了。

他們押著的東西出現了。

那是一口棺材，四個人扛著一口蓋了黑布的棺材，後面跟著一個扛鐵鍬的人。

第三個火把亮起來了，拿著這個火把的人正在唸一本書，大概是一個牧師。他是最後一個人。

棺材跟著員警的隊伍向右轉。這時候，前面的隊伍已經停了下來。

烏蘇斯聽見開鎖的聲音。

那是監獄對面的墓地，大門已經被打開了。

鐵棒官走進墓地大門，員警跟著他。過了一會兒，第二個火把也隨之進去了，所有的員警都隱入門內的黑暗裡。緊接著，棺材、扛鐵鍬的人、拿著火把和書的牧師也走了進去，門又關上了。

除了矮牆上面的微光以外，什麼也沒有了。

起初可以聽見有人在裡面誦經的聲音，不久後就傳來了掘地的聲音。

最後，誦經的聲音停了，掘地的聲音也聽不見了。火把又亮起來了，鐵棒官高舉著鐵棒出現在墓地門，牧師帶著他的書，掘墓人帶著他的鐵鍬，跟所有的人一起出來。棺材不見了。他們沿著原路回到監獄，一切又重新隱入黑暗之中。

喪鐘不敲了。寂靜籠罩了這一帶。

幾種合乎邏輯的巧合湊在一起，產生了一個顯而易見的猜測——格溫普蘭的被捕、員警送回來的衣服、烏蘇斯聽見的喪鐘，再加上這口抬進墓地的棺材；所有事情都指向一個悲慘的結局。

「他死了！」烏蘇斯大聲說。

他跌坐在一塊石頭上。

「死了！他們把他殺害了！格溫普蘭！我的孩子！我的兒子！」

他嚎啕大哭。

35

烏蘇斯哭了很久。在他漫長的一生當中，他從未哭過任何一次，這回卻再也忍不住了。他哭格溫普蘭，哭蒂，哭自己，哭奧莫，哭所有他以前笑的事情，彷彿要還清多年的積欠一般。哭得既像一個老人，又像一個孩子。

事實上，剛才埋在土裡的是阿爾卡諾納。但是，當然了，烏蘇斯並不知道。

幾個鐘頭過去了。

天破曉了。黎明在泰德克斯特旅店的牆上塗上一層蒼白的顏色。尼克萊斯老闆徹夜未眠，他感到心裡很不舒服，隱隱約約地看見了這件事引起的糾紛。他後悔在店裡接待這些人，他早該知道這些人會給他添麻煩的！現在要怎樣把他們趕出去呢？

突然間，有人用力地敲旅店的大門。酒店老闆走過去，把門開了一條縫。

外頭是一個官吏。在清晨的光亮裡，尼克萊斯老闆看見門口有一隊員警，帶隊的兩個人之一是法警，他昨天早上曾見過這個人。

另外一個他不認識。這是一個肥胖的紳士，蠟黃的面皮，時髦的假髮，穿一件旅行披風。這是巴基爾費德羅。

酒店老闆立刻打開了門，嚇得滿頭大汗。

法警提高嗓門，用對待下等人的嚴厲口氣說道：

「烏蘇斯老人在哪裡？」

「就住在這裡，大人。」旅店主人把帽子捏在手裡回答。

「我知道。去叫他！」法警說。

「大人，他不在這裡。」

「去哪裡了？」

「我不知道。他昨天很晚的時候出去了。」

「這些流浪鬼！」法警又說。

「啊，」尼克萊斯老闆輕輕地說，「他來了。」

果然，烏蘇斯正從牆角處走過來。他在監獄外待了整整一晚；由於悲傷和天色朦朧，他的臉色特別蒼白。他在黎明的微光裡慢慢走著，彷彿是夢裡的人影。他對什麼都不注意，甚至沒有注意到忘了戴帽子，稀疏的白髮隨風飄蕩；圓睜的眼睛好像什麼也沒有看見。他的模樣就像一個瘋子似的。

「烏蘇斯師傅，」旅店主人大聲說，「來吧。這幾位大人有話跟您說。」

烏蘇斯吃了一驚，彷彿一個人正在睡夢中，突然被推到床底下一般。

「什麼事？」他問。

他這時才看見了這一隊員警和官吏，不禁渾身哆嗦了一下。

法警向他打了一個手勢，叫他到酒店裡去。

烏蘇斯進去了。

法警坐在一張桌子後面的凳子上，巴基爾費德羅坐在椅子上，烏蘇斯和尼克萊斯老闆站著。門關上了，留在門外的員警聚集在店門口，法警一雙銳利的眼睛盯著烏蘇斯，說道：

「跑江湖的騙子，明天這個時候，你們必須離開英國。不然的話，就把你抓起來。」

烏蘇斯什麼也沒有說，只顧著渾身發抖。

「你聽見了嗎？」法警又問。

烏蘇斯點點頭。

「你必須在明天早晨以前動身。不然的話，命令就要執行。」

「長官……」

「什麼？」

「我們非離開英國不可嗎？」

「是的。」

「就在今天？」

「今天。」

「這怎麼能辦得到呢？」

尼克萊斯老闆暗自慶幸，他正想甩掉這群房客，眼前的這個官員幫了他的忙。他高興地插嘴道：

「大人，老實說，沒有比這更簡單的了。不管白天也好，夜裡也好，每天都有開往外國的船隻停在倫敦橋下。它們開往丹麥、荷蘭、西班牙和世界上所有的國家；當然，法國例外，因為現在是戰爭時期。明天早晨一點鐘，是漲潮時分，有好幾條船將會出發。去鹿特丹的『伏格拉號』就是其中之一。」

法警用肩膀指了指烏蘇斯：

「好，你搭第一條船出發。伏格拉號。」

「長官……」烏蘇斯說。

「什麼？」

「長官，要是在從前，我只有一輛小篷車，那還能辦到，能夠搭船。但是……」

「但是什麼？」

「但是，現在是綠箱子，這是一輛套兩匹馬的大車子。不管船多麼大，也不可能裝得下的。」

「這跟我有什麼關係？」法警說。

旅店老闆笑了笑，對烏蘇斯說：

「烏蘇斯師傅，您可以賣掉綠箱子呀！」

「誰要買？」

「附近的馬戲團老闆。」

「沒錯。」烏蘇斯現在才想起來。

尼克萊斯老闆又轉過臉來，對法警說：

「大人，這筆買賣今天就可以結束。附近有一個馬戲團老闆願意買下他的車子和那兩匹馬。」

「他做得很對，」法警說，「他的確用得著一匹馬車，他今天也得走。各教區的牧師都控訴泰林佐草地無止盡的吵鬧。郡長已經採取了措施。今天晚上，這個廣場上每一間賣藝的木屋都必須消失。這位可敬的紳士——」

法警說到這裡停了一下，向巴基爾費德羅鞠了一躬，巴基爾費德羅點點頭。

「——這位可敬的紳士是從溫莎來的，他帶來了女王的命令。陛下說，應該把這個地方打掃乾淨。」

烏蘇斯思考了一整夜，對自己提出了好幾個問題。不管怎麼說，他只不過看見一口棺材，躺在裡面的一定是格溫普蘭嗎？除了格溫普蘭以外，世界上還有別的死人，也許他們埋葬的不是格溫普蘭。誰知道呢？說不定他還活著。

烏蘇斯在法警面前鞠了一躬。

「可敬的法官，我們會走，就搭伏格拉號，到鹿特丹去。我會賣掉綠箱子、馬、喇叭、吉普賽女人。但是我們還有一個同伴留在這裡，我不能丟下他不管。格溫普蘭……」

「格溫普蘭已經死了。」一個聲音說。

烏蘇斯打了個寒顫。剛才說話的是巴基爾費德羅，這個大人物當然知道內情。最後的一線希望也破滅了，不用再懷疑。格溫普蘭死了，太悲慘了。

他痛苦地低下頭去。格溫普蘭的判決已經執行了：死刑。而他，給他的判決是流放。他只好服從命令。他陷入了沉思。

這時，他覺得有人碰了一下他的手肘，不禁嚇了一跳。

巴基爾費德羅在他耳邊悄悄地說：

「這是一個愛護你的人給你的十英鎊。」

他在烏蘇斯面前的桌子上放了一個小錢包，接著轉過身去對法警說：

「先生，請快點結束吧！我很忙。女王陛下的驛站馬車還在等我。我必須在兩點鐘以前趕到那裡，向女王陛下稟報情況，並且聽候新的命令。」

法警站起身來，走到店門口，打開門，一聲不響地朝員警的隊伍望了一眼，用食指做了一個命令的手勢。所有的員警於是靜悄悄地進了屋，看得出事態嚴重了。

尼克萊斯老闆正在竊喜，忽然看見員警的陣勢，擔心他們在店裡逮捕烏蘇斯，可能影響到旅店的生意；於是朝法警轉過身來，露出一張信任之中帶著尊敬的笑臉說道：

「各位大人，不必再勞駕了，這個犯罪者很快就會離開英國。既然他要走了，我們這裡就沒有犯法的人了，所以我建議大人不必再調查了，讓這幾位先生出去吧！他們進來這裡還能逮捕誰呢？」

「你！」法警說。

尼克萊斯老闆一下子癱倒在椅子上。

法警提高了嗓門，如果廣場上有人的話，也能聽見他的聲音。

「尼克萊斯老闆，旅店主人，記住這一點。這個跑江湖的騙子是無業遊民，他們要被驅逐出境。不過你才是罪魁禍首。法律是在你的旅店裡、在你的同意下受到侵犯的，你領有營業執照，理應對政府負責。可是你卻讓別人在你店裡做出這種丟臉的事！尼克萊斯老闆，現在吊銷你的執照。你必須付一筆罰金，並且還得坐牢。」

員警把旅店主人圍在中心。法警指著古維根說：

「這個伙計，你的幫凶，也被捕了！」

一個員警抓住古維根的領子。這個孩子一無所知地望著這名員警，無法理解是怎麼回事，還以為仍然在演戲。

法警按了按頭上的帽子，兩隻手交叉著放在肚子上，莊嚴地補充道：

「我在此宣佈，尼克萊斯老闆，你和你的伙計，將被送進監獄，關在大牢裡。這間泰德克斯特旅店從此停止營業，這是為了替人們做個榜樣。現在，跟我們走！」

36

「蒂！」

當泰德克斯特旅店裡出事的時候，格溫普蘭正在科爾萊奧內行宮望著東方破曉。他以為聽見了這個叫聲，其實這是他心裡的叫聲。

他覺得全身的血液突然沸騰起來。善良的思想好像海浪一般向他襲來，彷彿一個回家的人找不到鑰匙，只好不斷地撞自己的牆。他的正直有點動搖了。

「蒂！蒂！蒂！」他不停地叫喊。

他的心又堅強了。

他大聲問：「妳在哪裡？」

他有點奇怪，怎麼沒有人回答。

他瞧著天花板和牆壁，彷彿一個神智清醒而又精神錯亂的人一樣，又問：

「妳在哪裡？我現在在什麼地方？」

於是他又像一隻困在籠子裡的野獸一樣，開始在房間裡走來走去。

「我在什麼地方？在溫莎。妳呢？在南華克。啊！這是我們第一次的離別。我在這裡，妳在哪裡！這是誰做出來的事呢？啊！不該是這樣，將來也不會這樣！他們到底想幹什麼呢？」

他停了下來。

「誰對我提到女王的？我怎麼會認識女王？變了！我變了！為什麼？因為我是一個爵士。蒂，妳知道發生什麼了嗎？妳是一位夫人了！這一切真令人吃驚。哈！沒錯，我應該找到回去的路，我又變成原來的我了！很好。如果他們認為克朗查理爵士會任他們擺佈，那就大錯特錯了！要我當英國上議員，可以，不過蒂必須是上議員夫人。條件？難道我會接受他們的條件？女王？女王又如何！我從來沒見過她。我可不想當一個傀儡，我要隨心所欲地走進權力的圈子。蒂！烏蘇斯！我們永遠在一起。從前你們是什麼人，我也是什麼人；現在我是什麼人，你們也是什麼人！你們來吧！不，我到你們那裡去，馬上就去！來人啊！套車！我要去找他們。僕人都去哪裡啦？既然有老爺，就應該有僕人！我是這裡的主人，這是我的家！我要扭彎門閂，砸壞門鎖，踢開門，誰要是攔住我的去路，我就一劍刺穿他！我有一個妻子，她叫蒂；我有一個父親，他叫烏蘇斯。我的家是一座宮殿，我要把它送給烏蘇斯；我的姓就是一頂王冠，我要把它送給蒂。快！蒂，妳等著，我來了！啊！我恨不得立刻到他們那裡！」

他打開第一道門，匆匆離開那個房間。

他走到一條走廊裡。

他一直朝前走。前面又出現了一道門。

所有的門都是開著的。

他信步走著，穿過一個個房間，一條條走廊，尋找出路。

他急著想離開這裡，但是走廊、小房間、暗門和意想不到的通道組成了迷宮，阻礙著他，使他迷失了方向。他穿過一個房間又一個房間，接著又是一個交叉路口般的大廳。

他沒有遇到一個活人。他聽了聽，一點動靜也沒有。

他順著出現在他面前的通道走著，走進了曲折迷離的內部建築。這裡是一間精緻的小閣樓，壁畫和雕刻儘管有些猥褻，但是很有分寸。不遠處彷彿是一座小教堂，鑲著螺鈿和琺瑯，還有必須用放大鏡才能看清楚的象牙雕刻，與鼻煙盒一樣細膩。這裡是佛羅倫斯式的雅致小廳，專門供婦女休息用的。

天花板上、牆上，甚至地板上，到處都是天鵝絨或金屬製的禽鳥樹木，以及鑲著珠寶的奇怪植物。桌布上用墨玉拼成了戰士、女王以及海神的圖案。昏暗的角落裡閃著亮光，綠玻璃和旭日的金光，在許多切成三棱形的水晶斜面交相輝映，化為一片鴿子頸毛般的雲彩，使人搞不清那是一面面小鏡子，還是一個個碩大的碧玉；既精緻、又偉大，蔚為奇觀。這是宮殿裡一個最小的角落，也是一個巨大的百寶箱。

格溫普蘭在尋找出路。但是他沒有找到，簡直找不到方向。沒有比第一次看到這種豪華的東西更使人陶醉的了；不過另一方面，這又是一座迷宮。每走一步，就有一種新的美麗事物攔住他，彷彿在反對他離開那裡，不願意放他走似的。他簡直陷在一團美妙的黏膠裡了。他覺得自己好像被人抓住，無法脫身。

「多可怕的宮殿！」他想。

他一面不安地在這座迷宮裡徘徊，一面忿忿地問自己：這一切是什麼意思？他是不是在監獄裡呢？他渴望呼吸一下自由的空氣，不停地叫著「蒂！蒂！」彷彿他手裡拉著一條指引出口的繩子，生怕拉斷似的。

他有時候喊道：「喂！來人！」

沒有回答。

眼前只有一串無止境的房間。看不見的暖氣管線使走廊和房間裡保持著夏天的溫度，彷彿有一個魔法師把六月囚禁在這座迷宮裡。不時可以聞到一股香氣，好像有許多看不見的花朵，送來陣陣幽香。到處是地毯，簡直可以脫光衣服散步。

格溫普蘭望望窗口，外面的景物不斷變換；一會兒是花園，裡面充滿了春天早晨的清新；一會兒是別的房屋和雕像；一會兒是西班牙式的庭院，鋪著石板，苔蘚叢生，顯得冷颼颼的；一會兒出現一條河，這是泰晤士河；一會兒出現一座巨塔，這是溫莎的塔樓。

因為是大清早，外面一個人也沒有。

他停下來，聽了一會兒。

「啊！我要走！」他說，「我要去找蒂！他們不能把我關在這裡。誰敢阻止我出去，那我會讓他付出代價的！即使是一支軍隊，我也要活活吞下去。蒂！蒂！」

突然間，他聽見了一個微弱的聲音。好像是流水的聲音。

他這時正在一條幽暗的走廊裡，走廊盡頭掛著帳幔，當中開了一條縫。

他走到盡頭，掀開帳幔，走了進去。

他走進了一個未知的世界。

37

這是一個八角形的小廳，拱形的天花板好像籃子的把手；沒有窗戶，光線是從上面來的，牆壁、地面和天花板都是桃紅色大理石打造的。小廳中央，幾根螺旋形的柱子支撐著一個高大的黑大理石華蓋，遮著一個同樣的黑大理石浴池；池中央有一個很細的噴泉，香噴噴的溫水慢慢地注滿了水池。格溫普蘭剛才聽見的就是這個泉水的聲音。

浴池裡微微冒著熱氣。浴池旁，除了一條沙發床以外，什麼傢俱也沒有。沙發床相當長，底架是銀製的，墊子和布料都是白緞。

在浴池的另外一邊，靠牆擺著一座結實的銀梳妝台。梳妝台很高，上面放著各種用具，其中有一個銀架子，裡面嵌著八塊威尼斯小鏡子，看上去彷彿是一扇窗戶。

在離沙發床很近的地方，牆上挖了一個天窗一樣的小方洞，裡面嵌著一塊朱紅色的銀板，跟護窗板一樣裝著鉸鏈，上面刻著一個亮晶晶的金黃色皇冠。方洞上的牆上插著一個鍍金的鈴鐺。

格溫普蘭突然停了下來。在這間小廳對面，沒有大理石的牆壁，只有一個門洞，跟他進來的門洞一樣大。從拱形的天花板上垂下來一副蜘蛛網般的巨大銀色帳幔。

帳幔質地細緻，而且透明，彷彿神話裡的細紗。透過細紗，可以望見另外一邊的東西。

在蜘蛛網中央，蜘蛛平常盤踞的地方，格溫普蘭看見一個可怕的東西：一個裸體的女人。

認真地說，並不是裸體。她渾身上下穿著衣服，她的衣服是一件很長的襯衣，就像天神穿的長袍，不過質料很薄，看上去彷彿濕透了。所以差不多等於裸體，甚至比真正的裸體還要放浪、危險。

銀色的帳幔跟玻璃一樣透明。上面是固定的，下面可以掀起來。它隔開了這間大理石浴室和另一間臥室。臥室很小，彷彿是一個鏡子做的洞穴；鏡子一面挨著一面，映出了擺在房間中央的那張金邊床。床跟梳妝台和沙發一樣，也是銀色的，女人躺在床上睡著了。

她仰著頭睡著，一隻腳壓在被上，彷彿美夢正在這個妖精上空翱翔。

她的花邊枕頭掉在地毯上。

床頂沒有柱子，沒有華蓋，也看不見天空；因此當她睜開眼睛，能夠看見上方的鏡子裡有她成百上千的裸體。

被窩亂糟糟的，可見她睡得並不安穩。一件睡衣扔在床邊，那是一種很特別的絲織品，無疑是中國貨，褶皺的地方能夠看見一隻很大的金龍。

在床另一側，房間的盡頭，似乎有一道門，不過被一面很大的鏡子擋住，鏡子上畫著孔雀和鶴。在這個幽暗的房間裡，一切的東西都光彩奪目。

床頭上有一張擺著燭台的銀書桌，撐架能夠自由旋轉，上面有一本打開的書，頁首印著幾個大紅字：「穆罕默德的可蘭經」。

格溫普蘭沒有看見這些東西，他只注意那個女人了。

他呆呆地站在那裡，心亂如麻，各種互相排斥的東西在那裡交戰著。

他認出了這個女人。

她閉著眼睛，面孔正好對著他。

她是那位公爵小姐。

她，這個把未知世界的各種光輝聚集在身上的神秘生物，這個使他做了許多難以言喻的怪夢的女人；她寫給他一封多麼古怪的信啊！世界上只有這樣一個女人，對他說過：「我要你！」他驅散了怪夢，把信燒了，把她從自己的夢想和腦海裡趕得遠遠的，再也不想她了，已經把她忘了……

現在他卻又看見她了！

他又看見這個可怕的女人了！

他的呼吸停止了，覺得自己好像被人舉起來，拋入迷霧中。他定睛看了一下，在他面前的確實是這個女人！這有可能嗎？在戲院裡，她是一個公爵小姐；在這裡，她是一個仙女。永遠是幻象。

他想逃走，但這是不可能的。他的兩道目光變成了兩根鐵鍊，把他掛在這個幻象上。

眼前的女人發出不可想像的光輝。沒有比這個嫻靜而又高傲的形象更純潔的了。她的皮膚跟少女峰一樣潔白。從她那無憂無慮的額角、散亂的朱紅色頭髮、低垂的睫毛、隱約可見的藍色脈絡、無法雕刻出來的圓形乳房，以及從襯衣下拱起來的玫瑰色臀部和膝蓋烘托出來的，是仙女入睡的莊嚴景象。她睡得那麼安詳，彷彿她有一種神聖的權利，可以這樣不顧羞恥，同時又那麼心安理得；她睡在床上，就像維納斯睡在無際的浪花上一樣高傲。

她昨夜很早就上床了，可是一直睡到天大亮還沒有醒。

格溫普蘭渾身直打哆嗦。他懷著讚嘆的心情望著。

但他又感到害怕。

他原以為命運已將全部的驚喜呈現在他面前了，猛然間，卻又掉下了這個睡著的女神。這到底是什麼意思呢？為什麼要送給他這個誘人而可怕的夢？為什麼要接二連三地激起他種種模糊的渴望、曖昧的思想，甚至是肉體的邪念，用一連串不可能的現實來折磨他？他將會落到什麼地步？眼前的這個女人是誰？為什麼選中了他？難道是因為這個公爵小姐，他才能成為上議員？是誰把他們撮合在一起的呢？有什麼企圖？所有這些事情，他都看不明白，卻又深深把他吸引住。他的意志力慢慢消失了，他神魂顛倒，不知如何是好。他覺得這一次確實無法挽救了，非發瘋不可了。他在暈眩的深淵裡垂直墜落。

怎麼！是她！是這個公爵小姐！是這個女人！睡在這個孤孤單單的房間，就在他面前，一點防備也沒有！她可以聽他擺佈，她已經在他手掌裡了！

同時，公爵小姐不時在床上柔弱無力地動彈一下，改變睡姿，有如藍天上緩緩變幻的白雲，那翻滾飛騰、起伏不定的曲線令人心曠神怡。格溫普蘭望著她，春心蕩漾，面色蒼白。他聽著自己胸膛的跳動，彷彿聽見了妖精的呼吸。他已經被她吸引住了。他在竭力掙扎。該怎樣反抗她？怎樣反抗自己？

一個裸體的女人，一個睡著了的女人。

多麼可怕的鬥爭！

他閉上眼睛，但是隔著眼皮仍然能看見她；雖然比較模糊，但是同樣美麗。他試著逃走，但是談何容易！他的兩隻腳好像生了根似的，被牢牢釘在地上。他彷彿站在斜坡上，一雙罪惡的手從地底冒出來，把他往下推。只許前進，不許後退！

38

突然間，睡覺的人醒了。她猛地一側身，坐起來，姿勢莊嚴而又和諧。她那微微散亂、像絲一樣的金黃頭髮，柔和地披散在腰間；她那垂下來的襯衣，使人能夠看見她的一隻肩膀；她的一隻美麗的手摸了一下她玫瑰色的腳趾，又望了一眼她的一隻露在外面的腳；接著，她優雅地伸了伸懶腰，打了哈欠。

格溫普蘭的呼吸困難，正像我們屏住呼吸的時候一樣。

「有人嗎？」她說。

這句話是在她打哈欠的時候說的，那副神氣動人極了。

格溫普蘭聽著這個他從未聽過的聲音。聲音非常迷人，語氣既高傲，又優雅，嫵媚的聲調減輕了習慣發號施令的口氣。

隨後，她跪在床上，把睡衣拉過來；然後跳下床，赤裸裸地站著。只一轉眼的工夫，她就穿上了她的絲綢睡衣。睡衣的袖子很長，遮住了她的手；只能看見她的腳趾，白色的腳趾甲很小，好像孩子的腳。

她把那波浪般的頭髮拉出來，披在睡衣外面，接著跑到房間盡頭，把耳朵貼在一個有圖畫的鏡子上，鏡子後面大概有一道門。她彎起食指，用指彎敲敲玻璃。

「有人嗎？大衛爵士！您來了嗎？現在幾點鐘？是你嗎？巴基爾費德羅。」

她轉過身來。

「不對，不是這邊。浴室裡有人嗎？回答呀！不，不，誰也不會從那邊進來的。」

她走到銀色帳幔那裡，用腳尖踢開它，側身走進大理石房間。

格溫普蘭好像要斷氣似的，背脊發冷。沒有可以躲藏的地方，而且逃走也太遲了；何況他渾身一點力氣也沒有。這下完了，要被人家發現了。

她看見了他。

她望著他，雖然非常詫異，可是卻沒有大驚小怪。她既高興又輕佻地說：

「哈！格溫普蘭！」

接著，她猛地一跳，用兩隻裸露的手臂摟住他的脖子，兩隻獸爪般的小手放在他的肩膀上，好奇地望著他。

在她的目光裡，有一種卑鄙而又純潔的東西。格溫普蘭望著她一藍一黑的眼珠，感到不知所措。這一對男女互相向對方放射出一種不吉利的、令人眼花繚亂的光；他的畸形把她迷住了，她的美麗也把他迷住了，兩個人都籠罩在恐怖裡。

他一聲不響，彷彿被某種沉重的東西壓得抬不起頭來。她大聲說：

「你很聰明，你來了。你知道我是被迫離開倫敦的，於是你就追來了。做得很好。你到這裡來了，你真是個不可思議的人。」

格溫普蘭隱隱約約地感到一種難以解釋的強烈恐懼，他開始向後退。但是放在他肩膀上的手指仍緊緊地抓住他。她接著說：

「你是怎麼找到這裡的？這才是真正的男子漢。困難？沒有這回事！我一叫你，你就趕緊跑來了。你打聽過嗎？我的名字是約瑟安娜公爵小姐，我以為你早已知道了。是誰帶你來的？一定是我那個書僮，他是個機靈鬼，我要賞他一百基尼。你是怎麼進來的？告訴我。不，不要告訴我，我不想知道，一知道就沒有趣味了。我就喜歡你這一點，你是個令人吃驚的人。你一定是從天上掉下來的，不然就是從地獄爬上來的。你應該像神仙一樣走進來，從今往後，你是我的情人。」

格溫普蘭暈頭轉向地聽著，覺得自己的思想越來越動搖了。完了！不能再懷疑了，前天夜裡那封信的內容，已經被這個女人證實了。他，格溫普蘭，當一個公爵小姐的情人！驕傲在這個怪物的那顆不幸的心裡翻騰起來了。

公爵小姐繼續說下去：

「既然你已經來了，我就什麼也不需要了。命運把我們撮合在一起。那天我一看見你便心想：『正是他，我認識他。他是我夢裡的妖怪。他將來是屬於我的。』於是我寫了一封信給你。格溫普蘭，你相信命運嗎？我相信。到這裡來！你在這裡待了多久了？你看見我的裸體了嗎？很美，不是嗎？我去洗澡。啊！我愛你。你看了我的信了！是你自己讀的，還是別人唸給你聽的？你大概不識字吧？你別回答，我不喜歡你的聲音。它很溫柔，像你這樣一個怪人不應該說話，應該咬牙切齒。你臉上這個可怕的笑容是天生的嗎？不是的，對吧？大概是刑罰的結果吧！我希望你犯過什麼罪。到我懷裡來吧。」

她坐在沙發上，把他拉到身旁。兩個人互相依偎地坐在一起。她的話像狂風一樣刮在格溫普蘭身上，他幾乎無法理解這些瘋話的意義。她的眼睛閃耀著欽佩的光芒，用既瘋狂又溫柔的口氣激動地說著。她的聲音簡直跟音樂一樣，不過格溫普蘭卻彷彿聽見了風暴的聲音。

她第二次緊緊地盯著他。

「我覺得跟你在一起是一種墮落。多麼幸福啊！高高在上實在乏味！沒有比高貴尊嚴更討厭的了。墮落才是休息。我得到的尊敬太多了，所以我需要輕蔑。我要讓所有的人都知道你，公開表明我們的關係。這件風流韻事將會給斯圖亞特王室一個沉重的打擊。哈！我現在能喘一口氣了！我終於逃脫了王室的束縛。擺脫了自己的階級才是解放，粉碎一切，向一切挑戰，這才叫做生活。聽好，我愛你。」

她停了下來，露出一個猙獰的笑容。

「我愛你，不只因為你是個畸形人，也因為你的卑賤。我愛上一個妖怪，愛上一個賣藝人，一個人人輕視的、滑稽的、醜陋的情人，這多麼有趣！我就像一個夏娃，如飢似渴地想嘗嘗魔鬼的蘋果；而你，格溫普蘭，正是我所需要的。一直以來，誰也沒有佔有過我，我把跟熾烈的炭火一般純潔的我獻給你。當然，你不會相信，不過我也不在乎！」

格溫普蘭結結巴巴地說：「小姐……」

她用手捂住他的嘴。

「不要開口！讓我仔細瞧瞧你。我是一個放蕩不羈的純潔女人，從來沒有一個男子認識過我；但是現在，無所不能的愛情把你帶來了！我們之間的距離曾是那麼遙遠，但你卻跨過它到這裡來了。很好。不要開口，佔有我吧！」

她停了下來。他渾身直打哆嗦，她又笑了。

「你看，格溫普蘭，夢想就是創造，希望就是呼喚，製造幻想就是向現實挑戰。我敢於喪失我的一切嗎？敢。我敢做你的情人、你的情婦、你的奴隸、你的玩物嗎？求之不得！格溫普蘭，我就是女人，女人是渴望變成汙泥的土。我只有輕視自己，才能使驕傲更有滋味。而你，受人輕視的人，輕視我吧！踐踏我吧！這樣才是真正愛我。你知道我為什麼崇拜你？因為我看不起你，因為你在我腳底下，所以我把你放上祭壇。上與下放在一起，這就是混沌，我喜歡的就是混沌。你不知道我的心多麼壞。你用汙泥造一顆星，這顆星就是我。」

這個可怕的女人一面說著，一面鬆開睡衣，露出她處女的身體。

「我們是天造地設的一對。你的外表是怪物，我的內心是怪物。我的愛情就是這樣產生的。任性？是的，這便是我的靈魂，我過去從未看見過它，你的出現卻把它引出來了。你讓我看見了我的本性。瞧！我多麼像你，你看我就像照鏡子一樣，你的臉就是我的靈魂。我不知道它竟然如此可怕。沒錯，我也是個妖怪！啊！格溫普蘭，你解除了我的煩悶。」

她的目光一直刺到格溫普蘭心底，好比一劑春藥；她敞開的睡衣更令格溫普蘭思緒混亂。一種盲目的獸性突然佔據了他的心。既迷惘，又痛苦。他連說一個字的力氣也沒有，感到自己已經融化了、無法補救了。

突然，她抓住他的兩隻手。

「我愛你！」她大叫一聲，猛地吻了他一下。

一片雲彩籠罩了格溫普蘭和約瑟安娜。一個有眼睛的女人看見了他、愛他；格溫普蘭那畸形的嘴感覺到仙女的嘴唇，好像觸電一樣，美妙無窮。在這個謎一般的女人面前，他覺得心裡什麼也沒有了。蒂的影子在陰暗裡掙扎著，輕輕地悲鳴。

不過，有一個聲音對他說：軟弱就是罪惡。他所感覺到的東西簡直是難以形容的：肉體、生命、恐怖、肉欲、悶人的陶醉，以及隱藏在驕傲裡的羞恥。他彷彿就要跌倒了。

她又說一遍：「我愛你！」

她突然瘋狂地把他抱在懷裡，緊緊地摟著他。格溫普蘭透不過氣來了。

冷不防地，在他們旁邊響起了一陣清脆的鈴聲。這是釘在牆上的小鈴的聲音。公爵小姐轉過臉來，說：

「怎麼回事？」

在英國，凡是出身高貴或是受國王寵信的人，他們的臥室牆壁上都有一扇能夠旋轉的小暗門，上面裝著一個鈴；鈴一響，暗門就開了，一只金盤或天鵝絨墊子將國王的信送進房內，看不見送信的人。這種機關被稱為「旋櫥」，是一種親密與莊嚴的表示，親近之中又帶一點神秘感。約瑟安娜也有旋櫥。

當時，傳來彈簧門移動的聲音，暗門打開了。旋櫥裡出現一個墊著皇家藍絲絨的盤子，盤中放著一封信。信封很大，四四方方的，上頭有一個蓋了大印的銀紅色封蠟。鈴還在響。

公爵小姐低著頭，一隻手臂勾住格溫普蘭的脖子，另一隻手拿起盤上的信，把暗門推回去。旋櫥關好以後，鈴聲就停了。

約瑟安娜用手指撕破封蠟，打開信封，從裡面抽出兩張摺好的紙。一張是羊皮紙，一張是小牛皮紙。羊皮紙上印著大法官的綠色蠟印，公爵小姐不耐煩地微微噘起了嘴巴。

「哎呀！」她說，「她送了什麼東西過來？一疊廢紙！討厭的女人！」

她把羊皮紙撂在旁邊，瞥了一眼小牛皮紙。

「這是她的筆跡，是我姐姐的筆跡。真叫我厭煩透了！格溫普蘭，你識字嗎？」

格溫普蘭點點頭。

她躺在沙發上，擺出睡覺一樣的姿勢，彷彿突然知道害臊似的，把兩隻腳小心翼翼地藏在睡衣底下，兩隻手臂藏在袖子裡，只讓胸脯露在外面。她熱情地望著格溫普蘭，把那張小牛皮紙遞給他。

「好吧，格溫普蘭，你已經是屬於我的了。現在開始執行你的職務吧！親愛的，請你把女王寫給我的信唸給我聽。」

格溫普蘭接過小牛皮紙，打開以後，用戰戰兢兢的聲音唸道：

小姐：

我們榮幸地為您送上一份英國大法官威廉·古柏簽署的口供記錄副本。這份口供指出了一個非常重要的事實：林諾．克朗查理爵士的合法繼承人已經被證實、並且找到了。他叫格溫普蘭，過去幾年一直生活在卑微之中，靠著賣藝為生。他是在很小的時候流落民間的。根據王國的法律和費爾曼．克朗查理爵士的世襲權，他今天即將被正式承認，並恢復他在上議院的席位。

為了使您繼續保有克朗查理—洪克維爾家族的財產繼承權，我們讓他代替大衛．第里—摩爾爵士，承受您的青睞。我們已把費爾曼爵士送到您的府邸科爾萊奧內行宮。作為女王和姐姐，我們希望並且命令費爾曼．克朗查理爵士做您的丈夫，共結百年之好。再說，這也是王室的期望。

當格溫普蘭用猶豫的聲調讀信的時候，公爵小姐從沙發上坐起身來聽著，眼睛一動也不動。當格溫普蘭一唸完，她連忙把信搶去。

「安妮，女王。」她喃喃地讀著信末的簽名。

接著，她撿起被扔在地上的羊皮紙，匆匆看了一遍。這是抄在南華克郡長和大法官簽了名的口供記錄上的瑪都蒂娜號遇難者的聲明。

她看完了這份口供，又把女王的信看了一遍，說了一聲：

「好。」

她不動聲色地指著格溫普蘭走進來的走廊的門簾。

「出去。」她對他說。

格溫普蘭像石頭人一般站在那裡，一動也不動。

她冷冰冰地說：「既然您是我的丈夫，出去。」

格溫普蘭一句話也沒說，像個罪犯一樣低下頭，沒有動彈。

「您沒有權利待在這裡。這是屬於我的情人的地方。」她又補充一句。

格溫普蘭彷彿被釘在地上了。

「好吧，」她說，「那麼我走！哼，您是我的丈夫！再好不過了。我恨您！」

她站起來，不知道對什麼人做了一個傲慢的離別手勢，出去了。

走廊的帳幔在她身後垂下。

39

只剩下格溫普蘭一個人了。

他的思緒混亂到了極點，彷彿剛從一場夢裡醒來一般。他什麼也不想。甚至也不做夢，只是逆來順受。他一直待在沙發上，待在公爵小姐離開他的地方。

突然間，他聽見黑暗裡有一陣腳步聲。那是一個男子的腳步，是從公爵小姐走出去的走廊的另一頭傳來的。腳步聲越來越近，雖然很低，可是清晰可聞。格溫普蘭儘管心慌意亂，還是豎起了耳朵。

在公爵小姐剛才打開的銀色帳幔另一側的床後，那面好像一扇門的大鏡子突然打開了。一陣快樂的歌聲一下子充滿了玻璃臥室，隨後，一個男子走了進來。

這人腰際佩著劍，手裡拿著一頂有帽章和金線的插著羽毛的帽子，穿一身戴有徽章的漂亮海軍制服。

格溫普蘭猛地站了起來。他認出了來人，來人也認出了他，兩張嘴同時驚奇地叫了一聲：

「格溫普蘭！」

「湯姆—金—傑克！」

這個拿著帽子的人朝著格溫普蘭走了過來，格溫普蘭的兩隻手交叉在胸前。

「你怎麼到這裡來了？格溫普蘭。」

「你呢？你是怎麼到這裡來的？湯姆—金—傑克。」

「啊！我懂了，是約瑟安娜！賣藝人加上一副妖怪般的長相，的確有一種無法抵抗的魔力。你是化了裝來的，格溫普蘭。」

「你也是，湯姆—金—傑克。」

「格溫普蘭，你這身貴族的衣服是什麼意思？」

「湯姆—金—傑克，你這身軍官的制服是什麼意思？」

「格溫普蘭，我拒絕回答你。」

「我也一樣，湯姆—金—傑克。」

「格溫普蘭，我不叫湯姆—金—傑克。」

「湯姆—金—傑克，我不叫格溫普蘭。」

「格溫普蘭，這裡是我的家。」

「湯姆—金—傑克，這裡是我的家。」

「夠了，我知道你在諷刺人，不准再學我說話了。可惡的東西。」

格溫普蘭面色蒼白。

「你才是可惡的東西！你侮辱我，必須向我道歉。」

「在你的小木屋裡，你愛幹什麼都可以。我們可以打架。」

「在這裡可以用劍。」

「格溫普蘭，用劍是貴族的權利，我只跟和我地位相等的人決鬥。請你記住：我是海軍中將。」

「而我，是英國上議員。」

湯姆—金—傑克聽了哈哈大笑。

「為何不說你是國王？話說回來，你說得對，一個演員的確什麼角色都能演。你可以說你是雅典王忒修斯。」

「我是英國上議員，我們應該決鬥。」

「格溫普蘭，這真是夠了。不要跟一個可以教訓你一頓的人開玩笑。我是大衛·第里—摩爾爵士！」

「而我，是克朗查理爵士。」

大衛爵士又笑了。

「真有趣，格溫普蘭是克朗查理爵士！當然，沒有這個姓不能佔有約瑟安娜。好吧，我原諒你。你知道為什麼嗎？因為我們是她的兩個情人。」

走廊的帳幔打開了，一個聲音說：

「爵士們，你們是她的兩個丈夫。」

兩人轉過身來。

「巴基爾費德羅！」大衛爵士大聲說。

來人正是巴基爾費德羅。他臉上掛著微笑，向兩位爵士深深地鞠了一躬。

在他身後不遠處，有一個面色恭敬的紳士，手裡拿著一根黑色的短棒。這個人向前走了幾步，向格溫普蘭鞠了三個躬，說道：

「爵士，我是黑杖侍衛長，奉女王陛下的命令來接您的。」

40

這一天，住在倫敦—溫莎大道兩旁的人看見了一支奔騰的隊伍，護送著兩輛急馳的馬車。在第一輛車子裡，坐的是黑杖侍衛長，手裡拿著他的權杖；在第二輛車子裡，看得見一頂有白色羽毛的大帽子，帽子的陰影遮住了那人的臉。他是誰呢？一位親王？還是一個犯人？

他就是格溫普蘭。

女王為了她未來的妹婿，派出了自己的衛隊。

黑杖侍衛隊的一個軍官騎著馬走在隊伍前面。黑杖侍衛長的馬車上放著一個銀色的呢墊子，墊子上有一個印著皇冠的黑色公事包。

在布倫特福特，也就是抵達倫敦前的最後一個驛站，馬車和衛隊都停了下來。

一輛玳瑁鑲的馬車已經久候多時。馬車前面有兩個騎手，後面四個隨從，還有一位戴假髮的車伕。這輛車的車輪、踏腳、輓具、車轅和一切裝備都是金黃色的，馬籠頭是銀製的。它的式樣貴氣而別致，富麗堂皇。

黑杖侍衛長下了馬車，他的軍官也下了馬。軍官拿起擺著公事包的銀墊子，捧在手裡，站在侍衛長身後。

侍衛長打開空車的車門，接著又打開格溫普蘭的車門，低下眼睛，恭恭敬敬地請他上另外一輛馬車。

格溫普蘭下了車，坐進那輛華麗的馬車。侍衛長執著權杖，軍官捧著墊子，也跟著坐了進去。他注意到車伕和隨從都穿著極其華麗的制服，於是問黑杖侍衛長：

「這是什麼制服？」

「是您的，我的爵士。」侍衛長回答。

那兩輛空的皇家驛車回溫莎去了，格溫普蘭的馬車向倫敦出發。

天還沒有黑，這列車隊便在一扇大門前停了下來。這座高大的拱門是白廳和西敏寺之間的通道，兩側有兩座角塔。

侍衛的隊伍繞著車子圍成了一個圈，一名隨從自車後跳下來，打開車門。

黑杖侍衛長與捧著墊子的軍官下了車，對格溫普蘭說：

「請爵士下車。務必戴著您的帽子。」

格溫普蘭披著一件旅行大衣，裡面的衣服還是他從昨晚開始一直沒有離身的那套綢緞衣服。他把大衣留在車裡。

在拱門下前面幾步的地方，有一扇小小的側門。黑杖侍衛長帶著軍官開步先走，格溫普蘭跟在後面。他們走上台階，從側門進去。

過了一會兒，他們已經置身在一間中央有一根圓柱的寬大圓廳裡。這是圓塔最下面的一層，只從幾個哥德式的窄窗口裡透進一點光亮。圓廳裡站著十三個人，三個在前排，六個在第二排，四個在後排。

前排的一個人穿著紫紅絲絨長袍，其餘兩個穿同樣顏色的長袍，不過是綢緞材質。三個人的肩上都繡著英國國徽。

第二排的人穿著白織錦緞上衣，每人胸前都有一個彼此不同的紋章。

最後一排的四個人穿的是黑織錦緞的衣服。第一個人罩著一件藍色背心；第二個人有一個紅色的聖喬治章繡在胸前；第三個人有兩個紫紅十字，分別繡在胸前和背後；第四個人有一條黑貂皮的領子。所有的人都光著頭，戴著假髮，佩著劍。在朦朧的微光中，看不清他們的面貌，他們也看不清格溫普蘭的面貌。

黑杖侍衛長舉起他的權杖說：

「費爾曼．克朗查理爵士，克朗查理—洪克維爾男爵，我以黑杖侍衛長，覲見廳的第一個軍官的身分，將您託付給英國紋章院的嘉德紋章官。」

那個穿絲絨長袍的人向前走了幾步，對著格溫普蘭一躬到底說：

「費爾曼．克朗查理爵士，我是嘉德爵士，高級紋章官，英國世襲紋章院長諾福克公爵閣下委任的官員，曾對國王、上議員和嘉德爵士們宣誓效忠。我負責安排上議員的葬禮，並留心保存他們的紋章。我聽候您的命令。」

另外兩個穿緞子長袍的人的其中一個，也深深地鞠了一躬，說道：

「我的爵士，我是克拉倫斯，第二高級紋章官。我負責安排上議員以下貴族的葬禮。我聽候您的命令。」

另一個穿緞子長袍的鞠了躬說：

「我的爵士，我是諾羅伊，第三高級紋章官。我聽候您的命令。」

第二排隊列站得筆直，沒有鞠躬，他們向前走了一步。

格溫普蘭右邊的第一個人說：

「我的爵士，我們是次級紋章官。我是約克紋章官。」
於是每個次級紋章官依序發言，報出自己的頭銜：
「我是蘭開斯特紋章官。」
「我是里奇蒙德紋章官。」
「我是切斯特紋章官。」
「我是索默塞特紋章官。」
「我是溫莎紋章官。」
他們胸前繡的紋章，便是他們的郡或市的紋章。
第三排穿黑色衣服的人仍舊保持緘默。嘉德紋章官指著他們向格溫普蘭說：
「我的爵士，這是紋章院的四名紋章官助理。這位是藍斗篷。」
穿著藍背心的人鞠了一躬。
「這位是龍騎兵。」
繡著聖喬治章的人鞠了一躬。
「這位是紅十字。」
佩著紅十字的人鞠了一躬。
「這位是鐵閘門。」
圍著貂皮領子的人鞠了一躬。
高級紋章官做了一個手勢，四名助理之中的第一個人便走過去，把銀色的墊子和印著皇冠的公事包從侍衛軍官手裡接過來。
高級紋章官向黑杖侍衛長說：
「好。我很榮幸地通知您，您已經把爵士交給我了。」

他又向格溫普蘭說：

「我的爵士，請您跟我走。」

他們於是護送著他，向圓廳盡頭的一扇門走去。黑杖侍衛長走在前面，其次是藍斗篷，他捧著墊子；再來是嘉德紋章官，在他們後面的是格溫普蘭。其餘的高級紋章官、次級紋章官和助理仍舊留在圓廳裡。

格溫普蘭在黑杖侍衛長的帶領和高級紋章官的陪同下，穿過一個又一個房間。在他們經過的一間大廳裡，站著四名恭恭敬敬地低著頭的掌管玉璽的書記官和國家檔案書記官。在另一間大廳裡，站著的是索默塞特郡的菲利普．席登漢騎士。下一間大廳裡是英國最老的准男爵薩福克的艾德蒙．培根爵士。再過去的一間大廳裡是財政大臣，他帶著四個會計師和兩個負責記帳的宮務大臣的助理。鑄幣廠的總管也在場。這八個人向新爵士行了一個鞠躬禮。

他們來到一個鋪著蓆子的走廊的入口，這裡是上下院中間的通道。格溫普蘭得到馬爾根的湯瑪斯．曼塞爾爵士的敬禮，這是女王的皇室檢查官與下議員。在走廊出口的地方，又受到一個五港的男爵代表團的敬禮。

格溫普蘭還了禮。

現在他們走進了畫廳，其實這裡並沒有畫，只有些雕像。一道木柵欄把畫廳一分為二，另一邊站著三位顯赫的國家大臣。他們都一聲不響地向格溫普蘭鞠躬，格溫普蘭同樣還了禮。

這時，守門人打開了木柵欄，讓格溫普蘭走到畫廳的另一邊。這裡是爵士們的座位，長桌上鋪著綠色桌布，放了一只插著許多蠟燭的燭台。格溫普蘭由黑杖侍衛長、高級紋章官和藍斗篷帶領著，進入了這間特權的套房。

在畫廳盡頭的地方，兩扇窗戶中間的皇家徽章下面，站著兩個老人，穿著紅絲絨長袍，肩上披著兩條金邊貂皮，假髮上戴著一頂插著白羽毛的帽子。從長袍的袍縫裡可以看見裡面的綢襖和劍柄。

高級紋章官指了指這兩個老人，向格溫普蘭低聲說：

「我的爵士，這些是與您同等的人。請您完全按照他們的方式還禮。這兩位上議員都是男爵，是大法官指定來做您的保護人的。他們會把您引薦給上議院。第一位是費茨瓦特爵士查理・麥德威，他在男爵中位居第六。第二位是特萊斯的奧古斯都・阿朗德爵士，在男爵中位居第三十八。」

高級紋章官向這兩個老人走近一步，提高了嗓子：

「克朗查理男爵，洪克維爾男爵，西西里科爾萊奧內侯爵，費爾曼・克朗查理，王國的上議員，向你們致敬。」

這兩個爵士高高地舉起他們的帽子，隨後又重新戴上。

格溫普蘭也照樣做了。

黑杖侍衛長領著藍斗篷和高級紋章官繼續向前進，兩位上議員也分列在格溫普蘭兩側。

行列離開畫廳，進入一條走廊，這裡有一排方柱子，柱子中間交替站崗的是英格蘭長槍隊和蘇格蘭執戟隊。他們的隊長向格溫普蘭和兩位上議員舉劍致敬，士兵們也舉起長槍和斧戟。

在走廊盡頭，露出一扇閃著亮光的大門，門兩邊一動也不動地站著兩個守門的衛士。在離門口不遠的地方，走廊突然變寬，出現了一個玻璃隔間。這裡有一把扶手椅，靠背很高，上面莊嚴地坐著一個戴假髮、穿著寬大長袍的人，這就是英國的大法官威廉・古柏。在他右邊，有一張桌子，旁邊坐著皇家書記官，左邊也有一張桌子，坐的是議會書記官。兩名書記官面前都擺著一本記錄簿。

在皇家書記官背後，有一個捧著一件加冕長袍的官員。在議會書記官背後，也有一個官員，手裡也捧著一件長袍，這是上議員用的。這兩件長袍都是白綢內襯的紅絲絨衣服，上面有兩條鑲著金邊的貂皮披肩。

第三個官員是執書官，托著一本紅皮書，這是一本用紅摩洛哥羊皮裝訂的小冊子，載有上院議員和下院議員的名單，此外還有一些空白的書頁和一支鉛筆，這是照例交給每一位新上議員的。

格溫普蘭的隊伍在大法官的椅子前面停了下來。

兩位上議員取下了帽子，格溫普蘭也同樣摘下了帽子。

高級紋章官從藍斗篷手中接過銀色的呢墊，跪了下來，把上面的黑公事包交給大法官。

大法官接過公事包，順手交給了議會書記官。書記官恭恭敬敬地接過以後，隨即打開公事包，從裡面拿出兩份公文。一份是女王給上議院的特權狀，一份是給新上議員的詔書。

書記記畢恭畢敬地站著，慢慢地宣讀兩份文件。

「……鑑於你對教會和國家的責任忠貞不二，著令你親自前往接受西敏寺議會的主教和上院議員中的席位，以便本著一切的光榮和良善，對國家和教會的事務作出貢獻。欽此。」

詔書宣讀完畢，大法官提高了聲音：

「陛下的旨意宣讀完畢。克朗查理爵士，您願意放棄聖體的奇蹟、崇敬聖人和彌撒嗎？」

格溫普蘭鞠了一躬。

大法官說：「審查已經結束。」

議會書記官接著說：「爵士閣下已經接受了審查。」

大法官又加了一句：

「我的克朗查理爵士，請您就位。」

高級紋章官站起來，從架上取下寶劍，把腰帶扣在格溫普蘭腰際。

格溫普蘭聽見一個聲音在他背後說：

「請爵士閣下穿上議員長袍。」

同時，這個拿著長袍向他說話的人，就把長袍披在他身上，並且把貂皮披肩的黑色絲帶繫在他的脖子上。

格溫普蘭披上深紅色長袍，掛上寶劍，就跟左右兩邊的上議員打扮一模一樣了。

執書官向他呈上紅皮書，把書放進他上衣的口袋裡。

高級紋章官在他耳邊悄悄地說：

「我的爵士，進去的時候，要向陛下的寶座行禮。」

這時候，兩個書記官各自趴在桌上，一個在皇家記錄簿上，一個在議會記錄簿上，寫了起來。最後，他們把記錄簿呈給大法官，大法官在上面逐一加以簽署，簽署完畢，他站了起來：

「克朗查理男爵，洪克維爾男爵，西西里科爾萊奧內侯爵，上議員費爾曼．克朗查理爵士，大不列顛的貴族，歡迎您加入上議院。」

格溫普蘭的兩個保護人按了一下他的肩膀。他的身子轉了過來。

走廊盡頭的兩扇金光閃閃的大門同時打開了。

那就是上議院的大門。

沒過多久，他便坐在一個百合花形的凳子上。他的緞子衣服外面穿了一件白綢內襯的紅絲絨長袍，罩著一件貂皮短披風，肩上披著兩條鑲金邊的貂皮披肩。在他的周圍是些不同年紀的人們，有年輕人，也有老頭子，都跟他一樣坐在百合花形的凳子上，也穿著與他相同的貂皮和紅絲絨衣服。

在他面前，他看見一些跪著的人，他們穿著黑綢長袍。有幾個人正在寫字。

在對面不遠處，他看見幾級台階，一個平台，一個華蓋，還有一面在一隻獅子和一隻獨角獸中間閃閃發光的盾徽。在台階上面的平台，在華蓋底下，放著一把雕著皇冠的金椅。這是王座。

大不列顛的王座。

格溫普蘭現在就坐在英國上議院裡，他本人也是上議員了。

41

為了避免格溫普蘭的臉在進議院時引起騷動，大法官把接受儀式訂在晚會上舉行，並且把時間提早，好讓這位爵士在正式開會以前進入議院。當守門衛士在格溫普蘭面前打開那兩扇大門的時候，議院裡只有幾位爵士，幾乎都是老頭子。

大法官在上首的羊毛墊上就座之後，其他議員們也紛紛入席，有的坐著，有的站著。坎特伯雷大主教站起身來，唸了一段祈禱文，於是會議便開始了。格溫普蘭已經進來一會兒了，並未引起任何注意；做保護人的兩位爵士，一位坐在他的右邊，一位坐在他的左邊，幾乎把這位新爵士遮了起來。

議會書記官低聲細氣地宣讀，唸出了各項與新爵士有關的文件；大法官也在不引起注意的情況下表示承認這位爵士。大家還在聊天，議會往往在這種喧鬧的氣氛中，糊裡糊塗地通過許多法案。

爵士們慢慢進來了，凳子上漸漸坐滿了人。今天的議程是對女王的丈夫，即丹麥的喬治．坎伯蘭公爵的年度津貼增加十萬英鎊的提案進行表決。此外，議會還接到一項通知，有幾件女王陛下已經同意的議案，將由欽差送至議會，因此會議臨時改為皇家會議。

不到半個鐘頭，議會已經差不多坐滿了。場內的談話漸漸變得熱烈，遲到的爵士們帶來了有趣的消息。有幾個爵士是剛從溫莎來的。幾個小時以來，格溫普蘭的事情已經傳開了——在戲台上找到了一位上議員，一個賣藝人突然變成了爵士。從早上起，先是王子們在談論，接著侍從們也跟著議論紛紛，然後又從宮廷傳播到城裡。幾位提早到議院的爵士還一無所知，新來的議員激動地把消息告訴他們。

「怎麼！這可能嗎？」蒙塔克特子爵法蘭西斯．布朗對多徹斯特侯爵說。

「什麼？」

「笑面人！」

「什麼笑面人？」

「您沒見過笑面人嗎？」

「沒見過。」

「一個小丑，一個在集市上耍把戲的。他的臉簡直無法形容，花兩個便士就能看到。一個跑江湖的。」

「怎麼了？」

「您已經接受他為英國的上議員了。」

「笑面人？蒙塔克特爵士，您真會說笑話！」

「不是說笑話，多徹斯特爵士。」

蒙塔克特向議會書記官打了一個手勢，書記官從他的座位上站了起來，向兩位爵士證實了新爵士加入的事實。還把詳細情形敘述了一遍。

「嘖！嘖！嘖！」多徹斯特爵士說，「我剛才在跟伊利主教閒聊。」

年輕的安斯利伯爵走近烏爾爵士。

「烏爾爵士。」

「怎麼了？安斯利爵士？」

「您認識林諾．克朗查理爵士嗎？」

「認識。這個人已經去世了。」

「是死在瑞士的嗎？」

「是的。我們是親戚。」

「那麼，他在瑞士結婚的事，您知道嗎？」

「依稀聽說過。」

「他婚後生了一個合法的嗣子，是真的嗎？」

「真的，不過已經死了。」

「還活著。」

「活著？」

「沒錯。」

「不可能。」

「這是事實，已經證實了，批准了，並且註冊了。」

「這麼說來，這個兒子將要繼承克朗查理的爵位了？」

「不是將要，已經繼承了。已經辦好了。」

「辦好了？」

「轉過頭去，烏爾爵士，他就坐在您背後的男爵席上。」

烏爾爵士轉過頭去，可是格溫普蘭的面貌被他的頭髮遮住了。

「原來是這樣，」老頭說，他只看見格溫普蘭的頭髮，「他採用了時髦的打扮，沒有戴假髮。」

格蘭森爵士亨利·奧福克走近柯爾貝伯爵士約翰。

「有一個人掉入陷阱裡去了。」

「是誰呀？」

「大衛·第里—摩爾。」

「為什麼？」

「他不再是上議員了。」

「怎麼回事？」

於是格蘭森伯爵將這椿奇聞一五一十地告訴了柯爾貝伯男爵：送到海軍部的漂流葫蘆、兒童販子的羊皮紙、詹姆士二世的命令、南華克地窖裡的對質、女王和大法官的批准、圓廳裡舉行的授爵儀式等等。兩位爵士都努力想看清坐在費茨瓦特爵士和阿朗德爵士中間的那位新爵士的面貌，卻什麼也看不出來。再說，格溫普蘭恰巧坐在一個不引人注目的位子，這也許是偶然，也許是兩位保護人受到大法官的指示，刻意安排的。

「他在哪裡？他在哪裡？」

人們一到議會都這樣大叫大嚷，可是誰也沒有看清楚他。有幾個在綠箱子見過格溫普蘭的爵士好奇心特別重，但他們也是白費力氣。

大家正在傳閱一封短箋的抄本。據說這是約瑟安娜公爵小姐寫給女王的答覆。信是這樣寫的：

夫人：這個安排正合我意。我可以把大衛爵士當成情人。

「好！」摩亨爵士大聲說，「我就想娶這樣的女人！」

「娶約瑟安娜公爵小姐？摩亨爵士。」杜拉斯爵士說。

「為什麼不可以？她會讓一個人快樂的。」

「會讓好幾個人快樂。」

「咱們不都是這樣嗎？」

「您說得對。講到女人，我們都是吃別人剩下的東西。誰是第一個人呢？」

「也許是亞當吧。」

「我親愛的爵士，」杜拉斯說，「亞當只不過是名義上的丈夫，可憐的受騙者！他把人類扛在自己身上，其實人類是魔鬼和女人生的。」

主教席上的杜倫主教奈坦尼爾．克魯門法學家雨果．柯姆萊伯爵：

「這可能嗎？」

「這合法嗎？」柯姆萊說。

「新爵士的授爵儀式是在議院外舉行的，」主教又說，「可是，據說有先例可循。」

「是的，查理二世時期的鮑尚爵士，以及伊莉莎白時期的謝奈爵士。」

「這位年輕的克朗查理爵士在議院中的順位如何？」主教又問。

「介於巴納德和索默之間，也就是第八位。」

「說實在的！這人可是街頭的一個江湖騙子呀！」

「這沒什麼，主教大人，一個爵士淪為貧賤的事十分常見。儘管費爾曼．克朗查理外表上是個賣藝人，可是骨子裡仍然是一個爵士。卑賤的衣著並不影響高貴的血統。不過在議會外舉行審查和授爵儀式，倒是有些爭議性。我認為應該好好研究一下，看看是不是應該在樞密院會議上向大法官提出質詢。」

就這樣，各式各樣的話題在議員席上傳開了。竊竊私語好比一根火藥線。這件怪事引起整個議院喃喃低語。格溫普蘭彷彿在做夢一般，模模糊糊地聽著這片嗡嗡的聲音，還不知道這是因他而起的。

42

突然間，議院裡亮起來了。四個守門衛士捧著四個插滿蠟燭的燭台，放在王座兩邊。王座在燭光的照耀下發出紫紅色的光輝，儘管是空著的，卻威風凜凜。

黑杖侍衛長走了進來，舉起權杖說：

「女王陛下的欽差大人駕到。」

嘈雜的聲音頓時平息下來。一位頭戴假髮、身穿拖地長袍的書記官出現在大門口，他手裡捧著一個百合花圖案的墊子，上面放著一卷卷羊皮紙，每卷羊皮紙上都懸著一個帶絲線的圓球。在書記官後面，跟著三位穿上議員長袍、戴羽毛帽子的人。

這三個人就是女王的欽差大臣。他們走到王座面前的席位，摘下帽子，對王座鞠了一躬，隨後又戴上帽子，坐在凳子上。

大法官望著黑杖侍衛長說：「傳下院議員到木柵欄這裡來。」

黑杖侍衛長退了出去。大家等待了幾分鐘，守門衛士在柵欄前面放了一個有三級踏板的梯凳，梯凳上鋪了深紅色的天鵝絨，鍍金的釘子排列成一朵朵百合花。

這時，關上的大門重新打開了，一個聲音大聲說：

「忠實的英國下院議員們到！」

這是黑杖侍衛長在替下院議員通報。

爵士們戴上帽子。下院議員們由議長帶頭，一個個走了進來。他們站在柵欄旁邊。穿的是便服，大部分都是黑色的衣裳，佩著劍。

他們的腳步聲停下來以後，黑杖司儀官在門口叫道：

「會議開始！」

皇家書記官站起來，拿起放在墊子上的第一份文件，開始宣讀。這是女王的諭旨，指名三位欽差大臣代表她出席議會，並有權批准議案。三位欽差分別是哥德芬伯爵西德尼、潘布羅克與蒙哥馬利伯爵湯瑪斯．赫伯特、紐卡索公爵約翰．荷利斯。

宣讀完畢，皇家書記官重新坐下。議會書記官站起來，跪在他背後的副書記官也站了起來，雙雙朝下議員們轉過背去，面對著王座。

墊子上有五件議案。這五件議案經下議院投票通過和上議院審查同意，只等待女王批准。

議會書記官宣讀第一件議案。

這是下議院的一件提案，提案裡建議國家支付一百萬英鎊修建女王的住所漢普頓宮。

宣讀完畢，書記官向王座深深鞠了一躬，接著轉過半邊臉來，對下院議員說：

「女王接受你們慷慨的獻禮。准奏。」

他接著宣讀第二件議案。這一件法案規定逃跑的民兵必須受到監禁和罰金的處分。書記官再次向王座鞠了一躬，轉過半邊臉來對下院議員說：

「准奏。」

第三件議案規定英國最富庶的利奇菲爾德和考文垂教區的十一稅和教產，使大教堂享受一筆年金，增設教職，擴建主教宅邸，並且提高教士的俸祿。「以供應聖教會的需求。」序言裡這樣說道。

第四件議案規定新稅。一種是出租馬車稅，倫敦限有出租馬車八百輛，每輛每年徵五十二英鎊的稅。一種是律師稅，每人每年繳納四十八英鎊。一種是皮革稅，序言說「駁回皮革工匠的陳情」。一種是肥皂稅，「駁回大量生產斜紋布和呢絨的埃克塞特和德文郡的申訴」。一種是酒稅，每桶徵四先令。一種是麵粉稅。一種是大麥稅和蛇麻稅。一種是調整噸位稅，序言裡說「國家的需求比商界的抗議更重要」。載重噸位稅，在四年之內，從西方來的船隻每噸徵六英鎊，從東方來的船隻每噸徵十八英鎊。最後還宣佈本年度已經收的人頭稅不敷使用，對全國每一位國民補徵人頭稅四先令；並且規定，不願繳納的人，一律處以雙倍的罰金。

第五件議案規定病人在住院時如果不預備一英鎊，作為萬一病死的喪葬費用，便不得入院。後三件議案，也跟前面兩件一樣，由書記官向王座鞠一躬，回過頭去向下院議員叫一聲「准奏」，一件一件地批准，變成了法律。

最後，副書記官重新跪在地上。大法官說：

「但願按照大家的願望執行。」

至此，皇家會議就算結束了。下院議長向大法官深深鞠了一躬，隨後就拎起拖在地上的長袍後擺，倒退著從梯凳上走下來。下院議員們一躬到地，上院議員們並不理會這些恭敬的表示，繼續他們被打斷了的工作議程。下院議員們隨後就退出去了。

43

上議院的大門又關上了，黑杖侍衛長也回來了。欽差們離開政府官員的席位，走過去坐在公爵席上首，這裡是欽差的座位。大法官說：

「各位爵士，關於親王殿下，女王陛下的丈夫，增加年俸十萬英鎊的議案，議院已經進行過幾天的討論。辯論已經終結，今天就要進行表決。投票依照慣例，由最後的男爵開始。請每一位爵士聽到自己名字的時候，起來回答『滿意』或者『不滿意』。如果他認為有必要，可以任意陳述己見。書記官，開始表決。」

議會書記官站起來，打開書桌上的爵士名冊，依序叫道：

「哈維男爵，約翰爵士！」

一位戴金色假髮的老人站了起來，說：「滿意。」說完便坐下了。

副書記官記錄了他的票。

書記官繼續叫道：

「基爾猶他的康維男爵，法蘭西斯．西摩爵士！」

「滿意。」一個文質彬彬的小伙子欠起身來嘟噥道。

「高爾男爵，約翰．里維森爵士！」

「滿意。」

「格恩西男爵，海尼基．芬奇爵士。」

「滿意。」

「格蘭維爾男爵，約翰爵士。」

「滿意。」

書記官叫到第六位爵士。

「哈利法克斯男爵，查理．蒙太奇爵士。」

「滿意。」哈利法克斯爵士又補充道：「喬治親王的收入包含女王陛下的丈夫的年俸、丹麥親王的年俸、坎伯蘭公爵的年俸、英格蘭和愛爾蘭的海軍統帥的年俸，可是沒有陸軍統帥的年俸。這是不公平的。為了英國人民的利益，應該糾正這個錯誤。」

哈利法克斯爵士坐下以後，書記官接著讀下去：

「巴納德男爵，克里斯多夫爵士。」

「滿意。」

當巴納德爵士坐下的時候，唸慣了爵士名冊的書記官停頓了一下，眨了眨眼睛，彎著身子，仔細瞧了瞧名冊，才抬起頭來，唸道：

「克朗查理—洪克維爾男爵，費爾曼．克朗查理爵士。」

格溫普蘭站了起來。

「不滿意。」他說。

所有的人都轉過頭來。格溫普蘭站在那裡，王座兩邊的燭光照亮了他的臉，在這寬大幽暗的議廳裡，彷彿從朦朧深處浮現出一個人面浮雕。

格溫普蘭感覺到這是一個莊嚴時刻，他努力控制自己，收斂住臉上齜牙咧嘴的獰笑。不過這種努力無法維持太久，很快地，他的靈魂的陰影在他臉上浮現出來了。他控制了他那不可矯正的笑容，除去了人家刻在他臉上的笑意，卻顯得更加可怕。

「這個人是誰？」有人叫了一聲。

所有的人都不寒而慄。他那亂樹般的頭髮、眉毛下面的黑眼窩、瞳孔裡的目光，以及那顆交織著光明和黑暗的腦袋粗野的輪廓，都使人大吃一驚。它們壓倒了一切。不管是年老的也好、年輕的也好，都目瞪口呆地望著格溫普蘭。華頓伯爵湯瑪斯，一位受到全院尊敬、閱歷豐富的老人，惶恐地站了起來。

「這是什麼意思？」他叫道，「誰把這個人帶進議院來的？把他趕出去。」

他傲慢地對格溫普蘭說：「你是誰？是從哪裡來的？」

格溫普蘭回答：「深淵。」

他抱著兩隻手，望著所有的爵士。

「我是誰？我是不幸的人。各位爵士，我有幾句話要跟你們談談。」

大家打了一個寒顫。現場一片寂靜。格溫普蘭接著說：

「爵士們，你們高高在上。你們有財、有勢、無憂無慮；太陽一直照在你們頭上，不受限制的權力，獨佔地享受。你們完全忘了還有別的人。但是，在你們底下還有一些東西——說不定是在你們上面。爵士們，我為你們帶來一個消息：人類是存在的。」

議會裡的人就像小孩子，意外的事件彷彿是他們的魔術箱。他們既害怕，又歡喜地望著；好像彈簧一動彈，就能看見一個魔鬼從洞穴裡跳出來似的。

格溫普蘭感到自己脫胎換骨了。他的新身分一度使他驚慌失措，現在這團煙霧已經開始消散，慢慢地清楚了。儘管他不久前受到虛榮心的誘惑，但是他現在卻看到了自己的使命。最初使他變得渺小的東西，現在把他高高舉了起來。責任像閃電一樣照亮了他的心靈。

周圍的人都在叫：「聽哪！聽哪！」

這時候，他渾身痙攣，使出極大的力氣，才能保持他臉上嚴肅而又悲哀的表情，而齜牙咧嘴的笑容卻跟一匹野馬一樣，拚命跑到他臉上來。他接著說：

「我是從深淵裡來的。各位爵士，你們是貴人，是富有的人，你們利用了黑夜；可是千萬要當心，黎明才是偉大的力量。黎明正是老百姓。我是來提醒你們的，我來揭穿你們的幸福。它是建立在別人的痛苦之上的！你們要什麼有什麼，卻不知道它是建立在老百姓『要什麼沒什麼』之上的。整個天空都在你們這一邊，你們只看得見節日的歡樂，卻不知道它還有一個陰暗面。我在你們中間是費爾曼．克朗查理爵士，可是我真正的名字卻是窮人的名字——格溫普蘭。我本來是一位大人物，可是一個國王卻把我造成了一個怪物。這就是我的身世。上帝把我投入了深淵，為的是什麼？為的是讓我看看深淵的底層。如今，我已從那裡帶回了真理。請你們聽好，爵士們，我親身經歷、親眼看過各種苦難，我在窮苦中長大，在冬天裡瑟瑟發抖，嘗過飢餓的滋味，受人輕視，染過瘟疫，喝過乞討來的酒漿；我要在你們面前把這一切都吐露出來。在我被人帶來這裡之前，我曾經猶豫過，因為別處還有我的責任。然而，我認為我應該來，為什麼？上帝把我送到飢民中間去，正是為了讓我向你們發出呼聲。啊！發發慈悲吧！這個不幸的世界，你們相信自己屬於它，其實你們一點也不瞭解它。你們的位子太高了，你們脫離了它。我來告訴你們世界是怎麼一回事：有一個晚上，一個狂風暴雨的晚上，我，一個被人遺棄的孩子，一個在無邊的世界上漂泊的形單影隻的孤兒，踏進了你們稱為社會的黑暗世界。我看見的第一個東西就是法律，它的形象是一個絞刑架；第二個是財富，它的形象是一個凍死的女人；第三個是未來，它的形象是一個奄奄一息的嬰兒；第四個是美、真理和正義，它的形象是一個流浪者，他唯一的朋友和伴侶是一隻狼。」

說到這裡，一陣椎心的痛苦啃蝕著他的心，嗚咽堵塞了喉嚨。不幸的是，現場卻爆發了一陣笑聲。這個笑聲很快感染了所有的人。籠罩著議會的恐怖氣氛如今變成了歡樂，瘋狂的笑聲震撼著整個議院。這些爵士們圍著講話的人不停拍手，並且羞辱、打擊他。

「好啊！格溫普蘭。」「好啊！笑面人。」「好啊！綠箱子的賣藝人！」「你來為我們演一齣戲。太好了！請吧！」「這真是個解悶的好機會呢！」「他真會笑，這個畜生！」「你好，木偶人！」「敬禮！我的小丑爵士！」「請發言吧！」「這傢伙竟然是英國的上議員！」「講下去！」「不，不！」「講吧！講吧！」

格溫普蘭對這些狂笑的人望了一會兒，試圖控制住場面。

「你們還在侮辱災難！」他叫起來了，「安靜！英國的爵士們，聽聽我的控訴，可憐可憐你們自己吧！難道你們還沒有看見自己在一架天平上，一頭是你們的權勢，一頭是你們的責任嗎？想一想，天平的搖擺就是你們良心的抖動。你們凌駕別人之上，這不是你們的錯，這是社會混亂的罪惡。建築物的結構不好，上面的一層把下面的一層壓壞了。請你們聽好，我來告訴你們。啊！你們有勢力，就應該友愛；你們是偉大的，就應該仁慈。你們知道社會下層是多麼淒慘呀！老百姓都在地牢裡，多少無辜的人被定了罪啊！沒有陽光，沒有空氣，沒有道德，沒有希望。有的人雖然活著，可是卻跟死了差不多。有的女人從八歲便開始為娼，二十歲便衰老了。殘酷的刑罰達到了可怕的程度。要是你們知道這些事，就不敢再尋歡作樂了。你們去過紐卡索嗎？在那裡，有人用煤塊填飽肚子，應付飢餓。蘭開斯特郡的利伯切斯特由於窮困變成了一個村莊。我認為丹麥的喬治親王並不需要這十萬基尼的額外津貼。我主張窮人住院不須預付喪葬費。在卡那馮和崔斯摩，也像在崔斯比琴一樣，百姓的貧困是可怕的。在史特拉特福，他們因為沒有錢，無法抵抗沼澤的災害。整個蘭開夏的工廠都關了門，到處都是失業。你們知道哈萊克的漁夫在捕不到魚的時候拿樹皮充飢嗎？你們知道在伯頓—雷薩，人們還在繼續迫害痲瘋病人嗎？還有艾爾斯伯里，那裡經常鬧飢荒。在考文垂的潘克利奇，老百姓的房裡沒有床鋪，只能讓嬰兒睡在地洞裡。這都是我親眼看見的！各位爵士，你們知道什麼人繳納你們通過的捐稅嗎？是在死亡邊緣上掙扎的人！啊！你們錯了，你們正用加深窮人貧困的辦法，增加有錢人的財富！應該反過來。不該拿勞動者的東西賞給遊手好閒的人，拿衣不蔽體的人的東西賞給衣食無憂的人，拿窮人的東西賞給王子！沒錯！我討厭國王！我痛恨查理二世！我父親愛過的一個女人，在他流亡期間獻身給了這個國王。她簡直是個婊子！國王是什麼？一個壞蛋！一個優柔寡斷的小人！色情和愚蠢的奴隸。要他做什麼！啊！先生們，別忘了你們的腳下還有平民百姓！可憐可憐他們，也可憐你們自己吧！因為下面的死了，上面的也活不成了。」

壓制不住的笑聲更加厲害了。在這種場合，只要話說得嚴重一點就能引起哄堂大笑。

表面滑稽，內心沉痛，沒有比這種痛苦更屈辱的了，沒有比這種怒火更深邃的了。格溫普蘭現在的心情就是這樣。他的言談是嚴肅的，他的臉卻是另一種表示。這種處境多麼可怕呀！他的聲音突然變得尖銳刺耳。

「你們還在嘻笑！還在諷刺垂死的痛苦，嘲笑臨終的叫聲！瞧！我就是他們當中的一個，也是你們當中的一個！我被一個國王出賣，被一個窮人收留。我是克朗查理爵士，可是我也是格溫普蘭。我是一個大人物，可是我仍舊屬於老百姓。我置身於這些縱情享樂的人當中，可是仍舊與受苦的人同在。唉！這個社會是不公平的，正義的社會總有一天會到來的。到時候不再有貴族，人人都是平等的。不再有愚昧無知，不再有卑躬屈膝的人，不再有諂媚逢迎的人，不再有奴僕，也不再有國王，只有光明！如今，我在這裡，我要為所有的人使用我的權利。我在社會底層的同伴們！我要把你們的貧困告訴他們，讓這些妄自尊大的人再也不會忘記受苦人的存在！」

說到這裡，格溫普蘭轉過身來，望著跪在一個羊毛座榻旁寫字的人員。

「你們跪著做什麼？站起來吧！你們是人。」

格溫普蘭突然說出的這番話，讓議會裡歡樂的氣氛達於最高點。剛才他們大叫：「好啊！」現在他們大叫：「安可！」動作也從鼓掌變成了手舞足蹈。簡直跟在綠箱子裡面一樣。不同的是，在綠箱子裡，笑聲代表格溫普蘭的成功，在這裡，笑聲卻預示了他的毀滅。

響起了互相矛盾的叫聲。

「夠了！夠了！」

「再來一個！再來一個！」

「小丑！小丑！」蘭斯特男爵威廉．法莫罵道。

「我們又回到了禽獸能說話的時代啦！一隻野獸居然在人類中間說起人話來了。」旺市爵士也嚷道。

「聽聽這頭驢子說些什麼。」雅茅斯爵士補充說。

「林諾這個叛徒在墳墓裡受到了懲罰。這個兒子就是父親的報應！」利奇菲爾德和考文垂的主教說。格溫普蘭剛才批評了他的教區。

拉比男爵湯瑪斯．溫特華對大法官說：

「大法官閣下，散會吧！」

「不！不！讓他講下去！很有趣！哈！哈！安可！」

年輕的爵士們這樣叫著，簡直鬧到瘋狂的地步。其中有四個特別感到好笑，同時又感到憤怒。他們是羅徹斯特伯爵羅倫斯．海德、薩尼特伯爵湯瑪斯．特夫頓、哈頓子爵和蒙太奇公爵。

「回到你的狗窩裡去吧！格溫普蘭。」羅徹斯特伯爵嚷道。

「打倒他！打倒他！打倒他！」薩尼特伯爵叫道。

哈頓子爵從口袋裡掏出一枚便士，扔在格溫普蘭身上。

格林威治伯爵約翰．坎貝爾、里弗斯伯爵薩維奇、哈佛森男爵湯普森、威靈頓、艾斯克利、羅爾斯頓、洛金漢、加特利、蘭代爾、班奈斯特．梅納德、韓德森、卡那馮、卡文迪西、伯林頓、霍德尼斯伯爵羅伯特．達西以及普利茅斯伯爵奧德．溫莎一起拍手喝彩。

格溫普蘭講話的聲音被這種地獄殿的鬧聲淹沒了，只能聽見這樣一句話：「你們要當心！」

蒙太奇公爵拉爾夫從他的席位上走下來，抱著兩隻手，站在格溫普蘭面前，朝著他的鼻子冷笑了一聲，大聲說道：

「你在說什麼？」

「預言。」格溫普蘭回答。

笑聲重新爆發開來，笑聲下面是不斷的低聲怒吼。多塞特和米德爾塞克斯伯爵利昂內爾·克蘭菲爾德·薩克維爾站在自己的座位上，揚起他那年輕的臉龐，聳了聳肩，一聲不響地望著格溫普蘭。聖亞薩主教彎下身子，靠近聖大衛主教的耳朵，指著格溫普蘭說：「瘋子！」指著那位伯爵說：「哲人！」

從混亂的笑聲裡傳來了模糊的叫聲：「醜八怪！」「搞什麼？」「這是侮辱議會！」「真是個怪傢伙！」「太可恥了！太可恥了！」「散會吧！」「不！讓他說完！」「講吧！小丑！」

路易·德·杜拉斯爵士雙手放在屁股上叫道：

「哈！大笑一場真是好事。這下子我心裡痛快多啦！我建議用『上議院謹向綠箱子致謝』這句話來酬謝他。」

在這之前，格溫普蘭一直夢想會有另外一種歡迎方式。他感到自己正在攀爬一道的懸崖，想前進反而後退，想上升反而下降；每一個想爬上坡頂的努力，都進一步證實了自己的滅亡已經無可避免；每一個想逃脫危險的動作，都使自己陷入更大的絕望。他感到可怕的深淵正一步步地逼近，自己馬上就要墜入張開的巨縫，嚇得冷汗直冒。

這時候，史卡斯代爾爵士叫了一聲，把所有的人的感想都歸納起來了：

「這個怪物到這裡來做什麼？」

格溫普蘭又沮喪，又憤怒，心裡非常激動。他站起來，目不轉睛地凝視著所有的人。

「我來這裡做什麼？我是來讓你們看見恐怖的！你們說我是個怪物，不！我是百姓！我是所有的人的代表。你們才是怪物呢！你們是幻想，我是現實，是人類。我是可怕的笑面人，我笑誰？笑你們，笑我自己，笑世界萬物！這個笑容是什麼？是你們的罪惡和我的痛苦。我把這個罪惡扔在你們頭上！我把我的痛苦吐在你們臉上！我笑，也就是我哭！」

他停了一下。誰也沒有說什麼，儘管還有笑聲，可是已經較少了。他認為可能有一部分人注意他，於是喘了口氣，繼續說道：

「我臉上的這個笑容，是一個國王刻上去的。這個笑容代表全人類的痛苦，這個笑容就是憎恨，就是強制的沉默，就是憤怒，就是絕望。它是酷刑的產物，是不自然的笑，代表當權者造就出的人類。人類已經變成四肢不全的殘廢了，你們破壞了人權、正義、真理、理性和智慧，正如破壞了我的眼、耳、口、鼻一樣。就像你們在我身上所做的，你們把人類的心變成憤怒和痛苦的深淵，並且在他們臉上蒙上一副笑的面具。我告訴你們！百姓們像我一樣，今天你們壓迫他們、羞辱他們，可是將來一切都會顛覆的。石頭將會變成浪濤，堅固的表面將會化成洪流。到了那個時候，百姓們只要一用力，就能擊破你們的束縛；大吼一聲，就能駁倒你們的嘲笑！」

他們實在忍不住了！重新爆發的笑聲壓倒了一切。沒有比用諷刺來懲罰一個人更可怕的了。格溫普蘭現在受的就是這份罪。對他來說，這些人的譏笑如同投向他的石頭和子彈。他站在那裡像一個木偶，看著人們又蹦又跳，大叫：「再來一個！」笑得直不起腰來。爵士們笑，主教們笑，法官們也笑，連一直在旁畢恭畢敬的黑杖侍衛長也在笑。

格溫普蘭交叉著雙臂，面色蒼白。他望著周圍一張張狂歡的面孔，置身在手舞足蹈和歡呼聲的漩渦之中，置身在瘋狂的戲謔和爆笑聲中，心裡跟墳墓一般淒涼。完了！他再也無法控制他不聽使喚的面孔和侮辱他的聽眾了。

他突然放聲大笑，這促成了他的命運最後的崩潰。跌倒了還能爬起來，壓碎了就永遠爬不起來了。如今，排山倒海而來的嘲諷已經把他壓碎了，什麼辦法也沒有了。他起初認為自己在不斷地上升，誰知歡迎他的卻是這種笑聲。在這快樂而又殘忍的風暴中，格溫普蘭陷入了沉思。

議院裡的人全都盡情地狂笑，沒有人知道該到哪裡去，該做什麼好了。這時候只好散會。

大法官宣佈，由於特殊情況，表決延到明天繼續進行。爵士們紛紛散去了。笑聲仍在繼續著，過了一會兒才消失在走廊裡。很快地，會場裡沒有人了，剛才還吵吵嚷嚷的會場如今突然籠罩在寂靜裡。

格溫普蘭好像猛然醒過來了。只剩他一個人了，大廳裡空蕩蕩的，所有爵士都走了，連他的兩個保護人也不例外。格溫普蘭機械地戴上帽子，離開了他的座位，朝著通往走廊的大門走去。當他通過木柵欄出口的時候，一個守門衛士脫掉了他的爵士長袍。他幾乎沒有意識到。過了一會兒，他到了走廊裡。

議會的官員看見這位爵士沒有向王座鞠躬就走出去，覺得很奇怪。

44

走廊裡空無一人。格溫普蘭穿過了圓廳，那裡的扶手椅和桌子已經撤去了，一點也看不出曾舉行過授爵儀式。靠著一支支稀稀落落的燭台和吊燈的指引，格溫普蘭穿過了數不盡的大廳和走廊，循著他剛才跟高級紋章官與黑杖侍衛長走過的路往回走。途中除了幾個慢吞吞的老爵士以外，他誰也沒有遇見。

忽然間，從那些杳無人跡的大廳裡傳來了模模糊糊的喧嚷聲。格溫普蘭朝著這個聲音走去，突然來到一條燈光昏暗的寬大通道裡。這是上議院的一個出口。他看見那裡有一道敞開的大玻璃門，一道石階，幾個僕役和火把；外面是一個廣場，石階下有幾輛馬車正在等候。

門裡面，在燈光底下，一群人吵吵鬧鬧，一面打手勢，一面大嚷大叫。格溫普蘭從陰影裡走了過來。

他們正在爭吵。一邊有十到十二個年輕爵士，他們想出去；一邊只有一個人，跟他們一樣戴著帽子，筆直地站在那裡，傲慢地攔住他們的去路。

這個人就是湯姆—金—傑克。

這些爵士有的還穿著上議員長袍，有的已經脫掉議會的制服，穿著他們日常穿的衣服。湯姆—金—傑克的帽子不像上議員那樣插著白色羽毛，而是一種帶點桔黃色的綠羽毛。他從頭到腳繡滿了花朵，鑲著金線，袖口和領子上綴著飄帶和花邊。他一邊激動地撫摸斜掛在腰間的劍柄，一邊怒氣沖沖地對那些爵士說道：

「你們都是懦夫！不，連懦夫也算不上，你們是蠢貨！你們聯合起來對付一個人，這不是怯懦，便是愚蠢！別人說的話你們聽不懂。在這裡，年邁的耳朵聾，年輕的沒有知識，因此我有必要告訴你們真理。這個新來的人很古怪，我承認他說了一堆廢話，可是話裡也有真實的東西。他提到的柏頓—雷薩的麻瘋病人是不可否認的事實；此外，他並不是第一個說這種話的人。不管怎麼說，各位爵士，我不喜歡許多人欺負一個人，這讓我怒不可遏。我是個不太相信上帝的人，除非祂做了好事，我才相信祂。所以，如果上帝存在的話，我要感謝他把英國的這位爵士從卑賤裡救出來，並且把他的繼承權還給他。還有，不管這對我有什麼影響，我認為能夠看見格溫普蘭變成克朗查理爵士，總是一件好事。你們譏笑他的笑容，但這不是他的錯。不應該譏笑別人的不幸。你們是一群殘酷無情的傻子。如果你們以為沒有人一樣地譏笑你們，那就錯了！你們是醜惡的，並且衣冠不整。哈佛森爵士，有一天我遇見了你的情婦，她醜得嚇人！公爵夫人簡直像隻猩猩！嘲笑別人的先生們，我很好奇你們有沒有本事一口氣講三四句話。你們很多人只會鬼叫，會說人話的沒幾個！你們以為自己有點知識，只不過因為你們曾穿著破褲子在牛津或劍橋混過一些日子！我告訴你們，你們剛才對這位新爵士的態度是無恥的。他是個怪物，沒錯，不過是落在一群畜生中間的怪物！我寧願變成他，也不願意變成你們。我剛才以候補上議員的身分出席了會議，我什麼都聽見了。我沒有發言權，可是我有當一名紳士的權利。一看見你們那副得意的樣子，我就生氣！因此我在門口等你們。各位爵士，我，大衛．第里—摩爾，艦隊軍官，決定要把你們殺掉幾個人。我命令你們立刻去找證人和裁判員，我要和你們決鬥！就在今天晚上，或是明天，地點和時間隨你們選擇。快去檢查一下你們的手槍和劍刃！我正式通知各位大人，我要懲罰你們！你們嘲笑費爾曼．克朗查理爵士的行為很卑鄙。你們比不上他。以克朗查理的身分來說，他與你們同樣是貴族；以格溫普蘭的身分來說，他具備你們所缺乏的智慧。我把他的事當成我的事，誰侮辱他就是侮辱我，你們的譏笑就是我的憤怒！走著瞧吧，看誰能夠活下去。我允許你們選擇決鬥方式，從寶劍到拳頭都可以！」
對於這番激烈的怒罵，所有高傲的青年爵士都用微笑回答。
「我選手槍。」伯林頓說。
「而我，」艾斯克利說，「按照古老的決鬥規矩，使用大錘和短劍。」
「我，」霍德尼斯說，「我要用兩把刀決鬥，一把長刀，一把短刀，赤裸上身肉搏。」
「大衛爵士，」薩尼特伯爵說，「你是蘇格蘭人，我用蘇格蘭劍。」
「我使劍。」洛金漢說。
「我，」拉爾夫公爵說，「我喜歡用拳頭，這樣比較高貴些。」
格溫普蘭從陰影裡走了出來，向這個他一直認為是湯姆—金—傑克的人走過去。現在他才知道這個人原來不是個平凡人。
「謝謝您，」他說，「可是，這是我的事情。」
每個人都轉過身來。
格溫普蘭還在向前走著，他覺得彷彿有人在推著他，朝這個被稱為大衛爵士的人走去。這是他的保護人，也許還要親密些吧！大衛向後退了幾步。
「瞧！」他說，「原來是您！嘿！您來得正好。我有話要跟您說。剛才您說有個女人愛了林諾．克朗查理爵士，後來又愛查理二世——」
「是的。」
「閣下，您侮辱了我的母親。」
「你的母親？」格溫普蘭叫了起來，「那麼說來，我懂了，我們原來是……」
「兄弟。」大衛爵士回答。
他接著打了格溫普蘭一個巴掌。

「我們是兄弟，」他又說，「所以我們可以決鬥。一個人只能跟自己地位相等的人決鬥。還有比兄弟更平等的嗎？我等下就派我的助手到您那裡去，我們明天可以互相割斷喉嚨。」

45

聖保羅大教堂響起了午夜的鐘聲。這時候，一個人跨過倫敦橋，走進南華克的小巷。這裡沒有燈光，黑漆漆的街道上一個人也沒有。這個人邁著大步走著，他穿著一件繡花緞上衣，腰掛一把劍，頭戴白色羽毛的帽子，沒有大衣。一個人在這個時間上街，而且又穿著這麼一身衣服，確實夠奇怪的。

這個人就是格溫普蘭。

他現在在什麼地方？他不知道。天空、海洋、白晝、黑夜、生命、死亡，全部都混雜在不可理解的恐怖之中；現實已經無法理解了，它被不可相信的東西壓碎了。空虛變成了暴風，天空失去了顏色。他渴望，渴望看見蒂。

他只有這一種感覺。他要趕回綠箱子那裡，回到泰德克斯特旅店裡，那裡有喧鬧的聲音，有亮光，到處充滿了老百姓誠意的笑容。他要去找烏蘇斯和奧莫，重新看到蒂，重新回到生活裡去！

他急急忙忙地走著。離泰林佐廣場不遠了，他不再一步一步地走，而在奔跑。他的眼睛穿入前面的黑暗，他的視線在前面帶路，彷彿一條船急切地尋找地平線上的港口一樣。

他來到了木球草地，繞過了牆角。在草地對面，在他面前不遠的地方就是泰德克斯特旅店。我們還記得這家旅店是市場上獨一無二的建築物。

他望了一眼。沒有亮光，一團漆黑。

他打了一個寒顫，接著自言自語地說，已經很晚了，旅店關門了，這是很正常的。大家都睡著了，只要叫醒尼克萊斯或古維根就行；應該去敲旅店的大門。他一鼓作氣衝上前去。

到了旅店前，他已經上氣不接下氣。為了不吵醒可能熟睡中的蒂，他盡量放輕腳步。他認出了古維根的狗窩，這個小房間緊靠著低矮的酒店，有一扇對著廣場的窗子。格溫普蘭在窗格上輕敲了幾下。

房間裡一點動靜也沒有。格溫普蘭又用手背在窗子上輕輕敲了一下，還是毫無動靜。

他又重重敲了兩下。房間裡仍舊沒有動靜。他有點不安了，於是轉過身來敲旅店的前門。

仍舊沒有人回應。

他開始恐懼了，心想：「尼克萊斯老闆年紀大了，睡得很熟。好吧，敲大力一點！」

他先是敲了一陣子、捶了一陣子。最後，索性使盡了力量撞門。

房子裡靜悄悄的，什麼聲音也沒有。

他發慌了。再也顧不上什麼謹慎了，他大聲叫著：「尼克萊斯！古維根！」

他一面叫，一面望著窗口，看看是不是有燭光。然而，旅店裡什麼也沒有。沒有聲音，沒有動靜，沒有亮光。

他走到車馬出入的門前，一面撞它、推它、瘋狂地搖它，一面大聲喊叫：「烏蘇斯！奧莫！」

連狼的叫聲也沒有。

他的額頭上冒出一顆顆汗珠。

他向四周望了一下。廣場上空蕩蕩的，一切都不見了；整個木球草地上連一個木屋也沒有。馬戲班也不見了，沒有一個帳篷，沒有一個戲台，沒有一輛篷車。以前聚在這裡的、吵吵鬧鬧的那些賣藝人，現在全都消失無蹤了。

他內心的焦急達到了極點。這代表什麼？發生了什麼事？難道連一個人也沒有了嗎？難道他過去的生活已經崩潰了嗎？他們遇到了什麼事情？天哪！

於是，他像暴風雨襲擊房屋一樣，朝旅店撞去。他敲便門、敲大門、敲窗戶、敲牆壁；手腳並用，既害怕，又擔心。他叫尼克萊斯、叫古維根、叫菲比、叫維納斯、叫烏蘇斯、叫奧莫；他的叫聲不停地朝牆壁湧去。有時候他停下來靜聽，房子跟死一般寂靜。他憤怒了，於是又重新開始叫喊、敲門。

他把旅店裡所有的人的名字叫了上百遍，只有蒂的名字例外。儘管現在已經精神迷亂，他仍舊出於本能，模模糊糊地採取這種謹慎的態度。

大叫大喊已經沒有用處，只好從牆頭上爬進去。他打碎古維根小屋裡的一塊玻璃，把拳頭伸進去，手也割破了。他拉出窗框上的插鞘，打開窗子。他忽然注意到他的劍很礙事，於是惱怒地取下它，連劍鞘和劍帶一起扔在地上。接著他踩著牆壁突出的地方往上爬，進到了旅店裡面。

古維根的床隱約可見，可是古維根不在這裡。整個房裡黑漆漆的。格溫普蘭焦急地穿過低矮的房間，撞到了桌子、踩到了餐具、撞翻了凳子、打翻了水瓶、跨過了傢俱，走到朝著院子的門，用膝蓋撞開了門，插鞘飛了出去，門在鉸鏈上轉來轉去。他看看院子裡。綠箱子不見了。

46

格溫普蘭離開了旅店，開始在泰林佐廣場上四處搜尋。凡是一天以前停留著戲台、帳篷和篷車的地方，他都去過了。什麼也沒有。儘管他明明知道木棚裡沒有人住，他還是去敲敲；凡是看起來像門窗的東西，他也都要破一敲。黑暗裡沒有絲毫聲響，彷彿死神曾經來過這裡。

格溫普蘭離開草地，鑽入東邊彎彎曲曲的街道，向泰晤士河走去。他在這些夾在圍牆和籬笆中間的、縱橫交錯的小巷裡拐了幾個彎。當他感覺到涼爽的河風撲面吹來，並且聽到河水流動的聲音時，突然發現眼前有一道石欄杆，欄杆立在一條狹窄低矮的碼頭邊緣上。

他停了下來，把手肘靠在欄杆上，雙手捧著腦袋，望著下面的河水，呆呆地沉思起來。

他是在看水嗎？不，他在看黑暗。不是外在的黑暗，而是他心裡的黑暗。

在河下游不遠的地方，碼頭越來越低，那裡泊著幾條船。有的剛到達，有的正要啟航，所有的船都一動也不動地停泊在那裡。船上既沒有走動的聲響，也沒有說話的聲音，只見圓鼓鼓的船身和繩梯交錯的索具，以及夜霧中的紅色燈光。

這一切，格溫普蘭都沒有看見。他在無情的現實面前陷入了沉思，正在凝神注視自己的命運。

他彷彿聽見背後有地震般的聲音。這是爵士們的笑聲，他是從這陣笑聲裡逃出來的，他是挨了巴掌出來的。

打他的人是誰？他的哥哥。

他挨了打，離開了笑聲，像一個受了傷的小鳥飛回巢穴似的，他躲開憎恨，回來尋找愛情。他找到了什麼？

黑暗。

空無一人。

一切都不見了。

多麼可怕的崩潰呀！

格溫普蘭陷入了空虛之中。綠箱子不見了，世界也完了。他的靈魂已經喪失了感覺。

發生了什麼事呢？他們在哪裡？顯然的，他們被人帶走了。這件事做得非常周密，員警掃蕩了集市，從尼克萊斯和古維根這裡下手，使他不可能找到線索。殘暴無情的失散！命運在上議院裡粉碎了他，同時又在小屋子裡搗毀了他們。他們都完了！蒂也完了！他永遠失去她了。而他當時沒有在場保護她！

他每作出一種猜測，一種假設，都使他心裡發出一聲哀號。

一切都消失了，一切都逝去了，一切都完了。這就是他的前途：孤零零的一個人。

格溫普蘭一面檢視自己，一面檢視自己的命運。

他問自己：他的離別造成了不幸，這次離別是他主動的嗎？在發生這些事情的時候，他是自由的嗎？不，他感覺到自己成了俘虜。逮捕他、拘留他的是監獄嗎？不是。是鐵鍊嗎？不是。那是什麼呢？是黏膠，他陷在榮華富貴的泥淖裡了！

儘管如此，他的良心還是在追問他：他完全是被動的嗎？不。他接受了人家給予的東西。他是有意讓人家這麼做的。他被人家帶走，這不是他的錯；可是他不應該被人家誘惑。曾經有一個時刻，巴基爾費德羅把格溫普蘭放在兩條道路中間，並且清楚地告訴他，只要說一個字就能決定自己的命運。格溫普蘭明明可以說「不」，但他卻說了「好」。

他輕率地說了一個「好」字，於是就發生了這所有的不幸。格溫普蘭現在明白了，一切都是因為他的這個「好」字。

於是他心裡起了一陣反感。接受這種誘惑太愚蠢了！他做了一筆什麼樣的交易啊！什麼？為了一百萬的年金，為了幾個爵位，為了幾所宮殿、城裡的府邸和鄉間的城堡、一百名僕從、幾隊獵犬、幾輛馬車、幾個紋章，為了成為法官和立法者，為了像國王一樣穿金戴銀，為了當男爵和侯爵，為了當英國的上議員，他居然把烏蘇斯的篷車和蒂的微笑交出去了！為了使人慘遭滅頂的權力的波濤，他交出了自己的幸福！拿珍珠去換海洋！瘋子！傻瓜！他上當了！

可是他的心裡發出了一個抗議：當他接受這些富貴的時候，並沒有什麼不正當的地方。或許他有責任接受下來。他突然變成了爵士，應該做些什麼呢？錯綜複雜的事件往往使人思想混亂，責任有時也會發出好幾種互相矛盾的命令。那條路才是正確的路呢？我們應該先對誰盡責？對自己的親人，還是對全人類？難道不應該由家庭擴展到國家嗎？權位越高，責任也越重。不管我們走哪條路，好像都是出於良心的指示。到底該走哪一條呢？責任也有這麼多的岔路，真是怪事！

再說，如果一個人有理想，又有權力的話，他的責任豈不更使人迷亂嗎？正是因為這個緣故，格溫普蘭才服從召喚，坐在自己的上議員席上。他彷彿聽到了他的責任在命令他。走進一個能夠討論壓迫、打擊壓迫的地方，不正是實現了他的宿願嗎？當人家允許他在社會的最高殿堂發言時，他有權利拒絕嗎？

當時的他是怎麼想的？他對自己說：百姓是沉默，我要當這個沉默的偉大律師，我要替啞巴發聲；我要替沉默寡言的絕望者說話，我要傳達群眾的吼叫、呻吟與怨恨。他們大嚷大叫，可是得不到理解；我要去救他們，我要替他們控訴，我要做百姓的喉舌。我要說出一切。這是了不起的。沒錯，替啞巴說話是件好事，可是對聾子講話就太悲哀了。

於是他失敗了。

他本來認為自己很堅強，因為他多少年來一直小心翼翼地在寬闊的苦海裡漂流；誰知他的船卻在一個巨大的海礁——幸運者的輕浮——上撞沉了。他本來以為自己是百姓的復仇者，誰知他不過是個小丑。他本來以為他發出的是驚雷，誰知他只不過在人家身上搔了一下。他沒有震撼別人，只得到了嘲笑。他放聲痛哭，可是人家卻哈哈大笑。他在笑聲的海洋裡沉下去了，歡笑的大浪吞噬了他。太可怕了！

他們笑什麼？笑他的笑容。

於是，那留下了永久痕跡的暴行，那用酷刑刻出來的快樂面具，國王對他施以迫害的證據——所有這一切戰勝了他，壓得他抬不起頭來。他是來控訴劊子手的，結果卻反過來定了受害人的罪！正義的否定簡直太不可思議了。當然，所有人都看得出這是一樁罪惡，但他們選擇閉上嘴巴，否則就是大逆不道。那些嘲笑格溫普蘭的人是壞人嗎？不，他們只不過是幸運兒，不知不覺地做了劊子手而已。對他們來說，格溫普蘭只不過是個從賤民底層爬上來的偉大小丑；他從前取悅貧苦的人，現在也取悅上帝的選民吧！於是，他的慷慨、熱誠、口才、心胸、靈魂、激昂、憤怒、愛情，無法表達的痛苦等，全都化為一個東西：狂笑！

這是無法挽救的命運。

他曾經大聲疾呼：「可憐可憐受苦的人吧！」毫無用處。

他想打動他們的惻隱之心，可是卻引起了恐懼。

他的臉是可怕的，可是內心更難駕馭。他的話比他的臉更醜惡。他與這個權貴的世界沒有共同的思想；儘管命運讓他坐在他們中間，可是別的命運卻又把他從那裡驅逐出去。他的面孔與人類之間只隔著一層面具，但他們的思想和社會之間卻隔著一堵牆。這個人從童年開始，便和群眾生活在一起，飽嘗了群眾的熱情，浸潤在人類廣闊的心靈裡；受到常識的影響，早已失去了統治階級的優越感。如今，他從真理之井裡爬上來，渾身濕漉漉的，散發著深淵的惡臭。那些用謊話裝飾自己的貴族厭惡他。對於靠幻想生活的人來說，真理是惡臭的東西。格溫普蘭帶來的理智、智慧、正義，被他們厭惡地拒絕了。

兩極互相排斥，毫無調和的餘地。我們已經看到，這只產生了一個結果：憤怒的吼聲。這是一個可怕的對立局面，一邊是所有的災難都集中在一個人身上，一邊是所有的驕傲都集中在一個特權階級上。

格溫普蘭經過一番沉思，瞭解到自己的努力是毫無用處的。他證實上層階級是聾子，享受特權的人沒有聽窮人聲音的耳朵。這是他們的錯嗎？不，這是他們的規律。原諒他們吧！如果他們被感動了，就得讓出自己的地位。不該對爵士們抱有幻想，心滿意足的人是無情的。對於吃得飽的人來說，世上根本沒有挨餓的人。快樂的人往往是愚昧無知的。

唉！他的期望太高了，居然相信這個表面上光明、骨子裡黑暗的社會。他從外面走進了這個社會裡，社會立刻賞給他三樣禮物：婚姻、家庭、特權。婚姻？他只看見了荒淫無恥。家庭？他的哥哥打了他，明天還要與他拚命呢。特權？它不久前才當著他的面放聲狂笑！他還來不及走進去，就被黑漆漆的社會拒絕了。

可悲的結局。失敗、破產、墮落、毀滅，還有被冷笑粗暴地排斥出去的希望。可怕的幻滅！今後應該做什麼呢？他仰頭望天，只看見一把出鞘的劍指著他的胸口，而劍柄卻握在他哥哥手裡。除此之外，他什麼也看不見了。約瑟安娜、上議院，以及一切事物，都隱沒在背後鬼影幢幢的可怕陰影裡，看不清楚了。

在他眼裡，他的哥哥本來是一位豪爽的勇士！他剛剛看清楚這位保護過格溫普蘭的湯姆—金—傑克，這位保護過克朗查理爵士的大衛爵士；他還來不及愛他，就挨了一個巴掌。

多麼傷心啊！

現在不能再向前進了。四面八方都塌下來了。再說，這又有什麼用呢？厭倦是絕望的深淵的產物。

格溫普蘭用冷冰冰的目光，凝視著他剛剛看見的那個世界：沒有愛情的婚姻、沒有兄弟感情的家庭、沒有良心的財富、沒有羞恥的美、沒有公道的正義、沒有平衡的秩序、沒有理智的權力、沒有權利的統治、沒有光明的榮耀。他在這個古怪的幻境裡繞了一圈，逐一審視了命運、環境、社會和他自己。命運是什麼？陷阱。環境呢？絕望。社會呢？仇恨。他自己呢？一個失敗者。

他看完了社會怎樣對待他，又看看大自然怎樣對待他。大自然對他多麼好啊！靈魂是怎樣地拯救他啊！他的一切都被奪走了，連他的臉也是；靈魂卻把這一切都還給他。因為世上有一個特別為他而生的、天使般的瞎眼少女，看不見他的醜陋，只看見他的美麗。

如今，他離開了這一切！他離開了那個可愛的女孩、他的伴侶、她的心、她的溫柔、那雙唯一能看見他的失明的眼睛！蒂是他的妹妹，是他的妻子，也是他的光明。沒有蒂，他將來會變成什麼樣子呢？他一個人該怎麼辦呢？沒有蒂，什麼也都沒有意義了。他怎麼能一刻不看見她呢？

啊！綠箱子、貧窮、快樂、像燕子般流浪的甜蜜生活，都到哪裡去了？那時候，他們從不分離，從早到晚，他每一分鐘都看得見她。他們坐在桌子旁邊，膝碰著膝，肘挨著肘，兩人共用一個杯子，只有太陽從小窗照進來。夜裡，他們知道對方就睡在不遠的地方，蒂的夢在格溫普蘭頭上飛翔，格溫普蘭的夢在蒂頭上綻放！當他們醒來的時候，他們弄不清彼此在夢中的藍色雲彩裡是否接過吻。

現在呢？這一切都不見了！到哪裡去了？難道被消滅了？一切都完了！唉！那個聽不見百姓呼聲的力量沉重地壓在窮人身上，它的全部陰影籠罩著他們，什麼都幹得出來！那些傢伙是怎麼對付烏蘇斯他們的？他沒有在場保護他們，沒有站在他們面前，以他的爵士身分、他的寶劍保護他們，也沒有以一個賣藝人的身分，用他的拳頭和指甲來保護他們！想到這裡，他便悲從中來。

唉！不，他不能保護他們，正是他害了他們。正是為了把克朗查理爵士從他們那裡救出來，為了使他的尊嚴和他們隔絕，萬惡的社會才摧殘了他們。要保護他們，最好的辦法便是自己離開，那麼社會才不會再迫害他們。

他越想越淒涼。唉！他為什麼要離開蒂呢？他最大的責任不就是保護蒂嗎？為百姓服務？蒂不就是百姓，就是孤兒，就是瞎子，就是人類嗎！唉！那些傢伙對他們做了什麼？他沒了他們又會變成什麼樣子呢？啊！這下完了，他的親人永遠失蹤了，無法挽救了，一切都失去了！一個失去了靈魂的人只有到死神那裡去找回來。

悲哀而又迷亂的格溫普蘭，一隻手堅定地放在欄杆上，呆呆地望著河水。

他已經三天三夜沒睡了，渾身發燒。他以為他的頭腦是清楚的，其實已經模糊了。他睏極了，就這樣彎下身子望了一會兒河水。黑色的河水好像一張安靜的大床，在誘惑著他。

他脫下他的上衣，摺好，放在欄杆上。接著又解開他的背心。他的手摸到了口袋裡的一件東西，那是上議院的執書官交給他的那本紅冊子。他取出來，在朦朧的夜色裡瞧了一會兒，看見小冊子裡夾著一枝鉛筆，於是他拿起筆，在小冊子的第一張空白頁裡寫了這樣兩句話：

我走了，希望我的哥哥大衛繼承我的位子。祝他幸福！

英國上議員費爾曼．克朗查理

他脫掉了背心，疊在外衣上面。又摘下帽子，放在背心上面。他把那本紅冊子放在帽子裡，攤開寫字的那一頁，又從地上撿起一塊石頭，壓在帽子上。做完以後，他抬起頭來，望著無限黑暗的天空。

隨後他慢慢低下頭去，好像深淵裡有一根看不見的繩子在把他往下拉。

欄杆的基石上有一個洞。他用一隻腳踩著洞，另一隻腳的膝蓋從欄杆上面跨過去。現在只要一抬腿就行了。

他背著雙手，彎著身子。

「就這樣吧。」他說，眼睛盯著深深的河水。

正在這個時候，他感到有一條舌頭在舔他的手。

他打了一個寒顫，轉過身來。

奧莫在他身後。

結局

1

格溫普蘭叫了一聲：「是你嗎！狼。」

奧莫搖了搖尾巴，牠的眼睛在黑暗裡閃閃發光。

接著，牠又舔了舔他的手。格溫普蘭突然又有希望了，他渾身顫抖了一下。奧莫！多麼神奇呀！四十八個小時以來，他遭遇了各式各樣的打擊，只有快樂的打擊除外；如今，這種打擊卻降臨了。這下子有救了，奧莫就意味著希望。格溫普蘭彷彿看見這條狼渾身散發著金光。

這時候，奧莫掉過頭去，朝前走了幾步，又轉過頭來，看看格溫普蘭有沒有跟上。

格溫普蘭跟著奧莫。奧莫搖搖尾巴，繼續往前走。

牠沿著一條斜坡往下走，坡道一直通到泰晤士河岸。格溫普蘭由奧莫帶路，走了下去。到了河邊，狼沿著泰晤士河岸狹長的地岬向下游走去。牠不嗥不叫，只是默默地走著，思慮重重。

又走了差不多五十步，牠停了下來。右邊出現一排木柵欄。柵欄盡頭是一個碼頭，停泊著一艘相當大的船。在靠近船頭的甲板上，有一個微弱的亮光，好像一盞快要熄滅的油燈。

狼跳上碼頭。這是一個長長的平台，上面裝著木板，塗過柏油，由縱橫交錯的木樁支撐著，河水在平台下面流動。奧莫與格溫普蘭很快就走到了盡頭。

停在碼頭邊的是一艘日本式的荷蘭船，船首和船尾都裝著平甲板，中間是一個很深的貨艙，沒有蓋艙板，由一道梯子出入，貨物就裝在裡面。船首和船尾各有一間艙房。這艘船的船身很大，圓鼓鼓的，船體塗黑；雖然是在夜裡，也能看見上面漆著白字：「伏格拉號，鹿特丹」。

格溫普蘭走近了這艘船。它右舷靠岸，後甲板幾乎與碼頭等高。奧莫跳了下去，格溫普蘭也跟著跨出一步，一人一狼都到了後甲板上。甲板上空蕩蕩的，什麼動靜也沒有。船已經做好了出航的準備，貨艙裡堆滿一箱箱、一袋袋的貨物，看起來已經裝齊了。旅客們應該就躺在甲板下面的艙房裡，可能已經睡熟了，因為今天夜裡就要開船。至於水手，他們也許還在岸上的小店裡打發時間。

一上了船，奧莫便放慢了腳步，小心翼翼地走著。牠仍舊搖著尾巴，不過這不是快樂的表示，而是憂慮不安、疲弱無力的象徵。牠繼續走在格溫普蘭前面，穿過後甲板，朝前甲板走去。

格溫普蘭瞥見前方有一個燈光，那就是他剛才在岸上看到的。一盞油燈放在前桅下面的甲板上；在漆黑的夜色裡，燈光映出一個四輪物品的輪廓。格溫普蘭認出那是烏蘇斯的舊篷車。

這個曾經載著他度過童年、既像車子又像小屋的簡陋建築，被粗大的繩索繫在桅杆底下。由於長年沒有使用，車子已經壞得不成樣子。全部的構造材料都壞了，鐵件生了鏽，皮件開了口，木頭已經朽爛；燈光從前面的窗子透進去，玻璃也有了裂縫。車轅朝上翹著，各處都脫了榫。車子下面掛著奧莫的鐵鍊。

格溫普蘭心裡非常激動，他搖搖晃晃地環顧了一下。

狼悄悄地爬近車子，躺在牠的鐵鍊旁邊。

篷車的腳踏板已經放下來，門半開半掩，裡面空無一人。格溫普蘭看見門邊一枚鐵釘上掛著他的皮披肩和上衣，彷彿停屍所裡死人的衣服。

這時的他既沒有披肩，也沒有上衣。

燈光下，靠近桅杆的地方，有一樣東西攤在甲板上。那是一張床墊，墊上似乎躺著一個人，因為他看見一團黑糊糊的東西在那裡動彈。

有人在說話。格溫普蘭躲在篷車後面偷聽。

這是烏蘇斯的聲音，乍聽之下非常嚴厲，細聽卻又非常溫柔；從格溫普蘭的童年開始，這聲音一直引導著他。如今，它喪失了那爽快的、富有活力的色彩，變得模糊、低沉，每句話的尾音都化成了嘆息。

「這種船很危險，沒有舷牆，如果人跌倒了，沒有東西能阻止他掉到海裡。如果天氣惡劣，就得把她搬進艙裡去。那太可怕了，一不小心，她的動脈瘤就有破裂的危險。唉！老天，我們最後會怎麼樣呢？她睡著了嗎？是的，睡著了，脈搏還很強，當然是睡著了。睡眠只不過是拖延時間罷了。瞧，她正在發燒，我把床墊攤在這裡，是為了讓她透透氣。希望任何人都不要驚醒她。她已經滿頭是汗。走吧，回到我們的牢房去，再套上我們的鐵鎖鍊。災難又回來了，我們又要順水漂流啦！一隻看不見的、可怕的手，突然又把我們推到命運黑暗的一側去了。好吧，至少我們還有勇氣。但願她不生病就好了。我這樣自言自語，真像個笨蛋；可是應該讓她醒來的時候，感覺到有人在她身邊。但願不要有人突然把她驚醒！我相信船上的人都睡熟了。謝天謝地！咦，奧莫呢？牠在哪裡？我竟然忘記把牠鎖起來，已經一個多鐘頭沒有看見牠了。牠大概是去外面找東西吃了，但願牠不要遇上什麼災難！奧莫！奧莫！」

奧莫的尾巴輕輕打了一下甲板。

「很好，你在這裡！感謝上帝，如果再失去奧莫，那就太過分了。她的手臂動了一下，也許馬上就要醒了。不要吵！奧莫。退潮了，馬上就要開船了。我看今天夜裡天氣大概很好，我們這一次航行一定很平安。她的臉發白了，這是虛弱。不，她的臉通紅，這是在發燒！不，她的臉是紅潤的，她已經好了！我看不出來了。我可憐的奧莫，你知道，現在只剩我們兩個了。我們都要為了她工作，她是我們的孩子。啊！船動了，我們動身了。永別了！倫敦，再會，見鬼去吧！萬惡的倫敦！」

船果然輕輕震動一下，起錨了。船尾和碼頭分開了。沒過多久，船便駛入河心，輕輕地順流而下，既不顛簸，也不搖擺。泰晤士河幾乎不受退潮的影響，所以非常平靜。船在潮水的推送下疾駛著。船後方，倫敦黑沉沉的景色漸漸消失在濃霧裡。

烏蘇斯接著說：

「我怕她會突然昏迷不醒，她的手心出汗。唉！我們造了什麼孽？這場不幸來得多麼快啊！命運就是這樣。我們剛來倫敦的時候說，這是個大城市，到處都是名勝古蹟！南華克是個漂亮的郊區。我們在那裡安頓下來。現在才知道那是可怕的地方。你們幹嘛叫我留在那裡？幸好我離開了。離開那裡是一件樂事。我們天亮到格雷夫森德，明天晚上就到鹿特丹了。該死！我又要開始篷車生活了，我們一起拉車，不是嗎？奧莫。」

狼尾巴輕輕敲了一下，表示同意。

「如果我們能離開災難，像離開一座城市一樣就好了。我們還會幸福的。唉！不幸的是有一個人永遠不在了，人生就是一連串失去心愛的人和事物的漫長過程。命運總是用各種難以忍受的痛苦來嚇唬我們。奧莫老兄，我們的船今天一路順風，完全看不見聖保羅大教堂的圓頂了。我們很快就會經過格林威治。到了那裡，就走了六海浬了。唉！我再也不想看見充滿教士、官員和老百姓的首都了，我寧可去看樹林裡抖動的葉子！她臉上還在出汗！這意味著寒熱。這一切都像是在催我的命。睡吧！我的孩子。好，她睡了。」

這時候，一個聲音說起話來了。這個難以形容的、既聖潔又悲慘的聲音，彷彿是從很高的地方傳來的。這是蒂的聲音。

直到這時為止，格溫普蘭所感受的一切，都突然消失無蹤了。他的天使說話了。他恍恍惚惚地，好像聽見從生命以外的世界、從天國裡傳來的說話聲。

那個聲音說道：

「他走了，很好。這個世界配不上他。不過我得跟他一起走。爸爸，我沒有病，我剛才聽見您在說話。我的身體很好，確實很好，我剛才只不過是睡著了。爸爸，過不了多久我就會幸福了。」

「我的孩子，」烏蘇斯問，聲音透露出不安，「妳這話是什麼意思？」

「爸爸，您不要擔心。」蒂回答。

她停了一下，好像要喘口氣似的。接著，格溫普蘭聽見了下面這句慢慢說出來的話：

「格溫普蘭不在了。現在我才是真正的瞎子。本來我不知道什麼叫做黑夜；他不在了，這就是黑夜。」

聲音又停了一會兒，接著又說：

「我總是害怕他飛走；我感覺到他是屬於天上的。現在他突然飛走了。這是必然的，靈魂屬於一個很高的歸宿。我知道該去哪裡找格溫普蘭。喏，爸爸，就在那裡。以後您會來找我們的，奧莫也是如此。」

奧莫聽到主人提起牠的名字，用尾巴輕輕敲了一下甲板。

「爸爸，」聲音接著說，「您知道，自從格溫普蘭不在的那一刻起，一切都完了。即使我願意留在這裡，也辦不到，因為人總得呼吸呀。當我和格溫普蘭在一起，我活著，這是很自然的；現在格溫普蘭不在了，我只有死。事情就是這樣，要不他回來，要不我去找他；既然他不能回來，我只好到他那裡去。別難過，爸爸，等到了星星那裡，我們就結婚，相親相愛，永不分離。」

「算了，不要太激動。」烏蘇斯說。

「您還記得嗎，有一天，有個女人坐在雅座裡，您說那是一位公爵小姐。我當時有點發愁；我想，如果我們留在鄉村裡，也許會好一些。後來，格溫普蘭走了，他做得對。現在輪到我了。再說，您曾經告訴過我，在我很小的時候，我的母親就死了；那一晚我躺在地上，雪花落在我身上，格溫普蘭把我撿了起來，讓我倖免於難。因此我現在非走不可，我要到墳墓裡看看格溫普蘭是不是在那裡。您明白我的話嗎？爸爸。什麼東西在動啊？我覺得我們好像住在一棟會移動的房子裡，可是我又聽不見車輪的聲音。」

停了一會兒，聲音又補充說：

「連昨天和今天我也分不清了。我什麼也不抱怨。我不知道出了什麼事，可是一定出過事。」

這些溫柔的話裡透露出一種無法安慰的沉痛。格溫普蘭聽見她嘆息了一聲，最後說：

「我一定要到他那裡去，除非他馬上回來。」

「我可不信什麼幽靈！」烏蘇斯憂鬱地嘟噥道，「妳問為什麼房子會移動，因為我們是在一艘船上。安靜一點，不要多說話，女兒。如果妳還孝順的話，就不要太激動，不要讓妳自己發燒。我年紀大了，如果妳生了病，我會承受不了的。體貼體貼我吧！不要生病了。」

她又說：「我們在世間尋找有什麼用呢？因為只有在天上才能找到他。」

烏蘇斯反駁她，幾乎是用命令的口氣：

「安靜一點！妳有時候簡直是個傻姑娘。我命令妳躺在這裡，好好休息。這樣我才能放心。我的孩子，妳也幫幫我的忙吧！他撿了妳，可是我收留了妳。妳讓自己生病是不對的。妳應該安靜下來，好好地睡覺，一切都會好起來的。再說，天氣也很好，這個夜晚可能是特地為我們安排的。明天我們就到鹿特丹了，那是一個荷蘭城市，靠近馬斯河的海口。」

「爸爸，」蒂說，「您瞧，兩個人從小就在一起，他們的關係是不應該受到干涉的。因為死亡來臨時，是沒有人能抗拒的。雖然我也同樣愛您，可是我感覺自己已經不完全跟您在一起了。儘管我還沒有跟他在一起。」

「好了！趕快睡覺吧。」烏蘇斯沒有放棄自己的主張。

「我以後有的是睡眠的時間。」

「我告訴妳，我們要去荷蘭，去鹿特丹。那是個大城市。」

「爸爸，」她接著說，「我沒有病，如果您為了這個不安的話，請您放心好了。我沒有發燒，只不過感到有些熱，沒什麼。」

「我們到馬斯河的海口去。」烏蘇斯結結巴巴地說。

「我的身體很好，爸爸。可是您瞧，我覺得我快要死了！」

「不要再說這種事了。」烏蘇斯說，他又自言自語道：「老天！千萬不能讓她受到刺激。」

接著是一片寂靜。

烏蘇斯猛然叫道：「妳幹什麼？為什麼爬起來？躺下吧！我求求妳。」

格溫普蘭嚇了一跳，他探出頭來。

2

他看見了蒂。她剛從墊子上直挺挺地坐起來，穿著一件裹得緊緊的白色長袍，只露出優美的脖子和一部分肩膀。袖子遮住了她的手臂，衣擺遮住了她的腳。她手上發燒的青筋像藍色的樹枝。她渾身哆嗦著，身子搖搖晃晃，跟一根蘆葦一樣隨風搖曳。燈光從下方照著她，她那張美麗的臉蛋簡直無法形容。散開的頭髮披在肩上，面色蒼白，臉上沒有眼淚，雙眼閃閃發光。她那美麗輕盈的身段彷彿跟長袍的衣褶融化在一起了。她全身的輪廓和跳動的燈光一樣此起彼落，彷彿正慢慢地幻化為一個影子。她簡直像一個從墳墓裡出來的人，或是一個站在曙光裡的靈魂。

烏蘇斯驚慌失措地舉起兩隻手臂。

「我的孩子！唉！老天，她在說胡話了。我最怕的就是這個。她再也不能受什麼刺激了，因為那樣會致她於死；可是她又需要一點刺激，不然她會發瘋的！老天，該怎麼辦？我的孩子，躺下吧。」

這時，蒂又開口了。她的聲音幾乎聽不清楚，好像她與人間的距離已經不只天壤之別了。

「爸爸，您錯了，我不是在說胡話。您說的話我聽得清清楚楚。您對我說今天觀眾很多，他們都在等著，我今天晚上必須表演。我願意這麼做。您瞧，我不是說胡話吧！不過我不知道該怎麼辦，因為我已經死了，格溫普蘭也死了。不管怎樣，我還是去演戲。我同意。喏，來啦！可是格溫普蘭已經不在了。」

「乖孩子，」烏蘇斯說，「聽我的話，躺在床上吧。」

「他不在了！他不在了！啊！多麼黑呀！」

「黑！」烏蘇斯喃喃地說，「這是她第一次提到這個字！」

格溫普蘭躡手躡腳地走過去，走上踏板，進了篷車，從釘子上取下他的皮披肩和上衣，他穿上上衣，披上皮披肩，接著又走下來。他的行動一直被篷車、索具和桅杆形成的障礙物遮蓋著。

蒂繼續喃喃自語。她蠕動著嘴唇，喃喃的聲音逐漸變成了和諧的曲子。這是《被征服的混沌》裡的神秘召喚。歌聲時斷時續，或許是因為神智迷亂的關係，有許多缺漏的地方。她的聲音又細又模糊，好像蜜蜂的嗡嗡聲。

滾開吧，黑夜！

黎明唱道……

她停下來不唱了。

「不，不對，我沒有死。我剛才說了什麼？啊！我還活著。我活著，他死了。我在人間，他在天上。他走了！而我卻還留在這裡。我再也聽不見他的聲音、聽不見他的腳步聲了。上天曾給我們一小塊樂土，現在又把它收回去了。格溫普蘭！完了。我再也不會感覺到他在我身邊了，再也聽不見他的聲音了！」

她又唱道：

到天上去吧……我要你……

離開你的，臭皮囊……

她伸出了手，好像要在無限的空虛之中尋找一個放手的地方。格溫普蘭突然出現在驚呆了的烏蘇斯身旁，跪在她面前。

「不可能！」蒂說，「我永遠聽不見他的聲音了。」

她昏昏沉沉地又唱了一遍：

離開你的，臭皮囊！

這時候，她聽見一個聲音，一個親愛的聲音，回答：

來啊，愛情喲！
你是靈魂，我是心喲！

蒂感覺她的手摸到了格溫普蘭的頭。她大叫一聲，這種叫聲簡直難以形容：

「格溫普蘭！」

她蒼白的臉上閃過一道星光似的亮光。她搖晃了一下。格溫普蘭連忙接住她，把她摟在懷裡。

「還活著！」烏蘇斯嚷道。

「格溫普蘭！」蒂又叫了一聲。

她低下頭，靠在格溫普蘭的臉頰上，悄悄地說：

「你又來啦！謝謝你。」

她坐在格溫普蘭的大腿上，被他抱得緊緊的。她抬起頭，轉過她那溫柔的臉龐，一雙充滿光明和黑暗的眼睛盯住他，好像她能看得見他似的。

「是你呀！」她說。

格溫普蘭不停地吻她的衣服，口中的言語化為了哭聲和嗚咽聲。他悲喜交集，簡直語無倫次。

「是的，是我！是格溫普蘭！是我。妳是我的靈魂，妳聽見了嗎？是我，妳是我的孩子、我的妻子、我的星星、我的呼吸！是我，妳是我的生命，我的永生！我就在這裡，抱著妳。我還活著。我是屬於妳的。啊！我差一點就趕不上了，只差一分鐘！多虧了奧莫！我待會再向妳解釋。絕望跟快樂靠得多麼近呀！蒂，我們要活下去！蒂，饒恕我吧！是的，我永遠是妳的，妳說得沒錯。摸摸我的頭，看看到底是不是我。要是妳知道發生什麼事就好了！不過，現在沒有東西能把我們拆開了，我們要永遠在一起！一切的苦難都過去了，擺在我們眼前的只有快樂。我們要重新建立新生活，船開了，誰也阻擋不了我們。我們會到荷蘭去，我們會結婚。對於養家糊口，我一點也不擔心。誰能阻擋我們呢？什麼也別怕。我崇拜妳！」

蒂渾身哆嗦著，用她顫動的手指，像撫摸天神般撫摸著格溫普蘭的臉龐。他聽見她自言自語地說：

「神仙就是這個模樣。」

烏蘇斯非常驚奇，心裡樂極了。他一面笑，一面淚眼模糊地望著他們，嘴裡嘟囔道：

「我一點也搞不懂！我真是個荒唐的笨蛋。格溫普蘭還活著！我明明親眼看見他被送進墳墓的呀！算啦，老頭！別太激動了。格溫普蘭，千萬要體貼她。是的，讓他們接吻吧，這不干我的事，我只不過是一個旁觀者。我這種情感實在太滑稽了，我是他們的幸福的寄生蟲，也分到了一份幸福。這跟我毫無關係，可是好像又跟我有點關係。孩子們，我祝福你們！」

當烏蘇斯自言自語的時候，格溫普蘭大聲說：

「蒂，妳太美麗了。我不知道這幾天我的理智到哪裡去了。世上只有妳一個人。我又看見了妳，可是直到現在我還難以置信。告訴我，究竟發生了什麼事？他們居然把你們逼到這個地步！綠箱子去哪裡了？他們搶劫你們！他們把你們趕出來了！太卑鄙了。哼！我要替你們討回公道！蒂，我要懲罰他們，我是英國的上議員！」

烏蘇斯大吃一驚，向後退了一步，仔細打量著格溫普蘭。

「該死，他沒有死，可是他該不會瘋了吧？」

格溫普蘭接著說：

「妳放心吧！蒂。我要到上議院去告狀。」

烏蘇斯仍舊望著他，並用手指尖敲敲自己的額頭。過了一會兒他才下定決心。

「沒有關係，」他嘟囔著說，「一切都會好轉的。我的格溫普蘭，你喜歡發瘋就發瘋吧。這是你的自由。我很幸福。可是所有這一切又是什麼意思呢？」

船仍然平穩地行進著。夜色越來越暗，河面上瀰漫著濃霧，沒有掃蕩霧氣的風。幾顆很大的星星還勉強能看見，它們一個隨著一個慢慢地消失，沒過多久，連一顆星也沒有了，無際的天空漆黑而寂靜。河道越來越寬了，兩岸變成了兩條棕色的線，跟夜色混在一起，幾乎看不見了。黑暗裡一切顯得無比平靜。格溫普蘭摟著蒂，斜著身子坐著。他們一會兒說話，一會兒嚷叫，一會兒喁喁低語。

「我的生命！」

「我的天！」

「我的愛！」

「我終身的幸福！」

「蒂，我醉了。讓我吻吻妳的腳吧！」

「原來是你！」

「我現在想對妳說的話太多了，真不知道該從哪說起。」

「吻我一下吧！」

「我親愛的妻子！」

「格溫普蘭，不要再說我長得美麗。長得美麗的是你。」

「我又找到了妳，妳就在我心裡。這就行了。妳是我的。我不是在做夢，確實是妳。這可能嗎？是可能的。我重新獲得了生命！蒂，要是妳知道我遭遇的各種事情就好了。」

「格溫普蘭！」

「我愛妳！」

烏蘇斯喃喃地說：「我簡直樂得像個老祖父了。」

奧莫從車底爬出來，悄悄地圍著每個人轉。牠不讓人家注意牠，一會兒舔舔烏蘇斯的靴子，一會兒舔舔格溫普蘭的上衣，一會兒舔舔蒂的長袍，一會兒舔舔墊子。這是牠向他們祝福的方式。

他們已經駛過查森和梅德韋河口，馬上就要出海了。無際的黑暗是那樣寧靜，他們毫無困難地通過了泰晤士河下游。船頭上，風燈照出這幾個快樂的人，由於這個不期而遇的巧合，他們突然從不幸的深淵升到快樂的境地。

3

蒂突然掙脫格溫普蘭的懷抱，站起身來。她雙手捂在胸口，好像要平息她的心跳似的。

「我這是怎麼啦？」她說，「我有點不對勁，快樂憋得我喘不過氣來。不要緊。啊！我的格溫普蘭，你突然出現了，我好像受到了一個打擊，幸福的打擊。巨大的幸福注入人的心田，會使人覺得像喝醉了一樣。你不在的時候，我覺得我快要死了，真正的生命已經離開我了。你現在又把它還給了我。我感覺到心裡彷彿有什麼東西被撕碎，是黑暗被撕碎了；同時感覺到一個強烈、熱情、快樂的生命湧上心頭。你給我的這個生命是奇妙無比的。它是那麼聖潔，使我感到痛苦，彷彿靈魂越長越大，我們的身體無法容納它了。這個天使般的生命流進了我的腦海，貫穿了我的全身。我的胸腔裡好像有一對搧動的翅膀。我覺得很奇怪，可是很幸福。格溫普蘭，你使我復活了。」

她的臉色白一陣，紅一陣，越來越紅，接著她就倒了下來。

「天呀！」烏蘇斯說，「你把她害死了。」

格溫普蘭向蒂伸出手臂。極度的痛苦突然降臨在心醉神迷的幸福中，這是多麼大的打擊呀！如果他不是抱著她的話，自己恐怕也要倒下去了。

「蒂！」他渾身哆嗦著叫道，「妳怎麼了？」

「沒有什麼，」她說，「我愛你！」

她躺在格溫普蘭懷裡，好像一塊撿起來的白布似的，兩隻手垂了下來。

格溫普蘭和烏蘇斯扶著她躺在墊子上。她有氣無力地說：

「我躺著喘不過氣來。」

他們扶著她坐起來。

「枕頭！」烏蘇斯說。

她回答：

「為什麼還要枕頭？有格溫普蘭在這裡呢！」

她把頭靠在格溫普蘭肩上。他坐在她身後扶住她，眼裡充滿了悲痛。

「啊！」她說，「我多麼快樂啊！」

烏蘇斯抓住她的手腕，檢查脈搏的跳動。他沒有搖頭，什麼也沒有說，但能看見他的眼皮痙攣地一開一闔，好像要阻止淚水湧出來。

「怎麼樣？」格溫普蘭問。

烏蘇斯把他的耳朵貼在蒂的左胸上。

格溫普蘭急切地又問了一遍，同時又害怕烏蘇斯回答他。

烏蘇斯望望格溫普蘭，又望望蒂。他面色鐵青，說道：

「現在，坎特伯雷大概就在我們左方。這裡離格雷夫森德不遠。整整一晚都是好天氣，我們的航行一定會順利的。」

蒂弓著背，臉色越來越白，痙攣的手指緊緊地捏住自己的衣服。她用一種難以形容的憂傷口氣嘆息了一聲，喃喃地說：

「我明白是怎麼回事了。我快死了。」

格溫普蘭面色可怖地站了起來。烏蘇斯扶著蒂。

「死！不行，妳不能死！不可能，上帝是仁慈的。祂剛把妳送回來，又馬上把妳帶走！不，這種事情是不可能的。如果真是這樣，那祂就不值得我們信仰！蒂！妳語無倫次了。妳要活下去，我要妳活下去！妳應該服從我，我是妳的丈夫，妳的主人！我不許妳離開我。啊！老天！這是不可能的，妳死了而我還活著！這跟天上缺了太陽一樣可怕。蒂！醒過來吧！這只不過是一時的痛苦，馬上就會好的。我要妳身體健康！我們相親相愛，擁有彼此。妳不應該走，這不公平！難道我做錯了什麼嗎？啊，妳不會讓我悲觀失望，讓我變成一個罪人、一個瘋子、一個受苦的人吧？！蒂！我求妳，我懇求妳不要死！」

他捏緊拳頭，抓自己的頭髮，恐怖、痛苦、嗚咽憋得他透不過氣來，他跪在她面前。

「我的格溫普蘭，」她說，「這不是我的錯。」

這時候，她的唇邊冒出一團鮮紅的泡沫，烏蘇斯連忙用她長袍的衣角擦掉，格溫普蘭當時正俯下身子，沒有看見。他抱著她的腿，唸叨不清地懇求她。

「我不要妳死！要死就一起死吧，只能這樣！我的女神，我的愛！我就在這裡，我發誓妳一定會活下去！妳死了以後，我會變成什麼樣子啊！留下來吧，可憐可憐我吧！妳既然愛我，那就活下去。我重新找到了妳，就是為了要留住妳。等一等！我們才剛重逢，不能就這樣分手。不要急，啊！老天，我心裡多麼難過啊！妳不恨我，是嗎？妳知道我不得不這麼做，因為帶我走的是鐵棒官。妳一定會好轉的，蒂，我們一言為定。我們將來會幸福的，不要讓我傷心！蒂，我並沒有對不起妳！」

這些話不是說出來的，是從嗚咽裡擠出來的，使人感覺出這是沮喪與反抗心理的混合產物，是從心坎裡湧出的聲音。它能夠感動鴿子的嘆息，能夠嚇退獅子的怒吼。

蒂的回答越來越模糊不清，幾乎說一個字就要停頓一下：

「唉！沒有用了。親愛的，我知道你已經盡力了。一個鐘頭以前我想死，現在我不願意死了。格溫普蘭，我崇拜的格溫普蘭！我們從前多麼幸福啊！上帝把你放進我的生活，現在又要把我從你的生活裡收回去。你瞧！我要走了，你會記得我的，不是嗎？你會記得我的歌聲，不要忘了我的聲音和我說『我愛你』的神情！晚上，當你睡熟的時候，我會回來對你說這三個字。還有我的父親烏蘇斯和奧莫，你們都太好了，我熱愛你們！現在我快死了，請你們讓我穿著我身上的衣服，我希望把它帶走，上面有格溫普蘭的吻。唉！不管怎麼說，我還是想活下去。我們在小篷車裡的日子多麼快樂呀！我們唱歌，聽見鼓掌的聲音，大家永不分離；對我來說，彷彿生活在雲端一樣。雖然我雙目失明，也知道不少事物。我聽見格溫普蘭的聲音，就知道是白天；我夢見格溫普蘭，就知道是晚上。我感覺到有一個東西包圍著我，這是他的靈魂。我們相親相愛。但這一切都消失了，連歌聲也沒有了。唉！不能再活下去了！你會想念我的，親愛的。」

她的聲音越來越疲弱無力。垂死時的凋零已使她幾乎停止了呼吸。她的手指緊握著大拇指，暗示最後的時刻已經近了。在這個純潔的少女臨終時的輕呼聲裡，天使大概已經開始祈禱了吧！

她喃喃地說：

「你們會想念我的，是嗎？我有時候很任性，請你們原諒我。我相信，如果上帝願意的話，我們還是會幸福的，我的格溫普蘭，因為我們要的不多。可是上帝不願意這樣。我一點也不懂，我為什麼要死。我從來不埋怨我眼瞎，我從來沒有得罪人，我只求待在你身邊。唉！離別是多麼淒慘啊！」

她氣喘吁吁地說出來的話好像被風吹散似的，一句跟著一句消滅了。

「格溫普蘭，」她接著說，「你會想念我的，是嗎？我死後所需要的就是這個。」

接著她又補充了一句：

「啊！讓我留在你們身邊吧！」

沉默了一會兒，她又說：

「希望你趕快來找我。即使是在天上，我少了你也不會幸福的。不要讓我孤單太久，我親愛的格溫普蘭！天堂就在這裡，上面只不過是藍天。啊！我悶得慌！我親愛的！我親愛的！我親愛的！」

「可憐可憐我吧！」格溫普蘭大叫一聲。

「永別了！」蒂說。

「可憐可憐我吧！」格溫普蘭又叫了一聲。

他吻著蒂那雙冷冰冰的美麗的手。

有好一會兒的工夫，她似乎停止了呼吸。

接著，她用手撐著地，坐起身來，一道電光閃過她的眼睛，臉上露出了一個無法名狀的微笑。她的聲音突然變得生氣勃勃。

「光明！」她嚷了起來，「我看見了光明！」

她隨後就斷氣了，倒在墊子上不動了。

「死了！」烏蘇斯說。

可憐的老人好像被絕望壓碎了一般，他把腦袋俯在蒂的腳邊，一張滿是淚水的面孔藏在蒂長袍的衣擺裡，就這樣昏過去了。

格溫普蘭的表情可怕極了。

他站起來，抬起頭，凝視頭上無際的黑夜。

誰也沒有注意他，或許黑暗裡有一個看不見的靈魂在注視他吧！只見他高高舉起雙手，說道：

「我來了！」

他朝著船邊走過去，好像有一個幻象在吸引著他；他的臉上掛著微笑，跟蒂剛才的微笑一樣。

他一直朝前走，好像在注視什麼東西似的。

他的眼裡閃著一道亮光，彷彿這是他遠遠看見的那個靈魂的反光。

他大聲說：「好的！」

他舉著手臂，頭向後仰著，眼睛一動也不動，像鬼怪般僵硬地走著，既不慌忙，也不猶豫，像註定似地朝前走去，彷彿前面根本沒有張開大口的深淵和打開的墳墓一樣。他喃喃地說：「放心吧，我跟著妳。我知道妳對我做的信號。」

他的眼睛盯著天上最黑暗的一點，他在微笑。

天空一片漆黑，連一顆星星都沒有，可是顯而易見地，他看見了一顆。

他穿過了甲板，四肢僵硬地走了幾步，來到船邊。

「到了，」他說，「蒂，妳看，我來了！」

他接著又往前走。那裡沒有舷牆，前面什麼也沒有。他又邁了一步。

他跌下去了。

夜色沉悶、黑暗；水很深。他沉下去了。他就這樣安安靜靜地，悄悄地不見了。誰也沒有看見，誰也沒有聽見。船繼續前進，河水繼續流動。

過了不久，船就到了海上。

當烏蘇斯從昏迷中醒過來的時候，他沒有看見格溫普蘭，只看見奧莫在船邊望著海面，向黑暗咆哮。

Quatrevingt-treize

九三年　*1874*

血腥的九三年，路易十六的腦袋剛落地，
保王的餘燼便在北方重新復燃，一夜燎原；
共和的洪流也不甘示弱，挾怒濤洶湧而去。
水與火在旺代相遇，騰起萬丈硝煙；
一方是朗特納克，陰狠、固執、忠於國王；
一方是郭文，仁慈、開明，信仰共和
當人倫遭遇理想，家庭遭遇國家，
究竟是成全、妥協，還是毀滅？

Notre-Dame de Paris

~Romans de Victor Hugo

第一部

1

一七九三年五月底，一支軍隊來到位於阿斯蒂萊的索德雷樹林。他們是在桑泰爾的率領下，由巴黎來到布列塔尼的一個營，在不久前的會戰中傷亡慘重，如今剩下不到三百人。

從巴黎派至旺代地區的軍隊共有九百一十二人。每個營配備三門大炮。人員是緊急招募的。四月二十五日，忠告區提議向旺代派遣志願軍，打擊保王黨。四月二十八日，巴黎公社對桑泰爾的志願軍下了這道命令：「絕不寬恕，毫不留情。」巴黎一共派出一萬兩千人、三十門野戰炮以及一個炮兵營；到了五月底，已死亡八千人。

走進索德雷樹林的這一營人十分警覺地觀察四周，慢慢搜索。他們已經走了很久。現在幾點了？是早上還是下午？無從判斷，因為在這些盤根錯節的荊棘叢裡，永遠是陰暗的。

士兵們小心翼翼地前進。到處是花，顫動的枝條組成了厚牆，飄出綠葉迷人的清香，幽暗的綠色中隱約透出斑駁的陽光，地面鋪滿形形色色的苔蘚。士兵們輕輕撥開樹枝，躡手躡腳地一步步前進。

叢林裡長滿了樺樹、紅櫸和橡樹。地面平坦，人走在厚草上悄然無聲，沒有任何道路。荊棘叢又高又密，十步之外的人根本看不見。士兵盲目地往前走，忐忑不安，又害怕撞上尋找的對象。

不時出現野營的痕跡：地面被火燒過，草被踩平了，還有用木棍搭成的十字架和血跡斑斑的樹枝。有人在這裡煮過東西，做過彌撒，包紮過傷患。但這些人已消失無蹤。他們在哪裡？可能很遠，也可能近在咫尺，正握著手槍藏在樹林裡。樹林似乎荒寂無人。士兵們更加警惕。

三十位精兵在中士拉杜的率領下遠遠地走在部隊前面，執行偵察任務。隨軍的女食販與他們同行。女販們樂於隨先遣隊同行，儘管這很危險，卻能開開眼界。好奇心是女人勇氣的一種表現形式。

這支先遣隊突然戰慄起來。矮樹叢中央彷彿有人在呼吸，樹葉晃動了幾下。士兵們相互示意。

不到一分鐘，有動靜的地方就被包圍了。士兵們舉起槍，從四面八方瞄準荊棘叢中央的陰暗處，手指扣住了扳機，眼睛盯著，只等中士下令開槍射擊了。

這時，那位女販壯著膽子往荊棘裡看。中士正要喊「開火」時，女販卻喊道：「慢著！」她轉身對士兵說：「別開槍，先生們。」

於是她奔向叢林深處。人們跟著她。

那裡確實有人。

在樹林深處有一片小小的圓形空地，這裡曾是燒樹根的木炭窯。在空地邊緣，有一個由樹枝圍成的洞穴，半開著，像一個小房間。裡面有一個女人，她坐在苔蘚上，正在替一個嬰兒餵奶，她的腿上還有另外兩個金髮的孩子，他們在熟睡。

「妳在這裡做什麼？」女販喊道。

女人抬起頭。

「妳瘋了，待在這裡！」女販憤怒地說，「妳差一點就沒命了！」

女人嚇壞了，驚慌失措，呆若木雞，好像還在做夢。她看看四周，看著那些長槍、馬刀、刺刀和凶狠的面孔。

兩個孩子醒了，哭叫起來。

「我餓了。」一個孩子說。

「我害怕。」另一個孩子說。

最小的孩子繼續吃奶。母親嚇得說不出話來。

中士朝她喊道：

「別害怕，我們是紅帽營。」

女人全身顫抖不已。她瞧著中士那張粗糙的臉，上面只看得見眉毛、鬍鬚和火炭般的兩隻眼睛。

「就是以前的紅十字營。」女販說。

中士接著問道：

「妳是誰？太太。」

女人驚恐萬狀地打量他。她瘦削、年輕、蒼白，衣衫襤褸，戴著布列塔尼農婦的披肩風帽，脖子上繫著一條毛毯，乳房袒露在外面，既沒有穿襪子也沒有穿鞋。兩隻腳在流血。

「這是個窮人。」中士說。

「妳叫什麼名字？」女販問道。

女人喃喃說了幾個字，幾乎聽不清：

「蜜雪兒・佛萊夏。」

這時，女販用粗大的手撫摸嬰兒的小腦袋，問道：「這孩子多大了？」

「一歲半。」母親說。

「夠大了。」女販說，「她不該再吃奶，應該斷奶了。我們給她喝湯。」

母親開始放心了。睡醒的兩個孩子好奇甚於恐懼，正在欣賞士兵的帽子。

「啊！」母親說，「他們真是餓壞了。」

「我們會給他們食物，」中士大聲說，「還有妳。不過還有一件事。妳的政治觀點是？」

女人瞧著中士，沒有回答。

「妳聽見我的問題了嗎？」

女人結結巴巴地說：

「我很年輕時就被送進修道院，但我結了婚，我不是修女。修女們教我說法語。村子被人放火燒了，我們急急忙忙逃了出來，我連鞋子也來不及穿。」

「我是問妳的政治觀點。」

「我不知道。」

中士又說：「現在常有女間諜。女間諜是要槍斃的。來，快說，妳不是波希米亞人吧？妳的祖國在哪裡？」

她仍舊瞧著他，彷彿聽不懂。

「我不知道。」她說。

「什麼？妳不知道妳的家在哪裡？」

「啊，家，我知道。」

「很好，妳的家在哪裡？」

「西斯科伊納莊園，在阿澤教區。」

中士吃了一驚。他沉思片刻，問道：

「妳是說……」

「西斯科伊納。」

「那可不是祖國。」

「那是我的家。」女人想了一下又說，「我明白了，先生，您是法國人，我是布列塔尼人。」

「那又怎樣呢？」

「這是不同的地方。」

「但是同一個國家呀！」中士喊叫起來，「好吧，妳的親人是做什麼的？」

「他們全死了。我沒有親人了。」

中士是個愛說話的人，又繼續審問：

「見鬼！妳總有親戚吧？至少從前有。妳是誰？快說呀。」

女人目瞪口呆地聽著。女販感到自己應該介入了，她又撫摸嬰兒的頭，用手拍拍另外兩個孩子的臉頰。

「這嬰兒叫什麼名字？」她問道，「這是個女孩吧？」

母親回答說：「喬琪。」

「老大呢？這淘氣鬼是男孩吧？」

「勒內—讓。」

「小的呢？他也是男孩吧，臉頰鼓鼓的。」

「格羅—阿蘭。」母親說。

「真是些好孩子，」女販說，「都已經像大人了。」

中士繼續問：

「說吧，太太，妳有家嗎？」

「有過。」

「在哪裡？」

「在阿澤。」

「妳為什麼不待在家裡？」

「家被燒掉了。」

「誰幹的？」

「不知道。是戰爭。」

「妳之後有什麼打算？」

「不知道。」

「妳是誰？」

「我們是逃難的人。」

「妳是哪一派？藍黨（註：激進派）還是白黨（註：保王派）？」

「不知道。」

「那妳的父母呢？他們是什麼人？」

「他們姓佛萊夏，就這樣。」

「可是，總得有個職業吧。妳父母的職業是什麼？」

「他們是種田的。我父親是殘廢，不能做工。他因為偷過一隻兔子，挨了領主老爺一百根棍子，從那時起落下了殘疾。」

「還有呢？」

「我爺爺是胡格諾派，被本堂神父送去服苦役。那時我還很小。」

「還有呢？」

「我公公是私鹽販子，被國王送上了絞架。」

「那妳丈夫呢，他是做什麼的？」

「他打仗。」

「為誰打仗？」

「為國王。」

「還有呢？」

「為領主老爺。」

「還有呢？

「為本堂神父先生。」

「這些該死的畜生！」一位士兵大聲說。

女人一驚，顯得惶惶不安。

「妳瞧，太太，我們是巴黎人。」女販和藹地說。她在那女人身邊坐下，將最大的孩子拉到自己兩膝之間。孩子乖乖地聽從了。

「我可憐的太太，妳有這麼漂亮的孩子，多好啊！我能猜出他們的年齡，老大四歲，弟弟三歲吧，對吧？聽我說，太太，妳別怕，妳應該加入我們的隊伍，和我一起幹活。我叫烏札德，我是伙食販，專門賣酒給士兵喝。這個營裡都是些好小子，妳來當我的幫手，我教妳怎麼幹。哎！簡單得很，妳只要帶著桶和鈴鐺，走到鬧哄哄的戰場上，大聲喊：『孩子們，誰要喝一口？』要是我被打死了，妳就接我的班。」

此刻，中士正在訓斥那個士兵：

「閉嘴！你嚇壞了這位太太。在女人面前不該說粗話。」

士兵反駁說：「這些人真是奇怪！岳父被領主打殘了，爺爺被神父發配服苦役，父親被國王吊死了，但他們還打仗！該死，還不造反！還為領主、神父、國王賣命！」

「不許囉嗦！」中士喝道，接著又轉身問那個女人：「妳的丈夫呢？太太。他現在怎麼樣了？」

「沒了。被殺死了。」

「什麼時候？」

「三天前。」

「是誰幹的？藍軍還是白軍？」

「不知道。」

「什麼！妳不知道是誰殺死了妳丈夫？」

「不知道。」

「他死了之後，妳做了什麼呢？」

「帶著孩子逃走。」

「去哪裡？」

「往前走。」

「在哪裡過夜？」

「地上。」

「吃什麼呢？」

「不吃東西。」

中士撅起嘴，鬍鬚碰到了鼻子。

「不吃東西？」

「在荊棘裡找剩下的黑刺李和桑果，還有藍莓種子、蕨類的嫩枝。」

「唉！這等於什麼也沒說。」

最大的孩子彷彿聽懂了，說：「我餓。」

中士從口袋裡掏出一塊麵包，遞給母親。母親將它掰成兩半分給孩子。兩個小傢伙貪婪地啃起來。

中士又問：「妳就這樣逃命嗎？太太。」

「只能這樣了。」女人結結巴巴地說，「到處都是子彈。我不知道他們要幹什麼。我丈夫被打死了，我只明白這一點。」

中士用槍托敲著地，大聲說：「愚蠢的戰爭！該死！」

女人接著說：「昨天夜裡，我們躲在一個樹洞裡睡覺。」

「在樹洞裡睡覺！」女販說，「還帶著三個孩子！」

「幸好現在是夏天。」女人嘆息說。

她看著地面，一副無可奈何的神氣，目光中流露出對災難的困惑。

士兵們默默無語，在苦難的女人四周圍成一圈。

一個寡婦，三個孤兒，逃亡、遺棄、孤獨、連天的烽火、飢餓、乾渴；以草根為食，以天空為屋頂。

中士走近女人，瞧著吃奶的嬰兒。嬰兒放開了乳頭，輕輕轉過頭，用漂亮的藍眼睛瞧著向她俯身的那張毛茸茸的臉，微笑了起來。

中士直起身來，一顆大淚珠在臉頰上滾下，停在鬍鬚末端，像一粒珍珠。

「弟兄們，」他大聲說道，「我決定由我們收養這些孩子。你們同意嗎？」

「共和國萬歲！」士兵們高呼。

「好，一言為定。」中士說。

於是他將雙手伸到母親和孩子的頭上。

「這就是紅帽營的孩子們。來吧，女公民。」

2

一七九三年春，當法蘭西的國土四面受敵，吉倫特派的失勢成為人們口中的趣聞時，在拉芒什海峽的群島上發生了一件事。

六月一日傍晚，太陽下山前大約一小時，在澤西島上的一個小海灣裡，巡航艦「巨劍號」正揚帆出航。當時霧氣瀰漫，出海十分危險，但對逃跑反而有利。船上的人員是法國人，但船屬於駐守澤西島東端的英國艦隊。指揮艦隊的是布永家族的圖爾多韋尼親王，巨劍號奉他的命令執行一項緊急而特殊的任務。

船上的人員全部是法國人，有流亡國外的軍官和賺外快的水手。這些人都是精挑細選的。除了船員以外，船上還有半個海軍步兵營，必要時可以登陸。

巨劍號的船長是布瓦貝爾特洛伯爵，他曾獲聖路易騎士勳章，是過去皇家海軍的一名優秀軍官。大副是拉維厄維爾騎士，曾在王室衛隊服役。駕駛員是澤西島最精明的舵手菲利普·加庫伊特。

就在不久前，有一個人上了船，神情彷彿即將做一件特殊的事。他是一位高大健壯的老人，身體挺得筆直，面孔嚴肅，雙眼炯炯有神，顯得既年老又年輕，很難猜出他的歲數。他穿著布列塔尼農民的裝束，外面罩著一件像漁夫的破大衣，戴一頂大圓帽。

澤西島總督巴爾卡拉斯勳爵和圖爾多韋尼親王親自將老人送到船上。曾擔任國王弟弟的侍衛的傑蘭布利親自安排老人的艙房，甚至恭敬地提著箱子跟在後面，雖然他本人也是貴族。離船上岸時，他向那位農民深深一鞠躬，巴爾卡拉斯勳爵對老人說：「祝您成功，將軍。」圖爾多韋尼親王也說：「再見了，表哥。」

船員們都用「農民」稱呼這位乘客。他們並不知道內情，但他們明白這位農民並不是農民，就像他們的戰艦偽裝成貨船一樣。

風不大，巨劍號離開海灣，乘風航行，過了一會兒便在濃濃的夜色中逐漸縮小，最後完全消失。

一小時以後，傑蘭布利回到聖赫利爾，透過南安普敦的信使向約克公爵總部的阿圖瓦伯爵發出一封快信：

閣下：已經出發。成功在望。一週內，格蘭佛至聖馬洛的海岸將燃燒起來。

就在四天前，到格蘭佛視察海防的國民公會代表曾從密使手中收到信件，字跡與前一封快信相同，內容如下：

代表公民：設有隱蔽炮台的巨劍號戰艦將於六月一日漲潮時分出發，將一個人送至法國海岸。此人的特徵如下：高大、年老、白髮、農民裝束、貴族的手。他將於二日清晨登陸。通知巡航隊截獲戰艦，將此人斬首。

3

巨劍號沒有向南朝聖凱薩琳駛去，而是先朝北，然後又向西繞行，駛進薩克島和澤西島之間的海峽。兩岸都沒有燈塔。

太陽完全下山了，夜很黑，幾片烏雲懸吊在霧氣迷茫的海面上。這深沉的黑暗正是天賜良機。

駕駛員加庫伊特的計畫是從澤西島右邊、根西島左邊繞過去，大膽地航行在哈諾伊和多佛爾礁石之間，駛進聖馬洛海岸的某個港灣。這條航線比一般的航線更長，但是更安全，因為能夠避開法國的巡邏隊。

如果順風，不出意外，升起全部船帆的話，估計天亮以前可以抵達法國海岸。

一切都很順利。將近九點鐘時，海面開始起風了。這是順風。海浪雖大，但不凶猛。

那位農民安詳而嚴肅地在甲板上踱步，彷彿沒有感覺到船的顛簸；有時從大衣口袋裡掏出一塊巧克力，掰下一小塊吃。他雖然滿頭白髮，但牙齒依舊完好。他不與任何人交談，偶爾跟船長說幾個字，船長畢恭畢敬地聽著，似乎認為這位乘客比自己更有資格指揮。

在濃霧的掩護下，巨劍號巧妙地沿著澤西島北面的峭壁行駛。加庫伊特站在船舵前，對這片大洋瞭若指掌。巨劍號船頭沒有燈光，以免在這受到監視的海域被人發覺。大霧是個值得慶幸的機會。抵達大艾塔普時，濃霧瀰漫，連高高的石柱都難以看清，只聽見聖旺鐘樓敲十點鐘，這表明一直是順風。一切順利。

十點鐘過後不久，布瓦貝爾特洛伯爵和拉維厄維爾騎士將那位老人送回艙房，也就是船長本人的艙房。老人進去時，低聲對他們說：

「你們知道，先生們，必須保密。在爆發以前保持沉默。這裡只有你們知道我的名字。」

「我們會守口如瓶。」布瓦貝爾特洛伯爵說。

「即使面對死亡，我也不會說的。」老人說，之後便走進艙房。

4

船長和大副又回到甲板上，並肩走著，一面在交談。

「我們看看他能不能當軍事領袖。」布瓦貝爾特洛湊到拉維厄維爾耳邊低聲說。

「目前他是親王。」拉維厄維爾回答說。

「算是吧。」

「在法國是貴族，但在布列塔尼是親王。」

「找不到法國親王，只好找布列塔尼親王了。」

「對，」拉維厄維爾又說，「我們應該要有領袖。我認識許多領袖，有才幹的、沒有才幹的，昨天的、今天的和明天的，但是沒有一個人具備我們需要的戰爭才能。在那個見鬼的旺代地區，我們需要的是將軍兼檢察官。必須騷擾敵人，與他們爭奪磨坊、灌木叢、戰壕和要塞，不能鬆懈，也不能手軟。在農民軍隊裡，一個像樣的首領也沒有。該死！要是讓一個鄉巴佬來指揮貴族，那我們跟共和派又有什麼區別呢，我們又何必與革命派爭吵不休呢？」

「這是因為可惡的革命也傳染到我們身上了。」

「法國染上了爛瘡。」

「第三等級這塊爛瘡。」布瓦貝爾特洛說，「只有英國能使我們擺脫困境。」

「毫無疑問，英國會成功的，船長。」

「在這之前，情形可不太妙。」

「是呀，到處都是鄉巴佬。旺代的交戰雙方也真古怪，一方是啤酒商桑泰爾，一方是理髮師加斯敦！戰爭是騎士的事，不是理髮師的事。」

「不過，在第三等級裡也有能人。例如鐘錶匠洛李。他在法蘭德斯軍團當過中士，現在是旺代的首領。他有個兒子是共和派，兩軍打了一仗，父親俘虜了兒子，並朝他腦袋開了一槍。」

「但是其他的鄉巴佬，讓他們指揮，可就讓人無法容忍了。」

「親愛的騎士，敵人那邊不也一樣嗎？我們這邊盡是平民，他們那邊盡是貴族。群眾的革命居然由一群貴族來指揮，您想他們會高興嗎？」

「真是亂成一團！」

他們又走了幾步，各自想著心事。

談話又繼續進行。

「對了，當彼埃爾真的被打死了嗎？」

「是的，船長。」

「在孔泰城下？」

「在帕瑪斯營地，中了一顆炮彈。」

布瓦貝爾特洛嘆了口氣。

「德．當彼埃爾伯爵。這也是我們的人，但是卻站在他們那邊。」

「願他安息！」拉維厄維爾說。

「女人們呢？她們在哪裡？」

「在第里雅斯特。」拉維厄維爾接著叫了起來：「啊！共和國！一點小事引起多麼大的破壞！這場革命無非是因為幾百萬法郎的赤字罷了。」

「小事不可不提防。」

「真是糟透了。」拉維厄維爾說。

「是的，拉羅阿利死了，迪崔斯尼是傻瓜。那些主教們都是可憐的鼓動者，比如拉羅歇爾的庫西主教、普瓦捷的普波伊爾．聖奧萊爾主教、呂松的梅爾西主教，還有阿格拉那個假主教，不知道他是什麼地方的本堂神父。」

「是多爾的。他叫吉拉特．德．福勒維爾。他很勇敢，他在戰鬥。」

「需要士兵時卻只有教士！主教不像主教，將軍不像將軍！」

又是一陣沉默。拉維厄維爾問道：

「船長，您艙房裡有《箴言報》嗎？」

「有的。」

「此刻巴黎在上演什麼？」

「《阿黛爾與波林》，還有《洞穴》。」

「真想去看看。」

「您會看到的。」布瓦貝爾特洛沉思片刻，又說道：「如果布列塔尼這場戰爭打得好的話，一個月後我們就會在巴黎了。」

拉維厄維爾點點頭。

「我們的海軍步兵要登陸嗎？船長。」

「如果海岸是在我們手裡，就登陸，否則就不登陸。打仗嘛，有時必須勇往直前，有時又必須偷偷摸摸。隨機應變，關鍵在於軍事首領。」

布瓦貝爾特洛若有所思地繼續說：

「總之，我們試試這位將軍吧！」

「他是大貴族。」

「您覺得他能行嗎？」

「如果他夠優秀。」拉維厄維爾說。

「也就是說冷酷無情。」布瓦貝爾特洛說。

伯爵和騎士互看了一眼。

「布瓦貝爾特洛先生，您說得很對。冷酷無情，對，這正是我們需要的。這是一場你死我活的戰爭，已到了血腥廝殺的關頭了。弒君者砍下了路易十六的頭，我們要將弒君者五馬分屍！是的，我方需要的是心狠手辣的將領。」

布瓦貝爾特洛還沒來得及回答，拉維厄維爾的話就突然被一個絕望的尖叫聲打斷，同時傳來一種前所未聞的嘈雜聲，它來自船的內部。

船長和大副朝中艙跑過去，但不得其門而入。炮手們都驚慌失措地擠上了甲板。

剛發生了一件可怕的事。

5

一門二十四斤重彈的大炮脫離了。

這大概是海上最可怕的事故了，航行的戰艦最怕的就是這個。

這個龐然大物掙斷了纜繩，在輪子上跑動，像撞球一樣橫衝直撞，隨著船的顛簸起伏來來去去。一會兒停住，一會兒又跑起來，像利劍一樣從船的一頭衝向另一頭，快速旋轉、避開、逃跑、直立、碰撞、打洞、扼殺、消滅，彷彿是攻城的撞錘。每一次衝擊都有可能將船殼板撞破。

剎那間，全體船員都站了起來。事故的責任在於那門炮的炮長，他沒有擰緊固定鐵鍊的螺絲，也沒有繫牢大炮的四輪，因此底墊板與煙架中間有空隙，使得炮索脫開，纜繩斷裂，大炮在炮架上失去了平衡。一陣海浪打在舷門上，沒有繫牢的大炮便往後一退，粉碎了鐵鍊，開始在船艙裡可怕地遊蕩起來。

當鐵鍊斷裂時，炮手們都在別處，有的人聚在一起，有的人分散各處，忙著為戰爭作準備。大炮前後滑動，在這群人中打了一個洞，一下子壓死了四個人，接著又左右滑動，將第五個可憐的人劈成兩半，然後撞到左弦船板上，將另一門炮撞壞。人們都湧向樓梯，艙房裡頓時空無一人。

布瓦貝爾特洛船長和拉維厄維爾大副是兩個勇敢無畏的人，但他們也在樓梯口站住了，面色蒼白，沉默無語、遲疑不決地望向船艙。這時候，有一個人用手肘推開了他們，走下樓梯。

這人就是他們的乘客，那位農民，他們剛才議論的那個人。

他走下樓梯，站住了。

6

大炮在船艙裡來回遊蕩，彷彿一台戰車。它已經擊碎了另外四門大炮，在船殼板上撞出了兩條大縫；幸好它們在吃水線以上。但要是起了狂風，海水就會灌進來。大炮瘋狂地撞擊船的肋骨，肋骨十分堅固，卻也在猛擊下發出撕裂聲。四個輪子在死者身上滾來滾去，將屍體壓斷，輾成碎塊，支離破碎，五具屍體變成了二十截肢體，在炮室裡滾動，鮮血在地面上隨著船的起伏而流淌。護板多處損壞，開始有裂縫。整條船上充滿了可怕的噪音。

船長很快就鎮靜下來，命令大家從艙口往艙內扔下一切可以減輕和阻止撞擊的東西：床墊、吊床、備用船帆、纜繩、海員行李袋。然而，這些破東西有什麼用呢？誰也不敢下去將它們放好。幾分鐘以後，它們就被壓得粉碎。

破壞愈來愈嚴重。嵌在龍骨構架上，從底部伸到甲板的桅杆被擦傷，甚至有了裂痕；在大炮抽搐般的撞擊下，前桅出現了裂縫，主桅也受到損傷。炮群分崩離析，在三十門大炮中，十門大炮已無法使用。船殼板上的裂縫越來越多，船開始進水了。

老人下到船艙裡，像石頭一樣站在樓梯下面，目光嚴峻地瞧著這片廢墟。他一動也不動，似乎無法在炮室裡邁步。

掙脫羈絆的大炮每一個動作都使船遭受破壞。海難迫在眉睫。

必須立即阻止這場災難，否則就是滅亡。必須當機立斷！

突然，在這個被大炮任意衝撞的、無法接近的場地上，出現了一個手執鐵棒的人。他就是這場災禍的罪魁禍首，是這門大炮的炮長和主人。他的失職釀成了這場事故。既然闖了禍，他便想彌補，於是一手握著撬棒，一手拿著打了活結的操舵索，從艙口跳了下去。

他握著鐵棒和繩索，站在角落裡，背靠著船的肋骨，兩腿穩穩地像兩根鋼柱。他面色慘白，冷靜而悲壯，站著一動也不動，等待時機。

「來呀！」他對大炮說道，就像對自己養的一隻狗說話一樣。

人們都屏住呼吸，除了那名老人。他站在中艙裡，與那兩位決鬥者在一起，見證這場廝殺。

大炮似乎聽見了這聲叫喚，猛然朝炮手撲去。他閃開了。

戰鬥開始了。不堪一擊的人與無堅不摧的炮進行較量，血肉之軀與鋼鐵巨獸決鬥。一邊是強力，一邊是心靈。

大炮彷彿也有心靈似的，它有時撞著炮室低矮的天花板，然後又跌落下來，四輪著地，就像老虎四爪著地一樣，接著又繼續追逐。而那個人，像蛇一樣靈活、敏捷，在這霹靂般的攻勢下巧妙地扭動，避免打擊。他躲開了攻擊，但船身卻在撞擊下不斷損壞。

忽然，大炮停了下來，彷彿在醞釀某種凶殘的計畫。猛然間，它朝炮手撲過去，炮手朝旁邊一閃，讓它掠過。大炮憤怒了，撞壞了左舷的一門炮，接著又像從投石器上射出的石彈，朝右舷衝過去。炮手閃開了，但有三門大炮坍塌了。此刻，大炮彷彿成了瞎子，四處亂撞，撞壞了艄柱，在船首牆上撞出了一條裂縫。炮手躲在樓梯下面，與那名老人只相隔幾步。大炮似乎看見了他，一瞬間直朝他撲去。炮手被逼到船板前，這下完了。全船的人都驚呼起來。

一直站立不動的老人此時撲了過去，比凶殘的撞擊更為迅速。他抓住一個包裹，冒著被壓死的危險，將包裹扔到了大炮的輪子中間。這是個千鈞一髮的動作，但他做得俐落而精確。

那個包裹達到了緩衝的效果。那門大炮踉蹌了一下，炮手趁機抓住它，將鐵棒伸進後輪的輻條之間。大炮停住了。接著，他用鐵棒一撬，將它翻倒。沉重的大炮四輪朝天，像大鐘倒塌一樣噹噹作響，滿身大汗的炮手奮不顧身地撲過去，將舵索的活結套在被打翻的怪物頸上。

結束了。人勝利了，螞蟻戰勝了龐然大物。士兵和水手都鼓起掌來。

全體船員帶著纜繩和鐵鍊湧了上來，不一會兒，大炮就被綁得嚴嚴實實的。

炮手向那位乘客致謝。

「先生，您救了我的命。」他說。

老人恢復了無動於衷的表情，沒有回答。

7

船艦覆沒的危險已經解除，但艦身卻無法起死回生。破壞嚴重得難以修復。船殼板上有五條裂縫，其中一條大裂縫位於船頭；三十門大炮中有二十門損壞，闖禍的那一門也已無法使用，炮隊只剩下九門炮；底艙進水，必須立即修補破損的地方，立即排水。

絕不能讓敵人發現這艘巡航艦。然而，修復的工作刻不容緩，人們不得不點上幾盞燈來照亮甲板。

船員們開始全力修復船艦。他們修補船艙，堵住水洞，將完好的大炮扶正。沒有人注意到船外的狀況。霧越來越濃，天氣變了。船被風任意吹著，已經偏離了原先的航道，過於偏南。微風已轉為猛烈的北風，也許風暴正在醞釀之中。幾呎外一片迷濛。

此時，那位老人又走上了甲板，靠在主桅杆上。

拉維厄維爾騎士已命令海軍步兵在主桅兩側排成散兵線。水手長一聲哨音，忙著幹活的水手也都在甲板上排列好。

布瓦貝爾特洛伯爵朝這位乘客走過去。跟在他後面的是一個惶恐不安、喘息不定、衣衫不整的人，但神情似乎很滿意。這就是剛才在關鍵時刻挺身而出，並且戰勝了大炮的人。

伯爵對農民打扮的老人敬了一個軍禮，說道：

「將軍，這就是那個人。」

炮手按照規定的姿勢，兩眼低垂，站在那裡。布瓦貝爾特洛伯爵又說：

「將軍，鑑於這個人的行為，長官們是否應該做點什麼？」

「我想是的。」老人說。

「那請您下命令吧！」布瓦貝爾特洛接著說。

老人瞧著炮手說：「走過來。」

炮手走了一步。

老人轉向布瓦貝爾特洛伯爵，從他身上摘下聖路易十字勳章，將它戴在炮手的寬大上衣上。

「好啊！」水手們喊道。

海軍士兵們舉槍致敬。

老人又用手指著那位興高采烈的炮手說：

「現在該槍斃他了。」

驚愕取代了歡呼。

於是，在墳墓般的寂靜中，老人提高聲音說：

「疏忽大意斷送了這條船，它大概無法補救了。航海就是與敵人周旋，船在海上航行就像是在作戰，大海就是戰場。大敵當前，任何錯誤都應該處以死刑。勇敢應該受到褒獎，而疏忽應該受到懲罰。」

這番話一字一句地、莊嚴地，以冷酷無情的節奏響著，彷彿是斧頭在一下一下地劈砍橡樹。

老人望著士兵們說：「執行吧。」

那個戴著閃閃發光的聖路易十字勳章的人低下了頭。

在布瓦貝爾特洛伯爵的示意下，兩位水手下到船艙取來吊床當裹屍布。隨船神父也來了。一位中士從隊伍中調出十二名士兵，將他們排成兩行，每行六人。那位炮手一言不發，站到了這兩排人中間。神父手舉十字架走過來，來到炮手身邊。中士下令：「起步走！」行刑隊慢慢朝前走，抬著裹屍布的水手跟在後面。

幾秒鐘後，黑暗中響起槍聲，閃過一道光，接著一切重歸於寂靜，傳來身體落水的聲音。

老人仍舊靠在主桅上，抱著雙臂在沉思。

布瓦貝爾特洛用手指著他，低聲對拉維厄維爾說：

「旺代有首領了。」

8

雲層終於低低垂下，遮蓋了地平線，像大衣一樣罩在大海上。四處是濃霧。即使對於完好無損的船艦而言，情勢也十分險峻。

除了大霧，還有湧浪。

人們利用時間減輕船的重量，清理大炮造成的破壞，將拆散的大炮、斷裂的炮身、扭曲或脫釘的肋骨、破碎的木片或鐵片，統統扔進海裡。人們打開了舷門，讓屍體和用帆布包裹的破碎肢體從木板上滑進海裡。

暴風的聲音似乎在地平線上越來越弱，狂風在朝北移動，但是海浪滔天，這說明海底暗濤洶湧。如此破損的船無力抵禦震撼，大浪會致它於死。

加庫伊特站在舵位上，若有所思。拉維厄維爾走近他，說道：

「怎麼樣？舵手，風暴這下失算了。我們會擺脫困境的。一定會有順風的。」

加庫伊特嚴肅地回答：「有風就有浪。」

加庫伊特說這句話時稍稍皺起眉頭。在大炮和炮手那場災難以後，拉維厄維爾的玩笑話也許說得太早了。海上總有什麼東西能帶來厄運。他感到應該嚴肅起來，問道：

「我們現在在哪裡？舵手。」

「在天主的旨意裡。」

拉維厄維爾走開了。他向舵手提的問題，視野給了他回答。

就在眼前，大海突然出現了。

滯留在海浪上的霧幕裂開了，在黃昏般的朦朧中，暗中起伏的波濤一望無際。人們看到東方已發白，那是太陽在升起；西方也發白，那是月亮在沉落。這兩個光源相互對視，在天邊形成兩道狹窄的光帶，中間是陰暗的大海和黑暗的天空。

在這兩條光帶前有黑影。筆直的、一動也不動的黑影。

在西邊，在被月光照射的天空下，矗立著三塊高聳的礁石。

在東邊，在清晨蒼白的地平線上，整齊地排開了八艘帆船。

身後是險惡的曼吉埃礁，前面是法國巡航隊。面對礁石，這條船的船體已經被穿破，帆線索具已經脫散，桅杆的根基已經鬆動；面對戰鬥，船上的三十門大砲已損壞二十一門，最好的炮手也已死去。

形勢危急！原來在大炮肆虐的時候，船已不知不覺偏離了航道，不是駛向聖馬洛，而是駛向格蘭佛。即使它能升帆航行，曼吉埃礁也擋住了去澤西島的歸路，法國艦隊又使它無法到達法國海岸。

拉維厄維爾豪邁地笑著說：

「一邊是觸礁，一邊是打仗。我們兩邊都中了獎！」

在灰白色的閃光中，烏雲密佈，朦朧的天際不斷變化，浪濤神秘地湧散，這一切具有墳墓般的莊嚴。除了凶猛的風以外，一切都悄然無聲。礁石中沒有一絲動靜，敵船上也無一絲動靜。巡航艦如同被夾在魔鬼和幽靈之間。

布瓦貝爾特洛伯爵低聲向拉維厄維爾下命令，後者便走進炮隊，接著船長抓起望遠鏡，走過去站在舵手的側後方。

「舵手，」船長說，「我們在哪裡？」

「朝曼吉埃方向。」

「海底如何？」

「尖石。」

「能下錨嗎？」

「反正遲早一死。」舵手說。

船長用望遠鏡往西看，觀察曼吉埃礁，接著又轉向東方，數清了帆船的數目。的確是八條船，它們整齊地排開，在水上擺出作戰的架勢。中間是一艘有三層甲板的高大的船。

「你認識這些船嗎？」船長問舵手。

「當然。」

「是什麼？」

「法國艦隊。」

船長一面用望遠鏡觀察，一面喃喃說：

「一艘三層甲板的戰艦，兩艘一級戰艦，五艘二級戰艦。」

他把望遠鏡遞給舵手：

「舵手，你看得清那艘多甲板船嗎？」

「是的，船長，那是黃金海岸號。」

「這是艘新船，有一百二十八門大炮。」

「舵手，左舷第一艘是什麼船？」

「是老練號。」

「一級戰艦。五十二門炮，它是兩個月前在布雷斯特裝配的。左舷第二艘船呢？」

「山林仙女號。」

「一級戰艦。四十門十八斤重彈的大炮。它去過印度，戰功卓著。右舷呢？」

「船長，都是一級戰艦，一共五艘。分別是果斷號、里什蒙號、無神論號、卡利普索號、攻佔號。」

「每艘三十二門大炮。」

船長從口袋裡掏出一個小冊子和一枝筆，在紙上寫下這些數目。

就在這時，拉維厄維爾回到了甲板上。

「騎士，」船長說，「我們面對的是三百八十門大炮。」

「是的。」

「我們有多少炮可以用？」

「九門。」

「好。」布瓦貝爾特洛說。

他從舵手那裡拿回望遠鏡，觀看地平線。

八艘沉默的黑色戰艦越來越大。它們在緩慢地接近。

船長低聲下達了命令。全船一片寂靜，沒有響起戰鬥的鈴聲，但人們都在準備。他們將纜繩堆在主甲板的通道上，以便在必要時加固桅杆；整理好傷患的崗位；在甲板上拉上防護網，用來抵擋槍彈；又取來了口徑檢查器。每個水手都領到一個彈盒，腰間插了兩把槍和一把匕首。人們疊起吊床、校正炮口、準備槍枝、放好斧頭和鐵鉤、整理好彈藥筒和炮彈艙。每個人都默默地站到自己的崗位上。

接著，船停住了。船上的六具錨都拋了下去，九門完好的大炮都對準同一個方向，敵人的方向。

敵人的艦隊也悄悄地完成戰鬥準備。八艘艦艇現在排成半圓，將巨劍號圍在中心。

雙方似乎都在等待。

9

老人沒有離開甲板，他在觀察一切，臉上毫無表情。

布瓦貝爾特洛走近他說：

「先生，準備工作已經完成。我們現在緊緊抓住我們的墳墓，絕不鬆手。我們要不當敵艦的俘虜，要不觸礁沉沒，兩條路都是一死。我們寧可戰死，也不願淹死。然而，死亡是我們這些人的事，與您無關。您是親王們選派的人，負有重要使命：指揮旺代戰爭。少了您，君主制可能就完了，因此您必須活著。您必須離開這條船，將軍。我會撥給您一個人和一條小艇，繞道去法國海岸。天還沒有亮，海浪很高，海面陰暗。您一定能脫險的。」

老人嚴肅地點點頭，沉著地表示同意。

布瓦貝爾特洛伯爵提高聲音喊道：

「士兵們，水手們。」

所有的動作都停止了。所有的人從船的各處朝船長轉過頭來。

船長繼續說：「我們中間的這個人代表國王。他被託付給我們，我們應該保護他。他是法國王室需要的人，他將代替親王成為旺代的首領。因此他現在必須離開我們獨自登陸。拯救頭腦，就是拯救一切。」

「對！對！對！」全體人員喊道。

「他將冒極大的危險。登陸可不是件容易的事，我需要一名身強力壯的水手，他必須是划船和游泳的好手，而且熟悉航道。有誰自告奮勇？」

黑暗中，一位水手走出佇列，說道：

「我。」

幾分鐘後，一艘小艇駛離了大船。小船上有兩個人，船尾是那位老人，船頭是那位自告奮勇的水手。夜還很黑，水手遵照船長的指示奮力划槳，朝曼吉埃礁石駛去。沒有別的出路。

在離開以前，人們在小艇上扔了一些食物：一袋硬餅乾、一大塊燻牛舌，還有一大桶淡水。

距離迅速拉開。水手順著風浪使小船急速駛遠，它在黑暗中起伏顛簸，被洶湧的浪尖遮蓋。

突然，在海面上廣闊而嘈亂的寂靜中，響起了一個聲音。那是布瓦貝爾特洛船長在說話：

「國王的水手們！」他喊道，「現在將白旗釘在主桅杆上。我們將最後一次看到太陽升起！」

巡航艦上一聲炮響。

「國王萬歲！」全體人員喊道。

地平線上也傳來另一個巨大的呼聲，它顯得遙遠而模糊，但還是能聽得出來：

「共和國萬歲！」

接著是三百個霹靂般的巨響在深深的海洋上轟鳴。

戰鬥開始了。海面上硝煙瀰漫，火光閃爍。炮彈落在水中濺起水柱，激起四面八方的波浪。巨劍號開始向八艘敵艦噴射火焰，在它周圍排成半圓形的敵艦也炮彈齊發。地平線燃燒了，戰爭的巨大血影在風中搖動，艦隻像幽靈一樣時而出現，時而隱沒。在這個紅色的幕前，可以看見巨劍號的黑色輪廓。

小船上的兩個人默默無言。

曼吉埃礁的三角形淺灘由海底的貝礁組成，它的最高點是大潮時露出水面的高台，與它相連的是東北方排成直線的六塊巨石。在高台與巨石之間有一個峽口，只有小船才能通過。過了峽口便是大海。

水手將船划進峽口，遠離了戰爭。小船在狹窄的水道中靈巧地滑行，在左右兩側的礁石中迂迴。現在礁石遮住了戰爭，天邊的亮光和猛烈的槍聲開始減弱，但炮聲仍在繼續，巨劍號仍在奮力堅持。

小船很快便駛進了自由水域，駛離了礁石，駛離了戰爭。漸漸地，起伏不平的大海開始明亮起來，曾被黑暗遮住的光帶越來越寬，形狀各異的水花濺成一根根光束，點點白光在波濤滾滾的海面上波動。天亮了。

小艇逃脫了敵人，但是還沒有逃過海難。它是汪洋上一條小小的船，沒有甲板，沒有帆，沒有桅杆，沒有羅盤，只有一對槳。在海洋和風暴面前，它猶如任憑巨人擺佈的微粒。

這時，坐在船頭的水手抬起那張慘白的臉，緊緊盯著船尾的人，說道：

「被您槍殺的那個人，就是我的兄弟。」

10

這名水手大約三十歲。額頭被海風吹得黝黑，眼神奇特，在農民天真的瞳孔中閃著水手的精明目光。他兩手緊握著槳，態度溫和。他的皮帶上有一把匕首、兩把槍和一串念珠。

「你是誰？」老人問道。

「我剛才已對您說過。」

「你想怎麼樣？」

那人放開槳，抱著雙臂回答說：「殺了您。」

「隨你高興。」老人說。

「您作好準備吧！」那人提高聲音。

「準備什麼？」

「準備死。」

「為什麼？」

沉默片刻。這個問題似乎使那人發愣，他又說：

「我說我要殺您。」

「我問你為什麼。」

「因為您殺了我兄弟。」

老人平靜地說：「我最初救了他的命。」

「沒錯，您先是救了他，後來又殺了他。」

「不是我殺了他。」

「那是誰？」

「他的過失。」

水手張大了嘴瞧著老人，接著又忿忿地皺起眉頭。

「你叫什麼名字？」老人問。

「哈馬洛，不過您不必知道我的名字，因為您就快被我殺死。」

這時太陽升起來了。一縷陽光照在水手的臉上，使這張充滿野性的臉變得十分明亮。他劃了一個十字，說道：

「好了，我給您一分鐘，老爺。」

於是他上子彈。

「你為什麼叫我老爺？」

「您本來就是領主老爺，我看得出來。」

「你有領主嗎？」

「有的，沒有領主要怎麼活呢？」

「他在哪裡？」

「不知道，他離開了家鄉。他是德・朗特納克侯爵、德・馮特內子爵、布列塔尼親王、七森林的主人。我沒有見過他，但他仍然是我的主人。」

「要是你見到他，會服從他嗎？」

「當然了，不服從就成了異教徒。應該服從天主，服從國王，服從領主。不過這無關緊要。您殺了我兄弟，我應該殺您。」

「我殺了你兄弟是有道理的。」老人回答。

水手緊握住手槍說：

「快點！」

「好吧，」老人說，接著又平靜地問：「神父在哪裡？」

水手瞧著他。「神父？」

「是的，我給了你兄弟一位神父，你也該給我一位神父。」

「我沒有。」水手說，「大海上去哪找神父呢？」

老人又說：

「你使我的靈魂沉淪，這可是嚴重的事。」

水手低下頭，若有所思。

「你使我的靈魂沉淪，」老人說，「也使你自己的靈魂沉淪。聽我說，你想怎麼做就怎麼做吧！至於我，我剛才做了我該做的事，現在我也要做我該做的事：拯救你的靈魂。你聽見炮聲了嗎？那邊的人們正在喪失生命，在絕望中死去。而這是誰的錯？是你兄弟的錯。如果你兄弟恪盡職守，大炮的災難就不會發生，巨劍號就不會失去控制，不會偏離航道，不會遇上敵艦。那麼，此刻我們早已登陸法國，歡歡喜喜地高舉白旗，前去拯救旺代的農民，拯救法蘭西，拯救國王。如今，這個任務只剩下我一人可以完成了。但你卻要殺我，讓村莊繼續燃燒，農民繼續流血，布列塔尼繼續受苦，國王繼續當囚犯。是的，你說得對，我殺了你兄弟。他犯了大錯，我懲罰了他。他沒有盡責，但我盡了責。現在，決定吧！不過我同情你。你作為天主教徒，沒有信仰，作為布列塔尼人，沒有榮譽感。人們將我託付給你，是以為你忠誠，而你卻以背叛回報。你知道你此刻葬送的是誰嗎？是你自己。好了，幹你的罪行吧！結束它，完成它。我是老人，而你年輕；我手無寸鐵，而你有武器。動手吧！」

老人說這番話時，站在船上，聲音蓋過了海的喧囂。在海浪的顛簸中，他時而在陰影中，時而在光亮處。水手面色蒼白，大滴的汗珠從額頭落下，全身像樹葉一樣顫抖，並且不時親吻念珠。當老人說完時，他扔下槍，跪了下來。

「寬恕我！老爺，寬恕我！」他喊道，「您說話就像仁慈的天主。我錯了，我兄弟也錯了，我要竭盡全力彌補他的罪行。您指揮我吧！下命令吧。我一定服從。」

「我寬恕你。」老人說。

11

這兩位逃亡者航行了漫長的三十六個小時，才抵達海岸。

哈馬洛是一位了不起的水手。他憑著靈巧和智慧，在礁石、浪濤和敵艦之間迂迴航行。風減弱了，大海又變得溫和了。小船朝南行駛，從格蘭佛和肖塞群島之間溜過，駛進聖米歇爾海灣。

第二天黃昏，太陽下山前大約一小時，小艇駛過聖米歇爾山，在海灘上靠岸。這片沙灘一向荒寂無人，因為它很危險，人容易陷下去。

幸好此刻正漲潮。哈馬洛盡可能將小艇朝前划，試試沙地，感到地面很結實，便將船擱淺，自己跳到岸上。老人隨後也走下船，觀察四周。

「老爺，」哈馬洛說，「這裡是庫埃農河的海口，右邊是波瓦爾，左邊是烏伊內，正前方的鐘樓是阿德芬。」

老人向小船彎下腰，拿起一塊餅子放進口袋裡，對哈馬洛說：

「別的你都拿走。」

哈馬洛將剩下的肉和餅子裝進袋子，將袋子背在肩上。

老人又從口袋裡掏出一個綠絲花結，結中央繡著金色的百合花。他說：

「哈馬洛，我們得分手了。你記性好嗎？」

「好。」

「很好。聽我說，你往富熱爾的方向走，我往巴祖熱。把武器藏起來，從籬笆上砍一根木棍，爬過黑麥田，從圍牆後面溜過去，跨過柵欄，越過田野，避開行人，別走路和橋。別進蓬托爾松。」

「可是天快黑了，您要去哪裡過夜呢？」

「我自有辦法。你熟悉樹林嗎？」

「整個地區的都熟悉。」

「那好。你一天能走多少路？」

「十法里，必要的話可以走到二十法里。」

「會有必要的。現在，記住我現在說的話：你去聖奧賓樹林。」

「朗巴爾附近？」

「是的。在聖里耶爾和普萊代利阿克之間的溝壑旁有一棵大栗樹，你到了那裡就站住，然後呼叫。」

他將那個綠絲花結遞給哈馬洛。

「這個花結代表我的指揮權，上面的百合花是王后在聖殿塔裡繡的。你拿著它。」

哈馬洛的一條腿跪了下來，戰戰兢兢地接過花結，將嘴唇湊了上去。

「站起來。」老人說。

哈馬洛站起身，將花結藏在胸前。

「聽著，口號是『起來反抗，毫不留情』。你在聖奧賓樹林外呼喊，呼喊三次以後，就會有人從地下鑽出來。」

「我明白了。」

「這個人叫做普蘭什諾。你把花結拿給他看，他會明白的。接著，你去阿斯蒂萊樹林，找一個綽號叫短槍的人，命令他在他的教區起事。之後你去庫埃農樹林，在那裡學貓頭鷹叫，也會有人從洞裡出來。他是蒂奧先生，普洛厄爾梅的司法官。命令他把庫埃農城堡武裝起來。然後你去聖烏安德圖瓦找讓・朱安，去維爾安格魯找吉塔，再去魯熱費樹林找米埃雷特。記住了嗎？」

「記住了。」

「很好。你熟悉圖爾格嗎？」

「當然，我是那裡的人。」

「什麼？」

「是的，因為我是帕里格人。」

「沒錯，圖爾格離帕里格很近。」

「圖爾格，我再熟悉不過了。那座巨大的圓形城堡是我領主老爺的家產，舊樓和新樓之間有扇大鐵門，大炮也轟不開。新樓裡有一本關於聖巴托羅繆的大書，從前常常有些好奇的人去看。草裡還有青蛙，我小時候常逗牠們玩。還有那個地道，我知道它，現在可能只剩我一個人知道了。」

「什麼地道？你想說什麼？」

「從前，圖爾格被包圍的時候，城堡裡的人可以從地道逃到森林去。」

「沒錯，確實有這種地道。朱佩利埃爾城堡、烏諾戴城堡都有，可是圖爾格沒有。」

「有的，老爺，我知道。因為我是那裡的人，而且只有我知道。人們從來不談它，也不許談，因為它曾在過去的戰爭中派上用場。我父親知道這個秘密地道，帶我去看過。我對它十分熟悉，可以從森林裡進入塔樓，也可以從塔樓裡出來森林，神不知鬼不覺。」

老人沉默了一會兒說：

「你弄錯了，要是有這樣一條秘密地道，我肯定會知道。」

「老爺，肯定有。有一塊可以轉動的石頭。」

「是嗎？真是一派胡言。圖爾格是一個安全、堅固的城堡，易於防守，靠地道逃跑，這想法未免太幼稚了！」

「可是，老爺……」

老人聳了聳肩。「別浪費時間了，還是談正事吧。」

他那斷然的語氣使哈馬洛無法堅持。

老人接著說：「繼續剛才的話題。聽我說，你從魯熱費去蒙謝弗里埃樹林，那裡有杜茲的首領班奈迪塞蒂。接著去昂特蘭見德．弗羅特先生，再去裘佩利爾見德．羅斯科特先生，去吉諾瓦里厄見波杜安神父。你都記住了嗎？」

「像聖經一樣。」

「你去科格萊的聖布里克見德布瓦—吉先生，去莫拉內見德．杜賓先生，然後再去貢蒂埃城堡見德．塔蒙特親王。」

「一位親王會願意見我嗎？」

「所有的人一看見王后的這朵百合花都會熱情地接待你。你要喬裝打扮，這很容易。共和派都很愚蠢，只要你穿上藍衣服，戴一項三角帽，再別上三色帽徽，便可以通行無阻。你去默爾韋見戈利埃，再去帕爾內營地，要他們大開殺戒。接著你去黑牛營地、阿瓦內營地、綠營、螞蟻營。然後你去高船谷，那在凱蘭教區。你去埃皮內勒舍弗勒伊、西耶勒吉納姆、帕拉恩，見那些在森林裡的人，派他們去梅恩河的上游和下游。你去韋吉教區見讓．特雷通，去班尼翁見無悔者，去邦尚見尚博，去梅松塞爾見科爾班兄弟，去聖讓舍爾弗見小無畏者。等你做完這些事，將口號傳遍四方時，你就去加入國王的軍隊，它就在附近。你把代表指揮權的花結給他們看，他們會明白的。」

他停了一下又說：

「哈馬洛，也許你聽不懂我的話，但你明白事理。我見到你駕船的技術，已對你產生了信任。我相信你能圓滿完成任務。」

「我能在什麼地方再見到老爺？」

「在我將去的地方。」

「那我該怎麼知道呢？」

「所有人都會知道。不出一個禮拜，人們會談論我；我會採取一些行動，為國王和天主教報仇。你會看出人們談論的就是我。」

「明白了。」

「現在你走吧。願天主指引你，走吧！」

「我會按您說的一切去做。如果我成功……」

「我授予你聖路易騎士勳章。」

「和我兄弟一樣。如果我不成功，您將下令槍斃我。」

「和你兄弟一樣。」

「一言為定，老爺。」

老人低下頭，陷入嚴肅的沉思。當他抬起頭時，已是獨自一人。哈馬洛成了地平線上漸漸縮小的黑點。

太陽剛剛下山。

12

老人裹緊大衣，慢慢朝著烏伊內的方向走去。

在烏伊內和阿德芬之間，有一座很高的沙丘，丘頂有一塊里程碑。站上沙丘，可以看見整個地區，判明方向。老人登上了沙丘。

他到達丘頂，看到里程碑四角有四塊界石，便在一塊界石上坐了下來，背靠著石碑，開始觀察山下的景物。他似乎在尋找一條熟悉的路。廣闊的地區在暮色中顯得朦朧，只有地平線在天空下呈現出一條黑線。他看到遠方村鎮的一座座屋頂，還有好幾法里外的海岸鐘樓。

幾分鐘以後，老人似乎從這片朦朧中找到了他要找的東西。他的目光停留在一個有樹、牆和屋頂的地方，它是一個莊園，夾在平原和樹叢中。老人滿意地點點頭。

突然間，有人聲從這裡經過。那是女人和孩子的聲音。由於荊棘叢生，老人看不見發出這些聲音的人，他們在沙丘腳下朝平原和森林走去。響亮的聲音一直傳到丘頂上，聲音很近，老人一字不漏地聽見了。

「快一點，佛萊夏。是從這裡走？」一個女人的聲音在說。

「不，走那邊。」

「我們要住的那個莊園叫什麼？」

「埃爾布昂帕伊。」

「還很遠嗎？」

「再走十五分鐘。」

「妳的孩子都累了，我們又是兩個女人，抱不動這三個小傢伙。妳已經抱了一個，佛萊夏，哎！她真像一塊鉛，這個小貪吃鬼。妳讓她斷了奶，但是還一直抱著。這習慣可不好！得讓她走走。」

「快一點！勒內—讓。」

「就是他耽誤了我們！他一碰見小姑娘就說話。像個大男人。」

「哎呀，他還不到五歲。」

「喂！勒內—讓，你幹嘛和村裡的小姑娘說話？」

一個男童的聲音回答：「因為我認識她。」

「怎麼，你認識她？」

「是的，」小男孩說，「今天早上她給了我蟲子。」

「啊！真了不起，」女人叫了起來，「我們才來三天，這個小不點就有情人了！」

聲音遠去。一切歸於寂靜。

13

老人一動也不動。四周一片寧靜，沙丘上還很亮，月亮從東方升起，淡藍色的天頂掛著幾顆星星。老人滿腹心事，情緒激動，卻沉入一種難以表達的、無限的寬容大度之中。他感到心中升起了隱隱的曙光，也就是希望。他剛逃離冷酷無情的大海，沒有人知道他的名字、他的下落，他也沒有留下任何蹤跡，危險似乎都已煙消雲散。他感到極大的寬慰。

他只聽見從海上吹來的風，風聲是持續的低音，久而久之，幾乎不再是聲音了。

突然間，他站起身來。

他的注意力猛然被驚醒，他望著地平線。有什麼東西使他的目光凝滯不動。

在他的前方，在平原的遠處，科爾默雷的鐘樓被敲響了。

老人再朝更遠處看，巴蓋－皮康的鐘樓，它的鐘也同樣敲響了。

老人瞧瞧左方的塔尼鐘樓，它的鐘也同樣來回擺動。

在地平線上，左邊是庫爾蒂、普雷西、克羅隆、克魯瓦阿弗朗尚的鐘樓，右邊是庫埃農河谷、莫爾德雷、帕斯的鐘樓，對面是蓬托爾松的鐘樓。

所有的鐘都在猛烈擺動。

怎麼回事？顯然是在敲警鐘。

人們在敲警鐘，瘋狂地敲警鐘。四面八方，所有的鐘樓、所有的教區、所有的村鎮都在敲警鐘。顯然有人正在被追捕。是誰？

老人顫抖了一下。

不可能是他，人們不可能猜到他來了。因為他才剛登陸，巨劍號已經沉沒，沒有一個人能死裡逃生；況且即使是在船上，除了布瓦貝爾特洛和拉維厄維爾以外，誰也不知道他的姓名。

老人仔細觀察，思緒起伏不定，從一種猜測轉到另一種猜測，從深深的安全感轉變成可怕的危機感。然而，這警鐘可以有多種解釋，老人一再安慰自己：「總之，誰也不知道我來了，誰也不知道我的名字。」

幾分鐘以來，在他身後有一種輕微的響動，彷彿是樹葉的沙沙聲。他最初沒有留意，這時才終於回過頭來。的確有一個東西，是一張紙。里程碑上貼著一張大告示，正在被風吹落。它剛貼上去不久。由於老人是從另一面爬上沙丘的，沒有看見這張告示。

他踩上一塊界石，用手撫平被風吹起的告示一角。透過暮色，他清楚地看到告示上印著這些文字：

統一和不可分割的法蘭西共和國

我，馬恩省的普里埃爾，駐瑟堡海防軍的人民代表，發佈以下命令：前貴族德．朗特納克侯爵，德．馮特內子爵，布列塔尼親王，已在格蘭佛海岸偷偷登陸。我宣佈此人不受法律保護，並懸賞捉拿。凡發現此人者，無論生死，都將得到六萬法郎的賞金。瑟堡海防軍將派遣一個營前往搜索，請各市鎮務必予以協助。

簽署人：普里埃爾，馬恩省

一七九三年六月二日，發佈於格蘭佛市政府

這個名字下面還有另一個簽名，但字體小得多；由於光線不足，無法看清。

老人將帽沿壓到眼睛上，將大衣領一直拉到下巴，然後迅速走下沙丘。在這裡滯留下去顯然毫無意義。

他下到山腳，進入黑暗，放慢了腳步，按照剛才計畫的路線朝莊園走去。

來到了荊棘叢後面，他停下腳步，脫下大衣，將上衣的內裡往外翻，又用繩子捆好破大衣，然後繫在脖子上，這才又開始走。

不久後，他來到一個岔路口，那裡有一個古老的石十字架。十字架的底座有一塊白色正方形，大概是和剛才看到的同樣的告示。他走近告示。

「您去哪裡？」一個聲音問道。

他轉過身來。

樹籬中站著一個人，身材像他一樣高大，像他一樣年老，但衣衫襤褸。

此人拄著一根長棍，又接著問：

「我問您去哪裡。」

「首先，這是哪裡？」老人回答說，聲音平靜，帶幾分高傲。

「您是在塔尼領地。我是領地裡的乞丐，您是領主。」

「我？」

「是的，您是德．朗特納克侯爵。」

14

德．朗特納克侯爵——我們以後都這樣稱呼他——沉重地回答說：

「是的。去告發我吧。」

那人繼續說：

「我們兩人都在自己家裡，您在城堡，我在叢林。」

「去吧，去告發我吧。」侯爵說。

那人又問：

「您打算去埃爾布昂帕伊莊園嗎？」

「是的。」

「千萬別去，那裡有藍軍。」

那人用手指著不遠處，樹梢上方露出了莊園的屋頂。

「您看見屋頂了嗎，侯爵先生？」

「看見了。」

「看見上面的三色旗了嗎？」

「看見了。」侯爵點了點頭，「是在敲警鐘吧？」

「是的。」

「為了什麼？」

「當然是為了您，」那人說道，「您也看見告示了，他們在通緝您。」

他朝莊園看了一眼，又說：

「那裡有半個營，巴黎來的。」

「好，我們去吧。」侯爵說，同時朝莊園走了一步。

乞丐抓住他的手臂。

「別去！」

「那您要我去哪裡？」

「去我家。」

侯爵瞧著乞丐。

「聽我說，侯爵先生，我的家並不好，但是安全。您來吧！去莊園會被打死的。您一定累了，可以在我家裡睡一覺。明早藍軍就要開拔，那時您去哪裡都行。」

侯爵端詳這個人，問道：

「那麼您是站在哪一邊？共和派？保王派？」

「我不懂這些東西。」

「您對眼前發生的事有什麼看法？」

「我看到他們宣佈您不受法律保護。法律是什麼？一個人竟然可以在法律之外？我不明白。那我呢？我是在法律之內，還是法律之外？不知道。我餓死，這是在法律之內嗎？」

「您挨餓多久了？」

「一輩子。」

「那您為什麼救我？」

「因為我心想：這個人比我還窮。我有權呼吸，而他連這種權利也沒有。」

「的確如此。但是您知道他們懸賞我嗎？」

「知道。」

「既然如此，您應該知道：告發我的人可以得到六萬法郎的賞金。」

「這我知道。」

「這可是一大筆錢，您可以發大財。」

「我正是這樣想的。我看到您時就想：既然告發這個人可以發大財，那我得趕緊把他藏起來。」

侯爵跟著窮人走了。

他們走進一個矮樹叢，那裡就是乞丐的住處。這是一棵高大的橡樹，房間挖在樹根下面，上面蓋著樹枝。裡面陰暗、低矮、隱蔽，從外面根本看不見。房間可以容納兩個人，裡面有幾個罐子、一個用稻草或海藻鋪成的床、一條粗毛毯，還有一些燈芯、火石和乾草。

他們彎下腰，爬進了這個奇形怪狀的房間，在那一大堆海藻上坐了下來。乞丐從一個角落裡拿出一罐水、一塊國王餅和一些栗子。

「吃飯吧。」窮人說。

他們分享栗子，侯爵拿出他的餅乾。他們啃同一塊國王餅，輪流捧著罐子喝水。

侯爵開始詢問這個人：

「您叫什麼名字？」

「戴爾瑪。」

「您是本地人？」

「我從未離開過這地方。」

「您認識我？」

「當然，上次見到您是在兩年前。您經過這裡，從這裡去英國。剛才我看見沙丘上有個人，個子高高的。布列塔尼人都是矮個子，很少高個子。我仔細看，又想到告示的內容。於是，等您從沙丘下來，我就在月光下認出您了。」

「從前我見過您嗎？」

「經常見到，因為我是您的乞丐。我是您城堡前那條路上的窮人。您有時施捨給我，不過您從不看我。我伸出手，您看見的只是我的手，您在我手中扔下施捨，我早上有了它，晚上才不挨餓。有時，我整整一天一夜沒東西吃；有時，一個蘇就能救命。您救過我的命，我現在回報您。」

「您的確是在救我。」

「是的，我在救您，老爺。」戴爾瑪的聲音變得嚴肅起來，「但有一個條件。」

「什麼條件？」

「您來這裡不是為了作惡。」

「我來是為了行善。」侯爵說。

「睡覺吧。」

他們在海藻床上並排躺下。乞丐立刻就睡著了。侯爵雖然很累，但仍然冥想片刻；接著，他在黑暗中瞧瞧窮人，便躺了下來。他將耳朵貼著地面聆聽，地下有一種隱約的嗡嗡聲。那是鐘聲。警鐘在繼續。

侯爵睡著了。

15

朗特納克醒來時，天已經亮了。

乞丐站在外面，拄著那根木棍，臉上有一線陽光。

「老爺，」戴爾瑪說，「塔尼的鐘樓剛敲過早上四點。風向變了，現在是從內陸吹來的風。沒有別的聲音，警鐘停止了，莊園和埃爾布昂帕伊鎮上平靜無事。藍軍在睡覺，要不就是已經走了。最大的危險過去了。我們最好分手了。」

他指著地平線上的一個點。

「我去這裡。」

接著又指著相反的方向。

「您去那邊。」

乞丐向侯爵嚴肅地揮揮手，表示告別。不一會兒，就消失在樹林裡。

侯爵起身，朝戴爾瑪指引的方向走去。

他順著昨天來的小路走，走出樹林，來到有石頭十字架的岔路口。告示還在那裡，在朝陽下發白。他想起告示最下方還有幾行字沒有看清，因為字體太小，昨夜的光線昏暗。他走到十字架的底座前。果然，在告示下方，在馬恩省的普里埃爾的簽名下面，還有兩行小字：

前貴族德．朗特納克侯爵一旦被發現，將被立即處死。

營長及遠征隊指揮，郭文

「郭文！」侯爵說。

他站住了，緊盯著告示，凝神深思。

「郭文！」他重複說。

他走開，又轉身瞧十字架，然後又走回來，再一次看告示。

接著他慢慢走遠，嘴裡仍然不斷低聲唸叨：「郭文！」

他走上一條林間小路，順著一座小山丘走。山丘上全是開花的荊棘，山頂有一個尖尖的土堆，山腳下是一片樹林。樹葉彷彿浸泡在光亮中，整個大自然充滿了清晨濃厚的歡樂。

突然間，野蠻的喊聲和槍聲像龍捲風一般席捲了田野和樹林，從莊園那邊升起了濃煙，濃煙中夾雜著明亮的火舌，莊園和小鎮彷彿成了一捆燃燒的稻草。這一切突如其來，陰森可怕。寧靜轉眼間化為狂暴，晨曦中突然出現地獄，恐怖驟然而至。埃爾布昂帕伊在戰鬥。

侯爵站住了。他轉入一條小徑，登上旁邊的山丘，想弄清楚發生了什麼事。在那裡他會被人看見，但他能看見四周。幾分鐘後，他來到丘頂，極目眺望。

他聽見了喊叫聲，看見了火光。莊園似乎成了災難的中心。什麼災難？襲擊嗎？被誰？是戰鬥嗎？也許有人被槍決？按照一項革命法令，藍軍經常放火燒掉反叛的莊園和村莊，以示懲罰。埃爾布昂帕伊莫非也是這樣？

侯爵站在山頂觀望，一面作出種種推測，猶豫著該下山還是該留下，一面在聆聽、窺伺。這時，槍殺的喧囂停止了，或者說散開了。侯爵看到彷彿有一支狂暴的隊伍滲透進叢林裡，樹下出現了令人畏懼的騷動。人們從莊園撲向樹林，敲著進攻的戰鼓，但不再有槍聲。顯然，他們在搜索、追逐、捕捉，聲音顯得分散而深沉。話聲混雜交錯，有氣憤的、得意的，雜亂而吵鬧。他什麼也聽不清。突然，這片喧嘩中出現了一個清楚明確的東西。是一個名字，一個被上千個聲音重複的名字：

「朗特納克！朗特納克！德．朗特納克侯爵！」

人們尋找的人就是他。

16

突然，在他周圍，四面八方同時出現了長槍、刺刀和軍隊，陰暗中還有一面三色旗，他耳邊是一片「朗特納克」的呼聲，在他腳下的荊棘和樹枝中間出現了一些狂暴的面孔，全都盯著他看。

侯爵用兩手拉開山羊皮外衣，露出胸膛，大聲地說道：

「我就是你們要找的人。我是德．朗特納克侯爵，德．馮特內子爵，布列塔尼親王，皇家軍隊的少將。動手吧！瞄準！開槍！」

他朝山下看，尋找瞄準他的槍口，卻看見四周的人都跪了下來。他聽見響亮的喊聲：

「郎特納克萬歲！老爺萬歲！將軍萬歲！」

同時，帽子被扔上半空，軍刀在歡樂地揮舞，叢林裡舉起了一大片木棍，棕毛軟帽在頭頂舞動。

在朗特納克周圍是一群旺代人。

這群人一看見他便跪了下來。眼睛仍盯著侯爵，流露出一種粗野的愛。他們拿著長槍、軍刀、鐮刀、十字鎬和木棍，都戴著有白色飾結的大氈帽或棕色軟帽，穿著膝頭開口的寬大短褲、毛皮上衣、皮護腿套；露著膝蓋，披著長髮。有些人神色殘暴，但所有的目光都顯得愚笨無知。

一位面貌端正的年輕男人穿過跪著的人群，大步朝侯爵走來。他和農民一樣，戴一頂有白色飾結的氈帽，穿一件皮毛上衣，但是兩手白淨，襯衣是細布料，上衣外面有一條白綢肩帶，腰上掛著一把寶劍。

他爬到山頂，扔下帽子，解下肩帶，單膝跪下，將肩帶和寶劍獻給侯爵，說道：

「我們一直在找您。這下總算找到了！這是指揮劍，這些人現在都屬於您。我曾當過他們的指揮官，現在是您的士兵了。請接受我的敬意，大人。請下命令吧！將軍。」

接著他發出一個信號，於是從樹林中走出幾個人，手裡拿著一面三色旗，一直走到侯爵面前。他們將旗幟扔到他跟前。

「將軍，」年輕人說，「這旗幟是我們剛從埃爾布昂帕伊莊園的藍軍手中奪來的。大人，我叫加瓦爾，曾是拉羅阿利侯爵的手下。」

「很好。」侯爵說。於是他平靜而嚴肅地戴上肩帶。

接著，他抽出寶劍，在頭上揮舞。

「起立！」他喊道，「國王萬歲！」

人們都站了起來，在樹林深處發出了狂熱的歡呼聲：

「國王萬歲！侯爵萬歲！朗特納克萬歲！」

侯爵轉身問加瓦爾：

「你們有多少人？」

「七千人。」

他們走下山丘，農民們撥開荊棘叢為德．朗特納克開路。加瓦爾繼續說：

「大人，事情是這樣的。我們早已準備就緒，只差一個導火線。當我們看見共和國的告示，得知您來了之後，便決定起事。」

「你們攻擊了埃爾布昂帕伊農場的藍軍？」

「由於逆風，他們沒有聽見警鐘，毫無防備。愚蠢的農民接待了他們。今天早上我們包圍了農場，藍軍正在睡覺，我們一下子就把他們解決了。我這裡有一匹馬，您願意接受嗎？將軍。」

「好的。」

一位農民牽來一匹馬，牠像戰馬一樣套著鞍轡。侯爵翻身上馬。

「萬歲！」農民們喊了起來。

加瓦爾行了一個軍禮，問道：

「您的司令部要設在哪裡？大人。」

「先設在富熱爾森林。」

「這是屬於您的七座森林之一，侯爵先生。」

「叫大家散開，分頭去，在富熱爾森林裡會合。」

「遵命。」

「你說埃爾布昂帕伊的農民接待了藍軍？」

「是的，將軍。」

「你燒了農場嗎？」

「燒了。」

「燒了村子嗎？」

「沒有。」

「把它燒掉。」

「藍軍想抵抗，但他們只有一百五十人，我們有七千人。」

「他們是哪個隊伍的？」

「桑泰爾的部下，旗幟上寫著『紅帽營』。」

「那是從巴黎來的，都是些大逆不道的惡棍。」

「傷患該怎麼辦？」

「處理掉。」

「俘虜呢？」

「槍斃。」

「差不多有八十人。」

「統統槍斃。」

「還有兩個女人。」

「也斃了。」

「還有三個孩子。」

「把他們帶走，將來再處理。」

說完，侯爵便策馬走了。

17

同一時間，乞丐戴爾瑪正朝克羅隆走去。他鑽進溝壑，在大片陰暗的樹蔭下行走。他漫步遊蕩，走走停停，有時摘一根野酸梅的嫩芽充飢，有時喝一口泉水解渴，有時抬頭聽聽遠處的喧嘩，然後又陶醉在大自然之中。

他年老、遲鈍，不能走遠路，因此只在克魯瓦阿弗朗尚轉了一小圈，回來已是傍晚了。

在回去的小路上，有一個高坡，那裡沒有樹木，可以看得很遠，從西邊直到大海，一覽無遺。一股煙吸引了他的注意力。

這是一股黑煙，夾雜著突如其來的紅光，彷彿大火時明時暗，即將熄滅。這股煙就位在埃爾布昂帕伊的上空。

戴爾瑪加快腳步朝黑煙走去。他很累，但想看個究竟。

他來到一座小山頂，山坡下就是那個小鎮和莊園。

小鎮和莊園已蕩然無存。

一堆破房子在燃燒，這就是埃爾布昂帕伊。

與房屋毗鄰的栗樹林中，有幾棵樹也著了火，燃燒起來。

戴爾瑪面對這場凶惡的災難，頭暈目眩。他仔細傾聽，想聽見一個聲音、一聲呼救、一聲叫喊。然而，除了火舌以外，沒有任何動靜。除了大火以外，一切都悄然無聲。難道人都走光了？

埃爾布昂帕伊那些活潑、勤勞的人們在哪裡？這個小鎮的居民怎麼樣了？

戴爾瑪走下山坡。不慌不忙地走近小鎮，目光凝滯不動。他像影子一樣朝這片廢墟慢慢走去，感到自己像是這座墳墓的幽靈。

他來到曾經是莊園大門的地方，往院子裡看。院牆已經不見了，院子和周圍的村子連成一片；在院子中央，有一堆形狀模糊的黑東西，它的一側被火光照著，另一側被月光照著。這是一堆人，這些人已經死了。

在這堆死人周圍，有一大攤液體還在冒氣，它反射出火光，但它的紅色並非來自火光。這是血。

戴爾瑪走過去，逐一察看這些屍體。這些都是士兵，他們全都光著腳，鞋子被人拿走了，武器也被拿走了。他們還穿著藍色軍服，到處可以見到一些別著三色帽徽的、被打穿的軍帽。這些人是共和派，是駐紮在埃爾布昂帕伊農莊的巴黎人。從屍體的整齊位置來看，他們是被就地處決的，而且有條不紊。

戴爾瑪一一看過去，每一具屍體遍身是彈孔。

槍殺者或許走得匆忙，來不及掩埋屍體。

戴爾瑪正要走時，眼光落在院裡的一截矮牆上，看見從牆角後面露出來的四隻腳。這四隻腳比別的腳小，腳上穿著鞋。戴爾瑪走近看，這是女人的腳。

牆後面並排躺著兩個女人，其中一人穿著制服，旁邊是一只破碎的空桶，這是隨軍女販，她頭部中了四槍，已經死了。另一個女人是農民，臉色發紫，張著大嘴，雙眼緊閉。她頭上沒有傷口，胸部半露在外面，肩上有一個圓圓的彈孔。鎖骨已經斷了。

戴爾瑪摸摸她。她並不冰涼。

除了鎖骨被打斷和肩膀的傷口外，她沒有別的傷口。

他把手放在她的胸口上，感到微弱的跳動。她沒有死。

戴爾瑪直起身來，用可怕的聲音喊道：

「這裡有人嗎？」

「是你呀？戴爾瑪。」一個聲音回答，聲音很低，幾乎聽不見。

與此同時，一顆腦袋從廢墟的洞裡鑽了出來。接著，在另一座破房子裡也出現了一張面孔。

這是兩個躲起來的農民，唯一的倖存者。

他們朝戴爾瑪走去，全身仍在劇烈地顫抖。

戴爾瑪目瞪口呆，用手指著躺在他腳下的那個女人。

「她還活著嗎？」一位農民問。

戴爾瑪點點頭。

「別的人都死了吧？我看見了，當時我躲在地窖裡。我的老天！所有人都被殺了。這個女人帶著三個孩子，孩子喊：『媽媽！』女人喊：『我的孩子呀。』他們殺了母親，帶走了孩子。我都看見了，天啊！天啊！他們屠殺完就走了，還帶走了那三個孩子，殺死了母親。不過她沒有死，對吧？喂，戴爾瑪，你要救她？我們幫你把她抬到你那裡去？」

戴爾瑪又點點頭。

農場旁邊是樹林。他們很快就用樹葉和蕨草搭了一個擔架，將仍然一動也不動的女人放上去，開始在荊棘叢裡行走；一位農民抬著頭，一位抬著腳，戴爾瑪扶著女人的手臂測脈搏。

兩位農民邊走邊說，月光照著他們中間那個流血女人蒼白的面孔。他們感慨萬千：

「都殺光了！」

「都燒光了！」

「啊！老天！這還算是人嗎？」

「是那個高個子老人下的命令。」

「對，是他指揮的。這一切都是他幹的。」

「他說：『殺吧！燒吧！毫不留情！』」

「他是一位侯爵？」

「是的，是我們的侯爵。」

「他叫什麼？」

「德．朗特納克老爺。」

戴爾瑪抬頭望天，喃喃地說：「早知如此！」

第二部

1

當時，巴黎有一位秉性耿直、不拘私情的人，名叫西穆爾登。

西穆爾登有一顆純潔但憂鬱的良心。他在鄉村裡當過本堂神父，又在一個大戶人家當過家庭教師；後來他繼承了一筆小小的遺產，便脫離了教會。

他是一個執拗倔強的人，善於沉思，一思考起來便奮不顧身；只要有一個念頭，他必然追根究柢。他十分好學，通曉所有的歐洲語言，以及幾種其他語言。

作為教士，他信守誓言，這也許是出於驕傲，出於偶然，或者出於高貴；但是他沒能保持信仰。科學摧毀了他的信仰，教條在他身上消失了。於是，他審視自我，感到自己彷彿是殘廢人。既然無力擺脫教士的過去，他便努力重新塑造自身。既然他沒有家庭，他便以祖國為家；既然他不能娶妻，他便以全人類為伴侶。

他從教會回到人民中間，以一種可怕的柔情關懷受苦的人。他從教士變為哲學家，從哲學家變為角鬥士。他絕對地信仰共和制，他仇恨謊言、君主制、神權政治以及他的教士道義。他仇恨現在，呼喚未來；他預感到未來，隱約看到未來，猜到未來既可怕又壯麗。他明白，要解決人類可悲的苦難，必須出現某種事物，它既是復仇者也是解放者。他崇拜災難。

一七八九年大革命來臨時，西穆爾登已作好準備。他義無反顧地投身於這場波瀾壯闊的變革之中。他經歷了轟轟烈烈的革命年代，經歷了令他戰慄的波濤：巴士底獄的倒塌、封建制度的終結、王權的終結、共和國的成立。他目睹革命興起，他毫不畏懼；不僅如此，革命的壯大為他注入了活力。

他已經五十歲，但他仍在成長。一年又一年，他看到革命日趨壯大，他也和它一樣成長起來。最初他擔心革命流產，他觀察它，發覺它合乎清理，便祈禱它成功。當革命越來越令人畏懼時，他感到寬慰。他認為神靈在必要時，必須向魔鬼投去地獄之火，以牙還牙。

他就這樣到了九三年。

九三年是戰爭的一年。歐洲反對法國，法國反對巴黎。什麼是革命呢？就是法國對歐洲的勝利，巴黎對法國的勝利。因此，九三年這可怕的時刻舉足輕重，比本世紀的任何時期都偉大。

這場風暴夾雜著憤怒和崇高。西穆爾登在其中感到自在，這種狂亂、野蠻及壯闊的情勢很適合他的胸懷。他像海鷹一樣，內心深沉寧靜，外表卻酷愛冒險。

西穆爾登具有惻隱之心，但僅僅是對窮人。在令人厭惡的痛苦前，他奉獻自己，不嫌棄做任何事，這就是他的善心。他樂於行善，其方式既醜陋又完美。醜陋的善舉往往難以做到，他卻樂此不疲。

有一次，主宮醫院的一位病人因喉部腫塊而窒息，危在旦夕，這種膿瘡發出惡臭，極為難看，而且可能有傳染性，必須立即除掉。西穆爾登正好在那裡，他將嘴貼到膿瘡上吸膿，吸滿了一嘴後吐掉再吸，就這樣吸乾了血膿，拯救了病人。當時有人對他說：「你要是為國王這樣做，就會被提升為主教。」西穆爾登回答說：「我不會為國王這樣做的。」這句話使他在巴黎的底層頗得人心。

於是，他能讓那些受苦的、哭泣的、作惡的人們聽從他的話。當群眾憤怒地集結在一起抗議時，西穆爾登一句話便能使他們散去。八月十日以後兩天，是他帶領人民去推倒國王的雕像的。

西穆爾登什麼都懂，卻又什麼都不懂。他懂科學，卻不懂生活，因此他嚴峻刻板。他盲目自信，像箭一樣，眼中只有箭靶。在革命中最可怕的莫過於筆直的路線了。西穆爾登筆直朝前走，不留餘地。

他認為，在社會大變革時期，極端點是最牢靠的陣地。他看得比國民公會更遠，比巴黎公社更遠。他屬於主教府。

所謂主教府，也就是在主教的府邸召開的會議。與其說是會議，不如說是大雜燴。各式各樣的觀眾列席會議，平民的激奮在這裡達到白熱化。與它相比，國民公會顯得過於冷靜，公社顯得過於溫和。主教府是一個蓄勢待發的革命組織，它容納了一切：無知、愚蠢、廉潔、英勇、憤怒。西穆爾登也加入了這個小團體。

西穆爾登單純而固執。他認為只要是為了真理，一切都是合理的，因此他能超越極端的派別。惡人們都對西穆爾登敬畏三分；在他可怕而真誠的單純面前，他們有時不得不放棄更大的惡行。主教府裡主要是貧窮和激進的人，他們都是好心人，信任西穆爾登，並且追隨他。他時常在各勢力之間進行調解，因此他的處境微妙而舉足輕重。

在這個時期，在這些悲劇性的團體中，西穆爾登具有毫不留情者的威力。他本人無懈可擊，自認永遠正確。誰也不曾見他流淚，這是一種冰冷的、難以達到的德行。他是令人畏懼的正人君子。

西穆爾登貌不驚人，衣著隨便，外表貧寒。他年輕時受過剃髮禮，年歲大了便成了禿頭，幾根稀疏的頭髮變成灰白色。他前額寬大，這是一個顯著的特徵。他說話時生硬、熱情而莊嚴，聲音短促，語氣武斷，嚴肅地撇著嘴，目光明亮而深邃，整張面孔表現出一種難以言喻的憤慨。

2

他年輕時在一個可以稱為親王的家庭裡當教師，他的學生是主人的繼承人。他愛這個學生。愛兒童是自然而然的事，他那無辜的年齡使人忘記家族的罪惡，他的弱小使人忘記階級的距離。他那麼小，以至於人們忘記他是大人物。

西穆爾登狂熱地愛這個學生，他畢生的愛全都傾瀉到這個孩子身上。這個溫順的、天真無邪的孩子捕獲了他孤獨的心，他以全部的愛去愛他，既像父親、兄長，又像朋友、創造者。他將這位小領主培養成人，把自己的全部優點都傳授給他；同時，也把自己可怕的美德灌輸給學生，將自己的信念、良知、理想注射到學生的血管，將人民的靈魂灌進這位貴族的腦中。

這個孩子沒有父親，他是孤兒。他的父親去世了，母親也去世了，只有一位瞎眼的祖母和一位不在身邊的叔祖父照顧他。後來祖母也去世了，作為一家之主的叔祖父遠離家族的古老城堡。他是出身高貴的軍人，又在宮中擔任多項職務，於是便住在凡爾賽宮，並常去軍隊視察，留下這孤兒獨自留在荒僻的城堡裡。因此，從各種意義上說，家庭教師就是主人。

西穆爾登看著這個學生長大。他年幼時患了重病，生命垂危，是西穆爾登不分晝夜地守護他。不僅學生的教養、知識、學問歸功於他，學生的痊癒和健康也歸功於他。學生的思想歸功於他，學生的生命也歸功於他。

離別的時刻自然來臨了。西穆爾登在完成了教育以後，不得不離開已成年的學生。主人家心安理得地辭退家庭教師，西穆爾登領了工錢，被趕出大門，從上層社會出來，又回到下層社會。大人物和小人物之間的門關上了。那位年輕領主生在軍旅世家，很快被任命為上尉，並前往外地駐防。西穆爾登從此失去了學生的音訊。

革命來臨。他一直懷念被他培養成人的那個學生，這種懷念雖然被繁雜的公眾事務所掩蓋，但並未熄滅。

這個學生，這個孩子，這個孤兒，便是西穆爾登在世上唯一愛的人。

然而，像他這樣的人，在這種感情中，能做到無懈可擊嗎？

我們將拭目以待。

3

在孔雀街上有一家小酒館。酒館裡有一個後廳，一些大人物偶爾在那裡秘密碰頭。這些人影響極大，引人注目，因此不敢在公開場所交談。

一七九三年六月二十八日，在後廳的桌子旁邊坐著三個人。他們坐的椅子相互隔開，每個人坐在桌子的一邊，第四邊是空著的。此刻大約是晚上八點鐘，街上是亮的，這間房裡卻已是黑夜了。天花板上掛著一盞帶有油罐的油燈照明。

三人中的第一位年輕，面色蒼白，神態嚴肅，嘴唇很薄，目光冷靜。他的臉頰不時抽搐，妨礙了他的微笑。他撲了粉，戴著手套，衣服刷得筆挺，紐扣扣得整齊，淺藍色上衣沒有一絲皺紋；米黃色套褲，白色長襪，帶銀扣的鞋，高領帶。另外兩位，一位是巨人，一位是侏儒。高個子那位不修邊幅，穿著寬大的鮮紅色呢上衣，散開的領帶垂到前襟以下，露出脖子；外衣敞開著，紐扣有些已經掉落；腳上是翻口長靴。他的頭髮胡亂地豎著，雖然還可以看出修飾的痕跡。他的臉上有雀斑，兩眉之間是惱怒的皺摺，嘴角上是和善的紋路，嘴唇很厚，牙齒很大，拳頭粗壯，眼睛明亮。小個子的那位面色臘黃，有些畸形。他朝後仰著頭，眼睛裡佈滿血絲，臉上有幾塊白斑；平貼、油膩的頭髮上繫著一條手絹，前額低矮，嘴巴大而可怕。他穿著長褲、拖鞋和一件背心，背心外面罩了一件粗呢外套，外套裡似乎藏了一把匕首。

第一個人叫羅伯斯比爾，第二位叫丹敦，第三位叫馬拉。

只有他們在這間密室裡。丹敦面前有一個杯子和一瓶酒，馬拉面前有一杯咖啡，羅伯斯比爾面前是一些文件。文件旁有一個墨水盒，一支羽毛筆扔在墨水盒旁邊。一張法國地圖攤在桌子中央。

會議已經開了很久，議題是桌上那些文件，羅伯斯比爾已經朗讀過了。他們開始提高嗓門，憤怒地交談著。

丹敦使勁地將椅子往後一推，站起來大聲說：

「聽我說！只有一件事十萬火急：共和國在危難中。我只知道一件事：從敵人手中拯救法國。為此要不惜一切！一切！一切！用各種方法來應付各種危險。我們要變得恐怖可怕，要講究效率！」

「我也願意這樣，」羅伯斯比爾輕聲回答，「但要先搞清楚敵人在哪裡。」

「在外面，我把他們趕出去了！」丹敦說。

「在裡面，我在監視他們。」羅伯斯比爾說。

「那我就再把他們趕走！」丹敦說。

「內部的敵人無法趕走。」

「那怎麼辦？」

「只能消滅。」

「我同意。」丹敦說，「我告訴你，羅伯斯比爾，敵人在外面。」

「我告訴你，敵人在內部。」

「他們在邊境上！羅伯斯比爾。」

「他們在旺代，丹敦。」

「冷靜下來，」第三個聲音說，「敵人無所不在，你們完蛋了！」

說話的是馬拉。

羅伯斯比爾瞧著馬拉，平靜地說：

「不要再泛泛而談了。我可以說得具體，這裡有證據。」

「書呆子！」馬拉喃喃地說。

羅伯斯比爾將手放在攤在面前的文件上。

「我剛才為你們讀了馬恩省的普里埃爾送來的急件，也向你們通報了傑蘭布利提供的消息。聽我說，丹敦，與外國交戰算不上什麼，內戰才是關鍵，而內戰的重心在於旺代。在此以前，旺代有好幾個首領，兵力分散，而現在它正開始集中，它將有一位共同的指揮官——」

「土匪頭子！」丹敦說。

「那個人就是，」羅伯斯比爾繼續說，「六月二日在蓬托爾松附近登陸的那個人。叛亂份子正在組織大規模的叢林戰，同時英國人準備登陸。旺代人和英國人！我把攔截到的信給你們看了，信上寫說『發放兩萬套紅制服給起義者，就能使十萬人揭竿而起』。等到農民都參加暴動，英國人就會登陸了。這裡是地圖，我們來看看吧。」

羅伯斯比爾將手指放在地圖上，繼續說：

「英國人可能在康卡爾至潘波爾之間登陸。盧瓦爾河左岸被旺代叛軍佔領；至於昂瑟尼至蓬托爾松之間的地帶，有四十個諾曼第教區已答應協助。登陸將在三個地點進行：普萊蘭、伊菲尼阿克和普萊納夫。第二天他們就會到達迪南，同時將佔領聖德昂和聖梅昂。第三天，兩支隊伍分頭推進，一支從聖儒昂推向貝代，另一支從迪南推向貝什雷爾，並建立兩個炮兵陣地。第三天他們抵達雷恩。雷恩是布列塔尼的咽喉，一旦陷落，夏托納夫和聖馬洛就保不住。目前在雷恩有一百萬發子彈和五十門野戰炮……」

「他們會搶光的。」丹敦小聲說。

羅伯斯比爾接著說：「從雷恩兵分三路，一路攻富熱爾，一路攻維特雷，一路攻勒東。再從富熱爾推向阿弗朗什，從勒東推向昂瑟尼，從維特雷推向拉瓦爾。屆時，南特會投降，布列斯特會投降。勒東打開維蘭的大門，富熱爾打開諾曼第的大門，維特雷打開巴黎的大門。兩個禮拜後，叛軍人數將達到三十萬，整個布列塔尼都將擁護法國國王。」

「也就是英國國王。」丹敦說。

「不，法國國王。」羅伯斯比爾說，「法國國王更可怕。驅逐外國軍隊只需要十五天，消滅君主制卻需要一千八百年！」

丹敦坐了下來，手肘枕在桌子上，兩手抱著頭思考起來。

馬拉微微一笑，說道：

「你們各有各的想法，你，丹敦，你想的是邊境；而你呢？羅伯斯比爾，你想的是旺代。我也來說說。你們看不見真正的危險，那就是咖啡館和賭場。舒瓦瑟爾的咖啡館是雅各賓派，佩登咖啡館是保王派；約會咖啡館攻擊國民衛隊，聖馬丁門的咖啡館卻擁護國民衛隊；攝政咖啡館反對布里索，柯拉薩咖啡館卻擁護市里索；普羅科普咖啡館崇拜狄德羅，法蘭西劇院咖啡館崇拜伏爾泰；圓頂咖啡館的顧客撕毀證券，聖馬索咖啡館的顧客情緒激憤；馬努利咖啡館為麵粉問題爭論不休，富瓦咖啡館裡喧囂打鬥，佩龍咖啡店裡有投機客喋喋不休。這可是嚴重的問題！」

「你在開玩笑吧？馬拉。」丹敦責怪地說。

馬拉扭扭腰，這是他的著名姿勢。他臉上的笑容消失了：

「嘿！我沒有開玩笑，我嗅得出叛徒身上的味道，我認為應該搶在罪行以前揭露罪犯。你們說危險在倫敦、在柏林，其實危險在巴黎，在於這一大批咖啡館、這一大堆賭場、這一大堆俱樂部。原因在於缺乏統一，各行其事——尤其是你們兩個。舉例來說，公正者俱樂部是由克萊門－托內爾建立的，它在一七九〇年是擁護君主制的；此外還有由普呂多姆建立的毛帽俱樂部；以及你們的雅各賓俱樂部和科德利埃俱樂部。危險在於飢荒，飢荒使人民偷食物，而法庭又吊死人民。危險在於紙幣一再貶值，一百法郎的證券掉在地上，竟沒有一個過路的老百姓去撿。危險在於投機份子，囤積貨物。這就是危險。啊！你們就是不看著巴黎，危險就在身邊，而你們卻要去遠方尋找！在巴黎，前貴族們在策劃陰謀，革命派卻光著腳；好馬沒有被送到戰場上拉大炮，而是在街上濺汙行人；四斤的麵包賣到三法郎十二個蘇，戲院裡演著不堪入目的戲，而羅伯斯比爾將把丹敦送上斷頭台！」

「呸！」丹敦說。

羅伯斯比爾專心地看地圖，馬拉突然叫了起來：

「現在需要一位獨裁者，羅伯斯比爾，你知道我要求有一位獨裁者！」

羅伯斯比爾抬起頭：

「我知道，馬拉。要不是你，要不是我。」

丹敦嘟噥道：「獨裁！居然想到獨裁！」

馬拉看見丹敦皺起眉頭，接著說：

「聽著，我們達成共識吧！南方有聯盟派，西方有保王派；在巴黎，國民公會和公社你爭我奪；在邊境，居斯蒂臨陣脫逃，迪穆里埃投敵；這一切意味著什麼？分崩離析！我們需要什麼？統一！統一是得救之路，但是要快。巴黎必須掌握革命的領導權。如果我們浪費一小時，明天旺代叛軍就有可能到達奧爾良，普魯士人就有可能到達巴黎。總之，必須專政。建立專政，由我們三個人代表革命！」

片刻的沉默，三個巨人各自想著心事。羅伯斯比爾面色蒼白，丹敦卻滿臉通紅，兩人都十分激動。馬拉的淺黃褐色瞳孔黯淡了，十分冷靜。

終於，丹敦忿忿不平地說道：

「馬拉高談專政和統一，但他只有一種力量：瓦解的力量。」

羅伯斯比爾張開緊閉的薄嘴唇，接著說：

「我同意安納卡西斯．克洛斯的看法。我說：不要羅蘭，也不要馬拉。」

馬拉忽然站了起來，怒不可遏。

「好吧！」他喊道，「羅伯斯比爾，丹敦，你們不肯聽我的話！很好，我告訴你們，你們完蛋了！你們的政策陷入絕境，無法再往前走。你們沒有出路了，所有的門都關閉了，只留下墳墓的門了！」

他緊緊盯住他們倆，又說：

「我也要說：不要丹敦，也不要羅伯斯比爾。」

他朝門口後退一步，準備出去，並且陰沉地向他們告別：

「永別了，先生們。」

丹敦和羅伯斯比爾打了一個寒顫。

就在這時，從房間深處傳來一個聲音：

「你錯了，馬拉。」

大家都轉過頭來。當馬拉大發雷霆時，他們沒有注意從裡面的門裡進來了一個人。

「是你？西穆爾登公民。」馬拉說，「你好。」

的確是西穆爾登。

「我說你錯了，馬拉。」西穆爾登又說。

馬拉臉色鐵青。

「你是有用的人，但羅伯斯比爾和丹敦是不可缺少的人。為什麼威脅他們呢？聯合！聯合！公民們！人民需要我們聯合。」

他的出現猶如澆了三人一盆冷水，就像在家庭的爭吵中出現了外人，即使不能解決問題，至少也能產生表面上的平靜。

西穆爾登朝桌子走去。

丹敦和羅伯斯比爾都認識他。他們在國民公會上注意到這個名聲不大的強人，人民都和他打招呼。然而，羅伯斯比爾拘泥於形式。他問道：

「公民，你是怎樣進來的？」

「他是主教府的人。」馬拉說，聲音裡有某種順從的語調。

馬拉與國民公會對抗，他領導公社，懼怕主教府。

丹敦看到馬拉軟下來了，便說：

「啊！西穆爾登公民可不是多餘的人。」

於是他向西穆爾登伸出手，並接著說：

「當然，我們得向西穆爾登公民說明形勢。他來得正好。我代表山嶽派，羅伯斯比爾代表救國委員會，馬拉代表公社，西穆爾登代表主教府。讓他來裁決吧！」

「好的，」西穆爾登嚴肅而簡單地說，「是怎麼回事？」

「關於旺代。」羅伯斯比爾回答。

「旺代！」西穆爾登說，「這可是嚴重的威脅！如果革命會滅亡，就一定亡於旺代。一個旺代比十個德意志還可怕。法蘭西要活下去，就一定要消滅旺代！」

這簡單幾句話贏得了羅伯斯比爾的好感。於是他繼續說道：

「是這樣的，它有了首領。它會變得十分可怕。」

「首領是誰？羅伯斯比爾公民。」

「前貴族德．朗特納克侯爵，自稱布列塔尼親王。」

西穆爾登震撼了一下，說：

「我認識他。我在他家當過教師。」

他思索片刻又說：

「是的，他從前尋歡作樂，現在一定很可怕。」

「無惡不作。」羅伯斯比爾說，「他燒村莊，殺傷兵，屠殺俘虜，槍斃婦女。」

「婦女？」

「是的，其中有一位三個孩子的母親。不知道這些孩子現在怎樣了。再說，他是統帥，他善於作戰。」

「的確，」西穆爾登說，「他參加過漢諾威戰役，戰功彪炳。這個朗特納克是真正的將軍。」

羅伯斯比爾沉思片刻，又說道。

「可是，西穆爾登公民，這個朗特納克來到了旺代。」

「有多久了？」

「三個禮拜。」

「必須送他上斷頭台。」

「這是即將去做的。」

「誰做？」

「你。」

「我？」

「對，你將是救國委員會的全權代表。」

「我同意。」西穆爾登說。

羅伯斯比爾用人一向極為果斷，這是政治家的優點。他從桌上的文件中抽出一張白紙，上面署名「統一和不可分割的法蘭西共和國救國委員會」。

「是的，我同意。」西穆爾登繼續說，「以牙還牙。朗特納克凶暴，我也將凶暴，和他決一死戰。如果天主允許，我將為法蘭西除掉他。」

羅伯斯比爾陰沉地點點頭，表示同意。

西穆爾登又問：

「我將被派到什麼人那裡去？」

「與朗特納克作戰的遠征隊指揮官。不過我要提醒你，他是貴族。」

丹敦叫了起來：

「你這話真好笑。貴族又怎麼了？貴族和教士一樣。好貴族就是優秀份子，不該對他們有偏見。羅伯斯比爾、聖鞠斯特不也都是貴族嗎？安納卡西斯．克洛斯是男爵，我們的朋友夏爾．赫斯是親王的兄弟，馬拉的密友蒙托是德．蒙托侯爵；革命法庭裡的陪審員中，維拉特是教士，勒魯瓦是德．蒙弗拉貝爾侯爵。這兩人都很可靠。」

「你還忘了昂托內爾侯爵。」羅伯斯比爾說。

「當彼埃爾也是貴族，不久前為了共和國戰死在孔泰城下。博佩爾也是貴族，他寧可自殺也不肯向普魯士打開凡爾登的城門。」丹敦又說。

這時，響起了西穆爾登深沉的聲音：

「丹敦公民，羅伯斯比爾公民，你們的信任也許是對的，但是人民不信任，他們不信任也沒有錯。當一位教士負責監視一位貴族時，他就負起了雙重責任，必須十分堅定。」

「那是當然。」羅伯斯比爾說。

「而且毫不留情。」西穆爾登又加了一句。

羅伯斯比爾說：

「說得很好，西穆爾登公民。你要和一位年輕人打交道。你的年齡是他的兩倍，你將影響他、引導他，但要愛惜他。他似乎具有軍事才幹，所有的報告都指出了這一點。他的部隊是從萊茵河軍團調去旺代的，他在邊境表現得智勇雙全。他出色地指揮遠征隊，兩週以來，他讓那位老德．朗特納克侯爵一敗塗地。他鎮壓叛軍，驅逐他們，最終會把他們趕到海邊，趕到大海裡去！朗特納克具有老將的狡詐，而他具有年輕統帥的無畏氣概。然而，軍隊裡有人嫉妒他，與他為敵。萊謝爾將軍就是一個——」

「這個萊謝爾，」丹敦打斷說，「他還想當大將呢！他不久前才吃了一次敗仗。」

羅伯斯比爾又說：

「萊謝爾不希望別人打敗朗特納克。旺代戰爭之所以糟糕，就在於這種鉤心鬥角。我們的士兵是英雄，但缺乏指揮；必須對旺代的所有將領進行整頓。在特雷吉埃和迪南之間有上百個毫無用處的小哨所，完全可以合成一個師，來守衛整個海岸線。但萊謝爾藉故撤離了北部海岸，向英國人敞開了法國的大門。朗特納克的計畫是鼓動五十萬農民暴動，讓英國人在法國登陸。遠征隊的年輕指揮官步步進逼，擊敗了他；但他沒有得到萊謝爾的允許。萊謝爾是他上司，因此告發了這個年輕人。高層對此事意見分歧，萊謝爾想槍斃他，但是馬恩省的普里埃爾想提升他為將軍。」

「我看這年輕人不錯，有才幹。」西穆爾登說。

「但他有一個缺點。」馬拉補充道。

「什麼缺點？」西穆爾登問。

「寬大。」馬拉說，「這種人打仗時很強硬，打完就軟下來了。寬大為懷，既往不咎。既保護修女，又拯救貴族的小姐夫人。他還會赦免俘虜，釋放教士。」

「這是嚴重的錯誤。」西穆爾登低聲說。

「是罪行。」馬拉說。

「有時是。」丹敦說。

「經常是。」羅伯斯比爾說。

「幾乎永遠是。」馬拉說。

「在和祖國的敵人打交道時，這樣做永遠是罪行。」西穆爾登說。

馬拉朝西穆爾登轉過身：

「如果一個共和派首領放跑了一個保王派首領，你會怎麼處置他？」

「下令槍斃他。」

「或是送他上斷頭台。」馬拉說。

「兩者必擇其一。」

「也就是說，西穆爾登公民，如果一位共和派首領動搖，你會砍下他的腦袋？」

「二十四小時以內。」

「那好，」馬拉說，「我同意羅伯斯比爾的意見，將西穆爾登公民派到海岸部隊遠征隊指揮部去。他將是救國委員會的特派員。那位指揮官叫什麼名字？」

羅伯斯比爾翻閱文件。

「是一位前子爵，名叫郭文。」

頓時，西穆爾登臉色蒼白，驚呼道：「郭文！」

馬拉注意到西穆爾登的臉色。

「郭文子爵？」西穆爾登又說。

「是的。」羅伯斯比爾說。

「怎麼了？」馬拉緊盯著西穆爾登問道。

片刻的沉默。馬拉又問：

「西穆爾登公民，按照你本人提出的條件，你同意成為派駐郭文指揮部的特派員嗎？這事決定了嗎？」

「決定了。」西穆爾登回答。

他越來越蒼白。

羅伯斯比爾拿起筆，在署名「救國委員會」的信紙上緩慢而工整地寫了幾行字，簽上名，將紙和筆遞給丹敦。丹敦簽了名。馬拉一直盯著西穆爾登蒼白的面孔，在丹敦以後也簽了名。

羅伯斯比爾收回那張紙，寫上日期，遞給西穆爾登。紙上寫的是：

任命西穆爾登公民為救國委員會全權特派員，前往海岸部隊遠征隊郭文公民的指揮部。

羅伯斯比爾，丹敦，馬拉

共和二年，一七九三年六月二十八日

西穆爾登看這張紙時，馬拉一直瞧著他。他自言自語道：

「這件事應該用國民公會的法令或救國委員會的特別決議來決定才是。」

羅伯斯比爾接著說：

「一分鐘也不能耽擱。明天你將收到救國委員會全體委員簽署的正式委任狀。這張紙是對委任狀的確認，是為了讓菲利波、馬恩省的普里埃爾、勒庫安特、阿爾吉埃等執行代表們信任你。你有無限的權力，可以使郭文成為將軍，也可以把他送上斷頭台。明天三點鐘你就能拿到委任狀。你什麼時候動身？」

「四點鐘。」西穆爾登說。

於是他們分手了。

4

在孔雀街會談的第二天，馬拉就來到了國民公會。

他每次都出現都引起喧嘩，但離他很遠。離他近的人們則默不作聲。馬拉不在乎，他蔑視這種竊竊私語。

在下排陰暗的座位上，瓦茲省的庫佩、普呂內爾、維拉爾、布特魯、佩提特、普萊夏、伯內、提巴杜、瓦爾德呂什都對著馬拉指手劃腳。

「瞧，馬拉！」

「他沒生病？」

「是生病了，瞧他穿著睡袍。」

「可不是！」

「真是為所欲為。」

「竟敢穿著睡袍來國民公會？」

「臉是銅色，牙齒是銅綠色。」

「他還穿著長襪！」

「真古怪。」

「帶扣的鞋。」

「銀扣子！」

巴雷爾正在宣讀一份報告，內容是關於旺代的叛亂：莫爾比昂派出了九百人和一些大炮去支援南特；勒東受到農民的威脅；潘伯夫遭到攻擊；海軍監視船在曼德蘭附近遊弋，以防止登陸；從安格朗德到莫爾，盧瓦爾河左岸全都是保王黨的炮隊；三千農民控制了波爾尼克，喊道：「英國人萬歲！」

這份報告是桑泰爾致國民公會的信，信的結尾如下：「七千農民攻打瓦恩，被我們擊退了，我們繳獲了四門大炮——」

「多少俘虜？」一個聲音打斷說。

巴雷爾繼續唸：「附言：我們沒有俘虜，因為我們不再抓俘虜了。」

馬拉始終一動也不動，他沒有聽，彷彿在專注地思考一件嚴重的事。他手裡拿著一張紙，在手指間揉著。誰要是展開它，就會看到莫莫羅的這幾行字，它們大概是對馬拉的探詢的回答：

對於特派員的絕對權力，簡直毫無辦法。特別是救國委員會的特派員。熱尼西厄在五月六日的會議上說：「每個特派員都比國王還厲害。」但這也無濟於事。他們掌握著生死大權，雅各賓俱樂部甚至任命帕蘭為准將，一切都說是形勢所迫。救國委員會的特派員使主將難以行動。

馬拉將那張紙揉成一團，放回口袋，慢慢朝蒙托和夏伯走去，那兩人正在聊天，沒有看見他進來。

「你聽我說，我剛從救國委員會出來。」夏伯說。

「他們在幹什麼？」

「派一位教士去監視一位貴族。」

「啊！你說清楚一點。」蒙托說。

「是這樣的。一位叫西穆爾登的教士作為全權特派員，被派到一位叫郭文的子爵身邊去。這位子爵指揮著海岸軍的遠征隊；因此既要防止貴族弄虛作假，也要防止教士叛變。」

「這很簡單嘛，」蒙托說，「只要事關生死就行了。」

「我正是為此而來的。」馬拉說。

他們抬起頭來。

「你好，馬拉，」夏伯說，「你很少來開會。」

「醫生囑咐我沐浴。」馬拉回答說。

他微微一笑，在蒙托和夏伯兩張臉中間俯下頭說：

「聽我說，我來是為了一件重要的事。我們三個人中間，有一個人今天必須在國民公會上提出一項議案。」

「什麼法令？」

「任何軍事領袖，一旦放走反叛份子俘虜，一律判處死刑。」

夏伯插嘴道：

「這項法令已經有了，是在四月底通過的。」

「有等於沒有！」馬拉說，「在整個旺代地區，到處都有人放走俘虜，而且我們也沒有懲罰他們的場所。」

「馬拉，這是因為這項法令失效了。」

「那就應該讓它重新生效。」

「當然。」

「因此應該在國民公會上提出。」

「馬拉，大可不必，有救國委員會就足夠了。」

「如果救國委員會在旺代的所有市鎮張貼這項法令，再挑幾個目標殺雞儆猴一番，目的不就達到了嗎？」

蒙托說。

「要挑大人物，」夏伯說，「挑將軍。」

馬拉低聲說：「的確，這就夠了。」

「馬拉，」夏伯又說，「你自己去找救國委員會吧。」

馬拉盯著他，即使是對夏伯來說，這也不是愉快的事。

「夏伯，」馬拉說，「救國委員會是在羅伯斯比爾家，我不去他家。」

「那我去吧。」蒙托說。

「好的。」馬拉說。

第二天，救國委員會向各處發出命令，要求在旺代地區的城鎮村莊張貼這項法令，並嚴格執行：凡是與土匪及叛亂份子越獄逃跑有牽連者，一律處死刑。

這項法令只是第一步，國民公會後來變本加厲。幾個月以後，由於拉瓦爾城開門接納旺代逃亡者，國民公會通過法令：任何接納叛亂份子的城市都將被夷為平地。

另一方面，由流亡貴族授意，由奧爾良公爵的總管林農侯爵起草的布倫瑞克宣言中也聲明：手執武器的法國人都將被槍決；如果國王掉一根頭髮，巴黎將被夷為平地。

一方是殘忍，一方是野蠻。

第三部

1

一七九三年的夏天十分酷熱。由於內戰，布列塔尼幾乎沒有道路了，然而人們還是趁著明媚的夏季旅行，以乾土為道路。

七月份寧靜的一天，太陽下山後約一個小時，有位騎馬人從阿弗朗什來到一家叫克魯瓦布朗夏爾的小旅店。這家小旅店是進蓬托爾松的第一站，招牌上寫著「零售美味蘋果酒」。當天很熱，但開始起風了。

這位旅行者身披一件寬大的斗篷，連馬的臀部都被罩住了。他頭戴一頂有三色帽徽的大帽子，在這一帶，這種打扮是很危險的。繫在頸部的斗篷微微張開，雙臂可以活動自如，雙臂下面是三色腰帶以及腰帶上方露出的兩隻手槍柄。從斗篷下露出一截馬刀。

馬匹停下，驚動了旅店，老闆舉著燈走了出來。這是黃昏時分，大路上還是白天，房屋裡已是黑夜了。

客店老闆看看帽徽，說道：「公民，您住店？」

「不」

「您要去哪裡？」

「多爾。」

「那您應該回阿弗朗什，要不就留在蓬托爾松。」

「為什麼？」

「多爾那邊在打仗。」

「噢！」客人說，接著又說：「餵我的馬一點燕麥。」

客店老闆拿來飼料槽，在槽裡倒了一袋燕麥，解開馬匹，馬便喘著氣吃起來。

談話繼續進行。

「公民，您這匹馬是徵用的嗎？」

「不是。」

「是您自己的？」

「對，是我花錢買的。」

「您從哪裡來？」

「巴黎。」

「您今天跑了一天？」

「從大清早起。」

「還有昨天？」

「跟前天。」

「我看，公民，您該休息了。您一定很累。您的馬肯定也累了。」

「馬可以累，人可不能累。」

客店老闆又盯著旅客。這是一張嚴肅、沉著而嚴厲的面孔，頭髮呈灰白色。

客人問道：「您說多爾那邊在打仗？」

「是的。正在開戰呢！」

「誰和誰在打？」

「一位前貴族和另一位前貴族。」

「您是指——」

「一位擁護共和國的前貴族和一位擁護國王的前貴族。」

「但現在沒有國王了。」

「還有太子呢！這兩位前貴族還是親戚，真是怪事！」

客人注意聽。老闆繼續說道：

「這一老一少是叔祖父和侄孫。叔祖父是保王派，侄孫是革命派。叔祖父指揮白軍，侄孫指揮藍軍。啊！他們可是毫不留情。這是一場你死我活的戰爭。」

「你死我活？」

「是的，公民，您瞧，您想看看他們給彼此的見面禮嗎？這張告示是那老頭下令到處張貼的，每座房屋、每棵樹上都有，連這扇門上也貼了一張。」

老闆把燈移近貼在一扇門板上的一張紙。這張告示是用特大號的字體寫的：

德·郎特納克侯爵榮幸地通知其侄孫德·馮特內子爵：侯爵先生如有幸抓獲子爵先生，將堅決予以槍決。

「這裡還有對方的回答呢！」老闆接著說。

他轉過身，用燈照亮另一張告示，它貼在另一扇門上，與前一張告示相互呼應。上面寫道：

郭文通知朗特納克，一旦抓住他將立即槍決。

「第一張告示是昨天貼的，今早又貼上了第二張告示。真是水火不容！」

客人低聲自言自語道：

「對，這不僅僅是國內戰爭，還是家內戰爭。應該這樣，沒錯，民族的振興需要這種代價。」

老闆不明白這是什麼意思。他繼續說：

「您瞧，公民，城市人擁護革命，鄉下人反對革命。貴族和教士也站在他們那邊。」

「不是所有的貴族和教士吧。」

「那當然，公民。我們這裡不就有一位子爵反對一位侯爵嗎？」

「這兩個人中間誰佔了上風呢？」

「目前為止是子爵，這可不容易！那老人很厲害。他們是本地的貴族，郭文家族。這個家族分成兩支，一支的族長是德．朗特納克侯爵，另一支是郭文子爵，他們今天自相殘殺。這種事動物是不會幹的，但人類卻幹得出來。這位德．朗特納克侯爵在布列塔尼很有勢力，他登陸的那一天，一口氣召集了八千人，不到一週就有三百個教區參加暴動。他要是能佔領一小段海岸，英國人就會登陸；幸好他的這位侄孫在那裡，郭文指揮共和軍把叔祖父擋了回去。朗特納克登陸以後，屠殺了一批俘虜，還槍斃了兩個女人，其中一個女人有三個孩子，一營巴黎士兵曾經收養了這些孩子，所以對這次槍殺十分氣憤。這個營叫作紅帽營，它剩下的人不多，都加入了郭文的部隊，戰無不勝。他們要為那兩個女人報仇，找回那三個孩子。子爵是位善良的年輕人，但侯爵是個可怕的老人，農民們把這一仗稱為『聖米歇爾與別西卜之戰』。您要吃點什麼嗎？公民。」

「我有一壺水和一塊麵包。您還是多講一點多爾的事吧。」

「好的。郭文指揮海岸軍中的遠征隊。朗特納克想在各處發起暴動，讓下諾曼第支援布列塔尼，好向英國敞開國門，用兩萬英國人和二十萬農民來支援旺代大軍。郭文粉碎了這個計畫。他堅守海岸，把朗特納克趕回內陸，把英國人趕出了海。朗特納克到過這裡，被他趕跑了。他奪回了彭托博，把朗特納克逐出阿弗朗什與維爾迪厄，使他到不了格蘭佛，而且設法將他趕進富熱爾森林，加以圍剿。昨天一切還很順利，但是形勢陡變，那位狡猾的老頭突然偷襲多爾。如果他佔領了多爾，將大炮擺上多爾山，那麼英國人就可以在那裡登陸，一切就都完了。郭文是有頭腦的人，他一看情況緊急，當機立斷，顧不得向上級請示命令便下令出擊。就這樣，這兩個布列塔尼人在多爾相互廝殺，現在已經開始打了。」

「從這裡去多爾要多久？」

「部隊帶上補給車，至少得走三小時。不過他們已經到了多爾。」

客人側耳細聽，說道：

「的確，我好像聽見炮聲。」

「沒錯，公民，還有槍聲。您應該在這裡過夜，去那裡沒有好處。」

「我無法停下來。我必須趕路。」

「我不知道您有什麼目的，但是去那裡太危險，除非這關係到您在世上最珍惜的——」

「的確如此。」客人說。

「例如您的兒子——」

「差不多吧。」客人說，「為我套馬。我該付多少錢？」

他付了錢。

老闆將食槽和水桶放到牆邊，走回來說：

「既然您必走不可，那麼請聽聽我的勸告：顯然您是要去聖馬洛，但不要經過多爾，而是從多爾北面、康卡爾南面過去。前方有一個岔路口，左邊往多爾，右邊去布雷埃尼。聽我說，如果您去多爾，肯定會遇上屠殺，所以別向左轉，要向右轉。」

「謝謝您。」客人說。

接著他便策馬飛馳而去。

天已經黑了，他鑽進黑暗中。

他來到街尾的岔路口，向左邊走去。

2

多爾是一座西班牙式的城市。與其說它是一座城，不如說是一條街。街道兩側都是帶木柱的房屋，房屋錯落不齊，在寬敞的街上形成突角和轉角。城裡的其他部分是縱橫交錯的小巷，它們與中心大街相連，猶如小溪匯入大河。多爾位於多爾山腳下，既沒有城門，也沒有城牆，缺乏防禦能力，只能靠街道抵擋一陣子。

在克魯瓦布朗夏爾旅店那段談話的當下，多爾已陷入混亂之中。早上抵達的白軍和晚上突然趕到的藍軍，雙方突然展開了夜戰。白軍有六千人，藍軍只有一千五百人，兵力懸殊，不過同樣頑強。值得一提的是，這一千五百人竟向那六千人發動進攻。

一邊是嘈亂的人群，另一邊是軍隊。一邊是六千名農民，他們的皮短衣上掛著耶穌像，圓帽上繫著白色飾帶，袖章上寫著基督教箴言，腰帶上吊著念珠；他們手裡拿著長柄叉、馬刀、長槍，用粗繩拖著大炮。他們裝備簡陋，紀律鬆弛，卻十分狂熱。另一邊是一千五百名士兵，他們穿著破舊，光著腳，頭戴三色帽徽的三角帽，身穿大垂尾、大翻領的上裝，掛著交叉的武裝帶，手持銅柄短馬刀和上了刺刀的槍。他們訓練有素，排列整齊，既順從又狂暴，善於指揮也善於服從。這是革命派的志願兵。兩支軍隊，一方為君主政體而戰，一方為革命而戰；一方的首領是位老者，一方是位青年；一方是朗特納克，一方是郭文。

郭文三十歲，高大魁梧，眼神像先知一樣深沉，笑起來像小孩。他不抽煙，不喝酒，不隨意發誓。他打仗時隨身帶著梳洗用具，特別在意自己的指甲、牙齒和那頭棕髮。行軍休息時，他親自將身上那件佈滿彈孔、蓋滿塵土的制服脫下來拍打。他在戰場上一向身先士卒，但從未受過傷。他的聲音柔和，但下命令時會突然變得洪亮。他與部下同甘共苦，不論刮風下雨，他都裹著斗篷，將頭枕在石上頭，席地而臥。這是一顆英勇無邪的心靈。

除此之外，他愛沉思，善哲理，是位年輕的賢人。

在法國革命這樣大的劇變中，這位年輕人立刻成了軍事首領。

他訓練的部隊和羅馬軍團一樣，是一個兵種齊全的小軍團，由步兵和騎兵組成，還有偵察兵、工程兵、坑道兵、架橋兵。羅馬兵團有投石器，他的兵團有大炮。這三門牢固的大炮使他的部隊既強大又靈活。

朗特納克也是軍事領袖，不僅如此，他更審慎也更大膽。他的計謀既勇猛又巧妙。然而，在這一老一少的頑強搏鬥中，大致來說，郭文幾乎一直佔上風。

朗特納克對郭文十分憤怒，第一是因為郭文打敗了他，第二是因為郭文是他的親戚。這個郭文！這個淘氣鬼！怎麼會成為雅各賓派呢？侯爵沒有子女，所以郭文是他的繼承人、侄孫，幾乎是親孫子！

「啊！」這位幾乎是祖父的人說，「我要是抓住他，會把他像狗一樣打死！」

這位德．朗特納克侯爵的登陸使共和國忐忑不安。他的名字像導火線一樣迅速燃遍反叛的旺代，他立即成為叛亂中心。幾乎所有的首領都向朗特納克靠攏，無論遠近，都服從他。

朗特納克在戰略上依靠集結的農民，在戰術上依靠英國的軍隊。農民隊伍能迅速集結、分散，有利於進攻、埋伏和偷襲；但他覺得這種隊伍變化無常，彷彿手中的水一般，他需要一個牢靠的後盾，也就是一支正規軍。為此，他借助了英國的力量，白色徽章使他看不見紅色軍服。

為了讓英國軍隊登陸，朗特納克計畫佔領一個海岸據點，向英國敞開國門。因此，當他看到多爾未設防時，便撲了上去，想用多爾城控制多爾山，用多爾山控制海岸。這個地點選得很好，將炮隊設在多爾山上，便可以一面控制弗雷斯諾瓦，一面控制聖布雷拉德，使康卡爾的巡洋艦無法靠近，進而為登陸者敞開從庫埃農至聖梅盧瓦德昂戴的整條海岸線。

為了確保這次行動取得成功，朗特納克帶來了六千多人，這是他所指揮的農民軍中的精銳。他還拉來了全部大炮，包含十門十六斤炮彈的輕型長炮，一門八斤炮彈的短圓炮，以及一門帶四斤重炮彈的大炮。他打算在多爾山建立強大的炮兵陣地。

成功在望。他有六千人，在阿弗朗什方向，他要對付的只有郭文，而郭文只有一千五百人；在迪南方向，他要對付的只有萊謝爾，萊謝爾雖有兩萬五千人，卻距離他二十法里。因此朗特納克放心了。

他以殘酷聞名，從不手下留情，因此在多爾並未遇到任何抵抗。居民們驚慌失措，閉門不出。六千名旺代士兵便在城裡駐紮下來，像在市集裡一樣亂哄哄，隨處宿營，露天做飯。朗特納克帶幾位炮兵軍官去多爾山察看地形，將副指揮的職務託付給他的副官古熱。

黃昏來臨，德．朗特納克侯爵視察結束，返回多爾，突然聽見炮聲。他抬頭望去，發現多爾的大街上升起紅色的煙霧。這是進攻、奇襲和突擊。城裡正在交戰。

朗特納克一向處變不驚，這回卻目瞪口呆。他完全沒料到會發生這種事。那會是誰呢？一定不會是郭文，他不可能以一千五百人進攻六千人。那麼是萊謝爾？那會是什麼樣的急行軍！不可能！

朗特納克快馬加鞭。他路上遇見逃難的人，便向他們詢問，他們魂飛魄散地叫道：「藍軍！藍軍！」當他趕進城時，形勢惡劣。

3

我們知道，當農民們抵達多爾以後，便在城裡散開，隨意行動。他們將大炮和輜重都放在菜市場的拱頂下，然後便開始吃喝，疲憊不堪，橫七豎八地倒在大街上。黃昏逐漸來臨，大多數人都枕著袋子，席地睡著了。突然間，那些還沒闔眼的人，在黃昏的微光下看見街口有三門大炮正向著這邊。

這是郭文。他襲擊了前哨，進了城，佔領了街口。

一位農民起身喝問口令，並且開了一槍，對方以大炮還擊，於是開始了一場激烈的槍戰。昏昏欲睡的人們突然跳了起來。現場頓時子彈橫飛。

最初的一刻極其可怕。許多人突然被擊斃，他們喊著、跑著、撲向自己的武器，但還是倒下了。進攻使他們措手不及。有些人驚慌失措地從房屋裡跑出來，暈頭轉向地在槍彈下亂跑。呼嘯而過的子彈劃破了黑暗，街上硝煙瀰漫，一片嘈雜；再加上貨車與大車撞成一團，馬匹在踢腿。人們踩在傷患身上，地上有人在呻吟。有些中彈的上兵靠在牆上，盲目地朝陰暗的前方射擊。有的人匍匐在地，從大車的輪子後面開槍。有時響起喧囂聲，但大炮的轟鳴聲蓋住了一切。景象令人不寒而慄。

漸漸地，農民從混亂之中恢復，開始進行防禦了。他們退到菜市場，據守在那裡。令郭文十分驚奇的是，農民放著大炮不用，因為炮兵軍官們和侯爵一同去多爾山了。他們用平板馬車、貨車、輜重和菜市場裡所有的木桶堆成一個高高的街壘，中間留出空隙作為槍眼。由於這些小洞，他們的槍擊十分危險。這一切來得很快。不到十五分鐘，菜市場便成了無法攻克的堡壘。

郭文面臨的形勢變得嚴峻起來。菜市場突然成了堡壘，這是他沒有預料到的。農民在那裡牢固地集結起來，因此儘管他順利地發動了奇襲，卻未能殲滅敵人。他下了馬，雙臂抱在胸前，站在火把的光亮裡，聚精會神地觀察這一大片黑暗。

街壘裡的人看見了他在火光下的高大身影，紛紛瞄準他，但他無暇顧及。他沉思著，任由街壘射出的一排排子彈在他周圍落下。

突然，從黑暗的菜市場噴出火光，接著是雷鳴般的轟然一聲，一顆炮彈打穿了郭文頭頂上方的房屋。

這是怎麼回事？出現了新狀況，現在雙方都有大炮了。

第二顆炮彈隨即而至，打穿了離郭文很近的牆。第三顆炮彈將他的帽子掀到了地上。

「他們在瞄準您呢！指揮官。」一旁的炮手喊道。

於是他們熄滅了火把。郭文撿起帽子，若有所思。

的確有人在瞄準郭文，是朗特納克。

他剛從後方回到了街壘，古熱朝他跑去。

「大人，我們遭到襲擊！」

「是誰？」

「不知道。」

「去迪南的大路還通嗎？」

「大概還通。」

「撤退吧。」

「已經開始了。我盡可能把輜重都移到富熱爾去了。還有婦女，凡是沒有用處的東西都一樣。那三個小俘虜怎麼辦？」

「那三個孩子？」

「對」

「他們是人質，把他們帶到圖爾格去。」

侯爵說完便進入街壘。首領一到，一切頓時改觀。農民在街壘上開了兩個洞，架起了兩門十六斤炮彈的大炮。當伯爵在一門炮上俯下身，從炮眼裡觀察敵軍時，他看見了郭文。

「正是他！」他喊道。

於是他親自擦拭炮管，裝上炮彈，對著瞄準器瞄準。他發射了三次，但都打偏了。

「可惜！」朗特納克說，「再低一點就能打中他的頭。」

火把突然熄滅。他面前一片黑暗。

「算了。」他說。

接著又轉身對開炮的農民喊道：「射擊！」

郭文也十分嚴肅。形勢在惡化，戰鬥進入了新階段。街壘現在開炮了，誰知道他們會不會轉守為攻？除去陣亡士兵和逃兵，敵人至少還有五千人，而他只剩下一千二百人。如果敵人衝出街壘，那一切可能就完了。怎麼辦？不可能正面強攻，而等待又會致命。必須結束這種局面，但如何結束呢？

郭文是本地人，他熟悉這座城。他知道在旺代人據為街壘的菜市場後面是迷宮般的蜿蜒曲折的窄巷。

他朝副官蓋尚轉過身。

「蓋尚，」郭文說，「你來指揮吧。該怎麼打就怎麼打，用炮把街壘轟開。務必牽制住這些人。」

「明白了。」蓋尚說。

「把全隊的人集合起來，子彈上膛，準備衝鋒。」

他又湊到蓋尚耳邊說了幾句話。

「好的。」蓋尚說。

「我們的鼓手都在嗎？」郭文又問。

「在」

「我們有九名鼓手，你留下兩名，給我七名。」

那七名鼓手一聲不響地在郭文面前排好隊。

「紅帽營！」

隊伍中走出來十二人，其中有一名中士。

「在這裡。」中士說。

「你們只有十二個人。」

「只剩下十二個人。」

「好。」郭文說。

這位中士就是當初在索德雷樹林收留那三個孩子的、好心而粗魯的拉杜。他們的營裡有一半人在埃爾布昂帕伊被殺，拉杜倖免於難。

連同七名鼓手在內，他們一共是十九人。郭文是第二十人。

他喊道：

「排成一列跟我走！鼓手緊跟我，然後是紅帽營。中士，由您指揮營隊。」

他走在隊伍前頭，於是這二十人在雙方的炮聲中像黑影一樣滑動，溜進了荒涼的小巷。

他們就這樣沿著彎彎曲曲的牆腳走了一會兒。整座城市似乎死去，市民們都躲進了地窖，所有的大門都封住了，所有的窗子都關上了。沒有一絲光線。在這片死寂中，大街上的槍炮聲更顯得激烈。炮戰仍在繼續。共和派的炮隊和保王派的炮隊瘋狂地相互射擊。

郭文在黑暗中繞了二十分鐘以後，來到一條小巷的盡頭，從那裡走上了大街，這是菜市場的另一面。這一面沒有防禦工事，修築街壘者遺漏了這一邊。菜市場在他們面前敞開，郭文和手下的人可以進到石柱下，那裡有幾車輜重正準備撤退。他們要對付五千旺代人，然而是從背面，而不是正面。

郭文低聲和中士說了幾句話，於是十二名士兵在巷尾站好戰鬥位置，七名鼓手舉起鼓槌等待命令。

炮聲時斷時續。在兩次炮擊中間，郭文突然舉起劍，用軍號般的洪亮聲音打破了寂靜，喊道：

「兩百人去右路，兩百人去左路，其餘的人留在中路！」

響起了十二下槍聲，七名鼓手敲起了衝鋒的鼓聲。

郭文發出了藍軍可怕的喊聲：

「上刺刀！衝呀！」

那一大群農民感到背後受到攻擊，以為從後方又殺出一支軍隊。與此同時，蓋尚指揮在大街另一頭的共和軍聽見鼓聲，也行動起來，敲著大鼓向街壘衝鋒。農民們發覺自己腹背受敵，驚慌失措往往會誇大事實；此外，農民一驚慌失措就會潰不成軍。於是出現了難以描述的潰敗。

不到十五分鐘，菜市場便空無一人。驚恐萬狀的年輕人們四處逃竄，軍官們無能為力，古熱打死了兩三個逃兵，但無濟於事，只聽見一片呼聲：「快逃呀！」這支軍隊像穿過篩孔一樣穿過城市，消失在田野裡，速度猶如風捲殘雲。

德·朗特納克目睹了這次潰敗。他用手關上了大炮的火門，慢慢地撤退。他說道：「顯然，農民是擋不住的。我們需要英國人。」

4

郭文大獲全勝。他派蓋尚出城追擊敗兵，抓回了不少俘虜。

人們點燃了火把，在城裡搜索。凡是來不及逃走的人都投降了。大街被火把照得通明，滿街都躺著死屍和傷兵。

在混亂的潰逃中，有一個人引起了郭文的注意，這個人機敏強壯，英勇無畏；他掩護別人逃跑，自己卻不逃；他巧妙地使用手中的槍，用槍口射擊，用槍托猛打，以致把槍托都打碎了。現在他一手持短槍，一手持馬刀，誰也不敢靠近他。突然，郭文看見他踉蹌了幾下，靠在大街上一根石柱上。他剛剛受了傷，但仍然握著刀槍。郭文朝他走過去。

「投降吧！」郭文說。

那人緊緊盯著他。傷口在流血，從衣服下面流到腳前的地上，形成一攤血。

「你是我的俘虜。」郭文說。

那人一聲不響。

「你叫什麼名字？」

「我叫影子舞。」

「你很勇敢。」郭文說。

郭文向他伸出手。

「國王萬歲！」那人回答。

同時，他使出全身力氣，舉起雙臂，朝郭文胸部開槍，同時用刀朝郭文的頭部砍去。

這一切他做得十分敏捷，但是有人比他更敏捷。那是一位騎馬的人，剛到不久，沒有引起人們的注意。他一見旺代人舉起刀槍，便衝到旺代人和郭文之間。馬匹挨了一槍，騎者也挨了一刀，都跌倒在地。這一切來得很快，只在一眨眼之間。

旺代人倒在鋪路石上。騎馬人臉上挨了一刀，摔在地上昏厥過去，馬匹也被打死了。

郭文走過來，問道：「這個人是誰？」

他仔細端詳，傷者滿臉是血，無法看清他的臉，只能看見他的灰白頭髮。

「這個人救了我的命。」郭文說，「這裡有誰認識他嗎？」

「指揮官，」一位士兵說，「這個人剛剛進城，我看見他從蓬托爾松的方向來。」

隨軍的醫生提著藥箱跑了過來。受傷的人仍然昏迷不醒。軍醫檢查了一下，說道：

「普通的刀傷，不要緊，一個禮拜後就能復原了。」

受傷的人披著斗篷，繫著三色腰帶，帶著兩把槍和一把馬刀。人們把他放在擔架上躺好，脫去他的衣服，拿來一桶水為他洗傷口。他的臉慢慢露出來了。郭文聚精會神地瞧著他。

「他身上有證件嗎？」郭文問道。

軍醫拍了拍傷者側面的口袋，抽出一個皮夾，送給郭文。郭文翻翻皮夾，找到一張摺成四分之一的紙，展開來，看到：

任命西穆爾登公民為救國委員會全權特派員……

郭文呼叫起來：「西穆爾登！」

受傷的人睜開眼睛。郭文欣喜若狂。

「西穆爾登！是你！這是你第二次救我的命。」

西穆爾登瞧著郭文，流血的臉上閃著難以描述的歡樂光芒。

郭文雙膝跪在他面前，呼道：

「我的老師！」

「你的父親。」西穆爾登說。

5

他們多年沒有見面了，但是他們的心從未分離。他們彼此相認，彷彿昨天才分手。

多爾市政府成了臨時醫院。西穆爾登被搬到一個小房間的床上，外科醫生縫合了傷口，認為應該讓他休息，因此不允許兩人敘舊；何況軍中有許多事務等待郭文去處理。西穆爾登一人留在房裡，他沒有睡覺。他在發燒，因傷口和歡樂而發燒。

他沒有睡，但似乎也不清醒。這可能嗎？他的夢想實現了，他找到了郭文。他離開郭文時，郭文還是孩子，如今他已是男人了，高大、英勇、令人敬畏，而且文武雙全，抱負遠大。郭文是革命派在旺代地區的棟樑，而正是他為共和國造就出這根棟樑！這位年輕的英雄將來也許能入先賢祠，而他將成為光榮。西穆爾登彷彿看到自己的靈魂成為天才。

種種巧合使西穆爾登興奮不已，傷痛也使他難以入眠。一個年輕的生命正在升起，壯麗非凡，他對這個生命擁有全部權力，對此深感快樂。只要郭文再獲得一次類似的戰果，西穆爾登就可輕易地讓共和國把大軍託付給他。當時人人都想成為將軍，丹敦想，馬拉想，羅伯斯比爾想，西穆爾登想，為什麼郭文就不能呢？他浮想聯翩，從一種設想跳到另一種設想，一切障礙都煙消雲散。他幻想郭文成為大軍事家，想像他在大西洋上驅趕英國人，在萊茵河上懲罰北方的君主，在庇里牛斯山擊退西班牙，在阿爾卑斯山威懾羅馬。

幻想幾乎使他神智恍惚。他想得正興奮時，從半掩的門傳來說話聲，那是從隔壁的大病房傳來的。他聽出了郭文的聲音，這聲音消失多年，卻一直縈繞在他耳際。他仔細聽。一個士兵說：

「指揮官，朝您開槍的就是這個人。剛才他趁我們不注意鑽進了地窖。我們找到了他，就在這裡。」

於是傳來郭文和那人的對話：

「你受傷了？」

「還能挨一槍。」

「讓這人躺在床上，為他包紮和治療，讓他康復。」

「我寧可死。」

「你要活著。你想以國王的名義殺死我，我以共和國的名義寬恕你。」

西穆爾登的臉上掠過陰雲。他彷彿突然驚醒，陰沉而沮喪地喃喃自語：

「他果然是寬大的人。」

6

蜜雪兒·佛萊夏的傷勢比戴爾瑪判斷的更嚴重。除了胸部上方的彈孔以外，她的肩頭還有一個洞。一顆子彈打斷了她的鎖骨，另一顆子彈穿過了她的肩骨，幸好肺部沒有受傷，她還能康復。戴爾瑪將她安置在洞穴裡，在簡陋的海藻床上照料她，居然使這女人活了下來。

鎖骨重新接上了，胸部和肩部的傷口癒合了。幾個禮拜以後，受傷的女人進入康復期。

一天早上，她靠在戴爾瑪身上走出了洞穴，坐在樹下享受陽光。她的身子恢復得很順利，幾乎能獨立行走。戴爾瑪高興地看著她。這位善良的老人微笑地對她說：

「瞧，我們站起來了，傷口都好了。」

「只剩心頭的傷口。」她說，又接著問道：「你知道他們在哪裡嗎？」

「誰？」戴爾瑪問道。

「我的孩子們。」

戴爾瑪沉默無語。和一位母親談論她失去的孩子，可不是一件容易的事。何況他又知道些什麼呢？他只知道一位母親遭到槍殺，倒在地上被他救起了，她有三個孩子，被德·朗特納克侯爵帶走了。這便是地知道的全部情形。那些孩子們現在怎樣了？還活著嗎？他打聽了一下，除了知道那是兩個男孩和一個女孩之外，其他一概不知。當地人對他的打聽只是搖搖頭。他們不願意提起朗特納克這個人。

母親哭了起來。她看著戴爾瑪，用幾乎氣憤的聲調叫道：

「我的孩子們呀！」

戴爾瑪像罪犯一樣低下頭。

他想到德．朗特納克侯爵，不禁問自己：「當初我為什麼要救他呢？」

但他又自答道：「因為他是人。」

對這個回答，他沉思片刻，又接著想：「真的是這樣嗎？」

他辛酸地自言自語：「早知如此！」

這件事使他很沮喪，因為他在自己的行為中看到一種矛盾。他痛苦地思索。原來善行可以產生惡果，拯救狼就等於屠殺了羊。他感到自己有罪，這位母親對他的氣憤是有道理的。

這時，女人再次盯著戴爾瑪。

「不能這樣下去。」她說。

「噓！」戴爾瑪把手指放在嘴上說。

她繼續說：「你不該救我。都怪你！我寧可死，那樣我就能看見他們了。我就能知道他們在哪裡。他們看不見我，但我能待在他們身邊。我死了也肯定能保佑他們！」

他拉起她的手臂，替她把脈。

「冷靜一點，妳又發燒了。」

她用近乎冷酷的口吻問道：

「我什麼時候可以走？」

「走？」

「是的，走路。」

「妳如果任性，永遠也走不了。」

她六神無主，用變得柔和的聲音說道：

「你不懂，我不能這樣待著。你沒有孩子，對吧？」

「對。」戴爾瑪回答。

「但我呢？我只有孩子。沒有了孩子，我還是個活人嗎？誰能向我解釋為什麼我失去孩子？我不明白，只是感覺正在發生什麼事。有人打死了我丈夫，有人朝我開槍，可是我不明白為什麼。」

「算了吧，」戴爾瑪說，「妳又發燒了。別再說了。」

她望著他，沉默了。從這天起，她不再開口。

她變得聽話多了，時常一連幾個小時蹲在老樹下發呆。她安靜地幻想。那些經歷過深刻痛苦的單純心靈，往往能在沉默中尋求庇護。她似乎不再試圖去理解，一個人的絕望達到某種程度時便是如此。

戴爾瑪默默地觀察她，內心十分激動。他想讓這個不幸的女人開口，但未能成功。有一次他對她說：

「可惜我老了，走不動了，要不然就陪妳去。不過，不陪妳也許是好事，因為我對妳沒有多大幫助，只會給妳惹麻煩。」

他等待她回答。她連眼睛也不抬。

她一天天更沉溺於幻想中。戴爾瑪設法讓她做點什麼。他拿來了針線，她果然縫了起來，但仍在幻想。她漸漸恢復體力，她縫補自己的內衣、外衣、鞋子，但目光仍然呆滯無神。她一面縫，一面低聲哼唱奇怪的歌。她喃喃地唸叨一些名字，或許是孩子的名字。她停下來聽鳥鳴，彷彿鳥兒為她帶來了消息。她縫了一個袋子，在裡頭裝滿栗子。一天早上，戴爾瑪看見她出發了，她的眼睛茫然盯著森林深處。

「妳去哪裡？」他問道。

「我去找他們。」

他沒有挽留她。

7

幾個禮拜過去了。野蠻的旺代戰爭仍在繼續，但旺代人已處於劣勢，特別是在伊爾埃維蘭。那位年輕的革命派指揮官竟以一千五百人的兵力在多爾擊敗了六千名保王派，大大地遏制住叛亂。在這以後，革命派又屢次戰勝，從而形成了一種新局面。

形勢改觀，但出現了一種奇怪的情況。

在旺代地區，毫無疑問，共和國處於優勢。然而這是哪一種共和國呢？因為在逐漸成熟的勝利中，出現了兩種形式的共和國：恐怖的共和國和寬大的共和國。前者主張嚴酷，後者主張仁慈。兩者分別有一個代表，一邊是軍事指揮官，一邊是巴黎特派代表，他們之中誰將佔上風呢？

特派代表有令人生畏的後盾，他帶來巴黎公社的可怕命令：「絕不寬恕，毫不留情。」一切都應服從他，因為國民公會的法令明文規定：「凡釋放被俘的叛亂份子首領者將被處死。」他擁有救國委員會授予的全權，還有由羅伯斯比爾、丹敦、馬拉簽署的命令。所有人都要服從這位特派代表。

另一邊是軍人，他的後盾是一種力量——仁慈。他用手臂打擊敵人，用心靈寬恕敵人。作為戰勝者，他認為自己有權寬容戰敗者。

因此，這兩人中間出現了潛在的、但深刻的分歧。他們兩人都沉溺於自己的理想，但兩人都在與叛亂份子戰鬥，而且各有各的手段。一個是勝利，一個是恐怖。

在這一帶，所有人都在談論他們，目光流露出不安，因為這兩個絕對相反的人同時又親密無間，是對手也是朋友。從來沒有兩顆心如此接近。他們之中，一人代表死亡，一人代表生命；一人遵循恐怖原則，一人遵循寬大原則；但他們又彼此相愛。此外，被稱為「無情者」的那個人同時又是最和善的人，他包紮傷患，照料病人，日夜守在醫院裡，看見赤腳的孩子就心疼。他本人一無所有，把一切都給窮人。哪裡在打仗，他就去哪裡，永遠走在隊伍前頭。他有武器，腰間掛著馬刀和槍，但又從來不使用。面對打擊，他從不還手。人們說他當過教士。

這兩個人，一個是郭文，一個是西穆爾登。

在這兩人之間是友誼，但在這兩個原則之間是仇恨。深刻的分歧由此產生。這場潛在的戰爭終於在一個早上爆發了。

當時，西穆爾登問郭文：

「戰爭進行得怎樣了？」

郭文回答：

「您知道的，朗特納克的部隊被我打散了，現在他手下只剩幾個人，躲進了富熱爾森林。一個禮拜以後，他將被包圍。」

「兩個禮拜以後呢？」

「他將落在我們手裡。」

「然後呢？」

「他將被槍決。」

「你真是寬宏大量。他應該上斷頭台。」

「但我贊成軍法處決。」

「而我，」西穆爾登反駁說，「我贊成革命性處決。」

他直直地盯著郭文，問道：

「你為什麼放走聖馬克勒布朗修道院的修女？」

「我不跟女人作戰。」郭文說。

「但這些女人仇恨人民。你為什麼不把在盧維涅抓到的那些狂熱的老教士送交革命法庭？」

「我不跟老人作戰。」

「但老人比年輕人更危險。別再假慈悲了！郭文，弒君者同時也是解放者。眼睛要始終盯著神殿塔。」

「神殿塔！我會讓太子從裡面出來的。我不跟孩子作戰。」

西穆爾登的眼神嚴厲起來。

「郭文，你要明白，如果那女人叫瑪麗．安托瓦內特，你就應該跟女人作戰！如果那老人是教皇庇護六世，你就應該跟老人作戰！如果那孩子叫路易．卡佩，你就應該跟孩子作戰！」

「但我不是政治家，老師。」

「你可別成為危險人物。攻打柯塞哨所時，叛亂份子讓．特雷頓走投無路，揮著馬刀獨自朝你的部隊衝過來，你為什麼喊『閃開，讓他過去』？」

「總不能讓一千五百人去殺一個人吧。」

「在阿斯蒂萊的卡伊特里，你看見士兵們正要殺死倒在地上的旺代人約瑟夫．貝琪埃時，就喊『你們走開，我來對付他』，並且對空鳴槍。這是為什麼？」

「因為不能殺一個倒在地上的人。」

「你錯了！如今這兩人都成了叛軍的首領。你救了這兩個人，卻為共和國添了兩個敵人。」

「我是想為共和國爭取朋友，而不是敵人。」

「在朗代昂那場勝仗以後，你為什麼不槍決那三百名農民俘虜？」

「因為邦尚赦免了共和派俘虜，我希望人們知道共和國也赦免保王派俘虜。」

「那麼，如果你抓住朗特納克，你也會赦免他嗎？」

「不會。」

「為什麼不會。你不是赦免了三百名農民嗎？」

「農民無知，而朗特納克清楚自己在幹什麼。」

「但朗特納克是你的親戚。」

「法蘭西才是我最親的親戚。」

「朗特納克是老人。」

「朗特納克是外國人，他勾結英國侵略法國。他與我之間的決鬥只能以死作結束，不是他死就是我死。」

「郭文，你可要記住這句話。」

「我說到做到。」

沉默片刻。郭文又說：

「眼前的九三年將是血腥的日子。」

西穆爾登驚呼起來：

「當心！有些責任是可怕的。不要指責那些不該受指責的事。難道疾病是醫生的過錯嗎？是的，九三年是艱鉅的一年，它絕不能手軟。為什麼？它是偉大的革命年。革命有敵人，就是舊世界，革命絕不能憐憫它，就像醫生的敵人是壞疽，醫生絕不能憐憫壞疽一樣。革命就像一個手術，它令人恐懼，但卻是萬無一失的。至於手術中會損壞多少好肉，流多少血，那都是必要的犧牲。正是這些可怕的必要條件保證了成功。怎麼！難道你希望對病毒實行赦免，對毒膿寬大為懷？革命不會聽你的！它為文明切開了一道傷口，從那裡將湧出人類的健康。這得疼多久？一次大手術的時間。然後，你就得救了。革命在為世界截肢，所以有九三年的大出血。」

「外科醫生心平氣和，」郭文說，「而我見到的這些人都很粗暴。」

「革命要求為它工作的人是激進份子。它拒絕顫抖的手，只相信嚴酷無情的人。丹敦是可怕的，羅伯斯比爾從不手軟，聖鞠斯特鐵石心腸，馬拉毫不留情。你可要當心。這幾個名字重要得很，它們的威風不亞於幾支大軍，整個歐洲將為之顫抖！」

「也許未來也將為之顫抖。」郭文說，他停了一下又接著說：「您錯了，老師，我沒有譴責任何人。我認為真正的革命觀點是不指控任何人。誰都不是無辜者，誰也都沒有罪。路易十六只是一隻被丟到獅群中的羊，牠想逃走，想自衛；而牠的願望卻被視為罪惡，因為一隻羊竟敢露出牙齒！於是獅群把牠吃掉了，然後又自相殘殺起來。」

「羊是動物。」

「那獅子呢？牠是什麼？」

這句話使西穆爾登沉思片刻，隨後他抬起頭說道：

「這些獅子是覺悟，是思想，是原則。」

「它們實行恐怖。」

「有朝一日，革命將證明恐怖是必要的。」

「恐怖會玷汙革命。」郭文說道，「自由、平等、博愛，這些是安寧與和諧的原則。為什麼它們會變得恐怖可怕呢？我們要的是什麼？屬於人民的共和國。那麼，恫嚇有什麼用？不該為了行善而作惡。我們推翻王位不是為了永久豎起斷頭台。處死國王，但要救活民族。打翻王冠，但要保護頭腦。革命是和諧而不是恐怖。對我來說，『赦免』是人類語言中最美的字眼。我不願流血，除非我自己有流血的可能。如果我們不能寬恕，那麼打勝仗就沒有意義了。在戰鬥中我們是敵人，勝利後我們就是兄弟了。」

「你可要當心！」西穆爾登第三次說，「郭文，對我來說，你比兒子還親。你可要當心！」

接著他又若有所思地說：

「在我們這個時代，仁慈可以成為一種叛逆。」

8

與此同時，那位母親在尋找孩子。

她盲目地往前走，走了一天又一天。她乞討、吃野草、席地而臥，露宿在荊棘中和星光下，有時還冒著風雨。

她從一個村莊走到另一個村莊，從一個田莊走到另一個田莊，到處打聽。她停在人家門口，衣衫襤褸。有時她被人接待，有時被人驅趕。沒有門為她敞開時，她便走進樹林。

她不熟悉這個地方，除了西斯科伊納和阿澤教區以外，她一無所知。她沒有確定的路線，有時又回到已經走過的路上，白繞了一圈。她有時順著石子路走，有時順著車輪軌跡走，有時順著林間小道走。在這種飄泊不定的生活中，她那破舊的衣服更加磨損。最初她穿著鞋，後來她光著腳，最後兩腳流著血。

她穿過戰場，穿過槍林彈雨，但什麼也聽不見，什麼也看不見，只顧著尋找孩子。由於全面叛亂，她找不到員警，找不到鎮長，找不到政府機關，只好向過路人打聽。她向他們問道：

「你見過三個小孩嗎？」

過路人抬起頭來。

「兩個男孩和一個女孩。」她說。

她又接著說：

「勒內─讓、格羅─阿蘭和喬琪。你有沒有看見？」

她又說：

「老大四歲半，小女孩一歲半。」

她又說：

「你知道他們在哪裡嗎？有人把他們搶走了。」

過路人只是瞧著她。

然而有一天，一位農民聽她講，並且思索起來，說道：

「等等，妳是說三個孩子？」

「是的。」

「兩個男孩跟一個女孩？」

「對」

「我聽說有位老爺抓了三個小孩，把他們帶走了。」

「這個人在哪裡？」她叫了起來。

「妳去圖爾格吧。」農民回答。

「那裡能找到我的孩子？」

「也許吧。」

「圖爾格是什麼？城堡？村莊？田莊？」

「我沒去過。」

「在哪邊？」

「富熱爾那邊。」

「怎麼去呢？」

「這裡是沃托爾特。妳從埃爾內右邊、科克塞爾左邊過去，經過洛爾尚，再穿過勒魯。」農民舉手指著西方，「一直朝太陽下山的方向走。」

農民放下手臂時，她已經出發了。

「妳可要小心！那邊在打仗。」農民喊道。

她沒有轉身回答，繼續往前走。

9

七月份過去了，接著是八月。旺代的叛亂已失去優勢，轉為分散在樹林中的零星戰役。對這些天主教與國王的軍隊來說，災難開始了。根據戰報，美因茨軍團被派往旺代，八千旺代人戰死在昂瑟尼。旺代人在南特被打敗，在蒙泰居被掃蕩，在圖阿爾和努瓦爾蒙蒂埃被驅逐，在肖萊、莫爾塔尼、索米爾被擊潰。他們撤離帕爾特內，放棄克利松，退出夏蒂龍，在聖伊萊爾丟失了一面軍旗，在波爾尼克、薩布林、馮特內、杜埃、夏托多、蓬德塞慘敗，在呂松失利，在夏泰尼亞撤退，在羅什紮爾榮潰不成軍。

到了八月份，圖爾格堡壘遭受圍困。

一天傍晚，星星升起，酷熱的黃昏一片沉靜，森林裡沒有一片樹葉在顫動，平原上沒有一根青草在抖動。在黑夜前的靜寂中，從圓塔頂傳來喇叭聲。

地面上響起軍號聲，這是對喇叭的回答。

塔頂有一個拿著武器的人，地面的暗處有一個軍營。

在堡壘四周，有影影綽綽的大量黑影，這是共和國的部隊。森林的樹下和高原的歐石南叢中亮起了點點火光，使大地有如天空一樣佈滿了星星。圖爾格被圍得水洩不通，遍地是攻擊者的營地。

響起了第二聲喇叭，繼而是第二聲軍號。

喇叭是圓塔的探詢：「可以談談嗎？」軍號是軍營的回答：「可以。」

既然得到了回答，站在塔頂的人便講話了：

「聽我說，我是副官古熱，又叫做伊馬紐斯或藍軍殺手，因為我消滅了你們許多人。現在我代表郭文·德·朗特納克侯爵、德·馮特內子爵、布列塔尼親王、七森林領主，也就是我的老爺，和你們說話。」

「首先，你們要明白，在走進這座塔樓以前，侯爵大人已經將戰爭託付給他手下的六位首領了。所以，即使你們攻下這座堡壘，戰爭也不會結束，即使侯爵大人犧牲了，天主教和國王的旺代依然存在。」

「你們要明白，你們對我們的戰爭是不公正的。我們住在自己的家園，我們正直地戰鬥，我們在天主的旨意下單純而清白，就像朝露下的青草。但是共和國襲擊了我們，來到我們的田野侵擾我們，燒毀我們的房屋和莊稼，逼得我們的女人和孩子光著腳連夜逃進樹林。」

「你們在森林裡攻擊了我們，現在又將我們圍困在塔裡。你們殺死或驅逐了與我們友好的人。你們有大炮，你們集合了駐紮在莫爾登、巴蘭頓、泰熱爾、朗迪維、埃弗朗、坦特尼阿克、維特雷的軍隊，因此你們現在是用四千五百人的兵力進攻我們，而城裡的防守者只有十九人。你們進行了爆破，我們的岩石和牆壁被炸掉了一塊，我們的塔底被炸開了一個洞，你們可以從這個缺口進來。儘管如此，它的上方仍然是一座挺立的、堅固的塔。」

「現在你們在準備進攻。然而，我們要告訴你們：我們手裡有三個俘虜，三個孩子。你們之中的一個營曾經收養他們，因此他們是你們的。我們願意交還這三個孩子，只有一個條件：放我們出去！」

「如果你們拒絕，聽好，你們只能採取兩種進攻方式，要不從森林方向的缺口進來，要不從高原方向的石橋進來。橋上的小城堡分三層。我已經叫人在最下層放上六大桶油和一百捆乾草；最上層有稻草；中間一層有書籍文件。石橋與塔樓之間的鐵門是關上的，侯爵隨身帶著鑰匙。我在鐵門下挖了一個洞，火繩從洞裡穿過，接在油上，另一頭由我在塔內掌握，時機一到我就點火。如果你們不放我們出去，我們就把那三個孩子帶到第二層，並關上鐵門。如果你們進攻石橋，那你們就會點燃小城堡；如果你們進攻缺口，那麼點火的將是我們。總之，無論如何，那三個孩子都死定了。」

「現在你們決定是否同意。如果你們同意，我們就出來。如果你們拒絕，那幾個孩子就會死。我說完了。」

在塔頂說話的人沉默了。下面有一個聲音回應道：

「我們拒絕！」聲音乾脆而嚴厲。

另一個稍微緩和但十分堅定的聲音喊道：

「限你們二十四小時之內投降。」

一陣沉默。這聲音繼續說：

「到了明天這個時候，你們要是還不投降，我們就開始進攻。」

第一個聲音又加了一句：

「到時我們可不留情！」

這個粗暴的聲音引發了塔頂上的另一個聲音。一個高大的人影從城垛之間俯下身子。在微弱的星光下，可以認出這是德‧朗特納克那張令人畏懼的臉，他的目光似乎在塔下的黑暗中搜尋什麼人。他喊道：

「嘿！是你，教士！」

「對，是我，叛徒！」下面那個粗魯的聲音答道。

那個冷酷的聲音的確是西穆爾登的聲音，那個比較年輕、比較溫和的聲音是郭文的聲音。

在這個進行血腥內戰的地區，西穆爾登在幾週之內就出了名，不祥的惡名。他與朗特納克在某種程度上是同一個人。內戰的冷酷具有兩個面相，一面向著過去，一面向著未來，但都同樣具有悲劇性。朗特納克是第一種，西穆爾登是第二種，不同之處在於朗特納克的冷笑蒙上了陰影和黑暗，而西穆爾登無情的臉上卻閃著曙光。

由於西穆爾登的調度，郭文手下現有四千五百人，有的屬於國民衛隊，有的屬於戰鬥部隊。郭文用這支兵力將朗特納克圍困在圖爾格，並且用十二門大炮瞄準這座堡壘。六門炮擺在森林邊緣，對準塔樓，炮台設在地面；另外六門炮擺在高原上，居高臨下。郭文還使用了炸藥，在塔底炸開了一個缺口。

此刻，被圍困的圖爾格得到短暫的喘息。等到二十四小時的休戰結束後，塔內的十九人將要面對四千五百名士兵的進攻。

為了便於指揮這支大部隊，西穆爾登希望能將郭文提升為將軍，但郭文拒絕了，並且說：「等抓住朗特納克以後再說吧。我還配不上。」

這座堡壘的命運奇特。它既被郭文家的人攻擊，又被郭文家的人保衛。攻擊者不免有所保留，保衛者卻不惜一切。朗特納克曾在凡爾賽宮居住過，因此對於圖爾格毫不重視；他來這裡只是避難而已，能夠心安理得地毀滅它。郭文卻對城堡懷著幾分崇敬。

圖爾格的弱點在於連接城堡另一側的石橋，然而石橋上的圖書室裡收藏著家族文件。如果從這一面進攻，石橋必被焚燒。在郭文眼中，燒毀文件等於是毀滅祖宗。圖爾格是郭文家族的堡壘，這裡有郭文家族的家庭紀念品，郭文本人就出生在這裡。曲折的命運使他必須攻打這座可敬的城堡，但他能大逆不道，將這座老宅付之一炬嗎？郭文看著古老的城堡，心中激動。他沒有攻打石橋，只是用大炮威懾它，防止任何人從這裡逃出來。他決定從另一側進攻，於是才出現了爆破的行動。

西穆爾登聽任郭文這樣做，但仍不免皺起眉頭。無論是對人還是對建築，他一概毫不留情。對城堡留情就是仁慈的開始，而仁慈正是郭文的弱點。然而，西穆爾登重新見到圖爾格時也不免暗暗動情。他教郭文讀的幾本書就在這間圖書室裡，他正是在那裡教小郭文識字、看著他親愛的學生成長的。難道他必須去摧毀、去焚燒這座充滿他的回憶與祝福的小城堡嗎？

他聽任郭文從另一面進攻。對圖爾格來說，圓塔就是它野蠻的一面，圖書室是它文明的一面。西穆爾登允許郭文只攻打野蠻的那一面。

10

這一夜，雙方都在作準備。

剛才的那段陰沉的談判一結束，郭文立刻把蓋尚叫來。這是一位值得信賴的人，指揮時十分嚴格，服從時一絲不苟。

郭文迅速地對蓋尚說：

「蓋尚，我要梯子。」

「我們沒有，指揮官。」

「必須有梯子。」

「為了進攻？」

「不，為了營救。」

蓋尚想了一下回答說：

「我明白了，您要的是一座很高的雲梯。」

「至少有三層樓高。」

「但是我們沒有。」

「怎麼會沒有雲梯呢？」

「您曾說不宜從高原那一側進攻圖爾格，您想從塔樓那邊進攻，而不是從石橋這邊。所以我們忙著裝炸藥，沒有準備登高，因此沒有雲梯。」

「那你立刻叫人做一個。」

「三層樓高的雲梯不是一下子就做得出來的。」

「但是我需要雲梯。」

「這樣吧，指揮官，在富熱爾附近的雅弗內有一個大木工場。也許那裡能弄到雲梯。您什麼時候要用？」

「最晚在明天這個時候。」

「我立刻派人前往那裡。雅弗內有一個騎兵哨所，他們可以把雲梯送來。明天日落以前就能送到。」

「很好，快去辦吧。」郭文說。

郭文登上高原，久久地凝視橫跨在溝壑上的橋和小城堡。小城堡的山牆上只開了一扇矮門，門外是拉起的吊橋，下面是陡峭的深溝。要爬下這道深溝是不可能的，儘管可以攀住一叢叢荊棘下去，但一到溝底，便會完全暴露在城內的炮火之下。因此，從目前的形勢來看，只能從塔樓的缺口發動攻擊。

郭文採取了一切防止敵人逃跑的措施。他完成了對圖爾格的嚴密封鎖，佈下天羅地網，什麼東西也溜不過去。他和西穆爾登分頭行事，郭文負責森林方向，西穆爾登負責高原方向。兩人說好，當郭文向缺口發動進攻時，西穆爾登將點燃火炮，監視石橋和溝壑。

當塔外正全力準備進攻時，塔內也在全力準備防禦。

圖爾格塔樓就像一個木桶，兩三公噸的炸藥如同一把強大的錐子，將厚牆鑿穿了。這個缺口所在的一樓是一個光禿禿的圓形大廳，中央有一根柱子托著拱頂石。這個城堡內最大的廳直徑長達四十法尺，沒有射擊孔，沒有氣窗，沒有天窗，像墳墓一樣陰暗、潮濕。

一樓大廳有一扇通往地牢的門，大部分是鐵製而不是木製的。另一扇門通往朝上的階梯，所有的階梯都鑿在厚厚的牆壁裡。進攻者可以從他們炸開的缺口進入這間低矮的大廳。佔領大廳後，他們還需攻佔整座塔樓。

11

三個孩子的母親在茫然地趕路。這天晚上，她走了整整一天。其實她天天如此，茫然前行，從不停下，疲累不堪時就隨處打個盹，算不上是休息；像小鳥一樣到處討點食物，這稱不上是吃飯。對她來說，食物和睡眠僅僅是為了不倒斃街頭。

前一晚，她在一個被廢棄的穀倉裡過夜。這種破房子是內戰的產物，在荒野裡有四堵牆、一扇打開的門、殘存的屋頂和少許稻草。於是她在屋頂下，在稻草上躺了下來，感到老鼠在稻草裡跑動，瞧著星星在屋頂上方升起。她睡了幾個小時，午夜時醒過來，繼續趕路，想趕在白天的酷暑前多走一點。

她盡量順著沃托爾特的那位農民向她指出的路線，盡可能地朝西走。她嘴裡不斷喃喃地說著「圖爾格」，除了三個孩子的名字以外，這就是她唯一知道的字眼了。

這一天，她首先來到大路旁的一個村莊。拂曉剛剛開始，一切仍然沉浸在陰暗的夜色中；然而在村裡的大街上，有幾扇大門已經半開了，有人好奇地從窗戶探出腦袋。村民們像蜂窩一樣躁動不安，因為他們聽見了車輪聲和噹噹聲。

一堆人站在教堂前的廣場上，呆呆地抬頭看著大路，大路上有什麼東西正從山頂朝村莊下來。這是一輛四輪貨車，由五匹套著鐵鍊的馬拉著；車上裝著東西，像是一根長樑木，但中間卻不成形。上面蓋著一張大篷布，彷彿是裹屍布。十個人騎著馬走在車前，十個人騎馬跟在車後。他們頭戴三角帽，肩上豎著尖銳的東西，好像是出鞘的軍刀。這支隊伍緩緩行進，在地平線上顯得黑黑的。車輛似乎是黑的，馬是黑的，騎手也是黑的。在他們身後是泛白的晨光。

他們進了村莊，走向廣場。

馬車下山時天已微微亮，這隊人馬清晰可見。他們沉默無語，彷彿是一隊影子。騎手們是士兵，而且的確背著出鞘的軍刀。篷布是黑的。

四處漂泊的可憐母親也進了村莊，走到那堆農民中間。此時馬車和士兵正好來到廣場。人群中有聲音在悄悄地一問一答：

「這是什麼東西？」

「是斷頭台。」

「它從哪裡來？」

「從富熱爾。」

「去哪裡？」

「我不知道，據說是帕里涅那邊的一座城堡。」

「帕里涅！」

「它想去哪裡就去哪裡，但千萬別在這裡停下來！」

裝著東西、蓋著裹屍布的大車、馬匹、騎兵、鐵鍊的噹噹聲、沉默不語的人們，在拂曉的時分，這一切都像是幽靈。

這支隊伍穿過廣場，走出了村莊。村莊位於一塊凹地，前後是上坡和下坡。十五分鐘後，仍然留在廣場上的農民看到這支送葬隊伍出現在西邊的山頂，大車輪在車轍裡顛簸，套馬的鐵鍊在晨風中噹噹作響，軍刀閃閃發光。到了下一個轉彎處，馬車終於消失了。

母親看見這個幽黑的東西經過，不明白也不想明白這是什麼，因為她眼前另有一個幻象──消失在黑暗中的孩子們。

那輛車走出村莊後不久，她也走出村莊，而且走的是同一條路，與馬車後面的士兵相隔不遠。突然間，她想起了「斷頭台」這個詞，孤陋寡聞的婦人不知道那是什麼，但她本能地有所警覺，莫名其妙地打了一個寒顫，不願再跟在後面，於是向左轉，離開大路，走進了富熱爾樹林。

她遊蕩了一會兒，便看見一座鐘樓和幾座房頂，這是森林邊緣的一座村莊，她走了進去。她餓了。

她一直走到村政府前的廣場上。村裡的氣氛躁動不安，一群人聚集在政府的大門台階前。台階上站著一個人，由士兵陪伴著，手裡舉著一大張展開的佈告。在他右邊是鼓手，左邊是拿著漿糊和刷子張貼佈告的工人。村長站在大門上方的陽台上，身著農民服裝，但掛著三色綬帶。

拿著佈告的人是宣讀告示的差役。他掛著鄉間巡迴用的肩帶，下懸一個小包，這表明他還有許多村子要去，好向整個地區宣讀告示。

蜜雪兒．佛萊夏走近時，這人剛剛展開告示開始宣讀。他高聲唸道：

「統一和不可分割的法蘭西共和國──」

一陣擊鼓聲，含糊不清的細語聲停止了，人群聽見差役在唸：

「根據救國委員會下達的命令及授予的權力，按照國民公會宣佈手執武器的叛亂份子為不受法律保護的人，並對收容或協助其逃亡者處以極刑的有關法令──」

一位農民低聲問旁邊的人：

「什麼叫極刑？」

「我也不知道。」那人回答。

差役晃動告示，接著往下唸：

「根據四月三十日法律第十七條，即特派代表及其代理人擁有處理叛亂份子的全權；下列人士被宣佈為不受法律保護的人——」

人們都豎起耳朵聽。

「匪徒，朗特納克——」

「這是我們的領主。」人群在竊竊私語。

差役繼續往下唸：

「匪徒，朗特納克。匪徒，伊馬紐斯——」

兩位農民相互斜視片刻。

「這是古熱。」

「對，是藍軍殺手。」

差役接著唸：

「匪徒，蒂爾莫——」

有人在喃喃低語：

「這是神父先生。」

「對，是夏佩爾樹林那邊的本堂神父。」

差役不顧這些評論，繼續唸道：

「匪徒，布瓦努沃。匪徒，木梭槍兄弟。匪徒，烏札爾。匪徒，帕尼埃。匪徒，雅穆瓦。匪徒，吉努瓦佐。匪徒，夏特內。匪徒，瓦斯納爾。匪徒，穆拉爾。匪徒，美葡萄。匪徒，風笛。匪徒，大劈刀。匪徒，痴情漢。匪徒，冬唱。匪徒，貓。匪徒，塔布茲……」

每唸出一個名字，人群都更加議論紛紛。差役搖了搖公告，鼓手擊鼓。

「上述人等，無論在何處抓獲，一經驗明正身，立即槍決。」

人群中出現了騷動。

「收容或協助其逃亡者，將交由軍事法庭處決。署名人：救國委員會特派代表西穆爾登。」

「他是位神父。」一位農民說。

「原是帕里涅的本堂神父。」

又是一陣鼓聲，表示差役還沒有唸完。他果然做了一個手勢，說道：

「請注意，現在是政府告示的最後幾行，它是由北部海岸遠征隊隊長郭文指揮官簽署的。」

「好好聽著！」人群中有人說。

差役唸道：

「根據命令，嚴禁對此刻被困於圖爾格的上述十九名叛亂份子提供任何幫助。違者處以死刑——」

「嗯？」一個聲音說。

這是女人的聲音，是那位母親的聲音。

12

蜜雪兒．佛萊夏夾在人群中間。她沒有注意聽，但是卻無意間聽到了圖爾格這個地名，抬起頭來。

「嗯？」她又問了一聲，「圖爾格？」

人們瞧著她，見她神情恍惚，衣衫襤褸。一位農婦提著一籃餅走過來，低聲對她說：「別說話！」

蜜雪兒驚奇地打量這個女人。她又不明白是怎麼回事了。圖爾格這個名字像閃電一樣一閃而過，現在她又沉入黑夜。難道她沒有權利打聽消息？人們為什麼這樣看著她呢？

此時，鼓手最後一次擊鼓，貼告示的人貼上告示，村長又走進村政府，差役動身去下一個村莊。人群一哄而散。

告示前還有一小群人。蜜雪兒．佛萊夏朝他們走去。

他們正在討論那些被宣佈為不受法律保護的人，一位農民說：

「沒關係，他們沒抓住所有的弟兄。告示上寫的不過才十九個人嘛！」

「你們這些傻瓜！」一位神色嚴厲的白髮老人說，「如果他們抓住朗特納克，他們就掌握一切了。」

「但現在還沒有抓住呀。」一位年輕人說。

老頭反駁：

「朗特納克一旦被他們抓住，旺代就失去了靈魂。朗特納克一旦死去，旺代也就沒命了。」

「這位朗特納克是什麼人？」一位市民問道。

「一位前貴族。」另一位市民回答。

「他槍殺婦女。」又一位接著說。

蜜雪兒．佛萊夏聽見了，說道：「對。」

人們轉過頭來。

她接著說：「因為我被槍殺過。」

這句話很奇怪，彷彿一個活人在說自己是死人。人們斜眼打量她。

她看上去的確令人懷疑。她驚慌失措，全身發抖，像野獸一樣惴惴不安。一位農民嘟噥道：「她很可能是間諜！」

「妳別說話，快走！」剛才和她說話的好心農婦低聲說。

蜜雪兒．佛萊夏回答：

「我沒有做壞事。我在找孩子。」

農婦瞧著那些人，用手指碰碰自己的額頭，眨眨眼睛說：

「她是無辜的女人。」

接著她把蜜雪兒拉到一旁，給她一個餅。蜜雪兒立刻狼吞虎嚥地啃了起來。

「沒錯，」農民們說，「她吃起東西像牲口，是個無辜的人。」

人們陸續走開了。

蜜雪兒吃完了餅，對農婦說：

「我吃完了，謝謝。現在請告訴我怎麼去圖爾格吧。」

「妳瘋了！」農婦說，「妳要去送死嗎？再說，我也不知道怎麼走。啊，妳真是瘋了！聽我說，可憐的女人，妳看起來很累，去我家休息一會吧。」

「我不休息。」母親說。

「妳的腳全磨破了。」農婦喃喃說。

蜜雪兒繼續說道：

「我告訴妳，他們偷走了我的孩子，一個小女孩和兩個小男孩。老大叫勒內－讓，另一個叫格羅－阿蘭，還有一個叫喬琪。我丈夫死了，是被打死的。他以前是西斯科伊納莊園的佃農。妳看起來是位好心人，告訴我怎麼走吧！我不是瘋子，我是母親。我失去了孩子，正在尋找他們。就是這麼回事。我不太清楚我是從哪裡來的，昨晚我在一座穀倉的稻草上過夜。我要去圖爾格找孩子，請你們幫幫我。我不是本地人。我被槍殺過，但不清楚是在哪裡。」

農婦搖頭說：

「聽我說，孩子。革命時期，妳不懂的事就別說。不然妳會被抓起來的。」

「可是圖爾格怎麼辦？」母親叫了起來，「太太，看在耶穌和聖母的份上，求妳告訴我怎麼去圖爾格吧！」

農婦生氣了。「我不知道！就算知道也不告訴妳。那是個危險的地方，沒有人會去。」

「但我要去。」母親說。

於是她又上路了。

農婦搖了搖頭，追上去，在她手裡塞了一塊餅。蜜雪兒接過餅，沒有回答，只是繼續往前走。當她經過村莊外圍的幾棟房子時，看見三個光著腳、衣衫襤褸的孩子。她走過去，自言自語道：

「這是兩個女孩和一個男孩。」

他們瞧著她手中的餅，她便把餅給了他們。

13

就在這一天，天亮以前，在朦朧幽黑的森林裡，在從雅弗內去萊庫斯的那段路上，發生了下面的事。

整個博卡熱地區的道路都是凹下去的，從雅弗內經萊庫斯至帕里涅的路更是夾在陡坡之間，而且迂迴曲折，左右兩側都被籬笆圍起，是埋伏的最佳地點。

一個小時以前，有一群人藏身在雅弗內大路兩側的荊棘叢裡。這些人是農民，都穿著毛皮外套，帶著武器；有的是長槍，有的是斧頭。拿斧頭的人剛在林中空地用乾柴和圓木堆了一個火堆，只等點火了；帶長槍的人則聚集在道路兩旁等待。樹葉後方到處都是瞄準了的槍管，所有的槍口都對準大路。

幽暗中有聲音在悄悄交談：

「它會從這裡經過？」

「當然，他們是這樣說的。」

「可別讓它溜了。」

「得燒掉它。」

「衛兵呢？」

「殺掉。」

「它是要去帕里涅的？」

「大概吧。」

「它去不了了。」

「那當然。」

「噓！注意。」

突然間，這些埋伏者屏住呼吸，因為他們聽見了車輪和馬匹的聲音。他們從枝葉縫隙中望過去，隱隱約約看見在路上有一輛長長的馬車和護送的騎兵，馬車上還裝著什麼東西，正朝他們駛來。

「它來了！」首領模樣的人說。

「是的，」一位窺伺者說，「還有衛兵。」

「多少人？」

「十二人。」

「原本說是二十人。」

「管它有多少人，統統殺掉。」

不一會兒，馬車和衛兵在轉彎處出現了。

「國王萬歲！」農民首領喊道。

子彈齊發。等到煙霧消散時，衛兵也消失了。七名衛兵倒在地上，五名衛兵逃走了。農民們奔向馬車。

「哎！」首領驚呼道，「不是斷頭台，是梯子！」

馬車上裝的確實是長梯。

「沒關係，」首領說，「派衛兵護送長梯，這很可疑。再說它是朝帕里涅方向去的，肯定是為了攀登圖爾格。」

「把梯子燒掉吧！」農民們喊道。

於是他們燒掉了梯子。

至於他們等待的那輛死亡之車，它走的是另一條路，已經離這裡兩法里遠了，蜜雪兒．佛萊夏曾在朝陽下看見它穿過村莊。

14

蜜雪兒．佛萊夏將餅給了那三個孩子以後，便鑽進樹林，茫然地趕路。

既然別人不肯向她指明道路，她只好獨力尋找。她有時坐下，站起來，又坐下。她感到筋疲力盡，但對她來說，每一分鐘的流失都可能意味著失去孩子，喘口氣是不容許的。

她從一大早起就趕路，沒有再遇見村莊，連房屋也沒有再見到。漸漸地，她在完全相似的樹木之間迷了路。此刻，她再也無力往前走了。太陽正在下山，森林變得幽黑，小路消失在青草下面，她感到茫然。她只有天主。她呼叫起來，無人回答。

她四下看看，看到樹枝中間有一塊空隙，便朝它走過去，突然發現來到了樹林外面，在她面前有一個像壕溝一樣的小山谷，谷底的石堆中有一條清澈的水流，她感到乾渴難忍，便向水流走去，跪下來喝水。

喝完水，她站起來，看看該往哪邊走。

她跨過小溪。

山谷的對岸是一大片看不到邊的、覆滿荊棘的高原。高原在溪旁的斜坡上，一望無際。這位神智恍惚的母親面對無邊的孤寂，雙腿發軟；她彷彿失去了理智，朝這片孤寂拋去奇怪的喊聲：「這裡有人嗎？」

她等待回答。

有人回答了。這是一個深沉的聲音，它來自天邊，並且陸續引起回聲。那是大炮的聲音，好像是在回答母親：「有人。」

母親興奮地挺直身體。她剛喝過水，恢復了體力。她開始爬坡，朝那個巨大而遙遠的聲音的方向走去。

突然間，一座高塔出現在地平線上。它孤零零地立在荒野裡，夕陽將它染成紅色。它離這裡約一法里遠，高塔後面是霧茫茫的一大片樹木，那是富熱爾森林。高塔的位置正是發出隆隆響聲的地方。

蜜雪兒．佛萊夏來到了高原頂上，前面是一片廣闊。她朝著高塔走去。

15

進攻的時辰已到。

西穆爾登已將朗特納克捏在手中。

這位老保王黨叛亂份子被困在巢穴裡，顯然無法逃生。西穆爾登準備將他斬首，就在他的城堡前，好讓封建宅邸親眼目睹封建主人掉腦袋，以儆效尤！

因此他派人去富熱爾取斷頭台，就是剛才蜜雪兒在路上見到的。

殺掉朗特納克就是殺掉旺代，殺掉旺代就是拯救法蘭西。西穆爾登毫不猶豫、坦然地履行這殘暴的責任。

看來侯爵已走投無路，西穆爾登對此很放心，但另一件事卻使他憂心忡忡：戰鬥肯定十分殘酷，郭文將指揮戰鬥，而且按照這位年輕人身先士卒的個性，肯定會投入這場肉搏。但願他別丟了性命！郭文，他的孩子！他在世上唯一的愛！西穆爾登在發抖。多麼奇怪的命運！他夾在郭文家族的兩個人之間，他盼望其中一人死去，盼望另一人活下來。

蜜雪兒．佛萊夏在山谷中聽到的那一炮擊中了高塔的二樓，打穿了掩護那一大排射擊孔的鐵柵欄，將它打掉了一半。被圍困者來不及去修補。

被圍困者所剩的彈藥不多，處境比他們預料的更艱難。如果有足夠的火藥，他們會炸掉圖爾格，與敵人同歸於盡；然而，他們的儲備已經用盡，每人只能射擊三十發。他們將所有的槍枝上好子彈，以便連續發射，但能抵擋多久呢？幸好，戰鬥將會是肉搏，是用馬刀和匕首的白刃戰。這正是被圍困者所希望的。

高塔內部似乎難以攻克。在有缺口的那間低矮的大廳裡，朗特納克巧妙地修築了防禦工事，堵住了入口。工事後面是一張長桌，上面擺滿了上膛的槍，以及馬刀、大斧和匕首。二樓的圓形房間同樣有一張桌子，桌上擺滿了準備妥當、隨手可得的武器。至於三樓，這裡無法防守，將是被圍困者的最後據點。那裡插著一支火炬，它是古熱點燃的，火炬旁擺放著火繩的一端。

剛才的炮聲預示了即將來臨的進攻。他們只剩半個小時了。

古熱在塔頂監視敵人的動靜。朗特納克下令別開槍，讓敵人靠近。塔裡的人默默守在工事後方或樓梯上，一手扶著火槍，一手摸著念珠。

毫無疑問，對進攻者來說，要越過缺口，摧毀工事，奪取塔裡的那三層樓，就必須冒過槍林彈雨一層一層地進攻。而對被圍困者來說，無論如何都是一死。

16

郭文正在向部隊下達最後指示。蓋尚距離他幾步遠，手舉望遠鏡朝帕里涅的方向觀望，這時突然叫嚷起來：

「啊！總算來了！」

郭文轉過頭來。

「什麼事？蓋尚。」

「指揮官，梯子到了。」

「什麼？不是早就到了嗎？」

「不，指揮官。我剛才很擔心。我派去雅弗內的使者已經回來了。」

「這我知道。」

「他說他在雅弗內的木工場找到了長梯，他徵收了它，把它裝上一輛大車，還調了十二名騎兵來護送。他看到大車、衛隊和長梯朝帕里涅進發，才快馬加鞭地趕回來。」

「這些我都知道，他還說大車是在清晨兩點出發的，日落以前能到達。出了什麼事？」

「是這樣的，指揮官，太陽已經下山，而運梯子的車還沒有到。」

「怎麼可能呢？不過，時間到了，我們該進攻了。如果我們拖延，城裡的人會以為我們退縮了。」

「我們可以進攻，指揮官。」

「但是我們沒有梯子。」

「我們有了。」

「什麼？」

「我用望遠鏡觀察從帕里涅到圖爾格的這條路，我很高興，指揮官。大車和護送人員都在那裡，正在下坡。您可以看看。」

郭文接過望遠鏡觀看。

「真的來了。確實有護送隊，不過人數似乎比你說的要多，蓋尚。」

「我也這麼覺得。」

「他們離這裡大約還有四分之一法里吧。」

「十五分鐘內就會到，長官。」

「我們可以進攻了。」

郭文轉身時，看見拉杜中士站在身後。他站得筆直，兩眼朝下，做出敬禮的姿勢。

「什麼事？拉杜中士。」

「指揮官公民，紅帽營要懇求您一件事。」

「什麼事？」

「讓我們去前線。」

「啊！」郭文說。

「您同意嗎？」

「不過……這必須看情況。」郭文說。

「是這樣的，指揮官。自從多爾那一仗以後，您一直很照顧我們，我們還有十二個人。」

「怎麼樣呢？」

「我們覺得丟臉。」

「你們是後備部隊。」

「我們寧可當先鋒。」

「我會考慮的，拉杜中士。」

「今天就考慮吧，指揮官。我們要求讓我們去。」

中士停頓了一下，又用激動的聲調說：

「再說，指揮官，我們的孩子在這座塔裡！我們營的孩子，三個都在裡面！那個該死的無賴，古熱，他那張可怕的臉正威脅我們的孩子！指揮官。即使全世界都顫抖，我們也不希望他們遭到不測。剛才我利用空檔去了一趟高原，從窗外看到他們。對，他們確實在裡面。指揮官，如果他們可愛的小腦袋掉了一根頭髮，我發誓，我絕對饒不了天主。我的弟兄們說了，我們要救出孩子，否則就死在一起。這是我們的權利，該死！現在，我向您敬禮。」

郭文向拉杜伸出手，說道：

「你們是勇士，你們將參加突擊隊。我將你們分成兩組，六個人打前鋒，率領大家前進，六個人作後衛，防止有人後退。」

「還是由我來指揮這十二個人？」

「那當然。」

「非常感謝您！指揮官。」

拉杜敬了一個軍禮便回到隊伍裡了。

郭文掏出手錶，在蓋尚耳邊說了幾句話，於是突擊隊開始整隊。

17

半個小時過去了。古熱用喇叭發出信號，然後就走下塔樓。侯爵拿起了劍，十九位被圍困者默默地聚集在矮廳的工事後面，跪了下來。黑夜中傳來突擊隊向高塔逼近的整齊腳步聲，聲音越來越近。塔裡的人突然感到聲音已到缺口處，於是便跪著將長槍和短槍架在防禦工事上的縫隙裡。蒂爾莫神父站起身來，右手舉著出鞘的馬刀，左手舉著十字架，用深沉的聲音說道：

「以聖父、聖子、聖靈的名義！」

眾人同時射擊，戰鬥開始了。

這次肉搏超過了一切想像，只有古代封建時期的屠殺能與之相比。進攻者通過護牆進入堡壘，帶著被白鐵片蓋住的木板、圓盾、彈盾，以及許多榴彈前進，迫使堡壘裡的人撤離工事，猛烈地驅趕他們，佔領堡壘。

高塔側面的這個缺口是一道長長的、穿透的裂縫，就像橫過來的深井。通道像腸子一樣在十五法尺厚的牆內迂迴曲折。在這個佈滿障礙、陷阱和爆炸物的、不成形的圓柱體內行進，腦袋不時會撞到石頭，腳下是瓦礫碎石，眼前是一片黑暗。這就是進攻者要面對的地形。

洞裡是槍彈，洞外是防禦工事，也就是一樓的那間矮廳。

當第一批進攻者進去時，整座防禦工事火光閃閃，彷彿霹靂在地下滾動。爆炸聲此起彼落，響起了郭文的喊聲：「衝啊！」接著是朗特納克的喊聲：「守住！」再來是馬刀與馬刀的撞擊聲，而可怕的槍聲一下下地毀滅了一切。牆上的火炬影影綽綽地照著這副慘狀。一切都模模糊糊，眼前只是一片發紅的黑暗。進來的人立刻變成聾子和瞎子，被巨響震聾，被濃煙燻瞎。瓦礫堆中躺著那些死傷的士兵。人們踩在屍體上，踩裂了傷口，踩碎了斷肢，四處可聽到呻吟聲。人們相互扭打，能聽見他們嚇人地喘著氣，然後是呻吟聲、喘息聲、咒罵聲，最後又響起雷鳴聲。血流成河，從缺口流到塔外，在黑暗中滲開。這一大攤深色的血在草地上發出熱氣。

奇怪的是，塔外幾乎沒有聲音。夜很黑，死亡般的寂靜籠罩著被攻打的堡壘周圍，無論是平原還是森林。塔內是地獄，塔外是墳墓。人們在黑暗中相互殲滅，他們的撞擊聲、射擊聲、呼喊聲、怒吼聲，在巨大的牆壁和圓頂下消失了，塔外幾乎聽不見聲音。那幾個孩子還在睡覺。

戰鬥越來越激烈。防禦工事還在抵抗，突擊隊死了不少人。隊員們在塔外排成長隊，緩慢地鑽進缺口，越來越短。

在槍林彈雨中，郭文這位冒失的年輕指揮官也投入了矮廳的激烈戰鬥。

當他轉身下命令時，一道火光照亮了他身旁的一張臉。

「西穆爾登！」他驚呼道，「您來做什麼？」

「我要待在你身邊。」

「可是您會送命的！」

「那你呢？你在這裡做什麼？」

「這裡需要我。不需要您。」

「既然你在這裡，我也待在這裡。」

「不，老師。」

「是的，孩子。」

西穆爾登留在郭文身邊。

在矮廳的磚地上，死屍漸漸堆積了起來。

防禦工事還沒有被攻破，但人數的懸殊遲早會讓它被攻克。進攻者在明處，被圍困者在暗處。被圍困者每死一人，進攻者就死十人。然而，進攻者的兵力源源不絕。進攻者在增員，而被圍困者在減員。

十九位被圍困者都躲在工事後面。他們只剩不到十五人，但仍然負隅頑抗。在兩次射擊的間隙，西穆爾登提高嗓門喊道：

「被圍困的人們！為什麼還要流血呢？你們走投無路了，投降吧！我們有四千五百人，你們不過十九人。你們一個人要對付我們兩百多人！還是投降吧。」

「別花言巧語了。」德．朗特納克侯爵回答說。

接著是向西穆爾登射來的二十發子彈。

防禦工事沒有圓頂那麼高，因此被圍困者能夠倚在工事上射擊，進攻者也能夠攀越工事。

「朝工事衝鋒！」郭文喊道，「誰自願去奪工事？」

「我。」拉杜中士說。

18

在打前鋒的六位紅帽營士兵中，拉杜是第六名，他的弟兄已有四人倒下。此刻，他低著頭，彎著腰，幾乎從戰士們的雙腿間爬過去，爬回到缺口外面。他揉了揉被煙燻得睜不開的眼睛，彷彿想擺脫恐怖與黑暗。他藉著星光觀察高塔的牆，滿意地點點頭，彷彿確認了自己的想法。

他曾經注意到，爆炸造成了一條極深的裂縫，它從缺口上方一直延伸到二樓的射擊孔，射擊孔前的鐵柵也被炮彈擊中，有一半散了架，垂了下來，能容一個人鑽進去。

一個人能鑽進去，但能爬上去嗎？能，能順著裂縫爬上去，但必須是一隻貓。

拉杜就像一隻貓。他在國民自衛隊裡當過兵，還不到四十歲，是一個以靈巧出名的勇士。他將短槍放在地上，摘下皮製裝備，脫下制服和外衣，將兩支手槍插在腰帶裡，嘴巴叼著出鞘的馬刀，手槍的兩個槍托露在腰帶外面。

於是他開始行動，在尚未進入缺口的突擊隊注視之下開始在陰暗中攀登，順著石牆的裂縫往上爬，就像爬階梯一樣。他沒有穿鞋，這樣更方便，因為爬牆最好光著腳。他用腳趾勾住石縫，用兩手使身體上升，再用膝蓋穩住。攀登十分艱難，彷彿是沿著鋸齒往上爬。

他還得爬四十法尺。兩支手槍的圓柄頭有點礙手礙腳。他越往上，裂縫越窄，攀登越加困難。墜落的危險隨著陡壁的高度而增加。

他終於爬到了射擊孔的邊緣，撥開脫散的、彎曲的鐵條。縫很大，完全可以鑽進去。他使勁向上一蹬，將膝蓋壓在窗台上，兩隻手各抓住一段鐵條，上半身升到了窗前。他嘴裡仍然叼著刀，依靠兩手將身體懸在深淵之上。

他縱身一躍，跳進了二樓的房間裡。

這時候，矮廳裡仍然是一片可怕的嘈雜。戰鬥空前激烈。

「樓下看來還不錯。不管怎樣，他們在喊國王萬歲，他們在莊嚴地死去。」

拉杜在廳裡往前走，想認清方向。突然，他看見中央柱子後面有一張長桌，桌上的東西在黑暗裡隱隱發光。他伸手摸摸，那是武器：喇叭口火槍、手槍、短槍；它們整整齊齊地擺在那裡，似乎只等人們去取。這是被圍困者為戰鬥第二階段準備的武器，這是個軍火庫。

「有吃的了！」拉杜驚呼道。

他欣喜若狂地撲了上去。這下子，他變得可怕了。

在擺滿武器的桌子旁邊，是通往各層樓的樓梯門，門大開著。拉杜扔下馬刀，雙手拿起兩把雙發的手槍，朝門下的螺旋樓梯一陣亂射，接著又抓起一把喇叭口短槍射擊，然後又抓起裝滿大粒霰彈的火槍。火槍噴出了十五發子彈，如同掃射一般。最後，拉杜吁了口氣，用洪亮的聲音朝樓下喊道：「巴黎萬歲！」

接著他又抓起比前一柄火槍更粗的火槍，瞄準樓梯彎曲的圓頂，等待著。矮廳裡的慌亂是難以形容的。這場出其不意的偷襲粉碎了被圍困者的計畫。在拉杜的三次射擊中，有兩槍打中了敵人：一槍打死了木梭槍兄弟中的哥哥，另一槍打死了烏札爾。

「他們在上面！」侯爵喊道。

這聲喊叫使他們放棄了工事，爭先恐後地往樓梯上跑，比驚弓之鳥逃得還快。侯爵催促他們快逃。

「快點！」他說，「勇敢地逃，都上三樓。我們在那裡重整旗鼓！」

侯爵是撤離工事的最後一人。

這種勇氣拯救了他。

拉杜埋伏在二樓樓梯口，手指放在扳機上，默默等待著。當第一批人一出現在樓梯拐彎處，便被迎面而來的子彈擊中，紛紛倒地。等到拉杜轉身充填彈藥時，其他的敵人才趁機上了三樓，侯爵走在最後。他們以為二樓都是敵人，因此不敢停留，一直上到三樓。那裡有鐵門，還有導火線，在那裡不是投降就是死亡。

和被圍困者一樣，郭文也對樓梯上的射擊感到吃驚，不知道這波支援來自何處，但他顧不得去想，就趁機和部下越過工事，用劍將被圍困者逼上樓。

他來到二樓，見到了拉杜。

拉杜行了個軍禮，說道：

「只花了一分鐘！指揮官，這是我幹的。我還記得多爾那一仗，我學了您的方法，前後夾擊敵人。」

「好學生。」郭文微笑著說。

人們在二樓作了短暫的休息。西穆爾登來到郭文身邊，與他商量。進攻者並不瞭解被圍困者的底細，不知道他們缺乏彈藥，不知道堡壘的這些守衛者沒剩多少火藥了。三樓是他們的最後據點，他們可能在樓梯上埋了炸藥。

只有一點確定無疑：敵人是逃不掉的，朗特納克已成了甕中之鱉。既然這一點已經確定，敵攻者便應該從長計議，尋找最好的結局。死傷已經夠慘重了，在最後的攻擊中應該盡可能避免過大的傷亡。

拉杜默不作聲地聽著，他羞澀地又行一個軍禮：

「指揮官。」

「什麼事？拉杜。」

「我有權要求一個小小的獎勵嗎？」

「當然，說你要什麼吧。」

「我要求第一個上去。」

郭文無法拒絕。再說，即使拒絕，拉杜也照樣會去幹的。

19

當二樓的人在商議時，三樓的人正在築路障。

這裡充滿了絕望，一種沉著、冷靜、陰森的絕望。

除了藏身的這個大廳就沒有任何希望了；因此，被圍困者要做的第一件事就是堵住入口。關門是無濟於事的，最好是堵住樓梯。設置路障是上策，既便於觀察，也便於戰鬥。

房間裡有一個又大又重的橡木箱，用來裝制服和其他布製品。他們將箱子拖到樓梯口豎立起來。箱子牢牢地嵌在樓梯口，堵住進路，屋頂下只留了一人寬的窄縫，以便一一殲滅來犯者。

堵住入口後，他們稍作休息。

他們數了一下人數。十九人之中只剩下七人，包括古熱。所有的人都負了傷，除了古熱和侯爵以外。

他們已經沒有彈藥了，彈盒裡空空如也。他們數數子彈，總共只有四發子彈，七個人分。

他們已經到了窮途末路，被逼到可怕的深淵邊上。再往前一步就會跌下去。

此時，進攻又開始了，進攻者正在用槍托敲打樓梯探路。

無路可逃了。從圖書室逃走？高原上那六門點燃了火繩的大炮正瞄準圖書室。從上面幾層逃走？那又有什麼意義呢？樓上通往平台，到了那裡只能從塔上往下跳了。這個勇猛的小隊中的七位倖存者被關押在厚厚的牆壁裡，厚牆保護他們，也出賣他們。他們雖還沒有被敵人抓住，但已是俘虜了。

「朋友們，一切都完了。」侯爵提高聲音，「現在我們死吧。」

「我們殺吧！」古熱說。

堵住門口的大木箱在槍托的敲擊下開始晃動，發出陰森的聲音。大家都低頭捶胸，只有侯爵和神父站著。神父兩眼低垂，在做祈禱，農民們也在祈禱。侯爵在沉思。

就在此刻，他們身後突然響起一個洪亮而活潑的聲音：

「我跟您說的沒錯吧！老爺。」

所有的人都驚訝地轉過頭來。

牆上出現了一個洞。

一塊和其他石頭嵌在一起、但沒有塗水泥的石頭，依靠上下兩顆螺釘，像轉門一樣自動旋轉起來，在牆壁上形成一個洞。洞裡出現了兩個通道口，一個在右，一個在左；通道很窄，但可以容一個人通過。在這扇出乎意料的石門內側，可以看見一個螺旋形樓梯。一張面孔出現在洞口。

侯爵認出了哈馬洛。

20

「是你！哈馬洛。」

「是我，老爺。您瞧，轉動的石頭是真的吧！可以從這裡出去。我來得還算及時，得快一點。十分鐘後，你們就到森林裡了。」

「感謝天主！」教士說。

「快逃吧！老爺。」所有的人都喊了起來。

「你們大家先走。」侯爵說。

「您第一個走，老爺。」蒂爾莫神父說。

「我最後一個！」侯爵用嚴厲的聲調說，「我們沒有時間客氣了。你們受了傷，我命令你們活著，命令你們逃跑！快，快利用這個出口。謝謝你，哈馬洛。」

「侯爵先生，」蒂爾莫神父說，「我們要分散嗎？」

「出去以後要分散。只有單獨行動才能逃生。」

「在哪裡集合？」

「在一個叫郭文石的林中空地，你們認識這地方嗎？」

「我們都認識。」

「明天正午我會去那裡。所有能走的人都到那裡集合。」

這時，哈馬洛用手按了那塊旋轉的石頭，發現它紋絲不動。洞口無法再關上了。石門長期廢棄不用，鉸鏈都似乎生鏽了，再也無法運作。

「老爺，」他說，「快一點，石頭不會動了。等藍軍進來，發現這個洞口，會追趕你們的。快！一分鐘也不要耽擱，大家都下樓梯！」

古熱將手搭在哈馬洛肩上說：

「伙計，從這裡出去，到達森林中的安全地帶，得花多少時間？」

「沒有重傷者吧？」哈馬洛問道。

「沒有。」

「那麼，十五分鐘就夠了。」

「也就是說，」古熱又說，「如果敵人在十五分鐘以後追來——」

「他們可以追我們，但是追不上。」

「可是，」侯爵說，「再過五分鐘他們就來了，這個舊箱子擋不了多久。十五分鐘！誰能牽制他們十五分鐘？」

「我。」古熱說。

「你？」

「是的，老爺。聽我說，你們六個人之中有五個人負傷，但我一點皮肉傷也沒有。」

「我也一樣。」侯爵說。

「您是首領，老爺，我是士兵。首領和士兵是不同的，我的職責便是拯救您。」

古熱轉身對同伴們說：

「伙計們，必須壓住敵人，盡量拖住他們。聽我說，我身強力壯，沒有流一滴血，沒有受傷，能比你們堅持更久。你們都走吧！把槍留給我，我會派上用場的。我負責拖住敵人半小時。有幾支上膛的槍？」

「四支。」

「放在地上。」

人們照他的話做了。

「好了。我留下。我會給他們一點顏色瞧的。現在你們快走吧！」

情況危急，人們顧不上道謝，只是匆匆與他握手。

「回頭見。」侯爵說。

「不，老爺，但願不要。因為我會死去。」

人們逐一走下狹窄的樓梯，傷患們先下去。這時，侯爵拿起小記事本上的鉛筆，在那塊再也無法轉動、敞開洞門的石頭上寫了幾個字。

「來吧，老爺，就剩您了。」哈馬洛說。

於是哈馬洛走下樓梯，侯爵跟著他。

古熱獨自留了下來。

21

四支手槍放在地上。古熱拿起兩支，一手一支，朝著被木箱堵塞的樓梯口走過去。

進攻者顯然害怕貿然襲擊，會引起爆炸，使雙方同歸於盡，因此動作緩慢而謹慎。他們未能擊倒木箱，或許是不想這樣做吧。他們用槍托把箱底打掉，再用刺刀在箱蓋上戳幾個洞，以便在冒險進來以前，從洞裡窺視室內的情況。

為樓梯照明的燈光也從洞裡射了進來。古熱看見洞裡有隻眼睛在注視他，便猛然用槍口對準洞，扣動扳機。子彈射出去了，他興奮地聽見一聲可怕的慘叫，窺視的那個士兵翻身倒在樓梯上。

進攻者在箱蓋下挖了兩個相當大的洞，作為槍眼，古熱將手伸進其中一個洞，朝人群胡亂地射出第二槍。子彈或許彈跳了好幾下，因為傳來好幾聲呼喊，似乎有三四個人被打中。樓梯上一片嘈雜，人們在推擠、後退。

古熱扔掉用過的兩支槍，拿起另外兩支；接著，他雙手持槍，從箱洞裡往外看。他看見進攻者已退回了樓梯下方，幾個奄奄一息的人倒臥在樓梯上。

他繼續等待，拖延時間。

此刻，他看見有人正貼著樓梯往上爬；同時，在更下方，在螺旋梯的主柱旁露出了一個士兵的腦袋。他瞄準這個腦袋開了一槍。一聲慘叫，士兵倒下了。古熱將最後那支上膛的手槍從左手轉到右手。
忽然，他感到一陣劇痛，也號叫起來。他的腹部中了一刀。剛才匍匐爬行的那個人的手，從木箱下部的第二個槍眼裡伸了進來，往古熱的腹部刺了一刀。
傷口很嚴重，腹部被刺穿了。但他沒有倒下，咬緊牙關說道：
「很好！」
接著，他拖著身體，搖搖晃晃地靠近鐵門旁的火炬，放下槍，取下火炬，點燃了火線。
火線被點著，燃燒起來。古熱扔開火炬，又抓起槍。他倒在地板上，但又坐起身來，用僅存的一口氣把火繩的火苗吹旺。火星在前進，從鐵門下過去，抵達石橋一側的小城堡。
古熱露出了微笑。他就快死了，喃喃說：
「他們會記住我的。殺害他們的孩子，這是為我們的孩子——被關在神殿塔裡的小國王報仇。」

22

轟然一聲，木箱被猛地推倒，一個人手持馬刀衝了進來。
「我是拉杜，放馬過來！我等得不耐煩，豁出去了！現在我向你們所有人挑戰。不管你們願不願意，反正我來了。你們有多少人？」
這的確是拉杜，單槍匹馬的拉杜。古熱剛才在樓梯上打死了人，郭文擔心還埋有炸藥，便讓手下的人撤回來，自己和西穆爾登商量對策。
拉杜手持馬刀站在門口。幾乎熄滅的火炬在黑暗中發出微光。他又問了一次：
「我只有一個人。你們有多少人？」
沒有回應，他往前走。快熄滅的火炬照亮了整個大廳，拉杜很驚訝地發現這裡空無一人。

「這裡沒有人！」他驚呼起來。

他看見那塊旋轉的石頭、洞口和樓梯。

「啊，我懂了。逃之夭夭！快來呀！弟兄們，他們溜了！逃了！鑽進洞裡了！這座塔樓是個破罐子，這些混蛋就是從這裡逃掉的！該死的天主救了他們，他們跑光了！」

一聲槍響，子彈擦過他的手肘，打在牆上。

「不，這裡有人。是誰？」

「是我。」一個聲音說。

拉杜向前探頭，看見昏暗中有個東西，那就是古熱。

「你是誰？」

「我是趴在地上的人，我才瞧不起站著的人哩！」

「你被俘了！」

「未必。」

古熱朝燃燒的火線低下頭，用最後一口氣吹旺火苗，斷氣了。

不久之後，郭文、西穆爾登，以及所有人都進來了，都看見了那個洞口。他們搜索各個角落，察看那條樓梯，它通往一條溝壑。那些人的確逃走了。郭文舉起燈，觀察那塊旋轉的石頭。他看見幾個鉛筆字：

再見了，子爵先生。朗特納克留

蓋尚也來到郭文身邊。追擊顯然是白費力氣，敵人已經走遠了。他們有可能逃往這個地區的所有地方：灌木叢、溝壑、矮林和房屋。無法抓住他們了。一切又得重頭開始，郭文和蓋尚彼此交換著失望和猜測。西穆爾登嚴肅地聽著，一言不發。

「對了，蓋尚。」郭文說，「梯子呢？」

「它沒有來，指揮官。」

「我們不是看見一輛由士兵護送的大車嗎？」

「它運來的不是梯子。」

「那是什麼？」

「是斷頭台。」西穆爾登說。

23

德．朗特納克侯爵跟著哈馬洛，在其他逃跑者後面走下樓梯。樓梯盡頭距離溝壑和橋拱不遠，通道出口處有一條天然裂縫，它的一端是溝壑，另一端通往森林。裂縫在繁密茂盛、人跡難至的草木下蜿蜒，從外面是看不見的。逃跑者一旦來到這條裂縫，便可像蛇一樣溜掉，無處可尋。

侯爵現在只要逃走就行了，不用考慮偽裝。來到布列塔尼以後，他一直穿著農民衣服，因此他只是摘掉了劍，將皮帶解開，扔掉了。

當哈馬洛和侯爵從通道出來，到達裂縫時，其他五位農民已不知去向。

「他們逃得可真快。」哈馬洛說。

「你要像他們一樣。」侯爵說。

「老爺要我先走？」

「沒錯，我說了，只有單獨行動才能逃掉。我們在一起會惹人注意的，你會連累我，我也會連累你。」

「老爺熟悉這一帶？」

「是的。」

「在郭文石會合?」

「明天正午。」

「我一定到。」

哈馬洛稍作停頓，又說：

「啊，老爺，我想起我們在大海上獨處的時候，我想殺您，而您是我的領主；您明明可以告訴我，但您沒有說！您真是個了不起的人！」

侯爵喃喃自語：

「英國。只有英國能幫助我們。十五天內英國人必須登陸法國。」

「我有許多事要向老爺彙報。老爺交代我的事，我都辦了。」

「這些事明天再談吧。」

「明天見，老爺。」

哈馬洛順從地鑽進了黑暗。只聽見荊棘簌簌作響，接著就沒有聲音了。

侯爵一動也不動地待著，他是不太容易動情的人，但他這時不能不激動，因為經歷這麼多的流血和屠殺以後，他終於呼吸到自由的空氣。走投無路時又脫離險境，絕處逢生，即使是朗特納克，也難免感到震撼。不過，他很快就控制了近乎歡樂的情緒，掏出懷錶，看了看時間。

剛過十點鐘。戰鬥是在八點之前開始的，全部的災難竟然只持續了一百二十分鐘。有時候，巨大的事件總是出人意外地簡捷。另一方面，這麼少的人竟在兩小時裡抵禦了這麼多的人，這確實很了不起。

侯爵把懷錶放進口袋，準備鑽進森林了。但當他向左轉時，似乎有一道朦朧的光射到他身上。他向後轉身，目光越過紅色背景前輪廓突然變得清晰的荊棘叢，看到溝壑另一側有一股強光。他朝它走去，但又轉念一想，自己何必暴露在強光中呢？不論這是什麼光，都與他無關。他又按照哈馬洛指出的方向，朝森林走了幾步。

他藏在荊棘深處，突然聽見頭頂上傳來一聲可怕的呼喊。呼聲似乎來自深溝上方的高原邊緣。侯爵抬起頭，站住了。

24

當蜜雪兒．佛萊夏看到被夕陽染紅的高塔時，她還在一法里之外。她幾乎一步都走不了了，但仍意志堅定地往前走。女人是軟弱的，但母親卻很堅強。她堅持走下去。

太陽已經下山，黃昏來臨，接著便是深沉的黑夜。她一直在走，聽見遠方的鐘樓敲了八點鐘、九點鐘，有時停下來，細聽沉悶的槍擊聲。她筆直地朝前走，腳踩在長滿荊棘的荒原上，鮮血直流。來自遠處塔樓的微光指引著她。槍擊聲越來越清晰，光也越來越亮，塔樓在慢慢變大。

突然間，一切中止，聲音和光亮都消失了。接著是一片陰森的沉寂。

此刻，蜜雪兒正來到高原邊上。

她看見腳下是溝壑，溝底是厚厚一層灰白色。在不遠的高原頂上，車輪、斜坡和射擊孔交錯在一起，這是炮台。在點燃的火繩的依稀微光下，她看到前方有一座巨大的建築，它似乎比四周的黑暗更黑。

這座建築包含一座拱基建在溝壑裡的橋，以及橋上的一座城堡；橋和城堡都依著一座陰暗的圓形高塔。高塔的天窗裡閃動著遊動的亮光，還傳來嘈雜聲，可以猜到塔裡有許多人，其中幾個人影還出現在塔頂的平台上。

炮台旁邊是營地，蜜雪兒看見了幾名崗哨，但她人在暗處，又在荊棘叢中，所以沒有被人發現。

她終於來到高原邊緣，距離橋很近，幾乎伸手就能搆到，只是隔著一道深溝。在黑暗中，她看到橋上是三層樓的城堡。

她目瞪口呆，望著溝壑和漆黑一片的建築。這是哪裡？這裡出了什麼事？這是圖爾格嗎？她因期望而感到眩暈，這種期望既像是終點，又像是起點。她在看著、聽著。

一瞬間，她什麼也看不見了。

在她和她所注視的東西之間升起了一道煙霧。刺眼的炙熱使她閉上眼睛，她剛閉上眼睛便感到眼皮發紅發亮，她又睜開眼睛。

她面前不再是黑夜，而是白晝，一種不祥的、由火焰發出的光亮，剛引發了火災。

煙霧由黑色轉為鮮紅色，中間有一條大火舌。火舌時隱時現，像閃電和蛇一樣陰險地扭曲著。火焰從一扇熊熊燃燒的窗戶冒出來。它在橋上城堡的一樓，窗上的鐵柵已燒得通紅。在整棟建築物中，人們只看得見這扇窗戶。濃煙遮蔽了一切，連高原也不例外，在鮮紅的火光前，只有高原黑色的邊界依稀可見。

蜜雪兒呆呆地望著。她不明白眼前發生了什麼。她應該逃走？還是應該留下？她彷彿進入了幻境。

一陣風吹過，煙霧散開了，慘烈的堡壘突然在縫隙中露了出來。主塔、橋、小城堡全都矗立在眼前，從上到下沐浴在絢麗的金色火光裡，另人畏懼。在這陣險惡的光亮下，蜜雪兒看清楚了。

建築的一樓正在燃燒，上方的兩層樓仍完好無損，但已被大火包圍。從蜜雪兒站立的高原邊上，可以隱約看見這兩層樓的室內。所有的窗子都開著。她看見二樓的室內沿牆擺著幾個櫥子，裡面似乎全是書；在一扇窗後的陰暗處，地上有些模糊不清的東西，像鳥巢或一窩雛鳥那樣混成一團，有時還在動彈。

這一小團灰暗的東西是什麼？

她彷彿覺得那像是有生命的形體。她正在發燒，從清早開始就沒有吃東西，又不停地走路，筋疲力盡，已不太相信自己的眼睛。然而，她的目光漸漸固定在那堆灰暗的物體上，它看上去毫無生氣，就待在大火上面那間大廳的地板上。

突然間，火舌從一樓噴射到枯死的常春藤上，開始貪婪地吞噬它，並且順著枝藤往上爬，像可怕的導火線一樣延伸。剎那間，大火已燒到三樓，火光從高處照亮了二樓室內。在明亮的火光中突然出現了三個熟睡孩子的身影。

這一堆東西原來是可愛的孩子，他們的手腳交疊在一起，閉著眼睛，頭髮下的面孔露著微笑。母親認出了自己的孩子，她可怕地叫了一聲。

德．朗特納克侯爵剛才聽見的就是這一聲呼叫，他站住了。

他正在通道的出口與溝壑之間，透過頭部上方縱橫交錯的荊棘看到橋在燃燒，看到圖爾格陷入了紅色的火光中。他撥開枝條，看到在對面高原的邊緣上，在燃燒的城堡前方，強烈的火光正照著一個驚恐不安、淒慘哀戚的人影。那是一個女人，她正在溝壑上俯著身子。

呼聲就來自這個女人。她站在溝壑旁，像死神一樣看著這場罪惡的大火。她的呼聲像野獸，姿勢像女神，那張仇恨的面孔彷彿在熊熊燃燒。她眼中泛著淚，炯炯的目光無比威嚴，緊盯住大火。

侯爵在傾聽。聲音傳入他耳裡，這不是啜泣、不是話語，而是含糊不清、令人心碎的聲音：

「啊！天啊！我的孩子！這是我的孩子！救命呀！救火呀！你們這些人是土匪嗎？這裡沒有人嗎？我的孩子快要燒死了！啊！怎麼會有這種事？喬琪！我的孩子！格羅—阿蘭！勒內—讓！怎麼回事？是誰把我的孩子帶到這裡來的？他們還在睡覺。我要瘋了！怎麼會這樣？救命呀！」

這時，圖爾格和高原都騷動起來。營地上的人都朝這場剛燃起的大火跑來。人們剛才對付的是槍林彈雨，現在卻要對付大火。郭文、西穆爾登、蓋尚正在下命令。怎麼辦？從細細的小溪裡是打不了幾桶水的。人們越來越焦急不安。高原邊上站滿了驚慌失措的人，注視著大火。

他們看到的一切令他們膽戰心驚，所有人都束手無策。

火焰透過常春藤繼續蔓延，如今整個頂樓都在燃燒。圖書室那層樓由於有高聳的天花板和厚實的牆壁，還沒有被燒著，但也已經抵擋不了多久了。在它下方是熔岩構成的地窖，上方是烈焰構成的圓頂。勒內—讓、格羅—阿蘭和喬琪仍舊安然熟睡，還沒有醒來。火焰和濃煙相互交纏，窗戶時而被遮住，時而露了出來；人們能從一閃即逝的微光中，看見這個火的洞穴裡躺著這三個孩子。他們平靜、優美、一動也不動，彷彿在地獄裡酣睡著。

那位母親躬著身體，喊道：

「救火呀！為什麼沒有人呀！我的孩子要燒死了！你們別呆站在那裡，快來呀！我走了一天又一天，好不容易才找到他們！救火呀！救命呀！這些孩子天真無邪，做錯了什麼事？有人槍殺過我，現在又要燒死他們！這到底是誰幹的？噢！我的孩子！他們還在睡覺！啊！喬琪！我看見這個小乖乖的肚子了！勒內—讓！格羅—阿蘭！這是他們的名字，我真的是他們的母親！啊！這太可怕了！老大還不到五歲，小女孩還不滿兩歲！我看見他們的腿了，他們在睡覺！仁慈的聖母，可憐可憐我吧！我要我的孩子！救命呀！世上還有男人嗎，竟然眼睜睜看著這些可憐的孩子被燒死！啊！多麼不幸啊！我要我的孩子！救命呀！」

母親發出這些可怕的哀求，與此同時，高原與溝壑裡都響起了說話聲：

「梯子！」

「沒有梯子！」

「水！」

「沒有水！」

「在圓塔的三樓有一扇門，撞開它！」

「那是鐵門，撞不開！」

母親仍在絕望地呼喊：

「救火呀！救命呀！你們快點呀！要不就殺了我吧！我的孩子！我的孩子！啊！這火多麼可惡呀！把他們救出來，要不然就把我扔進去！」

在呼聲之間可以聽見大火在劈啪作響。

侯爵摸了摸口袋，摸到了鐵門鑰匙，於是他彎下腰，鑽進了逃出來的那條圓頂通道，往回走。

25

一支軍隊因無法組織營救而不知所措，四千人竟救不了三個孩子！然而，形勢就是這樣。他們確實沒有梯子，從雅弗內送來的梯子沒有順利抵達。溝壑裡的小溪幾乎乾涸，想用溪水滅火是不可能的。

西穆爾登、蓋尚和拉杜下到溝壑裡，郭文又回到圖爾格的三樓，那裡有旋轉的石頭、秘密通道及通往圖書室的鐵門。古熱就是在這裡點燃了導火線，大火是從這裡開始的。

郭文帶來二十名工兵，想撞開鐵門，然而鐵門關得十分嚴實。他們想用斧頭劈，也是枉然。他們又拿起鐵棍，塞到門下想將門撬開；鐵棍折斷了。

郭文滿面愁容，喃喃道：

「只有炮彈能轟開這扇門，可是大炮運不上來。」

「說不定也轟不開呢！」

真令人沮喪。所有士兵的手臂都停了下來。人們一言不發，失望而氣餒地盯著那扇可怕的、巍然不動的鐵門。門下透出紅色的光，大火在門後越燒越旺。

大概再過幾分鐘，一切就會倒塌。

怎麼辦？再也沒有任何希望了。

郭文盯著牆上旋轉的石頭和那條逃跑的通道，惱怒地喊道：

「德．朗特納克侯爵就是從這裡跑掉的！」

「也從這裡回來。」一個聲音說。

一個白髮蒼蒼的腦袋出現在秘密通道的入口。

他就是侯爵。

郭文不禁向後倒退，所有在場的人都愣住了，呆若木雞。

侯爵手上拿著一把大鑰匙，用傲慢的眼光掃過他前面的幾名工兵，徑直朝鐵門走去，在圓頂下彎腰，將鑰匙塞進鎖孔。吱咯一聲，門開了，露出熊熊燃燒的深淵，侯爵昂著頭走了過去，步履堅定。

大家都看著他，不寒而慄。

他剛在著火的大廳裡走了幾步，便把被火燒毀的地板踩塌了，他的身後出現了一道深淵，將他與鐵門隔開。他沒有回頭，繼續往前走，消失在煙霧中。

人們再也看不見什麼了。

26

此刻，孩子們終於睜開眼睛。

大火還沒有燒進圖書室，但已將橘紅色的光投射到天花板上。孩子們沒有見過這種絢麗的曙光，瞧著它。喬琪在凝視。

「美！」她說。

三個人都坐了起來。

「啊！」母親喊道，「他們醒了！」

勒內―讓站了起來，接著格羅―阿蘭站了起來，喬琪也站了起來。

勒內―讓伸了伸懶腰，朝窗口走去，說道：

「我熱。」

「我熱。」喬琪也學著說。

母親呼喚他們：

「我的孩子們！勒內！阿蘭！喬琪！」

孩子們朝四周看看，想弄明白。有些事情使大人們驚嚇，卻使孩童感到好奇。無知即是無畏。

母親又呼喊道：

「勒內！阿蘭！喬琪！」

勒內—讓轉過頭來，看到了母親，便叫道：

「媽媽！」

「媽媽！」格羅—阿蘭喊道。

「媽媽！」喬琪也喊道。

母親在號叫：「我的孩子！」

三個孩子都來到窗口，幸好這邊沒有著火。

「很熱。」勒內—讓說。

他用目光尋找母親：

「來呀，媽媽。」

「來，媽媽。」喬琪學著說。

母親已經攀著荊棘滾進溝裡。她披頭散髮，渾身是傷。西穆爾登和蓋尚都在溝裡，像塔裡的郭文一樣束手無策。士兵們也無能為力，絕望地圍在他們身邊。炙熱難忍，但是誰也感覺不到。大家只關注陡直的橋、高高的橋拱、高聳的城牆和無法接近的窗戶，只想到必須立即行動。

滿頭大汗的拉杜跑了過來，一見到蜜雪兒便說：

「哎！被槍殺的女人，妳又復活了！」

「我的孩子！」母親說。

「對，」拉杜回答說，「現在沒時間管幽靈了。」

說罷，他便開始攀登那座橋。他用指甲摳住石頭往上爬了一會兒，徒勞無功。石牆很光滑，沒有裂縫，沒有突出的地方，牆縫抹得很平，因此他跌了下來。大火仍在肆虐，令人畏懼。人們看見在燒得通紅的窗戶裡有三個金髮腦袋。拉杜朝著天揮舞拳頭，彷彿在咒罵天主。母親跪下來親吻橋拱，一面呼喊。

大火的劈啪聲中夾雜著低沉的爆裂聲。圖書室裡書櫥上的玻璃裂開了，嘩啦啦地掉了下來。顯然房子要塌了。誰都無能為力。大難當前。只聽見孩子們在喊叫：「媽媽！媽媽！」人們驚恐萬狀。

突然間，在與孩子們相鄰的另一扇窗口，在大火的朱紅色底幕前，出現了一個高高的人影。

所有的頭都抬了起來，所有的目光都凝住了。一個男人站在樓上，站在圖書室裡。他的身影在火焰中發黑，但是滿頭白髮。人們認出那是德·朗特納克侯爵。

這位可怕的老人在窗戶旁擺放一座很長的梯子，這是放在圖書室裡的救火梯。他在牆邊找到梯子，將它一直拖到窗前，抓住長梯的一端，靈巧自如地將它搭在窗台上，往外滑動，一直滑到溝底。拉杜站在下面，驚喜萬分，伸手接過梯子，緊緊抓住它，喊道：「共和國萬歲！」

侯爵回答說：「國王萬歲！」

拉杜低聲說：「隨便你怎麼喊都行，胡說八道也可以，反正你就是仁慈的天主。」

梯子放好了。燃燒的大廳和地面建立了聯繫。二十個人跑了過來，拉杜一馬當先，一列人很快便站到了梯子上，背靠著梯級。拉杜站在最上面，靠近窗戶，面向大火。

分散在歐石南地和斜坡上的軍隊驚喜交加，湧向高原、溝壑和塔頂平台。

侯爵再次消失，然後再次出現，手裡抱著一個孩子。

現場掌聲雷動。

這孩子是侯爵隨手抱起的，他是格羅－阿蘭。

格羅－阿蘭喊道：「我怕。」

侯爵將格羅－阿蘭交給拉杜，拉杜又交給下方的士兵，士兵再逐一往下傳。害怕地叫嚷的阿蘭就這樣被抱了下來。與此同時，侯爵又消失了一會兒，然後將勒內－讓抱到窗前。勒內－讓又哭又鬧，當他從侯爵手中傳到拉杜手中時，仍然亂打亂踢的。

侯爵又返回陷入火海的圖書室。喬琪一個人待在那裡，他朝她走過去。她微笑。這個鐵石心腸的人感到眼睛濕潤，問道：

「妳叫什麼名字？」

「喬琪。」她說。

他將她抱在懷中，她仍然微笑。當他把孩子交給拉杜時，他那高傲、隱秘的心靈竟被天真無邪的孩子迷住了。他親吻了她。

「這是小姑娘！」士兵們說。喬琪便在一片歡呼聲中被傳了下來，直到地面。人們在鼓掌、跺腳，老兵們在啜泣。她對他們微笑。

母親站在梯子下方，氣喘吁吁、迷迷糊糊，面對意外的驚喜如痴如醉，彷彿忽然從地獄躍進了天堂。她張開雙臂，先抱住格羅—阿蘭，再抱住勒內—讓，最後抱住喬琪。她狂熱地親吻他們，接著便大笑起來，暈倒在地。

響起了高呼聲：「都得救了！」

確實，都得救了，但老人除外。不過誰也沒有想到他，他本人或許也一樣。

他在窗前站了幾分鐘，若有所思。接著便不慌不忙地跨過窗台，頭也不回地直立在梯子上，背靠梯級，面對深淵，背靠大火，一臉傲然地默默走下來。在場的人都不寒而慄，這個從天而降的人彷彿是某種異象，令人感到一種神聖的恐懼，紛紛後退。侯爵那大理石一般的蒼白面容上沒有一絲皺痕，幽靈般的眼神裡沒有一絲閃光；人們在黑暗裡驚恐地盯著他。他每走近一步，就似乎又高大一分，梯子在他死亡的腳步下顫抖，發出響聲。

當侯爵走下最後一個梯級，踩上地面時，一隻手抓住了他的衣領。他轉過身來。

「我逮捕你。」西穆爾登說。

「我同意。」朗特納克說。

27

侯爵被人帶走了。

在西穆爾登嚴厲的監視下，圖爾格的地牢立即被打開。人們在裡面放了一盞燈、一罐水和一塊麵包，又扔進了一捆稻草。就在侯爵被逮捕後不到十五分鐘，牢房的門就在他身後關上了。

西穆爾登做完這件事以後，便去找郭文。此刻，遠處的帕里涅教堂正敲完十一點鐘，西穆爾登對郭文說：

「我要召開軍事法庭。你不能參加，因為你是郭文家族的人，不能審判近親。軍事法庭將由三名法官組成：一名軍官——蓋尚上尉；一名下級軍官——拉杜中士；還有我。由我主持。這一切與你無關，我們將遵守國民公會的法令，只驗明前侯爵朗特納克的正身。明天是軍事法庭，後天是斷頭台。旺代已經完了！」

郭文一言不發。西穆爾登一心想著這件最後的大事，走開了。他還得確定時間、選好地點，並且在處死犯人時親臨現場，作為審判官來監督劊子手的工作。

郭文讓蓋尚去發佈必要的命令，自己則回到帳篷裡。他從帳篷裡取出斗篷，將自己裹了起來。斗篷上繡著一個簡單的飾帶，這是總指揮官的標誌。

他開始在這片血染的草地上踱起步來。大火仍繼續在燒，但已不引人注意。拉杜待在那幾個孩子和母親身旁，而且似乎和母親一樣充滿憐愛。橋上的城堡終於全部著火，工兵們放棄城堡，忙於掩埋屍體和救護傷患；他們拆除工事，將房間和樓梯上的屍體搬走，打掃戰場。這一切，郭文都沒有看見。

他陷入沉思，偶爾朝缺口旁的哨兵看上一眼。

在黑暗中，他辨認出了缺口的輪廓，它離自己大約兩百步遠。他看見了那個洞口，三個小時以前，戰鬥就是從那裡開始的。他正是從那裡衝進塔內的。工事就在這一層，囚禁侯爵的牢房也在這一層。

他的眼睛看著那模糊的洞口，耳邊像喪鐘一樣不斷響起那兩句話：「明天是軍事法庭，後天是斷頭台。」

大火已被控制，工兵們將能取得的水都倒在火上，火並未順利地撲滅，仍不時吐出烈焰。天花板有時發出爆裂聲，建築一層壓著一層地迅速坍塌。陣陣火苗飛騰起來，彷彿是火把在甩動。閃光中可以看見遠處的天邊，圖爾格的黑影突然變得無比龐大，一直延伸到森林。

郭文在這個陰影中、在進攻的缺口前慢慢地來回踱步，有時用兩手抱著後腦勺。他在遐想。

28

郭文的遐想深不可測。

他的眼前剛出現了前所未見的變化。

德．朗特納克侯爵改變了容貌。

這個意料之外的變化使郭文震驚，以至於他久久不能釋懷。

他面對的是由不可能轉變而成的現實，明顯的、確鑿的、無法迴避的、毫不留情的現實。

如今，郭文正在接受審訊。

被誰？他的良心。

郭文感到心中的一切都動搖了。他最堅定的決心、最認真的許諾、最不可改變的決定，這一切都在他的意志深處動搖了。

他越想起剛才目睹的事，就越加驚惶不安。

郭文是共和派，他相信革命的絕對性，而且身體力行；然而剛才出現了一種更高的絕對性，那就是人性。

任何人都有根基。根基一旦動搖，就會產生深刻的困惑。郭文感到了這種困惑。

他用兩手緊抱著頭，彷彿想從腦中擠出真理來。他眼前有些可怕的想法，他必須從中求得平衡。他開始集中思想，釐清自己遭遇的障礙，回顧各種事件。

他剛剛目睹的是一樁奇蹟。

人性戰勝了非人性。

透過什麼手段？以什麼方式？人性是如何擊敗憤怒和仇恨的？它使用了什麼手段？

郭文感到頭暈目眩。社會正在全面戰爭，一切仇恨、一切報復都在廝殺，暴動處於最黑暗、最狂暴的時刻；罪惡肆虐，仇恨蒙蔽一切，一切都化為槍彈和炮彈；混亂達到極限，以致人們不知何謂公正、正直、真理！就在此刻，解開心靈奧秘的未知卻突然出現，並且使超乎人間光明與黑暗的永恆光芒大放異彩。

虛偽與相對性在進行可悲的較量，在它上方突然出現了真理的面孔。

人們看見了三個可憐的孩子，他們幼小、無知、孤苦，卻受到各種可怕的威脅：內戰、殘酷的報復、鎮壓、屠殺、相殘、仇恨。人們看見一場蓄謀殺人的大火失敗了，看見一樁殘酷的預謀被打亂了，看見古老的封建暴虐、看見所謂的國家利益等偏見，都在初生之兒的眼前消失了。其實這很簡單，初生之兒就代表正義、代表真理、代表純潔，猶如天使一般。

這個景象是有益的，既是忠告又是教訓。無情的戰士們突然看見在一切罪行、殺害、處決、死亡面前，出現了這個無所不能的力量——天真無邪。於是他們可以說：不，內戰不存在，野蠻不存在，仇恨不存在，罪惡不存在，黑暗不存在；只要有孩童這個曙光，便能驅散這些鬼魂。

在任何戰鬥中，撒旦都不曾如此顯而易見，天主也不曾如此顯而易見。

這次戰鬥的場所是良心，朗特納克的良心。

如今，戰鬥重新開始。戰場是另一個良心，郭文的良心。

他在沉思。

德．朗特納克侯爵曾經被圍困、被堵截、被置於死地、不受法律保護；他像是籠中之鳥，被囚禁在自己的巢穴裡，被鐵與火的高牆從四面鎖住。然而，他卻逃了出去；這是一件不容易的事，而他成功了。他又贏得了森林，贏得了賴以戰鬥的地盤，再次成為令人畏懼的叛軍首領。他可以安安全全地任意行動，任意挑選避難所；他會消失無蹤，再也找不到。

然而，他又回來了。他自願地、主動地、甘心地離開了森林、安全、自由，勇敢地返回可怕的危險之中。郭文先是看見他不顧危險衝入火場，接著又看見他迎著敵人走下長梯。

他為什麼這樣做？為了救三個孩子。

而現在，人們將如何處置他呢？

送他上斷頭台。

那麼，這個人救的是誰的孩子？他自己的孩子？不是。他家族的孩子？不是。他那一階級的孩子？不是。為了這三個非親非故的孩子，素不相識、衣衫襤褸的小乞丐，他這位貴族、親王，他這位獲救的老人居然甘冒危險，不計得失；而且，在交還孩子的同時，還高貴地獻上自己的頭。

人們要怎麼辦？

殺死他。

以怨報德，這是對英雄行為的何種回報！

這是使革命處於劣勢，是貶低共和國！

那個主張偏見和奴役的人突然轉變，回歸人性，而他們這些爭取解放的人卻仍將停留在內戰階段，滯留在流血的陋習和自相殘殺之中！而尊重最高的神聖法則——寬恕、捨己、贖罪、犧牲——的人卻不是為真理而戰，而是為謬誤而戰！

什麼！不以寬宏大量取勝！本來是強者卻甘願當弱者，本來是勝利者卻甘願當謀殺者，並且讓別人說君主制的擁護者拯救兒童，而共和制的擁護者屠殺老人！

人們會看到這名偉大的戰士、強壯的老人、被繳械的戰士登上斷頭台，就像登上榮譽的寶座一般，因為他不是戰敗被俘，而是為了行善而自願就縛的。他的頭將被置於鍘刀之下，那三個獲救的小天使的心靈將圍著這個頭飛舞、祈求。而且，在使劊子手感到羞辱的這場死刑面前，這個人將露出微笑，共和國卻將面紅耳赤！

而這一切都將當著他的面完成！

在此以前，郭文在郎特納克身上看到的僅僅是野蠻的戰士、君主與封建的狂熱擁護者、屠殺俘虜的劊子手、狂暴的戰爭殺人犯。面對這種人，郭文毫不畏懼。他能夠以無情對待這個無情者，再簡單不過了。然而，就在剎那間，一個突如其來的轉變卻向他展示了新的視野。一個令人意外的朗特納克出現了，他不再只是英雄，而是人；不只是靈魂，是心。郭文面對的不再是殺人犯，而是救星。

除此之外，還有一件事。

家族！

他將使人流血，而這血不就是他的血嗎？他的祖父已去世，但是叔祖父還在世。這位叔祖父就是德．朗特納克侯爵。在墳墓裡的那位哥哥難道不會站起來阻止弟弟進去嗎？他難道不會命令孫子尊重那位長輩嗎？在郭文與朗特納克之間難道沒有鬼魂的憤怒目光嗎？

難道革命的目的是扭曲人？難道革命是為了粉碎家庭、扼殺人性？絕對不是。推翻城堡，正是為了解放人性；取締封建，正是為了建立家庭。既然祖先是權威的起源，那麼，除了父權以外，就不存在其他權威了。因此，世間的國王是荒謬的，既然他不是父親，就不能當主人；所以必須取締國王，建立共和國。這一切的源頭是什麼？是家庭、人性。

現在，既然郎特納克已回歸人性，他，郭文是否將回歸家庭？

在郭文與良知經過一番辯論後，答案似乎不言自明：必須拯救朗特納克。

可是法蘭西呢？

它陷於絕境！它國門大開，被出賣！大西洋上有英國人，因為有人為他們搭起橋樑，向他們伸出手去，對他們將喊道：「英國人，佔領法國吧！」而這個人就是德．朗特納克侯爵！

這個人如今被抓住了。歷經了三個月的圍捕、追逐、苦戰，人們終於抓住了他。正義的時刻來臨，背叛國家的人即將受到懲罰。他再也無法戰鬥、再也無法殺戮、再也無法為非作歹了。等他一死，內戰就會結束。

要是放走他呢？

他將重新作惡多端！他將冷酷無情地、興高采烈地再次投入仇恨和戰爭的深淵！人們將看到房屋被焚燒、俘虜被屠殺、傷患被處決、婦女被槍斃！

再說，郭文是否過分誇大了那件使他著迷的善行呢？

三個孩子身處絕境，朗特納克救出了他們。然而，是誰使他們身處絕境呢？不正是朗特納克嗎？是誰把三個孩子丟在大火之中的？是古熱。古熱是什麼人？侯爵的手下。

因此，朗特納克就是縱火犯和殺人犯。

那他做了什麼值得讚美的事呢？

他沒有一錯到底，僅此而已。

為了這區區小事，就將一切歸還給他！歸還他森林，使他得以搶劫掠奪；歸還他自由，使他得以任意奴役；歸還他生命，使他得以製造死亡！在各種模糊不清與相互矛盾的思想中，郭文隱約看到了問題：縱虎歸山。

然而，問題很快又回到了最初的面貌：那麼，朗特納克是老虎嗎？

也許他曾經是，但現在仍然是嗎？他的獻身精神、堅忍的忘我精神、高尚的無私精神，即使經過嚴格審視，也是無法抹滅的。他竟能在呲牙裂嘴的內戰中發揮人性，竟能證明在一切君主制、一切革命、世間的一切問題之上，存在著人類無限廣闊的同情心：強者應保護弱者，獲救者應救援遇難者，老人應疼愛兒童；而且不惜以頭顱為代價！他身為將軍，竟能放棄戰略、戰鬥與復仇！他身為保王派，竟能放棄法蘭西國王、放棄一千五百年的君主制，去拯救三個普通的農家孩子！難道這樣的人是一隻老虎，應該受到猛虎的待遇嗎？不！

朗特納克剛才做出了非凡的舉動，現在輪到郭文了！善與惡正相互鬥爭，使世界處於混亂之中，而朗特納克竟能超越混亂，從中引出人性；現在該由郭文從中引出家庭了！

他的內心喃喃說道：「必須救朗特納克。」

那麼，很好。來吧！幫助英國人，拯救朗特納克，背叛法蘭西！

他不寒而慄。

他處於一種令人畏懼的十字路口，真理在這裡相互對峙，人類最崇高的三種觀念：人性、家庭、祖國，正在這裡凝神對視。

郭文躊躇不定。

他面臨著兩個深淵，一個是毀掉侯爵，一個是拯救侯爵。

哪一個深淵是他的責任呢？

29

鐘樓敲響了午夜十二點，接著是清晨一點。

不知不覺間，郭文慢慢走近了缺口。

大火發出漫射的反光，正在熄滅；位於圓塔另一側的高原在反光下不時可見。接著，煙霧遮住了火光，高原便隱沒了。在忽明忽暗的微光下，物體顯得十分畸形。郭文在沉思中漫不經心地看著煙霧與火光的交替，這種時隱時現的火光似乎與在他腦中時隱時現的真理有某種相似。

突然，在兩團煙霧中，噴出了一個火花，將高原照得通明。一輛大車在紅光下顯現出來。郭文瞧著這輛車，車的周圍是一隊騎兵。幾個小時前，郭文用望遠鏡遠遠看見的或許就是這輛車。車上有人，他們似乎忙著卸東西，這件東西看起來很重，有時還噹噹作響。有兩個人從車上抬下一個箱子，放在地上，從箱子的形狀來看，裡面的東西應該是三角形的。

火花熄滅了，一切重歸於黑暗。郭文對著黑暗中的東西怔怔地沉思。

人們點燃了燈，在高原上來來往往，但是活動的人影模糊不清，加上郭文站在溝壑較低的一側，只能看見高原邊緣的東西。

有聲音在說話，但是聽不清在說什麼。到處都傳來敲擊木頭的聲音，還有一種金屬的吱咯聲，彷彿有人在磨刀。

敲兩點鐘了。

郭文慢慢朝缺口走去。哨兵見他走近，便向他舉槍敬禮。郭文走進一樓大廳，它現在是警衛室。圓頂下掛著一盞燈，燈光很暗，他看見警衛們就地躺在乾草上，大部分的人已經睡著了。

有幾個人看見郭文，便站了起來，其中有負責警衛隊的軍官。郭文指著牢房門對他說：

「把門打開。」

門閂被拉開，門開了。

郭文走進牢房，牢門在他身後關上了。

30

在地牢的方形氣窗旁邊，磚地上放著一盞燈。

地上還有滿滿一罐水、一塊麵包和一捆稻草。當牢門在鉸鏈上轉動時，侯爵正在牢房裡踱步，像所有被關進籠子的猛獸一樣本能地來回走動。

他聽見牢門開了又關上，便抬起頭。地上那盞燈就在他與郭文之間，照出了這兩人的臉。

他們相視著。侯爵突然大笑起來，喊道：

「您好！先生，好久不見了。感謝您大駕光臨，我悶得發慌，正想找人談談呢！怎麼樣，您對目前的事怎麼看？很古怪，對吧？從前有一對國王和皇后，國王就是國王，皇后就是法蘭西。有人砍下國王的頭，把皇后嫁給了羅伯斯比爾，兩個人生下一個女兒，叫作斷頭台。明天上午我大概就要結識它了，我很榮幸。您是為了這件事而來的吧？您升官了嗎？您當了劊子手？如果這是一次普通的友好拜訪，那我心領了。子爵先生，您可能忘了什麼是貴族吧？那好，這裡就有一位，就是我。您好好看看，這是個怪人，他相信天主、相信傳統、相信家庭、相信忠誠與正直。他對君主盡忠盡責，尊重古老的法律，信仰美德與正義，他會高興地讓人槍斃您。您瞧！這裡原本是我家裡的一個房間，從前領主們將老百姓關在這裡，現在卻是老百姓把領主關在這裡。這種幼稚無聊的事就叫作革命！先生，我告訴您一件事，您是郭文，您血管裡流的是高貴的血，就跟我一樣。這血讓我成為大人物，卻讓您成為無賴。是啊，像您這樣的人，在國內是有頭有臉的貴族，可以為高尚事業拋灑高貴的血；您是這座塔的子爵、布列塔尼親王，可依法成為公爵，還可繼承法蘭西重臣的爵位，這是每一位世人夢寐以求的，但您卻滿足於現在這副德性，所以敵人把您當成無賴，朋友把您當成傻瓜。對了，替我向西穆爾登神父先生致意。」

侯爵從容不迫地侃侃而談，就像有教養的人那樣心平氣和，眼光明亮而安詳，兩手插在口袋裡。他停頓了一下，深深地吸一口氣，又接著說：

「不瞞您說，我曾試著殺死您，三次將炮口對準您。我承認這有點失禮，不過這是在打仗，而我們是敵人，我的侄孫先生。到處是燒殺擄掠，連國王也被殺了。多美妙的世紀！」

他稍稍停頓，又說：

「當初要是把伏爾泰吊死，送盧梭去服苦役，那麼一切就不會發生了！嘿！知識份子是多大的禍害！你們責怪君主制什麼呢？你們空話連篇，大談什麼權利？人的權利！人民的權利！多麼空洞、愚蠢、異想天開、毫無意義！我為您難過，先生，您屬於布列塔尼的高貴血統，您和我的祖先都是郭文．德．圖阿爾，還有著名的德．蒙巴贊公爵。他曾任法蘭西重臣，榮獲勳位，曾參加圖爾郊區戰役，在阿爾克戰役中負傷，後任王宮犬獵隊隊長，八十六歲時在都蘭的庫齊埃家中去世。我還可以談談德．拉加爾納什夫人的兒子德．洛迪努瓦公爵，談談克洛德．德．洛林，他是德．謝弗勒茲公爵；談談亨利．德．勒農庫爾，談談弗朗索瓦茲．德．拉瓦爾——

布瓦多凡；可是這有什麼用呢？先生您榮幸地成為傻瓜，而且執意要與我的馬伕為伍。您聽著，您還是孩子時我就是老人了。我曾經教訓過您，而且現在還要教訓您。您身體長大了，人品卻墮落了。」

「自從上次見面以後，我們各奔東西。我追求正直，您卻背道而馳。啊！我不知道這一切會怎樣收場，但您的那些朋友卻是十足的無恥之徒！是的，多好呀，多大的進步呀！軍隊裡取消了對酗酒士兵的懲罰，還有什麼最高限價、國民公會、戈伯爾主教、肖梅特先生、埃貝爾先生；你們徹底推翻了過去，從巴士底獄直到年曆，用蔬菜代替聖徒！（註：一七九三年實施的共和曆，代表每日的聖徒名字被取代。）好吧，公民先生們，你們當主人吧！統治吧！隨心所欲，玩個痛快吧！不用客氣。」

「但是無論如何，宗教仍然是宗教，君主制仍然有一千五百年的歷史，法蘭西古老的貴族即使被砍了頭，也比你們高。這個國家過去井然有序，首先受到尊重的是神聖的國王，其次是親王，再來是宮廷大臣，他們管理陸軍、海軍、炮兵，擔任財政首長與監督。然後是終審法官和下級司法官，再下來是鹽稅官和總稅務官，最後是分為三個等級的王國員警。瞧！這一切原本很好，有條不紊，但你們卻毀了這一切。你們這些傻瓜什麼也不懂，卻破壞、粉碎、摧毀、消滅了這一切，而且像野獸一樣忝不知恥！哈！你們不要貴族，很好，你們再也沒有貴族了，再也沒有英雄了。你們都怕死，但你們再也沒有那些風度翩翩的騎士了，再也沒有頭戴翎飾，高傲地馳騁的軍隊了。你們是一蹶不振的人民，只能遭受侵略者的蹂躪。來吧！盡情去幹吧！成為新的主人吧！變得渺小吧！」

侯爵停了一會兒又說：

「可是我們要保持偉大。你們殺國王、殺貴族、殺僧侶，推翻、破壞、屠殺，將一切踩在腳下，用靴子踩碎古老的箴言，踏平王位、踐踏神壇、消滅君主，還在上面跳舞。這是你們的事。你們是一群叛徒和懦夫，根本不懂得什麼叫奉獻和犧牲。我說完了，現在送我上斷頭台吧，子爵先生。我有幸是您卑微的僕人。」

「您自由了。」郭文說。

郭文朝侯爵走去，脫下指揮官的斗篷，將它披在侯爵身上，並拉下風帽遮住眼睛。他們兩人一樣高。

「你這是幹什麼？」侯爵問道。

郭文提高嗓門喊道：「中尉，把門打開！」

門開了。

郭文又大聲說：「我走後要關好門。」

接著他便將目瞪口呆的侯爵推出門外。

在這間變成警衛室的低矮大廳裡只有一盞燈，燈光使一切顯得撲朔迷離。在朦朧的微光下，未入睡的士兵看見一個身材高大、穿著帶有飾帶的指揮官斗篷和風帽的人從他們中間走過，朝出口走去。他們向他敬軍禮。那人走過去了。

侯爵慢慢地穿過警衛室，穿過缺口。哨兵以為是郭文，向他舉槍致敬。

他來到外面，離森林不過兩百步遠。他腳下是田野的青草，面前是空氣、黑夜、自由、生命。他停下，一動也不動地站了片刻，彷彿在思考這麼做是不是對的。接著，他舉起右手，用大拇指和中指彈了清脆的一聲，說道：「當然。」

於是他走開了。

牢房的門已經關上。郭文在裡面。

31

一樓的大廳曾經築有防禦工事，現在是警衛室，西穆爾登決定把這裡作為軍事法庭，這樣一來，從牢房到法庭、從法庭到斷頭台便可縮短距離。

按照他的命令，軍事法庭於正午時分開庭。法庭佈置如下：三把椅子給審判官，凳子是給被告的。桌子兩端各有一張凳子，一張給助審員，一張是給記錄員。桌上有一枚紅色蠟漆、一個共和國的銅印章、兩個墨水瓶、兩捲白紙、兩張印刷的告示。一張告示宣佈的是不受法律保護，另一張告示上是國民公會的法令。中間的那把椅子背靠著一面三色旗。在這個過於簡陋的時期，佈置從簡，警衛室很快就變成了法庭。

庭長的位置在中央，正對著牢房的門。聽眾是士兵。

兩名憲兵守在木凳兩旁。

西穆爾登坐在中央，右手邊是蓋尚上尉，他是第一審判官，左手邊是拉杜中士，他是第二審判官。西穆爾登戴著有三色翎飾的帽子，掛著軍刀，腰間插著兩把槍，臉上那塊鮮紅色的刀疤使他更顯得凶悍。

中午十二點，審判還未開始。一名信使站在法庭的桌子旁邊，人們聽見他的馬在外面踏步。西穆爾登正在寫信，他寫道：

救國委員會委員公民們，朗特納克已被捕，明日將被處決。

他寫上日期，簽上名，將信紙封好，交給信使，信使立刻就走了。

接著，西穆爾登高聲說：「打開牢門！」

那兩名憲兵拉開門閂，打開牢門，走了進去。

西穆爾登抬起頭，抱著兩臂，大聲說道：

「把犯人帶上來！」

在開著的門拱下，在兩名憲兵中間，出現了一個人。

這是郭文。

西穆爾登一陣顫抖，驚呼道：「郭文！」

接著又問：

「犯人呢？」

「我就是。」郭文說。

「朗特納克呢？」

「自由了。」

「自由！」

「是的。」

「逃跑了？」

「逃了。」

西穆爾登戰戰兢兢地喃喃自語：

「對了，這是他的城堡，他熟悉所有的出口，地牢或許跟某個出口相通，我早該想到這一點。他逃掉了，而且不需要任何說明。」

「有人幫助他。」郭文說。

「誰？」

「是我。」

「你？」

「我走進牢房，把斗篷脫下來披在犯人身上，將風帽拉下來蓋著他的臉。他冒充我走了出去，我冒充他留了下來。」

「你胡說！」

「這是真的。」

「你瘋了。」

「我說的是事實。」

沉寂片刻。西穆爾登顫抖地說道：

「那麼你應該判……」

「死刑。」郭文說。

西穆爾登臉色慘白，像是被砍下的頭。他一動也不動，猶如晴天霹靂，幾乎要停止了呼吸。他額頭上滲出一大粒汗珠。

他用加強的語氣說：「憲兵，讓被告坐下。」

郭文在凳子上坐下。

「憲兵，拔刀。」

這是常見的規矩，當被告可能被判死刑時就這樣做。憲兵拔出刀來。

「被告，起立。」他說。

西穆爾登的聲音又恢復了原狀，他不再以親暱的口氣稱呼郭文了。

32

郭文站了起來。

「被告，你叫什麼名字？」西穆爾登開始訊問。

「郭文。」

「你是誰？」

「北方海岸遠征隊的總指揮官。」

「你與逃跑者有什麼關係？」

「我是他的侄孫。」

「你知道國民公會的法令嗎？」

「我看見您桌上有那張告示。」

「你對這項法令有何看法？」

「我簽署了這項法令，並且下令執行。告示下方還有我的名字。」

「你可以找一個辯護人。」

「我自己辯護。」

「說吧。」

郭文沉默片刻，彷彿在沉思。最後，他慢慢抬起頭，說道：

「是這樣的。我身旁發生的一件義舉蒙蔽了我的眼睛，使我忘記了一百件罪行。一邊是老人，一邊是孩子，他們使我忘了責任。我忘了被焚燒的村莊、被蹂躪的田野、被屠殺的俘虜、被處決的傷患、被槍殺的婦女；我忘了被出賣的法蘭西，放走了損害祖國的人。我是有罪的，但我拯救了唯一值得拯救的東西：榮譽。」

「你想說的就是這些嗎？」西穆爾登問道。

「還有一句話：我是首領，應該作表率。你們是審判官，也該作表率。」

「你要求什麼表率？」

「死刑。」

「你覺得這公平嗎？」

「而且必要。」

「你坐下。」

助審員站起來宣讀法令，首先是關於前侯爵德．朗特納克不受法律保護的決定，其次是國民公會關於對幫助叛亂份子逃跑者一律處死的法令，最後是法令下方的郭文的簽名。他唸完後便坐了下來。

西穆爾登抱著手臂說：

「被告注意，公眾也注意。法律擺在你們面前。法庭將進行表決，以簡單多數作出判決。每位審判官將當著被告的面陳述意見，因為裁判是正大光明的。」

他又接著說：

「請第一審判官發言。說吧，蓋尚上尉。」

蓋尚上尉垂著眼皮，眼睛緊緊盯著那張法令告示，彷彿它是深淵。他說：

「在古羅馬時代，執政官曼利烏斯處死了自己的兒子，因為他違抗命令打了勝仗。破壞紀律必須以命抵罪。而今天被破壞的是法律，是高於紀律的法律。憐憫產生了罪惡的後果，使祖國重新陷入危難之中。郭文指揮官放走了叛亂份子朗特納克，他是有罪的。我主張死刑。」

「記錄員，寫下『蓋尚上尉：死刑』。」

郭文大聲說：

「蓋尚，你的表決很對，我謝謝你。」

西穆爾登又說：

「請第二審判官發言。說吧，拉杜中士。」

拉杜站起來，轉身向郭文敬了一個軍禮，然後大聲說：

「要是這樣，你們送我上斷頭台吧！我以天主的名義發誓，那位老頭和這位指揮官的行為，我真希望是我做的！當我看見那位八十歲的老人跳進火中救那三個孩子，我說：『好傢伙，你真勇敢！』當我聽說指揮官從斷頭台下救出那老人時，我說：『指揮官，你應該當將軍！你是真正的男人，我佩服你。』啊！所有人都成了傻瓜嗎？怎麼！四個月以來，郭文指揮官一直窮追猛打那些保王派，用手中的刀劍拯救共和國，多爾那一仗打得多麼漂亮！你們有這樣一個人才，但你們卻要除掉他！不升他為將軍，反而要砍他的頭！這是自取滅亡！老人救孩子是對的，指揮官救老人也是對的。如果做了好事就要上斷頭台，那也太可笑了！難道老人應該讓那幾個孩子活活被燒死，指揮官應該讓老人上斷頭台嗎？來吧，送我上斷頭台！我寧可這樣。你們想想，我們為什麼賣命？為了讓我們的長官被殺掉嗎？這可不行！我需要我的長官，送他上斷頭台，這事絕對不行！」

拉杜坐下。西穆爾登轉身問道：

「你主張對被告免於處分？」

「我主張升他為將軍。」拉杜說。

「我問你是否主張宣告他無罪？」

「我主張提升他為共和國第一人。」

「拉杜中士，你贊成宣告郭文指揮官無罪嗎？是或不是？」

「我贊成讓我代替他上斷頭台。」

「宣告無罪。」西穆爾登說，「寫吧，記錄員。」

記錄員寫下來，接著說：

「死刑一票，無罪一票。一票對一票。」

現在該西穆爾登投票了。

他站起來，摘下帽子放在桌上。他面如土色，用低沉、緩慢、堅定的聲音說：

「被告郭文。訴訟程序結束，軍事法庭以共和國的名義，以兩票對一票——」

他停住了，彷彿是在遲疑。所有人的胸部都在急劇地起伏。西穆爾登接著說：

「——判處你死刑。」

他臉上流露出一種可悲的勝利微笑，但只是一閃而過。他很快又恢復了冷漠，坐下來戴上帽子，說道：

「郭文，明早太陽升起時，你將被處決。」

郭文起立敬禮，說道：「謝謝法庭。」

「將犯人帶下去。」西穆爾登說。

他做了一個手勢，牢門打開，郭文走了進去。門又關上了，那兩名憲兵手持軍刀，守在牢門兩側。

拉杜剛剛暈倒，被抬了出去。

33

黑夜來臨。

法庭又變成警衛室，像前一晚一樣加了雙崗哨。兩個哨兵守在牢門外。

將近午夜時，一位男子提著燈穿過警衛室，在表明身分後要人打開了牢門。他是西穆爾登。

他走進牢房，讓牢門半掩著。

牢房裡陰暗而寂靜。西穆爾登在黑暗中走了一步，將燈放在地上站住了。黑暗中只聽見一個熟睡男人均勻的呼吸聲。西穆爾登傾聽這平靜的聲音，若有所思。

郭文躺在牢房深處的草堆上。這是他在呼吸。他睡得很熟。

西穆爾登躡手躡腳地走過去，走到近處看著郭文，那目光比母親瞧著熟睡嬰兒的目光更加溫柔。這或許是西穆爾登不由自主的流露。他像孩子一樣用兩手遮住眼睛，一動也不動地待了片刻。接著他跪了下來，輕輕抬起郭文的手，壓在自己的嘴唇上。

郭文動了一下，睜開眼睛，顯出幾分惶惑。微弱的燈光照著地牢。他認出了西穆爾登。

「哎！」他說，「是您，老師。」

他又接著說：

「我夢見死神在親吻我的手。」

西穆爾登猛然一驚，洶湧澎湃的思潮彷彿要淹沒靈魂。然而他沒有流露出什麼，僅僅說：「郭文！」

兩人相互看著，西穆爾登眼中充滿了火，連眼淚都被燒乾了。郭文溫柔地笑著。

郭文用手肘撐起身子，說道：

「我看見您臉上的刀疤，是您替我挨這一刀的。昨天您在我身邊，為了我而戰鬥。假如上天沒派您來，那我今天會是什麼樣子呢？還在黑暗裡。我的責任感是從您那裡學來的，您向我這個懵懂無知的兒童灌輸良知。

如果沒有您，我會越來越渺小。是您給了我生命。從前我只是領主，您使我成為公民；從前我只是公民，您使我成為有智慧的人；我尋找人類的現實，您給了我真理的鑰匙。啊！老師，我感謝您，是您創造了我。」

西穆爾登靠著郭文，在草墊上坐下來，說道：

「我來和你一起吃晚飯。」

郭文掰開黑麵包，遞給西穆爾登。西穆爾登拿了一塊。郭文又遞過水罐。

「你先喝吧。」西穆爾登說。

郭文喝了一口，將水罐遞給西穆爾登。西穆爾登也喝了。

在這頓晚飯中，郭文吃麵包，西穆爾登喝水，前者鎮靜，後者激動。

牢房中充滿一種可怕的寂靜。這兩人在談話。

郭文說：「偉大的事情正在醞釀。此刻革命的所作所為是不可思議的，在看得見的事業後面是看不見的事業。看得見的事業是粗暴的，看不見的事業是崇高的，因此才有這不平凡的九三年。在野蠻的絞架下，正在建立一座文明殿堂。」

「是的，」西穆爾登說，「從暫時的現象中將誕生最後的結果。最後的結果就是權利與義務共存、比例制累進稅、義務兵役制、公民平等、消滅階級，在萬物之上是那條筆直的線——法律。尊崇絕對性的共和國。」

「我更喜歡尊崇理想的共和國。」郭文說。

他停了一下又接著說：

「我是指個人與公眾都應寬宏大量、相互謙讓，這才是全部的社會生活。」

「除了一絲不苟的正義之外，沒有任何東西。」

「不，還有一切。」

「我只看見正義。」

「但我看得更高。」

「正義之上還有什麼？」

「公道。」

他們有時停住，彷彿在交換目光。

西穆爾登又說：

「說清楚一點，做得到嗎？」

「好吧。您主張義務兵役制，可是針對誰呢？針對別人。但我不喜歡兵役制，我喜歡和平。您希望窮人得到救助，但我希望消滅貧窮。您主張比例稅制，但我主張乾脆取消賦稅。公共開支應該壓縮到最小，而且由社會的剩餘價值來支付。」

「你完全在做夢。」

「我完全在現實裡。」

郭文又問道：

「那麼女人呢？您怎樣安排女人？」

西穆爾登回答：

「維持原狀：男人的僕人。」

「是的，但有一個條件。」

「什麼條件？」

「男人將成為女人的僕人。」

「什麼？」西穆爾登叫了起來，「男人當僕人？絕不。男人是主人。我只承認一種君主制，家庭君主制。男人在家裡是國王。」

「對，但有一個條件。」

「什麼條件？」

「女人將當王后。」

「也就是說，男人和女人……」

「平等。」

「平等！你這是幻想，男人和女人是不同的。」

「我是說平等，不是說相同。」

一陣沉默。這兩個相互較量的頭腦似乎在休戰。西穆爾登打破了沉默：

「那麼小孩呢？該把他給誰？」

「首先給孕育他的父親，再給分娩他的母親，再給培養他的老師，再給使他具有男人氣概的城市，再給最高的母親——祖國，再給那位老祖母——人類。」

「你不提天主。」

「這個階梯——父親、母親、老師、城市、祖國、人類，便是通往天主的階梯。」

西穆爾登不說話。郭文繼續說：

「等您到達梯子頂端，您就到了天主那裡。天主張開手臂，您只要進去就行了。」

西穆爾登做了一個召回的手勢：

「郭文，還是回到地上來吧。我們要讓可能性變為現實。」

「首先別讓可能性變為不可能。」

「既然是可能性，那總能成為現實吧？」

「不一定。如果粗暴地對待幻想，就會扼殺它。初萌的芽是最脆弱的。」

「應該抓住空想，為它套上現實的枷鎖，將它納入現實之中。抽象的思想應該轉為具體的思想。它可能減少幾分美麗，但卻增加了實效。正義必須進入法律，當正義成為法律時，就成為絕對。這就是我指的可能性。」

「不止於此吧。」

「啊！你又在胡思亂想了。」

「我的想法是永遠向前。我們應該朝前看，看曙光、看花蕾綻放、看破殼而出。倒下的東西在鼓勵上升的東西，枯樹的斷折聲是對幼樹的召喚。每個世紀有自己的使命，今天是公民的使命，明天是人類的使命。今天的問題是正義，明天的問題是報酬。報酬和正義，追根究柢是一樣的。人活著不能不為報酬。天主在給予生命時欠下了債；正義是先天的報酬，報酬是後天的正義。」

郭文像先知一樣一邊思索邊講話。西穆爾登聽著。他們交換了位置，學生現在好像成了老師。

最後他說道：

「啊，老師，我們兩人的差別就在這裡。您贊成義務兵役，我贊成學校；您希望人成為士兵，我希望人成為公民；您希望人擁有權力，我希望人擁有思想。您要一個利劍共和國，我要……」

他稍停片刻，又說：

「我要一個思想共和國。」

西穆爾登瞧著牢房的石地說：

「可是此刻你要什麼？」

「現狀。」

「這麼說你寬恕了現在？」

「是的。」

「為什麼？」

「因為這是風暴。風暴知道自己在幹什麼。一株橡樹被雷劈倒，但有多少森林得到淨化！文明染上了黑熱病，但在大風中得到治癒。也許風暴應該有所選擇，但是它負責如此大規模的清掃工作，能夠細心行事嗎？瘟疫如此可怕，狂風的怒號是完全可以理解的。」

郭文又接著說：

「何況我有指南針，風暴於我又有什麼關係！我問心無愧，事件於我又有什麼關係！」

他們又沉默了。西穆爾登說：

「比大自然更偉大的社會。我告訴你，這不可能，這是痴人說夢。」

「這是目的。不然要社會做什麼？就待在大自然裡當野人好了。不，大自然的昇華便是社會，不應該再有賤民、再有奴隸、再有苦役犯、再有受苦人！我希望人的每一個屬性都是文明的象徵、進步的模式。我主張思想上的自由、心靈上的平等、靈魂上的博愛。不！不要更多桎梏了！人生來不是為了戴枷鎖，而是為了展翅飛翔。我希望……」

他停住了，眼睛發亮；他的嘴唇在嚅動，但沒說話。

牢門仍然開著。外面的嘈雜聲傳了進來，有隱隱約約的軍號聲，大概是起床的號角。接著是槍托敲地的聲音，這是哨兵換崗。接著，根據在黑暗中的判斷，圓塔附近有動靜，彷彿有人在搬動木板，還有一種斷斷續續的、低沉的聲音，像是錘子在敲打。

西穆爾登臉色蒼白地聽著。郭文卻聽不見。

他越來越深地陷入遐想，似乎停止了呼吸，專心致志地瞧著自己眼前的幻影。他輕輕顫抖，瞳孔中的曙光在擴大。

一段時間就這樣過去了。西穆爾登問道：

「你在想什麼？」

「想未來。」郭文說。

他又陷入沉思。西穆爾登從乾草上站起來。郭文沒有察覺。西穆爾登深情地瞧著沉思的年輕人，慢慢退到門口，走了出去。牢門又關上。

34

不久，東方開始發白。

與此同時，在圖爾格的高原上，富熱爾森林上方，出現了一個令人吃驚、一動也不動的怪物，連小鳥也感到陌生。它是在夜間放在那裡的。與其說它是建造起來的，不如說它是豎起來的。遠遠看去，它是一些僵硬的直線，很像希伯來文字母或古代的埃及象形文字。

它豎立在開花的歐石南叢中。這是由四根木樁搭成的一個台子。在台子的一端，直直地豎著兩根高高的柱子，頂端由一根橫樑相連。兩根柱子中間懸著一個三角形的東西，它在清晨藍天的襯托下顯得發黑。台子的另一端有一架梯子。在柱子中間三角物的下方有一個像壁板的東西，它是由兩塊活動木板組成，拼起來便形成一個人頸一般粗的圓洞。壁板的上半部可以在槽溝裡上下滑動。拼成頸圈的這兩個新月形木板現在是分開的。在懸著三角物的那兩根柱子底端有一塊可以擺動的木板，看上去像搖板。木板旁有一個長筐，在它前面，在台子的另一端，在兩根柱子中間，有一個漆成紅色的方筐。所有這些東西都是木製的，只有三角物是鐵的。它是那麼地醜陋、平庸、渺小，但體積龐大。

這個奇形怪狀的龐然大物就是斷頭台。

在它對面不遠處的溝壑裡，矗立著另一個怪物，圖爾格。石怪物與木怪物遙相呼應。一方代表了君主制，一方代表了革命。一方凝聚了一千五百年的時間，中世紀、諸侯、采地、封建；一方則凝聚了一年，即九三年，而這一年在與一千五百年抗衡。

這是悲劇性的對抗。

這天早上，清晨的晴空比任何時候都迷人。和煦的風吹拂歐石南叢，霧氣在樹枝間緩緩爬動，富熱爾森林充滿了泉水清涼的氣息，在曙光中冒著氣。藍色的天空、白色的雲、晶瑩透明的水，還有多采多姿的植物、相互友愛的樹、綿延的草地、廣闊的平原。這一切純淨貞潔，是大自然對人類的永恆忠告。然而人類卻在這一切之中暴露了可惜的無恥——堡壘和斷頭台、戰爭與酷刑，以及血腥的時代。在這個鮮花盛開、香氣撲鼻、深情而迷人的大自然中，美麗的天空向圖爾格和斷頭台灑下晨光，彷彿在說：「瞧瞧我在幹什麼，你們又在幹什麼！」

在場有不少觀眾。

這支遠征隊的四千人在高原上排成戰鬥隊形，從三面圍著斷頭台，好像一個E字；炮隊位於長線中央，組成E字的切口。紅色斷頭台彷彿三面被圍，士兵組成的人牆折過來，延伸到高原陡坡。第四面是開放的，那裡有溝壑，並面對圖爾格。如此便形成了一個長長的方陣，中央是斷頭台。

太陽升高，斷頭台在草地上的影子越來越短。

炮手們各就各位，點燃了火繩。

從溝壑升起淡淡的藍煙，橋上的火剛熄滅，圖爾格在煙中變得朦朦朧朧，但未被完全遮住。它那高高的平台俯瞰著整個地區，與斷頭台只隔著一道溝壑。

軍事法庭的桌子和插著三色旗的椅子被搬上平台。太陽在圖爾格後面升起，反襯出這個大堡壘的黑影。在法庭的椅子上，有個人正抱著雙臂，一動也不動地坐在那面三色旗下。

他就是西穆爾登。他像昨天一樣，穿著特派員的服裝，頭戴有三色翎飾的帽子，掛著軍刀，腰間插著槍。

他不說話。所有人都不說話，士兵們持槍立正，低著頭。他們的手不時相碰，但不交談。他們雜亂地想起這場戰爭，想起這些日子以來的戰役，想起他們曾英勇面對籬笆後的子彈，想起大批被擊潰的農民，想起攻克的城堡，想起勝利的戰鬥；而現在，這些光榮似乎全都成了恥辱。陰沉的等待揪住了所有人的心。劊子手在斷頭台的木台上走來走去。越來越強烈的晨光使天空顯得明亮而莊嚴。

突然間，傳來一陣沉悶的鼓聲。人們向兩旁閃開。一支隊伍走進方陣，朝斷頭台走去。領頭的人敲著蒙上黑紗的鼓，然後是一隊垂下武器的精兵，再來是軍刀出鞘的憲兵，最後是囚犯郭文。

郭文自由地走著，手腳都沒有被捆綁。他穿著普通軍裝，佩著劍。在他後面是另一隊憲兵。

他臉上掛著沉思的快樂，當他對西穆爾登說「我想到未來」時，這種快樂曾使他容光煥發。這種永駐的微笑十分崇高，難以用言詞表達。

郭文來到行刑地點，首先朝圓塔頂上望去。他對斷頭台不屑一顧。

他知道西穆爾登一定會恪盡職守地來到行刑現場。他的眼光在平台上搜索，找到了他。

西穆爾登面色蒼白，身體發冷。他身旁的人聽不見他的呼吸聲。

當他遠遠看見郭文時，他沒有顫抖。

郭文朝斷頭台走去，一邊走，一邊望著西穆爾登，西穆爾登也望著他，彷彿整個人都倚靠在這個目光上。

郭文來到斷頭台腳下，登上木台，指揮那隊士兵的軍官也跟了上去。郭文摘下劍，遞給軍官，又摘下領帶，遞給劊子手。

他像一個幻影，從未如此俊美。他那一頭棕髮隨風飄揚，白淨的脖子像是女人的脖子，眼光像大天使那樣英勇而威嚴。他站在斷頭台上，若有所思。陽光裹著他，彷彿使他身披榮光。

士兵們看見年輕的指揮官毫不猶豫地準備受刑，再也忍不住了。所有人都啜泣起來，還有一陣叫喊聲：「寬恕他吧！寬恕他吧！」有些人跪了下來，還有些人丟下槍，朝西穆爾登所在的平台舉起雙臂。一位士兵指著斷頭台喊道：

「能讓我代替他嗎？」

所有人都狂熱地喊道：「寬恕他吧！寬恕他吧！」獅子聽見這聲音也會感動或害怕的，因為士兵的眼淚叫人受不了。劊子手停住了，不知如何是好。

這時，從塔頂傳來一個聲音，它陰森而顯得簡捷低沉，但是所有人都能聽見：

「執行法律！」

人們聽出那斬釘截鐵的語氣。是西穆爾登的聲音。所有人打了個寒顫。

劊子手不再猶豫，拿著繩子走近郭文。

「等等！」郭文說。

他轉向西穆爾登，用還能自由活動的右手向他揮手告別，然後默默受縛。

他被捆綁後，對劊子手說：

「對不起，等一會兒。」

於是他高呼：

「共和國萬歲！」

劊子手讓他在搖板上躺平。他那可愛而高傲的頭被卡進可恥的頸圈。劊子手輕輕挽起他的頭髮，然後按動彈簧。三角刀起動了，先是緩緩滑動，然後加速，一個可惜的響聲……

與此同時傳來另一個響聲。一聲槍響與鍘刀聲相呼應，西穆爾登剛掏出腰間的一把槍。當郭文的頭滾進筐裡時，西穆爾登對自己的胸部開了一槍。血從他嘴裡流出，他倒下死了。

於是後者的黑暗融於前者的光明之中，這兩個悲壯的靈魂一同飛上了天。

關於維克多·雨果

維克多·雨果出生於一八〇二年二月二十六日，家鄉位在法國東部的杜省貝桑松。父親是木匠之子，因在大革命中屢建戰功，得到拿破崙賞識，成為軍官，並獲西班牙國王約瑟夫·波拿巴授予將軍銜。幼年的雨果曾隨父親調防至西班牙與義大利，並在馬德里貴族學校受過良好的教育。

由於雨果的母親擁護波旁王朝，同時又是虔誠的天主教徒，父母間經常因政治觀點不同而發生爭執。一八一二年初，母親帶著三個兒子回到法國，雨果進入巴黎的中學就讀，開始對文學產生濃厚興趣，並嘗試創作詩歌。

一八一五年，拿破崙垮台，波旁王朝復辟。雨果於這一年拜浪漫主義詩人夏多布里昂為師，他在日記裡表達了對這位詩人的景仰：「要不當個夏多布里昂，要不什麼也不當！」十五歲那一年，雨果的《讀書樂》一詩在法蘭西學院的詩歌競賽中得獎。十七歲，又在「百花詩賽」拔得頭籌。同年，他與兩名兄長合辦刊物《文學保守派》，公開支持偽古典主義。在之後的兩年間，雨果寫出兩百多篇讚美君主的詩歌，並發表小說《布格—雅加爾》與《冰島的凶漢》。

由於家庭的影響，少年的雨果一直支持保王派，作品大多在歌頌君主制和宗教。二十歲時，他出版第一本詩集《頌詩集》，歌頌波旁王朝的復辟；之後又相繼出版《新頌詩集》和《頌詩與長歌》，獲得國王路易十八賞賜。然而，一場劇烈的轉變正在他的心底醞釀。

一八二二年，雨果的一名同學因參與反政府的行動而被通緝，雨果寫信給同學的母親，希望幫助他逃避追捕，沒想到這封信居然落入密探手中。這一事件讓雨果的保王思想大受打擊，他開始批判自己早期的創作，將它們視為年少無知下的產物。隨後的幾年間，自由主義在法國日益高漲，雨果也和繆塞、大仲馬等年輕作家組成了浪漫主義的社團，明確反對偽古典主義，他的政治立場亦從保守趨於共和。

一八二七年，雨果發表了劇本《克倫威爾》，這部作品意味著他與保王主義的徹底決裂，並標誌了浪漫主義的開端。雨果在序言中說道：「每個時代都有自己的藝術形式，盲目模仿古代是荒謬的。」他鼓勵人們拋棄古典主義的枷鎖，此外，又提出「美與醜並存，光明與黑暗相依」的對照原則，指出應該在作品中將美醜兩面同時描寫出來，而不是像古典主義只突顯好的一面。《克倫威爾》一發表，立即對法國蓬勃興起的浪漫主義文學運動產生推波助瀾的效果，並奠定了雨果在此運動中的先驅角色。當時法國著名作家聖伯夫、梅里美、司湯達、繆塞、大仲馬、巴爾扎克等人都是他的支持者。

一八三〇年，他的戲劇《艾那尼》在法蘭西大劇院公演。雨果在序言中提出「浪漫主義是文學上的自由主義」這一觀點，將文學與政治緊密結合在一起。此劇打破古典主義「三一律」的束縛，悲喜夾雜，美醜對照，呈現出浪漫主義的風格，並以鮮明的反封建主題和新穎的手法使觀眾耳目一新，一經上演便掀起軒然大波，古典主義和浪漫主義的擁護者甚至在劇院裡大打出手，史稱「艾那尼事件」。這部劇本象徵了浪漫主義對古典主義的勝利，並進一步鞏固了雨果的文壇領袖地位。爾後，他又完成小說《鐘樓怪人》、《克洛德・格》，劇本《國王尋樂》、《呂・布拉斯》，詩歌《秋葉集》、《暮歌集》、《心聲集》、《光影集》等，在法國享譽一時。

同一年，七月革命爆發，推翻了波旁王朝。雨果熱情地讚揚這場革命，歌頌革命者，並寫詩哀悼在巷戰中犧牲的英雄。然而，他過度期待新王朝，以至於接受了國王路易・菲利普的籠絡。一八四一年，他入選法蘭西學士院；一八四五年又進入上議院，被封為貴族。官場的得意消磨了雨果的鬥爭熱情。一八四三年，他的戲劇《衛戍官》遭遇空前挫敗，加上長女和女婿意外溺死，這使得雨果一度消沉，長時間不再寫作。

一八四八年，法國再度發生革命，雨果的思想和創作風格在這時終於定型。他積極鼓吹共和主義；當路易・拿破崙稱帝時，他公開予以批評，為此受到通緝，先後流亡布魯塞爾和澤西島、根西島。流亡期間，他接連遭逢二女兒阿黛爾離家、兩個兒子去世、大孫子夭折、夫人病逝的打擊，但仍寫作不輟，發表了《小拿破崙》、《懲罰集》諷刺拿破崙三世，並以非凡的毅力完成《靜觀集》、《悲慘世界》、《海上勞工》、《笑面人》等作品。

一八七〇年，拿破崙三世垮台，雨果回到巴黎，受到熱烈歡迎。他在法國度過的最後幾年，又寫下了長篇小說《九三年》、詩集《凶年集》、《祖父樂》、《歷代傳說》等。一八八五年五月二十二日，雨果因肺炎病逝，靈柩停在凱旋門下一晝夜，群眾仍圍住不散。六月一日，法國政府為雨果舉行國葬，送葬者多達百萬人，遊行隊伍高唱馬賽曲，把雨果送至先賢祠。

在雨果的一生中，最為人津津樂道的莫過於他的感情生活。當雨果與兄長歐仁在一八一二年回到巴黎的時候，認識了一名叫阿黛爾的女孩。兄弟二人都對阿黛爾懷有愛意。一八二二年，雨果因《頌詩與長歌》獲國王賞賜一千二百法郎年金，在經濟上有了保障，於是迎娶阿黛爾。出人意料的是，這件事卻讓歐仁精神失常，後來更因憂鬱英年早逝。

雨果與阿黛爾有情人終成眷屬，豈知好景不長。一八二七年，雨果結識了著名的評論家聖伯夫；這位好友時常光顧雨果家，並漸漸愛上了風韻猶存的雨果夫人。兩人的愛情日益增長，終於在一八三〇年越過了雷池。這一段風流韻事在當時鬧得人盡皆知，一直持續了七年之久。

雨果對妻子的外遇似乎視而不見，一方面因為忙於寫作，另一方面也因為自己另有情婦。他大方地對待阿黛爾的私情，盡力維護她作為妻子的尊嚴，甚至在聖伯夫申請法蘭西學院院士的時候，不計前嫌地投了贊成票，使他順利當選，還親自主持了學院接納聖伯夫的儀式，在演說中對他表示歡迎和讚揚。正因為這種大度，阿黛爾最終與聖伯夫斷絕來往，並在雨果流亡期間始終陪伴左右。在四十幾年的婚姻中，她為雨果生下四名子女，夫妻間始終相敬如賓。

事實上，雨果也不是一位模範丈夫。他一生與許多女性有過情史，其中最知名的當屬他與茱麗葉．德魯埃維持了長達五十年的愛情。

茱麗葉・德魯埃生於一八〇六年，自小父母雙亡，由舅舅撫養長大。她十九歲時來到巴黎，靠著天生麗質，周旋於許多男人之間。之後，她成為聖馬丁門劇院的演員。一八三三年，茱麗葉因在雨果的戲劇《呂克萊絲・波吉亞》中出演一角，從此與雨果陷入情網。

當時，茱麗葉的情夫正是劇院經理，當他得知此事後，妒火中燒，幾乎要與雨果決鬥，並威脅要停演這齣戲；另一方面，茱麗葉私底下仍與多名男性來往，這使雨果無法容忍。因此兩人的愛情一度充滿波折。不過，雨果的真誠最終感動了茱麗葉，使她成了他最忠誠的情婦。

茱麗葉不僅容貌出眾，也熱愛詩歌，是雨果創作上的最佳知音，還給了他無數靈感。她是雨果許多詩歌以及《克洛德・格》、《悲慘世界》等小說的第一個讀者，而且常被感動得淚如雨下。

在雨果流亡期間，茱麗葉與雨果同甘共苦，並不辭辛勞地為他抄寫《悲慘世界》和《歷代傳說》等大量書稿。她的這些行為終於得到了雨果夫人的諒解。一八六四年，阿黛爾邀請茱麗葉一起過聖誕節，後來還親自去看望她，兩人從此正式來往，茱麗葉成為了雨果實際上的正式配偶。

儘管茱麗葉特陪伴了雨果半個世紀，但她至死也沒有成為雨果夫人，即使是在一八六八年阿黛爾去世時，她也沒有答應嫁給雨果。雖然兩人經常在一起，但她五十年來幾乎每天寫一封情書給雨果；直到她一八八三年去世為止，寫了大約一萬八千封信。這些信至今仍保存在法國圖書館。

雨果放縱的私生活固然備受指責，但他卻以此為榮。雨果生前寫在筆記本上的最後一句話是：「愛，就是行動。」將法國人浪漫至上的民族性表露無遺。

撇去其私生活不提，雨果在法國文壇的成就可謂空前絕後。他的創作生涯長達六十年之久，幾乎貫穿了整個十九世紀；一生共出版二十五卷詩歌，超過千萬字；著有九部中長篇小說，字數高達三百萬字；並寫下九部劇本，以及十多卷政論、隨筆和遊記，在文學範疇內可謂無所不能。

綜觀雨果的作品，無一不以「人道」為主軸。一八一八年，雨果在巴黎街頭第一次目睹行刑場面：一個婦女因犯了竊盜罪而當眾接受烙刑。他事後回憶道：「從那之後，我決心要永遠與法律的惡行抗爭。」在他後來的人生中，這種強烈的人道主義思想一直指引著雨果；他反對死刑，並在作品中控訴法律制度的虛偽和殘酷，同情下層人民的苦難。小說《死囚末日記》、《悲慘世界》、《鐘樓怪人》等都可以見到這種思想。一八六一年，當英法聯軍火燒圓明園時，身為法國人的他寫下了抗議信，譴責法軍毀滅東方文化的罪惡行徑。

除此之外，雨果一生歷經數次政權更迭，見證了法國近代的許多重大事件，他的作品也勾勒出一個大時代的輪廓。不論是《悲慘世界》中的共和黨人起義、《布格—雅加爾》中的海地暴動、《九三年》中的旺代戰爭，都讓人彷彿親歷其境，回到了動蕩的十九世紀末。同時，雨果學識淵博，時常在作品中介紹法國的時事、流行、文化、政治、科學，例如在《鐘樓怪人》解釋建築理論、在《悲慘世界》介紹巴黎街道、在《海上勞工》描述漁村生活等。這些內容讓讀者能由另一個角度觀察歷史，並為後世研究法國近代社會史提供了寶貴的材料。

羅曼．羅蘭曾讚美雨果：「在文學界和藝術界的所有偉人中，雨果是唯一活在法蘭西人民心中的偉人。」在雨果逝世兩百年的如今，他不僅活在法國人心中，更活在所有世人心中。他為世界文壇留下了一份寶貴的遺產，他的作品將被亙古傳唱，他的人道精神也將被永世傳承。

國家圖書館出版品預行編目資料

鐘樓怪人 : 雨果經典小說集 / 維克多・雨果 原著 ;
鄧哲生 編譯. -- 初版. -- 新北市 : 華文網, 2014.7

面 ;　公分

譯自 : Notre-Dame de Paris

ISBN 978-986-271-510-9 (平裝附光碟片)

876.57　　103009701

修院魅影

鐘樓怪人

雨果經典小說集

NOTRE-DAME DE PARIS

ROMANS DE VICTOR HUGO

典藏閣

鐘樓怪人：雨果經典小說集

出　版　者 ◤典藏閣
作　　　者 ◤維克多．雨果
編　　　譯 ◤酆哲生
品 質 總 監 ◤王寶玲
文 字 編 輯 ◤林柏光
總　編　輯 ◤歐綾纖
美 術 設 計 ◤蔡億盈

郵撥帳號 ◤50017206 采舍國際有限公司（郵撥購買，請另付一成郵資）
台灣出版中心 ◤新北市中和區中山路2段366巷10號10樓
電　　話 ◤(02) 2248-7896　　傳真 ◤(02) 2248-7758
ＩＳＢＮ ◤978-986-271-510-9
出版日期 ◤2014年7月

全球華文市場總代理／采舍國際有限公司
地址 ◤新北市中和區中山路2段366巷10號3樓
電話 ◤(02) 8245-8786　　傳真 ◤(02) 8245-8718

全系列書系特約展示
新絲路網路書店
地址 ◤新北市中和區中山路2段366巷10號10樓
電話 ◤(02) 8245-9896
網址 ◤www.silkbook.com

線上pbook&ebook總代理／全球華文聯合出版平台
主題討論區 ◤www.silkbook.com/bookclub　● 新絲路讀書會
電子書平台 ◤www.book4u.com.tw　● 華文網雲端書城
紙本書平台 ◤www.silkbook.com　● 新絲路網路書店

本書係透過華文聯合出版平台自資出版印行。
採減碳印製流程並使用優質中性紙 (Acid & Alkali Free) 與環保油墨印刷。